チャールズ・ディケンズ伝

クレア・トマリン

高儀進◆訳

Claire Tomalin
Charles Dickens

A Life

白水社

チャールズ・ディケンズの祖母は、1781年から1821年まで、
ジョン・クルーとその妻フランシス（2段目の左と右）のために、
彼らの田舎の邸宅のクルー・ホール（1段目）と、メイフェアの彼らの家で、最初は女中として、
次に家政婦として働いた。クルー家にしょっちゅう訪ねてきたのは、
才気煥発な政治家チャールズ・フォックス（3段目の左）と、
女たらしで大酒飲みで浪費家のリチャード・ブリンズリー・シェリダンだった。
クルーはシェリダンを見限った。シェリダンはクルー夫人と性的関係を持った。
家政婦の息子ジョン・ディケンズは1785年に生まれ、クルー家で育った。
1805年、彼はクルー家とその友人たちの引きで海軍経理局に職を得た。

チャールズ・ディケンズは、ポーツマスのこれらの質素な家の最初の家（左）で、
1812年に、ジョン・ディケンズと妻のエリザベスの2番目の子供として生まれた。
家族の数は増えたが、移った家も依然として狭かった。
一家が1817年に移った、チャタムのオードナンス・テラス（中央）、
いまや6人の子供と1人の女中と1人の下宿人に増えた一家が、
1822年に窮屈な思いで住んだ、カムデン・タウンのベイアム街の家（右）。

1824年、ジョン・ディケンズは借金が返済できず逮捕され、マーシャルシー監獄に収容された。
妻と幼い子供たちは父と一緒に監獄に住み、残された12歳のチャールズは、昼間は卑しい仕事をし、
孤独な下宿住まいをした。

ジョン・ディケンズは、
洗練された趣味を持つ紳士だと自認し、
粋な服装をし、借金をし、ワイン商の勘定を溜めた。
妻のエリザベスの父も金銭上の問題を抱え、
7年間にわたり海軍経理局から金を盗み、
露見すると外国に逃亡した。

チャールズは、
ハンガーフォード市場(上)の下にある、
テムズ川の畔の鼠が跳梁する倉庫で働かされた。
仕事は、靴墨の瓶を包んで
それにラベルを貼ることだった。
彼は教育を受けられずに放っておかれたことが
辛かったが、稼いだわずかな硬貨を、
使い切ることがないよう、
毎週7つの紙袋に分けて入れ、
収入の範囲で暮らすようにした。
しばらくして父を説得し、
一家の近くにいられるよう、
監獄のそばの下宿を見つけてもらった。
彼は囚人を観察し、小説の人物として考えた。
また、依然としてディケンズ一家のために
働いていた、救貧院から来た小さな女中を
愉しませるため、物語を作った。

監獄から釈放されたジョン・ディケンズは、
ロンドン北部の新しい郊外の1つ、ソマーズ・タウンにある、
四角の庭を囲む32軒の住宅、ポリゴンに一家を住まわせた。
それは間もなく、さらに多くの通りに囲まれるようになり、さびれた。
それは、ハロルド・スキンポールの家として『荒涼館』に出てくる。

チャールズの姉のファニーはピアニスト、歌手としての才能に恵まれ、
王立音楽院でいくつかの賞を獲得したが、
音楽家としての生涯は短く、30代で結核で死んだ。

チャールズが教育というものを
2度目にわずかに味わったウェリントン・アカデミーは、
モーニントン・クレセントにあった程度の低い学校だった。
彼は机の引出しに鼠を飼い、ラテン語を少し習い、
少年らしい遊びを楽しんだ。
15歳の時、父が再び金銭上の問題を起こしたので
学校を去らねばならなかった。
そして、法律事務所のお洒落な使い走りになった。

チャールズは
弟のフレッドを可愛がり、
自分と一緒に住まわせ、
仕事も見つけてやったが、
フレッドの無心する癖と
無責任さに我慢できなくなった。
フレッドは無一文で独りで
死んだ。

18歳のチャールズは、
叔父のエドワード・バローの妻で職業画家の
ジャネット・ロスに肖像を描いてもらった。
黒っぽい巻き毛、大きな目、入念に選んだ服、
物問いたげな、あるいは気遣わしげな表情。
彼を苦しめることになるマライア・ビードネルと、
また、一生にわたって彼を虜にした劇場と
恋に落ちる寸前だった。また、記者になるために
速記を習得していた。

ストランドのアデルフィ劇場。ディケンズは1820年代末から30年代初めにかけ、
ほとんど毎晩アデルフィ劇場に行き、俳優になる技を習得するため、
喜劇俳優チャールズ・マシューズが一人芝居をするのを観た。
のちに、ディケンズの作品を脚色した多くのものが、同劇場で上演された。

1836年ディケンズは、
教養のあるスコットランド人の一家の娘、
キャサリン・ホガースと結婚した。
感じがよく従順だった彼女は、
彼のエネルギーと意志力に
太刀打ちできなかった。

1837年、ジョン・フォースターはディケンズの
無二の親友、最も熱烈な讃美者になり、
あらゆる面で彼に助言し、奉仕した。
1848年、ディケンズは彼に、
自分の伝記作者になってくれるように頼んだ。
彼は、いまや古典になった
3巻本のディケンズ伝を書いて、責務を全うした。

キャサリンの妹のメアリーは
ディケンズ家の一員になり、
ディケンズに可愛がられた。
彼女が17歳で急死した時、彼はひどく悲しみ、
生涯で1度だけ、彼が書いていた
2つの連載ものの次の回をキャンセルした。

ダウティー街の家は、
『ピクウィック』で儲けた金で
1837年に購入したものである。
ここで彼は『オリヴァー・ツイスト』と
『ニコラス・ニクルビー』を書いた。

フォースターはディケンズを、
当代一流の悲劇俳優
ウィリアム・マクリーディーに紹介した。
マクリーディーも、生涯にわたる
ディケンズの親友になった。

やはりフォースターがディケンズに紹介した
アイルランドの画家ダニエル・マクリースは、
何年か彼の気の合う仲間になったが、
のちに知人や仲間との付き合いを避け、
暗い隠遁生活に入った。

ほかの友人たちの中には、
1836年に演じられたディケンズの笑劇『見知らぬ紳士』の
人物の扮装をした喜劇俳優、ジョン・プリット・ハーリー(左)、
ディケンズの最初の作品『ボズのスケッチ集』と
『オリヴァー・ツイスト』の挿絵を描いた画家、
ジョージ・クルックシャンク(中央)、ディケンズの筆名「ボズ」に
合わせるために「フィズ」という名前を使って
『ピクウィック・ペイパーズ』の挿絵を描き、
ディケンズと23年間仕事をしたハブロー・ブラウン(右)が
含まれていた。

マーガレット・ギリスによる、力強い、理想化したディケンズの肖像画は1844年に展示されてから
銅版画になったが、その後失われた。ギリスは1803年にロンドンで生まれ、エディンバラで教育を受け、
画家として生計を立てるためロンドンに戻った。1830年代以降、サウスウッド・スミス博士と同棲した。
スミスは公衆衛生改革論者で、児童雇用に関する王立委員会のメンバーで、妻と別居していた。
ディケンズは彼をよく知っていていろいろ相談し、彼の助言を信頼した。
ギリスはロイヤル・アカデミーに出品した。
そして、「人間の性格の中のきわめて美しく、洗練されたものを呼び起こすため……真の高貴さ、
天才の高貴さ」を肖像画で描くことに関心があった。彼女のためにモデルになったほかの人物は、
ハリエット・マーティノー、ジェレミー・ベンサム、ワーズワースである。

ディケンズは1839年12月、
リージェンツ・パーク、
ヨーク・ゲイト、
デヴォンシャー・テラス
1番地の家を12年間借りた――
懸命に仕事をし、
盛んに人をもてなした歳月で、
その間、さらに5人の息子が
生まれた。

増えた友人たち。自由主義者の弁護士、政治家、劇作家のT・N・タルフォード(左)。
ディケンズは『ピクウィック・ペイパーズ』を彼に献呈した。画家で伊達者のドルセイ伯(中央)。
彼は離婚した妻の母のレディー・ブレッシントン(右)と同棲し、身分不相応の暮らしをした。

老詩人のサミュエル・ロジャーズは、よく人を朝食に招いた。
その席では、気の利いた会話をすることが求められた。
ディケンズはそこに独りで行った。

内気で善良で大金持ちだった
ミス・クーツは
ディケンズの真の友人になり、
自分の慈善事業に関して
彼の助言を求め、取り入れた。

ディケンズは1842年1月、クナード汽船の最初期の木造外輪船で大西洋を渡ることにした。
天候は大荒れで、その時の経験があまりに恐ろしかったので、帰りは帆船に乗った。

ダニエル・マクリースは、
ディケンズとキャサリンが子供たちの世話を
乳母とマクリーディー夫妻に頼んで
半年アメリカに行った際、
5歳のチャーリー、メイミー、ケイティー、
赤ん坊のウォルターを描いた。

マクリースが描いた、
チャールズ、キャサリン、ジョージーナの
3人の横顔は、デヴォンシャー・テラスでの
家庭の状況を捉えている。
一家の主、従順な妻、小さなペット——
小さいが意志強固なペット。

ディケンズ一家は、ケント州の海岸のブロードステアーズで何度も休暇を過ごした。
ディケンズは奇妙なことに、そこを、自分が「comme un géant〔巨人のように〕」考え夢見ることのできる「cette Ile désolée de Thanet〔サネットのこの荒涼とした島〕」と、ドルセイに書いている。

ディケンズは1844年の真冬、極貧の者に対する金持ちの思い遣りのなさを攻撃した、クリスマス物語の『鐘の音』を、フォースターの部屋に集まった友人たちに読んで聞かせるために、ジェノヴァからロンドンに戻った。それは、「飢餓の40年代」だった。マクリースは彼に光輪を与えた。

「パリについて書こう! 僕はここに魅了された」とディケンズは1847年に手紙に書いた。
50年代と60年代に、彼はリヴォリ通り(上)のオテル・ムーリスに滞在した。
そして、フランス人は「世界で最高の人々」だと考えた。

ディケンズは、詩人で
自由主義的な政治家で、
1848年に外相になった
ラマルティーヌ(左)を知っていた。
ヴィクトル・ユゴーは彼を
「きわめて丁重に、優雅に迎えた」。

ブーローニュは1850年代に、彼の大好きな保養地になった。

「僕が見た中で、町と田舎が最も見事に融合しているところだ(海の空気が漂い……)。

何もかも安く、何もかもよい」。彼は正直で勤勉な人々と、裸足で歩く若い女たちに感心した。

「明るいマホガニー色の脚で、ユーノーのように歩く」。

彼は何年かのあいだに数軒の家を借り、息子のうち4人を、そこの寄宿学校に入れた。

ウィリアム・ウィルズは、彼らが毎週
『ハウスホールド・ワーズ』を出した事務所で
頑張るために常にイギリスにいた。
献身的で、勤勉で、少々退屈だが
慎重で完璧な助手だった。

小説家でボヘミアンのウィルキー・コリンズは、
1851年にディケンズに出会い、
「陽気なディヤブルリー(悪戯)」の
お気に入りの仲間になった。
2人は短篇小説と劇で共作した。

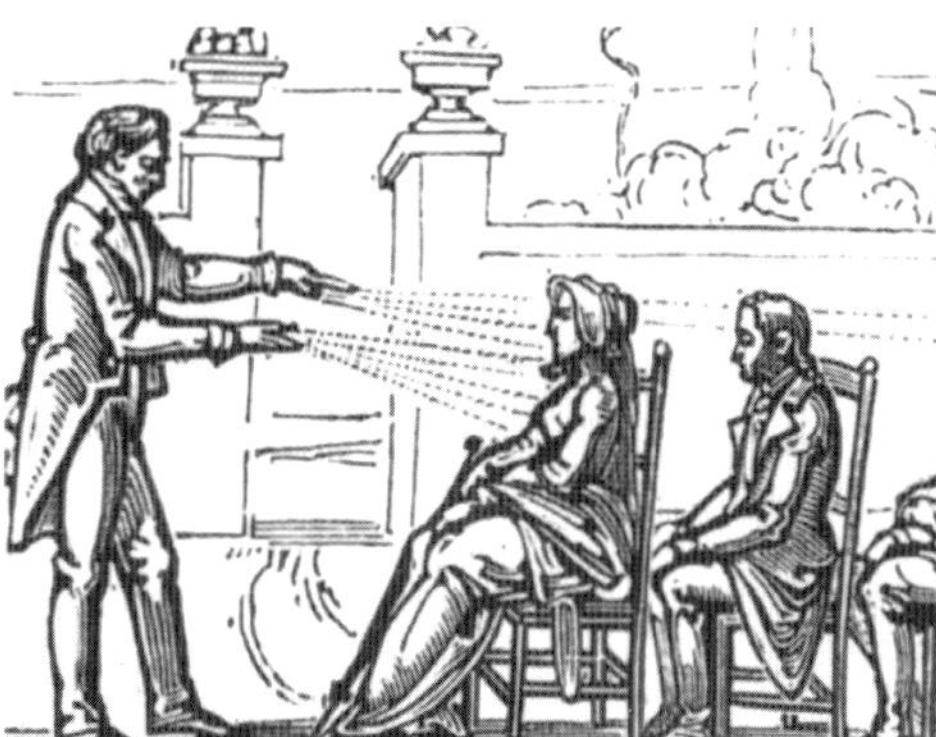

ディケンズは、ロンドンの主治医エリオットソンから教わった
催眠術に取り憑かれるようになり、自分とキャサリンと友人と、
ジェノヴァで出会った銀行家の病める妻、
オーガスタ・ド・ラ・リューに催眠術を施した。
それは誰にとっても強烈な情緒的経験で、
マダム・ド・ラ・リューの病気を治すことはなく、
キャサリンの嫉妬心を掻き立てた。

「彼はなんと偉大な
人物なのだろう」と
ディケンズは、1844年、
テニソンの詩を読んで書いた。
また、1859年、『国王牧歌』に
ついて、こう書いた。
「すべて驚くほど見事だ――
騎士的で、想像力に富み、
情熱的だ」

ディケンズはまた、監獄と、社会から拒否された人間に対する取扱いにも強い関心を抱いていた。
彼はどこに行っても監獄を訪れ、ロンドンの監獄の典獄と仲良くなった。
彼はミス・クーツと一緒に「ホームレスの女たちのためのホーム」を作った際、
トットヒル・フィールズ監獄の典獄、トレイシーに助言を求めた。
1862年に描かれた上の絵は、ディケンズが嫌った「沈黙」システム〔囚人は口を利いてはいけなかった〕のもとで勉強している女囚を描いている。そしてコールドバース・フィールズ監獄の典獄、
チェスタトンからも助言を求めた。下の絵は同監獄の男子宿舎の光景である。

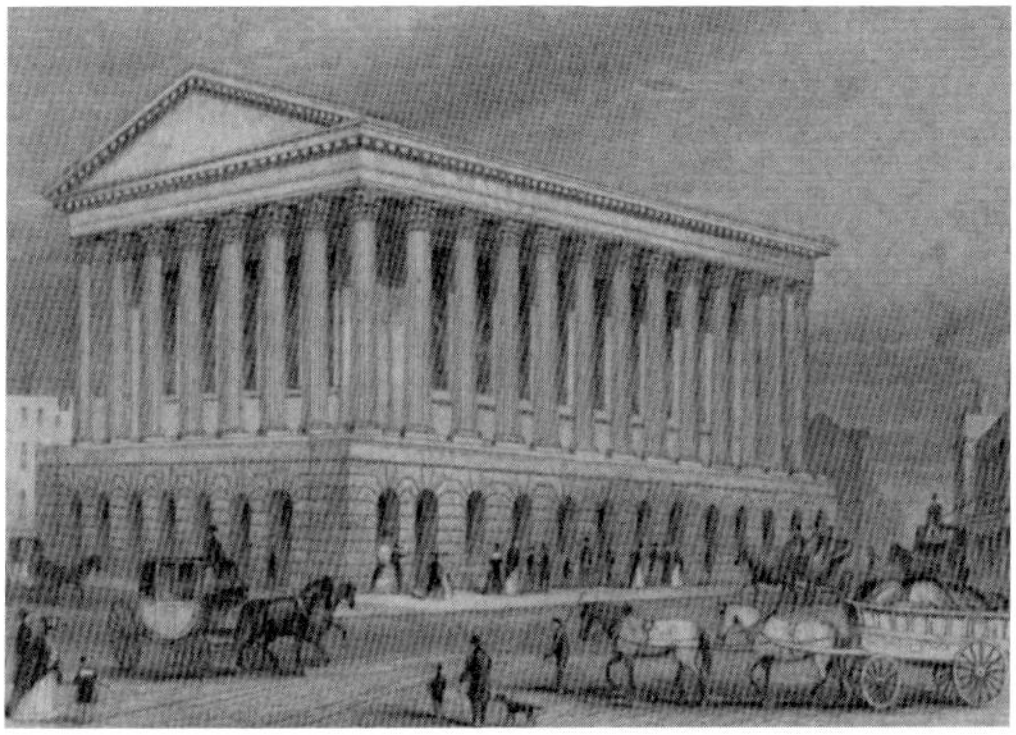

ディケンズは、労働者に
教育の機会を与えようという、
イギリスの工業都市で
なされた努力を熱心に支持し、
しばしばそうした労働者を
訪れ、講演した。これは
バーミンガムの町政庁舎で、
彼は1840年代から終生、
そこで講演した。
彼がそうした場所で
愛されたのは、人々が、彼は
自分たちの味方で、
自分たちの代弁をして
くれていると信じたからである。

のちのラッセル伯のジョン・ラッセル卿は1792年に
ロンドンで生まれエディンバラで教育を受け、
外国を旅し、フランスを愛し、
1811年、イギリスの工業都市を視察した。
1813年に議員になり、
32年に選挙法改正法を導入し、
46年から52年まで首相を務めた。
ディケンズは彼の若い頃の演説を報じた。
そして、1846年から彼を個人的に知るようになった。
ラッセルは『荒涼館』を褒めた手紙を
ディケンズに書き、定期的にディナーに招き、
ディケンズに親愛の情を抱いていた。
『二都物語』は彼に献呈された。

ディケンズに特に愛された、さらに3人の画家。1800年マンチェスターに生まれ、独学で、
これまでにない海洋画を描いたフランク・ストーン(「オールド・トーン」)(左)。
俳優の息子で船乗りになったが舞台の背景画家になり、次に海洋画家になった
クラークソン・スタンフィールド(中央)。『リトル・ドリット』は彼に献呈された。
ロンドン子で、革新的なジョン・リーチ(右)。『パンチ』のために働き、
『クリスマス・キャロル』の挿絵を描き、一家でディケンズ家と一緒に休暇を過ごした。

毅然として自信に満ちているディケンズ。若いフランス人の写真師、アンリ・クローデによって
この写真が撮られた1850年には、そういう態度をとる理由があった。

彼は最も気に入っていた作品『デイヴィッド・コパフィールド』を執筆中だった。

また、週刊誌『ハウスホールド・ワーズ』を創刊し成功を収めた。

さらに、「ホームレスの女たちのためのホーム」の運営に多くの時間を使った。

息子のチャーリーがイートン校に入り、3人目の娘のドーラが生まれた。

しかしキャサリンの具合は悪かった。1851年の初め、父(挿入画)が死んだ。

ディケンズは父に対して非常に腹を立てていたが、母の腕に抱かれて泣き、
3夜、悲嘆に暮れながら通りを歩いた。フォースターはハイゲイト墓地での葬式に彼と一緒に行った。

1857年夏、ディケンズは劇の仲間たちとアルバート・スミスの家の庭の芝の上に横になっている——
チャーリー、ケイティー、ジョージーナ、メイミーの全員が見える。
彼は、ウィルキー・コリンズの「ロマンティック・ドラマ」『凍結の深海』の、
自己犠牲をするヒーローとして主役を演ずるため、1年前から顎鬚を蓄えた。

フリスが1859年に描いたディケンズの肖像は、キャサリンと別れ、ネリー・ターナンに恋し、
世間の攻撃から名声を守ることを余儀なくされ、体の具合が悪いという、
昂ぶった惨めな気持ちの状態の彼を表わしている——
そのすべてが、表情の猛々しさの原因なのは疑いない。

キャサリン・ディケンズは、
夫が自分の振る舞いを正当化するため、
彼女の欠点なるものを公表した際、それに対して
身を守る術《すべ》がなかったが、威厳を保った。

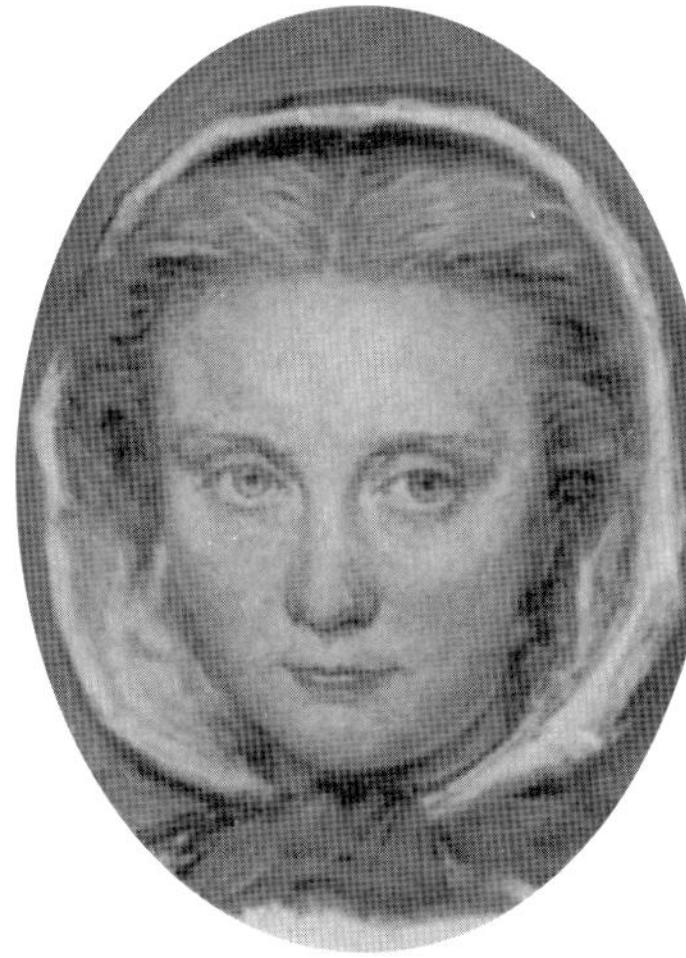

ジョージーナ・ホガースはディケンズのもとに
ずっといることを選び、
スキャンダルにスパイスを加えた。
ディケンズは彼女に深く感謝していた。

高く評価されていた女優ターナン夫人(左)は、
マクリーディーとケンブルの相手役を演じた。
女優として生活ができるように子供の頃から
娘たちを育てたが、いつも手元不如意だった。
ディケンズは彼女たちに感銘を受け、魅了された。
マライア(左)、ファニー(右)、ネリー(中央)。

ネリーは、この写真では子供のように見える。

固く巻いた金髪にリボンを結び、短い袖の服を着、曖昧な表情を浮かべている。

彼女は姉たちほど女優になるのに乗り気ではなく、演技はさほど優れてはいなかった。

1859年8月、女優を廃業した。1860年3月、21歳の時、アンプヒル広場、ホートン・プレイス2番地の
モーニング・クレセントの大きな家の持ち主になった。

その後間もなく人前から姿を消し、ディケンズはフランスに何度も謎めいた旅をするようになる。

ステイプルハーストでの列車衝突事故。
ディケンズは負傷者を助けたが、怪我をしたネリーは、その場から急いで立ち去った。

ディケンズは1856年にギャッズ・ヒル館《ハウス》を購入して建て増しし、改修し、田舎の邸宅にした。
そして、さらに敷地を買い、村の大地主の役を演じ、友人たちをもてなした。

ディケンズは、文学が重んじられているという理由でフランスを愛し、
フランスの多くの作家と友人になった。300の喜劇を書いたウジェーヌ・スクリーブと
しばしば食事を共にし、フランス語でアレクサンドル・デュマ(父《ペール》)と文通し、
1851年、彼の「倫敦の案内人《ギード・ア・ロンドル》(やむを得ず《フォート・ド・ミュー》)」になろうと申し出た。

ダンサーで女優のセリーヌ・セレストは
パリに生まれ、1830年以降、英米で名を成した。
劇場支配人のベンジャミン・ウェブスターは、
彼女の恋人で仕事上のパートナーだった。
2人ともターナン一家とディケンズと一緒に
仕事をした。ディケンズは彼女が上演した
『二都物語』が気に入った。

チャールズ・フェクターの俳優としての地歩は
パリで固められた。
ディケンズは彼をパリで初めて見た。
1860年、彼はロンドンで
見事にハムレットを演じた。
1865年には、ディケンズは彼を大の親友だと
言い、「素晴らしい男で、反ペテン師」だと評し、
ギャッズ・ヒルにしばしば招いた。

「私はパリに来るたびに、
見えない力によって、
パリの死体保管所に
引き寄せられる」。
それは、彼が理由を説明しようと
しなかった執着だった。
1860年の『商用のない旅人』の1篇の
この挿絵は、彼が書いている、
子供連れの「小綺麗で感じのよい
小柄な女」の姿を描いていると共に、
礼儀正しい中年のディケンズを
魅力的に彷彿とさせる。
彼が語っているように、
彼は死体を見ているうちに
気が遠くなり、酒屋に行って
ブランデーを飲み、
セーヌ川の浮き水泳プールに行った。

ぞっとさせられるのが大好きな聴衆に、
サイクスによるナンシー殺害の件《くだり》を朗読しているディケンズ。
朗読で彼は興奮し、疲弊したが、朗読をするのを愛した。
「もし技法がテーマに合っているなら、単純な方法で行った、
何か非常に情熱的で劇的なものの思い出を、あとに残したい」と彼はフォースターに語った。

激しい気性のゆえに、父が「黄燐マッチ」と呼んだケイティー・ディケンズは、愛情に満ちた娘だったが明敏で、父の本当の姿をできるだけ正しく後世に伝えようと決心した。

ディケンズの「魔法の円の中の唯一人」のネリーは、優しく、誇り高く、己を恃《たの》んでいたとディケンズは言ったが、耐えるべき多くのものを持っていて、自分の過去が知られるのを恐れた。

チャーリー・ディケンズ(左)は、父が望んだような実業家にはならなかった。
礼儀正しく世事にうとく、家族を無一文にして死んだ。ヘンリー(右)は出世した唯一の息子で、
父を説得してケンブリッジ大学にやってもらい、弁護士になった。

両腕に本を抱えてイギリス海峡を渡る
ディケンズの漫画。
フランスの画家アンドレ・ギル筆——
彼はギルレイ〔1815年に没した
イギリスの諷刺漫画家〕に敬意を表して、
その筆名を使った——によって
描かれ、1868年、『レクリプス』に載った。
ジョン・ワトキンズの写真より。

「アメリカに来た英国のライオン」と
題された、1867年のアメリカの漫画は、
ジェレマイア・ガーニーの写真を
もとにしたもので、
ディケンズは派手な上着を着、
たくさんの宝石類を身につけ、
ワイン・グラスを足元に置いている。

白髪交じりで、窶れた険しい顔をしているが、諦めてはいない。
彼は写真に撮られるのは好きではなかったが、机の前に坐り、鵞ペンを手にそれに耐えた——
相変わらず無比の者である。

チャールズ・ディケンズ伝

本書を二人の瞠目すべき女性の思い出に捧げる——

私の母、作曲家の
ミュリエル・エミリー・ハーバート（一八九七〜一九八四）。
母は私が子供の時にディケンズを私と一緒に楽しんだ。

そして、私のフランス人の祖母、教師だった
フランスリーヌ・ジュナトン・ドラヴネ（一八七三〜一九六三）。
彼女は一八八八年頃グルノーブルの寄宿学校にいた時、
『デイヴィッド・コパフィールド』を英語で全部読んだ。
それ以来ずっとディケンズを愛した。

チャールズ・ディケンズ伝◆目次

妹と私が最初にディケンズ氏に気づいた……

部屋の中の一種の華やかな存在、

謎のように支配的で、形のないもの。

彼が入ってくると、一同がパッと明るくなったのを思い出す。

アニー・サッカレー、一九一二年

◆

彼の人生の少なくとも二十五年、

英語を話す世界中の家庭において……

彼の名前が、どんな個人的知り合いの名前とも

同じくらいお馴染みで、

彼の作った登場人物に対する間接的な言及が

理解されなかったことはなかったと思う。

ジョージ・ギッシング、一八九八年

◆

偉大な才能を持っているどんな人間の人生も、

本人には悲しい本だろう。

チャールズ・ディケンズ、一八六九年

◆

そのような人間のどんな部分でも、その周りに、

あまりにはっきりした線を引くのは無益なことであろう。

ディケンズの友人ジョン・フォースター、『チャールズ・ディケンズ伝』

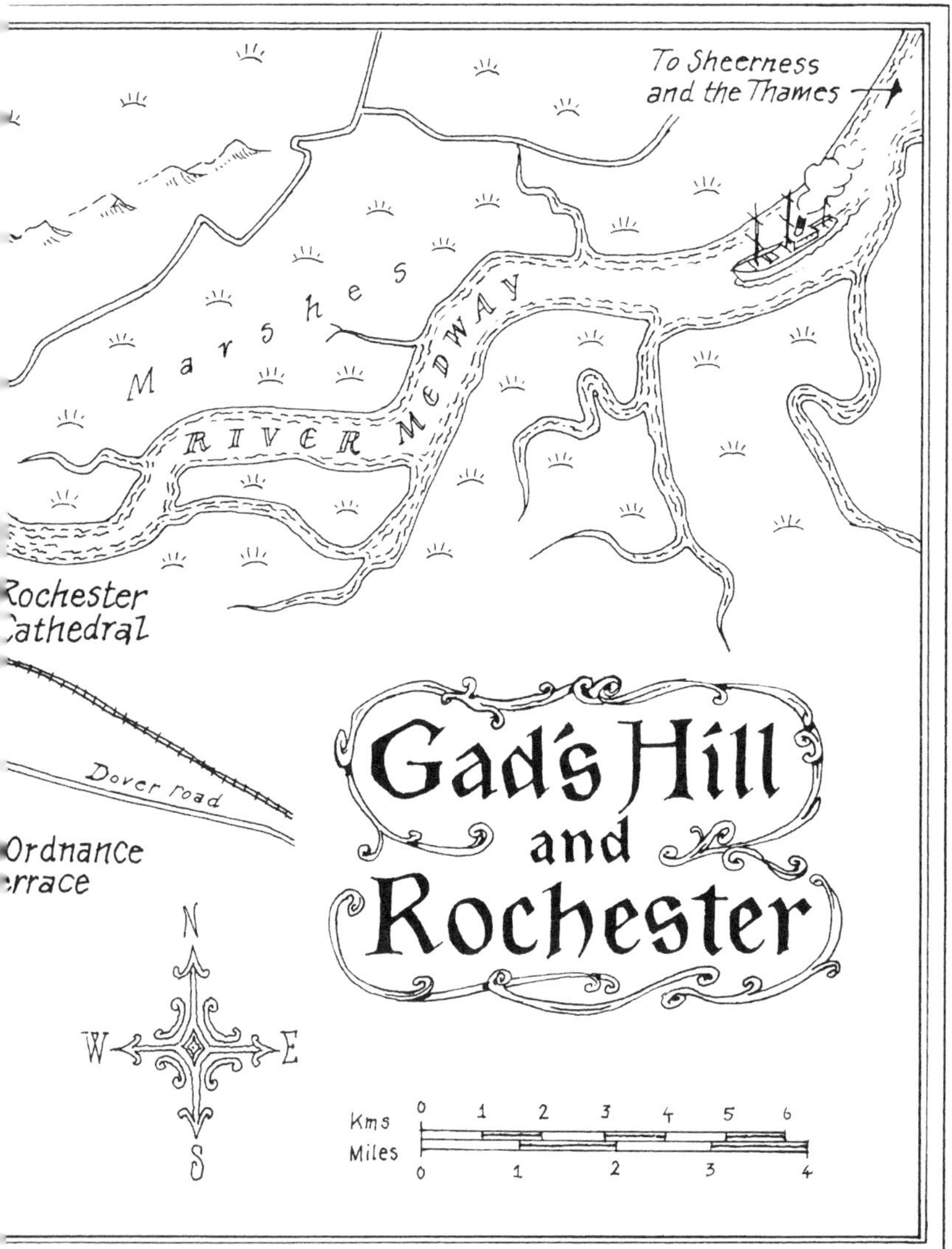
To Sheerness
and the Thames
Marshes
RIVER MEDWAY
Rochester
Cathedral
Dover road
Ordnance
rrace
Gad's Hill
and
Rochester
N
W
E
S
Kms
0 1 2 3 4 5 6
Miles
0 1 2 3 4

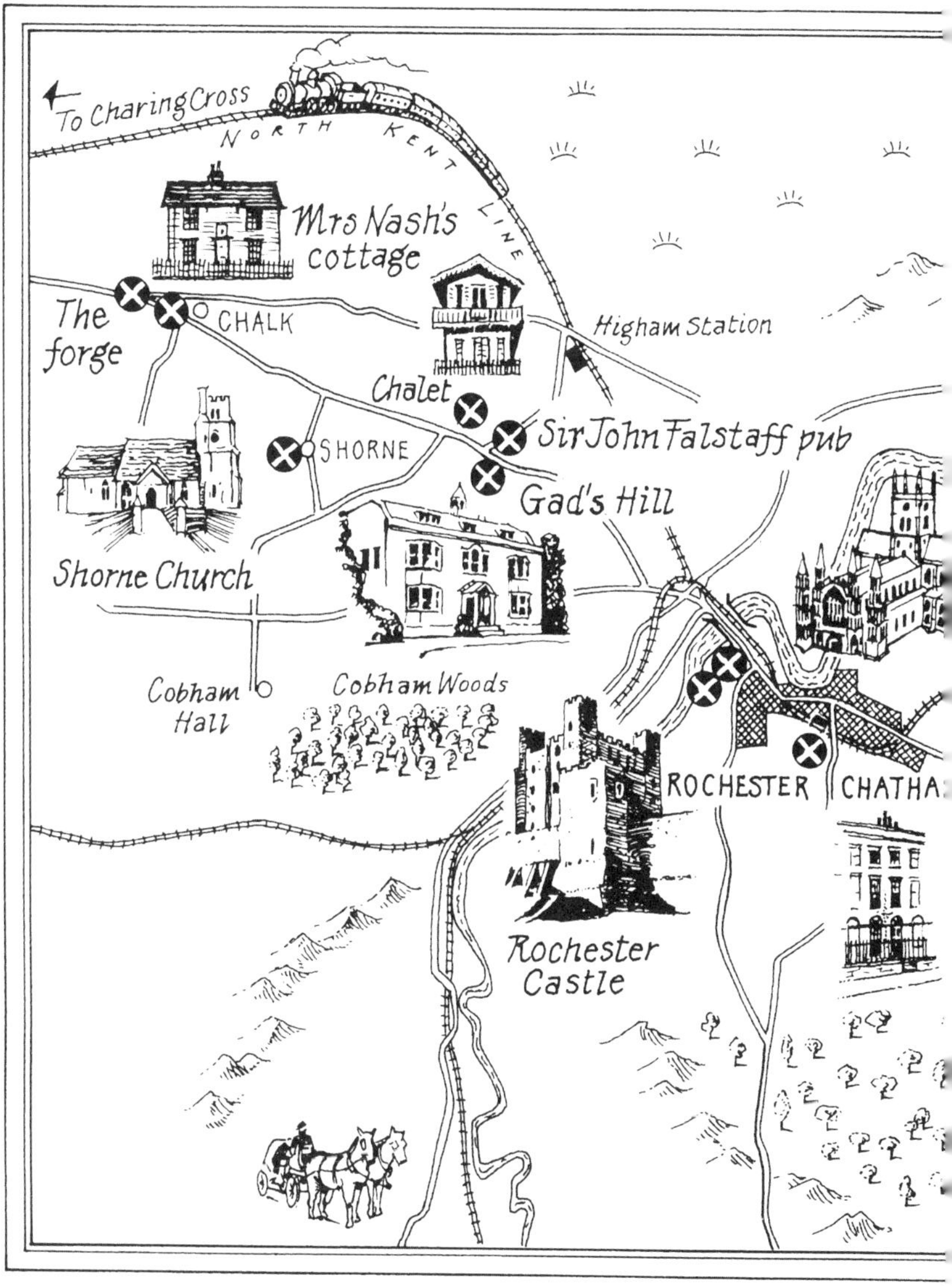
To Charing Cross
NORTH KENT LINE
Mrs Nash's cottage
The forge
CHALK
Higham Station
Chalet
Sir John Falstaff pub
SHORNE
Gad's Hill
Shorne Church
Cobham Hall
Cobham Woods
ROCHESTER
CHATHA
Rochester Castle

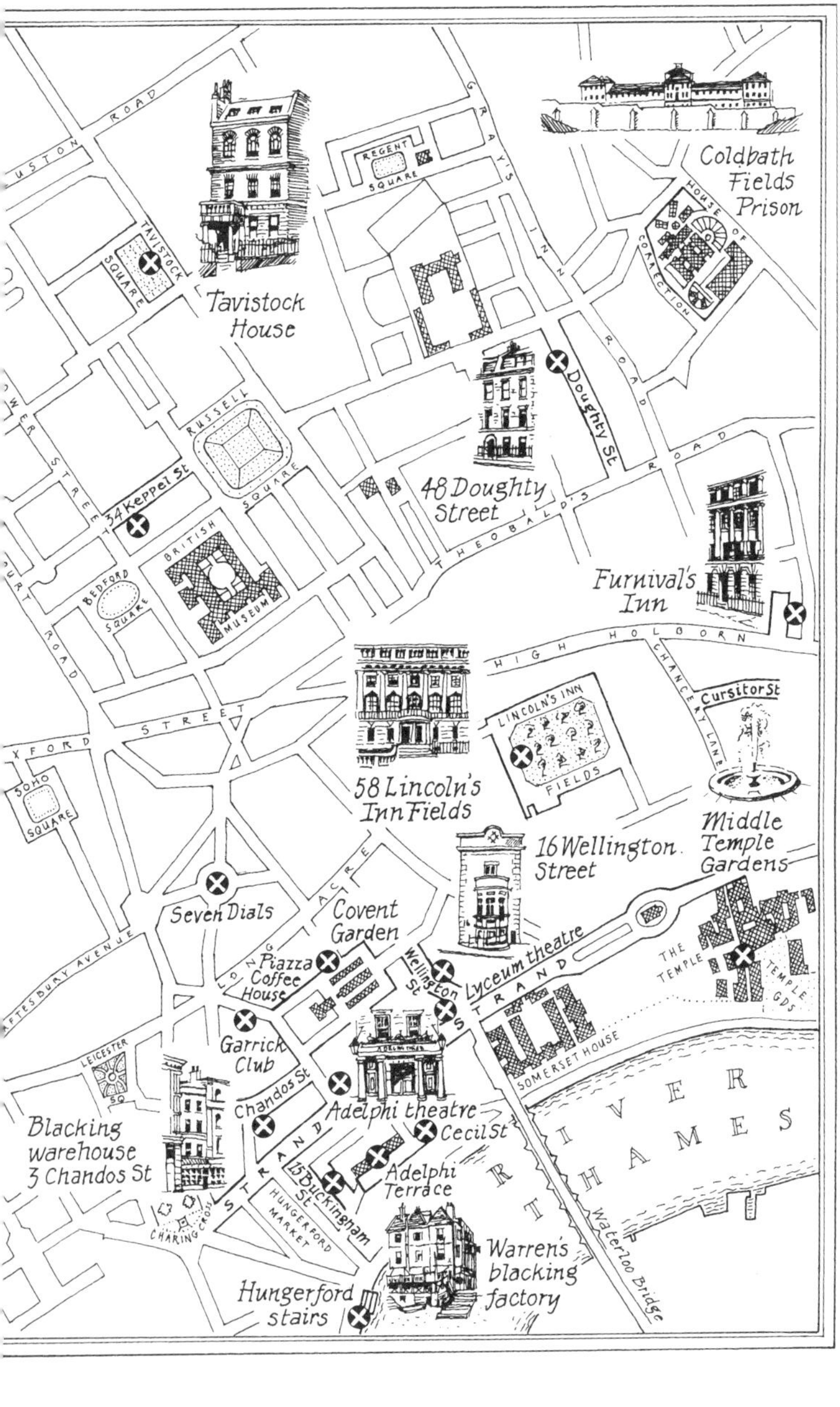

Coldbath Fields Prison
House of Correction
Regent Square
Grays Inn Road
Euston Road
Tavistock Square
Tavistock House
Russell Square
34 Keppel St
British Museum
Bedford Square
Doughty St
48 Doughty Street
Theobald's Road
Furnival's Inn
High Holborn
Chancery Lane
Cursitor St
Lincoln's Inn Fields
58 Lincoln's Inn Fields
Middle Temple Gardens
16 Wellington Street
Oxford Street
Soho Square
Seven Dials
Long Acre
Covent Garden
Piazza Coffee House
Wellington St
Lyceum theatre
Strand
The Temple
Temple Gds
Somerset House
Garrick Club
Leicester Sq
Chandos St
Adelphi theatre
Cecil St
Adelphi Terrace
Blacking warehouse 3 Chandos St
15 Buckingham St
Hungerford Market
Charing Cross
River Thames
Waterloo Bridge
Warren's blacking factory
Hungerford stairs

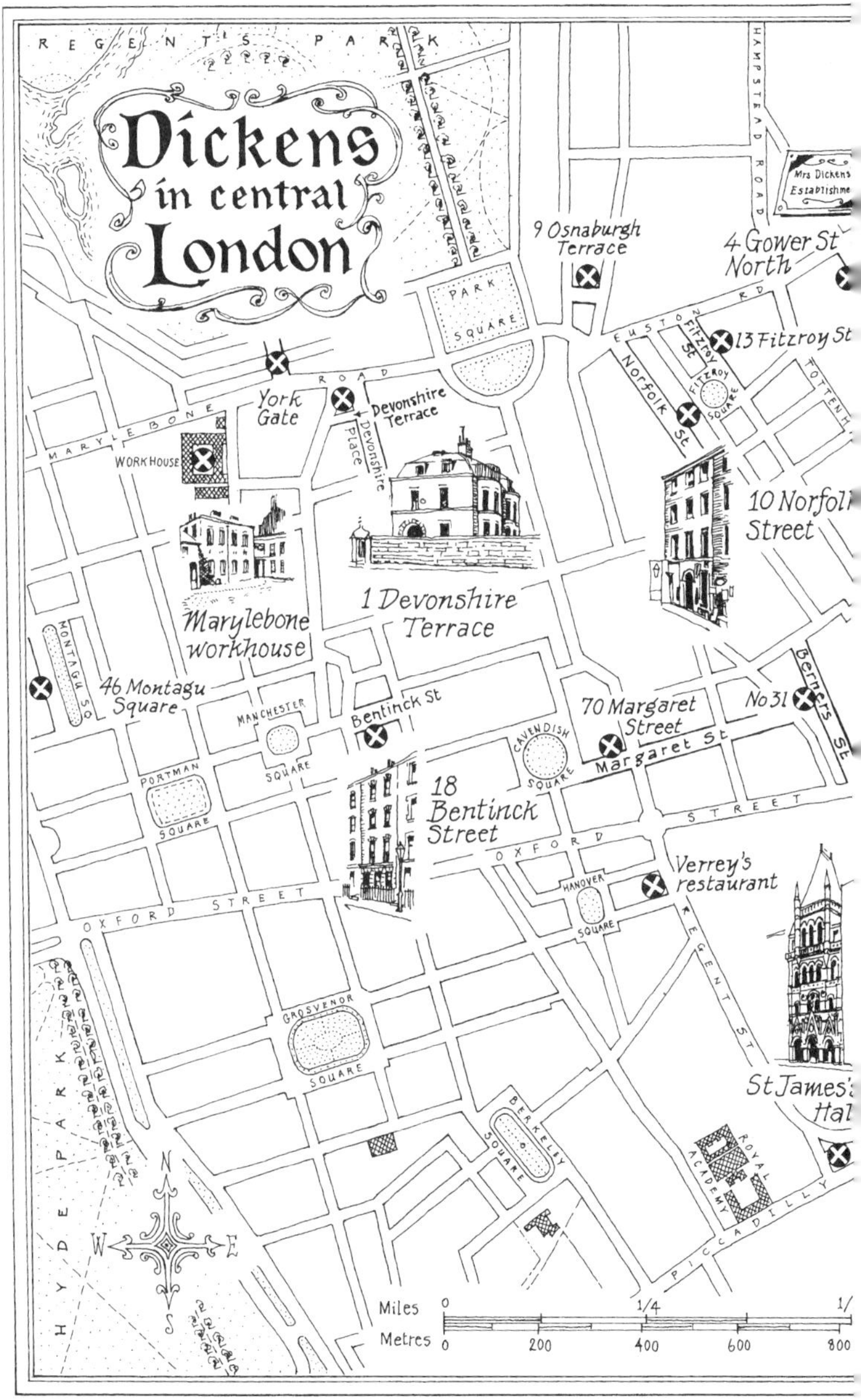
Dickens in central London
REGENT'S PARK
HAMPSTEAD ROAD
Mrs Dickens Establishme
9 Osnaburgh Terrace
4 Gower St North
PARK SQUARE
EUSTON RD
Fitzroy St
13 Fitzroy St
FITZROY SQUARE
Norfolk St
TOTTENH
MARYLEBONE ROAD
York Gate
Devonshire Terrace
Devonshire Place
WORKHOUSE
10 Norfolk Street
Marylebone workhouse
1 Devonshire Terrace
MONTAGU SQ
46 Montagu Square
MANCHESTER SQUARE
Bentinck St
70 Margaret Street
No 31
Berners St
CAVENDISH SQUARE
Margaret St
PORTMAN SQUARE
18 Bentinck Street
OXFORD STREET
Verrey's restaurant
HANOVER SQUARE
REGENT ST
OXFORD STREET
GROSVENOR SQUARE
St James's Hal
HYDE PARK
BERKELEY SQUARE
ROYAL ACADEMY
PICCADILLY
N
W
E
S
Miles 0 1/4 1/
Metres 0 200 400 600 800

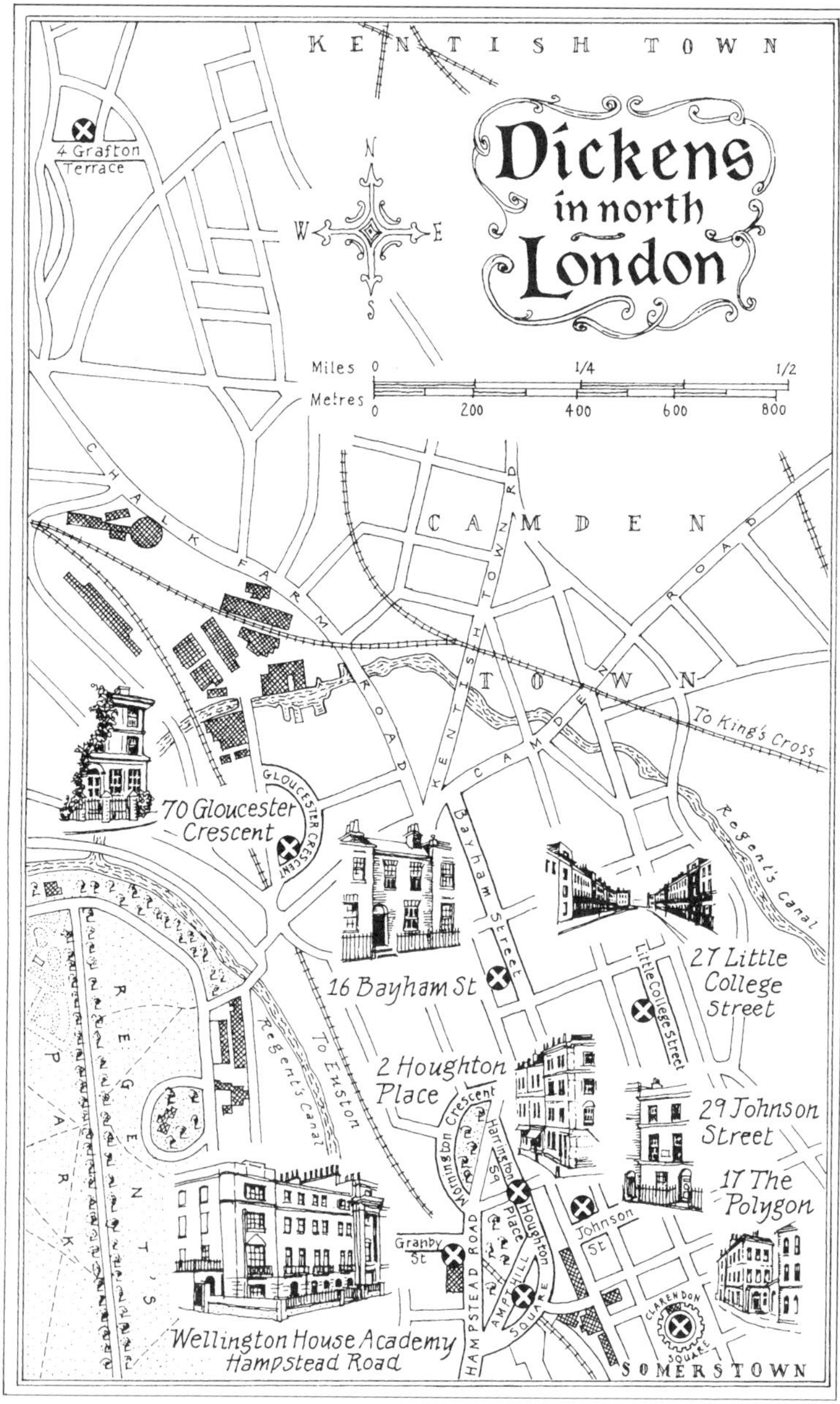
Dickens in north London
KENTISH TOWN
N
W
E
S
4 Grafton Terrace
Miles 0 1/4 1/2
Metres 0 200 400 600 800
CAMDEN
CHALK FARM ROAD
KENTISH TOWN RD
CAMDEN TOWN
CAMDEN ROAD
To King's Cross
Regent's Canal
GLOUCESTER CRESCENT
70 Gloucester Crescent
Bayham Street
16 Bayham St
Little College Street
27 Little College Street
REGENT'S PARK
Regent's Canal
To Euston
2 Houghton Place
Mornington Crescent
Harrington Sq
Houghton Place
29 Johnson Street
17 The Polygon
Johnson St
Granby St
HAMPSTEAD ROAD
AMPTHILL SQUARE
CLARENDON SQUARE
Wellington House Academy Hampstead Road
SOMERSTOWN

プロローグ

無比の者

一八四〇年

一八四〇年一月十四日、ロンドン。マリルボーン救貧院で審問が行われている。その救貧院は、マリルボーン・ロードとパディントン街のあいだの広い区域に広がっている、ごたごたして入り組んだ建物だ。そうした審問の際には陪審員としての義務を果たすよう、持ち家居住者を説得する責任を負った教区吏員《ビードル》〔教区の雑務を担当する小役人〕は、十二人の男を集めた。その大方は地元の中年の商人だが、その中の際立った一人は違う。彼は若くて華奢で、粋な服装をし、美男子で、背は高くも低くもなく五フィート九インチで、黒っぽい髪は巻き毛になって額と襟に垂れている。彼は、リージェンツ・パークの近くのヨーク・ゲイトにある、広い庭付きの風通しのよい立派な家に引っ越してきたばかりの新しい住人だ。そこはデヴォンシャー・テラス一番地で、ビードルは義務を果たさせようと、急いで彼をそこから召喚したのである。

デヴォンシャー・テラスから救貧院までは歩いてすぐだが、彼が門を潜って入ったのは別世界だ。彼は、審問が始まるのを待ちながら仲間同士で話をしている、ほかの陪審員がいる部屋に導かれた。彼らは、嬰児殺し容疑事件の評決を言い渡すためにやってきたのだ。ある女中が、生まれたばかりの赤ん坊を雇い主の家の台所で殺害した罪に問われたのである。陪審員の一人は、その若い女に最も厳しい刑を科すことに賛成だと宣言する。新来の若い陪審員は、その男が家具屋で、つい最近一対のトランプ用テーブルを買った際に自分を騙したらしい人物なのに気づく。もう一人の頑健な体格の男は、彼の手に名刺を押しつけながら、将来、お役に立てることを願っていると呟く。葬儀屋である。

陪審員たちは審問が始まるのに先立ち、赤ん坊の死体が置いてある、救貧院の地階の霊安室に導かれる。赤ん坊の死体は白い綺麗な布をかぶせた箱の上に置いてあり、その脇に、検屍のために死体を切り開くのに使われた外科用器具がある。赤ん坊は再び縫合されている。自分にも家に生後二ヵ月の赤ん坊——ケイティー——がいる新来の陪審員は、まるでテーブルクロスが伸べられ巨人が食事に来るかのようだと思うが、その考えを仲間の陪審員たちには言わない。彼らの誰もが、霊安室が清潔で、のろがたっぷり塗ってあると思う。陪審長は言う。「よろしいかな、諸君？　それでは戻ろう、ミスター・ビードル」。一同は、ぞろぞろと上階《うえ》に行く。検屍官は外科医のトマス・ワクリーで、つい最近まで議員だった。新来の陪審員は、チャールズ・ディケンズである。

殺人の嫌疑をかけられた若い女が、救貧院の看護婦の一人に連れてこられる。女は衰弱していて、病気で、怯えているように見える。そして、ばす織りの椅子に坐ることを許されるが、同情心を示さぬ看護婦の肩に顔を隠そうとする。イライザ・バージェスは二十四か五で、家事全般をこなす女中で、孤児である。そのせいで齢がはっきりしないのかもしれない。女が救貧院で育ったということもありうる。ひょっとしたら、この救貧院で。彼女の言うところでは、こうだ。一月五日、日曜日、エッジウェア・ロード六五番地の雇い主の家の台所で産気づいた。女は、たった一人の女中だった。玄関のベルが鳴ったので、急いで上階《うえ》に行って二人の婦人の訪問客を招じ入れた。台所に戻る頃には、赤ん坊——男児——がスカートの下で生まれていて、死んでいるように見えた。赤ん坊が階段で生まれたのかどうかははっきりしないが、ともかく自分一人で分娩し、臍の緒を切り、できるだけ綺麗にしたのに違いない。それから箱ないし壺を見つけ、その中に死んだ新生児を入れ、食器棚の下に隠した。客が帰ったあと、女主人のメアリー・シモンズ夫人は女を寒い中で玄関の石段のこすり洗いをさせにやったが、女がひどく具合が悪そうで窶れて見えたので、子供を産んだのかと責めた。最初彼女は否定したが、医者に診てもらうと脅かされて正直に話し、赤ん坊を置いた場所をシモンズ夫人に見せた。シモンズ夫人は貸馬車を呼び、イライザと死んだ赤ん坊を自宅からマリルボーン救貧院の病院に運ばせた。

シモンズ夫人は同情心のない証人のようで、この事件を被告に有利なものにしようと願っているディケンズの質問に抗う。検屍官は励ますような眼差しを陪審員のディケンズに向ける。被告は号泣する。次の証人、救貧院住み込みの外科医ボイド氏が、二人の婦人がベルを鳴らした時に陣痛発作に見舞われたと、被告が自分に話したと報告する。被告は急いで二人の婦人を家の中に入れたが、「そうしている最中に子供が生まれ、戻った時には子供は死んでいた」。彼は、子供が生きて生まれたのか死産なのかは、はっきりと言うことができない。そのあと、ワクリー氏は私的な会話の中で、子供がともかくも数回息ができたとはとても考えられない、なぜなら、子供の気管に異物が詰まっていたから、とディケンズに話した。

　ミス・バージェスは、陪審員たちが事件について話し合っているあいだ、連れ去られる。ディケンズは、彼女が子供殺しで有罪だとすでに思っている者と対決する覚悟をしている。そして、ワクリー氏に力づけられ断固とした調子で力強く論じるので、議論に勝つ。ミス・バージェスが再び連れてこられると、評決が言い渡される。「死んで発見された」。女は跪き、陪審員たちに感謝し、「われわれが正しかったことを女は明言した——それは、私がこれまでの人生で聞いた最も感動的な明言だった」[1]。それから女は気を失い、運び去られる。彼女はまだ監獄にいなければならず、やがて中央刑事裁判所《オールド・ベイリー》に出頭しなければならないが、死刑になるおそれは、いまやない。十二人の中で最も忙しい男なのは間違いないディケンズは、家に帰り、監獄にいる彼女に食べ物や、ほかの慰めになる物を送る手配をする。また、中央刑事裁判所で彼女を弁護するため、優秀な法廷弁護士——故ジェレミー・ベンサムの友人で書記だった、イナー・テンプル法曹学院〔法曹学院は法廷弁護士養成機関〕のリチャード・ドウンを見つける。

　その夜、彼は眠れない。吐き気と消化不良に襲われ、一人ではいたくないので、妻のキャサリンに寝ずに一緒にいてもらう。救貧院で見た死んだ赤ん坊、監獄についての思い、怯えた、無知で、不幸な若い女囚が心を乱したのだ。朝になると彼は、一番の親友のジョン・フォースターに手紙を書く。「それが哀れな赤ん坊なのか、柩なのか、私の仲間の陪審員たちなのかなんなのか、私には言えない……」[2]。彼は、監獄についてはすでに詳しい。父が負債ゆえに監獄に入れられるのを見たことがあるからだ。また、死んでゆく赤ん坊も見たことがある。弟妹の二人が早く死んだからだ——幸い、自分の三人の子供は丈夫で健康だ。そして彼は、家事全般をする女中、「雑働き」についても知っている。少年の頃、自分の家族のために働いていた、その一人をよく覚えている。その女は、自分の育った救貧院から、じかに来たのだ。彼は吐き気が治まったので、晩にアデルフィ劇場でフォースターに会い、『ジャック・シェパード』——彼は追い剝ぎだ——を観る。演じたのは男装をした女優メアリー・アン・キーリーだ。ディケンズは彼女をよく知っている。というのも、八年前、彼女の夫から演技の稽古をつけてもらったからだ。

　チャールズ・ディケンズは子供の頃から周囲の世界を観察し、最初はジャーナリストとして、次は小説家として、それまでの六年間、自分の見たものを報告した。その多くは彼を楽しませたが、さらに多くのものが心を乱した——ロンドンで目にした貧困、飢餓、無知、不潔、貧しく無知な者の置かれた状況に対する、金満家と権力者の無関心。彼は、みずからの努力と類い稀な才能によって貧困から抜け出した。しかし、自分の周囲の貧困を忘れることはなかったし、それから目を背けることもなかった。彼は作品の中でそれに読者の注意を惹いた。そして自身、イライザ・バージェスの場合だけではなく、そうしたことに時間と金を惜しまなかった。

イライザ・バージェスの裁判は三月九日に中央刑事裁判所で行われ、その結果は翌日、『ザ・タイムズ』に報じられた。彼女は、一月五日に出産した男児を隠した廉で起訴された。彼女の弁護士ドウン氏は、彼女が精神薄弱であることを申し立てた。また、彼女の性格についての重要な証人を連れてくることができた。それは、グレート・ラッセル街の商人、クラークソン氏だった。彼女は以前、彼の家族のために働いたことがあり、彼は彼女のために最善を尽くすつもりだった。クラークソン氏が言うには、妻はイライザに非常な関心を抱いていて、正道を踏み外した若い女の面倒を見、更正に最善を尽くす施設、マグダリン救護院に入れる約束をしてもらったと言った。クラークソン夫妻は、彼女がそこに入れるまで、喜んで再び雇うつもりだった。そうした立派な人物がイライザを進んで助けようとしていることが、彼女の有利に働いた。陪審は、彼女が赤ん坊の死体を隠したことは有罪としたが、強く減刑勧告をした。裁判長のサージェント・アラビン氏は、目下の状況では判決は次の開廷期まで延期する、その間《かん》、被告は自由であると言った。彼女の刑は軽く、「彼女の経歴と行動は、それが正しかったのを証明した」というディケンズの短い言葉以外、その後の彼女についてはは何もわかっていない。その言葉は、二十三年後の一八六三年に書かれたものである。ディケンズは、哀れな若い女の思い出を大事に仕舞って置いたのである(3)。

それはディケンズの人生において、ごく些細なエピソードだが、行動する彼の姿を見せてくれる。自宅から道路を少し歩いて救貧院に行き、関心を惹くところも面白味もまったくない性格と履歴の若い女を助けようと決心する。その女は社会のまさにどん底からやってきた、救貧院育ちの女、女中、犠牲者なのだ——無知で騙されやすい性格で、正体不明の女誑《たら》し、厳しい雇い主、一応の社会的身分のある陪審員たちの先入観の犠牲者。彼は男盛りで、敢然と議論し、惜しみなく援助し、事件を最後まで追い、彼女がそれ以上犠牲になるのは誤りだという強い信念に純粋に衝《つ》き動かされている。

　彼の行動をいっそう際立ったものにしているのは、一八四〇年のその時、本人が強い圧力を受けながら暮らしていたということである。彼は非常に成功していたが、疲労困憊もしていた。それまでの四年間、月刊分冊の形で三つの長篇小説を書くという重労働をして過ごしてきた。それは、彼を無名の存在から有名で安楽な暮らしをする人物に押し上げた、想像力を絶えず働かせ、執筆に集中するという、途方もない努力を要する行為だった。小説を分冊で逐次刊行するというのは、出版においては新しいスタイルで、新しい読者が獲得できた。なぜなら装丁してない分冊は安く、回し読みしたり、纏めて保存したりできるからだ。それは、生まれて初めて小説を買い、家の棚に置く読者を獲得した。ディケンズの小説の登場人物は、誰もが知っている言葉になった――ピクウィック、サム・ウェラー、フェイギン、オリヴァー、スクウィアーズ、スマイク。愉悦と冗談を提供するかと思うと、怒りがたっぷり込められたペーソスを漂わせるものにひょいと変わるディケンズの声は、友人の声のように思えた。彼の小説は劇になり、全国の劇場で上演された――メアリー・アン・キーリーは、アデルフィ劇場でスマイクの役を演じた。彼の成功は前例のないもので、ぞくぞくするようなものだったが、本人はストレスを感じていた。というのも、自分の収入と生活水準は、創作のペースを維持することにかかっていたからだ。彼は貯金がなく、その日暮らしで、金のことを心配していた。しかし、新しい週刊誌の編集長になったことで、さほど苦労せずに稼げると確信していたので、別の分冊小説の執筆はしないと誓ったところだった。一八四〇年一月、まさに審問が行われた月、彼は創刊号の仕事に取り掛かった。

　彼は大勢の召使が雇えたし、自分用の一頭の馬、一台の馬車が所有できた。そして、その馬車を御するための十四歳の若者、ジョン・トムソンを抱えていた。トムソンはその後二十六年間、いくつかの資格で仕えた。彼は六月には家族を連れて一ヵ月ロンドンを離れた。九月にもそうした。また、妻と一緒に短い遊覧旅行をした――「私の家内《ミシズ》」、「私の連れ合い」と。同時に彼は名士扱いされ、飛び切り上品で裕福なミス・クーツに招待されただけではなく（王家の者が出席している時は宮中服の着用が求められた）、さほど上品ではないが非常に頭のよいレディー・ホランドや、まったく上品ではないが才気煥発で魅力的なレディー・ブレッシントンと彼女のコンパニオン〔老婦人の話し相手として雇われる婦人〕や、ドルセイ伯爵にも招待された。ディケンズの「ミシズ」は、彼がそうした婦人たちの家や、文人で保守党議員のリチャード・マンクトン・ミルンズが催した朝食会に行く時は同行しなかった。王立協会会長のノーサンプトン卿は、ピカディリーにある自宅でのレセプションに彼を招いた。トマス・カーライルは、ロンドン図書館設立についての早い頃の会合に彼を出席させた。ディケンズはその図書館の支援者と会員になった。彼の肖像の銅板画は引っ張り凧で、頭部はファンの彫刻家によって制作されていた。

それが、人生の中頃までのディケンズだった。彼は一八四〇年二月には二十八歳で、あとまだ三十年あった。彼は四分の一世紀平和だった国に住んでいた。外国との戦争はなく、国内には革命はなかった。それは一つには、前の国王ウィリアム四世のもとで成立した、一八三二年の選挙法改正法案のおかげだった。それによって選挙区の議席が再配分され、有権者数はやや増えた。しかし、ロンドンの路地や横丁は貧しさゆえに依然として汚く、人口過密で、病気が蔓延していたが、大邸宅に住む金持ちは悠然としていた。鉄道が、選挙権よりも国民の生活習慣を変えていた。そしてユーストンとパディントンの鉄道駅は、すでにロンドンと北部と西部地方を結んでいた。ニュー・オックスフォード街がちょうど開通したところだった。フィンチリー・ロード、カレドニアン・ロード、カムデン・ロードも開通していた。そして、チャールズ・バリーはトラファルガー広場を設計していた。一月に、一ペニー郵便制〔半オンス一ペニーで全国のどこにでも手紙が出せる制度〕が出来、それは国全体に及ぶことになった。その制度は最初の一年間で、出された手紙の量を倍にした。ロンドンは二月十日のロイヤル・ウェディングの準備をしていた。若いヴィクトリア女王が、ドイツの公子《プリンス》、アルバート・オヴ・ザクセン＝コーブルク＝ゴーダと結婚するのだ。議会では外国の公子にいくら支給するかが論議された。三万ポンドに決まり、通りでは人々が、「あの人は、いつまで経ってもプリンス・ハルバート／私の好きな愛しい男」と歌った――ともかくも、ディケンズによれば[4]。ディケンズは女王に恋したふりをし、ウィンザーに出掛けて、自分の恋心を示すため、城の前の地面に横たわった。通行人は相当驚いた。

ディケンズは、まだ青年だった。文法には怪しいところがあり、服装はあまりに華美だった。「ゼラニウムと長い巻き毛」と、サッカレーは揶揄した〔ディケンズは上着のボタンの穴に、ゼラニウムの花をよく挿した〕。彼の人のもてなしぶりはあまりに派手で、気性は激しかったが、友人たちは彼を愛した。彼は友人たちの愛情に応えた。静かなところで執筆するためにロンドンを離れると、数日のうちに大勢の友人を招いた。いくつもの祝賀パーティーを開き、シャレードをし、カドリールとサー・ロジャー・ド・カヴァリー〔二列に向かい合って踊るカントリー・ダンス〕を踊った。ひどい風邪をひくと、それを冗談にし、「悲惨《びざん》、びざん」とこぼした。あるいは、「僕は一日中泣いている……鼻は絶えず擦《こす》っているので、この前の火曜日より一インチ短くなった」と嘆いた(5)。彼は自由な時間を得ようと、猛烈な速さで仕事をした。懸命に生き、懸命に運動をした。一日は冷水のシャワーから始まり、可能ならば毎日歩くか馬に乗るかした。ロンドンから十二マイルか十五マイル、さらには二十マイル、根気強く遠出をし、しばしば友人を誘って一緒に行った。夜は十時から午前一時まで書斎にいただろう。そして、早く起きて八時半までには机に向かい、自分で削った鵞ペンと、お気に入りの濃紺のインクで執筆しただろう。彼は熱心な教師からフランス語を習っていた(6)。また、文学的野心を持った貧しい指物師を全力を尽くして助け、その男の書いたものを読み、仕事を見つけてやった(7)。

彼は身の回りを偏執的に整えた。ホテルの部屋の家具さえ並べ替えた。彼はバースのホテルからキャサリンに書き送っている。「僕はベッドに行く前に、もちろん、部屋と手荷物の両方を整理した」。そして、ブロードステアーズ〔ケント州の海岸保養地〕の下宿屋から旧友に宛て、こう書いた。「すべての部屋の家具は、同一の風変わりな人物によって、すっかり並べ替えられた」。その人物は彼なのである(8)。彼は葉巻を吸い、手紙の中でワイン商にしばしば言及した。そして、ブランデー、ジン、ポート、シェリー、シャンパン、クラレット、ソーテルヌを届けさせ、楽しんだ。滅多に二日酔いはしなかったが、前の晩に飲み過ぎた時は翌朝、気分が悪いと告白していることがある。クリームの掛かっていないラズベリーが好きな果物だったが、箱に入ったナツメヤシも大好物だった(9)。ギャリック・クラブとアセニーアム・クラブの会員で、ロンドンのすべての劇場を知っていて、足繁く訪れた。そして、好きな時に特等席を支配人に頼むことができた。外で食事をすること、劇場に行くこと、一人か二人の友人とロンドンの物騒な地区に冒険に出掛けることが、晩の過ごし方だった。また、一人でいくつもの通りを歩き、物を観察し思索した。そして、社会の除け者のいる場所である監獄と救護院に並外れた関心を抱いていた。

彼は十年後の一八五〇年五月にマリルボーン救貧院を再訪した。[10] その時、救貧院には新生児から死にかけている者までの、あらゆる年齢の二千人が収容されていた。彼はその救貧院の様子を、痛ましいくらい生き生きと書いている。共同部屋に押し込められている、非常に多くの者の臭い、物憂げな態度、惨めな食事、死以外、待ち望むなんの将来もない老人の不機嫌な無気力ぶり。その時彼は、そうした状況が一つのことによって償われているのに気づいた――貧民の子供たちがよく面倒を見てもらっていることによって。子供たちは、建物の一つの最上階にある広い、明るい、風通しのよい部屋に入れられていた。「みすぼらしい、貧弱な二つの揺り木馬が隅で激しく動いている」とところでジャガイモを食べている子供たちは、生き生きとして陽気に見えた。しかし、彼に最も強い印象を与えたのは、貧民の世話をする看護婦の一人が深い悲しみに沈んでいる姿だった。看護婦は「肉のたるんだ、骨張った、薄汚い」下品な外見の女で、「落ちていた子」――通りで見つかった子――の世話をしていたのだが、その子が死んでしまったので、今、激しく啜り泣いているのだ。またも彼は、なんとか助けようとした。「もし、彼女にとって何か役に立つことがあるなら、それをしたいのです」と彼は書いた。「彼女を助けるにはどうすれば一番よいのか教えて頂きたい」と、慈善家で議員のジェイコブ・ベルに書いた。[11] また も、彼の心に訴えたのは、貧しい女と死んだ子供だった。

彼はほかの者より生き生きと世界を眺め、自分の見たものに対し、笑いと恐怖と憤怒で反応した――時には啜り泣きで。自分の経験と反応を素材として蓄え、それを変貌させて小説に使った。想像力に溢れていたので、笑いと恐怖と憤怒をもって十九世紀のイギリスを、活気に満ちた、真実と生命力に充満したものにしたのである――そして、感傷をもって。彼に対してきわめて強い敵意を抱いている批評家さえ、彼がロンドンを「後世のための特派員のように」描いたことを認めている。[12] 彼は作家になりたての頃、自分を「無比の者」と呼び始めた。それは彼としては幾分冗談だったが、完全に冗談でもなかった。なぜなら彼は、自分を凌駕する同時代の作家がいないのを認識していたし、友人や家族の中に、自分の精力と野心に拮抗できる者がいないのを知っていたからである。[13] 彼は人を笑わせ、泣かせ、怒りに駆り立てることができた。また、人を楽しませ、世の中をよりよい場所にしようと思っていた。彼はどこに行こうと、ずっとのちに、ある観察眼の鋭い少女が書いているように、「部屋の中の一種の華やかな存在、謎のように支配的で、形のないもの」になった。「彼が入ってくると、一同がパッと明るくなったのを思い出す」[14]

第1部

第1章
父親たちの罪
一七八四〜一八二二年

チャールズ・ディケンズは、一八一二年二月七日金曜日に、ポーツマスの旧市街に接する、一七九〇年代に新しく出来た郊外、ランドポートに生まれた。小さな連棟式集合住宅《テラスハウス》の生家は現存しているが、辺りの風景は歳月と爆撃と建て替えによってすっかり変わってしまっているので、その家の内部が非常によい状態で保存されているというのは驚くべきことである。住所も変わった。一八一二年には、ランドポート、マイル・エンド・テラス一三番地だったが、現在は、ポーツマス、オールド・コマーシャル・ロード三九三番地である。(1) 狭い前庭があり、玄関まで数段の石段がある。家は二階建てで、屋根裏と地階があり、ジョージ王朝様式の簡素な窓が付いている。一八一二年には、そこからチェリー・ガーデン・フィールドが見渡せた。当時、そのテラスハウスには水道設備がなく、便所は屋外だった。それはささやかな家だったが、若い一家にとっては十分に広かった。ディケンズ家に新たに生まれた赤ん坊は、新聞の告知欄に載った。「金曜日、マイル＝エンド＝テラスにて、郷士《スクワイアー》ジョン・ディケンズ夫人、男児を出産」。その男児は、二ヵ月後の三月四日、セント・メアリーズ教会で洗礼を施された。名前は「チャールズ・ジョン・ハファム」に決まった——チャールズは母方の祖父の名前で、ジョンは父の名前で、ハファム（教区の登記官はHuffamをHuffhamと誤記してしまった）は、父のロンドンの友人、ライムハウス〔テムズ川北岸の、海運、海軍関係者が多く住んでいた地区〕に住むクリストファー・ハファムの名前だった。ハファムは英国海軍御用達のオール製造人、艤装人だった。(2) ディケンズの母のエリザベスは二十二歳で、父は二十七歳で、二人にはすでに一人の娘、二歳のファニーがいた。ジョン・ディケンズは毎日、海軍工廠に歩いて通った。そこにある海軍経理局で、安定した仕事に就いていた。百十ポンドの年俸で給与の会計をしていた。その年俸は昇給することになっていた。

ディケンズの父のジョンは、彼の人生において最も謎めいた人物である。ジョンがどんな教育を受けたのかはまったくわかっていず、最初の二十年について確かなことは何もない。ジョンの母は一七四五年、シュロップシャー州でエリザベス・ボールとして生まれた女中だった。そして、ロンドンのレディー・ブランドフォードの女中として働いていた時、ジョン・クルー家の従者だったウィリアム・ディケンズと結婚した。ジョン・クルーはチェシャー州に土地を所有し、メイフェアのローアー・グロヴナー街に一軒のタウンハウスを持っていた。二人が結婚したのは一七八一年十一月のことだった。エリザベスの夫は彼女よりもかなり年上だった。たぶん、六十代だったろう。エリザベスも、結婚すると同時にクルー家で働くようになった。一七八二年、二人に、やはりウィリアムと名付けた息子が生まれた。父のウィリアム・ディケンズは、一七八五年には執事に昇進したが、同年十月に死亡した。そして、やはりその年、エリザベス・ディケンズは二人目の息子のジョンを産んだが、ロンドンでではなかった。その息子は、父の死後に生まれた子供と言われた。そして、その男児がチャールズ・ディケンズの父親になるのである。エリザベスは、そのままクルー家で働き、一家と一緒に、クルー館《ホール》とメイフェアのあいだを往復した。例えば、ジョン・ディケンズが十三歳の時、彼女はロンドンにいた――「タウンハウスの召使、ディケンズ夫人に八ポンド八シリング支払う」と、クルー家の会計簿に記されている(3)。

ジョンは両親とは異なり、召使にはならなかった。もっと立派なことをしようと思っていたのである。何年ものちにクルー家の孫娘は、「老ディケンズ夫人」が、「やってきては家の中をほっつき歩いた……あの怠け者のジョン」について こぼしたこと、彼女がジョンの横っ面を何度も平手で打ったことを思い出している(4)。誰かが援助の手を差し伸べ、次に彼が姿を現わすのは、一八〇五年四月である。その時彼は二十歳《はたち》で、ロンドンの海軍経理局に雇われ、一日五シリング貰った。その時の海軍主計長官は、クルー家の友人のジョージ・キャニングだった。ジョン・ディケンズがキャニングのひきで、その仕事を貰ったのは疑いない。キャニングは一切のそうした任命権を握っていた。海軍は対仏戦争を効果的に遂行するために人員を必要としていた。そして若いディケンズは、彼を満足させるに足るほど優秀であるのを証明した。二年後の一八〇七年六月二十三日、彼は年俸七十ポンドと、それに加え実際に出勤した日に対して二シリング貰える、第十五級書記助手に昇進した。それは、父が稼いだ額に比べると大金だった。

なぜジョン・ディケンズは、そのように優遇されたのだろうか。考えられるのは、彼の母が忠実な召使なのに感謝して、クルー家がキャニングに彼を推挙したということである。だが、彼の兄のウィリアムは我が道を行き、オックスフォード街でコーヒー店を開いた。ディケンズ夫人の二人の息子が違ったのは、なぜか。ジョンは、文化的な事柄に関心のある趣味人だと自認していた。彼についてわかっているもう一つのことは、かなりの量の本、十八世紀のエッセイ、戯曲、小説を持っていたということである。それを人から貰ったのだろうか[5]。当時、本は高価だった。才気煥発な人々の姿を目にし、彼らの話を聞くことができる大家《たいけ》で暮らしていたことが、彼に影響を及ぼしたようである。そしてクルー家は、イギリスで最上の会話のいくつかを耳にできたでもあろう場所だった。ジョン・クルーの妻フランシスは、美人で有名だっただけではなく読書家で、博識で、ウィットに富んでもいた。クルー夫妻の周囲には、一群の瞠目すべき政治家や著述家が集まった。最も際立っていたのは、チャールズ・ジェイムズ・フォックス〔一八〇六年に没した政治家。対仏戦争、奴隷貿易に反対した〕、エドマンド・バーク、リチャード・ビンズリー・シェリダンだった。シェリダンは社交界の寵児になった劇作家で、劇場の持ち主で、政治家だった。一七八四年の選挙の際、フランシスは選挙運動のグループの先頭に立った。彼女の家で勝利が祝われた際、英国皇太子《プリンス・オヴ・ウェールズ》は、「忠実な保守主義者《トルー・ブルー》とクルー夫人に乾盃」と言った。彼女はそれに応え、「トルー・ブルーと、皆様すべてに乾盃」と言い、ホイッグ党のグループにも親近感を抱いていることを示した。彼女はシェリダンと長いあいだ情事に耽った。シェリダンは一七七七年に自作の劇『悪口学校』を彼女に捧げた。一七八五年、その情事はシェリダンの妻エリザベスの心を依然として痛めていて、エリザベスは友人のキャニング夫人に手紙を書いた。「Sはロンドンにいます――クルー夫人も。私は田舎にいます、クルー氏も――とても都合のいいことじゃないかしら[6]」。それにもかかわらずシェリダン夫妻は、しばしばクルー・ホールを訪れた。一七九〇年、シェリダン夫人は、また別の話をしている。夫が、家のあまり使われていない部分の寝室に鍵をかけ、女の家庭教師と一緒にいたのがわかったのだ。彼は性的にふしだらなことで悪名高かったが、その振る舞いは、交際していた仲間たちのあいだでは異常ではまったくなかった。彼は、ジョン・ディケンズが昇進した年である一八〇七年に、海軍主計長官になった。

　ジョン・ディケンズは年輩の執事の息子であったかもしれないが、別の父を持っていたこともありうる――妻の不貞に負けじと、「領主の初夜権《ドロワ・ド・セーニュール》」を行使したジョン・クルーか、クルー家に客としてよく滞在した別の紳士。ジョン・ディケンズは、そうだと信じていたのかもしれない。

彼が自分の人生の最初の二十年について口を閉ざしていたこと、あたかもその資格があるかのように散財し、借金し、快楽に耽ったということすべては、そうした類いのことを仄めかしているし、クルー・ホールとメイフェアの連中の、彼を眩惑するような放埒な振る舞いに似ている。それがシェリダンの生き方であり、賭博で大身代を蕩尽し、返済する意思もなしに友人すべてから借金をしたフォックスの生き方でもあった。注目に値するのは、ジョン・ディケンズはギャンブラーで大酒飲みであるばかりではなく、当時の最も雄弁な一群の者を手本にして育ったとも考えられることである。家政婦の息子は、独自の精妙な言い回しを身につけるようになった。彼の息子は、それは記録するに値するほど面白いと思い、自分の書くものに使って喜劇的効果を挙げている。例えば、父からの手紙について、こう記している。「父は、十月一日かそのあたりに、雉を持ってロンドンに来ると信じる理由があると言っている」とディケンズは書き、さらに、父はマン島で、「大勢の友人と、安く買える大陸のあらゆる種類の贅沢品」を見つけたと続けている。自慢屋の友人をへこました、父の大袈裟な台詞も記録している。「至高の存在〔神〕は、もし、あんたらの一族にいささかでも気を遣うなら、私が心から信じているものとは非常に違っているはずだ」[7]。ジョン・ディケンズも浪費し借金する癖を身につけてしまい、その結果、息子の人生をあわや台無しにし、息子を怒りと絶望に追いやるところだった[8]。

ジョン・ディケンズは変わり者で、息子の創った最も有名な人物、ミコーバーのモデルだった。彼は運もよかった。一八〇六年、ジョン・クルーはフォックスによって貴族に列せられた。フォックスは同年に死んだ。ジョージ・キャニングはホイッグ党員ではなく自由主義的なトーリー党員で、若手の政治家のうちで一番の切れ者だったが、クルー家の友人になった。キャニングは一八〇四年から六年まで海軍主計長官だったので、クルー家の家政婦の息子に仕事を与えることのできる立場にいた[9]。家政婦はいまや老女で、噺をしてやってクルー家の孫たちを喜ばせた。そして、シェリダンはキャニングの跡を継いで海軍主計長官になると、やはりジョン・ディケンズを昇進させることのできる立場に立った。二年後、ジョンの給料は百十ポンドに上がったので、ポーツマス海軍工廠に転勤になる寸前の一八〇九年六月に結婚することができた。シェリダンは一八一六年に死に、レディー・クルーは一八一八年に死に、彼女のかつての家政婦は一八二四年に死んだ。老ディケンズ夫人は、息子のジョンが窮地から抜け出せるだけの金を遺したが、孫のチャールズが成功するのを見届ける間も、クルー・ホールとローアー・グロヴナー街での暮らしについて孫に話す間もなく死んだ。

ジョン・ディケンズの人生についてわかっているのはそれくらいだが、息子のチャールズには、そうしたことを話さなかったようだ。チャールズも、それに関しては人に何も話さなかった。海軍経理局はよい職場で、いまや二十年目に入っている、いつ果てるとも知らぬフランスとの戦争は、ポーツマスにはジョン・ディケンズのための仕事がたくさんあることを意味した。エリザベス・ディケンズの弟トマス・バローは、彼女の夫と一緒に働いていて——そのために彼女は夫と出会ったのだが——彼女の父のチャールズ・バローも、「ロンドン貨幣主任管理人」という厳めしい称号で、ロンドンのサマセットハウスで働いていた。しかし幼いチャールズは、名前を貰った祖父を知らなかった。一八一〇年、バロー氏が七年にわたって海軍経理局で詐欺行為をしていたことが発覚し、急遽イギリスを去らねばならなかったからだ。子供が十人いる暮らしは苦しく、やむを得ずそうした行為をしたとバローは弁明したが、刑事訴訟手続きが始まったので、イギリス海峡を越えて逃亡した。それは、一八〇九年六月に、自分の娘がセント・メリー゠ル゠ストランド教会でジョン・ディケンズと結婚したのを見てから、たった数ヵ月後のことだった。娘は、父が名を汚し、密かに外国に逃亡した時、ポーツマスにいた。そのことがマイル・エンド・テラスでは口にされなかったのは確かだろうが、それは話すことのできない秘密の事柄が、暗に存在したことを意味した。チャールズ・ディケンズの二人の祖父は、どちらも、わからないところの多い、口にできない人物だった。

娘というものはえてしてそうだが、エリザベスは父の性癖のいくつかを共有している夫を選んだ。とりわけ、収入以上の暮らしをするという嗜好を。ジョン・ディケンズは生来おおらかで、大仰な言い回しで散漫に話す傾向があり、金にだらしがなかった。文書に自分の身分について書く必要がある時は「紳士《ジエントルマン》」と記し、新聞で最初の息子の誕生を告知した時には「郷士《エスクワイアー》」と名乗った。(10) 摂政時代の若者のようにお洒落をするのを好み、高価な本を買い、友人をもてなすのを楽しんだ。そして、あとで友人に借金を頼んだだろう。声は、舌が口の割には大き過ぎるかのように、ややだみ声だった。しかし人好きがし、ぽっちゃりしていて、非常に愉快な人物で、彼とエリザベスは陽気な夫婦だった。
エリザベスはほっそりとした活潑な若い女で、息子が生まれる前の日の晩、外でダンスに興じたと言われている。[11] また、音楽と本を楽しみ、ラテン語を少し知っていた。父は、海軍経理局に勤めるようになる前は楽器製作者で音楽教師だった。また、ロンドンで貸本屋を営んだ。バロー一家はディケンズ一家より教養があった。彼女には才能のある弟たちがいた。夫の同僚である弟のトマスは、父が詐欺行為を働いたという事実を、自分が信用される人物になることによって克服し、海軍経理局で昇進した。ジョン・バローは詩と、一篇の歴史小説を発表し、自分で新聞を発行し始めた。もうひとりの弟エドワードは、芸術的趣味を持った、有能な素人音楽家で——芸術家一家の出の細密画家と結婚した——議会記者として働いた。彼らはみな、姉と義兄に力を貸し、チャールズの幼い人生において重要な人物になった。
チャールズがわずか生後五ヵ月の時、一家は貧しい通りにある、前庭のない狭い家に移らざるを得なくなった。[12] 一家はすでに手元不如意だったので、その家は、まさに当時、ジェイン・オースティンが『マンスフィールド・パーク』で描写した家にそっくりだったろう。その小説では、ファニー・プライスはポーツマスの両親を訪ねるが、両親の家の廊下と階段は非常に狭く、壁はごく薄いので、部屋から部屋にすべての騒音が筒抜けだった。[13] 引っ越したその家で三番目の子供、アルフレッドが生まれ、半年後の一八一四年九月に死んだ。一家は、ポートシーのもっとよい、ウィッシュ街三九番地の家に、またも越した。そして、家で乳母がファニーとチャールズの世話をした。ディケンズは、乳母に連れられて兵士の演習を見に行ったことを覚えていると言っている。その年の冬、父はサマセット・ハウス〔元は十六世紀のサマセット公の邸宅。のちに海軍がその一部を使った〕に転勤を命じられ、一家は父と一緒にロンドンに行った。ディケンズ自身の回想によると、雪の降っている中、ポーツマスを去った。一家は二度とそこに戻らなかった。[14]
一家はノーフォーク街（現在のクリーヴランド街）に下宿屋を見つけた。そこは、かつては田舎に出る「緑の小径《こみち》」の一つだったものを、ごく最近舗装し、新しい郊外のサマーズ・タウンとカムデン・タウンに通ずる住宅街道路に変えた場所である。そこはロンドンの北端で、フィッツロイ広場に何軒もの大きなタウンハウスが建てられつつあった。一方、トテナム・コート・ロードの東には、まだ農場や畑があった。ジョン・ディケンズの兄のウィリアムは、オックスフォード街でまだコーヒー店を営んでいて、一八一五年に結婚した。しかしジョンは、海軍経理局で安定した仕事に就いていたものの（いまや年に二百ポンド稼いだ）、相変わらずやりくりに苦しみ、母に金をせびるようになった。母は遺言状を書く際に、そのことに触れている。老ディケンズ夫人が、息子の嫁が忙しい時に、ファニーとチャールズの面倒を見たのかどうか、また、二人に噺をして聞かせたのかどうかは記録にない。一八一六年、ディケンズ家に四人目の子供が生まれた――レティシアである。彼女は一家の中で一番長生きをした[15]。

　ディケンズ家の幼い子供たちがロンドンにいるあいだに、ナポレオンとフランスに対する戦争は、一八一五年についに終わった。海軍では以前ほど将校が要らなくなったので、経理局の仕事は変わり始め、一八一六年十二月、ジョン・ディケンズは再びロンドンから外に出された。今度の行き先は、三十マイルしか離れていないケント州だった。彼はまず、シアネスの海軍工廠に数週間行った。そこでは、メドウェイ川が塩性沼沢を通ってテムズ川の河口に流れ込む。それから彼はチャタムに行った。そこでは、メドウェイ川に架かる橋の上にロチェスター城が聳えている。チャタムとロチェスターは、事実上、メドウェイ川の目を瞠るくらいに大きな二つの湾曲に囲まれた一つの町である。そして、ケント州の丘が、その上に屹立している。古代ローマ人がそこに定住した。そこには大きな城と大聖堂、中世の橋、古代の通り、宿屋と家々、海軍将校のための立派な住まいがあり、海軍工廠には大きな工場があった。一番新しい建物は、ナポレオン軍を喰い止めるための煉瓦造りの巨大なクラレンス要塞だった。それは一八一二年に造られ、一八三〇年に国王になる海軍卿のウィリアム王子、クラレンス公にちなんで名付けられた。風景と建物は壮大で、幼少のディケンズに強い印象を与えた。ここでディケンズは自分の周囲の世界を十分に意識するようになり、様々な印象を心の中に蓄え始めた。

　彼は二人の姉妹、七歳のファニーと赤ん坊のレティシアと一緒に、五回目の誕生日あたりに引っ越してきた。父はチャタムの宏大な海軍工廠に出入りして忙しく、海軍の古いヨット、チャタム号に頻繁に乗ってメドウェイ川を航行してシアネスに行き、戻ってきた。父は家族を、チャタムとロチェスターの上に聳える急峻な丘の頂上に建つ、小さくて小綺麗なジョージ王朝のテラスハウスに住まわせた。そこから下の川が見渡せた。オードナンス・テラス二番地のその家は、今でも建っている。長い歳月を経《へ》、なおざりにされてきたせいで荒れてはいるが。そして、それが一七九〇年代に丘の頂上に沿って造られた、一群のつつましいテラスハウスの一つだったことがわかる。町は繁栄し、気風は荒々しく活潑で、海軍関連の労働者で群れていた。さらに、陸軍のために働く労働者もいた。チャタムには新兵補充の本部もあったからだ。またチャタムには多くの鍛冶屋と製綱《せいこう》人とその徒弟がいて、楽隊付きでパレードをした際、仮面をつけ、寄付を集め、独自の歌を歌い、祝った。

丘の上のオードナンス・テラスでは、辺りはもっと静かだった。空き地がたくさんあり、後ろは農地で、前は草に覆われた広々とした干し草用の畑で、子供たちはそこで安心して遊び、山査子《さんざし》の木の下でピクニックをし、近所の子供たちと友達になることができた。隣家の鉛管工、ストローヒル氏の子供、ジョージとルーシーが彼らの遊び友達になり、チャールズはルーシーと恋に落ちた。彼はのちに、彼女が「青い腰帯をつけた、桃色の」少女だったのを覚えていると言っている。二人が坐って一緒に菓子を食べた芝生は、ヴィクトリア朝の鉄道敷設で切断されてとっくになくなり、その両端の大きな樹木によって見通しが悪くなっているが、かつてはいかに快適な場所だったかは感じ取れる。どの家にも、狭い玄関の前に数段の石段があり、玄関の上に小さな半円形の明かり採り窓が付いている。下は地階だ。一階には正面に窓が一つあり、二階と三階には、それぞれ正面に窓が二つある。このあっさりとした箱の中に、ディケンズ夫妻、夫人の妹のメアリー・アレン（彼女は海軍将校の寡婦で、「ファニー叔母」として知られていた）、三人の子供、子守女のメアリー・ウェラー、女中のジェイン・ボニーが入った。

今では少年のディケンズは、なんとか本が読めるようになっていた。父が家に持ってきた、折り畳んだ地図と五葉の図版が入っている、出版されたばかりの見事で高価な『ロチェスターとその周辺の歴史と古代遺跡』は、まだ読めなかったけれども。ある期間、毎日彼に読み方の手ほどきをしたのは母だった。彼は友人のジョン・フォースターに、母は「申し分なく上手に」教えてくれたと話した。ディケンズは、デイヴィッド・コパフィールドに言わせている台詞を、ほぼその通りに使ったとフォースターは言っている。「私は母がアルファベットを教えてくれたのを、かすかに覚えている。初歩読本の太い黒い字を見ると、それらの形の不思議な珍しさ、OとSの気安く善良な性格が、昔のように、いつも眼前に浮かんでくるようだ[16]」。それは、エリザベス・ディケンズが、想像力を喚起するよう懇切に息子に教えた母だったことを示している。その結果、言葉が愉楽と結び付き、彼は自分の道を歩むようになった。母がいなかったならば、最上階の自分の寝室の隣の小さな部屋に父が置いた蔵書を通して、文学の勉強の短期集中コースを始めなかったかもしれない。その蔵書は、数多くの十八世紀の旅行記と小説だった。デフォーの『ロビンソン・クルーソー』、フィールディングの『トム・ジョーンズ』、ゴールドスミスの『ウェイクフィールドの牧師』、スモレットの『ロデリック・ランダム』、『ペリグリン・ピクル』、『ハンフリー・クリンカー』。さらに、インチボールド夫人の笑劇集、『タトラー』と『スペクテイター』の数巻、お伽噺、『千一夜物語』、『魔神《ジーニー》物語』。彼は長い夏の夕べの光を浴びながら、家の最上階に独りで坐り、想像力を自由に働かせ、小さな活字の英雄たちと一緒に旅をし、苦しみ、勝利を収めた。

伝えられるところによると、子守女のメアリー・ウェラーは、「読むことにかけては恐るべき少年」と彼を評した。彼女はまた、彼が階下に降りてきて、ゲームをするので台所を片付けてくれと頼んだのを覚えていた。すると隣家のジョージが幻灯機を持ってきて、チャールズとファニーは歌を歌い、朗唱し、演技をするのだった。彼のお気に入りは、身振りと所作を交えて、アイザック・ウォッツの教訓詩「不精者の声」を歌うことだった。チャールズは「快活な少年で、善良で、朗らかで、率直な性格」だと、メアリー・ウェラーは思った。そして、ディケンズ夫人は「優しい、良き母」だと思った[17]。チャールズ自身は、国王の馬車が町を通過するのを、母に連れられて見に行ったことを鮮明に覚えていた。何年ものちに彼は、鉄の手摺りが上に付いている低い壁のあるチャタムの通りを友人の息子と一緒に歩いていた時、その息子に言った。「哀れな母が、神よ、母を許し給え、馬車で通りかかったジョージ四世――摂政の宮――に私が帽子を振って喝采できるよう、あの壁の出っ張りに私を載せたのを覚えている」。「哀れな母」、「神よ、母を許し給え」と言ったのは、ジョージ四世を軽蔑していた成人のディケンズだが、壁の上に持ち上げられるくらい小さな少年だった彼が、豪奢な馬車に乗って通り過ぎる、着飾った太鼓腹の摂政の宮に帽子を振ることに無邪気な喜びを覚えたのは疑いない。

彼は当時を回想し、自分が繊細で、時には孤独な子供で、クリケットや陣取りをして夏を過ごした地元の少年や近隣の人々や海軍将校の息子たちの遊びに加われなかったと言っている。彼は脇腹の痙攣に苦しみ始めた。あまりに痛むので走り回れなくなり、芝生に横になって、ほかの少年たちが遊んでいるのを眺めているか、彼らのそばに坐って手にした本を読むかした。その際、左の手首を右手で摑み、読みながらわずかに体を揺らした[18]。そういうわけで、彼は人を観察し、自分が観察している者たちから離れていることに慣れていった。夜には、子守女が就寝時に話してくれた、何人もの花嫁をパイに料理して食べてしまった「人殺し船長《キャプテン・マーダラー》」と、不吉なことを喋る鼠に悩まされる船大工チップスの話の虜になった。そうした話は、彼をぞっとさせたと同時に喜ばせた。一方、ファニー叔母は、「『夕べの讃美歌』〔一七一一年に没した主教トマス・ケンの作〕をハミングしてくれ、私は枕に顔を押し当てて泣いた[19]」。

　脇腹の痛みは起こるかと思えば消えたので、彼はいつも受け身というわけではなかった。家族は彼がコミック・ソングを歌うのを奨励した。家族は彼を椅子やテーブルに載せて歌わせた。父は、チャタム本通りのパブ、司教冠亭《マイター・イン》の主人、ジョン・トライブと友達になり、ファニーとチャールズに、コミック・ソングの独唱とデュエットの見事な腕前を披露させるために、二人をそこに連れて行った[20]。人は演技をし、いったん喝采を博すると、また演技をしたくなるもので、演技と喝采を博することに対する生涯にわたる彼の情熱は、ここから生まれた。その時は、彼は補助的役割を演じていた。ファニーの音楽のテクニックが非常に進んでいて、万事、二年彼の先を行っていたからだ。二人とも商店の階上のデイム・スクール〔女が個人で経営した初等学校〕にやられ、標準的な授業を受けたが、紀律は指関節をぴしゃりと叩くか頭を殴るかすることで保たれ、あまり多くのことを学ぶことはなかった。

　チャールズとファニーは劇場に連れて行ってもらいもした。それは偉大なベイカー夫人によって建てられたロチェスター・シアター・ロイヤルだった。ベイカー夫人は、かつては人形遣いで、道化師と結婚した。恐るべき女実業家で、シェイクスピア、パントマイム、ヴァラエティーを混ぜたケント巡回劇団を運営していた。ベイカー夫人は一八一六年に死んだが、劇場はそれまで通り、前述の三つを混ぜたものを上演し、チャールズとファニーは『リチャード三世』と『マクベス』を愉しんだ——恐怖を覚えたが、劇場というものがわかって意義があった。魔女たちとダンカン王のすべてが、ほかの登場人物になって再登場したのを見たからだ。そして二度、彼が七歳と九歳だった一八一九年と二〇年に、パントマイムのシーズン中、偉大なグリマルディが歌い踊り、滑稽な物真似をして道化を演ずるのを見るため、ロンドンに行った[21]。そしてファニー叔母が、芝居好きの人間をもっと一家に連れてきた。叔母は、オードナンス病院で働いているラマート医師に求愛されていた。ラマートには十代の息子ジェイムズがいて、父子《おやこ》ともども芝居好きだった。ラマートは子供たちをロンドンの劇場に連れて行っただけではなく、自分と息子で芝居を用意し、病院の空き室で上演しもした。舞台装置を作り、顔にドーランを塗り、衣裳を纏うほうが、他人がそうするのを見ているより面白いのは自明だった。間もなくチャールズは、自分で悲劇『インド国王ミスナー』を書いた。原稿は散逸したが、彼はそれを書いた時の誇らかな気分を思い返している。「私は八歳くらいで偉大な作家でした」とのちに冗談を言っている。「赤ん坊の頃から役者で雄弁家でした[22]」

ファニーとチャールズにとってもう一つの楽しみは、父にチャタム号に乗せてもらうことだった。それは海軍の小さなヨットで、父は経理局の仕事で、それに乗ってチャタムとシアネスのあいだを往復した。彼らは潮の流れを捉えるために、海軍工廠に時間通りにいなければならなかった。そこでは、水夫たちが、大量の船積みのあいだを忙《せわ》しく動きながら、ロープや帆を操った。川の向こう岸には、灰色の塔のあるアプナー城があり、メドウェイ川の茶色の水が、両側の泥の堤のあいだを次第に広く流れる際にバシャリ、バシャリという音を立て、いくつかの教会、低い島と、ナポレオンの侵略を防ぐために建て直された古い要塞、フー・ネスとダーネット・ネスが見えた。数時間航行すると、シアネスとテムズ川の河口に近づいた。遠くのエセックスの堤が、海面五マイル先から見えてきた。この風景と、泥色の潮河が彼に一生付き纏い、彼の後期の小説の要素の一部になった。父はまた、三人が一緒に歩いていた時、ロチェスターからグレイヴズエンドに至る道路のギャッズ・ヒル〔「ギャッド」すなわち追い剝ぎが出没する丘の意〕の頂上に建つ家を指差した。その道路で、サー・ジョン・フォールスタッフは旅人から金を奪ったが、それを記念して彼の名が付いた宿屋がある。ギャッズ・ヒル・プレイスは簡素で、がっしりした煉瓦建ての家で、下方に伸びる田園を広々と見渡していた。チャールズは即座にそれが気に入り、そこに住みたいと思った。父は、一生懸命に働けば、おまえはいつの日かそこに住めるだろうと言った。そうしたやりとりは、彼らがそこを通りかかるたびに繰り返された。彼らはケントに滞在中、何度もそこを通りかかった。何年ものちに彼は、その家の環境の気に入った点を、友人に要約した。「家の後ろにコバムの森と大庭園がある。正面の遠くにはテムズが見える。片側には、メドウェイ川、ロチェスター、その古い城と大聖堂が見える。この素晴らしい土地全体は、旧ドーヴァー・ロードに面している(23)」

近隣の者で両親の親友は、ニューナム一家だった。ニューナムは引退した仕立屋で、妻は上品で優しかった。そして、十分な収入があった。ニューナムはジョン・ディケンズに金を貸したが、ジョンが返済できないことに落胆した大方の債務者と異なり、ディケンズ一家がチャタムを去ったあとになってさえ、一家と親しくした。ディケンズ家の一番下の子供は、彼らに敬意を表して「オーガスタス・ニューナム」と名付けられた。しかしニューナム家はディケンズ家の娘たちのほうにもっと関心があり、やがて、レティシアとファニーにささやかな遺産を残した。ジョン・ディケンズは、いまや年三百五十ポンド以上の相当の給料を貰っていたが、またも苦境に陥った。一八一九年夏、彼はロンドンのケニントン・グリーンにいる知り合いの男から二百ポンド借り、年に二十六ポンド返済することに同意した。完済するには八年と少しかかっただろうが、彼は金銭感覚が皆無だったので、三十年経っても返済し続けていた。さらに悪いことに、現金で二百ポンド人から借りた際、義弟のトマス・バローに保証人になってもらった。だが返済できなかった。その結果バローは、二百ポンドと少しを支払わざるを得なくなった。バローは激怒し、二度とあんたを家に入れないとジョン・ディケンズに言った。

一八二一年、一家はオードナンス・テラスを引き払い、丘を下った、さほど快適ではない通りの家に移らざるを得なくなった。そこはバプテスト派の礼拝堂の隣の、海軍工廠に近い、セント・メアリーズ・プレイス一八番地だった。その時には、一家にはさらに二人の子供が生まれていた。ハリエットが一八一九年夏に生まれ、フレデリックが一年後に生まれた。ジョン・ディケンズは金に困っていたが、ロンドンにいる親戚のあいだで評判が悪かったので、パントマイムを見に首都に行くことはなくなった。チャタムに大火事があり、それが彼にペンでいささか稼ぐ機会を与えた。彼は火事について書き、『ザ・タイムズ』に送った。同紙はそれを載せ、稿料を払った。彼は火事の被害者のための基金に二ギニー〔一ギニーは二十一シリング〕寄付した。それは記事の謝礼よりも多かっただろうが、自分が紳士であることを世間に示した。

一八二一年の冬、叔母はラマート医師と結婚し、夫と一緒にアイルランドのコークに去った。そこで夫は新しい仕事に就いた。ラマート夫妻はディケンズ家の女中、ジェイン・ボニーを連れて行き、ジェイムズ・ラマートを残して、ディケンズ家に下宿させた。ジェイムズはチャールズが好きで、一緒に劇場に行く習慣を変えなかった。

ファニーとチャールズは、今度はまともな学校にやられた。ジャイルズ氏の「古典、数学、商業」を教える学校である。ウィリアム・ジャイルズは地元の聖職者の息子で、オックスフォード大学で学び、よい教師で、学校をうまく運営した。彼は特異な生徒が入ってきたことに気づいた。チャールズは彼の励ましに応え、熱心に勉強した。チャールズには楽しみもあった。朗読するよう求められると、彼は『ユーモリスト文集』から一篇を選んだ。ほかの子供たちは喝采し、二度アンコールをした。彼は教師たちと仲間の生徒に好かれ、自分の能力に対する自信を深めた。ジャイルズ氏が彼に悪い影響を与えたことが一つあった。嗅ぎ煙草を吸うことを教えたのである。チャールズは数年後にその習慣をやめ、続けることはなかったが、煙草の味は覚えてしまった。そして、十五歳でヘビースモーカーになった。(24)

ディケンズはチャタムでの歳月を、自分の人生の牧歌的時代だと回想している。家族の深い愛情、理想的な風景と川と町、よい授業に恵まれ、彼の小さな世界は快適に広がりつつあった。一八二二年二月、十回目の誕生日を迎えた時、学校で教師に励まされ、気に入られ、勉強が好きで、幸福だった。家では、母がもう一人の子供を出産するところだった。その子は四月三日に生まれ、一八一四年に死んだ赤ん坊の名アルフレッドと、妹の夫の名ラマートを貰った。彼は元気に育ち、夏になって日が長くなると、川から広々とした田園で過ごすことを家族一同楽しみにした。すると、父がロンドンに戻されることになった。一家は父と一緒にチャタムを去らねばならなかった。年上の子供たちはロンドンについて、パントマイムを観に行ったことだけしか覚えていなかったが、母はロンドン生まれで、弟たちがロンドンにいるので、そこに戻ることを喜んだかもしれない。

一家はロンドンに戻る準備を始めた。子守女のメアリー・ウェラーはチャタムに残り、波止場で働いている恋人と結婚したいと言った。彼女は、ディケンズ家の何脚かの椅子を買いたいと申し出、受け入れられた。一家は、チャタム救貧院から引き取った、小さな女中だけを連れて行くことにした。彼女は両親が誰だかわからない孤児で、名もないようだった——あるいは少なくとも、ディケンズは彼女に名を与えていない。[25] ジャイルズ氏は、半学年が終わるまでチャールズを預かり、自分の家に下宿させようと申し出た。ディケンズ夫妻は同意した。チャールズは家の道具類が片付けられたのを見、両親、姉妹、兄たちに別れの手を振った。ジャイルズ一家は彼をちやほやし、ミス・ジャイルズは彼の長い巻き毛を称讃した。数週間、彼は学校の日課に没頭した。

十歳の少年は、ケント州での思い出を心の中の埋蔵物にした。彼は終生、それを取り出し、知悉している心から愛した場所に、友達を散歩に連れ出すのを愉しんだ。一八五七年、メイドストーンとロチェスターのあいだの七マイルは、「イギリスの最も美しい散歩道の一つ」と書いた。[26] ケント州は常に喜ばしい楽しい場所、森林と果樹園、海岸、沼沢地と川の楽園だった。彼はハネムーンを過ごすのにそこを選び、独りで、または選んだ仲間と逍遥し、長い夏の数か月、子供たちを連れて行き、夢だった家を買い、そこで死んだ。そして、そこに埋葬されることを望んだ。ケント州の風景と町々は、彼の作品の多くのものの舞台になった。最初の小説『ピクウィック・ペイパーズ』の一部はロチェスターとその周辺を舞台にしていて、未完の最後の小説『エドウィン・ドルードの謎』はその通りを中心にしていて、登場人物に実在の家を割り振っている。デイヴィッド・コパフィールドは、残酷な継父から救ってくれ、自分を信じ、可愛がってくれることになる大伯母を探すために、とぼとぼ歩いてロチェスターの橋を渡る。『大いなる遺産』はロチェスターの通りと家々、メドウェイ川の沼沢地と河口が舞台である。人間の生活のパターンと構造と舞台が小説の題材で、彼は自分自身の人生の構造とパターンが、土地と密接に関連していると考えた。ロンドンへの旅とロンドンからの旅が、結果はどうあれ、小説の重要な転換点になっていて、一八二二年七月、彼はそうした重要な旅を、十歳で、独りでした。学期の終わりにジャイルズ氏は彼に、自分を思い出すよすがにと、ゴールドスミスの『蜂』を与えた。[27] 彼はわずかな衣服を鞄に詰め、サンドイッチを貰い、ロンドン行きの乗合馬車に乗せられた。たまたま馬車には誰も乗っていず、雨の降る夏の日、ケント州の田園を、かたわらに誰もいないままに通り抜け、ロンドンの中心に向かって旅をした。彼は、それがじめじめした物悲しい旅だったことを覚えていた。

第2章 ロンドンの教育
一八二二〜二七年

ドーヴァー＝ロンドン間を結ぶ、コモドールとして知られる郵便馬車は午後二時半にロチェスターに停まって客を乗せ、三時間後に、終点であるチャリング・クロスのゴールデン・クロス・インの前に到着した。そこは、ジョン・ディケンズが働いている、サマセット・ハウスの中の海軍経理局に近かった。夏の夕暮れだった。貸馬車は高かったので、父子《おやこ》はカムデン・タウンにある自分たちの新しい家に、北に向け一緒に歩いて行ったことだろう。周囲の様子を熱心に知ろうとした子供のチャールズは、初めて見る通りを観察した（1）。彼が目にしたものは、彼の小説のシーンになるだけではなく、人生の多くの背景にもなるのだった。

彼はいつも、両親が選んだ活動範囲である地区に親近感を抱いていた。それは、ストランド街から北西に広がり、オックスフォード街を横切り、ブルームズベリー、マリルボーン、リージェンツ・パークに入り、北に向かってハムステッド・ロードを進み、セント・パンクラス、サマーズ・タウン、カムデン・タウンに至った。

彼が父と並んで歩いた通りは人で群れ、喧しく、汚かった。空中には煤煙が漂い、地面には汚物があったが、刺激的で活気もあった。荷馬車、馬、豚が街頭風景の一部だった。馬、ポニーの軽馬車、四輪馬車に乗った男たち。そして、男女の群衆の中に夥しい数の子供がいた。大方は貧しく、襤褸《ぼろ》を纏っていて、裸足《はだし》だ。通りは子供たちの遊び場で、見るべき何か、話しかける相手がいつも存在した。そして、子供たちの仕事場でもあった。なぜなら子供たちは、使い走りをしたり、せがんだり、盗んだりして何ペニーか稼げたからだ。食べ物とコーヒーの車輪付きの屋台、カタカタと音を立てる二輪貸馬車、大きな四輪貸馬車、様々な品物の名を叫んでいる露天商——箒、籠、花。その頃は、新しい道路が切り拓かれ、新しい家々が建てられるところには夥しい数の建築業者が群れていて、避《よ》けて通らねばならないほどで、驚くほどの数の足場が組まれていた。国王ジョージ四世と、国王の庇護を受けていた建築家ジョン・ナッシュが、ロンドンを改良する仕事に取り掛かっていたからである。リージェント街も、リージェンツ・パークの周囲のテラスハウスも建設中だった。

セント・パンクラスの新しい教会がニュー・ロードの南

側に出現したところだった。それは白いポートランド石で造られ、古代ギリシャの彫像を真似た、人目を惹く大きな女人像柱が付いていた。ニュー・ロードは、ユーストン駅が出来たあと、一八三八年までユーストン・ロードと改名されなかった。チャールズの両親が子供だった頃は、ニュー・ロードがロンドンを北の畑から分けていたが、人口が増えるにつれ、通りと家々が農地と市場向け青果栽培園にまで広がっていった。セント・パンクラスの教区だけでも、人口は一八一一年と三一年のあいだに、四万六千から十万に増えた。

ディケンズ一家が移ったカムデン・タウンは、拡張した地域の一つだった。一家は、ベイアム街一六番地の狭いテラスハウスに、窮屈ながらも落ち着いた。三階建てで、地階、一階、二階があり、一番上に貧弱な屋根裏部屋があり、裏の外に洗濯所があった。この狭いスペースに、新たに生まれた赤ん坊アルフレッドを含め六人の子供と、名前のない女中と、下宿人のジェイムズ・ラマートが入ったのだ。彼らがどこで、どうやって寝たのかは推測しにくい。また、二歳のハリエットが、その後その年に疱瘡に罹って死んだ時、ほかの者が感染しなかったというのも謎である[2]。ベイアム街は、ハムステッド・ロードのマザー・レッド・キャップ・インの庭を切り拓いて出来たものなので、ナポレオン戦争の最後の数年に建てられた家々は、ごく新しかった。したがってチャタムとは違い、住人たちの連帯感はなかった。のちにディケンズは、隣の洗濯女と、道路の向こう側のロンドンの警官しか思い出せなかった。彼は次第に周囲に慣れてきたが、友達になれるほかの子供たちは見つけられなかった。また、家の後ろに乾草用の青草を育てる畑がまだあったが、そこで遊んだ記憶はなかった。しかし、道路沿いの私設救貧院まで独りで歩いて行ったことは覚えていた。そこから、煙った空気を通し、また、巨大な埃の塊の上に、セント・ポール大聖堂のドームを見ることができた。その光景は、彼の想像力を捉えた。家の中では、四人の小さな子供を楽しませたり、母と女中の手伝いをしたりしたので、すべきことがいつもたくさんあった。ファニーは、曲がりなりにも音楽の勉強ができた。ピアノが、なんとか家の中に押し込むようにして運び込まれたのに違いない。彼女は非常にピアノがうまかったので、一家の友人が彼女の才能に気づき、一年も経たぬうちに、新たに作られた王立音楽院の生徒に推薦した。

チャールズが最も楽しんだのは、両親のどちらかに町に連れて行ってもらうことだった。母の一番上の弟のトマス・バロー叔父に会わせに彼を連れて行けたのは、母だけだった。バローはジョン・ディケンズを自宅に入れるのを許さなかった。彼から二百ポンド騙し取られたからだ。バローは十一歳で海軍経理局で働き始め、ジョン・ディケンズと初めて会った時はソーホーのジェラード街に下宿していて、大手術から回復していたところだった。十五の時に腿を骨折したのだが、脚は完全には治らず、ついに切断しなければならなくなった。切断手術は非常にうまくいったので以前より元気になり、翌年結婚し、子供を儲けた。そして、海軍経理局で、さらに昇進した。彼は若い頃苦労したにもかかわらず教養があり、ジェラード街に訪ねてくる者の中で、チャールズが目撃し、覚えていたのは、チャールズ・ディルクだった。ディルクは海軍経理局でバローの同僚で、のちに雑誌『アセニーアム』〔一八二八年創刊の月刊文芸誌〕の編集長になった。ディルクはまた、その頃死んだキーツの友人でもあった。逆境にもめげずに、どうしても成功しようというバローの意志と決意は、ジョン・ディケンズの物憂げな無能ぶりとあまりに違っていたので、甥に強い印象を与えたに違いない。チャールズはバローが好きになり、数ヵ月のあいだ足繁くバローを訪れ、「小さな話し相手、看護婦」になった〔バローは一八二三年、転倒して腿の骨を折り、下宿で療養していた。十一歳のディケンズは何度も見舞った〕。それは、チャールズが一人でソーホーに行けるようになったことを示唆している。次の十年の彼の行動はストイックな態度と辛抱強さを示しているが、それはトマス・バローを手本にしたものだったかもしれない。(3)

ジェラード街の叔父の下宿の下に、書籍商の寡婦ミセス・マンソンが住んでいた。彼女は亡夫の商売を続けていた。そして、階段でチャールズに出会うと彼に好感を抱き、本を貸そうと申し出た。本は、もっと理解のある読者を見出すことはできなかったろう。劇作家ジョージ・コールマンの滑稽詩《コミック・ヴァアース》を集めた、当時人気のあった『満面の笑み』が、チャールズのお気に入りになった。その一篇のコヴェント・ガーデンの記述にすっかり感心し、実際のコヴェント・ガーデンに足を運び――またしても一人で――キャベツの葉の匂いを、「それがまるで滑稽小説《コミック・フィクション》のまさに息吹であるかのように」吸い込んだ。(4) もう一つはホルバインの『死の踊り』だった。それは、自分の犠牲者を金持ちと貧乏人、老人と子供、王、女王、聖職者、法律家の中から集めてニタニタ笑っている骸骨として死を表わしている、白黒版画のシリーズだった。ホルバインは、衣服を纏った体と裸体、死と生を描いていて、その版画は少年の注意を惹き、心の中に残った。

チャールズがロンドンに来てから数ヵ月過ぎた頃、ケント州から来た一家の友人が、彼を一日外に連れ出そうと言い、一緒に出掛けたのだが目を離した隙に、彼はストランドで迷子になってしまった。彼の記憶では、ノーサンバランド・ハウス〔トラファルガー広場からテムズ川岸にかけてあった、ノーサンプトン伯の館〕の近くのどこかだった。彼は長い一日を、シティーの中にさ迷い込み、ギルドホール〔市庁舎〕、マンション・ハウス〔ロンドン市長公舎〕、オースティン・フライアーズ〔シティーの中の袋小路〕、レドンホール街のインディア・ハウス〔高等弁務官事務所。内装がインド人画家の手によって施された〕を通って過ごした。そして、ポケットに一シリングあったので、ホワイトチャペル・ロードの外れのグッドマンズ・フィールズにある劇場に行った。劇が終わって外の闇の中に出ると、雨が降っていた。彼は実に賢明にも、一人の夜番を見つけた。夜番は彼を番小屋に連れて行った。彼はそこで眠ってしまったが、目を覚ますと、父が家に連れにやってきていた。彼はさ迷っていた時、いくらか涙を流し、煙突掃除人に脅かされ、数人の少年にいじめられはしたが、彼自身の言うところでは、母のことは考えず、自分は誰にも見つけられないと思い込んだ。しかし、驚くほど落ち着いていて、次に自分の身に何が起こるかについて宿命論的な考えを持っていた。

ディケンズの祖母はいまや八十に近く、叔父のウィリアムと一緒にオックスフォード街に住んでいた。彼が祖母に会いに行ったかどうかはわかっていないが、最年長の男の孫として、夫のものだった大きな銀時計を祖母から貰ったのは確かである。彼はそれを貰うと、ポケットに入れて持ち歩いた[5]。彼は、ライムハウスのチャーチ・ローに住む教父のクリストファー・ハファムに会いに連れて行かれたことは覚えていた。ハファムは艤装人、帆製造人で船舶雑貨商を営み、船の航行に必要なものはなんでも扱った。彼は陽気で親切な人物で、チャールズに誕生日に半クラウン〔二シリング六ペンス〕銀貨を与え、コミック・ソングを歌うようにと言った。それを聞いたそこにいた一人の客は、この少年は神童だと断言した[6]。そんな風に褒められるということは、彼にとっては重要な意味を持っていた。彼が最後に褒められたのは、ジャイルズ氏の学校でだったからだ。彼は続けて教育を受けたかった。夏が終わり休暇の期間が過ぎると、なぜ自分が学校にやってもらえないのか、理解できなかったが、何もすることなしに、そのまま家にいた。父が毎朝サマセット・ハウスに行く前に父の靴を磨き、弟や妹の面倒を見る以外は。両親は自分を学校にやることができるはずだと、彼は信じていた。そして、もっとうまく金を使うなら、そうできるはずだとも信じていた。「私を普通の小学校に通わせるために、何かが節約できただろう、そ、いい、いい、それは確かだ」[7]

ジェイムズ・ラマートは、チャールズに玩具の劇場を作ってやって元気づけようとした。チャールズが熱心にしたほかのことは、自分が観察した人々について記述することだった。それらの男女は華麗でも英雄的でもなく、風変わりで、老いていた。その一人はジェラード街にバロー叔父の髭を剃りに来た、話し好きの理髪師で、この前の戦争と、ナポレオンが犯した過ちについて非常に詳しかった。別の一人は、ベイアム街の家の台所の手伝いをしにやってきた聾者の女で、「胡桃のケチャップを使った繊細な味の細切れ肉料理」を作った。チャールズはそれが好きだった。誰にも促されずに老人の性格描写をする十か十一の子供は稀である。それは、コミック・ソングを歌ったことよりも、彼の驚異的な将来を、いっそう確かに示していた。彼は自分の書くものに誇りを抱いていたが、一人でこっそりと書いていて、誰にも見せなかった。そして、もっと書くようにと励まされることはなかった。両親は、多くの下の子供たちの世話と金銭問題にかかずらっていた。また、悲しいこともあった。母の妹のファニー叔母が死んだという知らせがアイルランドから届いたのだ。ファニー叔母は、一家がチャタムにいた数年間、一家の者に大いに愛された。彼女は結婚してから一年も経っていなかったのに、いまやいなくなった。ホルバインの版画の人物さながらに、この世を去ったのだ。

冬はなんの変化もなしに過ぎた。ジェイムズ・ラマートが家を出たということ以外。おそらく、家が狭くて彼を置くことが無理だったからと、彼がいとこの事業を手伝うことになったからだろう。一八二三年の春、ファニーは、ハノーヴァー広場の外れのテンターデン街に新たに作られた王立音楽院に入学が認められ、最初の寄宿生の一人になった。授業は四月に始まった。彼女は十二で、ピアノは、ベートーヴェンの弟子だったイグナーツ・モシュリーズに、和声は院長のクロッチ博士に習うことになった。歌唱も習うことになった。授業料は年に三十八ギニーだった。姉がしてもらったことに自分はなんの嫉妬も覚えなかったとディケンズは言っているが、自分と姉の境遇の違い、両親が姉の教育に高額の授業料を喜んで払い、自分の教育には一ペニーも払わないということを意識せざるを得なかった。それは、息子の教育だけが真剣に考えられるという普通の家庭の状況とはまったく逆だが、ディケンズの両親が、ファニーが職業教育を間違いなく受けられるようにしたというのは、少なくとも認めていい。弟の教育については何もしなかったけれども。彼はその後の半年、どんな種類の正規の教育も受けなかったが、その代わり、自由にロンドンを歩き回り、あらゆる地区とあらゆる通りの佇まいと性格を覚え、その年に開通し、非常に広く、建物の列柱の並ぶ立派なリージェント街と、例えば、セヴン・ダイヤル周辺の、そこから程遠くない狭い路地との対照を観察した。そうした路地では店先に売り物の古着が吊るされていた。彼は、自分の着ている服を売らざるを得ないほど零落した者の人生を想像した。

一家は手元不如意で、夫の給料は子供たちにかかる費用を賄うほどには速く増えなかったので、母は自分の才能をどうやって活かすかを考えるようになった。まさしくそれは、彼女の父を横領に追い込んだ問題だった。彼女は友人たちに相談した結果、大胆な計画を立てた。学校を経営しようと思い立ったのである。そうすれば自分の子供たちを教えることができるし、したがって、他人の子供たちも教えることができるわけだった。一八二三年の秋、彼女は北ガウアー街に大きな家を借り、次のような真鍮のプレートを掲げた――「ディケンズ夫人の学校」。彼女は東洋についてのあったハファムに励まされた。ハファムは、両親にインドから故国に送られる多くのイギリスの子供たちの何人かの生徒が来るはずだと考えた。一家は未払いの請求書の束と一緒にベイアム街を引き払い、丘を降り、北ガウアー街の、もっと広い家に移った[8]。チャールズは学校を宣伝するチラシを配らされた。そして、自分も学校にやってもらえるという望みを抱き始めた。その望みは長くは続かなかった。生徒は誰も来ず、問い合わせは一件もなかった。一家は前にも増して仮借なく債権者に追われただけだった。債権者は玄関を激しく叩き、喚いたので、父は屈辱的にも階上に隠れた。ついに父は隠れていることができなくなり、一八二四年二月、借金不払いの廉で逮捕された。

ジョン・ディケンズはまず債務者拘留所に入れられた。そこは、執行吏が債務者を一時拘留しておく場所である。チャールズは、父に付き添っているよう、母にそこにやられた。そして、父の様々な言い訳、家族と友人に対する援助の要請の使い走りをさせられた。オックスフォード街の兄のウィリアムからも、老ディケンズ夫人からも、義弟のバローからも援助の手は伸びてこなかった。彼らはうんざりしていたのだ。チャールズは怯えた。父にはいくつもの欠点があるにもかかわらず、彼は父を愛していた。そしていまや、父が川向こうのサザックにあるマーシャルシー債務者監獄に収監されるのを見た。父は連行される前、太陽は永遠に自分の上に沈みつつあるという意味の、芝居がかった言葉を息子に向かって発した。父が何を言おうとしていたにせよ、チャールズは絶望感に襲われた。

しかし翌日、母に言われてマーシャルシーに行ってみると、父はほがらかだった。父はチャールズに賢明な忠告をした。チャールズはのちに、それをミコーバー氏が言ったことにした――年二十ポンドの収入で支出が十九ポンド十九シリング六ペンスなら、それは幸福を意味するが、一シリング多く支出すると、それは不幸を意味する。[9] それから父は、上階にいるキャプテン・ポーターからナイフとフォークを借りてくるように小さな息子に言い、快適に落ち着く準備をした。なぜなら、給料は今まで通り貰い、もはや債権者にまつわりつかれることはなかったからだ。考えてみれば、監獄にもよいところがあったのだ。建物は古く、みすぼらしく、父の部屋の火格子には少ししか火がなかったけれども。

ガウアー街では、事態は日毎に悪くなった。たった十二歳で一家の主《あるじ》になったチャールズは、ハムステッド・ロードの質屋にやらされた。最初は自分の好きな本を持って、次は家具を持って。数週間経つと、家はほとんど空っぽになり、一家は寒い気候の中、二つの剝き出しの部屋で過ごした。こうしたすべての経験――負債、恐怖、怒れる債権者、執行吏、質屋、監獄、凍えるような、がらんとした部屋での暮らし、借りられるもの、あるいは乞うことのできるものでなんとか生きるということ――は、彼の心に消し難い印象を与え、彼の短篇と長篇の小説の中で繰り返し使われた。時には暗く、時にはユーモアをもって。

すると、ジェイムズ・ラマートがディケンズ夫人に会いにやってきて、援助の申し出をした。彼はその頃、ストランドと川堤のあいだのハングフォード・ステアーズに、いとこのジョージの所有している倉庫で、ささやかだが堅実な商売をしていた。そこで、靴墨が製造され、壺に詰めて売られていた。ディケンズ一家の窮状を見た彼は、チャールズがウォレン靴墨工場で働いて家計を助けたらどうかと言った〔ジョージ・ラマートがジョナサン・ウォレンの工場を買い取った〕。それは、靴墨の瓶を包み、それにラベルを貼るという軽い仕事だとも言った。賃金は週に六シリングだった。そしてラマートは、チャールズの教育を続けるために、昼休みに自分が勉強を教えると約束した。ディケンズは二十五年後にそのことについて書いた時、そんな申し出が、幼く、繊細で、有望な子供に対してなされたこと、および、それが自分に何を意味するのかに両親が無関心だったことに、恐怖と怒りをもって詳しく説明している。「誰もが平然としていた。父と母はすっかり満足していた。もし私が二十歳《はたち》で、グラマースクールで優秀で、ケンブリッジに行ったとしても、それ以上は満足しなかったろう」(10)。靴墨工場の仕事と、ケンブリッジ大学に行くということの対比は驚くべきだ。なぜならそれは、彼の願望と自信がいかに強かったかを示唆しているからだ。彼の家族の誰も大学に行かず、その後の四十年間、誰もそうしようとしなかったけれども。

彼は齢の割には小さく、ケント州で少年たちの遊びに加わることを妨げた脇腹の痛みに、依然として襲われた。彼は仕事に行く時、子供用の淡い色の上着とズボンのスーツを着ていた。最初の日、ラマートは彼と一緒にチヤリング・クロスに行ったに違いない。ハンガーフォード・マーケットを抜け、ハングフォード・ステアーズに行っただろう。ハングフォード・ステアーズでは、テムズ川の汚い潮が毎日劇的に満ち引きした。河岸通り《エンバンクメント》はまだ造られていず、川堤はでこぼこの地面と溝で、作業用のボートと艀が絶えず通り過ぎた。倉庫は川の上の半ば朽ちた建物の中に出来ていた。ディケンズは、地階に鼠がいたことを、とりわけ覚えていた。その数があまりに多かったので、上の部屋にいると鼠がキーキー鳴く声が聞こえた。大人の男と少年から成る少数の従業員はそこで働いた。彼が知るようになった少年たちのうち、年嵩の少年ボブ・フェイギンは、船頭をしている義兄のところに住んでいる孤児だった。ポル・グリーンはドルーリー・レイン劇場〔ロンドン中央部にある王立劇場〕と繋がりのある消防士の息子だった——そして、彼の姉は「パントマイムで小鬼を演じた」。そのことはチャールズの関心を強く惹き、心の中にしっかりと残った。最初は彼らと離れて会計室で働かされたが、間もなく、みんなが一緒に働くほうが便利だということがわかり、彼は階下に移った。昼休みのレッスンは行われなくなった。彼は「若い紳士」として仲間に知られ、誰もが彼に対して親切だった。とりわけボブ・フェイギンが親切で、ある日彼が脇腹に鋭い痛みを覚えて具合が悪くなった時、フェイギンは非常に優しく看護をした。それでも、「こうした仲間たちのあいだに沈んだ時の、私の魂の密かな苦しみを表わす言葉はない……完全に蔑ろにされ、希望がないという感覚。自分の置かれた立場についての恥ずかしさ……私の全身は悲哀感と屈辱感に貫かれた」(11)。

最も瞠目すべきなのは、彼が自分について持っていたイメージの強靭さ、自分の能力と可能性に対する信念である。それは、のちに起こったすべてのことで正当化されたのだが、当時はまったく不確かだった。彼は当時を回顧し、境遇がもたらす悲哀感、感情の傷つきやすさを強調している。確かに、当時彼は孤独で、しばしばひもじい思いをし、両親がいないので、ひどく淋しかった。その悲しみは、両親が彼をその境遇に進んで置いた事実を知ったことで、いっそう深まった。最初、彼は毎日ガウアー街から歩いたが、間もなくディケンズ夫人は、家を引き払い、小さいほうの子供たちと共にマーシャルシー監獄の夫と一緒になることに決めた。ごく若い召使はサザックの下宿屋に住まわされた。ファニーは音楽院にとどまった。そしてチャールズは、カムデン・タウンのリトル・コレッジ街に住むロイランス夫人という女の家に下宿させられた。チャールズはその女が嫌いだった。その女は安く子供たちを引き受け、安いなりの扱いをした。チャールズは二人の少年と一部屋を共有しなければならなかった。そして、仕事場への往復の道程《みちのり》は長くなった。日曜日には、彼はファニーを音楽院に迎えに行き、一緒にマーシャルシーに行って、両親と一日を過ごした。

ある日曜日の晩、彼は一週間家族から引き離され、毎夕、「惨めな空白」しかない所に戻るのはなんと嫌かということを父に話した。彼が自分の感じていることについて話したのは、それが最初だった。話しながら目に涙が浮かんだ。彼の悲しみを見た父はそれに応え、監獄に近い、ラント街にある、別の下宿屋を見つけてやった。親切な下宿屋の主人とその優しい妻は、彼に一部屋を与えた。窓から貯木場が見渡せた。彼はそれが気に入った。いまや、家族と一緒に監獄で朝食と夕食をとることができるようになった。暮らしはずっとよくなったように思えた。彼は余暇には依然として方々歩き回った。そして、アデルフィ・アーチを探検した。それは、建築家のアダム兄弟が造った宏大なテラスハウスの下にある、イタリアの建築家ピラネーシ風の構造物だ。また、その前のストランド〔トラファルガー広場から東に延び、フリート街に接する大通り〕も探検した。そこでは、地面がテムズ川に向かって傾斜していた。彼はブラックフライアーズ・ロードの商店を覗いた。時おり、街角の巡回人形芝居の荷馬車を眺めた。ロンドン橋で門が開くのを待っていると、彼の両親の用をしている、名のない小さな女中に出会うことがあった。そういう時は、ロンドン塔と埠頭にまつわる、自分で作った話を聞かせて女中を楽しませた。また、ボブとポルと一緒に、テムズ川に浮かぶ石炭用艀に乗って遊ぶ日さえあった。

ディケンズは自分の少年時代の暮らしを、明らかに優れた記憶力と確かな筆致で詳述している。そして、その話は彼の小説のどの話にも劣らぬほど痛ましい。それは直ちに彼を、小説の頁の中で苦しみに耐える多くの子供たちに結び付ける。オリヴァー、スマイク、ネル、ポール、フロレンス、エスター、ジョー、デイヴィッド。そしてリトル・ドリット——彼女はもちろん、監獄がとっくの昔に閉鎖された、三十年以上あとに創られた「マーシャルシーの子供」である。ジョン・フォースターは、ディケンズの友人、伝記作者として、ディケンズの死後、そうした小説の中の子供たちについて書いている。「彼が沁々としたペーソスと明るいユーモアをもって擁護したのは登場人物ではなく、また、世界中に笑いと涙をもたらしたのも登場人物ではなく、ある意味で、まさしく彼自身だった[12]」。だが、ディケンズ自身の記述は、その年端もゆかぬ頃でさえ、機略に富み、用心深く、そつが無く、自尊心を持っていたことを示してもいる。彼は結局、自分の気に入らなかった暮らし方を父に変えさせることに成功した。また、自分の生活費を計算し、硬貨を分けて七つの小さな包みに入れ、それぞれに曜日を記し、先に手を触れぬようにして、稼いだ金を次の俸給日までもたせるようにした。彼は仕事場で威厳を保ち、仕事場に対する気持ちを決して表に出さず、父が監獄にいるのを誰にも知らせず、自分の悩みを誰にも悟らせなかった。また、祝い事への特別な思いさえ持っていて、自分の誕生日にはウェストミンスターのパブに行き、「最上のエール……ちゃんとした泡の付いたもの」を注文し、パブの亭主とその妻を大いに驚かせた。ある晩、マーシャルシー監獄で一群の囚人を観察したあと、自分の観察と記憶の能力を意識するようになった。囚人たちは、国王の誕生日に乾盃することを許してもらう嘆願書に署名するために集まったのだ。彼はそれを喜劇と悲哀に満ちた光景だと思い、各人各様の仕種《しぐさ》を心に留め、仕事中にそれを何度も思い返し、頭の中で再創造した。

四月の終わりに、老ディケンズ夫人が死去した。彼女の最年長の息子のウィリアムが、彼女が結婚したところである、ハノーヴァー広場のセント・ジョージ教会で葬儀が執り行われる手筈を整えた。彼女はベイズウォーター・ロードの墓地に葬られた。墓石は建てられなかった。ジョン・ディケンズは葬式に出られなかった。ウィリアムが彼の窮状を察していたのは明らかである。ウィリアムは母の遺産を相続するずっと前に、四十ポンドという弟の未払いの負債を直ちに払ったのだから。[13] そのおかげでジョン・ディケンズは、監獄から釈放してもらいたいと嘆願することができた。そして五月末、「支払い不能者」としてマーシャルシー監獄から釈放された。まだ四十になっていなかったが、早期退職をして廃疾者年金を支給してもらうことを、海軍経理局に頼む準備をすでにしていた。そして、膀胱疾患に罹っているという証明書を医師から貰った。海軍省がその要求について検討しているあいだ、彼はサマセット・ハウスに戻って仕事をした。

一家はサマーズ・タウンのジョンソン街二九番地に貸家を見つけるまで、短期間、ロイランス夫人のところに下宿した。ディケンズ一家は家から家に、下宿から下宿に実に何度も移ったので、それに関して読む者や、書く者や、調査している者を混乱させる。しかし、すでに指摘したように、彼らはおおまかに北ロンドンと呼びうるところにとどまった――カムデン・タウン、サマーズ・タウン、フィッツロイ広場とマンチェスター広場周辺の一帯、そこからさらにイズリントン、ハムステッド、ノース・エンド。一家はテムズ川の南には行かなかったし――マーシャルシー監獄を除き――あるいは、西のパディントンや北のホロウェイにも行かなかった。ウィリアム・ディケンズは妻と一緒にオックスフォード街に住み続け、翌年の十二月に、わずか四十三歳で、子供を持たずに世を去った。

ジョン・ディケンズがサマセット・ハウスに戻った頃には、靴墨工場はハンガーフォード・ステアーズから、コヴェント・ガーデンに移っていた。そこはチャールズのよく知っている場所で、彼が特に好んだ場所だった。いまや彼はサマーズ・タウンから仕事場まで歩いた。そして昼食用に、「冷えたホッチポッチ〔野菜・ジャガイモ・肉入りの濃厚なスープ〕」を小さなボウルに入れてハンカチで結んだもの」を貰うこともあり、仕事場に持って行った。靴墨の仕事はやめるようにとは誰も言わなかった。少年たちの中で一番仕事が速かった彼とボブは、チャンドス街とベドフォード街の角にある、二人が働いていた家の窓のところに配置された。時おり通行人は立ち止まり、靴墨の瓶の蓋を締め、ラベルを貼る際の二人の手際の良さを感心して眺めた。[14] ある日チャールズは、「私たちが非常に忙しい時に」父が歩いてきたのを見て、「父がどうしてその光景に耐えられるのか不審に思った」。サマセット・ハウスはコヴェント・ガーデンから遠くはなかった。別な折、ジョン・ディケンズは事務所の同僚と一緒に仕事場の前を通りかかった。その同僚は、チャールズがトマス・バローの家で会った、チャールズ・ディルクだった。今度は二人の男は立ち止まり、少年たちが働く様子を見ていた。ディルクがチャールズに気づいたのか、ジョン・ディケンズが小さいほうの少年が自分の息子だと説明したのかだった。繊細で優しい男だったディルクは、中に入って彼に半クラウン銀貨を与えた。彼は非常に深くお辞儀をした。[15] ディケンズではなくディルクが語っているその光景は、そうした境遇に置かれた屈辱感を、何物よりも雄弁に語っている——父がにやにや笑いながら立っているところで、人から哀れまれ、チップを貰う。

一方、ファニーは賞と銀メダルを獲得し、音楽院で一家の誇りを取り戻していた。一八二四年六月二十九日、彼女は国王の妹のオーガスタ王女が賞を授与した公開演奏会で演奏した。ディケンズ一家も聴衆の中にいた。チャールズの反応は苦痛に満ちたものだった。彼は何も言わなかったけれども。「私は自分のことを考えるのに耐えられなかった——すべてのそうした名誉ある競争と成功の及ばぬところに自分はいたのだ。涙が頬を伝って流れた。心臓が裂けたように感じた。その夜ベッドに行った時、自分が置かれている屈辱と無視の境遇から救われることを祈った。それまで、それほど苦しんだことはなかった」。彼は続けている。「その気持ちには嫉妬心はなかった」。嫉妬心は厳しく抑制され、そのためいっそう苦しみが増したということのほうが、ありうるようだ。[16]

彼がどのくらいの数の靴墨の瓶にラベルを貼っていたのかは定かではない。彼自身思い出せなかったというのが一番の理由である。その仕事は、彼が十二歳だった一八二四年二月から、十三歳になった二五年三月まで、一年と少し続いたようである。[17] 父が経理局を引退したのは、年金の下りた三月だった。海軍省は気前がよく、彼に年百四十五ポンド十六シリング八ペンス与えるよう命じた。海軍省はまた、最近破産した者を追い出したがっていたのだ。彼は残っている借金を返済したので、年金の相当額を使ったが、いまや自由にほかの仕事を探すことができた。膀胱の病気は求職になんの影響も与えなかった。

ジョン・ディケンズの次の行動は、ジェイムズ・ラマートと喧嘩をすることだった。チャールズは仕事に行く際、父からの手紙をコヴェント・ガーデンに持って行くように言われた。彼はラマートがその手紙を読みながら次第に腹を立てていくさまを見ていた。手紙は靴墨工場での彼自身の立場について書いたものだった。チャールズは、自分が窓のところに坐っていて通行人に見られることに関係したなにかではないかと思ったが、そのことにせよほかのことにせよ、ラマートが自分は侮辱されたと言って父を非難した時、動揺した。ラマートは怒りをチャールズにはぶつけなかった。ラマートは依然としてチャールズに対して優しかったが、家に帰ったほうがいいと言った。彼と一緒に働いていた老兵も、それが一番いいと、安心させるように言った。「あまりに奇妙なので、私は圧迫感に似た解放感を覚えながら家路についた[18]」

母はすぐさまラマートとの諍いを丸く収めようとし、チャールズに仕事に戻ってもらいたがった。弟のトムが十一で働きに出てやりあげたことを思い出したのは疑いない。翌朝、母はラマートに会いに行ってから、息子は靴墨工場に戻ってよいことになったと言った。現在のわれわれには、それは異常で不可解に思える。そして当時のチャールズには耐え難かった。「私はそのことについて恨んだり怒ったりして書きはしない。なぜなら、こうしたすべてのことが一緒に働いて、今の私を作っているからだ。けれども、母が私をしきりに送り戻したがったことを、その後も忘れたことはないし、これからも忘れないだろうし、忘れることもできない[19]」。父はいまや長い半睡状態から不意に目覚め、息子に教育を受けさせる必要があるのを思い出し、おまえはともかく学校に行かねばならないと息子に言った。チャールズはウェリントン・ハウス・アカデミーに、学期に関するカードを貰いに行かされた。それは近くの男子校で、ラテン語、数学、英語およびダンスが教えられた。

この事件全体で最も驚くべきことは、やはりディケンズ自身によって語られている。父も母も、靴墨工場のことも、チャールズが一年間児童労働者だったことも言わず、終生二度と口にしなかったのだ——ただのひとことも言わず、仄めかしもしなかった。「その時以来……父と母はそのことについてだんまりを決め込んだ。二人のどちらからも、いかに遠回しにであれ、それについての言及を聞いたことがまったくない[20]」。まるで、そんなことは起こらなかったかのようだった。二十年以上あとに、その件について聞いた最初の人物であるジョン・フォースターは、それはディケンズに、「ある事を成そうという意志には何事も可能だという感覚」をもって障碍を乗り越える、並外れた決断力を与えたと同時に、彼の生来の寛大さと心の温かさとはまったく相容れない、冷たい、激しい攻撃性をも与えたと信じていた。そしてディケンズ自身、自分の人生に大きな危機が訪れた際、「当時私の中に形成された性格」が再び現われることを説明するために、子供時代の不幸な時期を持ち出した[21]。たぶんそうだろうが、その経験が彼の性格にいささかのダメージを与えたとしても、性格を強めもしたのである。それはまた、彼が作品の中で何度も繰り返し使ったテーマをも彼に与えた。そうした作品においては、傷つきやすく、苦しんでいる子供は、ネル、ポール、ジョーのように、酷《むご》い扱いに屈服していて死にかけているか、あるいは、オリヴァー、侯爵夫人、フロレンス、エスター、シシー、リトル・ドリットのように、それぞれのやり方で酷い扱いに耐え、それを克服するかだ。ある場合には曖昧だ。タイニー・ティムは別で、死なずに幸運に恵まれる。ルイーザ・グラッドグラインドは、自分の選んだ悲惨な生き方を通して成長し、より賢くはなるものの、ほとんど幸福にはならない。ピップの人生も未解決のままだ。彼は重病を生き延びるが、無一文になる。彼は周囲の人間に対し、いくらかの善いことと悪いことをしたが、彼が望みうる最上のことは、いささかの自己認識を得て一生終えることだ――かくして、『大いなる遺産』は彼の小説の中で、最も真実を語っているものなのである。この小説の中で、エステラは生き延び、自分が犯した過ちの理由を悟るが、悟ったからといって、報われることはない[22]。

ウェリントン・ハウス・アカデミーは、彼を再び普通の少年にしたように見える。その学校は、結局はあまりよくないことがわかるが。経営者で校長のウィリアム・ジョーンズは無知な男で、もっぱら少年たちを叩くのに使う大きなマホガニー製の定規を持っていた。彼は少年たちを叩くのを愉しんだ。少年たちのズボンを片手でぐっと引き下げ、もう一方の手で力一杯叩いた。ディケンズは彼に睨まれなかったようである。通学生なので、家に帰って告げ口をするかもしれないからだろう。生徒の大部分は寄宿生だった。そのことは、ディケンズが再び家にいられるようになった幸福感を強めた。彼は生徒として抜きん出なかったが、一人の教師が彼に数学と英語と少しのラテン語を一応教えた。彼の筆跡だということがわかっている最初の例はその頃のもので、字が明確で恰好がよく、のびのびしていること、そして、強調するために署名の下に線を引く試みを早くもしていることを示している。彼は後年、それを何本もの手の込んだものにし、自分のトレードマークにした。ほとんどの少年の例に洩れず、彼はペニー・ドレッドフル〔もっぱら犯罪を扱った、挿絵入り週刊誌〕を読み、「特殊語《リンゴー》」を話すのを愉しんだ。それは、各語の末尾に文字を加え、外国語のような響きにするものである。彼は一年間働いたあとなので、遊ぶ必要があったのだが、生涯を通して、ゲーム、シャレード、手品、クリケット、競馬、輪投げその他の子供じみた娯楽を大いに愉しんだ。学校では率先して芝居を上演した。また、物語を書いて回覧し、一人の少年と『僕らの新聞』を作って、ビー玉をくれた者に貸して読ませてやった。彼のことを覚えていた学校友達が、彼が陽気で悪戯好きな少年だったと言っているのを知ると、ほっとする。彼は教室の机の引出しに蜂や二十日鼠を飼うというような悪戯に加わり、ミニチュアの四輪馬車とポンプを作り、二十日鼠にそれを動かさせた。また時には冗談で、通りの数多くの貧しい子供たちの一人のふりをして、カムデン・タウンの老女たちから金をせびった。

第3章

ボズになる

一八二七～三四年

一八二七年二月、ディケンズは十五歳で、誕生日を迎えて数週間のうちに、正規の教育は終わった。理由は簡単だった。父がもはや授業料を払うことができなくなったのだ。ジョン・ディケンズは、『ブリティッシュ・プレス』という大袈裟な名前の新聞のシティーの通信員として海上保険に関する記事を書いて年金を補っていたが、一八二六年末にイギリスは不況に見舞われ、その新聞は廃刊になった。彼は逆境にそなえた貯金をしておかなかったので、例によって多くの借金をした。そして、地方税が払えなかったので、一家はジョンソン街の家から追い出された。その問題に加え、ディケンズ夫人はまたも妊娠したことがわかった。彼女はまだ三十八歳だったが、五年の間隙があったので、それは驚きだった。ファニーは王立音楽院での授業料納入がひどく遅れていたので、退学せざるを得なかった。しかし、きわめて前途有望で意志が強かったので、学校に戻って、非常勤で教えることで、自分の授業料が払える取り決めをしてもらった。年下の少年たち、五歳のアルフレッドと七歳のフレッドは、ブランズウィック広場にある学校にそのままとどまった。十一歳のレティシアは、オードナンス・テラスのかつての隣人、ニューナム氏からわずかな遺産を相続した。ニューナム氏は賢明にも、遺贈を信託にしてあったので、父に使い込まれるおそれはなかった[1]。レティシアは家にいて母に勉強を教えてもらったようである。だがチャールズにとっては、可能な進路は一つしかなかった——外に出て、生活費を稼がねばならない。

自分の教育がまたも途中で終わってしまったことに、彼がどんな気持ちを抱いたにせよ、大人たちの世界で自分の居場所を見つけること、また、仕事を見つけるのに母の援助を受け入れることを覚悟をしていた。母が靴墨工場の仕事に関してひどい仕打ちをしたにせよ。母の伯母の一人、チャールズ・チャールトン夫人は民法博士会館《ドクターズ・コモンズ》〔教会裁判所と海事裁判所があった〕の上級書記と結婚していて、二人はバーナーズ街で下宿屋を営み、弁護士に部屋を貸していた。エリザベス・ディケンズは、そこで法律事務所の若いパートナー、エドワード・ブラックモアと知り合った。彼女はブラックモアがチャールズをエリス&ブラックモアで使ってくれるかもしれないと思い、チャールズを彼のところに連れて行った。ブラックモアはチャールズを、爽やかで知的な顔をした、こざっぱりとした服装の、礼儀正しい、人前に出してまったく恥ずかしくない少年だと判断し、週に十シリング六ペンスで雇おうと言った。そこで彼は、グレイズ・イン法曹学院で週に六日働くことになった。事務員と呼ばれはしたが、実際は使い走りに過ぎなかった。どんな正式の資格も取れるわけでもなかったが、それは一つの出発点だった。

ディケンズ一家は、ジョンソン街から南に四つ通りを下がった、ポリゴン一七番地に新しい下宿屋を見つけた。ポリゴンは一七九〇年代の革新的建築だった〔ポリゴンは「多角形」の意〕。四階の家々が中心の庭を囲んで環状に建てられた。それは、ハムステッドに向かって上に傾斜している緑の牧場の隣で、それでいてロンドンの中心部に歩いて行ける距離の、立派な郊外を造ろうとした建築家の計画の最初の部分だった。その計画は、ナポレオン戦争中に資金がなくなり頓挫し、通りには小さなテラスハウスが建てられ、ポリゴンを囲んだ。そしてサマーズ・タウンは、落ちぶれながらも体面を保とうとする人々の町になった。のちにディケンズと一緒に働いたウィリアム・ウィリスも、プリマスの船主だった父が大金を失った時にそこに移り、ストランドまで毎日通勤した。ディケンズ一家がそこに移った時には、ポリゴンにはまだいくらかの芸術家と作家が住んでいて、ほんの少し箔が付いていた。何年かのちチャールズは、一人の登場人物、芸術家肌で浪費家のハロルド・スキンポール〔『荒涼館』の登場人物〕を、その朽ちつつある住居の一つに住まわせた。スキンポールは小綺麗に家具調度を設えた一室に仮住まいし、妻と娘たちは家のほかのところで、なんとか最善を尽くす。地元の商人の請求書は未払いだ。それは、ディケンズが完璧に理解していた状況だ。[2] 父も文化的で快適な生活を夢見ていたが、それはいつも、ほんの少し手の届かないところにあった。

その当時、一家の中で一番成功していたファニーは、歌手でコメディアンのジョン・プリット・ハーリーのために五月に開かれた、ドルーリー・レイン劇場での慈善コンサートで歌った。そして同月、チャールズは働き始めた。彼は毎日、三十分かけて歩いてグレイズ・イン法曹学院に行った。そこはすべてお馴染みの界隈で、同じいくつかの場所を歩いていて三年前の惨めな思い出が蘇ってくると、頭から追い払った。いまや彼は、若いロンドン子の暮らしをするのに熱心だった。[3] いつもきちんとした服装をし、髪を入念に梳《くしけず》った。そして、身なりが異彩を放っていた――軍帽をかぶって紐を顎に回し、靴の上でズボンをやはり紐で押さえ、体にぴったりした紺の上着を着、黒のネッカチーフで下のシャツを隠した。一八三〇年代末のダンディーが、早くも作られつつあった。

　ほかの事務員たちは彼に好感を抱いた。彼は物真似が得意だったので、自分を面白がらせた者を誰彼なく真似し、朋輩を笑わせた――通りで彼が耳を傾けた人々、事務所の掃除をする老女、顧客、法律家。彼はコミック・ソングを歌い、自分を様々な有名な当時の歌手に仕立てることができた。間もなく、稼いだ金を新しい仲間と一緒に劇場に行くことに使い、俳優や劇について論じ合い、いつも仲間に、シェイクスピアの長い台詞を朗唱して聞かせるようになった。一八二八年の夏、老練のコメディアン、チャールズ・マシューズはドルーリー・レイン劇場で、非常な人気のあった一人芝居をした。その際マシューズは数多くの役を演じ、それを「モノポリーローグ」と呼んだ。そして、ディケンズがほかのどの俳優にも増して称讃した俳優になった。次の六年間、マシューズはアデルフィ劇場に毎シーズン出演した。ディケンズはできるだけ頻繁に通い、マシューズの台詞、歌、仕種、身振りを暗記した[4]。間もなく、ありがたいことに、賃金が週十二シリングに上がった。そこで時おり友人とディナーを愉しみ、特別な場合にはブランデーかウィスキー・グロッグを飲み、マイルドなハバナ産葉巻をくゆらした。そして酔っ払うとはどういうものか、二日酔いとはどういうものかを知った。上司のブラックモアが結婚した時、事務所の全員にディナーを御馳走した。翌日、一人の事務員が二日酔いで休み、戻ってくると、自分が具合が悪くなったのは酒のせいではなく、「サーモンのせいだ!」と言い張った。ディケンズは笑い、そのことを記憶にとどめ、最初の小説に使った。品行方正なピクウィック氏は、酔っ払ったあと、同じ言い訳をする。「サーモンのせいだ!」ディケンズの冗談には棘がなかった。なぜなら、ワインと蒸留酒は葉巻同様、彼にとっては人生の正当な愉しみに入っていたからだ。彼はいつも、禁酒運動を嘲った。

　彼は間もなく、法律関係の建物のあるすべての通り、中庭、路地、法曹学院、法曹学院事務所、庭に詳しくなった。ホウボーンが見渡せる上階に事務所が移ると、事務員たちは窓から通行人をめがけてサクランボの種を落として面白がった。文句を言いに上がってきた者にはディケンズが会った。彼は不当に非難された者を完璧に演じたので、やってきた者は怪訝な面持ちで帰って行った。事務所での生活が退屈だったとしても、外の通りには学ぶべきあらゆるものがあった。その頃は、彼の人生において最も記録が少ない時期だが、一八三〇年代に書いた「スケッチ」が、彼が観察したものは何か、関心を寄せたものは何か、どのような若者だったかを語ってくれる。法律は、法律に携わる者特有の奇矯さと一般的な頑固さ以外、当時もその後も、彼になんの感銘も与えなかった。法律は金を稼ぐ正当な手段なのは、理解していたけれども。彼は自分の置かれた世界を探検していて、それに対してある種の攻撃をしようと意気込んでいた。しかし、どんな風に攻撃していいのか、まだわかっていなかった。

一八二八年十一月、彼はエリス&《アンド》ブラックモアを去り、チャンセリー・レインに住む別の事務弁護士チャールズ・モロイのもとで働くことにした。彼はそこの事務員の一人、トマス・ミトンを知っていた。ミトンの一家もポリゴンに住んでいて、父は近くでパブを経営していた。ミトンは自分も法律家になるためにモロイのところで年季奉公をしていた。二人の若者は友人同士になり、ミトンは後年、ディケンズの事務弁護士になった。ディケンズは自分も法律家の資格を得ようと思った。事務弁護士ではなく法廷弁護士の資格を。そして数年、そのことを時おり考え続けた。そこで一八三九年、ミドル・テンプル法曹学院に名前を登録した。しかし、それ以上のことはしなかった。だが、法律が複雑に枝分かれしている点は彼を魅了した。弁護士は彼のほとんどの小説に登場する。主人公ではないが。『ピクウィック・ペイパーズ』のドッドソン&フォッグ、『骨董店』のサンプソン・ブラース、『荒涼館』のタルキングホーン氏とヴォールズ氏はそれぞれ、様々な邪悪な振る舞いをする。『大いなる遺産』のジャガーズ氏は己が職業の罪の償いをするためにいささかのことをするが、邪悪な人間のままだ。『デイヴィッド・コパフィールド』のウィックフィールド氏は酒浸りになる、気の弱い田舎の事務弁護士で、彼の野心的な事務員のヒープは根っからの悪党だ。『デイヴィッド・コパフィールド』の最後で判事になるトラドルズ氏だけが尊敬すべき人物で、『エドウィン・ドルードの謎』のグルージャスは、二つの家の財産保全管理人および代理人として行動する以外、法律に関する活動は何もしないことによって廉潔さを保ち、事務弁護士の関わる仕事は一切人に任せる。

ディケンズにとって法律は、遅延、複雑化、混乱で儲けている怪しげな商売に思えた。それに反して彼は、秩序に対する情熱を持っていた。もし彼が生まれながらにその情熱を持っていたのなら、それは若い頃の混沌とした境遇と、物事がうまく処理できない父に対する反動で強められたに違いない。しかし自分の人生を完璧に秩序立てようと決心していたにせよ、その後の十年は、日々の暮らしにおいて絶えざる混乱の十年だった。様々な技術を習得し、自分には何が一番合っているのかを知ろうと試みて、一連の任務をみずからに課した。それが俸給を貰ってする仕事であれ、みずからを教育するものであれ、なんであれ取り組んだものを、決意をもって精力的にこなした。彼がいかに熱心に様々な目標を追っても、気を散らす多くのものがあったが、彼は役に立つ息子、長兄であろうと全力を尽くした。少年だったその頃、自分自身の家庭を築こうと、妻を持つ決心もしていた。十八歳というのは、結婚について考えるにはあまりに若過ぎるが、彼は恋に落ちるや否や、すべてをきちんとしようとして、結婚の約束をすることを相手に求めた。ロンドンでは、彼の周囲の通りと劇場は性的に混乱していた。彼はそこでいかに売春が蔓延《はびこ》っているかを見ることができた。それは避けたいと思っていた誘惑だった。

彼はそうしたものを避けはしたが、観察はした。常に周囲を眺め、様々な声に耳を澄まし、ロンドンの暮らしのドラマ、不条理、悲劇に反応した。そうした若い頃の観察から、終生彼の芸術を培うことになる知識を蓄えた。彼は初期に新聞や雑誌に書いたものやスケッチにおいて、例えば、何万人もの北ロンドンの人々が週に六日、仕事場に歩いて行く様を正確に記述している。彼らは朝早く郊外のサマーズ・タウン、イズリントン、ペントンヴィルを出発する。そうした郊外では、パン屋が市内のパン屋より一時間早く店を開けるので、シティー、チャンセリー・レイン、グレイズ・イン、リンカンズ・インその他すべての法曹学院にぞくぞくとやってくる膨大な数の事務員は、歩き始める前に、朝のロールパンが食べられた。「家族が増えるにつれて給料が増えるわけではない」中年の男たちが、二十年間も歩いて通っているので、ほとんど誰もが顔見知りなのに、立ち止まって握手したり話したりして精力を無駄にしないことに彼は注目した。『クリスマス・キャロル』の中では、ボブ・クラチットを、週に十五シリング稼ぐためにカムデン・タウンからシティーまで毎朝三キロ歩かせ、時には駆けさせている。週十五シリングというのは、ディケンズが最初の法律事務所で貰った額より、そう多くはない。彼は、「少年になる前に大人にされた」事務所に勤める若者や、婦人帽製造人や、コルセット製作人の見習いの少女たちを見た。彼らは、「仕事は一番きつく、俸給は一番悪く、あまりにしばしば社会の最もこき使われる階級」なのだ[5]。

別の光景――十三歳と十六歳の二人の姉妹が手錠を嵌められ、囚人護送馬車に乗るために警察署から出てくる。妹は顔を隠し、ハンカチを顔に当てて泣いている。集まった群衆の中の一人の女が叫ぶ。「どのくらいだい、エミリー?」姉は叫び返す。「六週間、重労働……ベラも初犯で入るんだ。頭を上げなよ、弱虫……頭を上げて顔をみんなに見せてやるんだ。あたしゃ妬いてやしないよ、あたしゃ元気さ!」少女たちは邪悪な母親に、娼婦として働かされたのだとディケンズは考え、妹のベラの恥辱と恐怖に同情するが、エミリーの大胆な反抗精神と、群衆に向かって芝居をするさまを愉しみもする。その点で彼女は、法廷で判事に挑む十三歳の少年にそっくりだ〔少年は掏摸で逮捕された〕。少年は判事に、自分の性格証人がいると言う。「今、十五人の紳士《ジエンルムン》が外で待ってるよ、きのうはいちんち中待ってた。なぜって、おとといの晩、おれの裁判がじきに始まるって、おれは聞かされたからさ」。証人など一人もいなかった。その少年は、アートフル・ドジャーとして再創造される。ドジャーは被告席から、自分の事件について友人たちに議会で質問させると脅すが、その反抗的行為は、『オリヴァー・ツイスト』のハイライトの一つだ。その小説でディケンズは、そのような機知と、悔悟の念の完全な欠如を認めるようにと読者に促している[6]。

そして、青いガラス玉のネックレスをした、蒼白い、骨張った小さな少女がいる。彼女はストランドの外れの小さな個人経営の劇場の舞台に上がるために、母親に稽古をさせられている。ディケンズの同僚の一人は、その舞台に一、二度立った。たぶんディケンズも立ったことだろう[7]。小さな少女は「悲劇のあと」、舞台で彼女の最初のホーンパイプ〔水夫のあいだで流行したソロダンス〕を踊るだろう。彼女は、『ニコラス・ニクルビー』の中の、ジンで育った天才子役《インファント・フェノメノン》〔ミス・ニネッタ・クラムルズ。背が伸びるのを防ぐため、幼児からジンを飲まされた〕の先駆者である[8]。ディケンズはわれわれを洒落た新しいジン酒場に連れて行く。貧乏人を喜ばせ、金を使わせるために、どこもかしこも板ガラスで、トルコ絨毯が敷かれ、王室の紋章があり、化粧漆喰が塗ってあり、マホガニー材が使われ、ワニスが塗ってある。そこでは、縺れた髪の十四か十五の少女が「裸足で歩き、白い厚地の外套を着ている。それが彼女たちのほとんど唯一の服だ」。またディケンズは、ペントンヴィルとシティーのあいだのイーグル遊園地に、われわれを連れて行く。そこに、若い求愛中のカップルが夏の日曜日に、円形建物《ロタンダ》でティーとコンサートを愉しみに行く。カムデン・タウンのジェマイマ・エヴァンズがいる。彼女は、「入念に鉤編みをし目をあけた白のモスリンのガウン、たくさんのピンで留めた小さな赤いショール、赤いリボンを縁に回した、大きな白いボンネット、小さなネックレス、大きな一対のブレスレット、デンマーク製のサテンの靴、透かし細工の靴下、指に嵌めた白い木綿の手袋、片手に持った、入念に畳んだ小さなハンカチ」を身につけている。彼女は綿密に観察されているので、絵に描けただろう。また、彼女の声も聞ける。彼女は「エヴァンズ」を「イヴィンズ」と発音し、庭は「しばらしい《エヴンリー》」と言い、喧嘩があると「ほまわりさん！《ホーフィサー》」と叫ぶ[9]。

若いディケンズは笑いたがり、人を笑わせたがった。そして、みずからの貧しく、曖昧な過去と、エチケット、もてなし、求愛、結婚、金銭問題、相続財産、教養についての懸念を取り上げ、そのあらゆる面をからかった。二つの話が、彼の大伯母のチャールトンが経営していたような下宿屋を舞台にしている。別の話は、二十五歳を過ぎた娘たちのために夫を見つける難しさと、望ましい求愛者に見えた青年が店員に過ぎなかったことがわかった時の屈辱感についてのものである。金持ちの心気症患者や女の患者に、聞きたがることだけを話して裕福になった医者や、株式取引所で金を儲けると、すぐに上級階級の仲間入りをしたいと願う男を扱うと、そうした笑劇《ファルス》に痛烈な軽蔑の念が混ざる。また、差押え物件の評価売却人の代理〔債務者が家具などを持ち出さないよう、債務者の家にいる役目を担う〕が、一時、金銭的に困った金持ちの家で晩餐会が開かれた際、晩餐会に必要な金を工面する時間をその男に与えるため、召使のふりをして給仕をするのに同意した、滑稽な話をするが、その一方、窮乏した家族と、死ぬことになる妻たちについての、ほかの話もする。さらに、悪気のないウォトキンズ・トトルについての喜劇風の話がある。トトルは小賢しい友人に説き伏せられ、金持ちのオールドミスに求婚することで、目前の破産をなんとか喰い止めようとするが、女に拒絶されると暗然とし、債務者拘留所に入れられるよりは自殺を選ぶ。若いディケンズは惨めな事柄を冗談にし、無害なまともな人間を悲惨な境遇に投げ込むことができた。父の振る舞いを見ていたせいで、観察の多くが鋭い棘のあるものになった。自分の父は紳士なのかペテン師なのか？　犠牲者なのか詐欺師なのか？

ディケンズは一家の忠実な一員だった。借金せずにはいられなかった父に苦しめられたけれども、大家族は人を善良で陽気で活動的な者にする源だという考えは、終生彼にとって根強いものだった。現存している、彼の最も初期の手紙の何通かは、家でのパーティー、音楽、ダンスに友人を招《よ》んだ短いもので、彼がそういう場でいかに気持ちが休まったかを示している。一八三五年に発表されたクリスマスのスケッチは、七面鳥とプディングを囲んで、子供、いとこ、老人が集うのは、どんな宗教的説教よりも、善意に満ちた感情を永続させるのに役立つのを示唆している。[10]一八二七年十一月に新しく弟が出来、オーガスタスという皇帝の名が付けられた。チャールズは、オーガスタスがよちよち歩きをする頃には、オーガスタスをモーゼズと呼ぶようになっていた。それは、チャールズの愛読書のゴールドスミスの小説に出てくるウェイクフィールドの牧師の息子にあやかった綽名だった。「モーゼズ」は鼻声で発音すると「ボーゼズ」になった。チャールズは鼻風邪をひきやすかったので、「ボーゼズ」は「ボズ」になった。「ボズ」は今度は、彼が一八三四年に、書いたものを初めて発表した際に付けたペンネームになった。ディケンズは自分の人生のあらゆる部分をそのまま維持し、互いに関連付けるのが好きだった。何年ものちに自分の家庭を持った時、クリスマスの午前中、ジョン・フォースターを連れ出し、サマーズ・タウン、ケンティッシュ・タウンの通りを歩いて、落ちぶれながらも気位の高い家々の前を通り、ディナーを作ったり、運んできたりするさまを見守った。それは、過去を大事にし、過去を再び捉えて、再び生きようとする男の行動である。[11]

一八二〇年代と三〇年代の初めのあいだの彼の日常の行動を追うのは容易ではない。なぜなら、あらゆるものに対して強烈に反応しながら、非常に多くのことをし、非常の多くのものを吸収し、非常に多くの活動に手を広げたからである。彼は後年、その歳月のことについて話した際、あまりに多くの事柄を詰め込んだ。彼はもっぱら両親と一緒に暮らしていた。両親はめくるめくほどに一つの下宿から次の下宿に移った。一八二九年、一家はポリゴンを去って、フィッツロイ広場の外れのノーフォーク街に下宿した。[12]一八三〇年のある時、一家はストランドの外れのジョージ街に下宿した——それはジョージ四世が死去し、弟のウィリアム四世が即位した年だった。一八三一年、一家はキャヴェンディッシュ広場の近くのマーガレット広場に住んだが、その年の後半、ジョン・ディクソンは北のハムステッドに、さらにはもっと先のノース・エンドに移って、自分と債権者のあいだに距離を置こうとした。一八三二年の春には、一家は彼を含めて全員がそこにいた。ただ、チャールズはしばらく一家を離れ、セシル街に下宿した。その通りは、ストランドの南からテムズ川に向かって通っている数多くのごく小さい通りの一つで、ストランド・レインの近くにあるローマ風呂に気分よく飛び込むことができた。そこでは、プールの中を真水の泉が流れていた。[13] それは、選挙法改正法が議会を通過し、六月に法律になった年だった。その年の後半、一家が市内に――フィッツロイ街に――戻った時に、彼はまた一家と一緒になり、八月に一家の者と一緒に、新鮮な空気を求めて二週間、ハイゲイトに行った。彼は友人に話したのだが、そこで「まるで自然が喫煙の場所として作ったかのように見える、緑の小径を発見した」[14]。彼は乗馬を始め、倫敦子ライダー《コックニー》と呼ばれた者になり、馬を借り、市内からできるだけ遠くに何マイルも行った。一八三二年末には、一家はマンチェスター広場の近くのベンティンク街にいた。

ジョン・ディケンズは多くの欠点があったにもかかわらず、一つの大事な点で長男によい手本を示した。速記を学び、それに習熟したのである。一八二八年、まだ彼と話をする気のあった義弟、進取の気性に富んだジョン・バローのために、彼は議会記者として働くことにした。ジョン・バローは『ミラー・オヴ・パーラメント』という新聞を始めたところだった。バローの意図は、下院で行われていることを完全に記録して、議会議事録と競うことだった。それを成功させるには、信頼できる記者のチームが必要だった。バローの四番目の弟のエドワードも、記者として同紙に加わった。チャールズも速記を学ぼうという気持ちになった。彼は『デイヴィッド・コパフィールド』で、速記を習得する苦労を小説の形で書いた。デイヴィッドは速記で書くことを学んだものの、読み返すことができないのに気づき、最初からやり直さねばならなかった。チャールズはまた、デイヴィッドを早々と議会記者にしてもいる。[15]

現実には、その通りにはならなかった。チャールズは一八二九年のある時点でモロイの事務所を去った。その時には、セント・ポール大聖堂の近くの民法博士会館の教会裁判所で記者を務めるだけに速記を習得していた。そこで、彼の大伯母チャールトンの夫が上級書記として働いていた。民法博士会館の裁判所での法廷は、もっぱら結婚、離婚、遺言を扱い、立派な柱のある広い部屋で開かれた。

そこは、数世紀にわたる歴代の判事の紋章で飾られていて、鬘をつけ、毛皮製の朱色のガウンを纏った代訴人が議論をする、秘儀的なことが行われる場所だった。ディケンズは、一八三六年に発表した一文で明らかにしているように、そこは黴臭く、不気味でさえあると思った[16]。それは彼にとって、そんな古臭い儀式が、いわば軋りながら続いているのを見た最初だった。そして、そういった儀式が一掃されたほうがよいと確信した。

彼がそこで手にし得た仕事は、いずれにしろ不定期のものので、速記の仕事をくれる代訴人の一人に選ばれるために、枡の中で待たねばならなかった。そして、裁判開廷期間以外は、仕事は何もなかった。しかし、怠けてはいなかった。一八三〇年に十八になると、閲覧室を使うための閲覧証を大英博物館に申請した。またもチャールトン一族が助けてくれ、チャールトン氏が保証人になってくれた。閲覧証は少なくとも四回更新され、数年間彼は、機会がありさえすれば閲覧室で本を読んだ。現存している彼の数枚の閲覧票は、シェイクスピアの劇、ゴールドスミスの『英国史』、何冊かのローマ史を読み、ホルバインの『死の踊り』のホラーによる版画に戻ったことを示している。また、男性助産師に関する十八世紀の医学書も見ている。おそらく、異性の神秘的な解剖学的構造に関する情報を探していたのだろう。

閲覧室にいてさえ、彼の目は常に本に向けられていたのではなかった。初期の文章に、閲覧室の仲間の読者を描写したものがある。それは、ボタンの数が次第に減ってゆく、擦り切れたスーツを着た男だ。そのみすぼらしさはディケンズを魅了した。ディケンズはその男が一週間姿を現わさなかったので、その男は死んだと思った。しかし、それは間違いだった。その男は再び姿を現わした時、前とは違って見えるピカピカ光る黒のスーツを着ていたのだ。ディケンズは、それが以前のスーツで、光沢のある黒ペンキを塗って「再生」したものであるのに、徐々に気づいた。間もなく、青白い縫い目、膝と肘が、また現われた。一日降った雨で「再生剤」がすっかりなくなってしまったのだ。ディケンズは話をそこでやめている。それは、ロンドンの体裁を繕う敗残者と犠牲者、何事も成功しない孤独な男をさりげなく描いたいくつかの文章の一つである。別の男は、彼がセント・ジェイムズ公園で見た事務員である。その男は独りで食事をし、下宿で暮らしている。「そうした男たちは貧しく、無害だ。満足してはいるが幸福ではない。意気阻喪し、卑屈で、なんの苦痛も感じないが、愉しみを知らない」。その調子は冷静だが、そうした男たちは、チャンスを摑み損ね、それをものにできなかった若者が、たやすくそうなってしまうことへの象徴的な警告だった。[17]

ディケンズは人生のその段階で、他人の目にはどのように映ったのだろうか？　彼の叔父エドワード・バローの妻で職業画家だったジャネットが描いた、彼が十八歳の時の細密画の肖像がある。ジャネットは彼を、目を大きく見開き、半ば微笑み、大きな黒い襟巻を首に巻き、自分を意識している怜悧な少年に描いている。髪は厚く、黒っぽい巻き毛で、短く刈っている。前途有望で、興味深い人物に見えるが、まだロマンティックな行動を率先して起こす用意はなかった。だがそれは、その役割を演じようとするのをとどめはしなかった。なぜならその年、マライア・ビードネルに出会い、恋に落ちたからである。彼女は両の眉毛がほとんど中央でくっつきそうであったにせよ、彼にはうっとりするほど可憐に見えた。彼女は小さな愛玩用の犬と来客名簿《アルバム》を持っていて、彼はアルバムに、彼女の名前でアクロスティック〔文字謎の詩〕を書いた。彼女はパリに行ったことがあり、ハープを弾いた。彼は後年、彼女が青い手袋を嵌めていたこと、一番上に黒いビロードの縁取りがしてあり、縁を飾るぎざぎざが切り込んである、濃い赤紫色のドレスが、とりわけ自分を魅了したことを思い出している。彼女は気紛れで、のちの彼女から判断すると、愚かだった。彼は『デイヴィッド・コパフィールド』で、彼女についての記憶をもとに、恋に落ちた話を書いているが、その中で、彼女を六歳の子供の精神能力しかない、人形めいた人物にしている。彼女は、結婚前に料理と家計簿のつけ方を学ぶようにとデイヴィッドに言われると、恐怖に襲われて金切り声をあげ、啜り泣く。マライアは実際には彼より二歳上で、一八三〇年五月に二人が出会った時、彼は十八で彼女は二十歳《はたち》だった。彼は一目惚れし、三年間、彼女に取り憑かれていた。

シティーの民法博士会館で働いていたというのは、彼女を訪ねるには便利だった。彼女はランバード街に住んでいたからだ。彼女の父はシティーの銀行の行員で、彼女はその安楽な家庭に育った。彼女は三人姉妹の一番下だったので、一家のペットだった。兄のアルフレッドもいた。彼は陸軍中尉で、インドで勤務していた。[18] ビードネル家は盛んに人を招いた。ディケンズは、マライアの姉アンに言い寄っていたヘンリー・コールに、同家で出会った。ディケンズもコールも歌うことが好きだった。アンはリュートを弾き、マライアはハープを弾いたので、同家では音楽がよく聞かれた。彼はマライアに対する気持ちを隠さなかった。彼が彼女に首ったけだった最初の頃、彼女は彼の精力的な求愛に応え、二人がいつの日か結婚するかもしれないと信じて幸せそうに見えた。彼は当時を振り返り、二人がシティーを一緒に歩いていた時、雨に降られたので(付き添いの女がいなかったようだ)、彼はマンション・ハウスの近くのハギン・レインの教会に彼女を連れて行き、こう言った。「めでたいことが……ここの祭壇でしか起こらないようにしよう!」彼女はそれに同意した。(19) しかし、その時の優しい感情はやがて消えた。また、ビードネル夫妻も、彼は娘の求婚者としてふさわしくないと思った。ビードネル氏はマンション・ハウスの銀行の行員に過ぎなかったけれども、明らかに上級行員であり、兄は同銀行の支店長だった。したがってビードネル氏は、経済的にはディケンズ一家よりずっと上だった。コールとアンは正式に婚約したが、コールは安定した収入のある銀行員で、堅実な父は実業家だった。それに反しディケンズは経済的に安定していず、人前に出せるような父を持っていなかった。ビードネル夫人は彼の名前を正しく覚えようとさえせず、いつも彼を「ディキンさん」と呼んだ。

マライアの両親を感心させ、彼女との結婚の承諾を得る望みを持つには、民法博士会館の記者以上の者にならねばならないのを、彼は悟った。彼は叔父のジョン・バローの『ミラー・オヴ・パーラメント』の編集室に顔を出し始め、手伝いたいと非公式に申し出た。同紙には、すでに父とエドワード叔父が雇われていた。そして、議会記者の仕事をなんとか始めることができた。間もなく彼は、誰にも負けぬ技倆を持っていることを証明し、下院の記者のあいだで腕試しをすることになった。下院もまた黴臭く古臭い場所だが、民法博士会館よりも活気があった。そして彼は、いったん自分の能力を証明すると、仕事を貰うのを待っている必要がなくなった。その代わり、狭苦しい傍聴席に坐り、下の淀んだ空気の議場でのやりとりに耳を欹《そばだ》て、ガス・シャンデリアの光を頼りに、膝に置いた紙に書きながら、深更まで続く討論に備えねばならなかった。たちまち彼は、速くて正確だという評判を得た。そして、『ミラー・オヴ・パーラメント』に載った、一八三一年三月に提議された選挙法改正法についての最初の本格的な議論の完璧な報告に貢献しただろう。しばらくすると彼は、同紙の一員としての仕事を貰った。そして一八三二年、別の新たに作られた新聞『トルー・サン』のためにも記者として働くようになった。[20]

一八三〇年代初頭は、政治においては劇的な時期で、ディケンズは総じて改正ということに賛成していた。しかし、一八三二年の選挙法改正法に続き、奴隷制反対、工場労働者および坑夫の保護その他の大義のための議案が提出され、それらは確かにディケンズに訴えかけたが、彼がそれに関心や熱意を抱いていた兆候は、手紙にも、ほかの文章にも残っていない。彼は下院に対し、場所にもやり方にも尊敬の念を抱くようにはならなかった。議員で溢れている時の下院は「騒音と混乱の集塊」で、議員たちは「話し、笑い、ぶらつき、咳《しわぶ》き、おー、おーと言い、問い、呻く」ので、スミスフィールドの家畜市場よりひどい、と彼は書いている。[21] 彼は議論の興奮に引き込まれることはなく、メンバーの大方がほぼ同じような話し方をする、クラブのような議院の雰囲気に反感を抱いたことは十分にありうる。それは、彼らがパブリックスクールや大学で習得したスタイルなのだ。ましな者は時おり機知に富んだことを言うが、大部分の者は退屈で、最悪な者は愚鈍だった。新しい議員の中で目立った異質の二人、急進的なウィリアム・コベットと、アイルランドの指導者ダニエル・オコネルのうち、ディケンズはのちにコベットの書いたものを称讃したが、オコネルを、「苛立った、自慢めいた、浅薄な」演説をすると言って非難した。[22] 彼は自分が速記で書き取った演説をしたほかの者とは、のちに個人的に知り合うようになった。その中に、その改革の理念の多くを彼が共有したアシュリー卿、のちに第十四代ダービー伯に、また一八五〇年代に首相になったエドワード・スタンリーが含まれていた。スタンリーはディケンズが記者として優れていることを特に褒め、二人が会った時、ディケンズの若々しい風貌に驚いた。[23] また、ジョン・ラッセル卿（のちに伯爵）もその中に含まれていた。ディケンズと彼とのあいだには、本当の友情が生まれた。しかし、ディケンズが彼らについて、また、彼らが話すのを書き取った言葉について何かを言ったとしても、その記録は残っていない。選挙法改正法を不退転の決意と巧妙さをもって通したグレイ伯について彼が言及した唯一のことは、冗談だった――彼の頭の形は「私の若さを圧迫した」[24]。

彼は議会記者をやめた日から議会とはなんの関係も持とうとせず、その後、議会について好意的なことはひとことも言わなかった。議会は、自分の目に入る外の世界で起こっていることとは、ほとんど関係がないと感じた。希望も慰めもなく暮らし、注目され、援助される必要のある非常に多くの男女と子供の貧困、無知、堕落とは。そして、立法者は社会を助けるより、なすべき必要のあることを妨害している場合が多いと信じていた当時の歴史家、ヘンリー・トマス・バクルの考えに賛成するようになった。ディケンズはほかのどんな方法よりも、社会の悪弊に世人の注意を惹く作家としてのほうが、もっとよいことができると考え、議員に立候補しないかという、いくつかの誘いを断り、大袈裟で、紋切型の文句に満ちている典型的な議員の演説のスタイルを、軽蔑の念を込めて攻撃した。上院、下院の何物も彼を感激させなかった。政治家の雄弁も、大義も、人柄も。

記者としての仕事は忙しかったが、大英博物館の閲覧室での勉学が続けられないほど忙しくはなかった。議会が開かれている時はビードネル一家を訪ねたり、なんであれ社交生活をしたりするのは難しかった。午後と晩に下院にいなければならなかったからだ。午前中は、大英博物館で本が読めた。議会が休会の時は一日中。しかし、ほかの仕事が見つからなければ、まったく稼げなかった。一八三二年のあいだにビードネル夫妻は、娘の恋愛遊戯を終わらせる手を打った。娘を再びパリにやったのである。そして彼女は帰ってくると、彼に対する関心を失っていたのは明らかだった。彼女は彼の二十一歳の誕生日のパーティー——カドリールを踊って祝われた「私が成年に達した重要な日」——にやってきた折を利用し、求愛を真剣には受け取っていないことをはっきりさせた。[25]「最近、僕らは何度か会ったが、それは一方で、つれない無関心を示すものに過ぎず、もう一方で、ずっと前から絶望よりひどいものだった僕の求愛において、悲惨さと惨めさの肥沃な源であるのを間違いなく証明した」。これ以上耐えられないと彼は彼女に書き、彼女から来た手紙と、幸福な時期に彼女から貰った贈り物を返した。彼女はゲームをしていたのであって、彼女に対する彼の憧れを弄び、そんなことは自分にはなんの意味もないと思っていたのだということを、彼は悟った。彼は「まったくの侘しさと惨めさ」を覚えた。[26]彼女の姉のアンは彼に手紙を書き、自分はマライアが理解できない、マライアがどんな気持ちなのか理解できないと言い、辛抱するようにと忠告した。一方、彼の姉のファニーは、マライアが口にしたあることを彼に言わなかった〔マライアは、友人のメアリー・アン・リーが、ディケンズは自分にも言い寄っていると、ファニーに伝えた〕。それを知ってチャールズは激怒した。「僕は百歳まで生きても、そのことは忘れない」[27]

彼はのちに、マライアに書いた。「僕らがお互いに遠ざかっていた時、君が寝ている所をゆっくりと通り過ぎるためだけに、僕は幾夜も午前二時か三時に下院から帰った[28]」。それは、ウェストミンスターからシティーに歩いて行き、辺りに注意を払いながらロンバード街を歩き、ベンティック街に戻ったことを意味した。それは二時間かかり、朝になる寸前に家に帰ったに違いない。依然として彼女に対する思慕の念に取り憑かれ、何事も中途半端にはしなかった。夜の歩行は、彼女に対する一種の愛の証《あかし》であり——彼女自身は、彼がそんなことをしていたのを、まったく知らなかったのだが——自分の苦しみに対処するための一つの手段だった。五月になっても、彼は相変わらず、苦しい胸のうちを手紙で彼女に明かした。「僕は息をしているいかなる人間も君以外に愛さなかったし、愛することはできない[29]」。三日後の五月二十二日、彼は彼女の姉がヘンリー・コールと結婚した際に、彼女を見た。彼はその際、新郎付添い役を務めたのだ。そして、それが一切の終わりだった。マライアはずっと結婚せずに過ごしたが、三十五の時、フィンズベリーの製材所の支配人の妻になった。その時にはディケンズはイタリアを旅行中で、すでに五人の子供の父だった。十年後の一八五五年、彼は再び彼女に手紙を書いた。「あの辛い歳月の無駄になった優しさ」のせいで、自分は感情を抑圧するようになった。「それは僕の生来の性質の一部ではないのを知ってはいるが、そのせいで、自分の子供に対してでさえ愛情を示すのを用心するようになっている。子供がごく幼い場合以外[30]」。彼は自覚している自分の中の冷淡さを、その若い時に味わった苦痛のせいにした。若い時には恋愛は圧倒的で繰り返しのない、生きるか死ぬかの問題に思われたのだ。自分は当時、その後のいかなる時期よりも感受性が豊かだったので、激しい感情の記憶は貴重なもの、愛の最高水準のものになった、と彼は信じた。同時に彼は、『デイヴィッド・コパフィールド』の中でそのことについて書いた際、デイヴィッドに最もよい目を見させ、ドーラと結婚させる。それから、ドーラを流産で若くして死なせる。遺された夫は悲嘆に暮れるが、己が過ちから救われ、安堵しもする。それには、ディケンズしか理解できない複雑な皮肉が込められていた。

彼は仕事をし、恋愛をし、勉学をし、各所を絶えず転々としているあいだ、まったく別の圧倒的な情熱の虜になっていた——劇場に対する情熱の。驚くべきことに思えるが、彼自身の誇張のない話によると、劇場が当時の彼の人生を占めていた。少なくとも三年間、自分はほとんど毎晩劇を観に行った、と彼は言っている。「実際にまず演目をよく調べ、一番いい芝居をやっているところに行った」。そのうえ、「しばしば一日に四時間、五時間、六時間」演技をした。「自室に閉じ籠もってか、野原を歩き回って」。この話は、一八二九年、三〇年、三一年の彼の多くのほかの活動を考えると信じ難い。とりわけ、彼が議会の討論の速記の仕事を始めてからは。[31] しかし、それが文字通り本当であれ本当ではないにせよ、一八三二年の初めには、彼は俳優になる可能性を探ろうと決心していた。下層の人間の役を専門にしていた、当時人気のあったコメディアン、ロバート・キーリーに、演技の指導を依頼した。彼はチャールズ・マシューズの一人芝居『アット・ホーム』の多くの役をすでに暗記していて、演技を完璧なものにするため、鏡の前で練習した。姉のファニーが稽古をするのを手伝い、彼が歌う時はピアノで伴奏した。彼はこれでよしと思うと、コヴェント・ガーデンの舞台監督、ジョージ・バートリーに手紙を書き、オーディションを依頼した。バートリーと俳優のチャールズ・ケンブルに会う日が決められた。だが、約束の日の寸前、彼は起き上がれないほどの風邪をひいてしまった。顔は紅潮し、声は出なくなった。片方の耳も具合が悪くなった。彼はオーディションをキャンセルする手紙を書き、次のシーズン中に、また応募すると言った。「僕が別の人生を送るところだったのがわかるだろう」と彼は、何年もあとにそのことを振り返ってフォースターに言った。[32]

彼は再度依頼はしなかったが、ある意味で俳優が自分の本当の運命であり、一番よく理解しているものであり、一番うまくやれ、一番楽しめるものだという気持ちを決して失うこともなかった。彼の書いたものはすべて劇めいていて、小説の登場人物は、もっぱら彼らの声を通して創られていて、やがて彼は、公衆の前で演じるために登場人物を再創造し、その台詞を舞台で自分で喋るようになった。彼の小説の筋は演劇的、メロドラマ的である傾向がある。彼は多くの時間と精力を素人劇に注ぎ込んだ。偉大な俳優ウィリアム・マクリーディーは、青年ディケンズが自作を読むのを初めて聞いた時、日記に書いた。「彼は老練な俳優が読むように巧みに読む――驚くべき男だ」。[33] ディケンズは生涯の最後の月、自分の一番大事な白昼夢を友人に語った。「『それは、立派な劇場に簡単に行けるところで余生を過ごし、その劇場を最高の権威をもって監督することだ。それは、もちろん、技倆の優れた、立派な座員のいる劇場でなければならない。どこもかしこも豪華に設えられていなければならない。上演されるものは、僕の好むように演じられなければならない。そして、僕の判断に従って、あちこち手を入れなければならない。劇も俳優も、完全に僕の指揮下にある。そう』と彼は笑いながら、また、単なる空想に昂揚しながら言った。「それが、僕の白昼夢さ[34]！』」。この告白は、自分と劇場は相性がいいという彼の気持ちの強さと一貫性を裏書きしている。彼は一八三二年に、本職の俳優になる可能性に背を向けたけれども。

　一八三三年四月、彼は間もなく私的な劇をベンティンク街一八番地の一家の下宿の二階で上演した。彼が舞台監督、俳優、歌手、前口上作者、道具方、バンドのアコーディオン奏者を一人でこなした。また、友人たちに頼んで背景を塗ってもらい、照明を付けてもらい、数週間、水曜日の晩毎に俳優に稽古をつけた。「俳優」は時間通りに来ることを命じられた。当時の劇場の仕来り通り、三幕が上演された。どれも現代のもので、柱になる劇『クラーリあるいはミラノの乙女』は、たった十年前にコヴェント・ガーデンで上演された、イギリスのオペラだった——貴族に誘拐された百姓娘の話で、百姓娘は大人気を博した歌「ホーム、スイート・ホーム」を歌う[35]。ファニー・ディケンズが当然ながら主役で、レティシアとチャールズが、それぞれ彼女の母と父を演じた。二つの笑劇の一つは『既婚の独身男』で、召使が雇主に機知で対抗する。もう一つの笑劇は、『素人と役者』で、救貧院から来た飢えかけた少年が主人公で、滑稽であると同時に哀切だった[36]。叔父のエドワード・バローがこの興味深い役を演じ、かつ、バンドの指揮をした。ディケンズ一家と友人たちの誰もが演技をするよう強いられた。ジョン・ディケンズ、トム・ミトン、ジョン・コール、二人の新しい友人、仲間の記者で最近ロンドンに来たトム・ビアドと、若い建築家で技師のヘンリー・オースティン。

　議会が休会の六月のあいだ、ディケンズはもっと仕事を探し始めた。七月に、ジョン・ペイン・コリアと会うため、叔父のジョン・バローと一緒に食事をした。コリアは自由党支持の指導的な『モーニング・クロニクル』のジャーナリストの一員で、文人で、ディケンズを同紙の仕事に推薦できる立場にいた。コリアがバローに甥の教育について尋ねると答えは曖昧で、靴墨製造人のウォレンに手を貸した話が出た。ディナーは成功し、最後にチャールズが、お気に入りの当時流行したコミック・ソングの一つ

『犬肉屋』〔老嬢が洒落者の犬肉屋に惚れ、騙されるという内容〕と、自作の一つ『スイート・ベッシー・オーグル』を歌った。誰もが大いに飲んだようである。そして、コリアはあとで、チャールズが気に入り、『モーニング・クロニクル』の仕事に就けるよう推薦したといったが、仕事の話は来なかった。バローは妻のもとを去り、ノーウッドの郊外の端に、ルーサイナ・ポコックという別の女と所帯を持った。ルーサイナの黒い瞳がチャールズには魅力的だった。チャールズはその年の秋、しばしばバローの家に泊まった。十一月に、彼はさらに劇を上演したが、今度は自作の喜劇『オセロ』〔シェイクスピアの悲劇のバーレスク。当時の流行歌を使ったオペラ風のもの〕だった。

彼はまた、物語やスケッチをも書いていた。そして、恋愛と、俳優になろうという真剣な野心から解放されたので、自分の声を見出しつつあった。コールとその妻のマライアの姉は、依然として彼が信頼していた友人で、十二月に彼はヘンリー・コールに、「今月の雑誌『マンスリー』（『ニュー・マンスリー』ではなく）に載った僕の小文（シリーズの最初のものだ）についてK夫人〔コールの夫人〕の批評」を聞きたいと手紙を書いた。『マンスリー』の事務所はフリート街の外れのジョンソンズ・コートにあった。それは発行部数のごく少ない雑誌で、ディケンズは最初の作品を、「ある黄昏時、恐怖で戦きながら、暗い中庭の奥にある、その事務所の暗い郵便受けに、そっと」落とした。事務所は閉まっていた。[37] コール宛の手紙の追伸で、彼は告白した。「ひどく不安なので手がやたらに震え、人が読めるように一語も書くことができない[38]」。彼はその作品では原稿料は貰えず、匿名で掲載されたが、ともかく、彼が書いた通りに印刷されたのだ。彼はストランドの店で雑誌『マンスリー』を一部買い、それを手にウェストミンスター・ホールに歩いて行き、「三十分ほど中にいた、なぜなら、私の目は歓喜と誇りでひどく霞んでしまったので、通りを見ることができなかったからだ。また、通りで人に見られるのにふさわしくなかったからだ[39]」。それは決して忘れられぬ瞬間だった。そして、ストランドの本屋で彼に雑誌を売った男はウィリアム・ホールで、ディケンズは二年後、チャップマン&ホールが出版の依頼に来た際にホールに会い、それが例の本屋のホールだということに気づいた[40]。

そのスケッチは「ポプラ小路でのディナー」で、たった九頁のものだが、瞠目すべき最初の作品である。それは、ディケンズが一八三三年に観察したような、ロンドンと郊外の生活を鋭く切り取ったもので、小さなドラマティックなエピソードを描いている。その話は二人の従兄弟と、二つの人生観のあいだで展開する。万事几帳面な四十一歳の独身の事務員はロンドンの下宿に住み、陽気な従弟は妻と一人の息子と郊外に住んでいる。ご機嫌を取って将来息子に遺産を貰おうという魂胆で、従弟は従兄を訪ねてディナーに招待する。その際、犬を連れて行くが、それが間違いだったことがわかる。ディケンズはすでに喜劇的会話を自家薬籠中の物にしていた。「……しようのない犬だ！あんたのカーテンを台無しにしてる」と犬の陽気な持ち主は、カーテンの不機嫌な持ち主に言う。二人の男の家庭環境、独り者が、頼りにならない乗り物——ビショップスゲイトから三十分置きにスタンフォード・ヒルのスワン亭に向かって出る乗合馬車——で、出たくもない社交的集まりに行く男の苦しみが、仮借なく、ひどく滑稽に描かれている。二人の従兄弟は馬鹿げてはいるが、まったく同情を惹かないというわけではなく、悪人も、英雄もいず、教訓も、感傷もないドラマは辛辣である。[41] 秩序と混乱が対比されているが、それは、彼の作品と、彼の人生を貫くテーマである。

一八三四年一月、二番目のスケッチが掲載された。それは、一家が家の中で劇を上演するというもので、またもや彼の家庭演劇にほぼもとづいたものだ。『マンスリー』はディケンズの作品をもっと欲しがった。小説の構想を頭の中で練っていた彼は、「計画中の小説を小さな雑誌用スケッチ」に細断するかもしれないと、コールに話した。[42] そうしたにせよ、しなかったにせよ、彼はささやかだが確実に作家の道を歩み出したのである。スケッチは次から次へと掲載され、一八三四年八月、彼は初めてスケッチに「ボズ」と署名した。そして、その名で有名になった。

彼は一連の様々な技倆を習得するのに七年費やし、よい収入を得る、自分に合った手段を常に探し求めた。弁護士事務所で働き、独学で速記を覚え、訴訟事件を書き取り、下院と上院の議事の進行具合を報告し、俳優になろうと思い、次に、身の回りで起こったことを観察して雑誌のために書いた。どれも骨の折れる活動だったが、一つ一つ試み、そのいくつかはやめ、ほかのものは頑張った。自分に合った道を見つけた時でさえ、プロとして独立する希望が持てるようになるまでには、まだ長い時間を要した。しかし彼は、様々な目標をすこぶる精力的に追い、多くのそれぞれ違ったことを直ちに、素早くこなす優れた能力を発揮したので、生き方の探求でさえ、天才の側面を持っていた。

第4章 ジャーナリスト 一八三四〜三六年

彼は成功への道に一歩踏み出したが相変わらず貧しく、二十二になっても両親と一緒に暮らしていて、依然としてフリーランスだった。自分のスケッチが毎月雑誌に載ることで覚える興奮も、無報酬であるという事実によって曇ってしまった。とりわけ、スケッチの一つが有名な劇作家ジョン・バックストーンに使われ、笑劇にされ、原作者名なしに上演され、出版された時に。ディケンズは機嫌を損ねず、バックストーンが手を加えたことを認め、また、バックストーンが剽窃したことは害にならず、むしろ益があるということを悟った。家での暮らしも安泰というわけではなかった。姉のファニーは、その年に王立音楽院を去って准名誉会員になった。本格的な音楽家で、公開コンサートで歌った時に称讃されはしたが、スターにはなれそうになかった。オペラ歌手になれる見込みはなく、大いに稼げるはずがなかった。レティシアはよく病気に罹り、ジョン・ディケンズは義弟の『ミラー・オヴ・パーラメント』のためにもはや働いてはいず、再び借金を抱えていた。三人の幼い少年のうち、オーガスタスは六歳、アルフレッドは十二歳、フレッドは十四歳で、彼らの将来も考えてやらねばならなかった。チャールズは、父が弟たちの今後の計画が立てられるのかどうか疑っていたに違いない。それも心配の種だった。

ジョン・バローは、チャールズがノーウッドの自宅に来るのを、これまで通り歓迎した。チャールズは叔父の家によく泊まった。また、友人のグループを作り、一緒に長時間ほっつき歩いたり、馬に乗ったり、時おり川遊びをしたり、晩にパーティーを開いたり——彼はそれを「どんちゃん騒ぎ」と呼んだ——一緒に煙草を吸ったり酒を飲んだりした。その仲間にはコールとミトンがいた。そして、仲間の記者トム・ビアドが加わった。ビアドはディケンズより五つ年上で、物静かで実直なサセックス州出身のやや退屈な男だったが、頼まれるといつであれすぐに人に手を貸した。もう一人の新しい友人はヘンリー・オースティンだった。オースティンは建築家で技師で、ロバート・スティーヴンソンの弟子で、イースト・エンドを通過するロンドン、ブラックウォール間の鉄道敷設で、間もなくスティーヴンソンと一緒に仕事をすることになっていた。(1) オースティンは最新の情報を持っていて、知的で、社会問題に関心があり、ディケンズは彼が大いに気に入ったので、年末に自分一人の住む所に越した際、一緒に住もうと誘った。オースティンは断ったが――母と一緒に快適な暮らしをしていた――二人は依然として親密で、二人の友情は、オースティンが一八三七年にレティシア・ディケンズと結婚すると、いっそう強まった。

　当時ディケンズは、下院に詰めて『トルー・サン』と『ミラー・オヴ・パーラメント』のために論戦を報告していた。その年の夏の最も重要な論戦は、救貧法改正案に関するものだった。世情は騒然としていて、飢えかけた農場労働者は抗議し、干し草の山を焼き、労働組合を結成しようとしていた。ドーセット州の労働者のグループは、労働組合を結成しようとした罪で流刑の判決を受けると、ほかの労働組合運動家から「トルパドル〔村名〕の犠牲者」と呼ばれ、抗議行進がロンドンで行われた。貧乏人は厳しく扱うべきで、老齢、不運、養い切れないほどの子沢山、以前からの雇い主による解雇等で自活できなくなった者は、教区が少しずつ金を与えてコテージにそのまま住まわせるより、大きな救貧院に強制的に入れたほうがよいというのが、ほとんどの議員の考え方だった。そうすれば貧乏人は住まいが与えられ、わずかな食べ物が与えられ、制服を着せられて屈辱感を味わい、一家は離散し、夫と妻、母親と子供は別々の宿舎に入れられる。議会の大方の地主と中産階級の議員にとっては、それは賢明な手段だったが、全員がそう思ったわけではない。貧乏人が貧乏であるゆえに罰せられるのを見て、嫌悪感を抱いた者も多かった。厳しい救貧法改正案に最も強く反対して演説をしたのは、ウィリアム・コベットだった。コベットは来る日も来る日も救貧法改正案を攻撃し、なんであれ新しい法案を通過させる前に、貧乏人の現状の原因を調査することを求め、立法者である議員たちに対し、「君たちは社会の絆を断ち切ろうとしている」、また、その法案を通過させるのは、「王国のすべての真の物的財産を保っている契約を破棄することになる」と警告した。[2]彼は特に、家族の離散、救貧院にいる者に強制的にバッジをつけさせたり、特別の服を着せたりすることに反対した。救貧院は「申請者を脅かして援助を受けるのをやめさせる目的の監獄」になるだろうと、ほかの議員は予言した。ある議員はその法案を「馬鹿げている」と一蹴した。ある一人の田舎の地主は、全国各地から同法案に反対する請願が出されていることを指摘し、わけても、老齢の貧乏人がコテージから引き離されて救貧院に送られないことを望んでいた。(3)最後の論戦おいてダニエル・オコネルは、自分はアイルランド人なので多くは言わないけれども、この法案に対して、「それが個人的感情と繋がりをなくしてしまう」という理由で反対すると言った。それは、ディケンズが間違いなく支持したであろう考えだった。彼は議会記者として、多くの論戦の場にいたはずで、その時の経験を、彼の二番目の小説『オリヴァー・ツイスト』のテーマの一つにしたに違いない。救貧法改正案が通過したことで、彼が議会の有用性に疑問を抱きもしたのは間違いない。議会では、十分な情報にもとづく知的な意見が論戦に敗れたのである。そうした意見を持っていた者たちが予言した悪しき結果が、その後何十年もイギリス中に感じられた。(4)

ディケンズはトム・ビアドの推薦で、ついに八月、『モーニング・クロニクル』から、週五ギニーの俸給の恒久的な仕事を貰い、初めて経済的に安定し、自分の人生を秩序立てる最上の方法が考え始められるようになった。『モーニング・クロニクル』社は、彼のよく知っている地区のストランドの三三二番地にあった。そして編集長のジョン・ブラックは、新入りの才能を高く買っていた。ブラックはスコットランド人で、ジェイムズ・ミルの友人で、ジェレミー・ベンサムの信奉者だった。彼は『モーニング・クロニクル』を、改革を目指す新聞として発行していて、『ザ・タイムズ』に対抗しようとしていた。そして、新しいしたたかな経営者、ジョン・イーストホープに力づけられていた。イーストホープは自由党の政治家で、株式の取引で一財産を築いた。ディケンズは、『ザ・タイムズ』を相手にするチームの重要メンバーになることになった。ブラックはまた、ディケンズのロンドン生活のスケッチの続篇を喜んで掲載した。ディケンズはブラックを、「僕の最初の心からの完全な理解者」と呼んだ。(5)それ以降、彼は自分のスケッチに「ボズ」と署名するようになった。そして、スケッチの読者の数が増えるにつれ、彼はその名前で次第に多くの注目を集めるようになった。

ブラックは、ディケンズの記者としての最初の仕事として、彼をエディンバラに派遣し、グレイ卿の祝宴を取材させた。グレイ卿がエディンバラの名誉市民権を得たのだ。それは仕事だったが、物見遊山でもあった。ビアドが同行した。二人の記者は蒸気船で旅をし、楽隊、旗、とりわけディナーについての記事を書いた。その記事で二人は、ディナーの客が供されたロブスター、ローストビーフその他の御馳走をすこぶる貪欲に食べたので、グレイ卿が来る前に、テーブルの上のものをほとんど平らげてしまったことを、はっきりと書いた。

　十月には、冷笑して面白がって然るべき事件が、さらに起こった。火事で下院が焼け落ちたのである。死者は出なかった。ディケンズは、火事の原因は、一八二〇年代まで何世紀も計算に使われた、古い木製の割符が遅まきながら燃えたせいだと書いた。彼はそれを、イギリスが古臭い慣習や伝統に固執しているゆえの悲惨な結果の象徴と見た。十一月に、年老いた首相メルボーン卿は、国王に辞任を求められた。国王は、さらに年老いたウェリントンに引き継がせようとした。ウェリントンが賢明にも断ると、国王は、自由主義的な保守党員のロバート・ピールを呼び出さざるを得なかった。ディケンズは、そうした政治的策略に注意を払わなくてはならなかったが、自分の家の問題で心を乱されていた。父がまたもや逮捕されて債務者拘留所に入れられたのだ。そして、ワイン商にも支払わず家賃も払わなかったので、直ちに投獄される危険に晒されていた。ディケンズ一家の家主は滞納を猶予するのを拒否した。チャールズは自分も拘留されるのを恐れた。同じ住所に住んでいるからだ。それは、「この〝家庭悲劇〟の次の幕」になるだろうと、彼は冗談を言った。あるいは半ば冗談を言った。その事件は、彼が家族から離れる意図で、ホウボーンの、かつては法曹学院だったが当時は貸室になっていたファーニヴァルズ・インの貸間を物色していたが、引っ越す日はまだ決めていない時に起こった。そこで彼は、トム・ミトンとトム・ビアドに急遽、何通もの手紙を出して借金を申し込み、父を訪ねてくれるよう頼んだ。二人は同意した。チャールズは「僕のフランス人の雇い主」——誰かは説明されていないが、彼がさらに多くのフリーランスの仕事を引き受けたことを示唆している——から五ポンド借りたので、自分が自由党大会について報告することになっているバーミンガムに発つ前に、父を釈放させるだけの現金が調達できた。[6]

　彼がロンドンに戻ると、父は本人の言葉では「風上」〔ビアドに宛てたジョン・ディケンズの手紙の中の言葉〕に行ってしまっていた。実際には、ハムステッドの向こうのノース・エンドに。父は、そこは辺鄙なところなので債権者は来ないだろうと思ったのだ。父以外の家族は、ファニーの歌手としての仕事場の近くにいるよう、アデルフィ劇場のそばのジョージ街の貸室に移った。チャールズ自身は、ファーニヴァルズ・インの、家具なしの部屋を借りた。[7] そして、一年の賃貸借期間に対して三十五ポンド払った。それは四階の三部屋だったが、地下室と、屋上の物置も使えた。ヘンリー・オースティンが一緒に住むのを断ったので、彼は弟のフレッド（アルフレッドではなく、フレデリック）を呼んで一緒に住んだ。ディケンズは独り立ちしつつあったが、自分の周囲に人がいるのを、いつも好んだ。独りでいたいという、ロマンティックな作家の欲求をまったく欠いていたのである。そして、下のほうの弟たちから離れるのは嬉しかったが、すぐに笑い、人を喜ばせるのに熱心なフレッドは、ぜひともそばに置きたかった。[8] 二人は家事をしなければならなかった。そして、母がいなかったので、たちまち洗濯で困ってしまった。一家の誰もが金に不自由していて、弟のアルフレッドは、ダンス用パンプスを履いて、チャールズが前にしたように、父からの伝言と父へのチャールズの伝言を持って、歩いてハムステッドと自宅のあいだを往復しなければならなかった。その頃チャールズが履いていた靴も孔が明いていたが、引っ越しをしたあとでは、修理代がなかった。トム・ビアドはまたも金を貸してくれた。チャールズは四十五になる母の誕生日を祝うため、十二月二十一日に友人たちをジョージ街に招いた。彼の部屋でまたもパーティー――「どんちゃん騒ぎ」――が開かれることになったのだ。大皿も、カーテンも、金もなかったにもかかわらず。それは問題ではなかった。「僕はなんとも素晴らしいフランス産ブランデーを持っている」[9]

一八三五年一月、彼はチェルムズフォードで選挙の集会を取材していた。チェルムズフォードは「この世で一番退屈で、一番愚劣な所」で、彼は日曜に新聞さえ見つけられなかった。[10] 時には、気紛れな馬が曳く、一頭立て貸二輪馬車を御し、時には乗合馬車に乗って、ブレイントリー、サドベリー、コルチェスター、ベリー・セント・エドマンズを回ったが、そのいずれにも、また、選挙運動で演じられているどんな活動にも、よい印象を受けなかった。政治集会について報告するために、湿って、凍えるような寒さの中を、長時間駅伝乗合馬車に乗って、さらに地方に旅をし、『ザ・タイムズ』の記者より早く原稿を持ってロンドンに急いで戻らねばならなかった。一方、ロンドンのスケッチか物語を、『モーニング・クロニクル』の姉妹紙の夕刊に書かないかという誘いがあった。その共同編集長は、ジョン・ブラック同様スコットランド人のジョージ・ホガースで、二人とも、ディケンズが『モーニング・クロニクル』の若いジャーナリストの中で最も才能があると考えていた。『イヴニング・クロニクル』への寄稿で稿料が貰えるのかと彼が訊くと、彼の俸給は週に七ギニーに上がった。

　慈父のような五十歳のホガースは、ケンジントンの自宅に来るよう、ディケンズに言った。ホガースは文化に広い関心を持っていて、『音楽の歴史、伝記および批評』という本を書いて出版したところだった。そして、彼の経歴は一聴に値した。彼はエディンバラでは弁護士で、ロカート〔一八五四年に没したスコットランドの文人〕とウォルター・スコットの友人で、スコットのために弁護士としての仕事をした。一八三〇年、南に移ろうと決心し、音楽と文学についての知識を活かしてジャーナリストと批評家の仕事を見つけることにした。そして、批評家として成功した。ディケンズは、彼が財政的理由でスコットランドを離れねばならなかったということは聞かなかったろうが、ホガース夫人が裕福で勤勉な一家の出だということ、また、彼女の父が歌の収集家で出版者で、ロバート・バーンズと親しかったということは知っていただろう。そうした偉大な人間と付き合った思い出は、ホガース家の人々にとっては大事なもので、ディケンズに感銘を与えた。

　ホガース一家は大家族で、依然として子供が増えていた。ディケンズは、庭と果樹園に囲まれた、フラム・ロードにある家を初めて訪れた時、十九歳の長女、キャサリンに会った。彼女の気取らない態度が、すぐに彼の心に訴えかけた。彼女は、彼の知っている若い女たちとは、スコットランド人だという点でだけではなく、文学者と繋がりのある、教養のある一家の出だという点でも違っていた。ホガース家はビードネル家同様、ディケンズ家より格が上だったが、ディケンズを同等の人間として暖かく迎えた。また、ジョージ・ホガースが彼の作品を絶讃したことは、彼にとって嬉しかった。[11] キャサリンはほっそりして、均整が取れ、感じのよい顔をし、挙措がしとやかで、マライア・ビードネルのような華やかな美しさは持っていなかった。しかし、マライアの美しさと気紛れな振る舞いは、彼の心には火傷の痕を印し、傷跡を残した。さほど華やかでないほうがいいし、傷を負わないほうがいい。

　彼は彼女と結婚しようと、すぐさま決断した。なぜそうしたかについては、のちに説明していない。おそらく、それは自分の人生の最悪の過ちだと見なすようになったからだろう。ホガース一家が彼を称讃し、彼の求愛を認めたということ、キャサリンは上手に育てられ、複雑な性格ではなかったということがわかる。彼女は彼に会った直後、いとこに宛て、こう書いた。「ママとわたしは、この前の土曜日、舞踏会にいました。どこだと思います、ディケンズさんのところ。彼の誕生日祝いだったのです。彼の部屋で開かれた独身者のパーティーでした。お母様と姉妹がいました。その一人はとても可愛らしい少女で、歌を見事に歌いました……ディケンズさんは付き合ってみると、ますます良い人になります、とても紳士的で、感じがいいのです」[12]。間もなく彼女が彼の虜になったのは、はっきりしている。彼は彼女が自分に愛情を抱き、従順で、肉体的快楽を味わわせてくれるのがわかった。そして、自分は彼女に恋していると信じた。自分の妻になってくれと頼むには、それで十分だった。彼の手紙には、永遠の愛を誓う言葉が多く出てくる。彼女は彼の姉のファニーほど怜悧でも教養があるわけでもなく、彼と知的に同等にはなり得なかったが、それが魅力の一部だったのかもしれない。彼の作品においては、愚かな小柄な女のほうが、怜悧で有能な女より性的に望ましい存在として描かれることが多い。彼は結婚したかった。そして、気を遣わねばならないような妻は望まなかった。

一八三五年の夏の三ヵ月、キャサリンのそばにいようと、セルウッド・テラスのホガースの家の近くの貸室に移った。そして、彼女に対する欲求の切迫ぶりが、次のことから感じ取れる──「可愛い小鼠ちゃん」、「親愛なるテイティー」、「わたしの一番可愛い、親愛なる豚ちゃん」と彼女を呼び、夜更けまで下院で働いたあと、遅い朝食を作りにやってきてくれないかと頼んでいる。「それは子供っぽい願いだけれど、愛する人よ、目を覚ました途端に、どうしても君の声を聞き、姿が見たくなる──今朝、僕の朝食を作って、その願いを叶えてくれないだろうか?……それは、次のクリスマスの立派な練習になる」。彼は次のクリスマスに結婚したいと思っていた。さらに数ヵ月待たねばならなかったけれども[13]。

あらゆる若者同様、彼も性的興奮と慰安を必要とした。そして、ごく簡単に利用できるロンドンの娼婦は、彼の望んだものではなかった。哀れむことができるほど、彼は彼女たちのことを知っていた。母親によって通りに出される子供たち、貧しさゆえに体を売らねばならなくなった少女たち、犯罪者の情夫に操を立てる若い女たち、身を持ち崩した女優たち、みずからを恥じるのを拒否する通りの若い罪びとたち。彼はそのうちの根性のある女は称讃したが、時に誘惑に駆られ、誘惑に屈したとしても──それは、わかっていない──それでも、売春には反対した。彼は女を好意的に考えたかった。そして、女が善良であること、堕落させられないこと、女を利用する者を堕落させないことを望んでいた。性衛生の観点から結婚は、家庭的安楽に対する解決策だった。したがって彼は、キャサリン・ホガースに出会ってから半年も経たぬうちに、彼女と婚約した。彼女に書いた最も早い時期の手紙の一通で、気紛れであったり、彼を弄んだりしないようにと言い、自分は君を「暖かく、深く愛している」が、もし君の冷淡さの表われが、僕に飽きたことを意味するなら、直ちに君を諦めると警告した。[14] 誰が二人の関係を牛耳っていたのかは、疑問の余地がない。彼は自分の人生を秩序のあるものにしようとしていたのだ。そして、秩序を保つ責任を常に自分が取ろうとした。

一八三五年という年は、前年よりさらに忙しかった。彼は午前一時半まで開会している議会にいなければ、地方都市、補欠選挙、自由党の晩餐会、五月のエクセターでの内務大臣ジョン・ラッセル卿の演説を取材していた。全神経を集中して『ザ・タイムズ』より早く記事を送ろうと、郵便配達人を買収し、篠突く雨の中で演説を書き取った。リュウマチに罹り、耳が聞こえなくなり、疲れ果て、鞄も綺麗なシャツもなくロンドンに戻ったが、ビアドがシャツを送ってくれた。ディケンズは、記事の競争は気分を引き立てると思った。スケッチの執筆は暇な折にしなくてならなかった。そしてキャサリンに会うために、執筆は一度ならず延ばされた。いまやブルームズベリーの下宿屋で一緒に暮らすようになった家族に、彼女を紹介しなければならなかった。報告だけではなく、劇評も書くようにとブラックに言われたので、再び急遽晩に劇場にいることになった。そのため、劇のあと家に帰った時か、苛々した編集者を待たせて翌朝早くに執筆し終えなければならなかった。時おり、緊張が耐え難くなった。彼はキャサリンに宛てて書いた。「夕べ僕らがナイトブリッジに着いた時、僕はひどく体の具合が悪くなったので、歩き続けられないと、実際思った。頭が極度におかしくなり、眩暈《めまい》のせいで目がひどくやられたので、ほぼ完全に物が見えなくなった。それに加え、よろめく脚が笑う徴候を見せたので、僕は大酔しているように見えた」。彼は甘汞《カロメル》の大きな錠剤を嚥《の》んだ。それは水銀から作られた下剤で、肝臓に働きかけ、「体の中に実に奇妙な変化を生じさせたので、家から出られなかった」[15]。しかし彼は、やむを得ぬ時は病気を気にしなかった。翌日、ニューゲイト監獄を訪ねる約束を守った。

十一月、彼はペントンヴィルの二、三軒の家を当たってみたが、どれも小綺麗だと思ったものの、年に五十五ポンドではあまりに高かった。十二月にハットフィールドに派遣された。同地で火事があり、貴族の館の一部が燃え落ち、侯爵未亡人が焼死したのだ。「僕はここにいて、ソールズベリー侯爵夫人の遺体が先祖伝来の城の残骸から掘り出されるまで待っているのだ」。一週間後、彼はケタリングにいた。「きのうの朝、ここでちょっとした騒ぎがあった。殺人と暴動になる寸前だった」。それは補欠選挙だった。キャサリン——今ではケイトあるいはケイティーと呼ばれることが多かった——は、トーリー党の話を聞かせてもらった。「無慈悲な一群の残忍な悪党……完全な野蛮人……極め付きのごろつき……信じられないだろうが、きのう、馬に乗って武器を持った大勢の男たちが無防備の群衆にギャロップで突っ込み、群衆を四方八方に蹴散らし、装塡したピストルの引き金に指をかけている男を守っていたが、彼らは牧師と治安判事に率いられていたのだ」[16]。二日後、自分と仲間の四人のジャーナリストのために注文したディナーについて書いている。「鱒、オイスター・ソース、ローストビーフ、家鴨二羽、プラムプディング、ミンスパイ」。彼はそうした騒動を切り抜け、ロンドンに戻るので陽気な気分だった。手紙の追伸にこう書かねばならなかったが。「トーリー党は呪われよ——ここで、奴らが勝つのではないかと恐れる」——彼らは勝った[17]。

その年が明ける前に、ディケンズはイギリスに材を取ったコミック・オペラ『村の男誑《たら》し』〔二人の美人の村娘が領主の魔手から救われ、村の青年と結ばれるという内容〕の台本を書いていた。音楽は、ファニーの学生時代からの友人、ジョン・ハラーが担当した。彼はまた、自分の最初の本の校正をしていた。それは、新しい友人で小説家のハリソン・エインズワースの尽力で出版されることになったものだ。エインズワースは、追い剝ぎのディック・ターピンについての歴史小説『ルークウッド』と、やはり犯罪の英雄を扱った『ジャック・シェパード』で裕福になりつつあった。ディケンズより七つ年上で、美男子で、身なりがきちんとしていて、洗練されていた。そして妻ではない女、気の利いた会話をする、恐るべきイライザ・タチットと同棲していた。彼女は彼より年上で、いとこの寡婦で、彼が妻と別居して以来、ケンサル・ロッジで世話をしていた。二人は人を派手にもてなした。エインズワースはボズの作品は実に素晴らしいと思い、作者の実名を調べた。そしてディケンズに自己紹介し、スケッチ集を出版するように促した。それは簡単至極なことだった。エインズワースの本を出していたジョン・マクローンが出版し、挿絵は、彼のもう一人の友人で、イギリスで最も人気のある画家、ジョージ・クルックシャンクが担当することになったのだ。エインズワースは出版についてマクローンと交渉し、マクローンは物事のやり方を心得ていた。

十月、ディケンズはファーニヴァルズ・インに彼を招いて「スコッチウィスキーと葉巻」を供し、スケッチの第一集の巻頭に、新しいセンセーショナルな一篇を加えることにした。ニューゲイト監獄のスケッチである。ブラックを通して、丸一日、監獄を訪問する手筈を整えた。ブラックは一人の急進的な議員を説いて、ディケンズに監獄の中を見せることに成功したのである。それは、彼を病の床から起き上がらせた[18]。彼は監獄学校で、幼い少年たちが掏摸の廉で裁かれるのを待っているのを見た。彼らは自分たちが相当の者なのを嬉しがっているように見えた。それは彼にショックを与えた。「十四のそうした恐るべき小さな顔を、私たちは見たことがなかった――その顔には悔悟の表情は何もなかった――ほんの一瞬の正直な目付きも――絞首刑台と牢獄船以外の何物かを示す瞬きもなかった……」。その結果のスケッチ「ニューゲイト訪問」は、死刑囚監房を飾りなく描いた文章で終わる。そこで彼は、翌朝絞首される囚人の夢を想像する。

ディケンズの名前は出ないことになった――彼は「ボズ」のままで、彼が提案した題は、『「ボズ」のスケッチ、日常生活と普通の人々』だった。それを選んだ理由は、「それは共に気取らず、高ぶらないから――その二つは、若い作家にとって見失わないことが大いに望ましい」というものだった。ともかく、そう書くつもりだった。「見失わない」を、うっかり「見失う」と書いてしまったけれども[19]。それは一八三六年二月八日に、二巻本で出ることになった。彼の二十四歳の誕生日の翌日に。

第5章
四人の出版業者および結婚式
一八三六年

一八三六年は、ディケンズにとっては驚異《アヌス・ミラビリス》の年になるのだが、一月には、そんな気配はなかった。「僕は今朝、ひどく体の具合が悪いので、仕事ができない」と、彼はキャサリンに宛てて書いた。「今朝三時まで書き（八時まで新聞のためには書かなかった）、一晩中……脇腹の痙攣から起こる、これまで感じたどんなものをも遥かに凌駕する複雑な痛みに苦しめられた。それは今でもひどく痛く、頭は、その痛みのせいと休んでいないせいで、ずきずきするので、上げていられないほどだ……子供の頃以来、これほど激しい痛みに襲われたことはない」。彼は克己心を奮い起こし、彼女に手紙を書いてから、再び起きて仕事を始め、翌日、「午前一時少し過ぎまで、できる限り仕事を続け、八時に起きた」と言っている。(1) 晩は大抵、下院にいて夜更けまで討論を書き取るか、劇場にいて、あとで批評を書くかだった。そして、ほかの新聞に書くことを約束した物語やスケッチの締め切りに、絶えず追われていた。また、計画しているオペラ『村の男誑し』の台本も書き継がねばならなかった。新聞社では、自分の雇用条件について交渉した。また、時間を割いてキャサリンの弟に速記を教え、自分の弟のフレッドに仕事を探してやる心配をした。彼が時おり参ってしまったのも不思議ではない。

『ボズのスケッチ集』が二月八日に出ることに決まると、彼はその受け入れられ方に影響力を持つ人々に書評用献本を送らねばならなかった。彼を記者として知っているスタンリー卿、いまや『アセニーアム』誌の編集長になったチャールズ・ディルク（靴墨工場で彼に目を留めた人物）、彼のせっかちな上司ジョン・イーストホープ。ディケンズとマクローンは、和気藹々と出版の準備をし、次第に親密な間柄になった。マクローンは、『ボズのスケッチ集』の発行日まで「マイ・ディア・サー」だったが、その後は「マイ・ディア・マクローン」になった。ディケンズは、マクローンの赤ん坊の息子が死んだ際、慰めの手紙を書き、また、自分の結婚式の時の新郎付添い役を務めてくれないかと頼んだ。マクローンは、頼まれた『エチケット心得』をディケンズに渡した。ディケンズが結婚生活の準備をしていたのは疑いない。マクローンはその年の夏、ディケンズの願いに応え、フレッド・ディケンズを会計課に入れてやった。マクローンは野心的で進取の気性に富み、どこともわからぬ地方からロンドンに出てきて――たぶん、マン島だろう――セント・ジェイムズ広場に事務所を構えるだけの金を、ある年上の女から借りるという気楽なことをしてから、その女を棄て、別のアメリカ人の女と結婚した。(2)マクローンは様々なアイディアで頭が一杯だった。奇矯なスコットランド人の彫刻家、アンガス・フレッチャーに有名人の胸像を委嘱し、それを事務所の方々に置いた。フレッチャーはディケンズの友人になり、一八三九年、彼の最初の胸像を作った。(3)マクローンは、ターナーに『失楽園』の挿絵を描いてもらってから、ヴィクトル・ユゴーと契約しようと、パリまで行った。彼とディケンズは、『ボズのスケッチ集』に世の注目を集めるために一緒に懸命に努力し、事前に宣伝し、大いに成果を挙げた。同書は好意的に書評された――ジョージ・ホガースは『モーニング・クロニクル』紙上で、ディケンズは「人物と風習の綿密にして正確な観察者」で、ロンドンの生活の「悪徳と惨めさ」を示したと褒めた。そして、同書のウイット、真実、描写力は至る所で称讃された。売れ行きはよく、夏には再版になった。マクローンもディケンズも、同書の出版で協力したことを、当然ながら喜んだ。

そうしたことが起こっているあいだ、二月のある晩、二人目の出版業者が、出版の申し出を持ってディケンズの住まいの玄関先に現われた。それは、ウィリアム・ホールだった。ホールは一八三〇年、ストランドの一八六番地で、友人のエドワード・チャップマンと一緒に事業を始めた。ホールはディケンズに、狩猟の情景を専門にし、釣魚クラブの冒険を描いた一連の木版画を作りたがっていた若い画家、ロバート・シーモアの素描に小文を書いてくれないかと頼んだ。ディケンズは、一八三三年十二月に、彼の最初の短篇がちょうど載った雑誌『マンスリー』を売ってくれた人物なのに気づいた。二人とも、それは吉兆だと感じた。(4)ディケンズは、関心があると言ったが、釣魚クラブだけではなく、もう少し広い題材を扱うことを望んだ。ホールは商才があったので、それにすぐさま同意し、毎月のエピソードに十四ポンド払おうと言い、もしシリーズが好評なら、稿料を上げるだろうと付け加えた。ディケンズはそれに満足した。それは正式の契約ではなく、ただ手紙で決めただけだった。チャップマン&ホールを裕福にし、ディケンズを十九世紀の小説家の中で至高の存在にするのに貢献した関係は、そうした呑気なやり方で始まったのである。

ディケンズは彼の出版業者
マクローンの事務所で
煙草を吸っている。
このサッカレーのスケッチには、
サッカレー自身と、
もう1人の作家マーニー
(立っている)が描かれている。

ディケンズは提供された金で妻を養い、快適な暮らしができるだろうということがわかった。彼はすでに、ピクウィック氏という、コミカルな登場人物についての構想を持っていた。ピクウィック氏は引退した実業家で、美食家で、飲み過ぎる傾向があり、無邪気で、ちゃめっけがあり、慈悲深い――彼はW・H・オーデンによって、「世の中をのほほんとうろつき回る異教の神」と、見事に評されることになる。そしてピクウィックは、若い仲間と一緒に南イングランドの、ちょっとした旅に出る。ディケンズはまた、一定の間隔を置いて、繋がりのない別々の短い話を挿入することによって、冒険譚に変化を持たせようと考えていた。彼は直ちに書き始めた。その仕事に取り掛かっているあいだに、『見知らぬ紳士』をチャップマン&ホールに提供した。それは、短篇の一つを脚色した笑劇で、その年の後半に舞台にかけることにしていた。チャップマン&ホールはそれも出版することに同意した。

結婚式は四月二日に挙げることに決まった。その日が来ないうちに、三人目の出版業者がディケンズの前に出現した。ディケンズの将来の義父から紹介されたのだ。それは、紳士的なリチャード・ベントリーだった。ベントリーは一八三三年、見事な挿絵を入れ、ジェイン・オースティンの最初のリプリントを出版したことで世人に記憶されていた。その際、彼女の弟のヘンリーを説得し、序文を書いてもらった。ベントリーは質の高い印刷業者として出発してから出版業に転じ、定評のある小説を立派な装丁で出した。そして今、新しい作家と契約するのに熱心だった。ディケンズは関心を抱いたが、当時、あまりに忙しくて、ベントリーが考えていたどんな計画にも注意を向ける余裕がなかった。彼は家具を注文し——客間には紫檀材のもの、食堂にはマホガニー材のもの——サイドボード、デカンター、水差し、陶磁器の壺を買うのに忙しかった。さらに、花嫁への結婚の贈り物として、「Chas・ディケンズよりケイトへ」と彫った裁縫箱も用意した。ちょうどその時、妹のレティシアが病気になった。あまりに重病だったので、死ぬのではないか、助けが要る、と父は思った。幸い彼女は回復したが、ディケンズはこれまで以上に忙しかった。新しい企てに取り掛かったのだ。「〝ピクウィック〟に掛からなくてはいけない」と彼はキャサリンに言った。[5] 三月二十日、彼は彼女に会えないことを詫びた。「僕は今日、疲労困憊している、心身共に。でも、それをしなくてはいけない。一時か二時までかかるのは確かだ。今朝は三時までベッドに行けなかった。その結果、一時近くまで書き始められなかった……最低の気晴らしも諦めざるを得なかった。テーブルの前に坐って鎖で縛られている」[6]。

新郎付添い役は独身の男ではなくてはならないとマクローン夫人が言い張ったので、結婚式の計画は変更せざるを得なかった。ディケンズはマクローンの代わりにトム・ビアドに頼んだ。結婚式の日の直前、彼は叔父のトマス・バローに手紙を書き、結婚式に招くことができればいいと思っているが、バローがジョン・ディケンズを自宅に泊めることを拒否しているので、それは不可能だと説明した。彼は子供の頃叔父の家を訪れたことを回想し、叔父が自分に関心と愛情を抱いてくれたことに感謝した。[7] 彼が一族のバロー家のほうに誇りを持っていたのは明らかだが、一族の分裂についてストレスと悲しみを感じていたものの、父に対して忠実だった。

母は彼がハネムーンのあいだ借りる家の手配をしてやった。それはチョークにある、ナッシュ夫人の所有するコテージだった。チョークはロチェスターとグレヴズエンドのあいだの、ケント州北部の沼沢地帯にある小さな美しい村だった。チャールズたちは一週間以上はそこに滞在できなかったし、彼はその間《かん》も『ピクウィック』を執筆する予定だった。四月二日、チェルシーのセント・ルークス教会で、チャールズとキャサリンは簡素な結婚式を挙げた。肉親だけが出席した。ほかの客は新郎付添い人のトム・ビアドと、ジョン・マクローンだけだった。ホガース家で結婚披露会をしたあと、花嫁と花婿はケント州に向かって出発した。駅伝乗合馬車で約二時間の旅だった。ディケンズはキャサリンに、自分が子供時代を過ごした田園を見せたかった。また、四月の陽光を浴びながら、大好きな場所――ロチェスターのコバム・ウッズ、ギャッズ・ヒル――を一緒に歩きたいと思ったのは疑いない。キャサリンは歩くのが大好きというわけではなかったが。一方、彼の楽しみは、田園を遠くまで速く大股で歩くことだった。たぶん、ここで二人の生活のパターンが決まったのであろう。彼はここでのあと数日も、『ピクウィック』を書かざるを得なかったからだ。書くことが、必然的に彼の主な仕事だった。そして彼女の仕事は、精力の限界内で、できるだけ彼を愉しませることだったのに違いない――彼には書き物机とウォーキング・ブーツ、彼女にはソファーと家庭生活。[8]

ディケンズの小説では、愛すべき存在ということになっている若い女は、小柄で、可愛らしく、臆病で、そわそわしていて、リトル・ネルやフロレンス・ドンビーのように、正式な保護者によって苦しめられることが多い。ルース・ピンチ（『マーティン・チャズルウィット』の登場人物）は、よい家政婦で料理人で、家庭教師も務め、兄と友人のために楽しげに歌うが、彼女の報われた恋の徴候は、赤面、涙、「愚かな、喘ぐ、怯えた小さな心臓」である。ローズ・メイリー（『オリヴァー・ツイスト』の登場人物）は、有徳で自己犠牲的である以外、なんの性格も持っていない。リトル・エミリー（『デイヴィッド・コパフィールド』の登場人物）は、海岸では大胆な子供だったが、もう一人の無性格の犠牲者になる。ドーラはもっと生気がある。なぜなら、ディケンズは彼女の愚かさを誇張せざるを得なかったので、彼女は、哀感が漂い始める前に、上流喜劇《ハイ・コメディー》の人物になるからである。もっと有能な若い女もいる。ルイーザ・グラッドグラインド（『困難な時世』の登場人物）は愚かではないものの、やはり犠牲者で、一方シシー・ジュープは、サーカスで芸人として訓練された成果を十分に保ち、周囲の者の誰よりも性格の勁《つよ》さを示す。彼女は中産階級の過ちを正す、労働者階級の子供だ。侯爵夫人（『骨董屋』の登場人物）も、やはり彼女のタイプで、召使で、救貧院で育った子供で、虐待され、飢えさせられたのだ。地階の台所から身を興し、性格の勁さを発揮して、邪悪な雇い主たちを徹底的に負かしたのだ。しかしディケンズは、彼女の話の半ばで、彼女をほとんど棄ててしまう。おそらく、リトル・ネルが注目の的にならねばならなかったからかもしれないし、侯爵夫人を、どう発展させるかわからなかったからかもしれない。ポール・ドンビーの乳母のポリー・トゥードルも労働者階級の若い女で、その本能は、雇い主たちの本能より確かだ。キャサリン・ホガースは、そうした人物たちのあいだの、どこに立っているのだろうか。有徳な中産階級の少女として、空虚で、すぐ顔を赤らめる無邪気な女のあいだに立つのは明らかだ。彼女が彼と会った時は、家庭生活以外の経験は何もしていず、家庭という世界の外の何かに関心を抱いているという証拠は、ほとんど示さなかった。彼は結婚する前に彼女に手紙を書き、孤独が炉辺の晩、「君の優しい容姿とたおやかな挙措」が自分に幸福をもたらしてくれる晩に変わるのを心から待ち望んでいると言い、「君の将来の成長と幸福」が、自分の労働の原動力だと請け合った(9)。彼女が「優しい容姿とたおやかな挙措、それに人を喜ばせようという望みを有していたのは疑いない——彼女に欠けていたのは、夫の強力な意志に負けないだけの性格の強さだった。彼女は自分自身の価値観を形成して、それを守るということ、自分の安全な立場を作り上げ、その立場から家の中を支配することができなかった。ほかの興味のあることもできなかったのは、もちろん。ディケンズの家庭を実際に見た者の話の中に、彼女の個性を示すものはほとんどないので、述べるべきことはあまりなかった。また、家の至る所に存在し、常に自分が正しいことを知っていたように思える夫によって作られ、支配されていた家庭では、二十歳《はたち》で結婚した彼女が持っていたものがなんであれ、発展し成熟する機会は、ほとんどなかったと言ってもいいように思える(10)。

　結婚は彼にとって、少なくとも性の問題の解決にはなったし、次の二十二年間、二人は大きなダブルベッドで一緒に寝た。「冬の夜には冬の夜の歓びがある／十分暖まって、僕らはベッドに行く」とディケンズは、その年の自作のオペラのための歌に書いた。ところが、ともかくベッドに言及するのは公衆にとっては忌まわしいと言われてしまった。「もし若い御婦人たちが、誰かがベッドに行くということを考えただけで、とりわけぞっとするならば」と彼は書いた、自分は変えるだろう、しかし、「もうこれ以上金輪際変更はしない」。彼は書き加えた。「確かな話……僕らは寄宿学校に合わせるために、歌のまさに精神を去勢してはいけない」[11]。ベッドに行くということを考えただけで、彼は嬉しくなった。夫になりたての者なら当然だが。キャサリンは、結婚後一ヵ月で妊娠した。

二人は間もなく、ファーニヴァルズ・インの、家具の入った一続きの部屋に戻った。彼女は夫の家庭生活の世話をする妻の責任を、若くして負うことになった――ディケンズが、なんであれ自分の生活のある面を、他人が管理するのを許す限りにおいて。彼女の十六歳の妹メアリーがよく泊まりに来た。メアリーはすらりとした陽気な訪問者で、キャサリンを「掛け値なく第一級の家政婦……幸福そのもの」と評した[12]。キャサリンは幸福だったが、妊娠に伴う体の変化に対処してもいたので、気分が悪かったり、安定していなかったりした時は、メアリーがチャールズの話し相手になった。『ピックウィック』は望んだほどには好調に売れていなかった。そして、月刊分冊での発行は、四月の末に、鬱病でシーマーが猟銃自殺をしたことで頓挫した。それによって、その企画全体が中止になることもあり得た。とりわけ、代わりの画家の画風が合わなかったので。挿絵画家としての技倆と野心を持っていたウィリアム・メイクピース・サッカレーが、スケッチブックを持ってディケンズに会いに来て、挿絵を引き受けようと申し出たが断られた。ファーニヴァルズ・インにアトリエを持っていた若い画家で隣人のハブロー・K・ブラウンが挿絵の仕事を委嘱された。ブラウンはその仕事の狙いを完璧に捉え、「ボズ」に合わせるため「フィズ」と名乗り、ディケンズと並ぶ名声を博した。

五月にディケンズは、「ゲイブリエル・ヴァードン」という題の三巻本の小説を書くという契約をマクローンと交わし――それは『バーナビー・ラッジ』になった――「今度の十一月」分を渡し、二百ポンド受け取った。『スケッチ集』の第二輯《シリーズ》が準備されていた。依然として彼は、『モーニング・クロニクル』で、フルタイムの仕事をしていた。六月は、裁判所で醜聞事件を報じていたので、特に忙しかった。首相のメルボーン卿が、シェリダンの美しく才能のある孫娘キャロライン・ノートンの不作法で嫉妬深い夫に、姦通の廉で訴えられたのだ。もちろん、大衆は上流階級の内輪の恥に強い興味を示したが、ノートン氏はなんの証拠も提出できず、裁判に負けた。ディケンズは、記者と小説家の役割のあいだを素早く往復しなければならなかった。同月彼は、出版当初の売行きがよくなかった『ピクウィック』を、大衆の人気を博するようなものにしようと、ピクウィックのロンドン子の召使、サム・ウェラーという人物を登場させた。

その瞬間から、緑の紙表紙の月刊分冊の売行きは徐々に伸び、間もなく目を瞠るほど伸びた。批評家はこぞって称讃した。『ピクウィック』の新しい号が出るということは、たちまちニュース、事件、文学以上の何物かになった。「ボズはロンドンを牛耳った」と、ある批評家は書いたが、真実を話したのである。[13]各号は一シリングで売られ、手から手に渡った。肉屋の小僧が通りでそれを読んでいる姿が見受けられた。[14]判事や政治家、中産階級と金持ちがそれを買い、読み、喝采した。ディケンズは自分たちの味方だと市井の人間は思い、それゆえに彼を愛した。彼はそうした人間に考えることを求めず、見て、聞いてもらいたかったのだ。登場人物の名前は通貨になった――ジングル、サム・ウェラー、スノッドグラース、ウィンクル、「息絶える蛙に寄せる頌歌」の作者で、教養のある女招待主レオ・ハンター夫人、政治記者スラークとポット、酔いどれ医学生ボブ・ソーヤー。まるでディケンズは、自分の物語を国の大動脈にじかに流し込み、笑いとペーソスとメロドラマを注入し、読者に、自分は各登場人物の個人的友人だと感じさせることができるかのようだった。ディケンズは自分が勝利を収めたことを悟った。そして、自分と大衆は個人的に繋がっているという、この感覚が、彼が作家として伸びてゆくうえで、最も重要な要素になった。

彼はすでに二人の出版業者と関わりを持っていたが――『ボズのスケッチ集』でマクローンと、『ピクウィック』でチャップマン&ホールと――一八三六年八月、三人目の出版業者トマス・テッグのために、百ポンドで子供の本を書くことに同意した。子供の本は特別のケースだと考えてよかろう。しかし同月末、彼は四番目の出版業者リチャード・ベントリーと交渉に入った。ベントリーはしばらくのあいだ彼の活躍を追っていたのだ。ベントリーは次の小説の版権に四百ポンド出すと申し出て、マクローンを出し抜いた。ディケンズは五百ポンドに上げた。その代わりベントリーは、ディケンズに二つの小説を書いてもらう約束をした。ディケンズは自作のオペラの版権をベントリーに売り、それを「ボズの最初の劇」と呼んだ。ベントリーは事実、それを小冊子の形で出版した。ディケンズはまた、ベントリーのために月刊誌の編集長になることに同意した。それはやがて、『ベントリーズ・ミセラニー』と呼ばれるものになった。彼は二十ポンドで、毎月同誌に寄稿することになった。そのため、彼の年間収入は五百ポンド近くになった。[15]

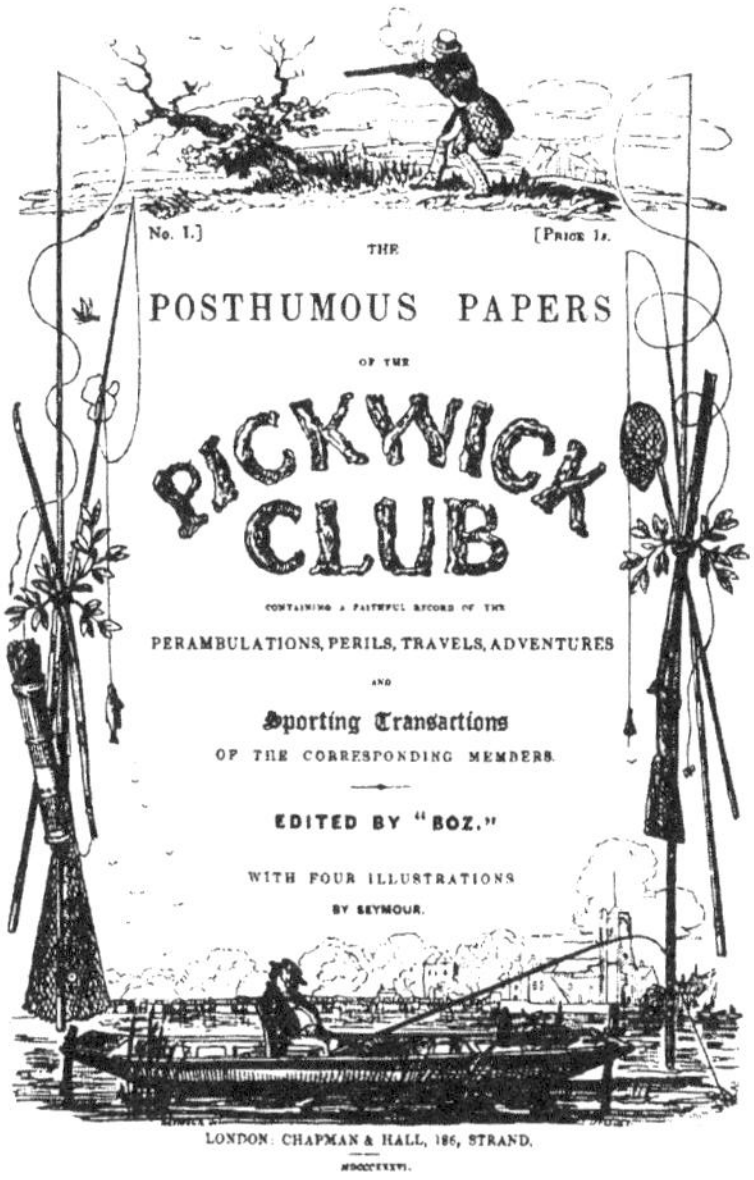

月刊分冊形式で最初に世に出た、
緑の紙表紙の『ピクウィック・ペイパーズ』。

彼はいまや四人の出版業者と契約をし、当座はそのいずれとも良好な関係にあった。マクローンは、『ボズのスケッチ集』の再版を出すところだった。その時点でディケンズは賢明にも、『モーニング・クロニクル』をしばらく離れる時間を要求し、五週間の期間が認められた。ロンドンでは夏の暑さで、万事停滞していたからである。彼は自分がいないあいだ、『モーニング・クロニクル』が『ピクウィック』の抜粋を載せたらどうかと提案して、ロンドンを去った。

彼はキャサリンを、リッチモンド・パークとテムズ川のあいだにある、サリー州のピーターシャム村に連れて行った。そこで宿屋に泊まり、ハム・ハウス〔十七世紀に建てられたカントリー・ハウス〕の周囲の静かな湿地牧野や、葉の茂った散歩道を逍遙するのを愉しんだ。二人はそこに九月に入るまで滞在した。キャサリンは妊娠中期にあった。しかし彼は休暇中でさえ、しばしばロンドンに戻るのを余儀なくされたが、ファーニヴァルズ・インの誰もいない部屋には行かず、当時、イズリントンの下宿屋にいた両親のもとに行った[16]。彼はハラーと一緒にオペラを制作し、自分の笑劇『見知らぬ紳士』がセント・ジェイムズ劇場で九月二十九日に初演される準備をしていた。主役は人気のあった喜劇役者で、友人のジョン・プリット・ハーリーだった。(17) 劇は成功し、六十夜続いた。枡席は友人や家族や出版業者に提供された。

十一月にディケンズは、ベントリーと二度目の契約に署名した。また、『モーニング・クロニクル』のジョン・イーストホープに辞表を提出した。そしてマクローンに、五月九日に交わした契約を撤回したいと告げた。イーストホープは優秀な記者を失うことを喜ばず、刺々《とげとげ》しい手紙がやりとりされた。マクローンとの友情も緊張したものになった。マクローンは『ボズのスケッチ集』の第二輯を十二月に刊行したが、二人の関係は以前と同じではなくなった。ディケンズはいまや次の四つの仕事に縛られていた——『ピクウィック』を月刊分冊で出すのをさらに一年続けねばならなかった。『ボズのスケッチ集』にあと何篇か加えねばならなかった。彼の笑劇とオペラが出版されることになり、印刷し終わるまで面倒を見ねばならなかった。約束した子供の本『大道見世物師、ソロモン・ベル』をクリスマスまでに書き上げねばならなかった。さらに、『ベントリーズ・ミセラニー』の編集の準備を始めなければならなかった。同誌は一月に発刊される予定で、彼は執筆を依頼し、自分でも毎月十六頁寄稿しなければならなかった。チャップマン&ホールは『ピクウィック』の続篇を望んでいた。マクローンは依然として「ゲイブリエル・ヴァードン」を欲しがっていた。そしてベントリーは、二つの小説を期待していた。

それはどう見ても、一人の人間ができる仕事ではなかった。出版業者にとっては、彼が約束を破るのは腹に据えかねることだった。彼は、マクローン、テッグ、ベントリーとの約束を破ったのである。彼にとっての問題の一つは、自分の名声が高まり、執筆の依頼が増えるにつれ、現在要求できるよりも低い金額で契約を結んでしまったのが腹立たしかったことだった。もしディケンズの言うことを信じるとすれば、どの出版業者も、初めは善人で、やがて悪人になった。しかし真実は、出版業者は商売人で、得な取引をしたのだが、ディケンズは、彼らに対する扱い方で、しばしば間違ったということである。彼は版権を売ったのは間違いだったと気づいた。もっともなことだが、自分が苦労して書いたものが出版業者を裕福にし、自分は汗水垂らして苦闘していると考えると、不当に感じた。そして、出版業者は自分の仕事で利益を得、正当な報酬をくれない連中だと考え始めた。チャップマン&ホールがおおむね彼と良好な関係にあったのは、頻繁に余分な支払いをして、最初に合意した額に上乗せしたからだった。子供の本は沙汰止みになった。しかし翌年の一八三七年の中頃には、激しい諍いがあった。彼の友人のマクローンは、いまや「ごろつき」で「泥棒」だった。次にベントリーは、やがて「極悪非道の、裕福な、略奪する、途轍もない老いぼれユダヤ人」になった――それは、『オリヴァー・ツイスト』の会話からの引用である。[18]

一方ディケンズは、『ピクウィック』の一月《ひと》分を送るのが遅れた詫び状をチャップマン&ホールに送り、『ピクウィック』の人気が次第に高まって行くことに歓喜の声をあげた。「もし百歳まで生きて、毎年三篇の小説を書くとしても、そのどれにも『ピクウィック』ほどに誇りを覚えることは決してないでしょう。作品みずから出世したと感じて」。[19] 彼はベントリーのために『ベントリーズ・ミセラニー』の企画を立て始めた。また、「ゲイブリエル・ヴァードン」の執筆はやめると、マクローンに言わねばならなかった。そして、契約書を返してくれないかと頼んだ。彼は自分と関わっている他の出版業者に、マクローンの「ゲイブリエル・ヴァードン」の広告は断るようにと指示して、念には念を入れた。マクローンは、十二月にディケンズが『ボズのスケッチ集』の第一輯と第二輯両方の版権を、百ポンドという低い値段で譲り渡した時に初めて折れた。[20] ディケンズは第二輯のために最後の一篇、「大酒飲みの死」を書いた。それは、『ボズのスケッチ集』を「華やかに」終わらすためのものだった。それは、第一輯、第二輯の中で最悪のものに違いない。それは「野放図な放蕩に耽った大酒飲み、「犠牲者を堕落と死に仮借なく追いやる……徐々に、確実に効く毒薬」を飲む男についての、メロドラマ風の話だ。大酒飲みの妻が傷心ゆえに死の床にある時、男は「妻の死に目に会えるよう居酒屋から呼び出され、千鳥足で」自宅に帰ってくる。息子たちは、そのあとできるだけ早く家を出るが、ある晩、一人の息子は、フリート街とテムズ川のあいだにある横丁の家に戻ってきて、屋根裏部屋に潜む。死罪を犯して警察に追われているのだ。そして――信じ難いことだが、また、愚かなことだが――憎い父が自分を匿ってくれると信じる。大酒飲みは息子を警察に渡す。息子は絞首刑台に向かいながら、父に呪いの言葉を吐く。娘にも見捨てられた男はテムズ川に行き、死のうと川に飛び込むが決心を変え、なんとか助かろうと「恐怖の苦悶」のうちに叫ぶ。そして、息子の呪いの言葉を思い出しながら、死に向かって凄まじい潮に流される。教訓を垂れようという気分のディケンズは、われわれのよい伴侶ではない。この短篇は作品として弱く、かつ大仰で、陳腐な文句と感情に満ちている――初期の素人臭さが少し感じられる。しかし、彼はベントリーに言ったように、「仕事にすっかり埋もれていて、正直、疲労で死にかけている」状態だったのだ。(21)

『村の男誑し』は十二月六日に上演された。音楽はハラーが担当した。ボズはカーテンコールに応え、舞台に出た。しかし、ジョン・フォースターという若い批評家は、観客の喝采と作品について何か言わざるを得なかった。「台本はボズにはまったくふさわしくない」と彼は書いた、「観客はボズを出せ！　と叫んだけれども」。彼は続けた。「いまやわれわれはボズを大いに尊敬し、好いている。『ピクウィック』は、読者も非常によく知っているように、彼を特に親しい存在にした……このオペラは失敗作だが……もしブレイアム氏［演出家］が、このオペラが終わったあと、毎晩、本物の生きたボズを舞台に出すなら、彼がこのオペラのための一種のアトラクションになるのは確実だである」。(22)ディケンズはこの批評に関してハラーに宛てて書いた。「随分とオペラをくさしたものだが……非常によく書けているので、大笑いせざるを得なかった」。(23)彼は、フォースターが『村の男誑し』について正しかったと思ったようである。なぜならのちに、そのオペラを「遺憾な作品の中でも最も遺憾な作品」だと言い、プログラムからボズの名前を外してくれと頼んでいるからである。そして、翌年、フォースターは彼の最も親しい、最も信頼できる友になった。(24)

驚異の年《アヌス・ミラビリス》は、出来のよくない短篇と弱々しい歌劇台本をもって終わりに近づきつつあった。だが、『ピクウィック』は大成功を収め、『ピクウィック』の月刊分冊の続きと並行して、新しい小説を一月に書き始める計画が、すでに彼の頭の中にあった。彼は結婚し、最初の子供が新年の最初の週に生まれることになっていた。クリスマスのあいだ、彼はエインズワースと食事をし、出版業者エドワード・チャップマンの姪と、チャップマンのストランドの外れにある家でカドリールを踊り、トム・ビアドを招き、一家の七面鳥を一緒に食べた。彼はまた、自分は活字では酩酊することを非難しているが、「僕は今朝、一時に泥酔して帰宅し、愛する妻にベッドに寝かされた」と、ビアドに告白した。(25)キャサリンはその事態に立派に対処し、一種の喜びさえ感じたであろう。絶えず忙しい、万能の夫が、今度だけは、自分が手を貸すことができ、世話ができる状態に陥ったので。

第6章 「死が僕らを分かつまで」
一八三七〜三九年

一月五日木曜日の夕方か夜に、キャサリンの陣痛が始まった。ディケンズは家にいた。翌朝までには、彼の母もホガース夫人も手助けにやってきて、何人も子供を産んだ経験から助言した。ホガース夫人と一緒に、キャサリンの妹のメアリーもやってきた。朝になってディケンズは、『モーニング・クロニクル』の同僚に手紙を書き、自分は「ちょうど今、ピクウィック氏に鎖で繋がれていて、逃げ出せない」が、火曜日には自由になると思っていると説明した。(1) それからキャサリンを二人の母親と、一人の産婦付き看護婦に任せて、メアリーと一緒に外出した。主治医はすでにディケンズ家にいたか、やってくる途中かだった。ディケンズとメアリーは、キャサリンへの贈り物として、寝室用の小さなテーブルを探して、中古品の家具を扱う店を次々に訪れて、一日の多くを楽しく費やした。とうとう気に入ったテーブルを買った二人は、ファーニヴァルズ・インに戻った。そして、晩の六時少し過ぎに、キャサリンは男児を出産した。出産は彼女には「恐るべき試煉」だったが、赤ん坊は無事に生まれ、一家は喜んだ。(2) ディケンズは一年後に振り返った時、ファーニヴァルズ・インではメアリーの寝る所がなかったので、その夜、彼女をブロンプトンまで送って行ったことを、よく覚えていた。冬の晩に、メアリーが歩くには遠過ぎた。それは貸馬車を雇うことを意味したが、彼は帰りは歩いたという可能性もある。歩きながら彼は、自分の仕事のことや、その日は十二夜だったので、息子が誕生した日としてはめでたいということを考えただろう。翌日メアリーはディケンズ一家に戻ってきて、その月の大部分滞在し、姉と義兄の手助けをし、二人を元気づけた。一年後、その時にはもはやファーニヴァルズ・インに住んでいなかったが、彼はその時期が最高に幸せだったと回想している。「あの貸室に住んでいた頃のように幸せになることは二度とないだろう……できれば、空き室にしておくために借りたいくらいだ……」(3)

赤ん坊——父の手紙の中では「僕らの男の子」あるいは「神童」——は、一年近く、洗礼を施されることはなかった。両親のどちらも、それは火急の問題でも、大きな宗教的意味のあることでもないと見なしていたのだ。トム・ビアドを教父に選んではいたが。ディケンズにとっては、仕事のスケジュールが万事に優先した。彼はチャップマン&ホールのために『ピクウィック』の月刊分冊の締め切りを守りながら、ベントリーのために新しい小説『オリヴァー・ツイスト』に取り掛かる準備をしていた。その小説も、『ベントリーズ・ミセラニー』に二月から毎月掲載されることになっていた。二篇の連載小説は十ヵ月、同時に継続することになっていて、ディケンズはその二篇を書き継ぐために、手品師のように働かねばならなかった。彼はのちに、小説を連載の形で発表するのはやめたほうがよいと警告されたと言ったが――「私の友人たちは、それは低級な安っぽい出版の仕方で、私は将来の希望をすべて台無しにしてしまうと言った」――そう言った友人たちが誰であれ、彼は友人たちの間違いを見事に証明した。そして読者は、『ピクウィック』のコメディー同様、『オリヴァー』のペーソスと恐怖とグランギニョルを愉しんだ(4)。

この二重の離れ業は前代未聞で、驚くべき偉業だった。何もかも前もって彼の頭の中で計画されていなければならなかった。『ピクウィック』は一連のとりとめのないエピソードとして始まったが、彼はいまや筋を導入した。ピクウィックは結婚の約束不履行で訴えられ、弁護士たちとやりとりし、裁判にかけられ投獄される。そのどれも、分冊の各号を書く際、いっそうの注意を必要とした。各号がいったん印刷されると、前に戻って変更することも、手直しすることもできなかった。何もかも最初から正しくなければならなかった。それは、大方の大小説家の書き方とはなんと違っていることか。彼らは、再考し、考えを変え、戻り、破棄し、書き直す時間を持つ。『ピクウィック』と『オリヴァー』の月刊分冊の各号は約七千五百語で、建前は、単純に各月を分割し、二篇の小説の新しい各セクションに二週間を割り当てればよかった。実際には、必ずしも望んだようにはいかなかった。時には予定より多く書けた場合もあったが、多くの月は、原稿が印刷所の締め切りに辛うじて間に合うのが実情だった。彼は小さな字で、鵞ペンを使って、その頃は黒(没食子インク)で――のちには明るい青を好んだ――約九インチ×七インチ半のグレー、白、あるいは青みがかった紙に書いた。それは、書き始める前に、大判の紙を二つに折って引き裂いた、縁がギザギザのものだった。彼はそれを「スリップ」と呼んだ(5)。『オリヴァー』の場合、彼は行間をかなり広く開け、各シートに二十五行書いたが、のちに四十五行詰め込んだ。約九十五枚のスリップが、月刊分冊の一号分だった。彼は一日に十一枚か十二枚のスリップを書いたが、急ぐ場合、二十枚まで書いた。彼はまた、二人の挿絵画家――『ピクウィック』のブラウンと、『オリヴァー』のクルックシャンク――に原稿の写しを見せる手配もしなければならなかった。しばしば、何が一番いい挿絵になるかということを、二人のために決めてやった。それに加えて、『ベントリーズ・ミセラニー』の編集をしていた。ということは、ほかの作家や印刷業者に仕事を委嘱し、彼らと交渉するということを意味した。そのプレッシャーは大きかったが、結果は満足のいくものだった。二月に、『ピクウィック』は一万四千部売れ、『オリヴァー』は第一回の月刊分冊が出たあと、四紙で書評され、次の号は千部余計に刷らねばならなかった。

そこまでは順調だったが、キャサリンは出産後二週間で鬱病になって食事を拒み、ディケンズだけが、何かを食べるようにと説得できた。彼自身、「原因は不明だが、頭に激痛を覚えた」。そして、「普通の大きさの馬に喰わせるくらいの量の薬」を服用した。『オリヴァー』は自分が考えついた最高の題材だと思うけれども、「こうした不利な事柄が結び付いている状態では、本当の話、書けない」とベントリーに言ったが、少なくとも、その月の仕事はこなした。[6]キャサリンは赤ん坊の授乳に苦労し、それを諦めた。乳母は簡単に見つかったが、彼女の妹によると、「彼女は自分の赤ん坊を見るたびに発作的に泣き出し、自分は赤ん坊に乳がやれないので、赤ん坊が自分を好かなくなるのは確かだと絶えず言っている」のだった。メアリーの言葉は同情的だが、手紙ではそっけなかった。キャサリンは今度経験したことを忘れるべきで、自分を幸せにしてくれる、「親切そのもの」の夫を含め、この世のすべてのものを自分は持っているということを思い出すべきだと書いている。[7]

ディケンズは新鮮な空気と運動を欲していて、小さな、飢えた主人公が救貧院の院長に、もっと粥を下さいと言っているところを描いたクルックシャンクの挿絵の付いた『オリヴァー』の第一号が印刷されると、キャサリンとメアリーと乳母を連れ、自分たちがハネムーンを過ごしたチョークに五週間滞在した。そこで彼は、中断されることなく執筆することができた。毎週、グレイヴズエンドから蒸気船で、またはドーヴァーからの大型四輪馬車でロンドンに戻らねばならなかったが。二月は日数が少なかったので、月刊の刊行物に書いている作家には常に苦労の種だったが、今度は『オリヴァー』を十日までに、『ピクウィック』を二十二日までに書き上げていた。そこで彼は、要塞を見に婦人たちをチャタムに連れて行き、「サン亭で感じのよい、ちょっとしたディナー」を愉しむことができた。キャサリンは気分が晴れた。トム・ビアドは週末にチョークに招《よ》ばれ、チャールズが、『ベントリーズ・ミセラニー』の寄稿者に招かれディナーに一人で出掛けた際、キャサリンとメアリーの相手をした。その寄稿者はチャタムの兵舎に住んでいた、文学好きの海軍大尉だった。一方、彼はファーニヴァルズ・インを出る決心をし、ロンドンで家を探すことにした。そして、グレイズ・イン法曹学院とメクレンバーグ広場のあいだのダウティー街に適当な家を間もなく見つけたので、すぐに、年八十ポンドで三年契約で借り、引っ越し費用を賄うため、ベントリーに百ポンドの前借りを頼んだ。彼とキャサリンはロンドンに戻り、新しい家に入る準備が整うまで、リージェンツ・パーク近くの借家に数週間滞在した。三月の最後の日、ディケンズ一家はダウティー街四八番地に移った。

そこに移ったということは、ディケンズが、自分と妻と子供を、新しい社会的レベルで養うことができるという自信を得たことを示していた。ダウティー街の家は、彼や両親がそれまでに住んだどの家よりも立派で、大きかった。三つの階に十二の立派な部屋があり、地階も屋根裏部屋も付いていた。裏には小さな庭があった。その家は、好ましくない者を締め出すために両端に門のある、広い健全なブルームズベリー街に世紀の変わり目に建てられた、どれも同じような、整った、堅固な煉瓦造りの家々のあいだにあった。その家で彼は、紳士にふさわしい暮らしをし、快適に仕事をすることができた。[8]

彼は二十五歳で、父やどの叔父たちよりも成功したが、一族に背を向けるようなことはしなかった。両親はダウティー街によくやってきた。そして、フレデリックの第二の家になった。十五歳のアルフレッドは、工学を学ぶためタムワースにあるロバート・スティーヴンソンの会社にやられ、徒弟になった。その年の七月にレティシアと結婚したヘンリー・オースティンが手配したのは確かである。ファニーも九月に仲間の音楽家ヘンリー・バーネットと結婚すると、ディケンズの両親は、オーガスタスの面倒を見るだけになった。父は責任が減ったので、前より問題なくやっていくだろうという希望をディケンが持っていたとすれば、それは誤りだった。なぜならジョン・ディケンズは、息子が成功したので、もっとおこぼれにあずかれると思ったのだ。さらに、息子の名前が利用できそうにもなった。そうした行為は犯罪すれすれだったが、彼はチャール

1837年、ダウティー街のディケンズの自宅でクルックシャンクが描いたディケンズ。

ズが自分の保釈の申請をしてくれ、自分を守ってくれるだろう、チャールズ自身の名前を汚さぬようにするためだけでも、ということを疑わなかった。そして、そのことについては正しかった。ダウティー街に移る寸前、チャップマン&ホールはチャールズに五百ポンドの小切手を送った。それは、『ピクウィック』に対する通常の支払いに上乗せしたものだった。『ピクウィック』はいまや一年続いていた。売上は依然として確実に上昇していて——五月には二万部に達した——一週間後、出版社は彼のために祝宴を張った。ベントリーは、自分が創立会員のギャリック・クラブの会員にディケンズが確実に選ばれるようにして彼を喜ばせようと考えた。そのクラブは、作家と俳優が集まって、和気藹々と食事をする場所だった。また、ベントリーはディケンズに頼まれ、自分が出版した「一流小説」叢書の一揃いをも贈った。そのため、ダウティー街の書斎の本棚にジェイン・オースティンが置かれることになった。まだ、書斎の主の注意は惹かなかったけれども。[9] 四月末、ディケンズは新居にベントリーを招いて食事をした。ほかの客には、二人の父親ジョン・ディケンズとジョージ・ホガース、および二人の姉妹、ファニー・ディケンズとメアリー・ホガースが含まれていた。ベントリーの記憶では、ディナーのあとに音楽が供された。ただし、美声で古典的レパートリーを持つファニーが歌ったのではなく、ディケンズ自身が歌ったのである。彼はお気に入りの、早口言葉を盛り込んだ歌『犬肉屋』を歌い、当時の最もよく知られた役者の真似をした。「ディケンズは元気溌剌としていた」とベントリーは書いた。「その場にふさわしい、楽しい娯楽だった」。ベントリーは女主人については何も言っていないが、真夜中になったので辞去しようと立ち上がると、ディケンズは水割りのブランデーをもう一杯飲むように強いた。彼は渋った。するとディケンズは、可愛いメアリー・ホガースに、そのグラスを勧めるように頼んだ。彼は断ることができなくなった[10]。

人生は、誰も思いもよらない残酷で恣意的な一撃を、一家に加えた。次の土曜日の晩、ディケンズはキャサリンとメアリーを連れて劇場に行った。三人は上機嫌で帰宅し、一緒に晩飯を食べ、酒を飲んだ。そして午前一時にベッドに行った。少ししてディケンズは、メアリーの寝室から悲鳴があがるのを聞いた。急いで行ってみると、彼女はまだ昼間の服を着ていて、見た目にも具合が悪そうだった。キャサリンも、どうしたのかと見に来た。のちに彼は、彼女に何か重大な問題があるとはまったく考えなかったと言ったが、念のため医者を呼んだ。ピックソーン医師が何を言ったにせよしたにせよ、心配する原因はないように思えた。考えてみれば彼女は十七歳で、それまで健康そのものだったのだ。十四時間が過ぎた。ホガース夫人と、おそらくほかの医者がやってきた。そのあと、彼女は「発作に見舞われて衰弱し、死にました——大変静かで優しい眠りのうちに死んだので、彼女が確かに生きていたしばらく前から（私の手からブランデーを少し飲んだのですから）、彼女を両腕に抱えていたのですが、彼女の魂が天国に逃げて行ったあともずっと、彼女の生命のない体を支え続けていました。それは、日曜日の午後三時頃でした」[11]。「彼女が私の腕の中で息を引き取ったことを、神に感謝する。彼女が最後に囁いた言葉は、僕についてのものだった」と彼はビアドに語った[12]。彼女が死ぬなどとは最後の瞬間まで誰も予期していなかったということ、また、「それは心臓の病気だと医者は想像した」こと以外、正確なことは何もわかっていない[13]。それにしても、彼女がくずおれてから死ぬまでの十四時間のあいだ、どの医者も診断できず、あるいは、ディケンズがブランデーを与え、病める少女を両腕に抱えるのを許す以外、なんの介抱も治療もせず、さらには提案もしなかったというのは奇妙である。

彼は彼女の体を下に置く前に、彼女の指から指環を外し、自分の指に嵌めた。その指環は、終生彼の指にあった。[14] ホガース夫人は、娘が柩の中に横たわっている部屋に行くのを、力ずくでやめさせせられる時以外、一週間、「まったくの無感覚状態」だった。キャサリンは深く愛していた妹の死を自分も嘆き悲しんでいたが、母の面倒を見た。そして、「見ていて不思議なほど落ち着いていて明るく」なり、「立派な心と高貴な精神の若い女」として難局に対処した。[15] ディケンズは異例なほど暖かく褒めた。そして彼女は翌週流産したけれども、落ち着きを失うことはなかった。おそらく、流産は彼女にとって、あまり歓迎できないことではなかったろうが。

ディケンズ自身は落ち着いているどころではなく、仕事は不意に問題外になった。前例のない行動だったが(繰返されることはなかった)、彼は二人の出版業者に、五月末の『ピクウィック』の分冊と、六月の『オリヴァー』の分冊をキャンセルするということを告げた。彼は気が狂ったとか、死んだとか、借金で投獄されたとかいう噂が飛び交った。二人の出版業者は、そうではなく、「心から愛していて、長いあいだの付き合いから、仕事の主な慰めを得ていた若い親戚」の急死を彼は悼んでいるのだという知らせを出す必要を感じた。そういうわけで『ベントリーズ・ミセラニー』に「お知らせ」が載った。それはディケンズの人生におけるメアリーの短い指導的役割を誇張していたが、許されるものだった。彼は二人の出版業者に金を都合してくれと頼まざるを得なかったが、それはおそらく、ホガース家の医療費と葬式費用を調達するためだったろう。

彼はメアリーの墓石の碑銘を書いた。「若く、美しく、善良なる者/慈悲深き神は/芳紀十七歳で/彼女を天使に加えた」。彼はビアドに、新たな悲しみを覚えて誇張し、優しい性格だが、まったく普通のこの少女は人の鑑《かがみ》だったと言った。「それほど完璧な者が存在したことはない。僕は彼女の心の奥、彼女の真の価値を知っていた。彼女には一つの欠点もなかった」。[16] 毎夜、彼女は彼の夢に現われた。彼は五月十三日、ケンサル・グリーンでの葬式に出た。そして、彼女と同じ墓に埋葬してもらいたいという望みを公言した。メアリーの死にショックを受け、悲しみに沈んでいたので、誰も、キャサリンでさえも、彼の申し出に対し驚きを示さなかった。

次に彼は、キャサリンを再びロンドンから連れ出した。今度は、ハムステッド・ヒースの向こう側にある、コリンズ農園として知られる下見板張りの絵画的な家だった。[17] エインズワースとビアドは、そこに二人を訪ねた。新しい友人のジョン・フォースターもそうした。そして、数夜泊まった。フォースターは、ディケンズが自分ではどうしようもない感情に対処しようとして、ひどく苦しんでいるのを見た。ディケンズは配慮と同情と気晴らしを必要としていた。フォースターはそのすべてを彼に与えた。フォースターこそ、ディケンズが同等に話すことができた人物で、堅実で、怜悧で、意志強固で、世話好きで、心優しかった。二人は、フォースターが『村の男誑し』をこきおろし、ディケンズを笑わせてから半年のあいだに、互いに少し知り合うようになった。しかしフォースターは、二人が親密になったのは、ディケンズが悲しみのさなかにあって、自分に胸襟を開いた一八三七年の春だとしている。ハムステッドからロンドンに戻ったフォースターは、「私は彼を何年も知っているかのように、友人となって、またすっかり信頼されて、彼のもとを去った」と言っている[18]。

二人は激しく喧嘩をしたけれども、フォースターは彼が自分の最も個人的な経験と感情を打ち明けた唯一の人物で、彼はフォースターを信頼することを決してやめなかった。それは完全に対等な友情というわけではなく、ディケンズは時にフォースターを粗略に扱い、冷たい態度をとった時期もあり、しばらくのあいだ別の友人に鞍替えしたが、本当に助けが必要な時は、必ずフォースターに頼った。そして、フォースターもほかの友人たちと親密になったが――マクリーディー、ブルワー、ブラウニング、カーライル――彼の人生の太陽、中心になったのはディケンズであり、彼の幸福はディケンズに依存していたのである。

二人はいつも互いにざっくばらんで、気取らず、共通点が多かった。互いに相手が、有利な条件がほとんどなく、貧しく、平凡な家庭の出身で、金と階級と庇護者が才能よりも物を言うような社会で身を立てるために苦闘したのを知っていた。二人とも幼い頃から才能を発揮し、逆境に立ち向かって世に出るために、長時間懸命に働いた。また文筆家としても、二人とも、自分たちは貧しい者、虐げられた者の側にあると感じ、芸術は、不正と残酷な行為を攻撃し、尊大な者を嘲り、社会の一番低い者たちの人間的価値を強調するために使いうると信じた。フォースターは、とりわけ作家と芸術家の本質的尊厳の権利を主張するのに熱心で、ディケンズは、その権利を立証するために生まれてきたように見えた。

二人はほぼ同じ年齢で、フォースターは一八一二年四月に、ディケンズより二ヵ月足らずあとに生まれた。ニューカースルの肉屋の息子で、母は「ギャローゲイトの牛飼い」の娘だった。フォースター家はユニテリアン派の信者で、合理的思考を奨励する非国教徒の称讃すべき、刺激的なタイプに属していて、社会の病弊は神の意志ではなく、人間の行動によって作られたものだと考え、民主的統治がよいと信じていた。フォースターは、家畜売買で金を儲けたおじのおかげで、人生において一つの機会を得た。おじがニューカースル・グラマースクールでの彼の学費を出してくれたのだ。彼は卓越した才能を発揮し、学校の級長になった。そして肩幅の広い男に成長し、生真面目で、もじゃもじゃの黒っぽい髪をしていた。バイロンとスコットを読み、ディケンズのように、熱烈な芝居好きになった。十四歳でアリ・ババを劇にし、十五歳で「舞台擁護の若干の考察」を書き、舞台は、「情念の拷問台の上の人間の心が、ごくわずかな動きによって告白する場で、舞台の上ではすべての仮面、すべての仮装が消え、純粋で清廉潔白な真実が、白日のもとで輝く」という見解を表明した。ユニテリアン派の青年が舞台をそのように説明して擁護したのは、驚くべきことだった。一般に非国教徒が、劇場は人を堕落させやすいと信じていたことを考えると。翌年、彼はチャールズ一世を題材にした劇を書いた。それはニューカースルのシアター・ロイヤルで上演された。公演は一回だけだったが、一介の若者にしては偉業だった。

彼はディケンズよりもずっと優れた正規の教育を受けていて、ケンブリッジ大学に行く費用はおじが出した。一《ひと》月後、ユニテリアン派の者は学位が貰えないのを知り、また、そこは金のかかる所だと知り、ケンブリッジに背を向け、賢明にも、ロンドンに行って、ユニヴァーシティー・コレッジとイナー・テンプル法曹学院で法律を学ぶ決心をした。(19) 彼は教師に好かれ、尊敬され、「背の高い、熱心な、注目すべき青年」、「陽気で、寛大で、誠実で……正しく、高貴で、善なるものすべての、妥協することなき擁護者」として有名になった。彼は流向遅れの服を着ていたがピューリタンではなく、「牡蠣、霧とグロッグ（すなわち煙草とアルコール）」が好きだった。(20) 一八三二年、選挙法改正法の年、彼は二十歳《はたち》だったが、指導教授の不興を買い、法律の勉強を放棄し、文人という、不安定な人生を歩み始めた。彼は左翼雑誌に評論を書く仕事を見つけ、クロムウェル、ヴェイン、ピム、ハンプデン等、イギリス革命における偉大な人物の伝記的研究に乗り出した。歴史、詩、絵画、劇のすべてが彼の関心を惹いた。また、友人を作る天賦の才を持っていた。エッセイストのチャールズ・

ラム、急進的な週刊誌『エグザミナー』の創刊者で編集長だったリー・ハント、当時の編集長オールバニー・フォンブランク、小説家ブルワー、若き詩人ブラウニング（彼の初期の詩をフォースターは書評した）、急進的な法廷弁護士で劇作家で議員のトマス・タルフォード、アイルランド人の画家ダニエル・マクリース、当代の代表的俳優マクリーディー。ラムは一八三四年に世を去ったが、フォースターは、ディケンズと友人になった最初の年に、その全員を彼に紹介した。

　フォースターは一八三一年、劇評家として『トルー・サン』に入った時、事務所の階段に立っているディケンズに初めて気づいた。「私と同じ齢くらいの青年で、その生気潑剌とした風貌は、どこであれ人の注意を惹いたであろう。名前を訊くと、それは初めて聞いたものだった[21]」。何も言葉は交わされなかったが、フォースターは、その鮮明なイメージを心にとどめた。一八三四年、リンカンズ・イン・フィールズ五八番地の下宿屋の一部屋に居を定め、そこに二十年とどまったが、その間《かん》、同じ階と上階の部屋も借りるようになり、次第に増えていく蔵書で各部屋を満たした。ここで彼は、ささやかに人をもてなし、朝食パーティーを開いたが、彼の人生の芯には孤独があった。自分の家族とは、もはや共通するものは多くなく、ニューカースルは遠かった。彼は、瞠目すべき文人、女流詩人のレティシア・ランドンと恋に落ちた。美しく、多作で、讃美者たちによってバイロンに譬えられた彼女は、詩集を出すと同時に、小説を出版し書評を書いて生活費を稼いだ。そして、フォースターより十歳年長だった。彼は結婚を申し込み、承諾されたが、彼女が彼自身の友人たちを含む様々な男と関係があるという醜聞が流れているのを知った。耳にしたことの真偽について質《ただ》すと、彼女は婚約を破棄し、彼の疑念は「死のようにおぞましい」と言った。噂が本当であれ根拠のないものであれ、彼は傷つき、独り者の暮らしに戻った[22]。時代のエトスと、女に対する相反する態度ゆえに、彼は男と親しく付き合うほうが、ずっと楽だった。

　一八三五年、彼は『エグザミナー』の文学担当編集者になり、ディケンズを知るようになった頃には一目置かれる批評家で、ロンドンの文学界で影響力のある人物になりつつあった。ディケンズは有望な新人で、天才だとフォースターは信じていた。そして、その天才に奉仕しようと思っていた。一方ディケンズは、フォースターが貴重な助言者、支持者であるのを悟った。互いに友情から得るものが何かあったが、もっと重要だったのは、二人のあいだに生まれた、強い、内発的な個人的愛情だった。二人は互いの話に耳を傾け、信用し合い、一緒にいることを愉しんだ。ディケンズは一家の近親者が増えるのを好み、フォースターは一家の大事な独身の友人で、ビアドより面白かった。ビアドもずっと親友だったが。フォースターはキャサリンに対して礼儀正しく、友好的で、彼女もそれに応え、彼に好意を抱いた。彼の誕生日がディケンズ夫妻の結婚記念日と同じなのにディケンズ夫妻は気づくと、毎年四月二日にリッチモンドに行き、スター・アンド・ガーター・ホテルで決まって祝った。ディケンズの二番目の子供が生まれると（女児で、当然ながら、彼女の死んだ叔母メアリー・ホガースにあやかってメアリーと名付けられた）、フォースターは女児の教父になるよう頼まれた。

それは、二人の若者が出会い、完璧な心の友《ソウルメイト》が見つかったと突然悟った時に生まれる、人生を変えてしまうような友情の一つだった。二人にとって世界は変わり、二人は自分たちの幸運に驚き、一緒にいることを貪欲に求め、二人のあいだに閃くように生まれる機知、寛大さ、直観力、素晴らしい才気に喜びを覚える。それは、恋に落ちるのに似ている──事実、それはあからさまな性的要素のない、恋に落ちる一つの形態である。ディケンズとフォースターは、共に女が大好きだったが、二人が渇望したような素敵な交際を女が二人に提供することは、ほとんど不可能だった。ある女は世間知らずで、ある女は強欲で、ある女はほかの面で欠陥があった。ディケンズが気づいたように、若い既婚の女は絶えず妊娠する傾向があった。キャサリンは一八三七年の夏、またも妊娠し、彼は彼女をブライトンに連れて行った時、手紙でフォースターにこぼした。「誰か男の連れが来なければ」、自分は「パヴィリオンとチェーン桟橋と海以外のものを見ることはなさそうだ[23]」。フォースターが来てくれることを望んでいたのは明らかである。女の大部分は、必然的なことだが、男の知的世界から離れていて、男の活動と関心事の外側にとどまっていた。そして、社会はそれを基盤に組織されていたので、男は余暇の大部分をほかの男と過ごすことになっていた。正式なディナーとクラブは女を排除していて、長距離を馬に乗ったり歩いたりするように育てられた女は、ほとんどいなかった。そして、知的職業に就いている女は、概して、中流階級の妻や母親とは別の階級と見られていた。ファニー・ディケンズはいったん結婚して母になると、彼女のプロとしてのキャリアは下り坂になった。才能があり、音楽教育を受けていたにもかかわらず。また、フォースターが恋したレティシア・ランドンが名声を得ると、彼は彼女から離れた。しかしフォースターとディケンズは、一緒に好きなことができた。二人は長時間歩き、ロンドンから何マイルも先まで馬に乗り、朝食をとり、ディナーを食べ、由緒あるクラブに行き、新しい私的なクラブを作り、劇場の正規の公演以外のリハーサルに行き、自分たちに興味のある場所を訪れ、友人を訪ね、仕事について話し合い、肉料理屋や宿屋で数え切れないほどの晩を愉しんだ。ディケンズの現存している手紙の中には、一緒に馬に乗るためや、ただやってきて一緒になるためにフォースターを呼び出したものが、おびただしくある。「妻が今日出掛けるので、僕と二人だけで、冷えたラムと魚を少し食べよう。僕らはその前後に散歩に出掛けられるが、ピクウィックの校正があるので、家で食事をしなくてはいけないのだ」。「僕はあす、ブルームズベリー広場で食事をしなくてはならないのだが、君と乗馬に出掛けるほうがずっといい……あすの約束の食事は、やめだ……だから、馬を雇ってくれたまえ」。「先週ずっとかなり頑張ったので、僕を往復十五マイル運んでくれるよう、午前十一時に馬が家《うち》の玄関に来るように頼むつもりだ。そして、途中で昼食をとるつもりだ。時間を都合して、僕と一緒になれないだろうか？　僕らはディナーをとるため、ここに五時に戻る」。「君とタルフォードを抱き締めたい気持ちだ――君たちが僕の休日に参加してくれると知って、非常に喜んでいる。十一時より遅くならないでくれたまえ。パークを抜けてリッチモンドとトウィックナムに行ってナイトブリッジに出て、バーンズ・コモンを越えるのが素敵な乗馬だと思う」。「暖かく着込んでハムステッド・ヒースを僕と一緒に、元気よく歩く気になれないかい？　ディナーに灼熱のチョップが食べられ、旨いワインが飲める、いい所を知っているんだ。／勉強ばかりして遊ばないと頓馬になる。僕は鱏のように頓馬だ[24]」。等々。

楽しみは別として、ディケンズの人生は、フォースターが登場したことによって大きく変わった。まず、出版社を相手にした時、彼はすぐさまフォースターに忠告と実際的な助言を求めるようになった。最初の問題は、『ボズのスケッチ集』の版権を持っていたマクローンに関するものだった。マクローンは同書に百ポンド払っていて、今度は月刊分冊の形で出そうとしていた。『ピクウィック』くらいに売れると踏んだからだ。ディケンズは、それは『ピクウィック』にダメージを与えると信じた。ディケンズは激怒し、必死になって版権を取り戻そうとした。それに対しマクローンは、いまや二千ポンド要求した。チャップマン&ホールが、要求通りの額で版権を買い、クルックシャンクの挿絵付きで『ボズのスケッチ集』を出版しようと申し出た時、ディケンズはまずフォースターに助言を求めたが、あまりに苛立っていたので、フォースターが返事をする前に、チャップマン&ホールの計画に同意した。悲しい結末になった。『ボズのスケッチ集』が十一月に出始める前に、マクローンは病気になり、死んでしまったのだ。彼はわずか二十八歳で、事業は失敗した。ディケンズは、いかにもディケンズらしいが、マクローンに対する怒りを忘れ、未亡人と子供たちのための募金活動を始めた[25]。

フォースターはマクローンの件では困惑したが、ベントリーとの交渉はすぐさま引き受けた。それ以後、ディケンズと出版業者との取引のすべてに関係した。その結果、ディケンズは三年後にそれらの版権を取り戻し、『ベントリーズ・ミセラニー』の編集と寄稿に対する報酬が上がり、長いあいだ計画されていた次の小説『ゲイブリエル・ヴァードン』(いまや『バーナビー・ラッジ』と改題された)に、それまで同意されていたより多い額が支払われることになり、売行きのよい本には割増金が支払われる約束が結ばれた。ベントリーにとってはフォースターは、ディケンズに、相手に文句を言い過大な要求をするようにけしかける弱い者いじめだったが、フォースターはディケンズの代弁をし、ディケンズが、フェアではないと思うようになった契約をどうしても破棄したいと望んだ時に支持した、というのが真相だった。契約を取り消すディケンズの習慣は、商売のやり方としては道義的に弁護できないが――彼の友人たちでさえ、そう言った――彼の作品の売上が目覚ましいほど伸び、その結果、出版業者は彼の作品で何千ポンドも儲け、一方、彼の報酬は比較的少ないままだという事態を誰も予測しなかったので、彼には言い分があったと論じられてきた[26]。そのような場合には、彼は契約の変更を主張する資格があると感じ、フォースターはそれを援護した。チャップマン&ホールは気前よく支払うつもりでいて――その年の夏の終わりに、『ピクウィック』に対し、さらに二千ポンドの割増金を払った――その結果ディケンズは、彼らを友人と見なしたが、ベントリーは「泥棒」になった。

ディケンズはフォースターをチャップマン&ホールに紹介した。そして間もなくフォースターは、同社の文学主任顧問になり、一八六一年までその地位にあった(後任はジョージ・メレディスだった）。それは、誰にとっても有益な取り決めだった。フォースターが『エグザミナー』の文学担当編集者から編集長になり、一八五六年まで務めたので、なおさらだった。そして一八三〇年代後半以降、彼はディケンズの「右腕、冷静で犀利な頭」としての役割を果たした。これまで何度も指摘されたことだが、彼は著作権代理人という仕事が生まれる前に、ディケンズの著作権代理人になったのである――無報酬だったが。彼は優れたビジネス感覚と頑固さによって、ディケンズのために有利な立場に立ち、きわめて有能な交渉人であることを証明した。例えば一八三八年十月、彼はベントリーに、ディケンズは「我が国の言語、または他の言語における散文フィクションの最大の巨匠」だと請け合った[27]。フォースターはディケンズのすべての校正刷りを読み、頼まれれば訂正し、削除した。そして一八三八年以降、フォースターの回想しているところでは、こんな具合だった。「彼によって書かれたもので……原稿の形であれ校正刷りの形であれ、世間の者が見る前に私が見なかったものはない[28]」。また、現代の著作権代理人とは異なり、ディケンズの作品を自由に書評してよいと思っていた。

フォースターは『ピクウィック』の七月号が出るとその書評をし、自分の新しい友人に対する称讃の念を表明する機会にした。それは、ディケンズがフリート監獄の様子を描いた分冊だった。主人公は、収賄判事によって科せられた結婚の約束不履行の罰金を払うのを拒否して投獄される。『ピクウィック』の読者の誰もが、トーンの変化と、監獄生活の描写の迫力を感じる。フォースターはそれを正しく評価した最初の人物だった。「その描写の真実と力は、称讃する言葉がないほどだ――使われている題材はきわめて確実で、きわめて透徹していて、きわめて的確に的を射ていて、しかも同時に、きわめて明白で馴染み深い。あらゆる要点が効果的で、全体の真実性は素晴らしい。われわれの言語における、このスタイルのフィクションの最大の巨匠たちの描写の脇にこの描写を置くと、この描写はそれらに比べて際立っている……われわれはこの見事な作家の中に、成熟しつつある卓越性を見る[29]」

フォースターの炯眼は、その時点では、彼がマーシャルシー監獄でのディケンズの子供時代の経験について何も知らなかったことを考えると、とりわけ鋭かった。ディケンズはすぐさま礼状を書いた。「僕に浴びせられるかもしれない、ごく抽象的な絶讃より、僕の意図と意味に対する君の豊かで、深い理解のほうが心に沁みる。そうであったのは、まず僕らを結び付けたのが、僕に対する君の感情であり、君に対する僕の感情だったからだ。そしてそれが、僕らをずっとそうしてくれることを望む、死が僕らを分かつまで。君の書評はありがたいものだが、僕を大いに誇らかにもする。だから、気をつけてくれたまえ、さもないと、君は僕を己惚れさせる」[30]。誰でも書評で褒められればありがたく感じるが、ディケンズの感謝の調子は、結婚の誓いに言及していて、ありがたいという気持ち以上である。二人は互いに知り合ってから数週間しか経っていないのに、この手紙は恋文のように読める。七ヵ月後のフォースター宛の別の手紙も、ほとんど同じ調子である。「僕は君の真価がわかる。そして、僕らの愛情の鎖に、週ごとに加えられてゆく一つ一つの環を、混じりけのない歓びを抱いて振り返る。死以外の何物も、いまや非常にしっかりと結ばれた絆の固さを損なわないよう、それが続くことを望む」[31]。そして一八三九年十二月、彼はフォースターに、「どんな血の絆もほかの関係も呼び起こせない、君に対する感情、愛情、自分の人生の最後まで、君の愛する、君の選んだ友でありたいという希望」について手紙で書いた[32]。十九世紀初頭の青年は互いに華麗な言葉で手紙を書くかもしれないが、ディケンズ以外の誰も、そんな言葉は使わなかった——あるいは、少なくとも、そうした手紙は現存していない。そして、そうした手紙は、フォースターが、ほかの誰も、両親も、姉も、友人も、妻も満たせなかった彼の欲求を、いかに完全に満たしたかを語っている。フォースターは彼を、彼が見てもらいたいと願ったように見、彼の話を、彼が聴いてもらいたいと願ったように聴いた。フォースターは彼を愛し、彼を第一にし、自分自身の仕事より大事にしていることを、はっきりとさせた。ディケンズはフォースターと一緒にいると、ごく気楽に自分自身でいられ、自分の考え、希望、野心、不幸を分かち合うことができた。ディケンズのためにそうした女は、ごく少なかった。仮にいたとしても。一八四〇年、ディケンズはフォースターにクラレット用ジャグを贈った際、短い手紙を添えた。「僕の心臓は、それに最も触れる事柄について雄弁ではないが、このクラレット用ジャグを、僕の心臓が入っている壺だと思ってくれたまえ、そうして、その最も温かく、最も真実の血は君の血だと信じてくれたまえ……僕らが一緒にそれから飲むワインに、極上の年号物でも出せない味を加えよう。それを僕の手から取りたまえ——真実と熱意で満たされ、溢れこぼれたものを」[33]

それに対するフォースターの返事は現存しないが——

ディケンズは一八六〇年、自分のところに来たすべての手紙を焼却した——彼のディケンズに対する愛情は絶対的なものだった。一八四二年七月、ディケンズは半年アメリカに行ってから帰ってきた時、リンカンズ・イン・フィールズに馬車で行き、家に誰もいなかったので、フォースターが外で食事をしていそうな場所を推測し、御者にそこに行くように言い、「ある紳士がフォースター氏と話をしたがっている」という伝言をした。次に起こったことについてのディケンズ自身の話は、彼の友人の感情の激しさについてすべてを語っている。「ある紳士」はディケンズに違いないと思ったフォースターは、帽子を取るために立ち止まりもせずに建物から飛び出して馬車に乗り、窓を引き上げて閉め、泣き出した。(34)

第7章 悪党と追い剝ぎ
一八三七〜三九年

フォースターはディケンズの作家としての人生の重要な一部になりつつあったが、彼の社交生活においても、やはり重要な役割を果たした。ジャーナリスト、弁護士、小説家、詩人、編集長、俳優、画家などの多才な大勢の仲間に彼を紹介することによって、彼の社交生活を広げ、変貌させた。例えばディケンズは、俳優のマクリーディーを舞台の上では何度も見ていたが、一八三七年六月にコヴェント・ガーデンの楽屋に彼を連れて行ったのはフォースターだった。ディケンズより二十年上だったマクリーディーは、即座に彼に父親のような好意を抱いた。ディケンズも息子のような愛情を示し、間もなく、自分がごく最近書いたものを見せ、劇について一緒に論じ、マクリーディーの公演に定期的に通うようになった。

その偉大な人物も、人生を歩み始めた時、ディケンズと同じように苦労した。マクリーディーの父親は俳優で、息子を紳士にしたいと思い、弁護士にするつもりでラグビー校に入れた。ところが息子が十六の時に破産したので、若きマクリーディーは学校を去り、舞台で生計を立てねばならなかった。ラグビー校で自分は紳士なのだという感覚を植え付けられたので、役者稼業という低い地位に置かれたことに激しく憤慨した。子役と恋に落ちた彼は、彼女を舞台と家族から引き離し、自分にふさわしい妻にするために、姉に彼女を再教育してもらった。彼とディケンズが出会う頃には、二人とも家族の数が増えていた。

二人の妻——共にキャサリン——も友人になり、二組の夫婦は一緒に時を過ごすのを愉しんだ。一緒に食事、パーティー、遠出をした。また、ディケンズ夫妻はマクリーディーの家を訪れた。まず、ハートフォードシャー州のエルストリーの家に、次に、リージェンツ・パークにあるクラレンス・テラスの家に。ディケンズは間もなく、当然のように、リハーサルと初日に劇場に行くようになった。しばしば彼は、執筆中の小説の最新号をマクリーディーのところに持って行き、何節か読んで聞かせた。マクリーディーは日記に正直な感想を書いた。ディケンズの天才、ユーモア、ペーソスを褒めた場合が多かったが、失望感を表明した時もあった。もっとも、如才がなかったので、そのことはディケンズに言わなかったが。二人の友情は口喧嘩によって曇らされることはなく、ディケンズが死ぬまで続いた——マクリーディーはディケンズよりずっと年上だったが、ディケンズより長生きした。

マクリーディーとフォースターは共にシェイクスピア・クラブの会員で、ディケンズも間もなく、その七十余名の会員に登録された。会員たちは土曜日の晩にコヴェント・ガーデンのピアッツァ・コーヒー・ハウスに集まり、朗読をし、文化的な事柄について論じ合い、毎月晩餐会を開き、時おり、シェイクスピア祭《ガラ》を催した。ディケンズがそのクラブで作った友人のほとんどは終生の友人だった（同クラブは一八三九年に消滅してしまったが）[1]。画家で諷刺家の若きサッカレー、詩人のコーンウォール、劇作家のダグラス・ジェロルド、文学者で弁護士である議員トマス・タルフォード、共にジャーナリストのチャールズ・ナイトとサミュエル・レイマン・ブランチャード。画家のダニエル・マクリース、クラークソン・スタンフィールド、フランク・ストーン、エドウィンおよびトム・ランドシア、ジョージ・キャタモール。ディケンズは画家と一緒にいるといつも気楽だった。彼らの誰も金持ちではなく、大方の者は苦労して独学し、誰もが懸命に仕事をした。スタンフィールドは子役として人生を出発し、四輪馬車塗装人の徒弟になり、海軍に徴用され、世界を半分航海してからロンドンで舞台の背景画家になり、ついに海洋画家という適職を見つけた。ハムステッドに居住し、ロイヤル・アカデミーの会員に選ばれた。ディケンズは彼をスタニーと呼ぶようになった。ディケンズは彼を深く愛し、二人は一緒に何度も遊山旅行に行き、劇場に足を運び、ディナーを愉しんだ[2]。フランク・ストーンもディケンズのお気に入りになった。ストーンはマンチェスターの紡績業者の息子だったが、独学で絵を学び、肖像画と水彩画でなんとか生計を立てた。ディケンズは彼に、「オールド・トーン」〔Stoneから S を取った綽名〕とか「パンピオン〔かぼちゃ〕」とかいう綽名を付けた。そして、彼の子供たちが大好きになった。ストーンは、子供たちの母親と結婚するのを何年もなおざりにした。肖像画および歴史画の画家として定評を得つつあったマクリースは、貧しいアイルランド人の両親の子だった。彼はディケンズ同様、下層社会探訪の趣味があり、彼と一緒にロンドンの物騒な地区を夜間ぶらつき、犯罪者階級の人間と付き合い、可愛い娼婦に目を付け、体に良くないほど酒を飲んだ。美男子だったので女にもてた独り者のマクリースは——背が高く、がっしりして、厚い黒っぽい髪が背に垂れていた——婦人たちと問題を起こした。ディケンズが彼を知るようになった一八三七年の夏、以前ディズレーリの愛人だったレディー・ヘンリエッタ・サイクスと不法な性行為の最中、夫に見られ、離婚訴訟において密通の相手として召喚されそうになった。それは、ロンドンで実際に演じられていたボヘミアン生活だった——その日暮らし、不規則な仕事時間、冒険と友情の追求。

フォースターはディケンズを、名声の確立した年輩の作家にも紹介した。その一人はリー・ハントだった。彼はみずから創刊した新聞『エグザミナー』で摂政の宮を侮辱した廉で投獄されたことで有名だった。いまや五十代だった彼は、シェリー、バイロン、キーツを知っていて、文学的炯眼、エッセイと詩、急進的な新聞雑誌の文章、個人的魅力で、依然として有名だった。もう一人はブルワーだった。彼は地主で、自由党の政治家で、成功を博した多作の小説家で（『ポンペイ最後の日』）、劇作家だった（『金《マネー》』）。彼は険悪な仲の、意地っ張りの妻と別居していた。

それから、トマス・タルフォードがいた。ディケンズはノートン対メルボーンの裁判を報じている時に、法廷弁護士としてのタルフォードを見た。タルフォードの名前は今ではほとんど記憶されていないが、当時は卓越した人物で、理想主義的で、勤勉で、有能だった。息子を大学にやるにはあまりに貧しかったビール醸造業者の家に生まれ、独力で世に出、一八三〇年代末には、自由党の急進派として立候補し、レディング選出の議員になっていた。一八一九年のピータールーの虐殺〔一八一九年、議会改革運動支援の労働者が官憲に殺害された事件〕に抗議し、男子普通選挙権と、奴隷制度の完全撤廃を支持し、離婚女性に子供の養育権を与える法案を通過させた。そして一八四二年、著者のイギリスにおける収益を、著者の生きているあいだ、また死後一定期間保護する初めての著作権法の成立に尽力していた[3]。さらに、シェリーの『女王マブ』を出版して不敬罪に問われた出版業者モクソンを弁護もした[4]。

それはすべてディケンズの性分に合っていたが、加えて、タルフォードは劇作家でもあった。彼の無韻詩《ブランク・ヴァース》のドラマ『イオン』の主人公は、アルゴスの王になると、自分は共和主義者だと宣言し、軍隊を解体し、君主政体は絶対に再び作らないと国民に約束する——そのあと、国民を自由にする意図で、自殺する。『イオン』は政治色が濃く、一八三六年から三七年まで一年間続いた。マクリーディーが主役を演じた。それは政治的に無力だったウィリアム四世の統治の最後の年で、君主体制は衰退していた。『イオン』は何度も再演され、アメリカでは傑作として称讃された。タルフォードは、メルボーン卿とグレイ卿を含め、作家と政治家のあいだで幅広く友人を持っていた。寛大で人付き合いがよく、夫妻はラッセル広場の自宅で、楽しいので有名なパーティーを開いた。その際、ディケンズは人気者になった。

ディケンズはタルフォードを心から敬愛していたので、『ピクウィック・ペイパーズ』が一八三七年十一月に本の形になって出た時、彼に献辞を書いた。その献辞は愛情と尊敬の念の表明だが、長い本をようやく書き上げたディケンズの喜びの印《しるし》でもあった。彼は登場人物たちと別れるのを嫌った。登場人物たちの声と性癖は、彼の人生の非常に多くの歳月を満たした。そして作品の終わりに来た時、彼らを悼んだ。『ピクウィック』の最後でこう言った。「この世に立ち交じり、人生の真っ盛りに達する大方の者の運命は、多くの本当の友人を作るが、自然の流れにおいて、彼らを失うというものである。想像上の友人を創り、作品の流れにおいて彼らを失うというのが、すべての著者、物語作者の運命である」[5]。ディケンズが自ら創った登場人物を、終生、想像力の中に生かしておいたというのも真実である。

ウィリアム四世が六月に死去し、姪のヴィクトリア王女が王位に就いたことに、ディケンズはさして注意を払わなかった。再び二篇の小説の執筆に集中していたからだ。彼はフォースターを連れ出し、ニューゲイトを訪れた。監獄訪問は、友人と一緒にする儀式だった。七月に、彼はキャサリンと、挿絵を担当するハブロー・ブラウンを連れ、ゲント、ブリュッセル、アントワープを訪れた。彼は、妹のレティシアがヘンリー・オースティンと結婚するので、その式に間に合うように、また、七月十一日にマクリーディーの家でのディナーに間に合うようにイギリスに戻らねばならなかった。そのディナーの席でディケンズは、哲学者で政治家のジョン・スチュアート・ミルに会った。ミルは友人に、ディケンズは「天才が輝き出ている薄汚い悪党の顔」をしていると、友人に書き送った——その文句は、カーライルがフランス革命の時のジャーナリスト、カミーユ・デムーランの顔を描写した文句を借りたものである。「ああした異例の人物は、レディーの客間に頻繁には現われない」とミルは続けている。おそらく、ディケンズの風貌と歯に衣着せぬ言い方に、少々ショックを受けたのだろう。ミルが彼の社会的、政治的意見の多くを共有していたのは確かだが[6]。

一方、「悪党」はベントリーに宛て、自分の作品の人気が高まっているので、格段にいい条件にしてもらいたいと書いた。(7) ベントリーは、『オリヴァー』のおかげで『ベントリーズ・ミセラニー』の売上が急速に伸びたので割増金を払うつもりでいたが、ディケンズが望んだようには、『オリヴァー』の版権を放棄するつもりはなかった。ベントリーによると、ディケンズは『オリヴァー』の執筆を中止すると脅した。ベントリーは折れ、新しい契約書が作られた。その厳しい交渉の責任の多くは、フォースターにあった。諍いは一八三八年を通して続いた。しかしディケンズは、有名な道化師グリマルディの回想録を三百ポンドで編集することに同意した〔グリマルディがもっぱら口述した原稿をトマス・ウィルクスが纏め、それにディケンズは大幅に手を入れた〕。そしてそれを、一八三七年十月に『ピクウィック』を書き上げ、新年にチャップマン&ホールのために『ニコラス・ニクルビー』を書き始めるまでの三ヵ月のギャップを埋めるのに使った。彼はまた、チャップマン&ホールのために、『若き紳士たちのスケッチ集』という短い本を百二十五ポンドで書くことにも同意した。彼は一月八日に書き始め、それも予定通りに完成した。一歳のチャーリーに時おり眠りを妨げられたにもかかわらず。それは、二月十日に出版された。フォースターも、その二月に、ピューリタン革命時代の革命の指導者たちの一巻本の伝記を出版した。ディケンズはその一篇を読む時間を見つけ、「志操堅固で陽気な」主人公が大いに気に入り、その伝記は見事だという手紙を書いた。(8)

彼は十一月に、『ニクルビー』に関するチャップマン&ホールとの契約書に署名し、最初の月刊分冊が一八三八年三月末に出るようにすると約束した。二月二十一日までに第一章が書き上げられ、二月二十八日にそれは活字になって世に出、またしても成功することが約束された。冒頭のテーマはヨークシャー州の学校である。後見人から嫌われた、私生児、孤児の、誰にも愛されていない少年たちが、そこに放り込まれる。そこでは休日も休み時間もなく、医者の手当てを受けることなく、虐待され、飢えさせられ、その結果、大勢の者が痩せ衰え、病気になり、死ぬ。ディケンズはそうした学校のことを耳にし、対処すべき忌まわしい場所なのを知っていた。彼は一八三八年、寡婦になった友人の息子のために学校を探しているふりをして、実態を知ろうと、ブラウンと一緒にヨークシャーに行った。二人はどんな学校も訪問できなかったが、悪い前歴のある校長と話すことができた。また、ある正直なヨークシャーの男は、ディケンズが訊いた学校に子供を送るのはやめるようにと警告した――ロンドンの溝《どぶ》でさえ、少年にとって、そんな学校よりよいと請け合い、力を込めてその警告を何度も繰り返した。(9)

ディケンズは、彼の偉大な喜劇的人物の一人、スクウィアーズ氏を、早くも頭の中で作っていた。スクウィアーズはそうした学校の校長で、自分の学校を宣伝し、除け者の少年たちを集めにロンドンに来る。その際、そうした少年たちをなんとか厄介払いしようと思っている者と共謀する。スクウィアーズとその状況の描写はあり得ないことのように思えるかもしれないが、実際には、きわめて効果的である。ディケンズは、スクウィアーズの学校の残酷さとおぞましさ、および、飢えさせられ、鞭打たれ、働かされ、何も教えられない少年たちの怯えた姿を描くと同時に、凄まじいスクウィアーズとその妻と、なんともひどい息子と娘を、笑わざるを得ないほど滑稽な人物にしている。颯爽とした主人公、ニコラス・ニクルビーの目を通して描かれていなければ、それは強制収容所における冗談のようだ。主人公はスクウィアーズに刃向かい、彼を鞭で打つほど気丈で、ともかくも、スクウィアーズの犠牲者の一人、哀れなスマイクを救うほど善意の人間だ。スマイクはそれまでに受けた扱いによって精神薄弱になり、健康が害されている。

『ニクルビー』の出だしは素晴らしく、そのあと、ほかの雇い主たちとの、ニコラスと妹のケイトの一連の出会いが続く。金銭が一貫したテーマで、ケイトは飢餓賃金――週に五シリングから七シリングのあいだ――を、ロンドンの婦人服仕立屋のマダム・マンタリーニと、浪費家で借金だらけのその夫から提供される。彼女はまた、金貸しの叔父に、貴族の顧客を惹き付けるために利用される。助教師として年に五ポンド貰っていたニコラスは、ヴィンセント・クランムルズの一座のために脚本を書き演技をすることで、十倍の報酬――週一ポンド――を提供される。それと対照的に、「なんの意味もない文章を、かなりうまく使いこなし」、自分の知るべきことをいつも教えてくれる安給料の秘書を探している議員、グレッグズベリーは週に十五シリングしか払わない。(10)ディケンズはコメディーを、いわば経済的問題でしっかり裏打ちすることによって堅固なものにしている。

『ニクルビー』はまた、フォースターが書評で指摘しているように、ロンドンの生活の描写においても優れている。「われわれは彼と一緒に夜、明るく燃えるランプの二重の長い列、騒々しい、活気のある、ごみごみした光景の中に入る。その中で彼は、金細工師のキラキラ光る宝物を照らしているのと同じ豊かな光の中でひらひらしている、不潔なバラッド唄いの襤褸を、われわれに見せてくれる。金細工師の店の一枚の脆いガラスは鉄の壁で、それによって、厖大な富と食べ物が、飢えた文無しの人間から守られている……常に、そしてあらゆる面で、彼はわれわれに、大都市のありのままの姿を感じさせ、見せてくれる」。フォースターはそのことを正しく捉えていて、『ニクルビー』における「生気あるいはユーモアの煌めく流れ」を称揚したが、欠点のいくつかを指摘するのを恐れなかった。無計画の散漫な筋、悪漢の何人かの薄弱さ。それに、慈悲深い登場人物の、いっそうの薄弱さと、作品の最後の四分の一がだらだらしていて、ほとんど読むに堪えない事実を付け加えねばならない。最後の四分の一では、強制結婚、盗まれた遺言、見つかった行方不明の子供、頓死のすべてが、まさにメロドラマの粗雑な伝統から採られている。ニクルビー夫人は混乱した意識の流れの持ち主で、それを中断しようとするどんな試みにも無関心だが、それは、ディケンズ自身の言葉によると、母との会話にもとづいている。そのニクルビー夫人も、彼の創った偉大な喜劇的人物だ。それでも、彼女はもう十分だと感じられる時があるが。彼はいつも、登場人物の会話が気に入ると、その登場人物を手放したがらなかった。しかし大衆は楽しんだ。『ニクルビー』はわずか八回目の分冊が出たあと劇にされ始め、イギリス中の劇場で上演された。それは一八三八年十二月、ニューカースルのシアター・ロイヤルでも上演されたが、有名な女優ターナン夫人のための慈善興行の一部だった。彼女は三番目の娘、エレンを懐妊して七ヵ月目だった。

ディケンズは一八三八年、『オリヴァー』と『ニクルビー』の二篇の月刊分冊を同時に手掛けていたので、終始プレッシャーを受けていた。彼が夕食後も、また、ひどく遅い時間まで、それほど仕事をしたのを見たことがない、とフォースターはのちに言った。また、『オリヴァー』を、九月に本の形で出すことができるように書き上げるとディケンズは約束していたので、いっそう忙しかった。九月というのは、分冊での刊行が終わる予定の一八三九年三月末の数ヵ月前だった。そういうわけで懸命に仕事をした。ダウティー街の家は快適だったが、彼は個人的悩みも抱えていた。息子のチャーリー、「愛しい息子《ダーリング・ボーイ》」を溺愛していたが、チャーリーと一緒にいられない時は心配だった。「あの子をあまり長いあいだ独りにしてはいけない」と彼は二月、ヨークシャーからキャサリンに手紙を書いた。まるで、大事な息子が母親から十分世話をしてもらっていないかのように。三月六日、キャサリンは二人目の子供、娘のメアリーを出産した。娘はいつも「メイミー」と呼ばれた。キャサリンは産後、体の具合が悪くなった。彼は月末に、健康を回復させるためにキャサリンをリッチモンドに連れて行き、二人の子供を家に残した。赤ん坊は乳母に任せた。フォースターは四月二日にやってきてディケンズ夫妻と一緒になった。その日は、彼の誕生日であり結婚記念日だった。ディケンズが、自分とキャサリンは相性が悪い、彼女は気立てがよく従順だけれども、ということをフォースターに初めて話したのは、そのあとであったのかもしれない。またディケンズは、自分たちは互いに落ち着かない気持ちにさせる、将来、厄介な事態になると思うとも言った。(11)

彼は同じ場所に長くいることができなかった。一家はその年の六月と七月に、新鮮な空気を吸い、戴冠式のあいだロンドン市内を離れるため、テムズ川に近い、トウィッケナムにあるアイルワース・ロードのエイルサ・パーク・ヴィラズ四番地の家を借りることにした。(12) ハンガーフォード・ステアーズとトウィッケナムのあいだを定期船が通っていた。そして彼は、仕事に追われていたにもかかわらず、すぐさま友人たちを招き始めた――もちろん、フォースター、そしてビアド、ミトン、エインズワース、タルフォード、ハラー、ハーリー。ベントリーさえ招いた。サッカレーはダグラス・ジェロルドと一緒にやってきた。彼はジェロルドの短篇集の挿絵を描いたところだった。一行はハンプトン・コートを訪れ、馬に乗って川縁を通り、チャーリーのために風船遊びをした。チャーリーは、子煩悩の父に「美男子《スノジャリング・ブリー》」という綽名で呼ばれていた。フォースターは風船を用意する係にされ、風船クラブ会長に任命された。そしてディケンズは、架空の女からのフォースター宛の恋文を書き、悪げなくからかった。

ディケンズは、『オリヴァー』を七月七日に予定の号を書き上げ、三日後の七月十日に『ニクルビー』の予定の号を書き始めた。彼は日曜日を、教会に行く代わりに校正刷りを訂正することに費やした。そうした楽しい、繁忙な夏の数ヵ月のあいだに、アセニーアム・クラブの会員に選ばれたということを聞いた。また、官吏選考長官スタンリーに働きかけ、弟のフレディーを大蔵省の事務員として、政府機関で働かせることに成功した。ディケンズは遺言を書いた。彼は若き、野心に燃えているジョージ・ヘンリー・ルイスに手紙を書き、「私は大方の著者と同じように、自分の書くものを非常に楽しく読み返します」と言い、また、各節は、書いている時に強い感情を覚えるが、どんな風にして構想が浮かぶのかはまったくわからない、とも言った――そうした構想は「すでに作られてペン先」から出てくる[13]。彼の精力は決して衰えなかった。

　彼は八月にダウティー街に戻ると、『オリヴァー』を九月に本の形で出す望みがなくなったので、一週間仕事をしにワイト島に行く手筈を整え、ロンドンをもっと長く留守にすると多くの者に言った。十月に彼は、ナンシーが情夫の強盗ビル・サイクスに殺害される場面を書いた。それをキャサリンに試しに読んで聞かせると、キャサリンは「名状し難い〝状態〟に陥ったと、非常に満足げにフォースターに書き送った[14]。それがきっかけになって、彼は一八六九年と七〇年に公開朗読をすることになったのである。その際、聴衆の全員が名状し難い状態に陥り、彼自身、倒れる寸前だった。彼がそれを最後に朗読したのは、死ぬ三ヵ月前の一八七〇年三月八日だった。『オリヴァー』に対する自信は、その終わりに近づくにつれて深まり、ベントリーにこう言った。「僕はそれをいつもより入念に書いている、また、これまでどんなものに対しても発揮し得なかったほどの大きな力をもって書いている[15]」。『エディンバラ・レヴュー』は次のように褒めて彼を特に喜ばせた。「スモレットとフィールディングの時代以来、イギリスの生活の最も真実で最も潑剌とした描写家……ホガースが絵画でしたことを、ディケンズ氏は散文のフィクションで、ほぼ成し遂げている[16]」

　『ピクウィック』においては、世間知らずの中年の男が、悪徳弁護士と監獄に直面し、都会でしたたかに生きる才覚を持った召使、サム・ウェラーに救われる。『オリヴァー』は最初から暗いシーンで、幼い主人公と、死にかけた、未婚の母の二人の世間知らずの人間が、二人を保護し助けるはずの国の制度〔救貧院〕によって公認された悪に直面する。救貧院生まれのオリヴァーは、いささかの反抗心を発揮し、そのためトラブルに巻き込まれる。ディケンズはその機会を捉えて、激しい怒りの声をあげる。そしてオリヴァーが、アートフル・ドジャーのような少年を訓練して掏摸《すり》にする、職業的犯罪者フェイギンの手に落ちると、ディケンズは、彼らがオリヴァーの心に掻き立てる恐怖と魅惑の混淆を描く。彼らはオリヴァーに親切にし、面白い思いをさせ、食べ物を与え、匿い、世の中を説明してやる。どの脚色もはっきりとさせているように、フェイギンとアートフル・ドジャーがこの作品のスターだ。オリヴァーが彼らの魅力に屈し、喜んで堕落させられるのを止める唯一のものは、彼が別の世界、平和で秩序正しい世界を垣間見たということである。彼はその世界で教育を受けることになるのかもしれない。彼はまた、ナンシーのうちに、知らず知らず味方を得る。ナンシーは娼婦で、オリヴァーを哀れみ、彼を守ろうとし、彼がフェイギンから逃げるのを助ける。そしてディケンズは、ナンシーの情夫のサイクスを残忍な強盗かつフェイギンの仲間にすることによって、作品の筋の緊張感と恐怖を高めている。

それはメロドラマだが、オリヴァーが悪漢たちから逃れようとし、今度は彼らが追われて死ぬ時、真の恐怖の瞬間がある。生彩を欠く有徳の登場人物は別として、この作品の主要な欠点は、ナンシーである。ディケンズはナンシーを非常に丹念に描き、彼女は自分の知っていた若い女をモデルにしたと主張した。彼はナンシーの描写に誇りを持ち、実在の人間をもとにしたと言ったが、失敗した。というのも、彼はナンシーを、出来の悪い劇の女優のように行動させているからである。彼女は髪を搔き毟り、服を裂き、両手を振り絞り、跪き、通りの石段に横たわる。そして屍衣、柩、血の幻影を見、また、紛いの芝居がかった台詞を口にする。「あたしは悪名高い女」と彼女は、助けてくれるつもりの女に言う。「極貧の女たちも、あたしが混んだ歩道を通ると、後ろに下がる……路地と溝はあたしのもの、あたしの死の床になるから」。また、こうも言う。「目の前を見て、レディー。あの暗い川面《かわも》を見て。潮の流れに飛び込んでも、気にしたり嘆いたりする者は誰もいない、あたしのような人間のことを、何度読むことでしょう……あたしは、いつかそうなるんです[17]」。ディケンズは通りで娼婦を何度も見たに違いないが、ここでは紋切り型の娼婦を創造している。後期の小説でも、再びそれを使った――髪を搔き毟り、一切を終わらせるために川に行く悔悟した女。しかし、ナンシーの不自然さは『オリヴァー』の成功を傷つけることはなかった。『オリヴァー』は、ナンシーがサイクスに殺害され、彼が陰惨な最期を遂げる、恐るべき結末に向かう。フェイギンは絞首刑に処され、アートフル・ドジャーは判事に対して生意気な態度をとって、看守さえにやりとさせるといった大見得を被告席で切って、犯罪者階級の名誉を挽回する。

『オリヴァー』は完成し、十月末までに印刷所に渡り、ディケンズはいまや、『ニクルビー』だけが気掛かりだった。例によって落ち着かなかった彼は、ブラウンと一緒にレミントン、ケニルワース、ウォリック城、ストラトフォード、さらに北ウェールズに物見遊山に出掛けた。フォースターには『オリヴァー』の校正刷りの処理を任せ、キャサリンを何度か訪ねて明るい気分にしてもらうことを頼んだ。集中的に仕事をしたあとでは非常によく起こることだったが、ディケンズは病気になり、夜間、脇腹に我を忘れるほどの痛みを覚え、半ば死んだ気持ちだったと家に書き送った。彼は自分でヒヨスを服用した。それは毒性の強い危険な薬草で、鎮静剤と鎮痛剤として働くが、彼には見事に効いた。フォースターはディケンズに言われたように、リヴァプールに行って彼に会うことにした――「僕の大事なケイトに会って、彼女と子供たちの最新の情報を持ってきてくれないか」とディケンズはフォースターに書いた[18]。フォースターは新しいグランド・ジャンクション鉄道でリヴァプールに行き、二人は旅を中断し、『オリヴァー』がなんの誤りもなく印刷されるかどうか確かめるために、ロンドンに戻ることにした。それは、午前三時にリヴァプールを発ち、午後にユーストン広場に着くことを意味したが、二人ともそうする価値があると思った。十一月九日に『オリヴァー・ツイスト』は三巻本で発行された。売行きはよく、その年の冬、若いヴィクトリア女王がそれを読み、「飛び切り面白い」と思った[19]。『オリヴァー』は、ディケンズの小説の中で献辞のない唯一のものだった。おそらく、あまりに忙しく、献辞を書くのを忘れたのだろう。献辞の相手は当然ながらフォースターだったが、フォースターはメイミーの教父になることで我慢しなければならなかった[20]。

十一月に少し暇の出来たディケンズは、マクリーディーのための笑劇『点灯夫』を書き上げた。マクリーディーはそれは上演に値しないと彼に言わざるを得なかった。ディケンズはその判断を快く受け入れた。彼はアデルフィ劇場で『ニクルビー』の初期の戯曲化を見ることができたが、不満だった。また、ジョン・エリオットソン医師による催眠術の実演を見に行った。エリオットソンは、ロンドン、ユニヴァーシティー・コレッジ病院の設立者の一人だった。エリオットソンは、実演に出た少女たちが、催眠術にかかったふりをしているのが暴かれると病院を辞めたが、自分に対する非難を否定し、医術と催眠術を続行した。ディケンズは彼を信じ、友人になり、主治医にした。また、催眠術にすっかり魅了されたので、三年後、自分でも実験し始めた。

その年の秋に彼が抱えていた一番大きな問題は、父の行状だった。父はまたも債務返済を履行せず、バロー家の別の義弟、今度はエドワードに五十七ポンド払わせることになった。ディケンズはその債務を払ったが、恥辱を蒙ったことと、懸命に稼いだ金が無駄になることに激怒した。彼は定期的に金を与えて父を助けねばならないことを受け入れたが、今後の誘惑から守るため、父をロンドンから移すことを考え始めた。十二月になると、社交活動が大いに活潑になった。それには、フォースターとエインズワースと一緒にトリオ・クラブを設立することも含まれていた。それは、一緒にさらに何度もディナーをとることを意味した。彼は十二月二十七日にエリオットソンと食事をし、二十九日にエインズワースと食事をし、三十日にタルフォードと食事をし、大晦日にフォースター、エインズワース、クルックシャンクと一緒に自宅で食事をした。フォースターはダウティー街に数晩泊まった。小さなチャーリーは一月四日、フォースターがいるものと思って客用の寝室に駆け込んできて、「君が永久にそこに泊まるのではないのを知って、非常にがっかりした」[21]。フォースターは翌日、新しいセント・パンクラス教会で行われるメイミーの洗礼式のための贈り物を取りに家に帰ったのに違いない。洗礼式の二日後、ずっと前から計画されていた「穏やかなどんちゃん騒ぎ」が行われた。それは、洗礼式と、チャーリーの二度目の誕生日を祝うための、家族と友人たちの大勢の集いになった。

ディケンズはエインズワースとマンチェスターを急いで訪ねたあと（そこで二人のための祝宴が張られた）、一八三九年一月、長期にわたるベントリーとの諍いにおいて、またしても激しい小競り合いが演じられた。彼はその月、もっぱらそれに関わっていた。根底にある原因は、彼の作品を争っている二人の出版業者を満足させるのは不可能だということだった。チャップマン&ホールは、彼との取引で、すでに同意されている条件に固執したベントリーより、ずっと寛大だった。その頃にはディケンズは、『ベントリーズ・ミセラニー』の編集をやめ、かつ、約束してある次の小説『バーナビー・ラッジ』を渡すのを延期したいと思っていた。彼は休養の必要があるのを自覚していた。また、ベントリーに対して腹を立てていた。そして、最上の策は、手紙で不満を爆発させることだと思った。その手紙は怒りと仰々しい修辞の混淆である。彼はそれをフォースターに見せた。フォースターはそれに加筆したかもしれない。次はその一部である。

　自分の本が自分以外の、自分の本に関係しているすべての者を富ましているということ、みずから獲得した非常な人気を誇る私がこれまで通り悪戦苦闘し、まさに名声の新しい高みにおいて精力と人生の大半を、他人の懐を肥やすために浪費し、一方、自分に一番近い、一番親しい者のためには、自分は紳士としての暮らしをやっと維持できるだけの額しか稼げないという意識。このすべては、私を意気沮喪させる……私は一方的な取引をした者のために非常に多くのことをしたからには、そうした苛酷な取引から自分は自由であると、神と人の前で道義的に見なすことを、ごく厳かに宣言する。この網は私にずっと巻き付けられてきて、ひどく擦《こす》れ、精神をひどく怒らせ、苛立たせたので、どんな犠牲を払ってもそれを破ろうとするのが……私の絶えざる衝動である……そして、私の述べた期間――『ミセラニー』の『オリヴァー』が完結してから半年――私はいかなる新たな労働の増加からも手を引く……。(22)

　ベントリーはディケンズの要求の多くに同意する用意があったが、ただ、ディケンズが『ニクルビー』を半年脇に置き、その他のどんな仕事も引き受けないという条件を出した。それはライバルの出版社を念頭に置いたものであったが、ディケンズが受け入れられるものではなかった。なぜなら、月刊分冊のシリーズの途中で『ニクルビー』を中止するというのは論外だったからだ。彼は、ベントリーの言うことは「不愉快な無礼」だと非難した。そしてエインズワースを説いて自分に代わって『ベントリーズ・ミセラニー』の編集長になってもらい、自分は直ちに辞任した。二月のあいだ中、事務弁護士が再び新たな契約書を作成した。それは九通目で、ディケンズは『オリヴァー』に対して多額の割増金を貰うことになり、『バーナビー』を一八四〇年一月一日までにベントリーに渡す義務を負った。こうしてかなり譲歩したあと、ベントリーがディケンズの日記の二月七日の二十七回目の誕生日の項を見なかったのは幸いだった。彼は陽気な自己満足した調子で書いている。「至極順調で幸福な年の終わりだ。それに対し、また、その他のすべての幸いに対し、心の底から神に感謝する」。悲嘆の叫びと、出版業者との激しいやりとりの直後に書かれた、この敬虔な言葉には、ピープス的なところがある。[23]

ディケンズは月刊分冊の刊行は一つしか手掛けていなかったので、ほかのことをする時間があった。一八三九年三月、デヴォン州に独りで旅をした。フォースターに一緒に行ってもらおうとしたが駄目だったのだ（「君がいかに旅の憂さを軽くしてくれるか、知っているだろう」[24]）。旅の意図は、両親と、一番下の弟オーガスタスを住まわせる家を見つけることだった。彼は父が悪いことをしないよう、快適だがロンドンから遥かに離れた場所に彼らを住まわせるために、数百ポンド使う決心をしていた。彼は例によって素早く行動し、コテージをすぐさま見つけた。それはエクセターから一マイル離れた「宝石のような場所」で、女家主はまともな人物で、立派な居間、美しい小さな客間、気品のある庭、エクセター大聖堂の眺望、藁ぶき屋根、地下室、地下の石炭置場、二つか三つの寝室等があり、どこもすこぶる綺麗だった。[25]彼は即座に借りることにし、地元の業者から家具を入れるためにそこに泊まった。いかにも彼らしいが、年を取って、ここに何年も住んだらどんなに幸せかと考え始めた。ただ、両親はみずから進んでそこに住もうとしているわけではなく、住まねばならないと言われていることを、彼は考えなかった。両親が移転の計画についてどう考えていたのかは記録にない。彼はカーテンの問題に対処し、家をさらに整理するために母を呼んだ。その数日後、父と弟を呼んだ。キャサリンに宛てた彼の手紙の文面は優しい。「どんなに君を恋しく思っているかを言えば、滑稽だろう。僕は朝も子供たちが恋しい。それから、君と僕にとって、決して忘れない響きの、子供たちの小さな可愛い声も[26]」。まるで、二人のあいだの問題が、もはや彼を悩ましていないように見える。そしてキャサリンは、またも妊娠していた。

両親をコテージに住まわせた彼は、五月に自分の家族をピータシャムのエルム・コテージに連れて行った。そこは、リッチモンド・パークと、テムズ川沿いの湿地牧野のあいだにある、ひっそりとした村だった。彼らは四ヵ月そこに滞在し、大勢の友人を招いて共に楽しんだ。ぶらんこのある広い庭、至る所にある花と緑の葉、日没のあと道路に宝石のように光る蛍、大きな潮河。ディケンズはハンプトンの競馬に数回行き、友人たちとボウリング、輪投げ、バトルドアをした。[27]そして、六時に起きてテムズ川に飛び込み、朝食前にリッチモンド橋まで泳いで皆を驚かせた。彼は時には、晩遅くなっても、ロンドン市内まで馬で行って戻ってきた。そして今では、必要ならば、彼を連れてくるため、一台の四輪自家用馬車も持ち、馬番を雇っていた。彼の名声は、地元の名士たちが彼に会いたがったという事実で判断できる。七月一日、彼はリトル・ストローベリー・ヒル屋敷で、二人の高齢で学識のあるミス・ベリーすなわちメアリーとアグネスと食事をした。二人は、一七九一年に親友のホレス・ウォルポールから相続した、その屋敷にずっと住んでいた。二人は歴史家で編集者で、革命以前のパリのサロンを知っていて、別の世界の空気を吸ったのだ。しかし、二人がディケンズをどう思ったのか、あるいは、ディケンズが二人をどう思ったのかの記録はない。

彼は『ニクルビー』が終わりに近づくにつれ、翌年チャップマン&ホールと実行する予定の新しい計画のための構想を練り始めた。それは、雑文と物語から成る三ペンスの週刊誌で、あとで数冊の本にするつもりだった。それは、また分冊の形で小説を書くよりも骨が折れないと彼は確信していたし、魅力的な収入をもたらすようにも思えた。当然、フォースターと大いに話し合った。七月に、父をデヴォン州にやったことは問題の解決にならなかったことを知った。悪い知らせを伝える母からの手紙を読んだ彼は、「母と父にはうんざりしている。これは、あんまりだと思う」という気分になった。その厄介な問題が何かは、彼は言っていないが。すると、「アルフレッドが、『万事休す!!!』とパパに告げられている」という事態になった。[28] ディケンズの相談相手はミトンだった。ミトンは当座、その問題を処理したようである。

ディケンズは、マクリーディーの俳優としての栄誉を讃える晩餐会でスピーチをするよう頼まれた。そのあとマクリーディーは、生まれたばかりの末っ子の教父になってくれとディケンズに頼んだ。それに同意したディケンズは、その代わり、自分とキャサリンのあいだに秋に生まれる予定の赤ん坊の教父になってくれと、マクリーディーに頼んだ。そして、「子供三人の紳士の小家族の、最後にして最終の分枝」と手紙に書いた。[29] その手紙は、彼が三人以上の子供を欲していなかったことをはっきりさせている。探求心が強く、医学的知識のあった友人がいたにもかかわらず、なぜ彼がそれ以上子供を作らないようにする手立てを講じなかったようなのは謎である。

ディケンズ一家は九月三日、ピーターシャムからほとんどすぐさま、ケント州の海辺のブロードステアーズに行き、そこで家を借りた。弟のフレッドが休日を過ごすためにやってきた。いまやディケンズの日記には、「仕事」というただ一語が毎日記され、とうとう九月二十日、彼はこう書くことができた。「仕事／ニクルビーを今日二時に書き上げ、最後の短い章を小包でブラッドベリー&エヴァンズに送るため、フレッドとケイトと一緒にラムズゲイトに行った。楽しくそれを書き終えるまで生きていたのを神に感謝する」[30]。フォースターはブロードステアーズに来るはずだったが、ディケンズは校正刷りに目を通すため、ロンドンに戻ることにした。その結果、二人は一緒に食事をし、『ニクルビー』の最後の分冊を点検し、やはり一緒に朝、船に乗ることができた。「素晴らしい航路。ケイトと可愛い子供たちは桟橋で僕らを待っていた」[31]。そのあとは、毎日、朝食から昼食まで泳ぎ、陽を浴びた。

『ニクルビー』は十月に一巻本で出版されることになった。それはマクリーディーに捧げられた。ディケンズが好意を持っていた出版業者、チャップマン&ホールは、十月五日にシティーで祝宴を催した。ディケンズは、それは二、三人のごく親しい友人が来る地味なものになると言ったが、結局、二十人ほどの客が招かれ、マクリーディーが「あまりに素晴らしい」と感じたものになった。その晩のクライマックスは、チャップマン&ホールに委嘱されてマクリースが夏に描いた、ディケンズの肖像画の贈呈だった。それは、ディケンズの肖像画の中で最も魅力的で暖かく、それまで仕事をしていた机から体の向きを変えたところで、目は「知性で素晴らしく輝き、ユーモアと陽気さに溢れている」とフォースターはのちに書き、こう続けた。「その顔には、私がまず思い出すように、どんな時間も変えられないものがあった……機敏さ、鋭さ、実行力、熱心で、休むことのない、エネルギッシュな外貌……そのあらゆる部分から光、動きが輝き出ていた」[32]。それは、天使としてのディケンズだった。悪党の影さえなかった。

ベントリーにはディケンズは天使には見えなかった。ベントリーは、『バーナビー・ラッジ』の完成原稿を一月に受け取ることを期待していて、一八四〇年に三巻本として出す広告をする準備をしていた。しかし、ディケンズはクルックシャンクに、十月に挿絵を描く分の章の原稿を期待してよい、目下、相当書き進んでいると言ったものの、間もなく書きやめてしまった。彼の頭は、自分が編集するとチャップマン&ホールに申し出ている、『ハンフリー親方の時計』という題になる週刊誌の構想で一杯だった。彼はまた、チャップマン&ホールのために、『若夫婦のスケッ

1839年にマクリースが描いた肖像画をもとにした銅版画。
その肖像画が1840年にロイヤル・アカデミーで展示された時、
サッカレーは『フレイザーズ・マガジン』にこう書いた。
「鏡でさえ、もっと優れた模写はできないだろう。これは、まさしくディケンズに瓜二つである。
画家は彼をこのように見事に描く前に、ボズの外貌だけではなく内面も理解したに違いない
……われわれはこれ［容貌］から、素晴らしい将来を期待してよいと思う」

チ集』のいくつかを、かなりの程度走り書きしていた。それは匿名で出版されることになっていた。どんなほかの本も出版しないという、ベントリーとの協定を破っているように見られないようにだ。[33]その結果、ライバル関係にある出版業者と彼の複雑な関係は悪化した。

アメリカの出版業者が、出版業者全体に対する彼の不信の念を強めていた。大西洋の向こうでは、外国の著者の権利に及ぶどんな法律もなく、出版業者はただ好きなものを選んで勝手に出版できた。例えば、フィラデルフィアの出版社、ケアリー、リー&ブランチャードは、一八三七年、『ボズのスケッチ集』をいくつかの題で出版し、『オリヴァー・ツイスト』の一部を、著者の許可を求めることも、著者にいくらかでも支払うことなく、それらの本の一つに収録した。一八三七年六月、同社は「サムル・ディケンズ氏」(彼らは彼をそう呼んだ)と初めて接触し、自分たちが一八三六年以来販売して大儲けをした『ピクウィック』に対し、二十五ポンドという額の一回限りの支払を申し出た。一八三八年、彼らは『オリヴァー』の校正刷りに対し、ベントリーに六十ポンド、ディケンズに五十ポンド送った。また、『ニクルビー』の校正刷りを手に入れようとした。なぜなら、校正刷り見本を入手すれば、アメリカの出版業者はライバルに対して、もっと強い立場に立てるからだ。のちに彼らは、『ハンフリー親方の時計』と『バーナビー・ラッジ』の校正刷り見本に対して、頭金として百ポンド少し払うことをディケンズに申し出た。[34]ディケンズは彼らの手紙に対し丁寧に返事をし、自分には変えることのできない状況を当座は受け入れたが、いったんアメリカに着くと、それに挑戦することになる。[35]

一八三九年十月二十九日の晩、ディケンズの二番目の娘が生まれ、母の名を取ってケイトと名付けられ、いつもケイティーとして知られた。そして、母とまったく違い、気性が激しかった。キャサリンは十二時間、陣痛を起こした。その間《かん》、月極めの看護婦、ピックソーン医師、デヴォン州から来た義母に看護された。ディケンズは看護代として義母に五ポンド払った。彼自身は、例によって奇妙なほど気分を滅入らせる風邪をひき、「ひどくくしゃみをし、瞬きをし、涙を流し、公衆から見られるのにふさわしくない、水っぽい状態」だと言った。しかし、外に出て貸家探しをするくらいには元気だった。[36]ダウティー街の家は、家族の要求に応えるほどもはや大きくはないと思い、リージェンツ・パークの南端付近の、大きな家を物色し始めた。彼はまた、母をやり、そのいくつかについて意見を言わせた。例によって即断即決をした彼は、一週間以内に適当な家を見つけた。それは、デヴォンシャー・テラス一番地で、十二年の借家契約に八百ポンド払うことに同意した。それに加えて年百六十ポンドの家賃を払うことになった。キャサリンの意見は求められなかったようだ。おそらく彼女は、そんなことは期待されていなかったろう。なぜなら、女は産後、六週間休養するのが通例だったからだ。いずれにしても、夫は非常に良い家を選んだ。大きく、明るく、風通しがよく、美しい場所にあった。それは一七七〇年代に建てられた家で、二つの階にある主な部屋は優雅で、庭に面した側には高い弓形の張り出し窓があり、大きな塀に囲まれた庭は、ほかの建物から見られることはなかった。道路の向かい側に公園があり、ポートランド・プレイスとウェスト・エンドは目と鼻の先だった。[37]

ディケンズは早く引っ越したくて仕方がなかったので、ダウティー街の家に取り付けた調度品を家主に提供し、借家契約の切れる三月までの家賃を払い、クリスマス前に引っ越す決心をした。新しい十年がデヴォンシャー・テラスで始まることになり、彼は直ちに家の整備に取り掛かった。マホガニー材のドア、本棚、マントルピース、壁面の大鏡を取り付け、厚い絨毯を敷き、どの窓にも白いスプリング式ローラー・ブラインドを付けた。浴室には最上の設備を施した。五枚の自在板の付いた食卓が、円柱のある食堂のために特に作られ、十二脚の革張りの椅子が置かれた。書庫が彼の書斎になり、そのフランス窓は、庭に降りる一続きの石段に面していた。屋根裏に子供部屋があり、地階に台所があった。また、ワイン貯蔵室、食器室があり、馬車置場が庭の奥にあった。ディケンズはトピングという赤毛の御者をすぐにそこに住まわせた。

引っ越しは十二月中旬に行われた。その時にはキャサリンは元気になっていて、ケイティーは乳母に任せていた。十六日にディケンズはベントリーに、自分は『バーナビー・ラッジ』を渡すことはできない、まだたった二章しか書いていないと告白した。ベントリーはすぐに完全な原稿を受け取るものと思い、『バーナビー・ラッジ』の広告を出してしまったのだ。翌日彼はビアドに、ベントリーは「バーリントン街の追い剝ぎ」だと言い、「どちらの側にも慈悲のない死闘」をすると約束した。ビアドはまた、自分のために葉巻、「比類のないハバナの一ポンドの箱」を注文してくれと頼まれた。[38]ディケンズの両親――二人は「田舎から出てきた親戚」だと、息子は人には冷たく言った――は、クリスマスにデヴォンシャー・テラスにいた[39]。チャップマン&ホールの印刷業者、事務的なウィリアム・ブラッドベリーと、ピクウィック氏のようにぽっちゃりして陽気で眼鏡を掛けたパートナーのフレデリック・エヴァンズは、巨大な一羽の七面鳥を送ってきた。一月二日、ディケンズは二人に手紙を書いた。「ありがたい鳥は、きのう朝食に姿を現わしました。ほかの部分は焼いて七回、煮て一回、冷えたランチで一、二回になりました」

ディケンズ一家は幸い食中毒にもならず、新しい十年に入った。一八四〇年代は、ディケンズは金銭問題に悩まされ、イギリスを去り、三度長期間にわたって外国に旅をし、そこで暮らすことになる。アメリカ、イタリア、スイス、パリで。彼は一八四一年、クロロフォルムが使われるようになる前、瘻《ろう》の手術を受け、一八四九年にキャサリンが八人目の子供ヘンリーを産んだ時、キャサリンにクロロフォルムを使うよう主張することになる。彼は姉のファニーが結核で死ぬのを見、若い義妹ジョージーナ・ホガースを、ずっと家族の一員として歓迎することになる。短期間、新聞を編集し、再び出版業者を変え、一連の素人劇を長期間上演することになる。友人のミス・クーツと一緒に、若い娼婦の更生を助ける野心的な事業に乗り出し、シェパーズ・ブッシュに彼女たちのための施設を作り、運営することになる。それに加え、二冊の旅行記を書くことになる。彼のクリスマス物語の最初のものが出版され――四季を通じて人気のある『クリスマス・キャロル』――そのあと、さらにいくつかのクリスマス物語が出、いずれも劇になることになる。本格的な規模の三巻本の小説、『バーナビー・ラッジ』、『マーティン・チャズルウィット』、『ドンビー父子』が、それに続くことになる。彼は『ドンビー』で、ついに経済的立場がしっかりしたものになり、友人たちに自作を朗読するのはなんと楽しいかということを発見し、のちに公開朗読をすることを思いつくようになる。そして、自作の小説の中でもお気に入りの『デイヴィッド・コパフィールド』の執筆に取り掛かることになる。また、フォースターを、自分の伝記作者に指定することになる。

第2部

第8章 ネルを死なせる

一八四〇～四一年

ディケンズは二月に二十八回目の誕生日が近づいた頃、自分が有名で、成功し、疲れているのを自覚していた。そして休養を必要とし、欲していた。また一八四〇年は、新しい長篇小説の月刊分冊を出すというプレッシャーから自由でいようと決心した。その代わり、小さな雑録週刊誌『ハンフリー親方の時計』〈隠居のハンフリー親方が大型振子時計の木箱にしまってある様々な原稿を、数人の仲間が炉辺で読むという趣向〉をのんびりと編集して楽しむつもりだった。彼はほかの作家に寄稿を依頼し、自分でも短篇小説や雑文を書く計画だった。そして、同誌を飾ることになる見事な挿絵について、多くの画家の友人と、楽しく相談するつもりだった。チャップマン＆ホールは、彼に各号五十ポンドと、加えて収益の半分を払うことにした。彼はよく売れることに自信を持っていた。その週刊誌はドイツとアメリカでも売られることになり、年間五千ポンドほど儲かると期待した。

事は彼が望んだようには運ばなかった。『ハンフリー親方の時計』は、四月に第一号が七万部売れたあと、読者に訴えかける力を失った。売上は急落した。彼は読者を取り戻すのに何か思い切ったことをしなければならないのを悟り、雑録にするという考えを捨て、自分が唯一の寄稿者になることにした。最初にすべきなのは、一つの短篇小説を本格的長さの連載小説に伸ばすことだった。それは、一月には考えてもいなかった小説を、毎週毎週、即興的に書かねばならないことを意味した。彼は月刊分冊の小説を書くという過酷さから自由になるどころか、さらに厳しい締め切りに縛られることになった。彼は友人に宛て、次のように嘆いた手紙を出した。「日夜、警報器が耳の中にあり、速度を緩めてはいけないと僕に警告する……僕はこのハンフリーに、かつてないほど縛られている――それに比べればニクルビーなど、なんでもない。ピクウィックも、オリヴァーも――それは、絶えず僕の注意を求め、持てる一切の克己心を働かせることを余儀なくする[1]」

彼の健康はこの新しいストレスのもとで害され、医者から、食習慣を変え、もっと運動するように忠告された。六月に彼はブロードステアーズに家を借りたが、仕事をするには都合のよい場所だとわかり、九月にさらにもう五週間、そこに戻った。しかしロンドンでは、これまで通り多忙だった。彼は慈善活動に時間を割き、不運な者（本書の「プロローグ」に言及されているイライザ・バージェスはその一人だった）を助け、貧しい作家志望者たち、一人の指物師と若い事務員を励ました（彼はその二人に辛抱強く忠告した）。その間《かん》、彼の名声はいっそう高まった。マクリースが描いた彼の肖像画はロイヤル・アカデミーに展示され、その版画が大いに売れた。彼は新しい友人を作った。レディー・ブレッシントンの家で、才気煥発で、因習に捉われない詩人でエッセイストのウォルター・サヴィジ・ランダーに出会ったのである。すぐさまランダーと親しくなり、大いに冗談を言い、互いに敬愛し合った。そして、ランダーを訪問するために、フォースターと一緒にバースに行った。政治家のエドワード・スタンリーと食事をした際、カーライルに初めて会った。カーライルは彼を見事に、華麗に描写している。「澄んだ青い知的な目、驚くほどに吊り上げる眉、大きい、突き出た、かなり緩んだ口元——文字通り極度の可動性を持つ顔。彼は話しながら、きわめて独特なやり方で眉や目や口を動かす。そしてその上には、緩く巻いている、ありふれた色の髪が載っている。体は小柄だが引き締まっている。ごく小さい。立派なと言うより、かなりドルセイ流の服装をしている」(2)。

カーライル夫妻はディケンズの友人になった。ディケンズの目の色は、様々に報告されている。褐色、キラキラ光る黒っぽい目、澄んだ青、「青ではない」はっきりとした澄んだ榛《はしばみ》色、灰緑色、鼠色の混ざった紺——瞳孔を細いオレンジ色の線が囲んでいる——そして、ある慎重な観察者は、「分類し難い」と言っている(3)。ディケンズは近眼だったが、眼鏡を掛けているところを見られるのを嫌がったと、友人たちは言っている(4)。

詩人、美術品蒐集家で、引退した銀行家の老いたサミュエル・ロジャーズは、彼をシェリダンの美しい孫娘に紹介するために晩餐会を開いた。レディー・シーマーとレディー・ダフェリンは結婚して貴族になるのに成功した。三人目の最も怜悧なキャロライン・ノートンは粗野な夫から疎《うと》まれ、社交界の端のほうにいて、物を書いて生計を立てていたが、スキャンダルを起こしていた。そのことをディケンズは、彼女の名前がメルボーン卿の名前と結び付けられた訴訟事件を報告したことがあるので知っていた。ディケンズは同情的で、彼女を称讃し、距離を置いて親しくしていた。

マクリーディーが主役を演ずる、タルフォードの劇『グレンコー』のリハーサルに彼は熱心に通い、初日に観劇した。彼は公開処刑に反対を表明していたにもかかわらず、七月にクールヴォワジエの絞首刑を見に行った。クールヴォワジエは主人である老ウィリアム・ラッセル卿の喉を切ったスイス人の従者だった。ディケンズは裁判の成り行きを注意深く追い、被告側弁護人の弁護の仕方に異議を唱えた手紙を二通、新聞社に送った〔ディケンズは、弁護人が訴追者側証人の信頼性を損なうための尋問をしたのを批判した〕。彼はその年の初め、キャサリンと一緒にリッチフィールドとストラトフォードに行き、七月に彼女を連れて、デヴォン州のコテージにいる両親を訪ね、ドーリッシュとトーキーで、数日の休暇をなんとか過ごした。八月に娘のケイティーの洗礼を祝う大掛かりな宴を張った。「かなり騒々しく、喧しい日だった……私が望んだほど適切なものではなかった」とマクリーディーは言った。マクリーディーは鎖付きの金時計を名付け娘に贈り、彼女の乳母にソヴリン金貨を一枚与えた。洗礼の式とディナーのあいだにディケンズは、友人のうちで、自分の考えたもてなしに賛同した者を連れ出した。それは、コールドバース・フィールズ監獄見物だった。キャサリンは妊娠三ヵ月目だった。

　彼とフォースターのあいだで感情が高まった。七月、ディケンズは彼にクラレット用のジャグを贈り、それに自分の心臓が入っていると思ってくれと言ったが、八月に二人は正餐用の食卓越しに口論した。酒のせいなのは疑いないが、キャサリンが泣き出して、部屋から走り出たほど凄まじかった。二人はすぐに仲直りした。ディケンズは気が短く、フォースターは尊大になる時があったが、フォースターが言っているように、二人の「軽率な諍い」は、「親密な友人同士が起こしやすいようなものに過ぎない[5]」。

　こうしたことはすべて、その年の中心的な仕事から気を逸らすものにしか過ぎなかった。その仕事とは、いくつかのエピソードとして始めた物語を、毎週毎週、一つの小説にしてゆくというものだった。その小説とは『骨董屋』だった。大変に苦労したものであるにもかかわらず、それは彼の全作品の中で、二番目に最も売れた小説になった。それを凌ぐのは、やはり即興的に書かれた『ピクウィック』である。それは、どんなストーリーなのだろうか。きわめて奇妙なストーリーで、自分の運命から逃れようとして失敗する女の子の、ピカレスク風の話だ。彼女のそばには、保護者と思われている、賭博に惑溺している祖父、グロテスクなほど邪悪な追跡者、侏儒のクウィルプがいる。二人は彼女を危険に晒し、死に追いやる。ネル自身は、優しさ、善良さ、無邪気さ以外、なんの性格も持っていない。それゆえに男性読者は、彼女を愛おしんだ。批評家で、かつて『エディンバラ・レヴュー』の編集長だった、偉大なスコットランドの判事ジェフリー卿は、彼女をコーディーリアになぞらえた。似ている唯一の点は、不慮の死だけだが。ネルは十三歳で、事実上祖父の面倒を見なければならない。祖父は金に取り憑かれて堕落している。ディケンズの母方の父が金によって堕落したように、また、彼の父も散財した挙句借金をこしらえ、返済できなくなったように。したがって、物語のその面を彼は身に染みて知っていた。この作品にはネル以外の非常に多くのものがあったが、この作品を有名にしたのはネルの死だった。彼女を死なせたらどうかと言ったのはフォースターだった。ディケンズはその考えに飛びつき、ゆっくりと近づいてくるリトル・ネルの死は、何週間にもわたって大西洋の両側の読者を動揺させた。ネルを救ってくれという何通もの手紙が、ディケンズのもとに来た。平素は謹厳で落ち着いた男たちでさえ、ネルが死んだ件《くだり》を読むと、手放しで啜り泣いた。

ディケンズ自身、ネルの体の衰えについて書いた際苦しみ、一八四〇年の十一月から十二月にかけて、その苦しみを友人と共有した。彼はフォースターに語った。「僕が今日、きのうの仕事でどれだけ疲れ果てているか、君には想像できないだろう……僕は一晩中、あの子に追いかけられた。そして今朝、爽やかにならず、惨めな気持ちだ。自分をどうしてよいのかわからない……この物語の結びは素晴らしいだろうと思う」。それから数日後、「難しさは大変なものだった――苦悩は名状し難い[6]」。彼の作品に挿絵を描いているキャタモウルに宛て、こう書いた。「僕はこの物語のことで断腸の思いをしている。終わらせるのに耐えない[7]」。一月、マクリーディーは告げられた。「僕はあの哀れな子をゆっくりと殺しつつある。惨めな気分になっている。それが僕の心を苦しめる。しかし、そうせざるを得ない」。数日後、こう聞かされたのはマクリースだ。「あの子の死にどれほど僕が悩んだかが君にわかればいいのだが![8]」

フォースター宛の別の手紙は、いかにディケンズが自分の苦悩を利用したかが示されている。彼は物語をさらによいものにするために、苦痛に満ちた感情を意図的に掻き立てた。「僕は長いこと回復しないだろう。誰も僕ほど彼女の死を悼まないだろう。それは僕にとってひどく苦痛に満ちたことなので、実際、自分の悲しみを表現することはできない……今週と来週のいくつかの招待を断った。事を済ませてしまうまで、どこにも行かないつもりだ。入ろうとしている精神状態を乱すこと、また、それをすべて再び取り戻さねばならないことを恐れている」[9]

　そうした精神状態にあった彼は、気を逸らされたり、邪魔をされたりするのに耐えられなかった。そして、それらの章を書いている時、マクリーディーの三歳の娘ジョーンが急死するという、気持ちを乱す事件があった。ディケンズは、親密だが忙しい友人として、心の籠もった短い手紙を出した。一方、ジョーンの教父でジョーンを溺愛していたフォースターは毎日マクリーディーの家を訪れ、彼の悲しみを共有し、葬式に行き、深い悲しみに圧倒された。その様子を見てディケンズは、フォースターの「悲しみの驚くべき誇示」について、マクリースにこぼしている。「神に誓っていいが、もし君がゆうべ、フォースターを見たなら、われらが親愛なる友人自身が死んだものと思ったことだろう」[10]。フォースターが二人で一緒に作り上げた架空の死から注意を移し、本物の子供の死を悼んでいることに彼は嫉妬し、フォースターに腹を立てたかのようだ。彼にとってリトル・ネルは、マクリーディーの娘の死にさえ、出し抜かれてはならなかったのである。

　ディケンズはネルの死の場面に来た時、それを描写をすることはせず、いわば舞台裏で起こるようにした。ネルと彼女の祖父の隠れ場所になった村の教会の中で起こるようにした[11]。ディケンズは自分の感情に千々に乱されたが、子供の死の経験をいやというほどしたヴィクトリア朝の何千何万の家族も同様だった。キリスト教は、子供が天国に召される時は、それを受け容れなければならない、さらには喜びさえしなければならないと教えたが、悲しみに沈んでいる家族には、ほとんど意味を成さなかった。マクリーディーはストイックな威厳をもって事情を説明している。「私は子供を失った。その悲しみを慰めるものは何もない。耐える、ということはある――それだけだ」[12]。それは正しく、死んだ子供は天使になり、そのまま楽しく過ごすという考えよりずっと真実のように思えるが、ディケンズは悲しみを軽減し、慰藉しようとした。ネル自身は死を恐れていたことをディケンズは示したが、いったん彼女が死ぬと、ありきたりの慰めの言葉を書く。「悲しみは彼女の内で死んだが、平安と完全な幸福が生まれた。それは、彼女の静謐な美と深い休息に投影されていた」。彼の意図は、「死が身辺にあった人々に、和らげられた感情と慰めをもって読まれるかもしれない何かを書こうとする」ことだった[13]。そうした読者を念頭に置いた彼は、「子供の霊妙な魂がどんなものかがわかる」絵を小説の最後に描いてくれと、挿絵画家に依頼した。キャタモウルは彼の意図を完全に理解し、目を閉じ、顔にかすかな微笑を浮かべた彼女が、四人の天使によって天上に運ばれて行くところを描い[14]た。

現代の読者には、リトル・ネル自身は、彼女がロンドンをあとにしてする旅ほど興味深くない。彼女は、家がなくなって煉瓦工場の建つロンドンの縁を歩き、小さな非国教派の礼拝堂と牡蠣殻の山の脇を過ぎる。そのあと、ブラック・カントリー〔イングランド中部の大工業地帯〕を抜ける。そこには、石炭の燃え殻を敷いた小道、真っ赤に燃える炉、唸りを上げる蒸気機関があり、惨めな労働者、飢えた子供がいる。ディケンズは二年前に自分でそうしたものを見た。彼女はがっしりとしたジャーリー夫人に庇護される。ジャーリー夫人は目を大きく見開いた百体の蠟人形をキャラバンに載せて旅をしている。スコットランドのメアリー女王、ピット氏が、女房殺しと森の野性少年《ワイルド・ボーイ・オヴ・ザ・ウッズ》〔ドイツのハムリン付近で動物のように暮らしているところを一七二五年に発見され、イギリスに連れてこられた〕と一緒だ。そして、この小説には瞠目すべき登場人物が何人かいる。まず、クウィルプである。悪意に満ちた侏儒で、ネルが自分の二番目の妻になるのを望んでいる。クウィルプは途方もない邪悪さと精力で、スクウィアーズ同様、ディケンズを嬉しがらせた。そして、クウィルプが受け皿から煮立った蒸留酒を飲み、殻ごと固く茹でた卵を食べ、妻と義母をいじめ、ネルに欲情し、パントマイムの悪漢のように妻を嚙み、抓り、悪だくみをする場面を読むのは快楽である。

この物語のもう一つの部分はディック・スウィヴェラーに充てられている。彼はひょろりとした、ユーモラスな事務員で、避けなければいけない通りの名を記したノートをいつも持っている。店主たちに借りがあるからだ。若き日のディケンズ同様、彼は高嶺の花の少女にしばらく恋い焦がれ、通俗的な詩から引用し、自分自身の特殊な文句を作る。アルコールは「薔薇色」で、眠りは「香油」で、一杯だけの酒は「ささやかな喉湿し」で、悪い知らせは「人をよろめかすもの」だ。法律事務所で働いている彼は、小さな、半ば飢え、古着を着せられた少女が地下室に閉じ込められているのに気づく。「小さなみすぼらしい少女で、粗末なエプロンと胸当てをしているので、顔と足しか見えない。ヴァイオリン・ケースを着せられていると言ってもいい」。彼女は家の仕事をすべてやり、名前がない。「容貌と態度において、それほど古風な子供はいなかった。彼女は揺り籠にいた時から働いていたのに違いない」。まず彼は彼女を哀れみ、次に関心を抱くようになる。「彼女は外に出たり、事務所に入ってきたり、顔が汚れていなかったり、粗末なエプロンを外したり、窓から外を眺めたり、外の空気を吸おうと通りに出るドアのところに立ったり、休んだりしたことはなかった。ともかく、なんであれ楽しんだことはなかった。誰も彼女に会いに来ず、誰も彼女のことを話さず、誰も彼女のことを気に掛けなかった[15]」。ディックの雇い主である弁護士のブラース氏は、彼女は「ラヴ・チャイルド〈私生児〉」だと思うと一度言ったことがある。そして、原稿のメモは、彼女が彼の妹のサリー・ブラースとクウィルプのあいだに出来た娘だと仄めかしている。ディケンズが付け加えているように、「ラヴ・チャイルド」という名称は「愛の子供」という意味ではまったくない。この小さな雑働きの女中は、「貧しい者には子供時代がない。それは買って、金を払わねばならないものなのだ」という彼の考えの具現である[16]。ディックは密かに彼女にトランプを教え、食べ物と飲み物を与える。その中に「パール」が含まれる。それはジンと砂糖と生姜を入れて熱くしたビールで、人を陽気にする。ディックは彼女が好きになり、彼女が非常に独立心が旺盛で威厳があるので「侯爵夫人」と名付ける。彼女はネルと同い年の十三歳で、利発で個性が強いが、この物語ではほんの脇役だ。ディケンズは、彼女が脚光を浴びてしまうのを恐れたのかもしれない。そして、貧しい事務員と雑働きの女中の話を短縮し、二人のために一つの冒険譚を書き加え、あり得ないような明るい結末を付けた[17]。

九月にブロードステアーズの家に行き、『骨董屋』に懸命に取り組んでいたあいだのディケンズを、一人の怜悧な十九歳の若い女、エレナー・ピケンが観察した。彼女は貴重な目撃者である。なぜなら、彼女の書いたものは、彼が自分自身まだ若い頃に若い女に与えた印象について書かれた唯一のものだからである。彼女は彼の死後まで何も発表しなかったが、彼女が彼を知った当時、メモを取っていたことを仄めかすほど詳細に記録した。そして、自分は日記によって書いたと言っている。彼に対する彼女の反応は非常に新鮮で率直なので、人は彼女の言うことを、そのまま信頼する気持ちになる。また、彼女の書いたものには、相反する感情が現われてもいる。彼女はブロードステアーズでの日々を、「私の人生で最も輝かしいもの」と回想しているが、彼の気分の変わりやすさに不安を覚え、彼が彼女を相手にゲームをし、いちゃつき、からかってから、急に冷たく儀礼的な態度に変わり、自分はこれ以上彼女と関わりたくないということをはっきりさせた時、動揺し、惨めな気持ちになった。「私は非常に偉大な人物に目を掛けてもらったことを、とても誇りにし、彼の微笑を享受していたので、それは時ならぬ霜のようだった」と彼女は無念そうに書いている。(18)

エレナーは作家だった父を子供の頃に失った。よい教育を受け、物を書き、絵を描きたいという野心を持っていた。そして、チャールズ・スミスソン一家の親戚の者と非公式に婚約したあと、同家の庇護を受けていた。スミスソンはディケンズが使った弁護士の一人で、ミトンのパートナーだった。スミスソン家は一八四〇年の夏に、ディケンズ夫妻に会わせるため、彼女をディナーに招いた。ディケンズはすでに有名で、彼女は彼に会うのだと思うと興奮し、畏怖の念に打たれる下地が出来ていた。しかし、無批判ではなかった。素敵な目と長い髪は素晴らしいと思ったが、服装の趣味は気に入らなかった。馬鹿でかいカラー、なんとも大きいチョッキ、爪先がエナメル革の靴。彼女は、考えている時に舌を吸い、指で髪を梳き、冗談を言う前に片方の眉をおどけて上げる彼の癖を記している。また、まるで舌が口の割にやや大き過ぎるかのように、話す際発音が不明瞭になるとも言っている。彼女は、弟のフレッドも父も、同じようなのに気づいた。スミスソン家のディナーにフォースターも客として招かれたが、ディケンズは彼に滔々と弁じ立てさせ、自分は考え事をしているようだった――それがおそらく、舌を吸い、髪を手で梳いた時だったろう。そのディナーのあと間もなく彼は、ブロードステアーズに家を借りるようスミスソン家に促した。彼は九月にそこで家族と一緒になる予定だった。スミスソン家はそうした。エレナーも同行した。スミスソン夫人がシャペロン〔若い女性のお目付け役〕役をした。エレナーの未婚の姉、アミーリア・トムソンも一行の中にいた。アミーリアはエレナーより十上で、エレナーは彼女を「年輩」と言っているが、二人はよい友達で、一緒に出歩いた。

エレナーは、ディケンズ夫人は親切で人好きがすると思った。ディケンズ夫人は地口を言って家族を面白がらせた。彼女が澄ました顔で言う地口が突拍子もないものであればあるほどよく、ディケンズは髪を掻き毟り、苦しんで身をよじるふりをした。彼は妻より複雑だった。偉大な人物と一緒に休日を過ごすことを、興奮して待ち望んでいたエレナーは、彼の気分がなんの前触れもなく毎日変わるのに気づいた。愛想がいいかと思えば冷淡になった。彼の上機嫌は伝染した。不機嫌な時の彼は、一体、彼と友情が結べるものだろうかと彼女をいぶからせた。その年の九月、彼が『骨董屋』の毎週のエピソードを書いていたのがわかっている。また、彼が大抵、火曜日から木曜日まで仕事をして、印刷に回す原稿をロンドンに送り、土曜日には前の号の校正刷りを手直しして、日曜日にコメントを付けてフォースターに送ったのがわかっている。[19] それは、彼が厳密な日程を守らねばならないのを意味したが、エレナーもアミーリアもそれを知らず、ある日彼はゲームを自分で始め、あるいはゲームに参加したかと思えば、次の日は「危険警告灯」のような目をして、挨拶もせずに脇を通り過ぎるということしか知ってはいなかった。彼女の記憶では、「そういう時、正直に言って、彼がひどく怖かった」。しかし、あとになって、いかに彼が怖かったかを本人に言えないほどではなかった。彼は彼女の告白を聞くと面白がった。

彼らがしたゲームには、二十一《ヴァン・テ・アン》——少額の金を賭けるトランプの博打で、相手を盛んに騙すといっそう面白くなった——「動物、植物、鉱物」のような謎解きゲーム、シャレードが含まれていた。ディケンズは時おり、二人の若い女に、「婀娜《あだ》なる女《ひと》」、「美しき男誑《たら》し」、「優しき御婦人」、と呼びかけ、「やつがれと御一緒に舞踏《メジャー》を仕りたい」と頼んだ。彼の弟のフレッドがやってきて皆と一緒になると、その晩は記憶すべきものになった。ディケンズ兄弟はエレナーとミリー（アミーリア）と桟橋でふざけていた時、フレッドが口笛を吹き、チャールズが懐中用櫛で演奏する音楽に合わせて、四人でカドリールを踊ることにしようと言った。踊りのあと、一同は桟橋の端まで行って、潮が満ちてくるにつれ、夕暮れの光が褪せてゆく様を眺めた。エレナーはその時のことを見事に語っている。

ディケンズは悪戯の悪魔に不意に取り憑かれたようだった。彼は片腕を私の体にさっと回し、私を連れて、傾斜している板の上で走り、高い柱に着くまで、突堤の端に向かって走った。彼はもう一方の腕を私の体に回し、自分は「悲しい海の波」が二人を覆うまで、私を抱いているつもりだと、芝居がかった調子で叫んだ。

「僕らが創り出す感情を考えてみたまえ！　君がまさに踏み出そうとしている名士への道のことを考えてみたまえ！　いや、正確には踏み出すのではない、もがいて行く、のだ！」

その時点で、私は離して下さいと懇願し、懸命に身をふりほどこうとした。

「ディケンズの狂気の発作によって溺死させられた、愛らしいE・Pの哀れな運命が生き生きと書かれている、『ザ・タイムズ』の欄を、じっと考えてみるんだ！　抗ってはいけない、哀れな小鳥さん。君はこうした鳶の鉤爪に摑まれいるので無力だ、チャイルド！」

……潮が急速に満ちてきて、私の足元で渦巻いた。私は大声で叫び、「私のドレス、一番いいドレス、一張羅の絹のドレスが台無しになってしまう」ということを思い出させて、彼を正常に戻そうとした。そのクライマックスでさえ、彼の気持ちを鎮めなかった。彼は依然として、真剣でしかも滑稽な真似を続け、終始体を震わして笑い、喘ぎながらなんとか私を抱いていた。

「ディケンズ夫人！」と私は、今度は金切り声で叫んだ。というのも、いまや波が私の膝まで勢いよく流れてきたからだ。「助けて下さい！　ディケンズさんに、私を放させて下さい――波が膝まで来てるんです！」

一行のほかの者が到着し、ディケンズ夫人は、馬鹿な真似はやめるように、エレナーのドレスを台無しにしないようにと彼に言った。「ドレス！」とディケンズは叫んだ。「僕にドレスのことなんか話さないでくれ！　夜の帷《とばり》が僕らを包んでいる時……僕らがすでに偉大な神秘の縁に立っている時、僕らは世俗的な下らぬことを考えていいのだろうか？」

エレナーはとうとう身を振りほどくことができた。服は濡れていた。スミスソン夫人は彼女を叱り、彼女が悪いと思った。スミスソン夫人にはそう考えるいささかの理由があったのかもしれない。エレナーとディケンズのあいだには親近感があり、ディケンズは、エレナーが自分に構ってもらっているのを愉しんでいると感じていたに違いない。結局のところ、彼女はその晩のスターで、選ばれた者だった。たとえ、犠牲者として選ばれたとしても。しかし、彼は攻撃的な崇拝者だった。二度、彼女を滝の下にぐいと押しやり、そのたびに、かぶっていた彼女のボンネットを台無しにした。そして、ゲームをしている最中、彼女の髪を引っ張った。それは、子供じみていると同時に親密なジェスチャーだった。当時、クウィルプが彼の頭の中にあったので、彼の行動はクウィルプ的になったのだ。しかしエレナーはおとなしい少女ではなく、ゲームのあいだ、どんな風に自分が彼と議論したか、独立心を発揮したかを記している。

エレナー・ピケンは一八四二年、海軍将校のエドワード・クリスチャンと結婚した。彼女は、その年の九月のブロードステアーズでの話を二度出版したが、最初のものは、ディケンズの死後一年経った、彼女が五十歳の時に世に出、二番目のものは一八八〇年代に世に出た。それには、前の本では気を遣って書かなかった、ディケンズの両親に関する記述を入れた。どうやら両親はブロードステアーズの家に住んでいたらしく、彼女はジョン・ディケンズを、美男子で、服装は「かなり〝老洒落者〟風」だと評し、エリザベス・ディケンズは感じがよくて平凡で、ニクルビー夫人らしいところはまったくないと言っている。ディケンズは母がニクルビー夫人のモデルだと言ったが。しかしディケンズの母はダンスが好きで、息子はそれをよしとしていないようで、母が、礼儀正しい義理の息子のヘンリー・オースティンかヘンリー・バーネットとダンス・フロアに出て行くと、「熊のように不機嫌」な顔をした。エレナーによると、両親のどちらもチャールズと一緒にいると気づまりで、彼を怒らせるのを恐れているようだった。それももっともだった。というのも当時、父はとりわけ金銭問題を起こしていたのだから。

ロンドンに戻るとエレナーは、スミスソン一家と一緒にデヴォンシャー・テラスに昼食に招《よ》ばれて行ったが、ディケンズの態度はよそよそしかった。そのあとエレナーは、自作のキャサリンの素描の肖像画を見せにディケンズを訪れたが、キャサリンは大歓迎してくれたものの、彼は彼女に会うのも、肖像画を見るのさえも拒否した。彼女は気がすっかり動顛したので、すぐにディケンズ家を辞去し、二度と訪れることはなかった。二人が舞踏会で偶然会った時、彼はよそよそしく儀礼的だった。兄は「時おり、おかしくなる」とフレッドは言い訳した。それは、彼女が結婚したのちの一八四二年、やはりブロードステアーズでのことだった。彼が彼女に冷たい態度をとった理由を説明するのに役立つことが、二つある。一つは、彼女が彼といつでも議論するつもりだったということである。彼は結婚して以来、人に敬わられるのに慣れていた。一方エレナーは、彼がバイロンの詩を批判した際、バイロンを擁護したこと、また、大抵自説を枉《ま》げなかったことを記している。もう一つの理由は、彼女が日記をつけていることに気づき、彼がそれに反対したかもしれないということである。ディケンズは観察する側であって、観察されたくはなかったのだ。彼の態度の変化の理由がなんであれ、彼女は彼のことを忘れず、十八年後、本書の第二十章に書かれている公開朗読会のあと、もう一度彼と話そうとした。

ディケンズはリトル・ネルの死を深く悲しんだものの、人をもてなすことを控えたわけではなかった。十月には、デザイナー、印刷業者、出版社、木版彫刻師など、『ハンフリー親方の時計』の出版に関わったすべての者を招いての宴会が開かれ、何度も祝盃が挙げられた。クリスマス・イヴにはシャレードを愉しんだ小人数のパーティーがあり、大晦日には、ダンス、またもシャレード、「浮かれ騒ぎ」の大掛かりな祝宴があった。キリスト降誕日には、彼はフォースターと、仲直りしたマクリーディーと一緒に公園を「軽速歩」で歩き回った。フォースターはディケンズに手紙を書き、『骨董屋』は傑作だと請け合った。あとのほうの号は、週に十万部売れた。すべて順調だったが、ディケンズは、『ハンフリー親方の時計』は少なくともあと一年続けなければならないのを知っていた。そして、一八三九年に構想し、書き始めた『バーナビー・ラッジ』は、一八四一年二月十三日に世に出始め、十二月まで続いた。

それは当時、彼の作品で最も不人気の作品だったが、現在でもそうである。彼は、友人のエインズワースが成功を収めた歴史小説（スコットがその最高の存在だった）に手を染めたが、それは得意の分野ではなかった。この物語の二つの最も顕著で記憶に残る特徴的なものの一つは、バーナビー自身である。彼はペットの大鴉を連れた、単純な主人公である。彼はいわば謎に満ちた筋《プロット》の中を無邪気にさ迷い歩く。もう一つは、一七八〇年のゴードン暴動の記述である。暴動の際、ロンドンの暴徒は監獄の扉を開け、多くの建物に火を放ち、大混乱を起こす。しかし、暴徒の行動の記述があまりに長い。悪党は真実性に欠け、若い女たちは覇気がなく、筋は馬鹿げていて、ジョージ・ゴードン卿自身、ほとんど性格付けがなされていない。ディケンズは粗雑なメロドラマに入ってしまう。例えば、バーナビーの父の、殺人犯であるラッジが、修辞疑問で自分にこう問いかける。「おれは、あの男を殺したと想像しているのか？……おれは、ああした時、家に戻ったのか？……あの女は跪き、あの時以来、あの女と、あの女のまだ生まれて来ない子供が、おれと縁を切ったことを証言してくれるよう、天に呼びかけたのか[20]……？」フォースターでさえ、この作品には夢中になれず、ある批評家は、「三年巻き時計のように自分を巻き上げている〔「機械的に仕事をする」の意〕天才」について悲しげに書いた[21]。

ディケンズは、チャップマン&ホールに対する義務を果たすのに、自分を「巻き上げ」ねばならないのを知っていた。彼は同社に負債があった。そして、家族の数は増えつつあった――二番目の息子ウォルターが、自分の二十九回目の誕生日の一日あとの一八四一年二月八日に生まれた。彼の暮らしぶりは贅沢で、ジェフリー卿は四月に彼をロンドンに訪ねたあと、彼は「家族のある男にしては、そして、やっと金持ちになり始めた男にしては、あまりに豪華な晩餐会を催す」と評した[22]。弟のアルフレッドは仕事が見つからず、ディケンズはニュージーランドで仕事口を見つけてやろうとしていた。父は請求書に息子の名前を書くという、言語道断な真似をしていた。そうした請求書は、デヴォンシャー・テラスにだけではなく、チャップマン&ホールにも出現した。その振る舞いに腹を立てたディケンズはロンドンの数紙に告知を出し、約束手形の責任は一切負わないと宣言し、自分と妻の負債以外、いかなる負債も返済しないと言った。また、父に毎年金を送り、オーガスタスの学費を負担し、母がイギリスにとどまる場合は余分に年四十ポンド出すので外国に行くよう、ディケンズは全力で父を説得した。だが、ジョン・ディケンズは外国に行こうとしなかった。

五月にディケンズは、レディングの二人目の自由党の下院議員候補にならないかと誘われた。同地では、タルフォードがすでに下院議員だった。驚くには当たらないが、ディケンズはそう頼まれて嬉しかったものの、その要請を断った。もっと嬉しかったのは、六月に、エディンバラの名誉市民権を受け取るために、スコットランドに来るよう招かれたことだった。彼は季節外れに寒いロンドンを発ち、キャサリンと一緒に北に旅をした。そして、熱烈な歓迎を受けた。二人が泊まっているホテルの周りに群衆が集まり、二百五十人以上の紳士が、彼に敬意を表して開かれた、公式晩餐会〔ウォータールー・ホテルで開かれた〕に出席した。淑女たちは、食事後のスピーチを聴くため、桟敷に入ることを許された。司会役の倫理学教授で、『ブラックウッズ・マガジン』の中心的な恐るべき批評家ジョン・ウィルソン（筆名クリストファー・ノース）が彼の独創性を称え、彼をデフォーとフィールディングと比べた。そして、彼の一つの欠点は、女性登場人物が創造できないことだと、鋭く指摘した。ディケンズは奥ゆかしく答え、リトル・ネルについて話し――ノースはネルの名を出さなかった――自分の意図は悲しみを和らげ、ネルの死に「新鮮な花輪」を置くことだったと言った。真夜中までスピーチと乾盃が続いた。ディケンズはさらに二度スピーチをした。彼はエディンバラの祝いの催しについてフォースターに絶えず報告し、一緒だったのならよかったのだが、と言った。彼は旅の費用を賄うために五十ポンドの銀行券を送ってもらいたいと、出版業者に頼んだ。そして、スコットランドの彫刻家で彼とキャサリンの友人のアンガス・フレッチャーの案内で、高地地方の短い馬車旅行に出掛けた。篠突く雨が降り、風が吹きすさび、寒さは厳しく、宿屋には麦藁のベッドしかなく、一行は溢れた川の浅瀬を渡る際、危うく溺死するところだった。旅行中にもディケンズは、『バーナビー・ラッジ』の次の号を書き継いだ。

一方ロンドンでは、進取の気性に富んだ者たちが、早くも『バーナビー』を劇にしていた。『バーナビー』はまだ半分しか書かれていなかったのだが。劇はライシーアム劇場の舞台にかけられた。主役はジュリア・フォーテスキューという若い女優が演じた。彼女はかなりの人気者だった。マクリースは彼女を「卓越している」と評し、彼女についてディケンズに手紙を書いた。二人とも、彼女が彼の小説を戯曲にした初期のもので端役を演じるのを見ていた。マクリースは、「彼女の脚の途轍もない魅惑」、魅力、柳腰、「女らしいバスト」、完璧に調整された声に君は関心があるのではないかとディケンズをからかった。彼女はすこぶる潑剌と演じたので、マクリーディーも見に行き、ドルーリー・レインの自分の一座に加わらないかと彼女を誘い、ジュリエットを含むシェイクスピアの劇の役を振り当て、稽古させた。彼は彼女の進歩の遅さに失望した。おそらく彼女は、稽古に身を入れなかったのだろう。彼女は位階を有する妻帯者の愛人、ガードナー卿を手に入れた。ガードナーは女王の侍従で、宮廷の寵臣だった。ジュリアは間もなく、五人の子供の最初の子供を生んだ。マクリーディーは彼女にジュリエットを演ずるのを許さなかった。彼女の女優としての活動は個人的境遇が災いして振るわなかったが、数年後の一八四五年と四八年に、ディケンズの素人劇に出演した。彼は彼女をよく知っていて、彼女のいかがわしい立場に気づいていた。また、彼女がそれを秘密にしておかざるを得ないことにも気づいていた[23]。

ディケンズとマクリースは女について冗談を飛ばした。マクリースは独身だったので、女に弱いことと、恋愛事件について盛んにからかわれた。その年の八月、ディケンズはブロードステアーズにいた。ロンドンにいたマクリースは体の具合が悪かった。ディケンズはマクリースに、健康のためにブロードステアーズに来るように、そして、六週間、海の空気を吸い、休養し、好きなだけ飲み食いし、好きな時間に起き、好きな時間に寝るといいと言った。また、「マーゲイトにはあらゆる種類の便宜がある（僕を連れて行ってくれるかい？）、僕はそうしたものがどこに住んでいるのか知っている」[24]とも言った。「便宜」とは娼婦のことだった。ディケンズは、八月下旬にロンドンで、フォースターと一緒にチャップマンとホールに会った際、彼の個人的な代理人であると同時にチャップマン＆ホールの文学顧問であったフォースターに、自分に代わって、今後の計画を彼らに話してくれと頼んだ（ディケンズは、「僕は自分自身のことになると、意思をはっきり表明するのがうまくないので」とミトン宛の手紙に書いている）。その計画とは、ディケンズは一年間何も書かないがチャップマン＆ホールは一定額の金をディケンズに支払い、ディケンズは一八四二年に長篇小説を書き始める、というものだった。またディケンズは、毎号の月刊分冊の報酬を貰い、収益の四分の三を得、版権の半分を所持する、『ハンフリー親方の時計』は『バーナビー』が完結した時点で終刊になる、というものだった。チャップマンとホールはその提案にどんなに驚いたにせよ、同意した。ロバート・パッテンが言っているように、ディケンズ、フォースター、チャップマン＆ホールのあいだの協定は、「一人の男の創造性に対する大胆な賭け」だった[25]。次にディケンズは、アメリカを訪問したいという問題を持ち出した。チャップマンとホールは、それはよいことだと思うと言った。彼はフォースターに、自分はすでにアメリカに行く決心を固めていると話した。そして、同行するようにキャサリンを説得した。また、子供を連れて行くことは考えないようにとマクリーディーに言われた。マクリーディー夫妻は、両親がいないあいだ、子供を注意深く見守ると申し出た。そうなると、デヴォンシャー・テラスは人に貸さねばならなくなった。マクリーディー夫妻が、子供たちと子守女と、一緒に住むことになるフレッドのために、近くの小さな家を見つけてくれた。ディケンズとキャサリンと女中のアンの渡航の手続きが行われなければならなかった。

　そうしたことが進行しているうちに、ディケンズはひどく体の具合が悪くなったので、手術が緊急に必要となった。肛門瘻《ろう》になったのだ。手術は自宅で行われた。当時は、手術は麻酔をかけずに行われた[26]。手術は十月八日に、専門外科医のフレデリック・サモンによって行われ、大成功だった。マクリーディーはその晩ディケンズを見舞い、友人と苦しみを共にした。数日後マクリーディーはブラウニングを連れてきた。二人はディケンズが「非常に順調」なのを見た。翌日ディケンズは、キャサリンに数通の手紙を口述し書き取らせた。

彼はつつがなく回復し、旅行が許されるや否や、病後を養うためにウィンザーに行こうとした。すると、キャサリンの弟のジョージ・ホガース（当時二十歳だった）が急死したという知らせが届いた。それはメアリー・ホガースの場合同様思いがけぬことで、キャサリンと同じくらいディケンズも動揺した。ジョージをよく知っていたからではなく、メアリーの横に埋葬されることを期待していたからである。いまや彼は、その場所をキャサリンの弟に譲らねばならないと感じた。彼はひどく落胆し、メアリーに対する愛情は決して減ることはない、自分は彼女を二度失ったように感じる、とフォースターに語った。

それでも、彼は十一月五日に『バーナビー』の最後の言葉を立ちながら書き、二日後、彼とキャサリンはウィンザーの宿、白　鹿《ホワイト・ハート》に泊まった。ある日、ディケンズは背中とふくら脛《はぎ》が痛み痙攣したので驚き、外科医を訪ねたが間もなく良くなり、二人は家に帰った。十二月八日、彼はジェフリー卿に手紙を書いた。「私は無為に全然飽きてはいません〔「無為に飽き飽きしているのではありませんか」というジェフリーの問いに対する答え〕……一日中、歩き、のんびり過ごし、漫然と本を読む以外、何もしていません。――私が『骨董屋』を読んだことをどうお思いになりますか、初めから終わりまで？[27]」彼は、午前中は肖像を描いてもらいにドルセイ伯爵のところに行って坐るくらいよくなったが、外でディナーをとるほどにはよくならなかった。「あと二週間、家で過ごす〝誓いを立てた〟のは、家の守護神を最後までしっかり摑まえておく〔「家にいる」の意。古代ローマの家庭には、家を護る守護神の像が祀られていた〕ためと健康のためです、あまりに何度も外で御馳走を食べて健康が損なわれるかもしれないのを恐れるからです[28]」。『骨董屋』と『バーナビー・ラッジ』は共に十二月十五日、それぞれ一巻本で出版された。彼はアメリカに行くための服を作り、銀行の発行する信用状を手に入れ、地図を調べ、紹介状を用意し、荷造りをしなければならなかった。子供と友人に別れを告げ、リヴァプール行きの列車に乗り、キュナードの最初の木製外輪船、完全に尖端的なものになったブリタニア号に乗船するまで、クリスマスを過ごすだけでよかった。

第9章 アメリカ征服

一八四二年

ディケンズは、絶え間なく執筆せざるを得ないというプレッシャーから逃れるためだけではなく、精神的に自分に大きな刺激を与えるためにもアメリカに行こうとしていた。暖かく歓迎されるのを確信していたし——彼の作品の人気は、アメリカ人の読者のあいだでも高かった——アメリカ旅行から、一冊の本が書けるほどの材料が集められる自信があった。また、国際著作権問題と、作家として得られる収入を奪っている、アメリカにおける自著の著作権侵害の問題を提起するつもりだった。法律の改正が実現するかもしれないと思っていたのだ。ディケンズがアメリカに来るということを聞くと、大胆にもリー&ブランチャードは、彼のすべての作品を二十に分けて再版し、フィラデルフィアに来るよう、彼を招いた。[1] しかし彼には、長い旅をする、もっと遠大な理由があった。それは、アメリカでは君主制、貴族、廃れた因習から自由な、よりよい社会が実現されつつあるのが本当かどうか確かめたいというものだった——「僕の想像する共和国」を見るというものだった。[2] アメリカ人のほうは、市井の人々のことを気にかけ、金持ちよりも貧乏人のほうがもっと配慮するに値することを著書で示した「文学の偉大な共和主義者」、自分たちの側に立つイギリスの作家と、彼を特に見ていた。[3] アメリカ人は彼を熱狂的に歓迎する心づもりが出来ていた。そして、彼が到着した時、『ニューヨーク・ヘラルド』は書いた。「彼の精神はアメリカ的である——彼の魂は共和主義的である——彼の心は民主主義的である」[4]

ディケンズ一行を乗せたブリタニア号は、まずボストンに着く予定だった。そこからニューヨークとボルティモアに行き、南部に入り、さらにずっと西のセント・ルイスに行き、オハイオを通って北に行き、エリー湖を渡ってバッファローとナイアガラの滝に行ってカナダに入り、六月に帰国の途に就くためにニューヨークに戻るという計画だった。ディケンズたちは合計二千マイル以上を旅する予定だった。時には鉄道、馬車、運河舟と川船で未開地を旅するつもりだった。それは大胆な計画だった。彼が予見しなかったのは、アメリカ人が自分の名声にどう反応するかということ、また、最初の楽しい勝利の一週間のあと、名士のツアーが、苛立たしい、疲労困憊する苦役になり、悦楽が怒りに変わったということだった。

アメリカ行きを決心したディケンズは、真冬に乗船の予約をした。一行は一月四日に出発し、ブリタニア号は二週間でボストンに着くことになっていた。デヴォンシャー・テラスは人に貸し、子供たちは少し先のオズナバーグ街に移った。三人の子守女と家庭教師が子供たちの面倒を見ることになった。そして、子供たちの叔父も万事、注意深く見守ることになった。子供たちは毎日マクリーディー家に行くことになった。チャーリーは五歳になるところで、メイミーは三歳、ケイティーは二歳で、赤ん坊のウォルターはまだ一歳になっていなかった。その四人はいずれも、両親が半年という想像できないほど長い期間いなくなるということを理解するには幼過ぎた。別れの抱擁をしたあと、ディケンズ、キャサリン、女中のアンは一月二日、フォースターに付き添われ、リヴァプール行きの列車に乗った。一行はその前の二日をアデルフィ・ホテルで快適に過ごす手配をしたので、リヴァプールには、彫刻家のアンガス・フレッチャーと、マンチェスターから来た、ディケンズの姉のファニー・バーネットを含む少人数のグループが、別れを告げようと集まっていた。前もってブリタニア号を検分に行ったディケンズは、自分たちの個室の大きさを見て愕然とした。そして、いくつかのトランクを入れるには狭過ぎ、二段ベッドになっていることに不満を洩らした。「ドアを内側に開けると、体を回すことができない。ドアを閉めても、腕を広げて綺麗なシャツを着ることも、汚れたシャツを脱ぐこともできない」[5]。キャサリンはもっと明るい見方をし、船に残った。一方、ディケンズはアデルフィ・ホテルで、亀の肉、コールド・パンチ、ホック、クラレット、シャンパンの送別の宴を開いた。そのあと一行はディケンズに同行して船に戻り、ほかのある乗客が素っ気なく言っているように、「全員誰彼構わずやたらに握手をして」から立ち去り、ディケンズだけが落ち着いていた[6]。フォースターは、旅行中読むよう、ポケット判のシェイクスピア全集を贈った。

大西洋横断は、ブリタニア号のオフィサーが、かつて経験したことのないほどひどいものだった。ほとんどいつも疾風が吹き、高波で、目的地に着くまで十八日かかった。ディケンズとキャサリンは、最初の週の大部分、船酔いに苦しんだ。十日目に、風に吹き飛ばされ、甲板を燃やしてしまわぬよう、煙突を鎖で留めねばならなかった。すべての救命艇が悪天候で砕かれた。キャサリンはのちに義姉のファニーに宛てて書いた。「私は恐怖で取り乱しそうになりました。私の親愛なるチャールズが大変親切にしてくれず、平然としていなかったら、私は何をしたかわかりません」[7]。彼女は歯痛がひどくなり顔が腫れていたが、勇敢にもホイストに加わった。参加者は全員、切り札をポケットに入れておかなくてはならなかった。そして、船がガタガタ進み縦に揺れると、一同は座席から放り出され、談話室のドアから転がり出た。船はノヴァスコシアのハリファックスに近づくと、坐礁した。船は満ち潮になって岩から自由になるまで待たねばならなかった。しかし、船が入港するとディケンズは牡蠣を買おうと上陸した。そして元気になり、そのまま南に向かうブリタニア号の甲板に立ち、澄んだ冷たい空気を吸い、アメリカの沿岸が次第に見えてくるのを熱心に眺めた。

ディケンズたちが最初に見た都市、ボストンは雪に覆われていて、爽やかでひんやりとした陽光が彼を喜ばせた。そこは、明るく、新しい玩具のように綺麗で、通りにはペンキ塗りの看板があり、どの窓にも緑のブラインドがあり、木造りの家は白に塗られ、教会と礼拝堂は取り澄ましていて、ワニスが塗ってあった。公共の建物は立派だった。乞食はいず、州の資金による福祉施設があるボストンは、見事な基本方針によって運営されていた。彼を案内し、友達になった者の大半はハーヴァード大学の出身者で、知的に洗練され、知的な趣味を持っていた。ギリシャ文学教授のコーネリアス・フェルトンは、ディケンズは創作力においてシェイクスピアに匹敵するという、断固たる考えを持っていて、ディケンズ夫妻を一度ディナーに招き、終生の友人になった。歴史家で『メキシコ征服』の著者ウィリアム・H・プレスコットも、ディケンズ夫妻をディナーに招いた。詩人ロングフェローが訪ねてきて、ディケンズを散歩に連れ出した。そして、彼は「輝かしい人物」だと思った。若い革新的な共和主義者で、上院で反奴隷制度運動の指導者だったチャールズ・サムナーは、彼をボストンの方々に案内した。ボストン市民の中には、有名な訪問者について疑念を抱いている者もいて、派手なチョッキを着、髪を長く伸ばしているので、「育ちが悪い」とか「がさつ《ラウディイズム》」――「下品」に当たる彼らの言葉――の気味があるとか思ったものの、やがて彼の魅力に屈し、なんと犀利かということを認めた――「彼は私が会った最も犀利な男」だと著述家で政治家のリチャード・ヘンリー・デイナは書いている。デイナは尊敬されているボストンの作家だった[8]。

彼の訪米が発表された前年の十一月に結成されたグルー

プ、「ボストンの青年」の代表団が彼のホテルにやってきて、二月一日の祝賀ディナーに招待した(9)。ディナーの席で彼は、誰知らぬ者のないボズとして歓迎された。それに対して彼は、自分は「この岸に足を下ろし、この純粋な空気を吸う」ことを何年も夢見てきたと答えた。彼は自分のテーマとして、「世の中があまりに長いあいだ忘れ、あまりにしばしば虐待した、棄てられた人々」を取り上げた作家としての自分のメッセージを大いに強調した。そして、ネル、オリヴァー、スマイクについてアメリカの読者がくれた手紙に励まされ、自分はここに来た、と言った。そのあと、国際著作権問題に触れた。その最初の時は、彼の言葉は慇懃に無視された(10)。

それまでは万事順調だった。彼は一日を費やして、近くのローウェルの工場を訪問し、目にしたものに強い感銘を受けた。とりわけ、教養のある少女の機械工に。彼はフォースターに手紙で書いた。「早くも本が一冊書ける(11)」。彼はまた、盲人用救貧院、貧困者用勤労救貧院〔当時のボストンにあった施設には学校も病院もあり、収容されている者は棕櫚の葉の帽子を作ったり、菜園で作業をしたりした〕、遺棄少年用学校、未成年犯罪者矯正院および監獄、州立矯正院を訪れ、その種のものとしては模範的だと思った。しかし、彼とキャサリンが、サインの要求、国のあらゆる所からの訪問要請の手紙、代表団、彼が午後に外出すると集まってきて喝采する群衆、毛皮のコートの毛を少し毟ろうとし、巻き毛をくれと言う婦人たちで参ってしまうのに、長い時間はかからなかった。ディケンズ夫妻は幾百人もと握手しなければならなかった。画家は肖像画を描きたがり、彫刻家は彫像を作りたがった。彼にとってはホテルの部屋は「地獄のように暑」かった。そして、いつものように長い散歩に出掛けることも、馬に乗ることもできなかった。「僕ほどに群衆に喝采され、跡をつけられ……あらゆる種類の公共団体や代表団に訪問された国王や皇帝は、この世にいなかった(12)」。アメリカはヒステリー状態に陥っていた。「ここでは人々は彼を食べています」と、ある冷静なボストン市民は、ワシントンにいる父に手紙で書いた(13)。ディケンズは事態に対処するのを助けてもらうため、賢明にも、自分と同年の大望を抱いている画家ジョージ・パトナムを秘書に雇った。パトナムは旅の終わりまで仕えたほど有能で、彼と気が合った。

ディケンズ夫妻が二月五日にボストンを発った時、泊まっていたホテルの管理者たち全員がロビーに集まって一行を見送った。そして、たまたまそこにいた二十五人の男も、ディケンズ夫妻と握手をした。たとえそうであれ、ボストン滞在は苦痛なことより楽しいことのほうが多かった。ウスター、スプリングフィールド、ハートフォードでもディケンズ夫妻は熱狂的に歓迎された。ハートフォードでディケンズは、また国際著作権問題を持ち出した。ディナーの客は何も言わなかったが、地元紙は、アメリカでの人気に彼は喜ぶべきだし、感謝もすべきであって、海賊版について騒ぎ立てるのは欲が深いという意見を述べた。アメリカのほかの新聞の多くも、それに倣った。

キャサリンは顔の腫れの問題を抱えたままだったが、もちまえの率直で親しみやすい性格で誰にも好感を持たれるように努めていた。しかしキャサリンもディケンズも、有名人に対する要求に応えるのは疲労困憊すると感じていた。二人は行くところどこにでも集まってくる数百人と、毎日二時間、握手して過ごさねばならなかった。彼らは、有名な訪問者に会う機会を絶対に逃すまいとしていたのだ。ディケンズはこれから行くニューヨークですでに決まっている招待以外は受けまいと決心したが、それは言うは易く行うは難しだった。ディケンズの親友のフェルトンがボストンからやってきて、一同は船でニューヨークに行った。フェルトンは彼がまさしく愉しんだ旅の連れだった。途中のニュー・ヘイヴンで、イェール大学の学生にセレナードで歓迎され嬉しかったが、またも五百人と握手せざるを得なかった。

ニューヨークでは、「ボズ舞踏会」という豪華絢爛な催しが準備されていた。五千人が切符の申し込みをし、三千人が切符を手に入れた。それは、彼らがニューヨークに着いた一日後の二月十四日の晩にパーク・シアターで催された。舞台は広げられて舞踏場に変えられ、ディケンズの小説の登場人物の円形浮彫りで飾られ、数百のガス灯が点された。客の全員が集まると、バンドが「見よ、勇者は帰る」を演奏する中、ディケンズが正装の将軍と腕を組んで登場した。続いてキャサリンが、市長と腕を組んで現われた。四人は喝采されながら、舞踏場を二度ぐるっと回った。そのあと、俳優たちがディケンズの小説をもとに一連の活人画を演じ、次に食べ物が供された。ディケンズは新聞に載った献立表の切り抜きをマクリースに送ったが、それには、五万の牡蠣、一万のサンドイッチ、四十のハム、五十のゼリー状の七面鳥、十二の浮かぶ白鳥〔水に浮かぶ白鳥の形に似せた料理〕、三百五十クォーツのゼリーとブラマンジュ、三百クォーツのアイスクリームが含まれていた。次はダンスだった。「僕らはどうやってそれをしたのか、わからない。余地がなかったからだ。もはや立ってさえいられなかったので、そっと抜け出るまでダンスを続けた」と彼はフォースターに語った。ディケンズは現在ニューヨークで楽しんでいるような社交の場に、イギリスでは決していたことはない、という新聞記事を読んで、彼は面白がった[14]。

四日後、ニューヨーク・ディケンズ晩餐会が開かれた。その席でワシントン・アーヴィングはディケンズを称えるスピーチをした。ディケンズは、公式のディナーやレセプションにこれ以上応ずるつもりはない、これからは個人として旅をすると公言した。彼はまた、国際著作権の話題を持ち出した。ニューヨークの『トリビューン』は彼の言ったことを支持したけれども、ほかの新聞は依然として敵対的だった。その問題に関してアメリカの作家からほとんど励まされていないと、彼は不満を洩らした。ワシントン・アーヴィングを中心とする二十五人の作家に請願書に署名し、議会に提出するよう説得できたけれども。ディケンズ夫妻はニューヨークに滞在中、ほぼ毎日アーヴィングに会い、劇場に何度も足を運んだ。ディケンズはフェルトンに連れられ、地下室の牡蠣屋を頻繁に訪れて楽しい思いをした。フェルトンは牡蠣屋が大好きだった。ディケンズは精神病院、監獄、私設救貧院、警察署、住民の気性が荒いので悪名高い地区も訪れた。彼はそのすべてについてノートに記した。しかし、ボストンのそうした施設は称讃したけれども、ニューヨークでは、そのほとんどが管理が悪く、陰惨で耐え難いと感じた[15]。二月二十四日までには、六月に帰国するため、船の予約をした。来る時の航海で、火災の起こる危険のある蒸気船で恐ろしい思いをしたので、それを避けるため、今度は帆船にした。彼もキャサリンも咽喉炎になり、風邪をひいたので、フィラデルフィア訪問は延期せざるを得なかった。彼はフィラデルフィアでエドガー・アラン・ポーに会うつもりだった。ポーは炯眼な讃美者だった。ポーは彼に自分の短篇集を送った。それはディケンズを感心させた。また、『骨董屋』の好意的な書評を書いてくれた[16]。彼とポーは二度長い会話をし、仲良く分かれた。しかしディケンズはいまや「病気で、心が痛んでいた」。心が痛んでいたのは、著作権問題で新聞からひどい仕打ちを受けていたからである。新聞は彼を恩知らずで貪欲だと非難した[17]。その時点から彼は、アメリカをずっと醒めた目で見るようになった。

大西洋の郵便船が遅れているということは、子供たちの消息がわからないことを意味したが、三月十四日に、オズナバーグ街から、とうとうニュースが届いた。ディケンズたちは大喜びで読んだ――チャーリーはなんとか字を書こうとしていて、ウォルターは離乳した。キャサリンは長い沈黙に完璧に克己心を発揮して耐え、アメリカ旅行中最良の状態で、不平を言わなかったばかりではなく、いつも明るく、チャーミングで、夫の良き伴侶だった。子供も、友人も、家族も、気を紛らす仕事もなく、赤の他人のあいだにいた彼の味方だった彼女は、二人のあいだのバランスを、明らかに変えた。もっと重要なのは、妊娠していなかったので、彼女は気兼ねなく振る舞い、面白く時が過ごせたということである。妊娠から自由であったということが非常に大きな影響を与えているので、それが偶然なのか（その偶然は繰り返されることはなかった）、それとも、ディケンズが受けた手術の一時的な副作用なのか、さらには、二人は彼女が妊娠する可能性を避けようと旅行中に約束したのかという問題が生じる。夫が自らに禁欲を課すという愛情に満ちた繊細さが、性的要求を満たすことより、彼女を喜ばせたということはありうる。彼はのちにミトンに、彼女は「旅の完全主義者なのを証明した」と語った。そして、彼女が転んで打撲傷を負ったり、脚の皮膚をこそげたりする傾向があると、フォースターに向かって彼女をからかった時でさえ、彼はこう付け加えている。「彼女は実際……あらゆる点で最も称讃すべき旅行者になった。絶対に泣き叫ばないし、驚きを表わしもしない……意気消沈したり疲労困憊したりすることもない……あらゆることに、うまく、明るく順応する。そして、僕を大いに喜ばせ、彼女自身、申し分なく覇気があるのを証明した」[18]。それは確かに、ディケンズがキャサリンについて書いた、最も温かい人物証明の一つである。だが、たとえそうにしても、その調子は愛する夫のものというより、校長のものである。

二人のどちらも、その時過ごしていたような時間を経験したことは、それまでなかった。彼は二人が知り合って以来初めて、いくつかの締め切りに追われていなかったし、一章か数章書くために、また、校正刷りに目を通すために定期的に机のところに行く必要も、出版社や挿絵画家とやりとりする必要もなかった。彼はこれから書く本のことさえ考えていなかった。また、一緒に外出して食事をしたり、散歩したり、クラブに立ち寄ったり、酒を飲んだり、芝居見物をしたり、夜、遅くまで通りをぶらぶら歩いたりする友人がいなかった。チャールズとキャサリンは、女中と秘書にそれとなく助けてもらっていたものの、二人の結婚生活においてたった一度、頼れるのは相手だけで世間に対した夫婦になった。キャサリンは、あまりにも夫の気を逸らし、注意を吸収する仕事と、男の社交生活の圧力がなくなった時にのみ、最高の自分でいることができた。そして、夫の生活において、意味のある個人的役割を果たしていると感じた。その年の五月、彼女は二十七になった。四月にディケンズがフレッド・ディケンズに宛てて書いた手紙の余白に、彼女は五月十九日に自分の健康を祝して乾盃してもらいたいと書き、「本当に愛するあなたの姉、ケイト」と署名した。(19) 彼女の誕生日は、人に祝ってもらえるものでも、ほかのところで言及されるものでもない。

ワシントンでは、運悪くディケンズは、選挙で選ばれたのではなく、一《ひと》月前にハリソン大統領が死んだあと、副大統領だった一八四一年に大統領を引き継いだだけの人物に会った。ジョン・タイラーは第十代大統領で、ヴァージニア州選出の平凡な上院議員で、政界では「偶然閣下《ヒズ・アクシデンシー》」（〔ヒズ・エキセレンシー〕のもじり）と揶揄され、どの政党からも支持されなかった。(20) 彼はディケンズを私的に引見し、ディケンズがあまりに若いので驚いたと言った。ディケンズは相手に同じような世辞を言おうとしたが、「彼は衰え果てているように見えたので、その言葉は喉に閊《つか》えてしまった(21)」。大統領は五十一歳で、ディケンズは彼の紳士的な挙措が記憶に残った。そして大統領は、興味深いことを言う男でも、興味深いことを自分に訊く男でもないと感じた。数日後、ホワイトハウスでのディナーの招待状が届いた時、招待された日より前にワシントンを去るという理由で断った。現代の作家がこんな風にして合衆国の大統領を袖にするのは想像し難い。

彼は上院と下院で傍聴したが、さほど感銘を受けなかった。「我が国のものより悪くもなければ良くもない」——彼の弱々しい褒め言葉である。(22) しかし彼は、ボストンの友人のサムナーには儀礼的な感想を送り、上院議員ヘンリー・クレイは「僕の心を捉えた立派な男」だと評した。驚くには当たらないが、それは、国際著作権問題に関してだった。それでも、「ボストンほど心から好きな場所は、まだ見たことがない。そこに戻ることができればいいのだが、駄目だろう……僕らは今、奴隷制度、痰壺、上院議員の地帯〔ワシントン〕にいる——この三つはすべて、あらゆる国における悪だ(23)」。噛み煙草の塊を床に吐き捨てるというアメリカ人の男に共通する習慣は、「文明国における、ひどく胸の悪くなる、下品で、忌まわしい習慣」だと思った。至る所の床、階段、絨毯に見られる、その結果についての描写はあまりに生々しく、おぞましいので、読むだけで吐き気を覚える。

　もっと悪いものがあった。奴隷を所有する州に入って行った彼は、その露骨な非人間性にひどく心を乱されたので、リッチモンド、ヴァージニアに短期間滞在しただけで戻ることにした。三月二十二日、ボルティモアからイギリスに何通もの手紙を出した。マクリース、マクリーディー、ロジャーズ、タルフォード、フォンブランク、レディー・ホランド、ジェフリー卿、ミトン、弟のフレッドに宛て（フレッドには、「僕らの可愛い子たちの面倒をよく見てくれた」ことに感謝した）。そして、もちろん、フォースターに宛て。彼が次のように告白したのは、その時点だった。「この国が好きではない。断じてここには住まないだろう。僕の性に合わないのだ。君もそうだろう。どんなイギリス人も、ここに住んで幸福になるのは不可能だと、まったく不可能だと思う[24]」。フォースターは、数日置きに書かれた、事実上の一連の日記をディケンズから受け取った。彼はディケンズが自分の手紙を計画中の本の材料に使うつもりなのを知っていたので、注意深く保存した。手紙は微細な描写に満ちていると同時に、親密で、愛情に溢れている。例えば彼は、フォースターが何をしているのか、時おり考えた（「たぶん君は、今日、王冠と笏《クラウン・アンド・セプター》で食事をするだろう、復活祭の翌日なのだから――なんとも言えないが！　親愛なるフォースター、パンチを飲んだことを願う……」）。そして、フォースターから貰ったポケット判シェイクスピア全集はいつも持ち歩いていると言っている。「この本は言い知れぬほどの歓びの源泉だ！」また、二人の昔の喧嘩をいかに悔やんでいるかとも言っている。「僕らのあいだで交わされた、ちょっとした軽率な言葉が、僕を咎める亡霊のように目の前に現われた……僕らの愛情に満ちた付き合いが、ほんの少し惨めにも中断されたことを振り返っているようだ……そして、まるで自分が別の人間であるかのように、自分に一種の哀れみを覚える[25]」。旅の終わり頃、彼は書いた。「僕は君に対する愛情を半分ほども表わさなかったように思えるが、ある感情は言葉には表わせないほど深いところに実際に存在するのだ[26]」

　三月末から四月にかけ、ディケンズたちはペンシルヴァニア運河に沿って旅をし、アレゲーニー山脈を越えた。彼には、アメリカの「愚行、悪徳、嘆かわしい欠陥」について言うべき多くのことがあった[27]。ガラスとガス製造工場、鋳物工場と煙の厚い雲の場所であるピッツバーグに四日滞在してから、シンシナティで五日過ごした。シンシナティは「非常に美しい都市だ。ボストンを除けば、僕がここで見た最も美しい所だと思う。アラビアン・ナイトの都市のように、森から生まれたのだ。うまく設計されている。郊外は綺麗な大邸宅で飾られている……滑らかな芝地があり、手入れの行き届いた庭がある」。欠点もあった。例えば、禁酒祭りが行われていた。当然ながら、ディケンズはそれを非とした。そして、ある判事がパーティーを催し、彼を「少なくとも百五十人の一流の退屈な連中の一人一人に紹介した……僕の顔は、絶え間ない、紛れもない退屈に耐えているゆえの、こわばった悲しい表情になったと、本当に思う[28]」。日を追うごとに、アメリカを讃美したり、愉しんだりするための何かを見つけるのが難しくなった。少なくともピッツバーグでは、ディケンズは「ケイトに催眠術を施すのに大成功を収めた」〔ディケンズは、ピッツバーグからシンシナティに行く蒸気船の中で、秘書のパトナムともう一人の前で、ケイトに催眠術を施した〕。まず初めに彼女はヒステリー状態になり、次に眠り込んだ。彼はマクリーディーとフォースターに、誇らしげにそのことを報告している。彼は今後も彼女に催眠術を施すつもりだと二人に言った。

ディケンズたちは、ミシシッピ川、「世界で一番ひどい川[29]」に沿ってセント・ルイスに進んだ。四月半ばにディケンズは、セント・ルイスから一晩かけて大草原《プレーリー》を見に行き(「プレーリーが見られないすべての者に言いたい——ソールズベリー平野に行きたまえ」)、それからディケンズたちは個人の四輪大型馬車を雇って再び北に向かい、シンシナティからエリー湖に向かった。唯一の道路は丸太で出来たコーデュロイ道路で、あまりにでこぼこだったので、馬車に乗っていた四人は、「急な階段を乗合馬車で登っている」ように感じた。「馬車は僕らを一斉に床に放り出すかと思うと、頭を屋根に叩きつけた……それでも日中は美しく、空気は甘美で、僕らだけしかいなかった。煙草の唾も、僕らを退屈させる……ドルと政治についての永遠に続く散文的会話もなかった。僕らは本当に楽しんだ……[30]」。一行は戸外でピクニックをし、南京虫だらけのログ・ハウスで寝た。一行の旅の規模は驚くべきもので、未開地を進んだ際の順応性は称讃すべきものだった。ディケンズは例によって極度に一般化し、オハイオの田舎の人間は「例外なくむっつりしていて、不機嫌で、野暮で、厭わしい……ユーモア、快活さ、あるいは物事を愉しむ能力に欠けている」と不平を洩らし、「この六週間、自分の笑い声以外、心からの笑いを聞いたことがない」とも言った。それと対照的に、彼はオハイオに残っている最後の部族であるワイアンドット・インディアンとして知られる先住民の苦境に心を動かされた。彼らは自分たちの領地から、「協定」によって与えられた西の土地に移るよう、説得されているところだった。ディケンズは、彼らは「立派な人々だが、退化し、衰弱している」と思った。[31] そして彼らは故郷を思い起こさせた。なぜなら、イギリスの競馬場でよく見かけたジプシーに似ていたからである。

一行はエリー湖に着くと、バファローまで蒸気船に乗った。そこで故郷からの手紙を見つけた――「ああ! いかに嬉しく、名状し難いほど喜ばしかったことか!」[32] 子供たちが元気だというよい知らせが届いていただけではなく、ディケンズが依頼した、国際著作権について十二人の英国の著述家が署名した手紙を、フォースターが送ってきていた。ディケンズはそれを直ちにパトナムに写させ、ボストン、ニューヨーク、ワシントンの新聞社に転送した。しかし、その手紙は広く掲載され、いくらかの支持さえあったものの、何も変えなかった。国際著作権問題は、彼の死後ずっと経った、一八九一年まで解決されなかった。

カナダは間近だったが、その前にディケンズたちはナイアガラの滝へ行き、五月四日まで十日間滞在した。ディケンズはナイアガラに非常に感動し、宗教的な言葉を口にした。「人間がそこでよりも神に近く立つことは難しいだろう」。ディケンズは敬神の念を露《あらわ》にするのを嫌い、嘲ったが、終生、神という考えに対し、恭しい態度をとった。彼は巨大な滝を見て、フォースターとマクリースが一緒にいて、「今の感覚」を共有できたらいいのだがと思った。神という言葉を口にした際、死について考える気持ちになり、こう続けた。「遺骨がケンサル・グリーンに横たわっている、あの愛しい少女が生きていて、ここまで一緒に来たならばいいのだが――しかし、彼女の優しい顔が僕の地上の視界から薄れて以来、彼女が何度もここに来ているのを疑わない」[33]。彼の想像力の中に住んでいたメアリー・ホガースが、彼の知っていた現実の少女と深い関係があったにせよ、なかったにせよ、彼女は彼がしっかりと摑んでいる必要のある、完全無欠で、手の届かぬところにいる、愛する者の象徴であり続けた。彼女の霊が世界をさ迷い歩き、有数の景勝地を訪れると、本気で信じていたのだろうか? それはあり得ないようである。彼があるアメリカ人の友人に別れの挨拶として書いたことを信じていたとは思われないように。「この世での厖大で莫大な数の別れについて、じっくり考えたことのある者は、あの世の存在を疑い得たことがあろうか!」[34] 自分の人生で良いことをする際に正確で実際的だったディケンズは、霊的問題を扱った時は、貧弱な空想にさ迷い込むこともあった。

カナダでは、ディケンズたちはトロント――「気違いじみていて過激なほど保守的……で……ぞっとする」――に短期間滞在し、蒸気船でセント・ロレンス川を上って、モントリオールとケベックに向かった。いくつもの巨大な材木運搬用筏の近くを通り過ぎた。ディケンズは、フランス人の住民の中の少年は赤い腰帯を締め、女労働者は幅広の麦藁帽をかぶっているのに気づいた。[35] モントリオールで彼とキャサリンは、地元の英国の連隊士官とその妻たちの演劇に加わった。彼は舞台監督と演技に熱中した。彼女は笑劇で自分の役を「すこぶる見事に演じた、掛け値なく！」[36]。

ディケンズたちは、あとはニューヨークで最後の数日を過ごし、六月七日にアメリカを発つ前に、ハドソン川を上ってシェーカー教徒〔至福千年説を信奉し、禁欲的な団体生活を送る教派。集会中、霊的に昂揚すると体を震わせる〕の村を見るだけだった。ディケンズたちは、故郷に帰ることを考えると嬉しくてたまらなくなった。アメリカに来る時は蒸気船で惨めな思いをしたが、帆柱の高い、翼艙の白いジョージ・ワシントン号は二十二日で、一行をつつがなくリヴァプールへと運んだ。ディケンズは航海中、アコーディオンを弾き、男だけのクラブを作って、自分も楽しみ、ほかの乗客も楽しませた。クラブのメンバーは自分たちだけでテーブルの端に固まって食事をし、また、医者の服装をし、病人だと名乗った者を、誰彼なく治療するふりをした。[37] ディケンズたちは六月二十九日にリヴァプールに到着し、その夜のうちにロンドンに着いた。

ディケンズたちは真っ先に子供たちに会いに行った。チャーリーは母に再会して「嬉しくなり過ぎた」と言い、体の具合が悪くなり、ひどく痙攣を起こしたので、二人の医者（その一人はエリオットソンだった）を、夜間、看病してもらうために呼ばねばならなかった。チャーリーは回復し、元のように元気になった。一家は六月の最後の日にデヴォンシャー・テラスに戻った。一家に新しい一員が加わった。十五歳のジョージーナ・ホガースである。キャサリンのもう一人の妹で、学校を出たばかりの、碧眼の可愛らしい、明るい少女だった。彼女はそれ以上の教育は受けずに、ディケンズの子供たちの面倒を見ることにした。多くの楽しみと休暇のある一家の生活を共に享受することになった。彼女は義兄を偶像視した。一方ディケンズは、「二組のペチコート〔キャサリンとジョージーナ〕」と一緒に歩き回れるのを喜び、彼女をペットにした。彼女が十六年後に、姉と義兄の家庭生活において果たすことになる役割を、一八四二年には誰も推測することはできなかったであろう。

そのあとディケンズはマクリーディーとフォースターと感動的な再会をし、フォースターはディケンズの帰国を祝う晩餐会をグリニッジで開く手筈を整えた。二十人の男が集まった。エドウィン・ランドシアは、もう一度歓迎会を開こうではないかと提案したが（「こういう違いがある——僕らは婦人を連れてくるのだ」）、実現はしなかった(38)。ディケンズは友人たちから返してもらった手紙を使って、すでに旅行記の執筆に取り掛かっていた。彼の書きぶりは速かった。フォースターは七月十九日の晩餐会の席上、アメリカに出発した際の船上の記述についての章を朗読した。同月ディケンズは、著作権の状況について「英国の著者と新聞」に宛てた回状を公表した。その中で彼は、国際著作権について協定が結ばれない限り、アメリカの出版業者とどんな交渉もせず、アメリカでのどんな利益も放棄するという決意を述べ、その決定に十年間固執した(39)。

ディケンズはロンドンの新聞『クーリエ』が廃刊になるということを聞くと、しばらくはそのほうに注意が向き、何人かの指導的な自由党の政治家が、その敷地と建物を手に入れ、新しい新聞を発行することを、レディー・ホランドに提案した。彼は文学と政治について小論を書こうと申し出、自分は「役に立つでしょう、党のための機関を作ることができると、完全に確信しています」と言った。それは大胆な主張で、かつ気前のいい申し出だったが、時代は厳しく、自由党の指導者たちは彼の自信を共有せず、金を出そうとはしなかった(40)。彼は自分の政治的信念の証拠を、『モーニング・クロニクル』宛の長文の、力強い手紙で示した。その中で彼は、女性と子供を地下で働かせることを制限しようとした、アシュリー卿の「鉱山および坑夫法案」を支持した(41)。イギリスは不況で、当時は出版業者にも作家にも悪い「飢餓の四十年代」だった。しかし彼は、しばらくはその問題を脇に置き、アメリカでの経験について書くことに集中しなければならなかった。

ディケンズは八月と九月をブロードステアーズで過ごした。マクリースとフォースターがやってき、天気が良く、レガッタが催されたが、ディケンズは執筆の手を休めず、ほんの時たま海水浴をしたり、ティヴォリ庭園でダンスをしたりして執筆を中断しただけだった。そこに、今はクリスチャン夫人になったエマ・ピケンが現われ、ディケンズの弟のフレッドとダンスをした。ディケンズはミトン宛の手紙に、彼女のことを書いている。「エマ・ピケン（旧姓）

とその夫がここに来ている、君も聞いただろうが」。次の文は削り取られていて、彼はこう続けている。「フレッドは二人と何度か会っていると思う[42]」。彼の執筆は捗った。九月十六日までにはナイアガラのところまで来ていて、本は十月に印刷に付されていた。ロングフェローがデヴォンシャー・テラスに泊まりに来て、ディケンズは彼特有のもてなしをした。ロンドンのいくつかの監獄を訪れ、雑多な浮浪者や泥棒に会うため、ロングフェローをロチェスターに連れて行ったのである。二人の男は意気投合し、『広く公表するためのアメリカ覚書き』が十月十九日に出ると、ロングフェローは好意的な感想をボストンにいるサムナーに書き送った。それは「陽気で愛想がよく、時にひどく厳しい。君は楽しく、そして大部分肯定してその本を読むことだろう[43]」。ディケンズとフォースターは、ロングフェローを見送りにブリストルまで一緒に行った。その直後に、二人はマクリースとスタンフィールドと一緒にコーンウォールに行った。そこで、無蓋馬車を雇ってランズエンドとセント・マイケルズ・マウントに行き、錫の鉱山を訪れ、トルロ、ボドミン、ティンタジェルに行き、北コーンウォールの断崖の高さに驚嘆した。一同は盛んに笑い、パンチを痛飲し、宿泊した古い宿を愉しみ、休日は大成功だったと思った。

一方、ディケンズは天才だと考え、『アメリカ覚書き』を『エディンバラ・レヴュー』に書評させてくれと編集長に頼んでいたマコーリーは、一読してから考えを変え、「私はそれを褒めることはできない。酷評するつもりもない」と編集長に言った。マコーリーは「いくつかの天才の閃き」は見出したが、「気楽で陽気に書こうとしているところは卑俗で浮ついている……高雅であろうとしているところは、私にはあまりに高雅過ぎる。例えば、ナイアガラの滝の描写だ[44]」。同書のイギリスでの書評は毀誉褒貶相半ばしたが、売行きはよく、四版まで行き、ディケンズは千ポンド手にした。同書が十一月に出たアメリカでは、売上は凄まじかった。ニューヨークでは二日で五万部売れ、フィラデルフィアでは三十分で三千部売れた[45]。新聞はイギリス同様、意見は分かれていた。ボズが好きな者は彼のユーモアと暖かい人間味を褒め、一方、敵対的な新聞は彼を蔑んだ。彼がアメリカに到着した時には非常に暖かく歓迎した『ニューヨーク・ヘラルド』は、『アメリカ覚書き』を「きわめて粗野で、俗悪で、傲慢で、浅薄な精神」の産物だと評した[46]。ほかの新聞は、書き飛ばし、自己中心癖、気取り、ロンドン子気質を非難した。自由主義的なアメリカ人と奴隷制度廃止論者は、当然ながら、奴隷制度に対する彼の態度が気に入った。『アメリカ覚書き』の最後の二つの章で、彼はアメリカの印象を要約しているが、その一つの章は、全部奴隷制度に充てられている。最後の章では、彼はアメリカの新聞の忌まわしさと、「抜け目のなさ」を善より大事にするような、国民のあいだの道徳感の欠如について不満を洩らし、さらに、アメリカ人のその他の欠陥を列挙した――彼の見解では、アメリカ人は鈍重でユーモアに欠け、不作法だった。食べ物は粗末で、食事のマナーは粗野だった。アメリカ人は身体の清潔さに欠け、生活環境は非衛生的だった。こうした言葉の裏には、新世界に対する旧世界の見下した態度がある。あるいは、そう見えたに違いない。ボストンのディケンズの友人たちでさえ、『アメリカ覚書き』は人気を博さないだろうと思った。ディケンズは天才だが紳士ではないと考えていたデイナは、「彼のアメリカ旅行は、名声のためのモスクワ遠征だった」と日記に書き、ポーは『アメリカ覚書き』を、「失うべき最小の名声しか持っていない著者によって意図的に出版された、最も自殺的著書の一つ」と呼んだ。[47]

その年の終わりに、ディケンズはフィクションに戻り、新しい月刊分冊の小説『マーティン・チャズルウィット』の執筆に取り掛かった。舞台はイギリスで、そのテーマは利己心だったが、彼は書き進めるにつれ、アメリカでの経験をもっと利用し、自分がアメリカで冷遇されたことについて、さらに言及できることを悟った。彼らが国際著作権に関して何かをするのを拒否したことについてだけではなく、八月に、彼が書いたとされている、露骨な偽手紙がニューヨークの新聞に載ったことについて、[48]また、『アメリカ覚書き』の無礼な書評についても。彼は、こうしたすべてのことについて考えれば考えるほど怒り心頭に発した。そして、『チャズルウィット』のアメリカの章を書く段になった時、気に入らなかった処遇すべてに復讐し、アメリカの大嫌いなところを、辛辣なユーモアをもって指摘した――堕落した新聞、暴力、唾を吐く習慣、自慢癖と独善性、事業と金に対する偏執、貪欲で下品な食べ方、建前としての平等についての偽善、訪問者を露骨に名士扱いする態度。アメリカの新聞の編集者、学問のある女たち、国会議員を、ジェファーソン・ブリック氏、ラファイエット・ケトル氏、ホミニー夫人、国会議員エライジャ・ポグラムを通して揶揄し、彼らの演説と文章の大袈裟な修辞をパロディー化した。たった一人まともなアメリカ人、マサチューセッツの寛大なベヴァン氏が登場するが、彼は目立たぬ人物である。諷刺は痛烈で滑稽だが、フェアではない。その結果彼は、ワシントン・アーヴィングとの友情を失った。

アメリカに対する彼の怒りの感情は続き、二年後、講演するようニューヨークに招かれたマクリーディーに、アメリカについて警告した。アメリカは「低級で、粗野で、卑劣な国だ」、また、「一群のならず者に率いられている」。「いやはや！」と彼は痛烈な非難を締め括っている。「僕はアメリカを旅行するまで、嫌悪感と軽蔑の念を覚えるとはどういうことか知らなかった(49)」

第10章
挫折
一八四三〜四四年

フィクションに戻るのは戸惑うような経験だった。『マーティン・チャズルウィット』は月刊分冊で一年半続き、『ピクウィック』、『オリヴァー』、『ニクルビー』、『骨董屋』と同じ魅力を持つ大作として計画された。最初の月刊分冊は一八四三年十二月に出たが、大衆はそれに熱狂的な反応を示さないことが、すぐに明らかになった。『骨董屋』は毎月十万部売れたが、『チャズルウィット』はその五分の一にとどまり、二万部以上売れることはなかった。一八四〇年代は不況の時代で、イギリスでは生活がひどく苦しく、人はたとえディケンズの小説であれ、小説に使う余分な金は持っていなかった。新しい二つの著書『バーナビー・ラッジ』と『アメリカ覚書き』は、彼の人気を高めなかった。さらに悪いことに、最新作の小説は出だしで躓いた。一族のユーモラスな年代記を書き、先祖を自慢する連中を揶揄する意図を持っていたディケンズは、一族に付ける奇妙な名前を、フォースターの意見も聞いてあれこれ考えたが——スウィーズルドン、スウィーズルバック、スウィーズルワッグ、チャズルトー、チャズルボーイ、チャズルウィッグ——幕開きの章のみ滑稽で、現代のチャズルウィット家の人間が物語に登場すると、先祖ほど面白くない。若い主人公マーティンと、そのいとこのジョーナスは、一方は利己的で、もう一方は悪辣で、決まったコースを走る玩具のように設定されていて、マーティンの祖父は、荒唐無稽で退屈な筋を進展させるための、単なる機械装置でしかない。

この状況はペックスニフによって幾分救われる。彼はチャズルウィット老人のいとこで、調べるならいつでも心を取り出すとでもいうように、片手をチョッキに年中突っ込んでいて、嘘をついて自分の利益を増やし、われわれを楽しませながら、物語の多くの部分で中心的存在になっている。ディケンズがクウィルプやスクウィアーズを創り出すのを愉しんだように、ペックスニフを弁舌爽やかな男にしたのを愉しんだのは明らかである。執筆の調子が出てきた彼は、トジャーズ夫人(ペックスニフは彼女のロンドンの下宿に泊まる)のような脇役で創意工夫を凝らす。トジャーズ夫人は自分の下宿屋にいる紳士たちの食事に出す肉汁のことをしょっちゅう気にかけている。「肉汁の心配だけでも、人は二十年老けますわ……その一つのものを気にして、心は絶えず緊張してるんです。旅商人の紳士方のあいだの肉汁に対する情熱くらい、激しい情熱は人間の性格にはありませんわ……牛一頭丸ごとでも足りないんです――みなさんが毎日お食事の時に期待する肉汁の量には」(1)。彼女は『ボズのスケッチ集』に現われてもよかったろう。そして、彼女の家の周囲に、ディケンズはロンドンの光景を名人芸で創り出す。それは、横丁および「通りとはまともには呼べないもの」から成り、見つけるのは至難の業なので、食事に招《よ》ばれた者は、ぐるぐる歩き回った挙句諦めて家に帰ってしまうのである。彼女の家の屋根には、茶箱に入れた枯れた植物と腐った洗濯物用紐で飾られたテラスがあり、そこから見ることのできるのは、「尖塔、塔、鐘楼、光る風見、船の帆。まさしく森だ。破風《はふ》、屋根、屋根裏部屋の窓。まさしく荒野の連続だ」――家々の屋根に長い、暗い小径を作っているロンドン大火記念塔(2)。

トジャーズ夫人の下宿にいる少年ベイリーも、生き生きした登場人物である。下宿人たちから可愛がられているチビで冷静沈着な若者で、下宿人たちに魚について警告し(「そのどれも食べちゃいけない!」)、だぶだぶの古着を着ていて、火の点いた蠟燭を口に入れて、ペックスニフの娘たちを喜ばせる。頰髯が生える前に剃り(「面皰《にきび》のところは忍び足でやってくれ!」と床屋に言う)、年老いた遊び人のように世故にたけている。トジャーズ夫人はしょっちゅう彼を殴り、耳と髪を引っ張る。そこで彼は彼女の下宿を去り、新しい主人、シティーの金融業者のところに行く。その男は彼にもっと自由を与える。例えば、彼にその男の馬車をギャロップでセント・ジェイムズ広場の周りを走らせるのを許す。そして、小説の半分くらいのところで、年老いた大酒のみの職業看護婦が出てきて、モノローグで中心的存在になる。それは彼女の独特の言語で話され、やたらに間違って発音される。その多くは、彼女の想像上の友人、ハリス夫人との会話を詳しく話すことに充てられている。ディケンズは一八六〇年代の公開朗読の一つでギャンプ夫人を蘇らせた。そして、彼女とハリス夫人は、二人が最初に登場した小説からまったく独立した地位を獲得した。ペックスニフのように二人は非常に面白い人物なので、二人が喋ると、この小説のほかの部分の欠陥が消えてしまう。アングロ・ベンガル公正貸付生命保険会社についても、同じことが言える。同社の建物は堂々としていて、同社のディナーは豪勢で、ポーターのチョッキは人に深い感銘を与え、彼を雇っている会社の立派さ、能力、資金を保証している。そのためライバルの会社が、彼をアングロ・ベンガル公正貸付生命保険会社から引き抜こうとする。大型金融機関に対する諷刺は今日でも当時と同様、立派に通用する。『チャズルウィット』は長くて、むらがあり、アメリカの場面、胸が悪くなるほどの感傷性、派手な殺人が投げ込まれてはいるが、こうした見事な箇所が点在しているので、ディケンズはこの小説が「百の点で、これが僕の文句なく最高のもの」と感じたのだろう[3]。

だが、ちょうどギャンプ夫人を初めて登場させることを考えていた時、チャップマン&ホールの事務所に行くと、意欲を削がれるような経験をした。支払い額を減らそうと、二人は考えていたのだ。二人の契約書には、もし『チャズルウィット』の売上が前払い金に見合わなければ、毎月支払うことになっている二百ポンドを百五十ポンドに減額することを認める一項が入っていた――そして、見合わなかったのである。ディケンズは怒り、傷つけられ、一週間、仕事をする気になれなかった。チャップマン&ホールには、直ちに減額してよいと誇らかに言ったものの、「僕の瞼の最も敏感なところに粗塩を擦り込まれた」気がするとフォースターに言った。彼はすぐ、再び出版社を変えようかと考えた[4]。金が足りなくなったので、ミトンに借金しなければならなかった。そして、生命保険の一つを解約するよう指示した。彼はいつも使っている印刷業者のブラッドベリーとフレデリック・エヴァンズに、本を出版したいかどうか、フォースターに意向を探ってもらった。彼らはそれには関心がないようだった。フォースターはほっとした。フォースターはチャップマン&ホールの文学顧問だったからだ。

『チャズルウィット』が完成するまであと一年かかるのだが、ディケンズは小説の執筆を再び休止し、一家を連れて外国で安く暮らし、好きな時にイギリスに戻ったなら、新しい契約を結ぶということを、チャップマン&ホールに言おうと考え始めていた[5]。彼はフォースターに、自分は外国にいるあいだに本を一冊書き、パリで出版するかもしれないと話した。もう一つの計画は、パトロンを見つけることだった。彼は七月にヨークシャーで泊めてもらった友人のスミスソンに、三千ポンド融通してもらえまいかと頼んだが、スミスソンはそうする立場にはいなかった。一方、アメリカの書評子たちは、『チャズルウィット』の月刊分冊がアメリカで出て、自国に関する記述を読むと、異議を申し立てていた。

それに加え父の行動が、解決できないように見える問題を、彼に突きつけた。ジョン・ディケンズは息子の友人たち、さらには出版業者に、自分ではとても返せそうもない額の金を絶えず借りていた。ディケンズは父に代わってやむなく返済した。また父は、ほかの金銭上の詐術を使おうとしていた。ディケンズは自分の名前が濫用されるのを見て恥ずかしくなった。また、次にいつ父のために金を使わねばならないのかわからないので、ひどく不安だった。父は海軍経理局から年金を貰っていて、家賃はチャールズに払ってもらっていたにもかかわらず、そんなことをしたのである。父はデヴォンのコテージを嫌い、ロンドンあるいはともかく、南東の郊外ルイシャムに移っていたが、ロンドンの中心からは遠くて不便だと感じていて、グリニッジの蒸気船の年間無料パスを買ってもらいたいとチャップマン＆ホールに手紙で頼んだ。そうすれば、いまや自分は暇のある紳士なので、「週に二日か三日大英博物館で」過ごせる、というわけだった（ロンドンまで往復歩くのは、六十歳でリューマチに罹っている身には辛い、とジョン・ディケンズは書いている）(6)。そのような厚かましさと虚勢には感嘆せざるを得ない。この時点では、ディケンズは父に直接連絡するのは拒否していて、全力を尽くして父の問題を扱ってくれていたミトンに、絶望した調子の手紙を書いた。「僕は父の恩知らずな図々しさに驚き、当惑している。父と、あの連中すべては、僕を自分たちの利益のために毟り取り、八つ裂きにする何かだと見なしている。彼らは僕の存在について、それ以外のものと考えてもいないし、配慮してもいない。彼らのことを考えると吐き気がする」。弟のアルフレッドはまだ失業中で、ディケンズは父から一通の手紙が来るまで、アルフレッドを週給一ポンドで自分の秘書に雇おうと考えていた。「脅迫の手紙なのだ、まったくの話！——僕に対する！」彼は考えを変えた。彼はミトンに、「父の手紙は口では言えないほど僕をうんざりさせた」と言ってくれと頼んだ(7)。

その時ディケンズは、彼の最も称讃すべき慈善事業の一つに取り組んでいた。マクリーディー一座の俳優エドワード・エルトンの子供のために基金を募っていたのである。エルトンの妻は六人の娘と一人の八歳の息子を遺してエルトンより早く死んだが、エルトン自身、ハルでの契約期間が終わり帰ってくる途中、船が岩に衝突して溺死した。ディケンズは精力的に活動を始め、委員会を作り、慈善興行の手配をし、子供たちを訪問し、長女のエスターが師範学校に入れるように手配した。エスターは幼い妹たちの事実上の母親になると同時に、学校教師になった。妹のうち一人は、音楽家の道に進むのを助けてもらい、一人はコンパニオンの口を見つけてもらい、一人は結核に罹っていると思われたので、ニースに送られた。息子は父同様、俳優になった。ディケンズはその後何年も彼らを積極的に助けた。多大な時間と金の必要に迫られているのに、そうしたレベルの献身的活動、善行、気前のよい行為が非常に長い期間続けられる者はほとんどいない。エルトン家の子供たちは深く感謝し、一八五九年、連名で感謝の手紙を委員会に送った。一八六一年、ディケンズは、エスターが結婚し母になったあとでも、長い、愛情に満ちた、さらには親密でさえある手紙を、相変わらず彼女に送っていた(8)。

彼が引き受けたもう一つのことは、友人のミス・クーツに助言を与えることだった(9)。彼女は、有志の教師たちによってロンドンの最も貧しい地区に作られた「貧民学校」を改善する運動について、ディケンズの意見を求めた。教師たちは、やってくる者なら誰でも、家がなく飢えている者でも、身体障害者でも、さらには、時々欠席するのは刑務所で刑に服しているからだと説明する者でさえも教える用意があった。サフロン・ヒル――ちなみに彼はフェイギンの家のある所をそこにした――にある貧民学校を訪れた際の様子を書いた彼の手紙は、描写と議論の傑作である。彼は目にしたことに衝撃を受けた。また、自分の白いズボンと長い髪についての子供たちの生意気な言葉に面白がった。教師たちは正直で、善人だと彼は褒めた。そして教師たちは「少年たちに親切にすることで、心を掴もうとしている」が、あんな風にして宗教教育を始めるのは最善の方法ではないのではないかとディケンズは言っている。「子供たち自身の境遇が、あまりにもわびしいものである時、神という考えをもってでさえ、子供たちに感銘を与えようとするのは、なんとも大変な仕事になる」し、教義問答集《カテキズム》のようなものを教えるのは、「絶え間ない罰の暮らし」を送っている子供たちにとっては的外れだと断じている。彼はあなたを支持すると言ってミス・クーツを励ましているが、ほかの何人が協力してくれるだろうかといぶかっている。「そうしたもの〔貧民学校〕が存在することには全然衝撃を受けないが、実際に知るとひどく衝撃を受けるような繊細さというものがある」とミス・クーツに言った(10)。それが、慈善事業で彼がミス・クーツと協力するようになったきっかけだった。それは、何年にも及ぶことになった――ミス・クーツは彼の助言を求め、大抵はそれを受け容れ、彼は提案をし、彼女のために調査をし、自分の時間の多くをそのために使った。巨万の富を相続してイギリスで最も裕福な女になり、クーツ銀行と、ストラットン街とハイゲイトにそれぞれ一軒の家を所有していたミス・クーツは、自分の始めた運動に多額の金を使うつもりだった。彼女はまた、従来の宗教を深く信じていたが、それにもかかわらず、彼女と、いまやユニテリアン派の信徒と名乗るようになったディケンズとは無二の親友になり、『マーティン・チャズルウィット』は彼女に捧げられた。ディケンズはフォースターに言った。「神に誓っていいが、彼女は実に優れた人物で、僕は彼女に完全無比の愛情と尊敬の念を抱いている」[11]。ミス・クーツは彼の家族に愛情に満ちた関心を寄せ、彼女の男勝りのコンパニオン、ミス・メレディスはディケンズを面白がらせ、自分が病気になった際に送られてきた看護婦のことを詳しく彼に話した。その話がもとになって、ギャンプ夫人が生まれたのである。

ディケンズ一家は、一八四三年の八月と九月に、ブロードステアーズの家に再び移った。ディケンズはその年の夏、しばしばロンドンにいて懸命に仕事をしなければならなかったが。秋までには、外国に行き、今後の執筆の約束はしない計画を詰めた。彼は『チャズルウィット』は良い作品だという自信があった。「今、かつてないほど自分の力を感じる。かつてないほど自信が湧いてくる。僕は健康ならば、五十人の作家が明日、不意に出現しても、物を考える人間の心の中に自分の居場所が維持できるのを知っている」[12]。そして、『チャズルウィット』があまり売れないのは「ごろつきで白痴」の書評子たちのせいだとした。友人たちも『チャズルウィット』に失望し、ジェフリーはそれを「グロテスクで奇想天外」と呼んだけれども。フォースターでさえ、最後の号が出るまで、書評は差し控えた[13]。しかしディケンズは、自分の想像力を再充電するために、休養をしきりに欲してもいた。彼はフォースターと長期間別れるのは嫌だったが、自分の立てた計画は「方策と義務の問題」だと見なした。フランスで暮らすことは子供たちのためになるし、一月に生まれる予定の赤ん坊は、キャサリンの母に預けてイギリスに置いていける[14]。十一月には、彼は自分の「動物園」をローマまで連れて行く話をしていた。

しかし彼は、別のことも考えていた。十月に、クリスマスに売るための短い本を書こうという案が浮かんだ。十月二十四日までには、クルックシャンクに初めて紹介してもらった優れた画家、ジョン・リーチに挿絵を描いてもらっていた。そして十一月十日に、フォースターと表紙と広告について話し合っていた[15]。彼はボストンの友人フェルトンに、自分はその本を頭の中ですでに書いた、「すべての真面目な人々が寝てしまった多くの夜、十五マイルから二十マイル、ロンドンの漆黒の通り」を歩き回りながら、泣き、笑い、また泣いて」と語った[16]。マンチェスターのスラム街、児童労働、苛酷な雇い主、過労の男女を目にしたフリードリヒ・エンゲルスは、貧乏人に注意を向けた唯一の英国の作家だとカーライルを称讃したが、ディケンズの作品を何も読んでいなかったのは疑いない[17]。『クリスマス・キャロル』は、ロンドンの労働者階級の置かれた状態に対するディケンズの反応を示すもので、次のクリスマスの本『鐘の音』はそのテーマを追ったものである。カーライル、エンゲルス、ディケンズは皆、金持ちが貧乏人の運命に対して無関心であることに怒りを爆発させ、恐怖を抱いた。貧乏人は教育をほとんど受けられず、病気になっても看病してもらえず、わが子が無慈悲な工場主のために働かされるのを見、半ば飢えているだけならば自分たちは幸せだと考えた。ディケンズはチャップマン＆ホールに、その小さな本を、別の冒険的試みとして、歩合制で出してもらえまいかと頼んだ。そして、色付きの立派な装丁にして、表表紙と背表紙の文字は金箔にすることを主張した。そして、価格はわずか五シリングにするよう主張した。

それは十二月十九日に出版され、クリスマスの前の数日で六千部売れた。ディケンズはそれをジェフリー、エリオットソン、フェルトン、シドニー・スミス、妹のレティシアに贈った。彼はマクリーディーに、それは自分がこれまでに収めた最大の成功だと請け合った。それは一八四四年の春まで売れ続け、五月までに七版を重ねた。彼はその中に、カムデン・タウンと、ボブ・クラチット（冷酷非情な高利貸しスクルージの事務員）がするように、仕事場まで歩くか駆けるかした思い出を込めている。また、姉のファニーの不具の息子（いまや四歳で、ディケンズは九月にマンチェスターで見た）を、タイニー・ティムとして登場させている。成人は子供時代の自分を哀れみ、スクルージ同様、その哀れみから何かを学ぶということを、ディケンズは心の奥底から理解していた。それはまた、彼が訪れた貧民学校と、その少し前に読んだ「児童雇用委員会報告書」に対する彼の反応でもあった。その報告書によると、七歳以下の子供がなんらの法的制約なしに、時には一日十時間から十二時間働かされていた。ディケンズはそれに触発され、「現在のクリスマス」の幽霊が、二人の発育不全で狼じみた容貌の子供（その幽霊は彼らを「無知」および「欠乏」と呼ぶ）をスクルージに見せる場面を書いた。スクルージが「その子たちは避難するところも頼みの綱もないのかね？」と訊くと、幽霊はスクルージ自身の声で答える。「監獄があるじゃないか？　救貧院があるじゃないか？」この作品は大衆の心にじかに訴えかけ、今でも恐怖、絶望、希望、暖かさ、最悪の罪人《つみびと》でも悔悛し善人になれるというメッセージ――キリスト教的メッセージ――の混淆を生む。また、共に分け合う陽気な気分、食べ物、飲み物、贈り物、さらにダンスさえ、単に浮ついた快楽ではなく、全人類のあいだの愛と相互扶助の基本的表現だという主張も伝える。

ディケンズはこの作品が自分に千ポンドもたらし、その結果借金を完済し、外国にいくためのいささかの金が手元に残ると確信していた。だが、またもや失望し、動揺した。『クリスマス・キャロル』の収支は、ほとんどの収益が装丁、特殊な紙、彩色版画、広告に吸い取られてしまったことを示していた。クリスマスに彼は、クーツ銀行から借り越してしまった。それは、ミス・クーツとの個人的友情を考えると、なんとしても避けたいことだった。そこで、ミトンに再び借金を申し込んだ。彼は最初の六千部で百三十七ポンド手にした。そして、一八四四年の末になっても、その本では七百二十六ポンドしか稼げなかった。さらに悪いことに、彼は『クリスマス・キャロル』の海賊版に対する訴訟を起こした。その海賊版は、『クリスマス・キャロル』の第二版が出た日に一冊二ペンスで売られた。彼は海賊版の裁判で勝ったけれども、リー・アンド・ハドック社は破産宣告をし、ディケンズは訴訟費用として七百ポンド支払わねばならなかった。そのためミトンに三度目の借金を申し込み、承諾してもらった。

ディケンズはクリスマスの本の成功を傷つけないため、財政上の災難については口を閉ざしていた。明るい話としては、それまでヨーロッパ大陸でイギリスの本を海賊版で出していたライプツィヒの出版業者タウフニッツが公正な出版を始め、ディケンズの作品に支払いをした。『クリスマス・キャロル』のタウフニッツ版は、「著者により許可」となった。アメリカでは、『クリスマス・キャロル』は彼のベストセラーになり、百年で二百万部売れた。[18] 戯曲化されて新年にロンドンで上演されていた。それは常に大成功で、ディケンズの多くの讃美者は、『クリスマス・キャロル』を毎年クリスマスに再読するようにしていた。

一八四三年のクリスマス、ディケンズは様々な緊急の問題を抱えていたにもかかわらず、その季節を大いに楽しんだ。マクリーディーはアメリカで舞台に立っていた。ディケンズとフォースターは、ボクシング・デー〔クリスマスの贈り物の日〕にマクリーディー夫人が催した子供のためのパーティーで、中心的エンターテイナーを買って出た。ジェイン・カーライルはその様子をこう記している。「考えても御覧なさい、素晴らしいDがたっぷり一時間、手品師をやったことを――私の見た最高の手品師で――（私は何人かの手品師を見るのにお金を払いました）――フォースターは彼の召使を演じました。余興のこの部分は、生の粉と生の卵で出来ているプラム・プディングで終わりになりました――どれも生で、普通の材料です――紳士用の帽子の中で茹でられ――湯気を立てながら転がり出たのです――びっくりしている子供たちと大人たちの目の前で、すべて一分で！」その少しあと、ディケンズは膝を折らんばかりにしてカーライル夫人に一緒にワルツを踊ってくれと頼んだが、無駄だった。夕食とクラッカーとスピーチのあと、カントリー・ダンス〔二列の男女が互いに向かい合って踊るもの〕が行われ、全員がぐるぐる回り、真夜中になるとディケンズは「夜の仕上げ」をするために、サッカレーとフォースターをデヴォンシャー・テラスに連れ去った。カーライル夫人は、「自分たちはあらゆる規則を超越していて、天地万物から独立していると感じている悪党の文学者」のほうが、貴族的で因習的な客間にいる者たちより遥かに面白いと思った[19]。

十二夜にも、チャーリーの七回目の誕生日のために、また手品ショーが催された。その際、ディケンズとフォースターは魔術師の扮装をした。ディケンズは風邪で倒れそうだったけれども。「胸がヒリヒリし、頭がくらくらし、鼻が利かない[20]」。そして、家族の面倒も依然として見なければならなかった。末弟のオーガスタスは十七になっていた。ディケンズは仕事を探してやろうと奔走した。赤ん坊が間もなく生まれることになったが、キャサリンはアメリカにいた時とは違い、もはや「しっかり者」ではなかった。ディケンズは彼女の状態を嘆いた。「落ち着かなく、無気力。しかし完全に健康で、その気になれば持ち直すのは確かだ[21]」。たぶん彼女は、近づいてくる出産の苦しみを思って落ち着かず、自分たちが外国に行く時、赤ん坊を母に預けるという彼の計画が気に入らなかったのだろう。一月十五日に、三番目の息子フランシスが生まれた。キャサリンはすぐに回復したが、一ヵ月後ディケンズは、友人のT・J・トンプソンに宛て、こう書いた。「ケイトはまた元気になったという話だ。赤ん坊も元気だそうだ。しかし、後者を見るのは（原則として）断る[22]」

彼は少なくとも、赤ん坊、子守女、妻から逃れ、輝かしい講演者という、もっと楽しい役割を担うことができた。

彼はリヴァプールの工員教習所〔工員のための成人学校〕とバーミンガムの工芸学校で講演するために北に行った。そして、リヴァプールで姉のファニーに会い、ドックに入っていたブリタニア号を再訪し、船上でシャンパンを飲んだ。それから、晩に千三百人の聴衆の前で話すために「鵲《かささぎ》チョッキ」〔白と黒のチョッキ〕着込んだ。講演は大成功だった。彼はレセプションで演奏した十九歳のコンサート・ピアニスト、クリスティアーナ・ウェラーに恋心を抱いた。翌日ウェラー一家の昼食に勝手に押しかけ、一家を驚かせた。そして彼女の来客名簿に詩を書き、あなたはサム・ウェラーと名前が同じだと冗談を言い、彼女に対する自分の気持ちを仄めかした。「私はいささかの名声を自分にもたらした、彼女の可愛い名前を愛する／でも、まことと、喜んでそれを変えよう」。それに続いて彼は、テニソンの二冊の詩集を贈り――詩人から貰った二冊――彼女の父に、「私が彼女を見た瞬間、群衆の中で際立っていました。そして、常に私の脳裡に残ることでしょう」と書いた[23]。彼はまた、彼女の表情がきわめて霊的なので、若くして死ぬのではないかと恐れた。

彼は彼女の魅力にすっかり打ちのめされていたが、工員教習所を運営しているイェイツ氏の開いた晩のパーティーに行き、四十組の夫婦と一緒に午前三時までサー・ロジャー・ド・カヴァリーを踊り続けた。翌朝、列車でバーミンガムに向かった。バーミンガムの市庁舎は、「ディック〔ディケンズ〕歓迎」という巨大な文句になるように並べられた造花で飾られていた。彼は宿泊先に退き、一人で食事をし、「シャンパン一パイントとシェリー一パイント飲み……体は鉄のように固く、胡瓜のように冷たかった[24]」。ホールは天井近くまで聴衆で一杯だった。その夜の講演は最上の出来だったと思った。気分が昂揚していて、その夜あとでトンプソンに長い手紙を書き、講演の自慢をし、クリスティアーナについて告白した。「僕があの少女に抱いた信じ難い感情が誰かにははっきりとわかったなら、いやはや、僕はなんという狂人に見えたことだろう[25]」。彼の熱意にすっかり感染したトンプソンは、自分もクリスティアーナに恋してしまった。トンプソンは裕福な寡夫だったので彼女に求愛し、その成り行きを絶えずディケンズに知らせた。ディケンズもトンプソンを大いに励ました。なぜならそうなれば、たとえ間接的にせよ、彼女と親密でいられるからだ。彼は本を持ち、船と騾馬《らば》でイタリアに「素晴らしい休日」を過ごしに行こうと提案し、自分が口髭を生やし、赤い肩帯をゆったりと掛けている様を想像した。トンプソンの求愛は、ごくゆっくりとしか進まなかった。その間《かん》に、ディケンズは冷静になった。彼はクリスティアーナがロンドンで演奏するのを聴きに行き、翌年の彼女の結婚式で話しかけたけれども、いったんクリスティアーナがトンプソン夫人になると、彼女とウェラー一家全員に敵意を抱くようになった。[26]

『チャズルウィット』は書き続けられた。ディケンズは六月末に月刊分冊の最後の号が出たら、すぐにイタリアに出発する計画だった。すでにイタリアにいたスコットランド人の友人のアンガス・フレッチャーに、ジェノヴァに一軒の家を借りてもらった。フレッチャーは同地でディケンズたちと一緒になり、彫刻の仕事をするつもりだった。フレッチャーは家に水洗便所を備え付けるよう指示された。ディケンズとキャサリンはイタリア語の手ほどきを受けた。四月に彼は、またもミトンから借金をする必要に迫られた。デヴォンシャー・テラスは五月末から人に貸すことになっていたので、一家は全員、オズナバーグ・テラス九番地に移った。六月一日、フォースターおよびウィリアム・ブラッドベリーとフレデリック・エヴァンズと予備的な話し合いを何度も重ねた結果、ブラッドベリーとエヴァンズはディケンズの口座に二千ポンド払い込む、ディケンズは彼らに、次の八年間に書くすべてのものの利益の四分の一を与える、ただし、何かを書くという正式な契約はなしに（一八四四年に、別のクリスマスの本が書かれることが期待されていたが）、という契約が結ばれた。彼らの担保は、ディケンズの残りの生命保険だった。その取引は気前のよいもので、理に適ったものだった。ディケンズはついに自由になったと感じた。そしてブラッドベリー＆エヴァンズは、その取引から非常な得をすることになる。悪漢のチャップマン＆ホールは、彼の新しい仕事から、出版業者としては姿を消した――少なくとも次の十五年間。[27]

第11章 旅、夢、ヴィジョン 一八四四〜四五年

ディケンズ一家は、イギリスでの最後の数週間を、一連のディナー、祝い、別れに費やした。ディケンズはまた、『エグザミナー』の編集長フォンブランクと一緒に数日ヨット旅行に出掛け、バースにランダーを訪ねた。イタリアへの長い旅のために、みすぼらしい古い四輪大型馬車を購入した。それは「君の書庫くらいの大きさだ」と彼はフォースターに言った。一行全員を乗せるには、少なくともそのくらい大きくなければならなかった。一行には、ジョージーナ（ディケンズには「私の小さなペット」で、それ以後は、一家の欠かせない一員になった）、四人の子供と赤ん坊のフランシス――ホガース夫人のところに残して置くのはやめたのだ――ディケンズ家の女中のアン、三人の若い乳母と女中、旅行のためにディケンズ家に雇われたフランス人の従者ローシュ、小さな巻き毛の犬ティンバーが含まれていた。半年間、セント・ジョンズ・ウッドの通学学校に通っていたチャーリーは、教師に一年間の別れを告げた。[1] 六月三十日に『チャズルウィット』の最後の号が出、七月二日、一行は出発した。そして四輪馬車で、フォースターとフレッドが旅の第一段階に同行できるよう、ドーヴァーまで行った。ディケンズは別れを告げるのが嫌だった。そして友人たちは彼と別れるのが辛いので、できるだけ長くそばにいようと思った。

一行はパリに二日滞在し、リヴォリ街にあるオテル・ムーリスに宿泊した。ディケンズがフランスの首都を訪れたのは、それが最初だった。彼は一人で通りを絶えず歩き回り、あらゆるものに感嘆した。「パリは世界で最も驚くべき場所だ……ほとんどどの家も、通りすがりのどの人間も、そこに広く開けられて立っている巨大な本の、もう一頁に思えた。僕はいつもそれをめくっていたが、終わりに近づくことは決してなかった」[2]。それがフランスに対して関心を抱き、フランスのほとんどの事物に喜びを覚える心の準備が整った最初だった。そしてサンス、アヴァロン、シャロン＝シュル＝ソーヌの旅は、美しい夏の旅だった。たとえ、子供たちと犬で一杯の四輪馬車に乗り、腹具合が悪かったとしても（ディケンズの報告では）。シャロンで中休みがあった。四輪馬車は艀に載せられ、リヨンまで運

ばれた。そこでソーヌ川がローヌ川に合流していた――そこで再び休み、名所見物をした。それからエクスまで行った。今度は陸路を通ってマルセイユに行き、そこから船で目的地の、リグリア海沿岸のジェノヴァに行った。一行は七月中頃にそこに着いた。船から眺めたジェノヴァは美しい町だったが、近くで見るとジェノヴァは、「広い世界の、朽ちかけた、侘しい、眠りを誘うような、汚い、活気のない、不完全な、神に見棄てられた町の中で、間違いなく一番上に来る町に違いない。まるで、あらゆるものの、どんづまりに来たかのようだ(3)」。

多くのイギリスからの訪問者同様、一行はイタリアの空が夏でさえも灰色で曇っているのを知って驚いた。その天候はしばらく続いた。フレッチャーが見つけてくれた家にも、ディケンズはひどく失望した。ヴィッラ・バニャレッロ〔「バニャレッロ」は、この家の家主の名〕はピンクの監獄に似ているとディケンズは言った。それはジェノヴァにあるのではなく、ジェノヴァの数マイル外のアルバロにあり、部屋は蚤だらけだった。リトル・ケイティーは病気になり、父以外の者に看病されるのを嫌がった。しかし生活費は安く、極上の白ワインが一パイント一ペニー四分の一で買えた。そして彼は、仕事をする必要がなかった。九時半に朝食をとり、熟していないレモンでパンチを作った。「これまで、怠惰であるということはどんなことか知らなかった(4)」。その言葉は真実であり、感動的である。彼の人生には、十二歳以来、余暇というものがあまりなかったのだ。彼は海で泳ぐ楽しみを知った。口髭を生やした。ジェノヴァの中と外で馬に乗り、八月になって夜だけが歩くに適した時間になるまで、日中歩いた。隣人のムシュー・アレールが、在ジェノヴァのフランス領事なのをすぐに知った。文学趣味を持った、人を親切にもてなす人物で、素晴らしい御馳走をしてくれ、ジェノヴァからナポリに行く途中の、ロマン派の詩人で外交官のアルフォンス・ド・ラマルティーヌに紹介してくれた。ディケンズは、その当時はフランス語がほとんど話せなかったけれども、ラマルティーヌの妻はイギリス人だった。そして、二人の男は熱心な改革支持者で、監獄の改善と著作権について同じ考えを持っていた。二人は一八四七年にパリで再会し、五五年に三度目にやはりパリで会うことになる。ほかの愉しみは、カルロ・フェリーチェ劇場に行くことだった。彼はその劇場の個人用特等席を借り切った。シーズンはバルザックの『ゴリオ爺さん』を戯曲化したもので始まり、続いてベッリーニの『夢遊病の女』、ヴェルディの新作オペラ『十字軍のロンバルディア人』が上演された。彼はテニソンを読んだ（「彼はなんと偉大な人物だろう！」）[5]。しかし、落ち着かなかった。フレッドが休暇を過ごしに来ることになった時、弟に会うためにマルセイユまで旅をし、二人はニースを訪れてから、沿岸道路伝いに一緒にイタリアに戻った。フレッドも口髭を生やしていた。そのせいでディケンズは自分の口髭を剃る決心をしたのだろう。彼はフレッドが好きだったが、フレッドは友人たちの代わりにはなれなかった[6]。彼はマクリースに言った。「君とフォースターを失うのは、腕と脚を失うようなものだ。君たちがいないと、退屈で物足りない」[7]。

彼は住むのにもっとよい所を探し始め、十六世紀のパラッツォ・ペスキエーレ、すなわち生簀邸を借りることに成功した。それはジェノヴァの中心にあったが、広々とした段状の庭があり、高台にあったので、周囲の町、港、海が見渡せた。一家は九月末にそこに越した。それは、彼がそれまでに住んだ家の中で文句なく最も壮麗な家で、彼は友人たちに、天井まで五十フィートもある大ホール、模様の付いた石の床、フレスコ壁画、ニンフとサテュロスで飾られた寝室、バルコニーとテラス、噴水と彫刻について熱っぽく語った手紙を送った。彼は青いローブを羽織ったマドンナに似た霊の夢を見たが、それがメアリー・ホガースなのを知った。彼が泣いて両腕を彼女のほうに伸ばすと、彼女は自分に願い事をするようにと言い（ディケンズは妻が抱えている悩みを取り除いてもらいたいと頼んだ）、ローマ・カトリック教を勧めた。彼は涙を流しながら目を覚まし、キャサリンを起こしてその夢のことを話した。そして、その原因を考えた――眠る前に寝室で古い祭壇を眺め、修道院の鐘の音を聞いたのだ。しかし、フォースターにそのことについて書いた際には、それを「夢もしくは現実のヴィジョン！」と見なすべきかどうか、いぶかった[8]。

夢とヴィジョンは、彼が書き始めたクリスマスの本『鐘の音』の中心的なものである。貧しい老人のトロッティー・ヴェックは、毎日一日中、仕事を待ちながら教会のドアの前に立っているが〔ヴェックはティケット・ポーター、すなわち公認荷物運搬人。ティケット・ポーターは通りに立ち、頼まれれば荷物や文書を運んだ〕、教会の鐘の霊からヴィジョンを見せられる。霊は小鬼、幽霊、影とも言われている。この作品は、今日ほとんど読まれていないが、熱烈な感情を籠めて書かれていて、一八四〇年代の冷酷で偽善的な金持ちを恥じ入らせる意図を持っていた。『クリスマス・キャロル』同様、イギリスの貧民の状況を直視したものだが、直接的な政治的メッセージが籠められていて、マルサス主義の政治経済学

ジェノヴァのパラッツォ・ペスキエーレ。ディケンズは1844年、ここに一家で住んだ。

者、自殺願望の若い女を監獄に送り流刑に処した判事、狩猟法を施行し労働者を飢えたままにしながら、農事午餐会で「労働者の健康」を祝して乾盃をする地主の自己満足を攻撃したものである。ディケンズは自分が話していることを熟知していた。諷刺の対象の判事は、かつて彼の知り合いだった。そして、ある小利口な経済学者は、かつて『ウェストミンスター・レヴュー』誌上で、ディケンズが『クリスマス・キャロル』の読者に、「ボブ・クラチェットが七面鳥とパンチを手にすることができた結果、それを手にすることができなくなった者」について言わなかったと攻撃した〔七面鳥とパンチの量には限りがあるので、それをクラチェットがスクルージから貰えば、その二つを手にすることができない者が生まれる、と論者は言っている〕。トロティー・ヴェックはヴィジョンの中で、自分の娘と別の若い女が娼婦に身を落とし、貧困ゆえに自殺し、自分の娘の愛する青年が犯罪に走り、不当な刑を受けるのを見る。ディケンズは、トロティー・ヴェックが目を覚まし、すべては夢だったのを知るという、ありきたりのハッピーエンドで物語を結んでいるが、読者はヴィジョンが貧民の生活の真実の多くを描いているのを理解した。現代の読者は、抑圧された者の描写より、権力者に対する揶揄のほうでディケンズは成功していると感じるだろうが、当時の読者は抑圧された者に対して涙を流したのである。

フォースターは『鐘の音』を読んで非常な感銘を受けたので、『エディンバラ・レヴュー』の編集長ネイピアに密かに働きかけ、それは「いくつかの重要な点で」、ディケンズがこれまでに書いたものの中で最上の作品なので、出版される前に匿名で書評させてもらいたいと頼んだ。ネイピアは同意した。フォースターは讃辞を書き、「ここにいくつかの問題が提起されている。それは、本を脇に置いた時、無視することはできない。イギリスの状況の問題……きわめて些細な道具にとっては重いテーマだ！　しかし、タッチは精妙で、トーンはまことに真正だ……この小さな話をなんと名付けてもいいが、それは実際、悲劇なのである」[9]。その書評は誇大な讃辞で、筆者がわかると、人はにやりとした。『鐘の音』は意図通り、ある程度の政治的反響を呼び起こしはしたが『クリスマス・キャロル』ほどの人気は博さず、フォースター自身、それは「彼の大成功を博したものの一つではない」ということをのちに認めた。[10]ディケンズがフォースターのしたことを知っていたにせよ知らなかったにせよ、『鐘の音』で共有した経験は二人をいっそう親密にした。彼はその作品を書きながら、いつも構想を練るロンドンの通りを懐かしみ、最初の部分をフォースターに送った際、「君がそれを読むのを見ることができれば、百ポンド上げたい（安いものだと思う）」と言った。[11]そして、十一月末に、フォースターとそのほかの友人と一緒にそれが読めるよう、急いでロンドンに戻ってもいいと考えた。『鐘の音』は十一月四日に完成した。ディケンズは重い風邪をひいていたので、ほとんど目が見えなかったが、自分の作品を読んで涙を流した。

十一月二十一日、ディケンズは旅の従者のローシュと一緒に北に向かった。二人は月に照らされながらシンプロン峠を登り、頂上で日の出を見、昇ってくる太陽に薔薇色に染められた雪の上を橇で滑った。それから、フリブール、ストラスブールに行った。フランスの乗り心地の悪い長距離用乗合馬車は、五十時間で彼をパリに運んだ。万事すこぶる順調だったので、彼は予定より一日早くイギリスに着いた。彼はリンカンズ・インの近くにいたいので、前もってフォースターに、コヴェント・ガーデンのお馴染みのピアッツァ・コーヒー・ハウスの一室を予約してもらった。そして、十一月三十日の晩に、彼は出入り自由のラウンジに歩み入った。すると、フォースターとマクリースが炉辺に坐っているのを見た。彼は駆け寄って、二人と抱き合った。彼はロンドンに八日滞在したが、その間《かん》、友人たちの気分は昂揚していた。全員独り者が数日一緒に過ごし、大いに泣いたり、笑ったり、抱擁したりして、深更まで坐って起きていた[12]。ディケンズはリーチを朝食に招き、挿絵の礼を言った。フォースターは十二月三日に自室でティー・パーティーを開き、その際ディケンズは、選ばれた一団の客に、『鐘の音』の全部を読んで聞かせた――カーライル、マクリース、スタンフィールド、さらにダグラス・ジェロルドと、編集長でエッセイストのレイマン・ブランチャードを含む数人の革新的作家。ディケンズは弟のフレッドも加えるのを忘れなかった[13]。

マクリースはその場の光景をスケッチしてキャサリンに送った。ディケンズの頭の上に放射状の光輪が描かれていた。マクリースはキャサリンに言った。「家の中に乾いた目は一つもなかった……甲高い笑い声……全員にとって救いとなる、涙の洪水――チャールズにとって、それほどの勝利の時間はこれまでなかったと思う[14]」。そしてディケンズは、キャサリンに宛てて書いた。「もし君が昨夜マクリースを見たなら――僕が朗読している時、彼はソファーに坐って人目も憚らず啜り泣き、嗚咽していた――力を持つとはどんなことか感じただろう（僕同様に）[15]」。自分の言葉を朗読することが人に与える影響力についての初めての経験があまりに強く、満足感を覚えるものだったので、公開朗読に対する昔の関心が再び呼び起こされた。彼は、もう一度友人たちの前で朗読した。彼とフォースターは、それを劇にする話をした。その間《かん》、『鐘の音』の三つの別々の戯曲化が、ロンドンでクリスマスに上演するために準備されていた。

彼はもしクリスマスに間に合うようジェノヴァに着くようにするならば、すぐ再び旅を始めねばならなかった。そして、十二月八日の夕方、出発した。パリは雪に埋もれていて、フランスでオセロ、ハムレット、マクベスを演じることになっていたマクリーディーと一緒に、数日、パリに居残っていた。パリから彼は、心の籠もった手紙をフォースターに送った。「僕は君の所に行く道も、君の所から戻る道も、一インチたりともなくしたいとは思わない、仮にそれが二十倍も長く、二万倍も冬の天候が荒れていたとしても。それは、どんな旅でも価値があったのだ――なんであれ！……僕は誓うが、いかなる簡単に言いうる、または考えうる理由であれ、あの最初の週、僕らが会ったあの最初の夜、君の部屋で朗読した、あの晩、そう、二度目の朗読の晩も逃しはしなかったろう[16]」〔悪天候の中を、わずか数日の滞在のために、遥々イタリアから来たことに同情するという、フォースターからの手紙に対する返事〕。二人の絆は、ディケンズがイタリアからロンドンに来たことでいっそう固くなり、彼はジェノヴァに戻ると、二人の友情を新しい段階に進めた。彼は自分の若い時の人生についてフォースターに初めて語り、俳優になる希望を抱き、その計画を立てたことを明かした。次の数年間、彼はそれについてもっと語り、自分の子供時代、父の入獄、靴墨工場での仕事についての秘密の話を手紙に書いて送った。そして、自分の伝記作者になってくれないかとフォースターに言った。彼はフォースターと、どんな男女も及ばぬほど親密になることができた。したがって、中年になるやならずの年で、この人物こそ、自分の生涯について書くことを託すことのできる唯一の人間だという考えを固めた。そして、その決心は揺らぐことはなかった。

ディケンズが俳優になるためにオーディションを受けようとしたことをフォースター宛の手紙に書いていた時、フォースターの兄が急死した。まだ三十代だった。ディケンズは慰めの手紙を書いた。その文面は、二人の友情をいっそう神聖なものにしているように思える。「今、君と僕とのあいだの距離を感じる、本当だ。わが最愛の友よ、この退屈な便箋には書けないほどに生き生きと、愛情を籠めて、君には一人の兄弟が残っていることを、君に思い出させることができればいいのだが。その兄弟は、自然が作り出したこのうえなく強い絆で結ばれている。どうあっても切れず、弱まらず、変わらず、君の兄弟に訪れたのと同じ終わりが、この兄弟に訪れるまで、可能ならば、いっそう固く結ばれる絆によって……今、この瞬間、君の心を、まるで手に持っているかのように、僕は読み取る[17]」

一方、ディケンズ夫妻はジェノヴァで、新しい関心の対象を得た。ディケンズ夫妻がそこで作った友人たちの中に、銀行家のエミール・ド・ラ・リューがいた。ジェノヴァに住んでいる英語を話すスイス人で、イギリス人の妻オーガスタ・グラネット（旧姓）と結婚して十年になっていた[18]。二人はジェノヴァの館の最上階の、美しい、窓の高い、快適なアパートに住んでいた。そこまで行くには、両側に古い胸像のある多くの階段を登り、多くの踊場を横切った。彼女は人前では魅力的で活潑に見えた。しかし、神経障害に悩んでいた――三叉神経痛性チック、頭痛、不眠症、時おりの痙攣、強硬症。まさしく十九世紀の女性が罹っていたような一連の病気である。そうした患者は少しのちに、シャルコー医師やフロイトの診療所にやってきて、ヒステリーに罹っていると診断された。ディケンズは十一月に急遽イギリスに戻る寸前、ド・ラ・リューから妻の抱えている問題を打ち明けられ、相談に応じた。そうした種類の患者に対して催眠術を使う自分の主治医、エリオットソンのことを話し、自分も催眠術の心得が少しあると話したのかもしれない。ド・ラ・リューはすっかり感心し、ディケンズが戻ってきてから数日経った頃、家に来てマダム・ド・ラ・リューに催眠術を施してもらいたいと頼んだ。ド・ラ・リューが有名な作家に妻を治療してもらうという考えに興味を唆《そそ》られたのは疑いない。妻も乗り気になり、そうしてもらうことを喜んだ。ディケンズは十二月二十三日に治療を開始した。それは、彼がなんの医学的訓練を受けていないことを考えるときわめて異常な状況だったが、彼は自分にできることは試してみようという熱意に燃えていた。そして、ド・ラ・リュー夫妻は感謝した。

ディケンズはオーガスタ・ド・ラ・リューのために何かできると確信していて、医者の役割を演じる心づもりをしていた。彼はエリオットソンを信じていて、キャサリンと夫ジョージーナを忘我状態にした自分の能力に気をよくし、本物の患者は、自分は善《よ》いことをしていて、催眠術は正しいという己が信念を正当化する機会を与えてくれると感じていた。当時、催眠術はまだ解明も、理解さえもされていない一種の磁力だと考えられていた。ディケンズはその磁力が患者の神経組織に影響するのかどうか考えた。しかし神経組織については、ごくわずかなことしかわかってはいず、のちに、催眠術の磁力という考えは事実に根差していないということが判明した。それにもかかわらず、必ずしも科学的素養のあるわけではない者が、催眠術にかかりやすい者に行動上の変化を生み出すことができるというのは明白であり、真実である。そして、ディケンズとオーガスタ・ド・ラ・リューのあいだに何かが起こったのは疑いない。それが正確に何かを言うのは難しいが。

彼の治療法は、彼女を眠っているような忘我状態にし、彼女のさまざまな経験と幻想について質問する、というものだった。彼のノートはごくわずかしか残っていないが、彼は彼女の夫と交わした何通かの手紙の一通で、自分が山腹にいて、男女の群衆に囲まれていたが、いなくなった兄(彼女はチャールズと呼んだ)が、悲しげな顔で窓に寄りかかっている姿を不意に目にしたと彼女が話したことを書いた。ディケンズはなんで兄は悲しかったのか訊いたが、その理由を見つけるつもりだと彼女は言った。次にチャールズは、依然として悲しげな顔で窓の外の海を眺めながら部屋の中を歩き回った。その時点で彼女は泣いた。ディケンズは彼の服装について尋ねた。「制服を着ていた」と彼女は答えた。そして彼女は言った。「兄は私のことを考えているの！」間があったあと、兄は自分が忘れられていると思っている、また、兄に宛てた自分の何通かの手紙は誤配され、兄は手紙を受け取っていない、と彼女は言った。そして兄はいなくなり、それ以来見ていないと言った。彼女はまた、青空のもとで山腹の緑の草の上に横たわっていると、見えない人々が転がした石で怪我をしたことについても話した。また、ぼんやりとしか見えない男がそこに出没し、彼女はその男が怖く、その男を見る勇気がないということについても話した。ディケンズは、その男は彼女が別の折にすでに話した、彼女が非常に恐れている悪い霊か幽霊だと結論付けた。

　フロイトならば、そのすべてを解釈し、現代のカウンセラーならば彼女の過去の経験について訊くだろう。実際にチャールズという兄はいるのか？〔ピルグリム版『ディケンズ書簡集』の注によると、「兄」はオーガスタス・グラネットの長男で第一二歩兵連隊の大尉のチャールズ・グラネットと思われる〕彼はどこにいて、彼女と彼の関係はどういうものなのか？　彼女の症状はいつ出始めたのか？　彼女は子供がいないのを悲しんでいるのか？　彼女と夫との関係はどんなものなのか？　もしディケンズがその種の質問をしたとしても、記録は残っていない。彼は、彼女が一月になって前よりよく眠れるようになった、以前は「ひどく怖い顔をした無数の残虐な幽霊に追いかけられた、また、その幽霊は淡くなったあと、皆自分たちの顔をベールで覆った」と話すのを聞き、治療は順調に行っていると思った[19]。しかし、依然として悪い霊あるいは幽霊はいて彼女にいろいろ命令し、ディケンズに敵意を抱いていた。彼女はまた、頭の中が燃えているような感覚があるが、彼の治療を受けると冷たくなるとも言った。さらに、自分は口にできないほど恐ろしい経験をしたとも語った。それは熱に浮かされた時の夢のようだが、実際に自分の身に起こったことだと言った。彼女が話す、ローマのトリニタ・デイ・モンティ教会での経験は、精神病的出来事のように思える。それは、実際のことのように思え、実際の経験より強力で、もっと恐ろしいものだった。そうした精神病的出来事は、彼女の場合明らかにそうだが、患者の心の中に何年もとどまる。彼女はそれによってひどく打ちひしがれたので、ディケンズに、ローマに行った時はその教会に行かないようにと警告さえした[20]。

　事実彼は、キャサリンを連れてローマに行く手筈をすでに整えていた。一月十九日にジェノヴァを発つつもりだった。ド・ラ・リュー夫妻は三月にローマで彼らと一緒になることになっていた。その間《かん》、彼とオーガスタ・ド・ラ・リューは、毎日午前十一時に互いのことを想う、という計画に同意した。そうした異例のやり方で治療が続けられると信じたのだ。二人はその方法を試した。すると、馬鹿げた結果になった。走行中の自分の四輪馬車の御者の横の席に坐っていたディケンズが、遠く離れた彼女に催眠術をかけていると思い込んでいた時、やはり御者の横の席に坐っていて、オーガスタ・ド・ラ・リューとの取り決めについて何も知らなかったキャサリンが忘我状態になってしまったのだ。ディケンズはド・ラ・リューに宛てた次の手紙で、オーガスタ・ド・ラ・リューの幻想に現われる「悪魔的人物」が彼女を狂気に追いやるかもしれぬと警告し、その源は、「彼女の病気が侵した、ある重要な神経あるいは神経組織」にあるのではないかと推測した。そして、そう推測すると同時に、病気は「磁気の説明のつかない作用」によって治るのではないかとも考えた[21]。

　ディケンズ自身、オーガスタ・ド・ラ・リューの問題に感情的に深く関わってしまったので、ローマに着くと、ド・ラ・リュー夫妻が到着する前に、夜、気持ちが乱れる経験をした。彼は深更に、「言いようのない恐怖と感情に襲われた状態」に陥って不意に目を覚ましたのだ。彼はそれを、彼女を狂気に追いやろうと全力を尽くしている悪い霊と、彼女を救おうとしている自分の努力のあいだの闘いの一部だと解釈した。「月曜、火曜、水曜の夜、寝ても覚めても絶えず彼女のことを考えている……彼女の夢は見ない……しかし、目を覚ましている時同様、彼女についての不安、彼女がともかく僕の一部だという感覚を抱くだけだ」と彼は、ナポリからド・ラ・リューに書き送った[22]。現代のセラピストは、それほどまでに患者と感情的に関わってしまうことを警戒するが、オーガスタは彼に、苛立たしい調子の手紙を何通か送った。それらの手紙は「支離滅裂だ……彼女は長い間《ま》があってから、ひどい発作に見舞われたのに違いないと僕は恐れている[23]」。ド・ラ・リュー夫妻が三月にローマに到着した時、彼は馬に乗って出迎えに行き、二つの家族が滞在するホテルに付き添って行った。その後間もなく、ある晩、ド・ラ・リューはディケンズを妻の寝室に連れて行った。彼女は発作を起こして意識を失って横たわり、固く体を丸めていた。彼女は前にも三十時間ぶっ続けで、それと似た状態になり、手の施しようがなかった、とド・ラ・リューは言った。しかしディケンズは、彼女の長い髪を持ち上げ、髪に沿ってそっと手を頭皮まで滑らせ、三十分で彼女をリラックスさせ、穏やかに眠らせることができた[24]。三月十九日、ディケンズは日記に記した「マダムＤＬＲは夜、非常に具合が悪かった。四時まで」[25]。

夜の催眠療法がさらに続けられた。その状況が外部の者には奇異に見えるということに、彼は思い及ばなかった。しかしキャサリンには心を乱す状況で、彼とド・ラ・リュー夫妻が巻き込まれている、頭が変になっているような、三人一緒《フォリー・ア・トロワ》の気違い沙汰のような状態に反対していることを、はっきりさせた。彼女を責めることはできない。彼女はまたも妊娠していて、一緒に休暇を過ごしているあいだ、夫に気を遣ってもらうことを望んでいたに違いない。しかしディケンズは、「予期していなかった、これから起こることがミセス〔ディケンズ夫人〕の前に影を落としている……非常に心を乱す形で」という風に妻の妊娠を見ていた。彼は男の友人にそう書いたのである[26]。彼は自分の医療の使命にすっかり没頭していて、成功していると信じていた。そしてオーガスタに、自分たちのしていることは、彼女の精神を勝手に操ろうとしている悪霊と、彼女に自由と健康を与えようとしている彼自身、すなわち善き擁護者のあいだの闘争なのだと言い聞かせた。彼はそれを一つの物語、劇的な話と見るように仕向けることによって、彼女に何か拠り所になるものを与え、一緒に努力できることを望んでいたのは疑いない。

オーガスタは、もう一つ心配な症状が出たとディケンズに話した。彼女の前に現われる幽霊が彼女を脅し、片方の腕を打ち、そこに傷痕を残したのだ[27]。催眠療法は彼らがジェノヴァに帰る旅をしているあいだも続けられた。「時にはオリーヴの木の下で、時には葡萄園で、時には道端の宿で真昼に休憩しているあいだ」。キャサリンが信じていたように、もし、そうしたことすべてに、彼にとってはエロティックな要素があったとしても、それは彼の使命感に包摂されていた。彼はみずからを、善のために闘っている救い手と見ていて、のちにキャサリンに、自分は別の折々に様々な考えに取り憑かれたように、あの時も、取り憑かれた一つの考えを夢中で追っていただけだと話した[28]。そして、彼はその考えに取り憑かれてはいたものの、他の事柄に注意を向けなくてはならない時は、その状態から冷静に抜け出すことができた。

ディケンズ夫妻はペルージャ、アレッツォを通ってフィレンツェに行き、フィレンツェで作家のトマス・トロロープと、駐トスカナ公使ホランド卿を訪ねた。そして、四月初めにペスキエーレに戻った。子供たちは元気だった。彼は膝のリューマチに冬のあいだ中悩んでいたフォースターに、イタリアの春の薔薇と陽光を愉しむためにここに来て、六月に一緒に帰ろうと促した。彼はデヴォンシャー・テラスに思いを馳せ、自分たちが帰る前にペンキを塗り直してもらいたいとミトンに頼んだ。ホールと階段は「適切な緑」に、居間の天井は「淡いピンク」に塗り、「ランプの周りの小さな花輪も塗り」、「壁紙は青と金、もしくは紫と金でなければならない……明るい陽気な色にしたい」。それは「D夫人を驚かす」ものになるはずだったが、D夫人はそのことを聞くと、緑色に大反対したので、その依頼は取り消された[29]。

彼は帰途に就く前の最後の数週間、ド・ラ・リューに妻のオーガスタに催眠術をかける法を教えようとしたが、うまくいかなかった。ディケンズはペスキエーレで出発の準備が行われているあいだ、ド・ラ・リュー家に泊まり込みさえした。オーガスタは彼に贈り物をし——財布、可愛いグラス、上靴——彼が別れを告げる寸前に、来年の十二月二十三日の午前十一時に、自分に催眠術をかけることを忘れないように、その日は、自分の最初の治療の記念日だから、と大きな声で言った[30]。彼はド・ラ・リューにチューリヒから手紙を出したが、ブリュッセルからも手紙を出した。その中で彼は、オーガスタが「奇蹟的」なほどに治療によってよくなったと確信していると書いた。「彼女の精神の変化を誇張することは不可能だと思う——かつては精神に、計り知れないほどに大きな苦しみと、大きな危険があった」。ド・ラ・リュー夫妻は二人とも、ディケンズに頻繁に手紙を書いた。ディケンズは、自分の妻に催眠術がかけられないことを気に病まないようにと懇々とエミールに言い、もし彼女がまた病気になれば、再び助けに行くと約束した。そして、イギリスに来ることを二人に勧め、自分はジェノヴァに戻るつもりだと、長い、感動的な手紙の中で言った。その手紙の中で彼は、「一緒に楽しく」旅をしたことを回想している。「僕はそれに関連したことはなんであれ忘れられない。僕は今、沈んだ悲しい気持ちで過去に生きている[31]」。九月にディケンズは、「わが最愛のマダム・ド・ラ・リュー」と彼女に呼びかけ、愛情に満ちた長い手紙をこう結んでいる。「ぜひとも君に会いたい……僕は君を、財布という形で持ち歩いている。そのポケットは非常に大事な場所——胸のポケット——左側の——にあるけれども、僕は君を、もっと大事な場所、すなわち、何が起ころうと、僕には決して褪せもせず、変わりもしない君のイメージの中で、君を持ち歩く[32]」

オーガスタ・ド・ラ・リューは徐々に元の状態に戻った。一八四五年の末には、ディケンズは仕事に忙殺され、イギリスを出ることはできなかったが、一八四六年一月、なぜかド・ラ・リュー夫妻は、彼が間もなくやってくると確信し、間近な到着に備え、泊める部屋を整え、好物を用意した。二人は彼の言った何かを誤解したか、すべてを空想したかに違いない。なぜなら、彼はやっては来なかったし、事情を説明する手紙も書かなかったからだ。ド・ラ・リュー夫妻は痛手から回復した。オーガスタは四月に彼から手紙を貰った。その中で彼は、キャサリンがジェノヴァを再訪することに乗り気ではないという言い訳をした。だが、彼らの友情は続いた。彼らは時おり手紙をやりとりし、後述するように、一八四六年にスイスで再会した。一八五三年、彼は二人をちょっと訪ね、催眠術を続けようと申し出た。しかしオーガスタは、始めてまたやめるというのは、あまりに苦痛だと言って断った。彼はエリオットソンを彼女に推薦した。彼女はエリオットソンが気の狂った患者を診るということを聞いたので、そこには行かなかった。彼女がそうした患者と自分の病状のあいだに明確な線を引いていたのは明らかである。文通は続き、一八六三年、マダム・ド・ラリューは夫と一緒にイギリスを訪れる前に、手紙の中で、自分を「今では廃人」だと書いた。ディケンズとド・ラ・リュー夫妻は、会った時はいつでも打ち解け、なんの事件もなかった。彼は依然として彼女に関心を抱いていて、彼女の苦しみはどうやら続いていたようだが、誰もが心配した、狂気に陥るということにはならず、常に夫に支えられ、守られて、それまで通りの暮らしを続けた。二人の男は接触を保ち、ディケンズはド・ラ・リューに手紙を書いた時は、オーガスタによろしくと、忘れずに書いた。そうした手紙はほとんどイタリアの政治とビジネスに関する議論だったが。一八六六年以降、彼らが手紙をやりとりしたかどうかはわかっていないが、ディケンズはオーガスタのことを考え続け、死ぬ半年前にシェリダン・ル・ファニューに宛てた手紙の中で、彼女のことを書いている。「彼女は……非常に勇敢な女性だ。自分の病気を徹底的に考察した。しかし、彼女の悩みは口にし得ないほどだ。もし君が彼女が欲しているような知識について数行僕に書いてくれたなら、それは、やはり口にし得ないほどの親切な行動だ」[33]。ル・ファニューはその依頼に応じなかった。おそらく、応じることができなかったのだろう。ディケンズはそれ以上何もできなかった。余命はあと数ヵ月だったのだ。ド・ラ・リューも一八七〇年に死んだ。そして、オーガスタはその時点で歴史から消える。おそらく、なんの説明もつかない、残酷な幽霊に依然として苦しめられつつ。幽霊との経験、あるいはディケンズとの経験について彼女が書いたものは見つかっていない。今の時点で、彼女の精神的問題を診断することは不可能である。また当時、資格のある医者がディケンズよりずっと彼女の役に立ったかどうかも疑問である。彼は催眠術を施す能力、善意、人間の異常な経験と行動に対する強い好奇心だけを武器に、彼女を助けようと大胆にも申し出た。その結果が、妻をなおざりにし、妻の嫉妬心に無関心だったことを正当化したかどうかは、別問題である。

聖者のような妻だったならば、彼の行動と、ド・ラ・リュー夫妻のそれへの関わりに覚えた嫌悪感、非難の気持ちを脇に置いておくことができたろう。妊娠していて、故郷から離れていて、夫が魅力的で美しい女性の患者に取り憑かれている姿に直面したキャサリンは、傷つき、腹を立てた。彼女はかつて婚約中に腹を立て、そのことで彼に厳しく叱責され、二度とそういう真似をしてはならないと警告されたことを思い出したかもしれない。もし彼の行動が彼女には苦々しいものだったのなら、彼女の行動も彼には苦々しいものだった。その結果、彼は依然としてそのことを根に持っていて、八年後、そのことで彼女を非難したのである。(34)

ディケンズはイタリアにいた年、アメリカでしたように、イタリアの最もよく知られているいくつかの都市を訪れ、あとで本にするつもりで、その様子を友人たちに、主にフォースターに宛てた手紙に記した。やがて彼は、それを『イタリア紀行』という本にした。それは一連の印象記で、政治、美術批評は避けたもので、最上の部分は、細部に対する鋭い特異な目から生まれている。ヴェスヴィオ山とヴェネツィアは、彼の想像力を最も強く捉えた二つの光景だった。ヴェネツィアに着いた彼は、これまで読んだり絵で見たりしたもののどれも、まったく不十分だと感じた。「それは、見ると涙が流れるようなものだ」とフォースターに書き送った。「これほど描写するのが怖いようなものを今まで見たことがない……それについて書いたり話したりは、到底できない――すべての思考をほとんど超えている」(35)。彼は義務的にシェイクスピアのシャイロックとデズデモーナを持ち出しているが、彼が実際に注目したのは、現代の労働者だった――仕事場にいる大工は「軽い鉋屑を運河にじかに投げ捨てた。鉋屑は海草のように浮くか、縺れた塊になり、私の目の前で潮に流されて行くかだった」――そして彼は、ヴェネツィア全体が水中に没し、人々がかつての都市の石を見ようと、水底を覗いている光景を思い浮かべた(36)。彼はボローニャ、フェッラーラ、モーデナ、ミラノを旅の途次、ちょっと訪れた。ヴェローナは楽しかった。マントヴァは沈滞していて、顧みられず、その栄光をすっかり失っているように思えた。

彼は復活祭と謝肉祭の時を選んでキャサリンとローマに再度行き、書く材料が増えた。カッラーラでは大理石採掘場の労働者の歌に深い感銘を受けた。彼らは非常に歌がうまいので、同地に新たに建てられた小さな歌劇場で演じられたベッリーニの『ノルマ』で、合唱隊を編成して歌った。ピサの斜塔は、彼が子供の絵本で見て予期していたより小さく、頂上に登ると、引き潮で傾いた船に乗っているような気分になった。彼は謝肉祭のあいだローマに滞在したが、ローマ・カトリック教に対する嫌悪感は、サン・ピエトロ大聖堂を訪れ、復活祭の複雑な儀式を見て、いっそう強まった。古代ローマ――コロシアム、フォルム、凱旋門、聖なる道《ヴィア・サクラ》の石畳――は、皇帝たちによって行われた血腥い剣闘士のスペクタクルの跡をとどめていると思った。彼は現代のユダヤ人の勤勉さを称えたが、彼らは毎晩八時に、すし詰めのゲットーに閉じ込められると言っている。ローマ平原が彼を最も喜ばせた。そして、草の茂る廃墟、朽ちかけた門、水路橋があり、石に巣を作っている雲雀や荒々しい牛飼いのいるアッピア街道を何マイルも歩いた。また、彼はドイツ人の伯爵夫人を殺害して有罪になった男の、ギロチンによる処刑に一頁を割いている。公開処刑どころか死刑そのものに反対していた彼は、ローマでの公開処刑を見に行かねばならないと思い、始まるまで数時間待った。そして、囚人がとうとう連れてこられると、すぐに刃が落ち、頭部は見せしめのために柱の上に置かれた、また、近づいてギロチンをよく見ると、血で汚れていたと、彼は報じた。そして、切断された頭部の目は上目づかいになっていて、胴には首が残っていないように見えたとも報告している。ほかの誰も、「醜く、無頓着で、胸の悪くなる光景」になんの感慨も覚えないようなのに文句を言っている。彼はその光景を詳細に記している(37)。

その後、ナポリ、ポンペイ、パエストゥムの記述が続くが、「名場面」は、キャサリンとジョージーナと一緒にヴェスヴィオ山に登った時の描写である。悪天候だったので――雪が降って凍り、火山の表面の大部分が滑りやすくなっていた――ディケンズの一行六人は、二十二人の案内人と、武装した一人の護衛と、六頭の馬を必要とした。彼らは雪線まで馬で行き、そのあとは、婦人たちは輦台《れんだい》で運ばれ、ディケンズは一歩ごとに躓きながら、杖を突いて歩いた。しかし、空は晴れていて、陽が沈むと、大きな満月が下の海の上に現われ、荘厳な光景が現出した。積もった雪は、燃え殻、灰、煙、硫黄の地帯に変わった。一行は知らなかったが、ヴェスヴィオ山はまた噴火しかけていたのだ。彼らはそこで全員、できるだけ歩かねばならなかった。一行が山頂の近くで止まると、彼は噴火口の縁まで這って行き、下の燃えたぎっている火をどうしても見ると言った。戻ってきた時、服の数ヵ所が燃え、焦げていた。彼は眩暈《めまい》を覚えていたが、誇らしげだった。氷が滑らかに薄く張ったところを滑り下りるのは、きわめて危険だった。二人の案内人と少年が滑って、闇の中に落ちて行った。一人の案内人と少年は発見された。茫然としていて血を流していたが、生きていた。もう一人の案内人は再び姿を現わさなかった。キャサリンとジョージーナの服は千切れ、彼の服は焼け焦げたが、三人とも無事だった。ナポリの人々は彼らの無謀な行為に呆れながらも感心した。

これが、ディケンズの紀行文のハイライトである。彼はナポリとその有名な湾はジェノヴァに劣ると思った。フィレンツェについては、宮殿と広場と古い橋と、輝く大聖堂のドームについてのおざなりな記述しかないが、ヴェッキオ宮殿の中庭にある監獄については面白い一節がある。奥の独房は竈のようだが、外側の独房では、陽気で、汚い、気性の荒っぽい囚人たちが、煙草を吸い、酒を飲み、チェッカーをしながら、格子越しに金をせびった。ディケンズは、分裂し、失政状態の国から高貴な国民が生まれることを願って、印象記を終えている。イギリスに戻ると早速印象記を纏めた。『イタリア紀行』の書評は好意的なものより否定的なもののほうが多かったけれども、ディケンズと、彼の新しい出版業者ブラッドベリー&エヴァンズに、ささやかな利益をもたらした。旅行記の場合さえ、彼の名前のほうが批評家の判断より物を言ったのである。一八四六年五月に出版された同書は徐々に売れ続け、いまだに絶版になっていない。

第12章
危機
一八四五〜四六年

ディケンズ一家は巨大な四輪大型馬車に乗って帰途に就き、サン・ゴダール峠を越えた。高い雪の壁のあいだを通り、馬車が北側に下りる際、丸太の車輪止めを使った。それは四頭の馬にとっては、恐るべき仕事だった。麓に着くと馬車の修理が必要だったが、一行は一週間のうちにチューリヒに着き、さらに十日でブリュッセルに着いた。ブリュッセルで一行は、リューマチから回復したフォースターおよびマクリースとジェロルドに出迎えられた。ベルギーで何度か名所見物をしたあと（ディケンズはその一日を使ってド・ラ・リュー夫妻に手紙を書いた）、一行は七月五日にデヴォンシャー・テラスに戻ったが、荷解きで足の踏み場もないほどになった。ドルセイがすぐに手紙を寄越した。「Voici, thank God, Devonshire Place ressuscité. Venez luncheonner demain à 1 heure et amenez notre brave ami Forster.」[1]〔「ありがたいことに、これでデヴォンシャー・テラスが生き返った。あす一時に昼食に来てくれたまえ。そして、われらの律儀な友フォースターを連れてきたまえ」〕。キャサリンは秋に六人目の子供の誕生を待つことになった。彼女はイタリアを去る寸前に三十回目の誕生日を迎えた。ジョージーナは十八になり、義兄の散歩の連れにいつでもなれるのだった。一家は八月と九月にブロードステアーズに行くことにした。ディケンズは新しい大きな企画を立てていなかった。間もなく、「蟋蟀《クリケット》」という名の週刊誌を発行しようとフォースターに提案したけれども。それは、「家庭と炉辺についてのあらゆるものに、燃え上がるような、暖かな、寛大な、陽気な、晴れやかな言及をする性質のもの」になるはずだった[2]。

フォースターは反対したので、その代わりディケンズは、劇を上演しようと誘った。二人はそれに夢中になり、最初の試みとして、ベン・ジョンソンの喜劇『十人十色』を選んだ。「家庭と炉辺」などは、おおやけに劇を上演する際の興奮には比べようがなかった。ディケンズにとっては、それは、舞台監督と俳優になりたいという昔の野望を果たすものであると同時に、自分の落ち着かぬ気持に対処する手段でもあった。そして、彼は二人の弟、フレッドとオーガスタス、彼の出版業者フレデリック・エヴァンズ、依然としてクリスティアーナ・ウェラーと結婚したがっていた友人のトンプソンと、『パンチ』の様々な寄稿者を引き入れた。その寄稿者の中には、画家のジョン・リーチとフランク・ストーン、ダグラス・ジェロルドと編集長の一人マーク・レモンが含まれていた。何人かの友人――マクリース、クルックシャンク、スタンフィールド――は、どう説得されても参加しなかった。引退した女優のミス・ファニー・ケリーが、自分で演技の指導をするために作った小さな劇場を使うことを許した。そのうえ、端役を演ずる二人の弟子を貸してくれた。しかし、主演女優は美しい本職の女優ジュリア・フォーテスキューだった。ディケンズは、彼女が『オリヴァー・ツイスト』、『バーナビー・ラッジ』、『チャズルウィット』、『鐘の音』を劇にしたものに出たので、彼女をよく知っていた。彼女は妻帯者の恋人ガードナー卿の二児の母だった。それは、当然ながら誰も口にしなかった。男たちは全員、費用の幾分かを負担することに同意した。マクリースは衣裳について助言することを引き受け、スタンフィールドは背景を描いた。劇は九月二十日に上演され、劇場は満員になった。観客の中にテニソンとデヴォンシャー公がいたので、ディケンズは喜んだ。個人的に招いた客のために、十一月中旬にさらに二回上演された。招待客は気前よく席料を払い、収益はすべて慈善機関に寄付された。アルバート王子も寄付を受ける慈善団体の委員長として、一回出席した。

ディケンズはその後十二年間、衰えぬ熱意をもって素人劇を上演し続けた。時には自宅で、時には大勢の観客がいる劇場で。彼は大抵、演技のうまさを称讃され、玄人跣《はだし》だと多くの者が言った。しかし素人劇は、観ているより参加するほうが常に興奮する。ディケンズの出し物が、実際にはどれほど優れていたのかを知るのは容易ではない。彼が有名であるということは、王族から地方の市民に至るまでの多くの者が、彼の出し物を見たいと思ったことを意味した。そして、彼は巡業を手配する際、組織力と精力を発揮したので、事実、多くの者が彼の出し物を見た。それについて話した者は、大方、貴重な出来事に立ち会ったと感じた。しかしフォースターは、ディケンズの出し物は平均的な素人劇よりずっとよかったことはないだろうと仄めかしている。ジェイン・カーライルは、最初の出し物での演技は「言うに足らない」と思い、トマス・カーライルはこう言った。「黒と赤で塗りたくり、六フィートの男の声を出そうとしている、哀れなチビのディケンズ」。メルボーン卿が幕間で、「この劇は退屈だろうということは知ってはいたが、これほど退屈極まるとは知らなかった！」と大声で言ったのを人は聞いた。ディケンズが非常にいい俳優なのを知って驚いたマクリーディーでさえ、一八四六年一月の『兄』の上演について、日記に冷笑的に書いている。「俳優たちがこの劇について大騒ぎをしているのは、実に滑稽だ……うまく演じられていない……劇全体は退屈で、もたもたしている」(3)

一方、楽譜の出版業者ヴィンセント・ノヴェロの利発で演劇好きの娘カウデン＝クラーク夫人は、一八四八年、一緒に演技をさせてもらえまいかとディケンズに尋ねた。そして、彼の舞台監督としての有能さ、俳優としての天分、リハーサル中の「疲れを知らぬ快活さ、陽気さ、上機嫌」について熱を籠めて書いた。(4)ジョン・リーチや、やはり画家のオーガスタス・エッグのような才能のある男たちは、彼の劇に加わるのを喜んだ。(5)『パンチ』の元気潑剌とした編集長マーク・レモンも同じだった。彼もディケンズ同様演技をすることが大好きで、自分でも多くの笑劇を書いた。(6)ディケンズは素人劇を通して多くの友情を結び、強め、俳優たちに懸命に演技させ、楽しい思いをさせた。その結果、慈善のための大金を得た。その金で多くの寡婦が助けられ、多くの孤児が教育を受け、生活に困窮している作家が援助され、慈善団体が潤った。ディケンズたちは、一八四六年、四八年、五〇年、五一年、五二年、五七年に劇を上演した。ジョンソンの二つの喜劇、シェイクスピアの『ウィンザーの陽気な女房たち』と様々な笑劇が演じられた。そうした笑劇には、インチボールド夫人の『肉体的魅力』、チャールズ・マシューの『午前二時』、ディケンズとレモンの共作の『ナイチンゲール氏の日記』が含まれていた。さらに、友人たちの劇も演じられた。ブルワーの『我らは見かけほど悪くはない』、ウィルキー・コリンズの『灯台』と『凍結の深海』も上演された。ディケンズは別の人物になることによって、自分を失う演技というものが、こよなく楽しかった。「そのことに、いくつの途方もない理由があるのかどうか、ほとんどわからない」とブルワーに語った。(7)一つの理由が、自分自身であることは、舞台の人物になるよりもひどく疲れる、ということだったのは疑いない。舞台上の人物は決まった道を走って行くが、ディケンズは次に自分がどこに行くのか、常に知っていたわけではなかったのだ。

七月に、ブラッドベリー＆エヴァンズは「新しい考え」を彼に持ちかけた。それは、『ザ・タイムズ』に匹敵する日刊紙を作るという計画だった。ディケンズ自身、三年前にそうしたものを提案したので、すぐさま関心を示した。それは自由党系の新聞になるはずだった。その考えはブラッドベリーと、やはりダービーシャー州生まれの男で、チャットワースでデヴォンシャー公の偉大な庭師だったジョーゼフ・パクストンとの友情から生まれた。ブラッドベリー&エヴァンズはパクストンの月刊誌『園芸目録』を出版していたが、パクストンは鉄道投資で金持ちになると、新聞発行人にもなるように、ブラッドベリー&エヴァンズに勧めた。二人はディケンズに相談すると、彼は新聞を編集するという考えに興奮した。フォースターは賛成しなかった。ディケンズはフォースターに、作家としての自分の将来に対する自信が揺らいでいると返事の手紙を書き、新聞編集への関心を正当化した。あとから考えればそれは馬鹿らしく思えるが、彼は「健康の衰え、あるいは人気の凋落」を真剣に心配していたので、新聞の話は魅力的だった[8]。彼はその企画に注ぎ込む資金を持っていず――依然として財政的にはその日暮らしをしていた――編集長になれば年千ポンド出すと言われた時、もっと多くの額を要求し、受け容れられた。彼が年二千ポンドの給料で新しい『デイリー・ニュース』の編集長になるということで、十一月に彼とブラッドベリー&エヴァンズは合意に達した。新聞は一八四六年一月に発行されることになった。

その直後、株主の一人が大金を失い、株主ではなくなるという支障が生じた。ディケンズは怖くなり、事を進めるのはやめると言い出した。二万五千ポンド出資したパクストンは、ブラッドベリー&エヴァンズに二人の出資金を二万二千五百ポンドに増額するよう説得した。ディケンズは考えを変えた。事務所がフリート街に置かれた。彼はスタッフを雇い始めた。フォースター、ジェロルド、フォンブランクが政治に関する社説を書くことになった。叔父のジョン・バローがシク教徒についての記事を書くため、急遽インドに送られた。シク教徒は多人数で装備の整った軍団を率いてパンジャブを出て、イギリスの植民地軍を襲っていた。義父のジョージ・ホガースは週五ギニーで音楽について書くよう頼まれた。彼と父の関係について知っていた誰にとってもなんとも意外だったのは、引退していたジョン・ディケンズが引き出され、記者の管理を任されたことだった。悪夢的人物、「忌まわしい影」を投げかける人物、ディケンズの人生の邪魔物、一切の借金を返さなかった途轍もない悪人として、当時激しく非難された人物が、記者を雇う際の条件を決め、彼らの原稿を整理して新しい新聞社に寄与する、責任のある地位に就くことになったのだ。もっと驚いたのは、ジョン・ディケンズは任された仕事を巧みにこなし、六十歳でフリート街の人気のある、尊敬される人物になったことである。彼は毎晩八時頃フリート街にやってきた。愉快な男で、一杯のグロッグを楽しみ、ボズの父親として知られた。そしてボズ自身は、「この新聞社で、もっと熱心で、無私で、役に立つ紳士はいないと言った。[9]ディケンズが引っ繰り返した自説の中で、これが最も驚くべきものに違いない。

一八四五年の秋のあいだ、ディケンズは自分の様々な慈善活動に目を配ることで多忙でもあった。彼は労を惜しまずエルトンの遺児の長女エスターに会った。彼女は教師になる訓練を受けていた。彼はエスター・エルトンに「物静かな、気取らない、家庭的なヒロイズム」を見、「それはきわめて感動的で、興味深いもの」だとミス・クーツに語り、六年後に『荒涼館』を書いた際、彼女の名前をエスター・サマソンに与えた。[10]ミス・クーツは彼の願いに気前よく応じた。それは幸いだった。なぜなら彼は、自分が庇護していたジョン・オウヴァーズの寡婦と六人の子供のためと、十二月に自殺したレイマン・ブランチャードの四人の子供のためにも金を集めていたからである。ミス・クーツはディケンズの慈善活動の規模に感銘を受け、彼のために何かをしようと申し出た。彼女はチャーリーの教育費を負担しようと言った。チャーリーに可能な限り最高の教育が受けられるようにしようとしたのは明らかである。ディケンズは彼女の申し出を受け入れ、チャーリーは「実際、非常に稀な能力を持った子供」で、「生来の才能は実に瞠目すべきもの」だと彼女に請け合った。しかし数週間後、チャーリーは家の近くの学校にいる必要がある、というのも、「熱心に本を読んでいる時や、遊びに熱中している時に、「奇妙な一種の現実遊離の状態になる時があるからです」と彼は彼女に告げ、こう付け加えている。チャーリーは「自分にとってなんの心配もありません。彼が非常に鋭敏で感じやすいのがわかっている以外」。ミス・クーツは、チャーリーにイートン校に入る準備をさせることができるのを望んでいた。[11]

八月と九月、ディケンズの子供は全員ブロードステアーズにいて、ディケンズがロンドンにいて忙しくしていたあいだ、子守女に世話をしてもらっていた。キャサリンは次の子供が生まれるのに備え休養していた。ディケンズとジョージーナは十月中旬、クリスティアーナ・ウェラーと友人のトマス・トンプソンの結婚式に出た。ジョージーナは新婦の付添い役を務め、彼は祝辞を述べた。キャサリンは二週間後、四人目の息子、アルフレッド・ドルセイ・テニソンを産んだ。二人の教父、フランス人の伯爵とイギリス人の詩人の名前にあやかって、そう名付けられたのだ。キャサリンは出産の際にひどく苦しんだが、すぐに回復した、とディケンズは記している。彼は赤ん坊が生まれたことに様々な感情を抱き、赤ん坊に御大層な名前を付けたけれども、旧い女友達には、「ついでながら、僕は娘しか可愛いとは思いません。でも気にしないように」と話した。(12)一方、二人の娘は家で家庭教師に勉強を教わった。ジョージーナは下の娘たちにＡＢＣを教え始め、赤ん坊は二階で乳母と子守女に面倒を見てもらった。メイミーは父が毎朝、家の各部屋を調べ、きちんとして清潔かどうかチェックしたことを覚えていた。(13)家庭でのキャサリンの役割は、ほとんどまったく受け身だったように見える。彼女の若さは絶え間のない妊娠で失われてゆき、赤ん坊は生まれるとすぐ乳母に渡されるので、彼女は奇妙な中途半端な状態にいた。彼女は妊娠するたびに一日に二度散歩したが、あまりにゆっくりと歩いたので、夫と一緒には散歩できなかった。(14)彼女とディケンズが何を話したのかの記録はない。彼女は、彼がいつも男の友達と一緒に行った劇場の楽しさを共有したけれども。ジョージーナは彼を崇拝していて、彼の散歩に同伴し、自分たちの友人の真似をして彼を笑わせた。そして、招待状に彼女が含まれていない時は、彼は彼女も行っていいかどうか手紙で尋ねることもあった。(15)彼の手紙から判断すると、家では静かな晩はあまりなかった。そして、夫婦の寝室が、夫と妻が二人だけになる唯一の場所だった。

新しいクリスマス物語『炉辺の蟋蟀《こおろぎ》――家庭のお伽噺』が十二月一日に完成した。ディケンズは同日、フリート街の事務所を見に行った。『デイリー・ニュース』は「自由主義的政治および完全な独立」を標榜するもので、金融界のニュース、外国からのニュース、鉄道関係のあらゆるトピックスの科学とビジネス面の情報、「現代の最も傑出した名声を持つ者」による本と芸術の批評を約束していた。ディケンズはウィリアム・ウィルズを秘書兼編集補佐にした。ウィルズは『パンチ』の寄稿者で、それまではエディンバラの『チェンバーズ・ジャーナル』で働いていた、才気煥発というよりは実直な、ディケンズより二つ年上の人物で、やがてディケンズの欠かせない右腕になった。そしてディケンズは、自分の留守中、事務所を父に任せ、リヴァプールに出発した。新聞に対するいっそうの支持を得、同地に代理人を置くためである。
クリスマスの時期は、一月初めに上演する二つ目の劇『兄』の準備と、一月二十一日に発行が決まった『デイリー・ニュース』の準備で過ぎた。[16] ディケンズに敵意を抱いていて、『デイリー・ニュース』をライバルと見ていた『ザ・タイムズ』は、彼のクリスマス物語を「馬鹿らしい駄弁」だと攻撃したが、売上を損なうことはなかった。『炉辺の蟋蟀』の一万六千五百部の初版は新年になる前に売り切れ、確実に売れ続けて何度も版を重ねた。ディケンズのクリスマスの本の市場は確立されていて、大衆はそれが出るのを待ち望んでいた。たとえ質が下がったとしても（実際に下がったのだが）――『ザ・タイムズ』の書評はそう的外れではなかった――売上は増した。『炉辺の蟋蟀』を戯曲化した十七のものが上演されたことに助けられたのは疑いない。ディケンズはデヴォンシャー・テラスで、いつもより大掛かりな十二夜のパーティーを開いた。子供たちのためには歌と踊りがあり、大人のためにはスピーチと夕食とダンスがあった。招かれた大人には、タルフォード、マクリーディー、クルックシャンク、ランダー、フォースター、スタンフィールド、マリアット、「それからさらに百人」が含まれていた。[17] 一同はチャーリーの九回目の誕生日を祝った。父によれば、チャーリーは主人公が「ボーイ」という名の四幕物の劇を書くのに忙しかった。[18]
『ザ・タイムズ』の発行部数は二万五千で、一部七ペンスで売られた。八頁で五ペンスの『デイリー・ニュース』の編集長としてのディケンズは、その抜群の新聞に対抗して自分の新聞を確固としたものにし、ほかの日刊紙から読者を奪う必要があった。それは賭けだったが、少なくとも同紙は、新聞の売上に有利な時期に創刊された。最初の号は、輸入穀物に税金をかけ、その結果パンの値段がイングランドとアイルランドで高いままになった、憎まれた穀物法に対する長期にわたる戦いが頂点に達し、政治的興奮が高まった時期に発行された。一月二十二日、保守党の首相ロバート・ピールは下院で、自分は穀物法についての考えを変えたと言った。ひときわ知的で勇気のあったピールは、新たに自由貿易の支持者に変わった。彼が変わったことで、保守党は分裂した。というのも、大地主の議員は、自分の穀物をよい値段で売ることに頼っている農夫でもあったからだ。しかしピールは、自分の党を敵に回しても、自分の法案を通す決心を固めていた。保守党に敵意を抱いていたディケンズは彼を信用せず、彼は「明らかに騙している」と思い、自分の新聞の社説の筆者に、そう話した[19]。だがディケンズは、ピールの目論見の重大さを理解し、首相が一月二十七日に予定していた二度目の大演説のために周到に準備し、その詳細な報告を全国に配る決心をしていた。その演説は三時間半に及んだ。ジョン・ディケンズはここぞと意気込み、ピールに手紙を書き、演説に使われた文書の写しが貰えないだろうかと尋ねた。そして、オーガスタスに手伝ってもらって、その演説を載せた新聞をみずから責任を持って西部地方に運んだ。『ウェスタン・タイムズ』の編集長は大いに感銘を受けて、こう書いた。「ディケンズ氏は羨むべきスタミナの持ち主である。時は彼になんの影響も与えなかったようである。彼はロンドンを朝発ち、当地［エクセター］に鉄道で来て、それからプリモスに駅伝馬車で行き、また戻ってきてわれわれを訪ねてくれ、その夜ロンドンに戻るという意図を告げた[20]——そして、約束通りにした。それがボズの父なのである」

もし、ボズの父がついに自分の最適な居場所を見出したとすれば、ボズはそうではなかった。一月三十日、編集長の地位に就いてから九日目、ディケンズはフォースターに手紙を書き、「新聞を去り、一号一シリングで新しい本を書くため、また外国に行く計画を思い巡らしている」と話した[21]。自分が間違っていたことを認めるのは彼にとって容易ではなく、ぎごちないやり方で身を引いた。そして彼は、フォースターに手紙を書いた、まさにその日、ブラッドベリー＆エヴァンズにも手紙を書き、『デイリー・ニュース』は鉄道に関するニュースを偏って載せているので、賄賂を貰っていると見られるかもしれない、なぜなら、同紙の後援者の非常に多くの者が鉄道に投資しているので、という懸念を表明した。さらに、ブラッドベリー＆エヴァンズが、編集助手その他のスタッフの採用に干渉することに文句を言った。彼はそうした問題を提起する資格があったが、その際、自分が辞職するつもりであることに言及したほうがフェアだったろう。『デイリー・ニュース』は、ピールの演説の翌日には一万部売れたが、その後売上は激減し、約四千部に落ち着いた。マクリーディーは日記に、『デイリー・ニュース』は『ザ・タイムズ』に比べるといかに貧弱かと書いた。ディケンズは二月四日付の同紙に貧民学校についての小文を寄稿したが、その日と翌日、外でディナーを楽しんだ。それは、解決しなければならない問題を抱えている新しい新聞の編集長にふさわしい振る舞いとは言い難い。そのあと彼は、自分の誕生日を祝ってロンドンから旅に出、愛するロチェスターに向かった。同行したのはフォースター、ジェロルド、キャサリン、ジョージーナである。一行はブル・インに泊まり、コバム・パーク、チャタム要塞、ロチェスター城まで歩いた。その際彼は、フォースターを説得して編集長を引き継いでもらった。一行がロンドンに戻ると、彼は辞表を提出した。

彼はフォースターに、自分は「死ぬほど疲れていて、疲労困憊している」と話した。編集長としての仕事のプレッシャーがあまりに大きいと感じたのは疑いない。しかし、一週間もすると物事を前向きに捉えるようになり、ド・ラ・リューに宛ててこう書いた。「僕は再び紳士だ。新聞編集（まことに骨の折れる仕事だ）をフォースターに渡した。新しい本を書くことを考えている……『デイリー・ニュース』は大成功だ……しかし僕は、その機械的な業務面の管理に関係する者の何人かを、すっかり信用してはいない……」[22]。彼はウィルズには、「新聞〔『デイリー・ニュース』〕が恋しいより、君のほうがずっと恋しい」と書き、エヴァンズには、ブラッドベリーに対する不満を洩らしてから、エヴァンズは父に対して無礼だった、また、スタッフに関する自分の手配に干渉したと非難したが、新聞以外のことでは、ブラッドベリーに含む所はないと言った[23]。彼は同紙にその後も寄稿し続けた。イタリア旅行の紀行文だけではなく、死刑についての四篇の長い、整然とした論旨の論説も書き、その中で、死刑に絶対反対する旨を表明した。その論説は二月に掲載された[24]。彼は十二月末に、一月と二月分として三百ポンド、ブラッドベリー&エヴァンズから払ってもらったが、三月五日に二人に手紙を書き、「新聞の口座」には何も払い込まれていない、また、クーツ銀行の自分の預金口座は、したがって当座借越しになっていたので、ミス・クーツと自分との友情を考えれば当惑する、と苦情を言った。翌日、ブラッドベリー&エヴァンズはさらに三百ポンド彼の口座に払い込み、四月二十九日に追加の額を払い込んだ[25]。しかし、彼は屈辱感を覚えた。ミス・クーツが彼の口座の詳細を知っていたとは考えられないが。そして彼は、健康の衰えと人気の凋落に対する恐怖から救ってくれるものと思った新聞編集という仕事が、自分の力を超えたものだという事実に直面しなければならなかった。そして、依然として迷っていた。

のちに彼は、新聞の編集長を引き受けたのは間違いだったということを何人かの者に認めた。ミス・クーツはその一人だった——「私は疑いなく間違いを犯しました[26]」。当座は、新しい作品を書こうという漠然とした考えを抱きながら、夜間、ロンドンを徘徊し始めた。そして、財政的にも作家としても、デヴォンシャー・テラスを再び一年人に貸し、家族をスイスに連れて行くのが最上の策だと決めた。スイスはイタリアからの帰途通った折、魅力的だと思った。スイスなら安く暮らせ、平穏に執筆できそうだった。その間《かん》、彼はロンドンでの社交生活を続けた。四月にリッチモンドで、例によってフォースターの誕生日とディケンズ夫妻の結婚記念日が祝われた。出席者は、彼の「二組のペチコート」、フォースター、マクリース、スタンフィールド、マクリーディーだった。マクリーディーは、パーティーは「私の好みより、かなり騒々しかった」と思った[27]。そのあと四月の後半に、小さなアルフレッド・ドルセイ・テニソン・ディケンズの洗礼式のためのディナー・パーティーが開かれた。二人の教父が出席した。ディケンズはその機会を捉え、まだ独身だったテニソンに、スイスに一緒に来て、ディケンズ一家と一軒の家を共有したらどうかと提案した。テニソンは六人の小さな子供と一緒に住むことを考えて怯《ひる》んだであろうが、ブラウニング夫妻に話した理由は、そうではなかった。「もし僕が行けば、感傷癖をなくしてくれと彼［ディケンズ］に懇願するだろう、そうして僕らは喧嘩別れをして、お互いに二度ともう会わないだろう。断ったほうがよかった――そこで、僕は断った」[28]。それでもテニソンは招かれたことを覚えていて、その夏の後半、彼の出版業者と一緒に旅をしている時にローザンヌにディケンズを訪ね、ワインとたくさんの葉巻でもてなされた。

ディケンズはオーガスタ・ド・ラ・リューに長い手紙を書き、新聞社の業務面での管理に反対したので編集長を辞めたということ（それは部分的にしか真実ではない）、また、寄稿は一切やめたということ（それは真実ではない）、新聞は失敗するだろうということ（そうはならなかった）を話した。彼の手紙は、初めから終わりまで、やや率直ではない。彼は好きな女性を感心させようと書いているのであって、編集長としての仕事量が多過ぎたということ、自分は傷つき、フォースターに話したように、「ここにいると新聞の件を頭から十分締め出すことができないので、物が思うように書けない」ということを彼女に言いたくなかったのである[29]。彼はジェノヴァにまた行きたいのだが、キャサリンが乗り気ではなく（それは本当だった）、その代わりローザンヌに行くので、ジェノヴァに「ちょっと立ち寄る」ことができる、とも彼女に話した。実際には、彼の意図はクリスマス前にパリに移ることだったが。その間《かん》、チャーリーをキングズ・コレッジ・スクールに入れるという計画は延期しなければならなかった。ディケンズは、ミス・クーツに、チャーリーをローザンヌで教育し、クリスマスのあと、十歳になるチャーリーをイギリスの学校に送ると話した。ローシュが再び雇われ、デヴォンシャー・テラスは六月一日から一年間、サー・ジェイムズ・デュークに貸すことになった[30]。ジョン・ディケンズは『デイリー・ニュース』に雇われていて幸せだった。ついに支払い能力のある人物になり、誰にも迷惑はかけなかった。

ディケンズは出発する四日前に、十年以上にわたって人生の中心的部分になる企てで、第一歩を踏み出した。ミス・クーツに、二人が協力して行う慈善事業のアイディアのあらましを書き送った。ディケンズが書いた多くの瞠目すべき手紙のうちで、それは最も驚くべきものの一つで、ロンドンの通りで娼婦として働いている成人の女と少女のための救護院を設立する計画を、十四頁以上にわたって書いたものである。彼はミス・クーツにばつの悪い思いをさせまいと「娼婦」という言葉を使うのを避けたが、もちろん、それが彼の意味したことで、彼女は理解した。そして彼は、彼女たちにそれぞれの生き方をさせるため、再教育する具体的な方策を、まず考え始めた。そうした方策は無味乾燥に羅列されているのではなく、女の窮状に対する同情に満ちた考察と共に記されている。この手紙を読むと、彼はそうしたアイディアをしばらく前から温めていたという印象を受ける[31]。彼はまず、自分たちが助ける若い女たちは、「その性格と結果において、忌まわしく、苦悩と惨めさと、自分自身に対する絶望に満ちた」人生を送ってきただろうと言う。「そうした境遇にある女にとっては、世間などどうでもいいのです。世間は彼女を虐待し、彼女に背を向けたのですから。彼女は世間の言う正しいことと間違ったことに、あまり注意を払うとは思えません。社会は彼女自身に対して否定的なのです」。彼は続けて、自分たちの助けを求めてやってきた一人一人の女に、「彼女は堕落し、身を落としてはいるが、この避難所にいるからには途方に暮れることはない、また、幸福に戻る手段がいまや、彼女の手に渡されようとしている……」と話してやれることを望んでいると言った。女たちは、娼婦たちが普通送られる監獄からじかにやってくるかもしれないが、どの女も救護院に来るのを自分で選び、助けてもらおうと思わなければいけない。

彼はまず三十人くらいの女から始めることを考えていた。そして、彼女たちの半分が脱落するだろうと予期していた。彼の願いは、更生した者が社会に復帰でき、「貞淑な妻」にさえなれるというものだった。彼は女たちをオーストラリア、南アフリカ、カナダといった植民地に移住する準備をさせる可能性に、とりわけ関心を抱いていて、政府がそれを認め、そうした企てを援助してくれるのではないかと思っていた。政府が援助してくれなければ、彼女たちを使ってくれる「善人」が見つかることを望んだ。そしてミス・クーツに、「その施設の監督と指導に自分が加わる」ことを信用してよいし、「自分が全身全霊でそうした任務に取り組むのは言うを俟《ま》たない」と請け合った。(32) 彼はその計画を実行し始める立場にはまだいなかったが、どの言葉も本気だった。そしてスイスから、新たなアイディアと提案をミス・クーツに宛てて手紙で書き送り続けた。

五月二十九日、ディケンズはフォースターと食事をした。翌日フォースターは、ラムズゲイトまで一家に同伴した。今度のディケンズ「キャラバン」は、六人の子供、アンと二人の子守女、従者のローシュ、ディケンズ、キャサリンとジョージーナ、いつもの犬ティンバーから成っていた。一行はラムズゲイトで汽船に乗りオステンドまで行き、それから蒸気船でライン川を遡った。その航行は寝ずの番をした子守女には辛かったに違いない。一行は六月七日にストラスブールに着き、列車でバーゼルに行き、三台の四輪大型馬車に分乗し、ローザンヌまでの三日の旅に出発した。そして、六月十一日にオテル・ギボンに宿泊した。どこか住む場所を懸命に探した結果、ディケンズはロゼモン屋敷を借りることにした。それは、ジェノヴァのペキエーレ邸の大ホールに入ってしまうくらいの小さな家だと彼は言ったが、レマン湖の上の斜面に建つ快適な家だった。一行全員と客のための寝室が十分にあり、彼のためには、山と湖を見渡すバルコニーの付いた小さな書斎があった。庭は「『デイリー・ニュース』の社屋全部を厚く覆うほどの薔薇」で一杯だと、彼はフォースターに請け合い、ぜひやってきてもらいたい、敷地に散在しているたくさんの四阿《あずまや》で、一緒に本を読んだり煙草を吸ったりしようと言った。(33) 彼はスイスに到着するや否や、小説の執筆の調子がよければ、十一月に「数日、イギリスの君のところに駆け戻る」という計画を立て始めた。(34) しかし、執筆はできなかった。なぜなら、彼のいつもの筆記用具と、机の上にいつも置いておく小さなブロンズ像の入った箱がまだ届いていなかったからだ。彼は手紙のみと、出版する意図はなく、自分の年嵩の子供たちに読ませるつもりの「主の生

ロゼモン屋敷。ディケンズは1846年、ローザンヌの上のこの家を借りた。

涯」〔新約聖書の四福音書の要約〕の十一章をなんとか書いた。新聞の事業で怪しくなったブラッドベリー&エヴァンズは、自分が計画している新しい作品の出版社として最善ではないのではないかと心配になり、チャップマン&ホールにまた引き受けてくれと頼むべきかどうか考えてくれと、フォースターに頼んだ。フォースターは彼になんとかその考えを捨てさせた。

　そうしたことに加え彼は、ほんの少し知っていた自由党の貴族モーペス卿に宛てて手紙を書き、自分には公的な仕事をしたいという野心がある、警察裁判所判事になりたいと「何年も」思っていた、その地位に就けば、社会についての自分の知識――貧民、教育、住宅、病気と悪徳、監獄と犯罪者についての――を実際に役立てることができるだろう、と言った。モーペスはそうした仕事に就くのに手を貸してくれるだろうと、彼は信じていた[35]。フォースターはその驚くべき考えについて相談を受けなかった。その考えが、小説執筆に戻る自信がディケンズにはなかったという事実の、もう一つの副産物であるのは疑いない。その考えは実を結ばなかった。

　しかし六月二十八日、筆記用具の箱と、『トリストラム・シャンディー』が届いたことで勇気づけられた彼は〔偶然だが、その小説の「これはどんな作品になることやら！とにかく始めてみよう！」という箇所を開けた)、人生で初めて財政的立場を確固としたものにした作品、『ドンビー父子』の冒頭の頁を書いた[36]。しかし彼は、まだそのことを知らなかった。その小説が書けるかどうか依然として不安だったし、同時に恒例のクリスマスの本の執筆を依頼されていたので落ち着かなかった。『ドンビー父子』の最初の月刊分冊は九月末に出ることになっていた。愚痴をこぼした手紙がフォースターに送られた。スイスは美しかったが、恐るべき欠点があった。彼は事情を説明した。「言いようのない極度の不安」に襲われている、なぜなら、一日の仕事が終わってから散歩をする通りがないのを痛感しているからだ[37]。それでも、シャモニ旅行は延期し、七月中旬に最初の月刊分冊を着実に書き終えた。彼は中身の濃い、見込みのある物語を手にしていると感じ、それを展開するための構想について詳細にフォースターに書き送った。その月の終わりに、最初の四章をフォースターに送り、その後の筋のあらましを書いたが、「脚が奇妙に震える」ので眠れないと付け加えた[38]。

ポール・ドンビーが誕生し、彼の母が死に、乳母が雇われる場面——それについてはディケンズは熟知していた——を書いた冒頭の数章と、「ポートランド・プレイスとブライアンストーン広場のあいだ」のどこかにある宏壮で陰気な家に住む、娘のフロレンス・ドンビーと父のあいだの不幸な関係の設定、ドンビーの事務所の使い走り、ウォルターが、叔父の船具商ソロモン・ギルズと一緒に住んでいるシティーの陽気な家庭——そうしたものすべてが、迫力と確信をもって描かれている。フォースターは激賞した。ディケンズはそれに答え、「大変な暑さのせいで……本来の自分ではない」、気候のせいで仕事がほとんどできない、クリスマスの本に戻ろうかと思っている、それを片付けてしまえばほっとするだろうから、と書いた[39]。間もなく彼は、「速く書くのはひどく難しい」と感じ、それは、執筆から二年間遠ざかっていたせいだと考えた。混雑した通りが近くにないということが、依然として問題だった。それなしには、ロンドンは彼には、遠くの幻灯機のように思えた。それなしには、毎日毎日執筆するという労働は、「莫大」になる、のだった[40]。夜、通りを歩きたいという欲求は、苦しい「精神的現象」だった。「僕は言い様もないほど、そうしたい。僕に取り憑いた亡霊を群衆の中で撒くことができなければ、その亡霊を取り除くことはできないようだ」[41]

彼は「僕に取り憑いた亡霊」とはどういう意味かを説明

していないが、その言葉は、オーガスタ・ド・ラ・リューの「幽霊」(ディケンズはそれを「亡霊」と呼ぶことがあった)、すなわち彼女が幻想の中で見た、自分を苦しめるものを思い出させる。[42] ド・ラ・リュー夫妻は八月にはスイスにいた。ディケンズはヴヴェーで二人と一緒に一日を過ごした。その際、彼女の不安定な精神状態について彼女と話したのは確かだが、自分の不安定な精神状態については話さなかったのも確かである。フォースターは、ディケンズが十一月には移ることになっているパリには賑やかな通りがあるし、パリに行けば、ロンドンに簡単に来られるということを指摘して、彼を元気づけようとした。しかし彼は慰められず、手紙はフォースターの近くにいる代わりにはならないと思った。自分はクリスマスの本がまったく書けないのではないかと恐れた時、「このことを君のいる所でぜひ言いたい」と手紙に書き、まさに今晩、ロンドンに向かって発とうかと思ったと付け加えた。[43]

彼はローザンヌで出来た新しい友人たち(大方はイギリス人の居住者)に、『ドンビー父子』の月刊分冊の最初の号を読んで聞かせようと決心すると、惨めな気分が少し晴れた。そうした友人たちには、ノーサンプトンシャー州のロッキンガム城の土地を、教養のある妻ラヴィニアと一緒に時代に先駆けた方針で管理していた、自由主義的考えを持つ地主リチャード・ワトソン議員、スイスの紳士で、ディケンズの生涯の友になり、文通を続けたウィリアム・ド・セルジャ、セルジャの義兄で、裕福で博愛主義者の国籍離脱者ウィリアム・ホールディマンドが含まれていた。彼らは九月中旬に、出版前に『ドンビー父子』の校正刷りを朗読する夕べの集いに招かれた。ディケンズは一時間以上朗読し、集まった全員を喜ばせた。彼は気分が昂揚し、自分は無比の者だと、再び感じた。イギリスではブラッドベリー&エヴァンズが出版業者として発奮し、『ドンビー父子』の月刊分冊の第一号の出版に先立ち、エクセター、エディンバラ、グラスゴー、コヴェントリー、バース、ロンドンで「ディケンズ氏の新作」を告げるビラを貼らせ、その後の月刊分冊に載せる広告の条件を書いたカードを販売員に配布し、赤と黒で印刷された二千枚の広告ビラを配った。[44] ディケンズは眩暈《めまい》と目の充血という症状を治そうとジュネーヴに行ったが、クリスマスの本を書くのはやめようと、依然として考えていて、フォースターに、「君と相談できたら、金はいくらかかってもいい」と再び言った。眩暈と頭痛は相変わらず続き、ジュネーヴの都会風景も役に立たなかった。彼は「通りがない」ことにまだ不平を言っていた[45]。またも妊娠していたキャサリンは、彼と一緒に行った。そしてジョージーナも間もなく呼び寄せられた。彼はそこに九月末まで一週間滞在し、十月の後半に、もう一週間滞在した。そのあとフォースターは、自分の友人は「重病」だと結論付け、ディケンズ自身、気分がひどく沈んだ時、「深刻な危機にあった」と感じた[46]。

しかし彼は、ローザンヌで地元の友人たちのために二度目の朗読をした。それは友人たちを「大喜びさせた。僕は人がそんなに笑うのを見たことも聞いたこともない」と彼はフォースターに語った。そして、新しいことを思いついた。彼は続けた。「講演や朗読会が流行っている当節、自作を朗読することで大儲けができるのではないかと、先日考えた（沽券にかかわらないなら）。それは妙なことだろう。でも、非常な人気を博するだろう。どう思う？[47]」フォースターは、作家が金を貰って演技者になるのは、まさしく沽券にかかわると考えた。しかしディケンズは、あることを思いつくと、いつまでもそれに固執した。そして十二年後にそれを試してみて、非常に満足のいくものだとわかった。それは「非常な人気を博した」だけではなく、聴衆の前に立って、自分が創作した人物を演ずるのは大きな喜びでもあった。また、聴衆を笑わせたり泣かせたりして会場を魅了することができるのにも気づいた。それだけではなかった。自作の朗読は、彼が大衆に称讃され愛されている最上の証《あかし》を彼に与え、彼の自信を培《つちか》い、その時には逃れられないものになっていた苦痛と不幸を切り抜けるのを助けた。

彼がフォースターに再び話した、もう一つの前々からの計画は、週刊誌を発行することだった。それは安く売られ、『スペクテイター』誌の当時の急進主義と、『アセニーアム』誌の文化的特長を併せ持ったものになるはずだった。『アセニーアム』はディルクが編集長で、カーライル、ランダー、ブラウニングが寄稿した。それも、彼がのちに実行に移した構想だった。しかし当座一番重要なのは、彼に執筆を続けさせることなのを、フォースターは知っていた。そして遠隔から、全力を尽くして助言を与え、励まし、機嫌をとった。ディケンズはクリスマスの本を書こうと悪戦苦闘していた時、散文の文章が無韻詩に近くなったのに気づき、フォースターに言った。「僕はあまりに熱心になると、どうしてもそうなってしまう」、だから「あちこちの言葉の脳味噌を叩き出してくれたまえ」と頼んだ。フォースターはそうした[48]。

こうしたやりとりのどれよりも重要なのは、幼いポール・ドンビーとピプチンの経営する寄宿舎（そこでは子供たちは十分に食べ物を与えられず、惨めだ）は自分自身の経験にもとづいていると、ディケンズがフォースターに告白したことである。「それは事実から取ったものだ。僕はそこにいた——八歳だったとは思わないが、そのことを今と同じくらいよく覚えているし、間違いなくよく理解していた。僕らは子供たちに何かする時、ごく鋭敏でなければならない。僕はジュネーヴで、自分の幼い人生のあの時期のことを考えた。僕が死んだら、原稿にした僕の人生を君に残そうか？　君を大いに感動させるものが、それにはいくつかある……」[49]。ディケンズに取り憑いていた亡霊が、不幸な子供時代の記憶を呼び起こしたことに関連があるにせよないにせよ、彼がフォースターに心の中を打ち明けたということは、フォースターに見せるために書いた自伝的文章において、さらに次の小説『デイヴィッド・コパフィールド』において、そうした記憶を明るみに出すのを助けた。養育と教育において、なんであれ冷酷な父から押しつけられたものに耐えねばならなかった病身の子供のポール・ドンビーは——乳母を失い、不親切なピプチンの家に寄宿させられ、自分の能力を遥かに超えた授業をする学校に行かされる——幼いデイヴィッドの直前の先駆者である。デイヴィッドも乳母と母を失い、継父に残酷に扱われ、ひどい学校にやられ、そのあと、自分の年齢と能力に合わない仕事に出される。

ディケンズに対するフォースターの不断の同情と積極的な即座の対応は、とりわけ称讃に値する。なぜなら、彼自身、『デイリー・ニュース』で問題の処理に当たっていたからだ。フォースターは経営者と次第に意見が合わなくなったと感じ、十月に値上げすることに反対し、十一月に編集長を辞任した。ディケンズは十一月中旬に家族を連れてパリに発ち、家族をパリの借家に住まわせ、十二月中旬に一人でロンドンに行き、再びピアッツァ・コーヒー・ハウスに滞在した。フォースターは一月にパリに二週間行くことに同意した。そのため、彼とディケンズは一緒にパリを探索することができた。

ディケンズは十月下旬に、愛情に満ちた手紙をジュネーヴからマクリーディーに送り、ひどい頭痛から逃れるためにそこに行ったと言い、校正刷りで送った『ドンビー父子』の最初の二回の月刊分冊についての親切な言葉に感謝した。そして、八人の子供がいるマクリーディーの大家族についてからかった。そして、自分も同様に大変だということを悲しげに認めている。七番目の子供が春に生まれることになっていたからだ。マクリーディーはブラックフライアーズにあるサリー劇場で、シーズンの中頃、シェイクスピアの四大悲劇『ハムレット』、『リア王』、『オセロ』、『マクベス』に出演していた。マクベス夫人はフランシス・ターナン夫人だった。彼女は勤勉で信頼できる中年の女優で、かつては美人で、旧姓はジャーマンだった。当時は老いた母と子供たちと一緒に、ブラックフライアーズ・ロードにある、消防ポンプ製造所の上に下宿していた。マクリーディーはある晩、彼女と一緒に舞台に出ていたあと、ベスナル・グリーンの精神病院に収容されていた夫が亡くなったことを聞いた。マクリーディーはどうやったら彼女を助けることができるかを考え、十ポンド差し上げたいという短い手紙を出した。二日後彼女は返事をした。「彼女は私の申し出を非常に感動して受け入れ……それを借金と見なしたいと言った。私はその額の小切手を封筒に入れながら手紙を書いた。しかし、負債という感じを与えたくなかったので、もし働いてそれだけの額が余ったなら、それを彼女の小さな娘に対する、私からの贈り物にしてもらいたいと頼んだ。気の毒な女《ひと》だ！」彼の日記は続く。「フォースターが私の部屋に入ってきた。彼と『デイリー・ニュース』のあいだは、あまりうまくいっていない」(50)。もしディケンズがイギリスにいたなら、マクリーディーはターナン一家をさらに助けるよう、彼に求めたに違いない。困窮した家族を助けることにおいて、彼がいかに気前がいいかを知っていたからだ。しかし彼はあまりに遠くにいて、あまりに忙しかった。十一月四日、ターナン夫人はマクリーディーを訪ねた。彼女は彼が予期していた小さな少女ではなく、三人の娘を連れてきた。十一歳のファニーと、九歳のマライアと、七歳のネリーを。三人とも二歳から劇場で働いていた。娘たちの母は、慈悲についてのポーシャの台詞を朗唱した――「慈悲は、之を与ふる者に取っても幸福であれば、受ける者に取っても幸福なのぢゃ」〔坪内逍遙訳〕。それはマクリーディーの善意に対する感謝の念の表明で、それを聞いた彼は目に涙を浮かべた。そしてターナン一家は、最善を尽くす覚悟をした。次の五年間、一家はアイルランド、イングランド北部を巡業し、下宿で暮らし、冷えた肉、パン、ビールの食事をし、自分たちで衣裳を作り、与えられたどんな役も引き受け、必要な場合は一週間で四役の台詞を覚えた。母は娘たちに、自分たちは役者稼業をしているが、淑女であることも決して忘れてはならないと言った。彼女たちは利発で、しっかり者で、時にはくだらない役を演じ、それを償うために全力を尽くさねばならないのを知っていた。そして、劇場は自分たちが望んだほどのものではない場合が多かったものの、自分たちが携わっている文化と美の理想を表わしていた。彼女たちは貧乏で野心的な現代的な若い女で、あと十年経つと、ディケンズの世界の一部になるのである。

一方、自由主義的理念を促進し、イギリスの社会に貢献することを意図した新聞に、自分の考えと精力を傾注しようとして失敗したディケンズは、スイスに逃げ出したことが、小説家という本来の天職に戻った時、助けにならないのに気づいた。フォースター宛の手紙に記されている肉体的、精神的危機は、彼が経験した最も深刻なもので、彼を神経衰弱の淵まで連れて行った。彼はフォースターの思いやりに満ちた対応によって助けられ、慰められて危機を切り抜けた。そして、それまでずっと隠していた記憶を呼び起こし始めた。記憶を呼び起こす苦しさとその過程が、次の数年に彼を強くし、作品を豊かにするのである。

第13章
ドンビー、中断
一八四六〜四八年

三台の四輪馬車がディケンズ一家をローザンヌからパリに運んだ。子供と子守女（それと間違いなく一匹の犬）が一台に、大人たちは別の二台に乗っていた。一家は十一月十六日に発ち、霜と霧の中、ジュラ山脈を越えた。毎朝五時に起き、毎日十二時間近く馬車に乗り、宿に泊まり、四日後にパリに着いた。一行は全員オテル・ブライトンに泊まった。ディケンズは直ちに借りるべき家を探し始め、一週間のうちに、シャンゼリゼとフォーブール・サン・オノレ街に近いクールセル街四九番地の家に入った。その家はフランス人侯爵のもので、ドアと窓は凍るように寒い天候なのにきちんと閉まらず、寝室は歌劇場の枡くらいに小さく、壁の掛け布は「謎めいていて」、馬鹿な話だが、食堂は小さな森に見えるように塗ってある、とディケンズは不平を言った。彼は早くも、パリの通りの探検的な散策を始めていて、前進しながら通りを疑わしそうにじろじろ見ている一群の騎馬護衛と警官に守られて、国王ルイ＝フィリップが四輪馬車の奥に坐っているのを垣間見た。彼は国王にはいい印象を抱かなかった。そして、パリは「素晴らしく魅力的だが、邪悪で嫌悪すべき場所」だと思った[1]。間もなく彼は、大使館員のチャールズ・シェリダンと、パレ・ロワイヤルにある有名なレストラン、レ・トロワ・フレール・ド・プロヴァンスで食事をする計画を立てていた。フォースターは一月に二週間パリに来ることに同意した。その結果、二人はパリを一緒に探索することができた[2]。ジェフリー卿に宛てた手紙でディケンズは、「フォースターは自分の右腕、かつ冷静で犀利な頭」だと言い、スイスで危うく神経衰弱になるところだったとフォースターに告白している[3]。

彼は『ドンビー父子』に注意を向ける必要があったが、クールセルの家に住むようになるや否や、父から一通の手紙が来て、姉のファニーについて暗い知らせを伝えた。彼女は消耗性疾患——肺結核——で、医者は本人にも彼女の夫にも真実を言わないようにと忠告した。そのことは、彼女は回復の望みがないと医者が思っているのを示唆していた。その晩ディケンズはあまりに動顛し、キャサリンとジョージーナと一緒に劇場に行かなかった。一週間後になっても、彼は落ち着いて仕事ができず、書斎が嫌になり、執筆の場所がほかのどこにも見つけられず、家具をあちこち動かしたり、手紙を書いて気を紛らしたりし、フランス人は怠惰で、信用できず、軍人以外の何にもふさわしくないと不平を言い、夜、ジョージーナを連れ出してパリを見物した。(4) しかし、いざ執筆に取り掛かると、リトル・ネルの最期に関して示したような苦悩はまったく見せず、「ポールは第五号の終わりで殺す」と冷静にフォースターに語った。そして、第四号が書きあがるとロンドンに戻り、コヴェント・ガーデンとリンカンズ・イン・フィールズの近くのピアッツァ・コーヒー・ハウスに、クリスマス直前の一週間、再び泊まった。(5)

彼がロンドンでフォースターと一緒になる必要があったのは、気が晴れるということのほかに、多くの実際的理由があった。病気のファニーの看病の手筈を整え、彼女が最良の医者に確実に診てもらうようにし、バーネット夫妻を説き伏せて、そうした医者の近くにいるようロンドンに来させるようにすべきかどうかを考えねばならなかった。彼の新しいクリスマスの本『人生の戦い』が十二月十九日に出ることになっていた。それは、一人の少女が自分の恋人を諦めて姉に譲るという話である。力のない感傷的なものだが、キリスト降誕日前に初版の二万四千部が売り切れ、年末までに千四百ポンド懐に入った。キーリー夫妻がそれを戯曲にしたものをライシーアム劇場で上演していた。ディケンズはその監督を申し出た。彼はフォースターが貸してくれた部屋で、俳優たちに朗読して聞かせた。ディケンズはその際フォースターが気を遣ってくれたことをからかった。とりわけ、七十六の厚いハムサンドイッチを一同に用意してくれたことを。ディケンズはキーリー夫妻の演出が拙いと思い、活を入れるのに最善を尽くした。また、出版業者とも交渉した。そしてチャップマン&ホールと自作の廉価版について相談した。その企画は実行に移された。(6) 一つの約束の場所から別の約束の場所へと急いだせいで風邪をひいた。その結果、「僕は手を上げることが、ほとんどできない。刻一刻闘っている」と「僕の最愛のケイト」に書き、彼女からの手紙を待ちわびていると言った。(7)

ディケンズはクリスマスにちょうど間に合うようにパリに戻ると、「わがきわめて親愛なるフォースター」に宛てて手紙を出し、「僕らみんなのために、クリスマスおめでとう、新年おめでとう、破れぬ友情、楽しい思い出の大きな蓄積、地上の愛、最後に天」と挨拶した。フォースターは彼の風邪についても聞いた。「僕はすぐ、ベッドに入って大量の卵入りラムを飲み、家中の毛布で体を包むつもりだ。頭が〝そわそわ〟しているような感じだ」[8]。一八四六年の大晦日、彼は死体保管所を訪ね、そこに置かれている身元不明の死体を見た。彼は夕暮れに一人で出掛け、誰もいない場所に、白髪の老人が横たわっているのを見たのである[9]〔身元不明の死体は、誰でも見られるように、三日間公開された〕。

『人生の戦い』は売れた。ディケンズのクリスマスの本の市場があったからだ。しかし、批評家は容赦しなかった。一月に書評がディケンズのもとに届いた時、彼は怯み、ニュージーランドに行きたい気持ちだとフォースターに言ったが、同時に、『ドンビー父子』の月刊分冊第五号に取り掛かっていた。「僕は若くて無垢な犠牲者を殺そうとしている――」。それが終わると彼は夜通しパリの通りを歩き、朝、フォースターに会いに行った[10]。二人の友人は二週間、毎日一緒に愉しんだ。ヴェルサイユ、サン・クルー、ルーヴル、パリ国立高等音楽院（レッスンを聞くために行った）、王立図書館（二人はグーテンベルクの活字と、ソポクレスの一冊にラシーヌが書きこんだメモを見た）を訪れた。英国大使館で食事をし、病院、監獄、死体保管所（ディケンズにとっては二度目だったが、それは彼に抗し難い魅力を持っていた）を見学し、できる限り劇を観た。二人は劇作家のスクリーブと語り、デュマと一緒に夕食をとった。また、ゴーチエ、病めるシャトーブリアン、ラマルティーヌと話した。ディケンズはラマルティーヌにジェノヴァでちょっと会い、その自由主義的政治観を称讃した。そして、ヴィクトル・ユゴーを、ロワイヤル広場にあるアパルトマンに訪ねた。ユゴーはその雄弁で、二人に深い感銘を与えた。ユゴーはディケンズに、「最も趣味のよい魅力的な世辞」を呈したとフォースターは言っている。ユゴーは「まさに天才のように見えた」とディケンズは思った。一方、ユゴーの妻はまるで、その気になればいつであれ朝食の時にユゴーを毒殺しかねないように見えた。「腰から上にはほとんど何も着ずに現われた娘〔ユゴーの当時十五、六歳の次女で、不幸な育てられ方と悲劇的な恋が原因で、のちに狂人になった〕」は、「短剣をコルセットに忍ばせていると思ってしまうでしょう。コルセットはしていないように見えたのを別にすれば[11]」。冗談を言ったあとで彼は、「僕の見た文人の中で、ヴィクトル・ユゴーが一番気に入った」と断言した[12]。

ディケンズはフォースターと一緒にパリで過ごしていたあいだに、フランス人に対する見方が深まり、その長所が理解できるようになり、以前腹立ち紛れに信頼できないと言ったことを忘れ、フランス人とフランスが好きになり始めた。「パリにおいて、最も広く、最も普遍的な意味において芸術が広く理解され、尊敬されているということは、僕の知っている最良の国民的特長の一つだ。そうしているのは、とりわけ知的な人々だ。彼らの中に洗練と粗野の奇妙な混淆が依然として残っているものの、彼らは多くの高度で偉大な面で、世界で第一級の人々だと思う」(13)。それは、フランスに対する本当の愛の始まりで、フランス人もそれに応え、彼の作品を翻訳し、模倣するようになり、十年後、出版社のアシェットは、ディケンズが認めたすべての長篇小説と短篇小説の新しい翻訳を委嘱するに至った(14)。一八四〇年代には、すでに彼の作品は、ほかの多くのヨーロッパの言語、ドイツ語、イタリア語、オランダ語、さらにはロシア語に翻訳されていたが、そのいずれの国とも、フランスほどに密接な関係を彼は持っていなかった。彼はフランス語を知っていた(15)。発音は下手だったが、よいフランス語を書いたと、フォースターは言った。彼はフォースター宛の手紙にこう署名した。「Charles Dickens, Français naturalisé, et Citoyen de Paris（「チャールズ・ディケンズ、帰化したフランス人、パリ市民」）」。そして一八四七年、ドルセイに大胆にもフランス語で手紙を書き始めた。単純で不正確ではあれ。「Ah Mon Dieu! Que les mois s'ecoulent avec une terrible rapidité! L'instant que je me trouve encore un forçat lié a la rame. N'importe! Courage Inimitable Boz! Vous l'aimiez assez-bien mon Brave, après tout!」それから二年のうちに、彼は本格的な文通ができるほどにフランス語を習得した(16)。

その間《かん》、彼は小説を書かねばならなかった。それは、一八四六年十月に月刊分冊の最初の号が出て以来意外によく売れ、ブラッドベリー&エヴァンズは重版に忙しく、一月の号は三万二千部刷ることから始めた。その成功は当然のことだった。なぜなら、その小説の冒頭は衝撃的なものだからである。ポートランド・プレイス近くの大きな陰気なロンドンの家でドンビー夫人は分娩中に息を引き取り、夫は生まれたばかりの息子しか可愛がらず、今を時めく医者は無力で、小さな娘フロレンスは泣きながら母に縋《すが》りつく。「母はその細い円柱《スパー》〔フロレンスのこと〕を両腕にしっかりと抱きながら、辺り一面でうねっている暗い、未知の海に漂い出て行った」。第二章はそれをもとにしっかりと構築される。赤ん坊のポールに乳を与え、世話をするために乳母が雇われる。ドンビー氏は余所者が家にいることに嫉妬し、息子を乳母のポリー・トゥードルに渡すことが気に入らないので（ポリーは夫が鉄道で働いている、子沢山の慈しみ深い若い女だ）、彼の家では自分の名前は使わず、ありふれていて便利なので「リチャーズ」と名乗るようにせよと言い、彼女の仕事から一切の人間的感情を取り除こうと全力を尽くし、赤ん坊に愛着を覚える必要はないし、赤ん坊も彼女に懐く必要もないと彼女に言う。この章を読むと読者は、毎年毎年ディケンズ家に雇われた乳母たちはどんなだったのか、ディケンズは彼女たちとどんな話をしたのか考えてしまう。そして、乳母から子守女に、それからジョージーナに渡された彼自身の小さな息子たちは、誰に愛着を抱くべきか、よくわからない時があったように思える。

その問題は別にして、『ドンビー父子』の冒頭の数章は、構想と文章において見事である。ディケンズはポリー・トゥードルを、どんな男よりも「素早く感じ、すべての優しさと憐れみ、克己と献身を、終始不断に維持する」善良で心の暖かい女として描いている。ポリーだけが六歳のフロレンスを、あんたの母は天国にいて、あんたはそこで母に再会できると言って慰める。(17) しかし、ポリーがフロレンスをカムデン・タウンの自分の家に連れて行くと、フロレンスは通りで迷子になり、老婆の手に落ちる。老婆はフロレンスを家に帰す前に彼女の衣服を盗む。ポリーはその責任を問われ、即座に馘《くび》になる。息子のポールの長期にわたる衰弱は、自分に乳を与えてくれていた乳母を失くした時から始まる。そして、父の措置によって、その衰弱は速められる。つまり、父は彼を一年間、ブライトンの恐るべきピプチン夫人のところに預け、それから詰め込み主義の学校にやるのである。彼は機敏で繊細で知的な少年なのだが、そこでは何も学ばない。彼は誰よりも姉を愛し、姉に頼り、彼が衰弱していき、彼女が成長してゆくと、父は自分がなおざりにしている娘を憎むようになる。ポールの短い人生の話は、離れ業のように見事だ。五歳の時ポールは、金について父に質問し、金はなんでもできるという答えを聞くと、金は母を救わなかったし、自分を強く、丈夫にしなかったと答える。彼は機知でピプチン夫人をへこまし、学校の大時計が話すのを聞き〔「どう、だね、わたし、の、小さな、友人」と大時計が問いかけてくるように、ポールには聞こえた〕、先生のコーニーリヤ・ブリンバーには、キラキラ光る眼鏡の後ろに目があるのだろうかといぶかる。事実、彼は小さなディケンズのように考えるのである。彼は幾分かはそうなのだ。ディケンズがピプチン夫人が経営する子供のための賄い付き下宿屋について書いていた時に、フォースターにはっきりと書いたように——それは「事実にもとづいているのだ、僕はそこにいた」[18]。

フォースターはディケンズの子供時代の秘密を聞く心構えをした。そしてディケンズが、その興味深い子供を死なせた時、イギリス中の人間が強い関心を示した。マクリースはフロレンスについて個人的に抗議した。「僕は彼の書く若い女に耐えられない――彼は若い女がひどく面白味のない〝ネル〟の年頃がいたく気に入っている」。しかし、その他の点では『ドンビー父子』は傑作だと思い、とりわけ、ロンドンの生活の描写を称讃した[19]。サッカレーは、ポールがいるブライトンの学校（その学校では少年たちが古典語を無理矢理学ばせられる）のブラック・コメディー風の描写を掛け値なく褒め、ポールの死は「比類がない――なんとも見事だ」と思った[20]。売上はポールが死んでから少し下がったが、ほぼ三万部は維持した。

『ドンビー父子』は一つの世界を創っていて、読者を引き入れ、摑んで離さない。彼が熟知していた（そして外国にいてひどく懐かしがった）ロンドンは、豪邸の立ち並ぶ通りから、ロンドンの北端、シティーのテムズ川近くのつつましい住宅と商店、カムデン・タウンに至るまで、読者の眼前に展開される。エネルギーと創意は今でもそこに感じられる。初めの数章の完璧に近い感じは残念ながら次第に薄れ、そこに記されていること――ドンビー父子商会はドンビー父娘商会になるかもしれないということ――は実現しないけれども。しかし彼は、喜劇的人物を入念に描く余地を残した。最もよく書かれているそうした人物は、滑稽であると同時に邪悪だ。その一人は引退した陸軍将校、バグストック少佐で、はち切れそうに太っていて、友人には褒美を、敵には罰を与えるおべっか使いで弱い者いじめだ。彼はドンビーを、ドンビーの二番目の妻になる女イーディスに紹介する。もう一人のそうした人物は、イーディスの母、ミセス・スキュートンである。年老いた社交界の婦人で、毎日女中によって「組み立て」られねばならず――ダイヤモンド、半袖、口紅、巻き毛、義歯、その他の少女向けの品物を使って――夜にはそれらをバラバラにしなければならない。「髪は落ち、弧を描いている黒っぽい眉毛は、灰色のわずかな房状の毛に変わった。青白い唇は縮み、肌は蒼褪め、緩んだ。赤い目をした、老いた、疲れ果てた、黄ばんだ、こっくりこっくりする女が一人で残っていた……脂っぽいフランネルのガウンを羽織って、だらしない束のように体を縮めて」[21]。彼女はディケンズが創造した、なんとも見事なほどに忌まわしい人物の一人で、スウィフトが書いたと言ってもよい。

ドンビー自身は、娘の扱い方において、自尊心、頑固、残酷そのものである。フロレンスの完全な服従と善良さは読者を苛立たせてきた。実際彼女は、取り立てて言うほどの性格を持っていない。ディケンズはフロレンスは、取り立てて言うほど的状況に置いたことで、彼女をどうすればよいか、よくわかっていないことを示している。そして、ドンビーの家が、彼女の父が休暇でいないあいだに異常な速さで荒れていくようにしている。鍵が錠の中で錆び、地下室に茸が生え、埃、蜘蛛、蛾、ゴキブリ、鼠が壁に棲みつき、草が屋根に生え、モルタルの破片が煙突の中に落ちる——それは、多くの召使がいる立派なタウンハウスではあり得ない状況だ。それは純粋の幻想だが、ディケンズにこう言わせることができる。「しかしフロレンスは、物語の王の美しい娘のように、そこで生き生きと華やいだ」。彼女は残酷な父から逃れて、善良な老カトル船長のもとに安全に隠れた時、再びお伽噺の世界に入る。カトルは船具商の店に住んでいる引退した船員で、片手が鉤だ。ここでディケンズは自分が何をしているのかを、次の文章でおおやけに認める。「物語の本の中のさ迷う王女と善良な怪物は、カトル船長と哀れなフロレンスのように、炉辺で並んで坐ったことだろう……そして、その二人とさして違っては見えなかっただろう[22]」

フロレンスは実業家の父と同じ世界には住んでいない。彼女は使い走りの少年に愛されるが。また、ドンビーの事業とそれが失敗した理由について、がっかりするほどわずかしか読者に語らない。ディケンズはドンビーがイーディスと再婚することを書くほうに関心を抱いている。イーディスは若い寡婦で、彼の妻になることに同意するが、彼が好きではないことをはっきりさせる。彼女は金目当てに結婚しろという母親の指示に従うのだ。ディケンズはイーディスに、それまで彼女の知らなかったいとこのアリスがいたことにして、その点を強調した。アリスも身を売るのだが、娼婦として身を売るのである。ディケンズの意図は真剣だが、その意図は本当の女が書けないということによって損なわれている。フロレンスはお伽噺の王女でなければならないのである。イーディスはメロドラマの主演女優である。アリスも。イーディスの振舞いは、すべて劇場から取ったものである。彼女は自分の「豊かな黒髪」からダイヤモンドを剝ぎ取り、床に投げつけ、高価なブレスレットを踏みつけ、片手で、血が出るまで大理石のマントルピースを叩き、怒りの印として高慢な態度をとり、怒った蟇蛙《ひきがえる》のように鼻孔を膨らませ、首を膨張させる（ディケンズは女優の所作を注意深く観察していた）。彼女の顔は打ち殺そうと夫を見やっている、美しいメデューサの顔になる。そして、ドンビーの家から去る時、金切り声をあげ、「ある下等な動物」のように階段のところで、這ってフロレンスの横を通る。

彼女はドンビーのもとを去り、彼に屈辱感を与えるために、忌まわしい支配人のカーカーと駆け落ちをする。ディケンズは最初、彼女をカーカーの愛人にするつもりだったが、尊敬すべき旧友ジェフリーに説得されてやめた。その代わり、彼女をフランスの辺鄙なディジョンでカーカーに会わせ、自分は今後あなたとなんの関係も持たず、会うつもりもないと言わせることによって、筋をいっそうありそうにもないものにした。人を軽蔑し、怒りっぽい彼女と、どんな男が、結婚してもしなくても、性的関係を持ちたいと思うか疑わしくなる。また、彼女はドンビーとの初夜をどんなふうに過ごしたのか、いぶからざるを得ない。ディケンズは当然ながら、時代の要請する慣習に従い、セックスを仄めかすのは避けた。しかし、もっと深い理由は、ともかく成人の女との関係で、セックスについてどう書いたらいいのか、どう考えたらいいのかわからなかった、ということである。小説の中で、彼がイーディスに頓呼法で呼びかける瞬間がある。「おお、イーディス！　実際、そういう時に死んだほうがいいのだ！　最後まで生きているより、イーディス、そうやって死んだほうがいいし、ずっと幸せなのだ！」彼は性的に恥辱を蒙るより死んだほうがいいということを、次の作品で、リトル・エミリーのことを考えた時、繰り返す。その二つの場合、そうした類いのことを期待する大衆に提供された、一種の敬虔な行為のように思える。その問題について真実を書く勇気がなかったためか、どう書いたらいいのかわからなかったためかで。(23)

復讐の念に燃えたドンビーに追われているのを知ったカーカーはイギリスに急遽戻るが、列車に轢かれて死ぬ。『ドンビー父子』は鉄道を扱った最初の偉大な小説だと、しばしば称讃される。この小説はカムデン・タウンを通る鉄道の敷設を巧みに利用している。鉄道の敷設は、庭付きの何列もの小さな家を取り壊し、その一帯とそこの生活のパターンを変えることを意味した。彼はそれを間近に観察した。(24) この作品のもっとあとのところで列車が象徴として使われているが、さほど成功していない。ドンビーは列車に乗ると、列車は「一種の誇らしげな怪物、死」だと感じる。なぜなら、彼は息子を奪った死について考えているからである。「悲鳴をあげ、唸り声を出し、ガタガタ」と彼の列車は走り、列車からは「田舎家、家、邸宅、豪邸、農業と手仕事、人々、後ろに残されると小さく、取るに足らないものに見える、見棄てられたような古い道路、小径がチラリと見える。そういうことなのだ。そうしたチラリと見えるもの以外、一体何があるというのだ、不屈の怪物、死の軌道に！」[25]ディケンズが死としての列車のイメージを二頁にわたって楽しんでいるあいだに、文章は美文になる。この小説の終わりのほうで、カーカーは偏執的な列車観察家になり、機関車を、二つの赤い目を持ち、ギラギラ光る線路を煙を吐き、唸りながら、真っ赤に燃える石炭を落としながら走る炎の悪魔のようなものと見ているが、ついには轢死し、彼のバラバラになった死体は宙に投げ上げられる。ディケンズ自身は汽車旅行を心から楽しみ、鉄道を大いに利用したが、人を怯えさせるその力は、小説の抗し難い素材で、どんな読者もカーカーの死を覚えている。

元の計画に彼が加えたもう一つの変更は、ウォルターをヒーローに戻すというものである。フロレンスを愛する使い走りの少年で、ドンビーに追い出される使い走りの少年ウォルターは、最初は堕落し破滅することになっていた。しかし、彼はフロレンスへの愛を失わず、フロレンスは彼にこう言って挨拶する。「この傷ついた胸にようこそ！」――彼女はイーディスの芝居がかった台詞を引き継いだのだ。姉妹のような彼女の愛情は、もっと暖かいものに容易に変わり、若い二人は結婚し、ハッピーエンドになる。その際、破産し、病気になり、独りになったドンビーは、ついに娘に優しくなり、信じ難いほど愛情に満ちた祖父になる。ディケンズは小説の終わりに近づくと、原稿を書きながら絶えず泣いたと言った。ディケンズの後年の友人の一人、ウィルキー・コリンズの評価は、いかなる知的な読者も、「『ドンビー』の後半を……その悪さに驚かずには」読めない、というものだった。これは厳しい判定だが、正しい。失望感が強いのは、小説の冒頭の部分がきわめてよく、前途有望だったからだ。それは、弱い筋と、凝り過ぎた文体とで失われる。もう一人の旧友エインズワースは、『ドンビー父子』の後半の号を、「途轍もなく悪い」、「吐き気がするほど悪い」と言った。[26]

それ以降、多くの批評家は『ドンビー父子』を次の理由で褒めた。当時の社会を見事に描いていること、社会問題に関心を寄せていること、親子の関係を探究していること。品位のある、優しい感情をもって生きることは、社会が進むにつれ、次第に難しくなったという現象をテーマにしていること。[27]人はこうした指摘のすべてに反論することができる。ピプチン夫人とスキュートン夫人は、共に品位や優しい感情に驚くほど欠ける一方、若いスーザン・ニッパーと愚かなトゥーツ氏は、その二つを十分に持っている（二人は結婚する）。ディケンズはドンビー夫妻の喧嘩を扱っている一章で、スラム街の住居について説教し、その夫婦は私的な関心事より社会問題に専念すべきだと示唆している。しかしそれは、たまたま言及しただけで、小説の末梢的な部分である。この小説は本質的に、私的な、家庭生活の物語である。家族というものが中心の関心事なので、読者はドンビー氏の事業がなんなのか、それが失敗した理由は何か（彼の不注意以外）さえ教えられない。ディケンズが最後の数章を書き終えた時、彼がかなり共感していたチャーチスト運動支持者の大群衆がロンドンに集結し、選挙権拡大を求めて議会に請願書を出していたが、この小説にはそうした同時代の問題はまったく扱われていない。

『ドンビー父子』を書いていた時にディケンズにかかっていたプレッシャーを考えると、この小説にむらがある理由が幾分かわかるし、彼がともかくも書き上げたことは驚嘆に値する。ほとんど毎日、『ドンビー父子』の執筆を中断させる何かが起こった。彼は一八四七年、またクリスマスの本を書くという考えを捨てざるを得なかった。まず、家族の問題があった。デヴォンシャー・テラスを六月末まで貸してあるので、いったんパリを去ったなら、ロンドンに別の家を借りねばならなかった。その家でキャサリンは四月に、割合楽に出産できるはずだった。二月にチャーリーは、ロンドンの新しい学校で寄宿生としての生活をまさに始めた時、猩紅熱に罹り、ディケンズとキャサリンは急遽パリから戻ったが、キャサリンが妊娠しているので、二人はチャーリーに会うことを許されなかった。二人は心配し、そわそわしながら、ユーストンのホテルに滞在した。その間《かん》、ホガース家の祖父母が、オールバニー街の下宿屋でチャーリーの看護をした。ディケンズは家と家具を探すのに忙しく、月刊分冊の予定の号を書くのがひどく遅れた。「僕の目下の惨めさは信じられないほどだ」と彼はパリにいるジョージーナに書いた。彼女はパリに残り、ほかの六人の面倒を見ていた(28)。

チャーリーは回復し、痩せて蒼白かったが、病後を養うためにリッチモンドにやられた。そして、やっと三月末になってチャーリーの妹たちと弟たちはロンドンに連れてこられ、チェスター広場一番地の借家で両親と再会した。それは、オールバニー街とリージェンツ・パークのあいだにあり、彼らの本当の家に近かった。キャサリンはその借家に入るとすぐシドニーを産んだが、陣痛がひどく、難産だったので（おそらく逆子だったのだろう）、ディケンズは二人目の医者を呼ばねばならなかった。彼女はすぐに回復したが、三週間後、ディケンズは馬に襲われた。それは恐ろしい経験で、服の袖が喰いちぎられた。彼は腕の筋肉が傷ついたのではないかと心配した。その結果、喉が神経性発作を起こし、治療してもらわねばならなかった。彼は「誰にも言えないほどひどく」苦しみ、数日、物が書けなかった[29]。そして、治療のためにブライトンに行った。そのあと、子供たち全員が百日咳に罹った。ディケンズ一家は六月末にブロードステアーズに行き、海岸で遊んだ。父によると、百日咳のせいで誰もが「絶え間なく噎《む》せながら[30]」。その結果、『ドンビー父子』の執筆が家庭内のドラマと災厄によって遅らされたり中断されたりしなかった月は、ほとんどなかった。そして、その背後には常に、ファニーの病気の進行具合に対する心配があった。七月に彼は、やっとデヴォンシャー・テラスと、自分の書斎に戻ることができた。

　気を逸らすほかのものは、彼がみずから望んだものだった。彼の初めの頃の出版業者、ウィリアム・ホールが三月に死んだ。彼はハイゲイトでのホールの葬式にどうしても出ると言った。その日ずっと彼は、十四年前、最初の小品が活字になった雑誌を売ってくれたホールのことを考えていた――過去と現在を結び付けるということは、たとえ一日仕事ができなくなっても、彼には重要なことだった。また、彼は劇の上演を引き受けた。今度は、いまや六十代のリー・ハントのために金を作るためだった。ディケンズはみずから座元になり、配役、リハーサル、劇場との交渉、一座の巡業の手配を引き受けた。彼はそのことで六月と七月は忙しく、「ドンビーと座元の仕事で僕は半ば狂っていて、半ば混乱している」とこぼした[31]。フォースターは『エグザミナー』の編集を引き継いだので、いつもより忙しかった。それは自由主義的な週刊新聞で、フォースターは長いあいだ同紙に寄稿していて、いまやその発行部数を増やし、しっかりと能率的に運営していた。そしてディケンズは、文筆家のための相互保険制度を作る考えを練り始めた。それは次の数年で大きなものになり、大幅な組織化と、募金のための劇の上演が必要になった。

　十一月に彼とキャサリンは、ローザンヌにいた時の友人ワトソン夫妻を、ノーサンプトンシャー州にあるロッキンガム城の家に訪ねた。それは峡谷の上の高い素晴らしい所にあり、十一世紀に王室の城として建てられ、清教徒革命戦争によって半ば破壊されたが、大広間、門衛詰所、円柱鐘楼は残り、数世紀のあいだに、中庭を囲む個人の住居に改築された。ワトソンは一八三〇年代に遺産を相続する前は陸軍将校で、生まれの良い妻と結婚し、慈悲深い領主になり、学校を一つ建て、小作人のコテージを改築した。ディケンズは貴族というものには用心していたが、ワトソン夫妻の魅力の虜になった。そして、ロッキンガムは彼の想像力を刺激した。数年後、それは部分的に、『荒涼館』のチェズニー・ウォルドのモデルになった。素晴らしいけれども暗鬱な大建築物で、その中で貴族のデッドロック一族は何代にもわたり、贅沢だが無意味な生涯を送った――友人の家に対するやや疑わしい讃辞だが、それにもかかわらず、彼はそこを訪れるのをその後も楽しんだ。

　そうやって上流社会の生活を楽しんだあと、工員教習所で教育問題について講演するためにリーズに行き、工員たちの勉学を褒めた。そこでは、昼間クラスと夜間クラスで化学、フランス語、ドイツ語、実務、素描、デザインが教えられていた。工員教習所は立派な図書館を建て、女子学生も徐々に増やしていた。数千人の聴衆がディケンズの公演を聞きに集まり、彼が姿を現わすと、聴衆は立ち上がり、「リトル・ネルの著者」に喝采し、講演の途中で何度も拍手し、歓声をあげた。それは、そこで行われている教育活動の価値をはっきりと裏付けていた。ディケンズは「咳風邪で半ば死に、声が出なかった」とフォースターに話したけれども、もっとうまく話せたことはそれまでなかったと思った[32]。家でクリスマスを過ごしたあと、彼はキャサリンと一緒に、またしても出掛けた。今度はグラスゴーに行った。同地の労働者階級の男女のための教育機関が、彼を講演に招いたのである。そこでも、彼を敬愛していた聴衆が喝采した。

　キャサリンは夫の講演を聞かなかった。列車での旅の途中、病気になったのだ。少し前の流産のせいで具合が悪かったのである。ディケンズは、大したことはないとジョージーナには言ったが（「取り立てて話すようなことではない」）、弟のアルフレッドには、キャサリンが「ひどい病気」になったと話し、二人の有名な医者を呼ばねばならなかった。医者は急行列車で真っ直ぐロンドンに戻る以外のことは禁じた[33]。そのせいで彼は、アルフレッドとその妻と、新たに生まれた赤ん坊にも、また、病める姉のファニーとその夫バーネットにも会うことができなかった。

キャサリンはデヴォンシャー・テラスの自宅に戻ると、数日床《とこ》に伏した。休養を必要としていたのは明らかである。

一八四八年一月、まだ完成していない『ドンビー父子』についてサッカレーが寄越した、惜しみない讃辞の書いてある手紙に感謝したディケンズは、「僕はドンビーを書き終えるまで、『虚栄の市』を熟読するのを延ばしている」と言い、その月末のディナーに彼を招待し、そのあと「深更に驚異的なカントリー・ダンス」があると伝えた(34)。彼の気を逸らした、もう一つのことについて、ここで述べなければならない。彼がスイスに発つ前に、ミス・クーツに宛てた手紙に書いた、娼婦を助けるという計画は、その年、最も彼を夢中にさせ、時間を喰う計画になった。彼は揺るがぬ積極的関心と決意をもって計画を進めた。彼は『ドンビー父子』の第十二話を書いた一八四七年の末以前に、ミス・クーツの資金で「ホームレス女性のためのホーム」を設立し、それを自ら監督した。そのためにそこを何度も訪れ、採用する職員に何度も面接し、入れるべき女を決め、何度も委員会を開き、大量の手紙を書かねばならなかった。次章で、彼がそれをどうやったかを述べよう。

一八四八年の一月、二月、三月の『ドンビー父子』の最後の三つの号のそれぞれの売上は約三万四千部で、読者はその後数ヵ月、バックナンバーを絶えず購入した。一八四七年、彼は三千八百ポンド稼いだ。そして初めて、投資できるだけの額の金が銀行に預けられるようになった。それ以後彼は、深刻な財政問題を抱えることはなくなった――フォースターはこう言っている。「その年以降、金に関連するすべての厄介な問題は解決された(35)」。それは彼の人生における転換点だった。そして奇妙なことに、それは、命を救う点でも、健康を与える点でも、愛を勝ち取る点でも金は無力であるということを中心的テーマにした作品でもたらされたのである。

大衆は大喜びし、収入はすこぶるよかったので、彼は当然ながら上機嫌だった。フォースター、マーク・レモン、ジョン・リーチと一緒に数日ウィルトシャー州に行って、成功を祝った。その一日、ソールズベリー平原を馬をギャロップで駆けさせた。ロンドンにはグレート・ウェスタン鉄道で戻った。そして、三月三十一日に最後の号が出る前日、十二人の男の友人にディナーを御馳走した。その頃、彼はまたしてもキャサリンを妊娠させた。シドニーは一歳で、キャサリンは流産から回復していたが、自分を守るなんの手立てもなく、絶え間なく妊娠することに疲れを覚えていたに違いないし、出産の苦しみを繰り返し味わうことも恐れていたに違いない。一八四四年から四九年一月までのあいだに四人の息子が生まれたが、いずれもディケンズが望んだ息子ではなかった。彼らが赤ん坊時代にはそれぞれ可愛がり、チッキンストーカー、キーリリームー、スキトルズ、ホッシェン・ペック、オーシャン・スペクターのような、馬鹿げていて愛情に満ちたペットネームを付けたけれども。四〇年代に生まれたそれらの息子のうちの最後の息子は、ヘンリー・フィールディング・ディケンズと名付けられ、子供たちのうちで最も利発で、有能な子供になった。

第14章

ホーム 一八四七～五八年

ディケンズは少年時代から売春婦を観察していた。売春婦は『ボズのスケッチ集』に出てくるし、いかに非現実的であろうと、『オリヴァー・ツイスト』のナンシーは売春婦である。彼女の描写は真実で、自分が周囲の実際の生活で見たことにもとづいていると、彼は主張した。また、『鐘の音』にも『ドンビー父子』にも売春婦は登場する。さらに、ほかの作品でも登場することになる。(1) 一八四〇年に彼は、自分の赤ん坊を殺したとして起訴された女中のイライザ・バージェスが、間違いなく公正な裁判を受けるようにし、それに成功したばかりではなく、彼女を恥ずかしからぬ仕事に戻し、まともな将来を送らせることに力を貸すことにも成功した。それは、悲惨な運命に直面したかもしれない若い女を救った、わかっている最初の例である。彼は情け深かったが世間知らずではなく、娼婦と、男が娼婦を必要とすることについて、きわめて現実的だった。例えば、サミュエル・ロジャーズが少女たちを堕落させ、娼婦にしたとおおやけに非難された時、彼女たちは間違いなく、進んで彼の相手をしたのだと言って、彼を弁護した。一通の手紙の中でこう述べた。「いやはや、もし僕ら全部にそうした罪が着せられ、一生その罪が僕らを追いかけるとするなら〔ロジャーズは当時老人で、若い時のことで非難された〕、一体、どんな男が逃れられるのか！」(2) 彼は、イギリス人が口にするのを拒む、社会的罪悪と悪徳の存在を認識しているフランス人を称讃した。(3) 一八四八年、彼は友人たちと、率直な男同士の会話をしていた際、エマソンに、「イギリスでは性的放縦がごく当たり前のことになっているので、もし自分の息子が特に純潔だったら、健康ではないかのように心配するだろう」と話した。アメリカでは、教育を受けた若者は純潔のままで婚姻のベッドに行くというエマソンの言葉に対して、そう言ったのである。そしてディケンズは、ヨーロッパの男性の純潔は「今の時代にはなくなったも同然」だという点で、カーライルに同意した。こうしたやりとりがされていた時、チャーリーはまだ十一歳だったが、エマソンが書いていることを疑う理由はない。またディケンズは、健康な男はセックスを必要とし、セックスが簡単に手に入るのに求めようとしない若者には何か妙なところがある、という

自説を表明していたのは確かである。(4)

すでに述べたように、ディケンズは一八四一年、ブロードステアーズの娼婦の品定めをしようではないか、自分は彼女たちがどこにいるのか知っている、と言った。彼は男が娼婦を利用するのは正常なことなのを認めていたのである。しかし同時に、社会の最低辺の、最も無力な一員で、前途には深まりゆく惨めさ以外何もなく、みずからを救う力がないように見える女たちを、心の底から憐れんでもいた。売春を許容する一方、売春婦を救いたいと思っている彼の態度にいささかの矛盾があるとするなら、それは、独力では売春を終わらせることができそうもないのを認めると同時に、男は常になんらかの方法で、自分の欲しいものを見つけると考えていたからだろう。この二重基準〔性行動に関して、男より女に厳しい基準を要求すること〕は、ヴィクトリア朝の多くの思慮深い男女を悩ました。二重基準は、売春のすべての責任を女にだけ負わせ、結婚以外で妊娠する若い女は、恥辱を雪《そそ》ぐことは決してできないとしていた。ギャスケル夫人、グラッドストーン、トマス・ハーディーは様々な機会に、そうした偽善との戦いで己の分を尽くした。また、偽善の犠牲者である女たちを救おうという多くの個人的試みもあった。しかし、そのどれも、ディケンズの「ホーム」ほど大胆でも、独創的でも、想像力豊かでもなかった。彼は、「ホーム」は自分が助けようとしている若い女たちにとって家庭的原則に立って運営される本当の家庭《ホーム》でなければならず、女たちが自分たちの罪を贖わねばならない場所であってはいけないと当初から主張した。

善良で気前がよく、ディケンズの考えに従う用意のあったミス・クーツは、その計画に資金を提供するつもりだった。その計画が実現した場合、年に七千ポンド（二〇一一年の時点では約五万ポンド）以上かかるはずだった。そして彼女は、それを設立する際、ディケンズにほぼ完全な権限を与えた。彼は、いくつかの寝室を共有する十数人の若い女と、一人の家政婦長とその助手が入れる広さの家を探す必要があった——三十人の女を入れるという初めの案は、非現実的だという理由で中止になった。彼は、「ホーム」の場所としてロンドンの中心部はふさわしくないが、あまりに辺鄙な所でもいけないと考えた。そして一八四七年五月、シェパーズ・ブッシュの近くに、小さな、がっしりした煉瓦造りの家を見つけた。シェパーズ・ブッシュは当時はまだ田舎にあったが、アクトン乗合馬車でロンドンの中心部に楽に行くことができた。その家には前の所有者によってユレーニア・コテージ〔ユレーニア、すなわちウラニアはヴィーナスの別称〕という屋号がすでに付けられていたが、ディケンズは最初から、それをただ「ホーム」と呼んだ。そこは、施設ではなく家庭《ホーム》のように感じられるものでなければならないということが、彼にとっては非常に大事だったからだ。それが田舎の小径のそばに建ち、庭が付いているということが気に入った。そして、女たちが小さな花壇の世話ができるということに、すぐに気づいた。また、洗濯場に出来る馬車置場と厩舎もあった。その家は野原に囲まれていた。彼はそこを買って、地元の搾乳者に貸して牛に草を食ませるようミス・クーツにすぐに勧めた——そうすれば、「ホーム」の女たちに牛乳が与えられるからだ。

借家契約が六月に結ばれ、その後間もなく、彼は家政婦長の志望者の面接を始め、建築業者に家の基本構造をしっかりしたものにさせ、装飾を施させ、棚を取り付けさせ、庭の周囲に垣根を作らせた。寝台架とリンネルは買わねばならず、台所と洗濯場の備品、陶磁器類、刃物類、本、ピアノも、すべて良心的な業者から買い入れねばならなかった。ディケンズはすべての代金を払い、領収書をミス・クーツに送った。彼は計画を立て、物を購入し、部屋に家具を備え付けるのが大好きだった。想像力が掻き立てられたのだ。そうしたことに時間と精力を使うのが嬉しかったのだ。

彼はその企てについてフォースターと話し合ったようには思われない。フォースターはそのことに気づいてはいたが、ディケンズの伝記の中では、それについてほとんど言及していない。その計画を仄めかした箇所が一つあり、「今後それについて述べるであろう」と約束しているが、その約束は果たされていない。(5) ディケンズの主な味方と協力者はオーガスタス・トレイシーとジョージ・チェスタトンだった。前者はトットヒル・フィールズの監獄の典獄、後者はコールドバースの監獄の典獄で、二人ともすでに彼のよい友人だった。「ホーム」は厳密にイングランド教会の教義にもとづいて運営してもらいたいというミス・クーツの希望を満たすため、二人の監獄付き牧師と一人の大執事と一緒に、二人の監獄の典獄を委員会のメンバーにした。彼女の主治医のブラウン医師も委員会のメンバーで、ミス・クーツはまた、健全な宗教的信念を持った教育家のケイ゠シャトルワース博士も委員に指名した(彼は退屈な男だとディケンズは思った)。ディケンズはキリスト教の祈禱と教えには満足していたが、宗派には気を遣わず、説教や、重苦しい説法や、悔悛への呼びかけは避ける決心をしていた。それは、被収容者たちを離反させるだけだと考えていたからだ。しかし、ミス・クーツが有能な若い家政婦長フィッシャー夫人を、非国教徒だとわかって解雇した時には、譲歩しなければならなかった。彼自身は、「ホーム」の女たちと一緒に働く、分別があって、頑健で、物に動じない、優しい女を見つけることに専念した。あまりに世間知らずの志願者や、「ホーム」での仕事を「恐ろしい仕事」と言った一人の女は断らざるを得なかった。概して彼が採用した家政婦長は成功だったが、最も目立った家政婦長は、医者の寡婦、覇気のある若いモーソン夫人だった。彼女は自分が働いているあいだ三人の小さな子供の面倒を見てくれる両親がいたので、その仕事を引き受けることができた。彼女は五年「ホーム」にとどまり、教え、自分に託された女たちと一緒に料理を作り、美味な食べ物を出し、母親のように女たちの世話を非常によくしたので、女たちは彼女と別れた時、泣いた。彼女はディケンズと密接に連絡を取りながら仕事をし、時おり家に彼を訪ね、ミス・クーツと文通し、自分に託された女たちを「家族」と呼んだ。彼女は卓越した女性で、ヴィクトリア朝の無名のヒロインである。彼女は二番目の夫に攫われ時に「ホーム」を去った。彼女はディケンズと一緒にした仕事を終生誇りにした。

彼の目的は、二つのカテゴリーの若い女を救うことだった。すでに娼婦であることがわかっている若い女。家族の支援がなく、悪い仲間に入ってしまい、働くことができず、泥棒や掏摸になったり、ただ単に飢えていたり、自殺願望を抱いていたりして、娼婦になりそうな若い女。彼女たちは「ホーム」で居場所とよい食べ物を与えられ、規則的な生活をし、読み書き、裁縫、家事、料理、洗濯の仕方を教えられ、植民地のオーストラリア、カナダ、南アフリカに移住する準備をさせられることになっていた。彼の計画は、自分のところに推薦されてきた若い女に一人一人面接し——個人的に推薦された者もいたが、大方は監獄の典獄、治安判事、警察署長に推薦された者だった——女の人生について質問し、受け入れるのにふさわしいかどうか決めるというものだった。女はいったん受け入れられると、誰も女の過去については口にしないし、家政婦長でさえ、それについては聞かされないのだった。彼は時には、お気に入りのモーソン夫人には詳細を明かすことがあったけれども。若い女たちは、自分の過去をほかの誰にも話さないようにと言われた。また女たちは、懲罰的な扱いや、悔悟を強いるような扱いはされなかった。彼は、避難所や施設にいる女たちが「ほとんど耐え難いほど」宗教を押し付けられることに恐怖を抱いているのを知っていた。彼は、「ホーム」付きの牧師は慎重で優しく、「ホーム」の女たちは、脅かされたり、引きずられたり、追い立てたりされて美徳を身に付けるのではなく、「美徳に誘われる」必要があるのを理解する、「最も厳しくない聖職者」であるべきだと主張した。(6)

「ホーム」に入ることを考えている若い女たちに読んで聞かせるつもりでディケンズが書いた次の文章は、平易で、直截で、臆面もなく親密な調子である。

もしあなたが、あなたの悲惨な生活から抜け出し、友人と穏やかな家庭と、自分と他人に役立つ手段と、心の平安と、自尊心と、自分が失ったすべてのものを手にする機会を求めたことがあるなら(時にはそうしたに違いないことを私は知っている)、どうかお読み頂きたい……注意深く……私はあなたに、その機会を与えるのではなく、こうしたすべての善きものを確実に与えるでしょう、もし、それを受けるに値するよう、あなたが努力するなら。そして、私はあなたよりずっと上の人間かのように書いていると思わないように。あるいは私が、あなたの置かれている状況を改めて思い起こさせ、あなたの感情を傷つけたいなどと。とんでもない！　私はあなたに親切でありたいだけです。私はあなたが私の妹であるかのように書いているのです。(7)

この文章を、もっとよくすることは不可能だろう。多くの若い女がこれを読み、彼の世話になろうという気になったのも驚くには当たらない。

女たちは、「ホーム」で約一年暮らしてから、移民船に監視付きで乗る許可が与えられることになっていた。それまでには、女たちは十分に食べ物が与えられ、健康になり、さらに教育も受け――例えば、読み書きができるようになった――自分の人生がもっとよく管理できるようになっていた。ディケンズは女たちが夫を見つけることを望んでいた。実際、女たちの多くは夫を見つけた。ミス・クーツは売春婦が結婚することに倫理的に疑問を抱いていたが。ディケンズとミス・クーツは、女たちに支給される衣服についても意見を異にした。ミス・クーツは地味な色がいいと言った。ディケンズは女たちは着るのを楽しむような明るい色の衣服を持つべきだと主張した。ディケンズが勝った。また彼は、軽い読み物を「ホーム」に置くことを推奨した。読み物が往々にして陰気な暗いものになる危険があると考えたので。善意の人ではあるが世間知らずでもあったミス・クーツに宛てた、多くの瞠目すべき手紙の一通で、彼は言った。「危険で禁じられた暮らしをしてきた者はすべて、ある意味で想像力が豊かです。もし、彼女たちの想像力が良いもので満たされなければ、彼女たちは自分で、それを悪いもので一杯にしてしまうでしょう(8)」。音楽の力を信じていた彼は、いまや傑出した教師になっていた旧友のジョン・ハラーに、重唱法のレッスンをしてもらう手筈を整えた。彼はその点で正しかったのだが、ミス・クーツはそれは金のかかり過ぎる贅沢だと思い、その計画をやめさせた。

「ホーム」の女たちの暮らしは厳しいものではないが、簡素なものだった。女たちは一つの寝室に三人から四人で、各自のベッドで寝た。ある若い女は、自分だけのための、ちゃんとしたベッドを初めて見た時、泣いた。女たちは朝六時に起き、互いに相手のベッドを整えた。ベッドにアルコールを隠させないようにするためである。女たちは朝食前と晩に、毎日二度、短い祈りを上げた。そして朝食、一時の昼食、一日の最後の食事として六時にティー(軽い食事)をとり、十分な食べ物を与えられた。毎日午前中、二時間の授業があった。それはもっぱら読み書きと簡単な算数で――全員が読み書きできるわけではなかった――昼食とティーの前後には自由時間があった。女たちが自分たちの衣服を作ったり繕ったりして針仕事をしているあいだ、朗読が行われた。女たちは庭に自分の小さな菜園を持っていた。庭の菜園以外は庭師のバグスター氏が世話をした。女たちは全員家事をした。それは、毎週輪番で行われた。洗濯、家の掃除、料理、パン作り等(初期の女のための教員養成学校の生徒が家事もしなければならなかったのは、注目に値する)。女たちは人を助ける満足感を知るために、貧民のためにスープを作った。土曜日には家の大掃除があり、誰もが風呂に入った。日曜日には家政婦長と一緒に教会に行った。ほかの日には、家政婦長は女たちを一人一人、あるいは小グループで連れて行った。誰も一人で、あるいは監督なしでどこかを訪れることは許されず、また、私的な文通も許されなかった。昔の仲間が、女たちがそれまで送ってきた生活に引き戻そうとするかもしれない恐れがあったからだ。誰かが病気になると医者が来た。必要ならば、病院に連れて行かれて治療を受けた。妊娠している者や子持ちは受け入れられなかった。女たちは素行が良い場合――時間厳守、清潔――は点が貰え、悪い場合は点が引かれた。点は金に換算され、「ホーム」を出る時に役立つよう、点を溜めることができた。ダフィー氏という人物がやってきて、移住する際、何を期待すべきか、どんな問題に直面するかについて話した。一八四九年一月に、「ホーム」の三人が初めてオーストラリアに移住した。その後五年間に、さらに二十七人が海を渡った。

ディケンズは挫折する女たちが出るのを予期していた。秩序正しいシェパーズ・ブッシュの生活に飽き、それほどにひっそりと暮らすのに耐えられなくなった少女も何人かいた。ある女は、委員会のあと「ホーム」を出ようとしているディケンズに、自分も出たい、できれば競馬に行きたいと言った。別の女は地元の警官と密かに付き合った。二人の女はナイフを持って地下室に押し入り、そこに貯蔵してあったビールを飲んで酔っ払った。ディケンズはある女を追放したあと、あの女は二週間で尼僧団を堕落させることができると言った。身に染みついた盗癖が治らない女もいた。また、ドラマや諍いもあり、問題を起こしたり、逃げ出したり、追放しなければならない少女もいた。しかし、大部分の女はつつがなくやった。女たちに期待されていたのは現実的なことで、女たちは健康になり体力が向上したと感じ、そこにいる期間が終われば、持つに値する何かが貰えるということを理解した。「ホーム」について非常に優れた、人を捉えて離さない本を書いたジェニー・ハートリーは、オーストラリアとカナダに行った何人かの女たちの跡を辿り、結婚記録を発見し、さらに子孫を探し当てた。(9) ハートリーは、「ホーム」から追放された女たちのいくつかの記録も発見した。何人かは売春に戻り、何人かは若くして窮死した。

ディケンズは、一つの大きな社会問題に、ほんの少し触れているだけなのを非常によく自覚していた。その問題の根は、社会が貧民の住宅と教育をなおざりにし、救貧院の子供たちが育てられる悲惨な状況を放置し、二重基準と、最下級の女の召使の惨めな俸給と悲惨な待遇を黙認していることにあった——そしておそらく、男女の性格に抜き難く存在している何かに。一八五五年、劇場に娼婦がいるかというリトルトン卿からの質問に答え、彼は手紙に書いた。「大都市においては、売春は必ずどこかで行われているということを常に心に留めておかねばなりません」(10)。彼はミス・クーツに、ベンサル・グリーンの貧民のために、もっとよい住宅を作るというような、さらに大きな計画を提案した。「ホーム」はその後十年、活動を続けた。彼の境遇が変わり、「ホーム」との関係が続けられなくなった時に初めて、ミス・クーツは「ホーム」を閉じるのを認めた。彼女がすぐにそうしたというのは、その運動にさほど献身的ではなかったか、ディケンズほど、それが成功することに自信を持っていなかったかだということを示唆しているのかもしれない。

ほかの作家も大義のための活動をしたが、ディケンズは、「ホーム」と、ロンドンの街頭に立っている若い娼婦の救助計画に、ほかの誰にも期待できないほどに、わけても、大家族を抱え、一八五〇年からは週刊誌の編集長をしていた作家には期待できないほどに時間を使い、没頭した。彼が助けた若い女たちの誰も、彼が何者なのか知らなかったし、彼が自分たちを助けるのに専念しているのは、なんと異例なことなのかを理解してもいなかった。彼は手紙の中で、「ホーム」を訪れた時に耳にした、女たちのいくつかの言葉を記している。ゴールズバラという少女は、植民地に行ったらどんな仕事をするのかという彼の質問に、こう答えた。「仕事をするとは思わないわね、ディカソンさん、なあんにもしないで坐ってるつもり」[11]。もう一人の不満だらけの女は、自分からこう言い出した。「このうちで、あたしたちが正当な扱いを受ける日があったらお祝いよ」[12]。素行が良くて貰った点を引かれ、それを取り返さねばならないと言われた女はディケンズに言った。「あら！　今くれなきゃ、出て行きたいわ」。彼は生意気な女たちが好きになり始め、「ホーム」の平穏な日常が、女たちの多くの者にとって耐えられないものであるのを理解した。しかし、問題を起こす女を追放するのに躊躇しなかった。追い出された女は、与えられた衣服をそのまま持っているのを許されなかった。イザベラ・ゴードンは古いショール一枚と半クラウン持っただけで、ある暗い午後、泣きながら追い出された。外に出るとイザベラは、一分ほど「ホーム」の壁に寄りかかってから門を出て、濡れた顔をショールで拭きながら小径をゆっくり歩いて行った。こうした詳細がわかっているのは、ディケンズがイザベラを見ていたことを書いているからである。彼はそうした女たちに魅惑された。しかし、彼女たちについて小説には書かなかった。追い出された女たちの何人かは、あまりに問題を起こしたので、一八五二年に追い出されたメアリー・アン・チャーチのように、売春と盗みに戻った。自分から出て行ったメアリー・アン・ストネルは、間もなく監獄に戻った。追い出された別の少女は、その後間もなく、ショーディッチの救貧院で死んだ。ほかの女たちはよくやり、植民地まで長い航海をし、メルボルンで大工と結婚したマーサ・ゴールドスミスや、カナダで結婚し子供を大勢産んだリーナ・ポラードのように、堅気な暮らしをするようになった。ルイーザ・クーパーは「ホーム」に二年いたあとケープ・タウンに行き、イギリス人と婚約して、非常に立派になって戻ってきた。そしてディケンズに、駝鳥の卵の土産を持ってきた。「これまでに産まれた最も恐るべき駝鳥の卵です――一面にひどい絵がいくつか描いてあって、最も趣味のよいのは、教会の天辺に立って、英国の船員から愛の告白を受けているヴィクトリア女王（王冠をかぶっている）の絵です[13]」

公人の誰も、彼のそうした活動に気づいていなかった。彼は「ホーム」について『ハウスホールド・ワーズ』誌に書いた時、匿名で発表した。群衆の中からわずかな数の気の毒な人間を救おうという試みには、何か偏ったところがあったかもしれないが、彼はそれでも怯《ひる》まず、それを成功させるために厖大な時間とエネルギーを注ぎ込んだ。ほかの者が倣うモデルだと、それを見ていたのだ。彼の心の暖かさと些事への関心は、モーソン夫人宛の手紙に窺うことができる。一八五〇年七月、彼はモーソン夫人にこう頼んだ。「あす［ケープ・タウンに］行く少女たちに……私の最後のメッセージとして、彼女たちが元気でやり、正直な男と結婚し、幸福になることを願っているということを伝えて下さい[14]」。モーソン夫人が新しく入る女を連れてこようとした時、彼は夫人に手紙を書いた。「オックスフォード・マーケット、マーケット・ロウ一八番地に今、父親と一緒に住んでいるイライザ・ウィルキンに下着を送ってもらえませんか――温かい風呂に一回入れるだけの金と一緒に――二回のほうがよいかもしれません。そして、そうすることで完全に清潔で健康になるようにという指示も同時に。例えば次の水曜日か木曜日に彼女を訪ねる約束をして下さい。彼女はここに入るのにふさわしいガウンを持っています。あなたはそれをすでにお持ちとは思いませんが？

ボンネット等は彼女に送ったほうがよいと思います。彼女はかなり背が低いのです[15]」。彼がそのような手紙を書いたのは、それが必要だと思ったからである。もし、「雀が一疋《ぴき》落つるにも天の配剤」〔『ハムレット』の文句。坪内逍遙訳〕ならば、そうした少女たちは彼の雀で、彼は少女たちを落とすのではなく、飛ばしたいと思った。

第15章 個人的経歴〔『デイヴィッド・コパフィールド』の正式な題名の冒頭〕 一八四八〜四九年

一八四八年、ディケンズは次の作品を書くまで九ヵ月の休養をとった。その間《かん》に、フォースターとの友情が新たに深まった。『ドンビー父子』の最終号が出てから一《ひと》月後、フォースターは自分の本『オリヴァー・ゴールドスミスの生涯と冒険』という、十八世紀の作家の伝記的研究を出版した。それは七百頁近い大冊で、ソネットの形でディケンズに捧げられていた。その中でフォースターは、彼をゴールドスミスに譬えていた。

おお、困窮した者に対して優しい心を持ち、
立派な賢い思念で、決然と、
われらの最も幸福な者と最も不幸な者を結び付け……

ディケンズは早速手紙を書き、その本は「掛け値なく偉大」だと言い――また「甚だ大きい」とも悪戯っぽく言った――一週間後、「最初の一ページから最後のページまで熟読玩味した」と、熱烈な手紙を送った。それは相当な努力だった。なぜなら、その本には遅々として進まないところもあるからだが、ディケンズは、ゴールドスミスの時代を活写していること、また、ゴールドスミスの長所だけではなく短所も書いていることを称讃した。「そのほうがもっと良い」。褒めるのは気分がよかった。というのも、ゴールドスミスは少年時代からディケンズの好きな作家だったからだ。そして彼はその本を綿密に読んだことを示すため、評言と議論を付け加えている。それに続けて、フォースターの業績と自分が「優しく結び付けられる」ことになるのを、いかに誇りに思っているかと言い、「僕のだらしなさが、秩序に対する僕の愛を凌ぐようになった時、自分の名声にとって、そのような伝記作者よりよいものは望まない――そして、そのような批評家より！」と付け加えた。[1]

このようにして彼は、わずか三十六歳で自分の伝記作者を指定し、その後、その選択を変えることはなかった。二人は諍いをした。マクリーディーは一八四七年に二人が喧嘩をしたことを報じている。そして、その後も二人は喧嘩をした。というのも、ディケンズはフォースターをからか

い、彼に押し付けがましい態度をとることがあり、フォースターはディケンズの振る舞いを非難することがあり、二人の政治的意見はやや異なっていたからだ。しかし二人の友情と相手に対する信頼の念は、常に元に戻った。その当時、ディケンズはフォースターにこう打ち明けて気が休まった。「僕は自分の心と精神を君に明かしたことで、安らかな気分だ」。それは、その年の五月にフォースターに宛てて書いた手紙の文句だが、その中で「僕らのあいだに生まれた友情以上のもの」についてじっくり考えた(2)。一年前の一八四七年春、フォースターは、ディケンズが去ったあとに『デイリー・ニュース』の責任者になったチャールズ・ディルクから、自分は子供の頃のディケンズがストランドの近くの倉庫で働いていたのを見たこと、また、少年のディケンズに半クラウン銀貨を与えると、ディケンズが父親の見ている前で、丁寧にお辞儀をしてそれを受け取ったという思い出話を聞いた。フォースターがディルクから聞いたその話をディケンズにすると、ディケンズは数分黙っていた。思い出すのが苦痛な何かに触れてしまったことに気づいたフォースターは、その問題を深追いしなかったが、その結果間もなくディケンズは、靴墨工場で働いたこと、父が負債のせいで投獄されたことについてフォースターに話し始めた。自分はそうしたことについてこれまで誰にも話さなかったが、忘れたことはなく、その結果生じた苦しみに、何年も黙って耐えてきたとディケンズは言った。フォースターが同情心に満ちた関心を寄せてくれたおかげで、彼は態度を和らげ、自分の小さい頃が、もっと客観的に見られるようになった。しばらくのち、少年時代の話を書く決心をし、書いたものをフォースターに渡した。フォースターは日記に、「彼がフィクションを書いている時とは違い、なんの書き損じもなく、普通の手紙を書いているように、すらすら書いてある」と記し、ディケンズは次のような短い手紙を同封したと付け加えている。「この記述は現実が自分に与えた印象を他人にはまったく与えないかもしれない……それが日の目を見ないことは、大いにありうる。願望はない。J・Fあるいはほかの者に任せてある(3)」

自分の秘めた人生を人に打ち明けた結果、彼は自分の過去と思い出を、さらに遡ることにした。一八四八年に彼が書いたクリスマス物語の『憑かれた男』は、過去に自分が経験した虐待や悲しみであっても、それを思い起こすことができるのが大切だということをテーマにしていて、われわれが他人に同情できるのは、われわれの思い出を通してのみだと仄めかしている。それは、すでに『クリスマス・キャロル』に暗示されていたことだった。その物語の中でスクルージは、覚えている昔の自己を憐れむ。(4) そして一八四九年、ディケンズは自分の小説の中で一番気に入ったものになる『デイヴィッド・コパフィールド』を書き始めた。自分自身の子供時代、青年時代のいくつかの経験にもとづいた一人称形式の小説である。しかしまず彼は、『ドンビー父子』の完結と『デイヴィッド・コパフィールド』の月刊分冊の第一号の出版のあいだで、一年間休んだ。彼は休筆の価値をすでに学んだのだが、いまやそれができるようになった。

一八四八年はヨーロッパ全土で革命が起こった年だった。フランス、プロイセン、イタリア各地、オーストリア帝国で暴動があった。ロンドンだけが静かだった。チャーティスト運動家が、選挙権を求めて六百万人が署名した請願書を持ってロンドンに来るという声明を出した時、政府は女王をワイト島に移し、暴動に備えて首都を防衛するためにウェリントン公を呼び出した。しかしチャーティスト運動家は穏やかで、請願を議会に拒否されても暴力は振るわなかった。ディケンズは彼らの大義に同情しなくはなかったが、公的に支持表明はしなかった。しかし、パリでルイ＝フィリップ王が退位し、共和制宣言が行われると、彼は大喜びでフォースターに手紙を書いた。「Vive la République! Vive le peuple! Plus de Royauté...Faisons couler le sang pour la liberté, la justice, la cause populaire!」。そして、CITOYEN CHARLES DICKENS（「市民チャールズ・ディケンズ」）と署名した。(5) フランス人の良識に対する彼の信頼の念は、ナポレオン・ボナパルトの甥、ルイ＝ナポレオンが大統領に選ばれると揺らいだ。そして、ルイ＝ナポレオンがみずからを皇帝にし、敵である共和政体主義者を投獄したり追放したりした時、さらに揺らいだ。しかしディケンズには、フランスは抗し難い魅力を持っていた。

彼はロンドン最大の都市選挙区選出の議員にならないかと言われた時、その気になりかけたが、慎重に考え、また、議員になれば執筆して稼ぐのが難しくなると思い、断ったとミス・クーツに話した。そして付け加えた。「もし私が議員になれば、私はなんと恐るべき急進主義者だとあなたは思うことでしょう！(6)」一八四八年末に彼は、暴動を計画したとして起訴されたチャーティスト運動家のグループの裁判で、一七八九年のフランス革命は不要で有害で、「単なる政治権力闘争」だったと発言した判事を攻撃する文章を書いた。判事は間違っている、フランス革命は圧政を転覆させるために必要な闘争だった、とディケンズは主張した。[7] 一八四九年一月、共和政体主義者の彼は、チャールズ一世の処刑二百周年を情熱的な友人ランダーと一緒に密かに祝った。[8]

その年、彼の家族に暗雲が覆いかぶさった。一八四六年以来結核に罹っていたファニーはマンチェスターの家にいて、一八四七年から四八年の最初の数ヵ月のあいだ、音楽教師として働いていた。ディケンズは三月に、彼女の夫バーネットを、『ドンビー父子』の完結を祝うディナーに招待し、歌を歌ってもらい、汽車賃を払った。ディケンズは、妻と二人の小さな少年をロンドンに連れて来るよう、バーネットを説得したかった。ロンドンでならば、ファニーが自分の家族と最良の医者の援助が受けられるからだ。しかし彼女は四月のあいだも頑張り続け、教師の仕事が続けられないほど衰弱してしまった。ディケンズは彼女に手紙を書き、仕事をしないようにと言い――「どうか、どうか、どうかやめてくれないか」――バーネット一家を助けるために金を送った。バーネット夫妻は四半期の終わりの六月下旬に、ロンドンに来ることに同意した。[9] バーネット一家がホーンジーの家に落ち着くまでには、ファニーは哀れなほどに衰弱し、痩せていた。ディケンズが彼女のところに送った医者は、なんの望みもないと彼に言った。彼自身、彼女が死にかけているのを見た。「そして、ごく徐々にではなく」とミトンに言った。[10] 彼はフォースター宛の手紙で、迫っている死に、彼女が静かな諦念を抱いて対している様子を書き、病気のあいだ懸命に働いたことを彼女は悔やんでいない、そうするのが彼女の性格なのでと言った。また、彼女は子供のことで心を痛めているが、苦しいほどではない、なぜなら彼女は、来世で子供たちに再会できると信じているからだ、とも言った。そのことをフォースターに伝えた際ディケンズは、自分の子供が心配だ、血の中に同じ恐ろしい病気を持っているかもしれないので、と告白した。

ファニーは七月のあいだ生きていた。同月、ディケンズは自分の劇団と一緒にスコットランドにいたが、ファニーの看護に専念していた父を通して、できる限り彼女と接触を保っていた。ディケンズは彼女を慰めようとクラレットを送った。ロンドンに戻ると、しばらくのあいだ毎日彼女を見舞うことができた。しかし、子供たちがブロードステアーズにいるので、妊娠中のキャサリンを子供たちのところに連れて行った。そして、その後数日ロンドンにいてから、キャサリンのあとを追った。病人の看護に絶対不可欠な忍耐心は、彼の美徳の一つではなかった。彼はファニーを救うことができなかったので、どうしてよいのかわからなかった。終わりが来ることをマクリーディーに願うほどだ、「彼女はひどく憔悴し、疲れ果てている」と語った。(11) ジョン・ディケンズは長女のベッドのかたわらで寝ずの番を続けていた。そして、息子に常に容体を知らせていた。ファニーはいまや恐るべき痙攣に襲われていて、息を吸うことがほとんどできなかった。九月一日、ディケンズがロンドンに戻ると、彼女はまさにそうした痙攣に襲われていた。半ば窒息し、喉からぞっとするような音を出し、顔に苦悶の表情を浮かべていた。彼女が眠りではなく、一種の無気力状態に落ちて行くのを見た。彼女は翌朝息を引き取った。三十八歳だった。ディケンズは彼女を愛し、彼女が早くから教育を受け、歌手として成功したのを羨み、結婚し母親になったことで、彼女が次第に公演しなくなり、もっぱら歌を教えるようになったのを見ていた。ディケンズは、肉体的障害を持って生まれた、彼女の最初の息子、利発な子供を哀れんだ。その子供も寝れてしまい、やはり間もなく死んだ。ドンビーのように。(12)

ファニーと夫は熱心な非国教徒だったので、聖別されていない地面に埋めてもらいたいと言った。ディケンズは彼女の望み通りに、ハイゲイト墓地の適切な場所に彼女を埋葬するよう、葬式の手筈を整えた。フォースターは九月八日、彼と一緒にそこに行った。それから彼はブロードステアーズに戻って九月一杯滞在し、クリスマス物語を書き始め、九月末に、お気に入りのケント州の一帯、メイドストーン、パドック・ウッド、ロチェスター、チャタムを通ってロンドンまで歩いた。ロンドンに着くと、イタリア、スイス、フランスを旅行した際、よい従者だったローシュが病気になり、入院の必要があるという知らせに接した。ディケンズは直ちにその手配をした。ローシュは心臓病で、長くは生きなかった。

十二月に、二つの出来事が家庭内であった。ディケンズがあまり認めていなかった二人の弟、オーガスタスとフレッドが結婚したのである。二十一になったばかりのオーガスタスは、デヴォンシャー・テラスをレセプションに使わせてくれと言った。ディケンズは依頼に応じたが、結婚披露会のあと逃げ出すことにした。「飲み物がある限り、僕の親愛なる親戚の連中の何人かが、ここに居残るかもしれないと思うので」。(13) フレッドはクリスティアーナ・トンプソンの妹のアンナ・ウェラーと結婚したがっていた。

ディケンズは、彼女が若過ぎ、健康に不安があり、気が変わりやすいという理由で、その結婚には反対した。ディケンズはフレッドの借金の一部を嫌々払ってやったが、十二月三十日にモールヴァン〔イングランド西部の保養地〕で行われた結婚式には出なかった。ジョン・ディケンズだけがフレッドの親族代表で出席した。フレッドはビロードの花と銀の飾りの付いた白のサテンのチョッキを着て現われたと報じられた。兄同様、着飾る趣味を持っていたようである。しかし、どちらの結婚も悲惨な結果に終わった。フレッドは一八五九年に離婚し、オーガスタスは一八五八年に、盲目になった妻のハリエットを棄て、別の女とアメリカに去った(14)。

その年の終わりに『憑かれた男』が出版されると、一万八千部売れた(その後はあまり売れなかったけれども)。ディケンズは友人たちとの遊山旅行の計画を立てた。新年に「僕らの知らないどこかの古い大聖堂のある町に遠出したらどうだろう、ノリッジとスタンフィールド館《ホール》に?」(15)スタンフィールド館は、ちょうどその頃起こったセンセーショナルな殺人事件の現場だった〔一八四八年十一月二十八日、館の持ち主と息子は、変装した悪質な小作人のラッシュに拳銃で射殺された。ラッシュは絞首刑に処された〕。遠出は、一月中旬に予定されているキャサリンの出産前に行われなければならなかった。フォースターは乗り気ではなかった。ディケンズはリーチとレモンと一緒ではあまり楽しめず、スタンフィールド館には失望し、ノリッジは退屈だったが、ヤーマスは彼の想像力を捉えた。「この広い世界で一番不思議な所だ……間違いなく、そこを扱うことにする〔ディケンズは『デイヴィッド・コパフィールド』で、そこを舞台の一つにした〕」とフォースターに書いた(16)。彼はチャーリーの誕生日パーティーに間に合うように戻った。そしてパーティーで、支那服を着て仮面をかぶって手品をしたり、娘たちに教わったポルカを踊ったりした。パーティーの前夜、彼はポルカのステップを忘れてしまったのではないかと心配になって目を覚まし、寒いのに闇の中で一人でダンスの練習をした。パーティーで彼は、その夜のダンスの練習についてフォースターに語り、「そのことを僕の伝記に書くのを忘れないでくれ!」と大真面目で付け加えた(17)。

一月十五日、キャサリンの陣痛が始まった。赤ん坊の位置が悪かったので、またも難産だった。しかしディケンズは、麻酔剤としてのクロロフォルムについて読んでいて、それが当たり前に使われているエディンバラで実際に知ったので、キャサリンの同意を得て、投与の仕方の訓練を受けた、セント・バーソロミュー病院の医師に出産に立ち会ってもらう手筈を整えた。ロンドンの大方の医者は、クロロフォルムは白痴の子供を産み、陣痛を阻害し、母親を死なすこともあると言って強く反対していた。しかし、ディケンズが正しかったことが十分に証明された。赤ん坊は無事に素早く取り出され、キャサリンは苦しい思いをしなくて済み、急速に回復した。四年後、クロロフォルムは非常に広く受け入れられるようになったので、女王が出産の際にも使われた。

ディケンズはその男児をオリヴァー・ゴールドスミスと名付けるつもりだったが、考えを変え、ヘンリー・フィールディング・ディケンズと名付けた。「自分が書こうとしている小説の文体に一種の敬意を表して」とフォースターに説明した。(18) しかし実際のところ、『デイヴィッド・コパフィールド』はディケンズ独特の非常に優れた作品である。それは、『トム・ジョーンズ』のような社会的、性的偽善の逞しい喜劇ではなく、もっと変わっていて、もっと正確で、もっと痛ましい。愛着と喪失、子供の頃の経験による成人の行動の形成が、その中心的テーマである。デイヴィッドの幼い頃を扱った最初の十四章は、天才の作品として独立している。それらの章は、子供が母親から引き離され、継父に邪慳《じゃけん》に扱われ、理由もわからずに侮辱され、罰され、厳しく不当なやり方で運営されている寄宿学校にやられ、自分を好かない者たちの手中にあって無力な子供の苦痛を、繊細な密度で描いている。その経験の多くの部分がごく普通のものだったので、多くの読者は共感した。ディケンズは、不幸な子供にとっては時間がいかに緩慢に経つのかを理解している。彼は、なおざりにされた子供にとっては、愛情を示してくれる者がきわめて重要な存在になるということを示す。デイヴィッドにとって、ペゴティー、母の召使がそうであるように。「彼女は私の母の代わりにはならなかった。誰もそんなことはできなかった。しかし彼女は、私の心の隙間に入ってきた。私の心は彼女を包み込んだ。私は彼女に対し、ほかのどんな人間にも感じたことのない何かを感じた(19)」

ごく幼い子供でも、自分の嫌いな大人だけではなく、愛している大人も批判的に観察し、判断する、とディケンズは言う。愛している大人とは、デイヴィッドの場合母親である。デイヴィッドは、母親が継父と結婚し、継父から自分を守ってくれずに自分を裏切る以前からも、母親が虚栄心が強く狭量だという欠点を持っているのに気づく。そしてディケンズは、有名なのも当然な場面で、母親が死んだことを嘆き悲しみながらも、自分の人生に、そうした重要な事件が起こったことを、学校友達の前で少し自慢もするデイヴィッドを描いている。フロイトやその他の児童心理学者が登場する前に、子供の心理は、ディケンズによってみずからの経験から正しく表現されたのである——そして、彼の想像力から。なぜなら、冒頭の数章は純粋に想像したものだからだ。彼はサフォーク州についてほとんど知らなかった。デイヴィッドが生まれた村、ブランダストンは、標識で見ただけで訪れもしなかった「ブランディストン」から採ったものである。

これは、第一人称形式で語られた、彼の最初の小説である。また、本格的な語り手になっている子供に声を与えた、まさに二つ目の小説である。彼が『デイヴィッド・コパフィールド』を書き始める二年前、『ジェイン・エア』に人々は大いに興奮した。それは、自分の保護者によって、また学校で、残酷に扱われていることを子供が語ることによって始まる。男名前で出版されたこの小説が、ヨークシャーの無名の女、シャーロット・ブロンテの作品であることが間もなく明るみに出た。わかっている限り、ディケンズは『ジェイン・エア』を読まなかったが——彼は現存している手紙のどれにも、その小説に言及していない——フォースターが読んだのは確かだろう。そして、第一人称を使うようにディケンズに示唆したのはフォースターだった。「ここで今までとは違って、第一人称で書いたらどうかという示唆は、私がしたものである。彼はそれをすぐにごく真剣に受け取った。そして、彼は個人的、私的思い出を公的に使うことをまだ考えてはいなかったが、ほかのことと共に、その示唆が、第一人称を使う決心を彼にさせたのである」[20]。二人の作家が数年のあいだに、虐待されている子供の声を小説の中心にしたというのは、瞠目すべき偶然である。シャーロット・ブロンテの場合、その考えは自然に浮かんだのであり、もしディケンズが、直接的にせよ、フォースターを通し間接的にせよ彼女に影響されたとすれば、それは二人の偉大な作家のあいだの幸運な交雑受精である。二つの作品には、それ以外の類似点はほとんどなく、彼女の小説の冒頭の数章の調子は情熱的で怒りに満ちているが、ディケンズの場合は悲哀感に満ち、ほとんど哀調を帯びている。そして子供のデイヴィッドは、彼の赤ん坊の弟を両腕に抱いて息絶えている母を見せられると、心の中で、母を自分の幼児の時の母と見、赤ん坊を、「永遠に母の胸の上で静かにしている」自分自身と見る。ディケンズにとっては、第一人称形式に変えたのは、自分を解放し、豊かにすることだった。オリヴァー、ネル、ポール・ドンビーは高度の技巧の見事な産物だとすれば、デイヴィッドは、想像力を駆使した結果生まれた、生きた子供なのだ[21]。

ディケンズの技法は、すべて彼自身のものである。冒頭の数章の、きわめて密度の高い箇所で、デイヴィッドは過去時制と現在時制のあいだを動きながら自分の話をし、読者を、「そう……」、「いまや私は……」、「私たちは……」という文句で運んで行く。こうして、彼は自分の家での子供時代を語る時、次のように書く。「これは長い一節だ――なんと途轍もない遠くを見ていることだろう!」「今、私は裏の庭にいる……」。「私たちは冬の薄明の中で遊び、居間の中で踊り回り……私は［母が］指で明るい巻き毛を巻いているのを、じっと見ている……」。そして、彼の継父とその妹が同じ部屋にいる所で、母が彼に勉強を教える様子を描く。「私は一つの言葉で問《つか》える。マードストン氏が顔を上げる。私はもう一つの言葉で問える。ミス・マードストンが顔を上げる。私は赤くなり、五つか六つの言葉で問え、やめる。母は、勇気があれば本を見せてくれるだろうと考えるが、母は見せてくれず、優しく言う。『あら、デイヴィー、デイヴィー!』『いけない、クレアラ』とマードストン氏は言う。『その子を甘やかしてはいけない』」。そして、彼は次のようにして家を去る。「見るのだ、どんな風に私たちの家と教会が遠くで次第に小さくなっていくのを。樹木の下の墓が、邪魔をする物で見えなくなるのを[22]……」

ディケンズの描写は、きわめて微細で正確なので、執筆しながら、目の前で起こっていることを見つめているかのようだ（トマス・ハーディーが詩を書きながら光景を脳裡に浮かべたように、そうだったのかもしれない）。例えば、ペゴティーは彼の母の最期の日々と死の様子を彼に話す。「そこでペゴティーは話すのをやめ、しばらく私の手をそっと叩いた」。そして、あとで、また同じことをする。「再び沈黙が続いた……そして、また私の手をそっと叩いた[23]」。これは、どう言ったらいいのか困っていて、適切な言葉を探しながら、無意識に指で叩く者を、見事に観察している。別の例。ロンドンからドーヴァーまで歩いて疲れ果てたデイヴィッドは、自宅の前庭で園芸用ナイフを手にしている大伯母のベッシーについに会うが、一本の指を差し出して、大伯母に触れるだけだ。気の弱い子供と一緒に暮らしたことがある者なら誰でも、その仕種が理解できる。そしてディケンズが、弟や妹、自分の子供が、まさしくそうするのを観察したのは疑いない。

細部の描写は驚くほどで、この作品全体のテーマ――教育、苦悩を通し幸福な成熟へと至る、子供時代から大人への成長――は、優しさとユーモアをもって扱われている。デイヴィッドは若い頃のチャールズ・ディケンズではない。靴墨工場での経験がいくらか与えられているけれども。ディケンズは、自分の本当の両親の思いやりのなさを、デイヴィッドの嗜虐的な継父、マードストン氏に移している。そして、ジョン・ディケンズとエリザベス・ディケンズを、デイヴィッドが工場で働いているあいだ泊まっていた下宿の持ち主、魅力的なミコーバー夫妻にしている。ミコーバー夫妻は、デイヴィッドが置かれている、教育を受けることもできず、安楽も希望もない貧困と孤独の境遇をある程度救おうとし、デイヴィッドに愛情と尊敬の念を抱く。ミコーバーは、ジョン・ディケンズの声で、立て板に水の勢いで喋り、何かが起こるといつも期待していて、財政的災難が目前に迫ると、気分は昂揚感から絶望感に揺れ動く。彼はデイヴィッドに、チャールズが実際に父から言われた金言を教える。「年間の収入二十ポンド、年間の支出十九ポンド十九シリング六ペンス、結果、幸福。年間収入二十ポンド、年間の支出二十ポンド、ゼロ、六ペンス、結果、悲惨[24]」。大柄で忘れ難い性格のミコーバーは、無能と馬鹿らしさにおいて輝かしいほどで、常に善意の人である。ミコーバー夫人も彼女なりに馬鹿げていて、やはり、デイヴィッドの不幸に対する責任は微塵もない。ディケンズは、父がマードストンとミコーバーの両方の性格を持っていたことを認め、両親を責めることはしなかった。ミコーバー氏もミコーバー夫人も、共にデイヴィッドが子供だという事実を忘れているようにすることで、もう一つの面白さを作品に与えている。二人はデイヴィッドに仲間の成人で同等の人間かのように話しかけ、対する――それは、ディケンズの両親の息子の扱い方を示唆している。両親は息子に質屋で交渉させ、工場で働かせ、まったく一人で暮らさせた。息子が利発で、自分に要求されることはなんであれ実行する能力があるために、息子がまだ子供だということを忘れてしまったのだ。しかし息子は、両親がどう振る舞ったか、自分のその能力をどう利用したか、忘れなかった。

だが、ディケンズ夫妻をミコーバー夫妻に移したのは稀な場合で、デイヴィッドが成長する過程で出会うほとんどすべての人物は、ディケンズの想像力から生まれたものである。ヤーマスの漁師であるペゴティー一家は、海岸の砂の上に逆さに置いた船に、甥のハムと姪のリトル・エミリーと一緒に住んでいる。エミリーは伯父のペゴティーに育てられた、青い目の孤児だ。彼らのモデルはわかっていない。また、デイヴィッドの年長の学友で、デイヴィッドにとっては抗し難い魅力を持つバイロン的人物スティアフォースにもモデルはいない。デイヴィッドはスティアフォースが悪い振る舞いをするのを見ても、その魅力ゆえに彼を崇拝する。それはディケンズが、ロマンティックな同性愛的な愛を端的に示したもので、率直に書かれている。二人が若い成人として再会した時、スティアフォースはデイヴィッドを自宅に連れて行き、母と、母のコンパニオンのローザ・ダートルに紹介する。ダートルはこの作品で最も興味深い女として登場する。唇に傷痕があり、辛辣で知的だ。デイヴィッドはあまりに無邪気なので、彼女という人間も、彼女とスティアフォースのやりとりも理解できない。彼女はデイヴィッド同様、スティアフォースを魅力的だと思うが、彼の「人形」になるのを拒否する。ところがデイヴィッドは、スティアフォースに「デイジー」と呼ばれて嬉しがる。デイヴィッドを通してペゴティー一家に会ったスティアフォースは、彼らがもっと高い社会階層の人間より感受性が鈍いという意味で「ああいう類いの連中」と言うと、ローザはこう応じる。「へえ、そうなんですの！……そう聞いて、これ以上嬉しかった時があったかどうか、わからない。とっても慰めになりますわ！　あの人たちは苦しんでも、何も感じないって知ると、とっても喜ばしい……」[25]。純真なデイヴィッドは二人のやりとりを誤解し、スティアフォースが冗談を言い、からかってローザを怒らせようとしていると考えるが、ローザの皮肉は、スティアフォースの無神経な考えを非難する、彼女なりのやり方なのだ。デイヴィッドは間違っているのであって、スティアフォースは面白半分、ペゴティー一家の暮らしを、軽い気持ちで破壊しようとしているのだ。しかしデイヴィッドは、スティアフォースのために常に言い訳を見つけ、学校でベッドに行ったあと、彼のことを考えたのを常に思い出す。「端麗な顔を上に向け、頭を腕に楽にもたせかけ、月光を浴びながら横になっている彼を、身を起こして眺めたのを思い出す……」[26]

デイヴィッドの大伯母ベッシーも、恐るべき独立心の強い女で、ディケンズがいつも称讃したタイプではないが、彼は彼女の善行と良識を正当に評価している。とりわけ、彼女が庇護しているディック氏に対する世話ぶりを。彼女はディック氏が精神病院に入れられるところを救ったのだ。筋道立てて考えるのが苦手なディック氏は、凧を上げにデイヴィッドを連れ出す。デイヴィッドは彼と一緒にいるのが嬉しく、凧は空に昇る時、彼の精神を混乱から引き上げると信じている。十中八九、そうであろう。確かにディケンズは、誰にとってもゲームと、想像力を使う遊びはよい効果があると信じていた。ディケンズはこの作品の半ばで、なんとも可憐な、低能に近いドーラ・スペンローにデイヴィッドが恋するようにし、二人を結婚させることで、みずからの「幼妻《おさなづま》」趣味をからかっている。彼女に対するデイヴィッドの愛は激しく、信じうるものである。なぜなら、彼女は彼の母の化身のようなものだからだ。そして、二人がなんとかして家事を切り盛りしていこうと悪戦苦闘する悲しくも滑稽な場面がある。彼は自分が犯した過ちと共に一生生きていかねばならないのを悟る。作者としての彼が、彼女を生かしておくか、殺してしまうか決心しかねていたことが、創作ノートからわかる。それは一つには、彼女について書いていた時、マライア・ビードネルの思い出を材料にしていたからだろう。彼はドーラを扱った章において、数回、現在時制に戻っている。それは、同じことをしている母を扱った章との繋がりを強調するためである。したがってこの作品は、過去を現在に、現在を過去に結び付けている。

考え直したり訂正したりする機会のない、月刊分冊の形で出た、これだけの長さの作品では避け難いことだが、弱点がある。カンタベリーを舞台にした章——誤って浮気を疑われる、やはり「幼妻」を持った老学校教師ストロング博士、弁護士の父と、デイヴィッドを無私の気持ちで愛する有徳の娘アグネスの二人だけのウィックフィールド一家が登場する——は、内容が薄い。ウィックフィールドの使っている、赤毛で赤目で、じっとりした手の邪悪なユライア・ヒープは面白いが。彼はディケンズが創造した、動機のある怪物の一人で、自分は「つまんない人間」だと絶えず言う。この作品の山場は、スティアフォースがリトル・エミリーを誘惑し、自分のヨットに乗せてイタリアに連れて行き、彼女の叔父が彼女を捜しに出発し、スティアフォースが嵐に遭って溺死するという場面である。この場合も、デイヴィッドがスティアフォースの溺死体を見て、眠っていた学童の彼の姿を思い出した時、過去と現在が再び繋がる。しかし、エミリーは無性格で、彼女を発見するのを手伝う娼婦のマーサは、メロドラマの索然とした決まり文句を口にする。「ああ、川！……あたしが川の者だってこと、知ってるの……あたしは川から離れられない……この世で、川はあたしがふさわしい、あたしにふさわしい唯一のもの。ああ、恐ろしい川！」彼女はペゴティー氏とデイヴィッドに、やはり決まり文句でこう促す。「あたしを踏みつけて、殺して！　あなたたちは、あたしの唇から出る、ただのひとことも信じられない——それも当然(27)……」。ディケンズが非常によく知っていた、シェパーズ・ブッシュの若い女たちは、そんな風には喋らなかった。しかし彼は、『オリヴァー・ツイスト』のナンシーに与えたのと同じ舞台の台詞をマーサに与えるのに抵抗できなかった。ヒロインに昇格したアグネス・ウィックフィールドは、落ち着いていて、有能で、中性的で、エミリー同様、生命が吹き込まれていない。ジョン・グロスは、デイヴィッドの文学的成功は、詮索せずにそのまま信用しなければならないと言っている。「子供時代の場面が素晴らしいので、アグネスが絶えざる霊感を与える者として、『上方〔天のこと〕を指差しながら』傍らにいる状態で書かれた何冊かの本について何も語られていないのを、総じてわれわれは感謝しなければならない(28)」。しかし、こうした弱点でさえ、作品全体の成果を損じるのに十分ではない。『デイヴィッド・コパフィールド』は、自分の経験を掘り下げ、それを変貌させ、それに神話の力を与えるディケンズの能力の上に作られた傑作である。

『デイヴィッド・コパフィールド』は、緑色の紙表紙が付き、フィズの挿絵（それは不可欠の一部になった）が入り、一八四九年五月から五〇年十一月まで続いた。ドーラとスティアフォースは死に、ヒープは監獄に送られ、ミコーバー夫妻、エミリー、彼女の伯父のペゴティーは、マーサも一緒にオーストラリアに行った。デイヴィッドは有名な作家になり、二番目の妻と幸福な結婚をした。『デイヴィッド・コパフィールド』は『ドンビー父子』ほど売れなかったが、世界中で、彼の最もよく知られた作品になった。トルストイはとりわけ称讃した。また、親を失うか、不幸になったか、邪慳な、あるいは不当な扱いを受けたかで子供時代に苦労した者が、慰めを求めて常に読む作品になった。

ディケンズは執筆しながら、子供時代に抱くことのできたであろういかなる期待も、遥かに超えたことを意識した。彼はこれまでの作品のおかげで、好きなように暮らすことのできる資産家になった。家庭は彼を崇拝する義妹によってつつがなく営まれていた。そして彼は、元気な八人の子供をブロードステアーズで夏を過ごさせ、娘たちには家庭教師を付け、息子たちを優れた学校に入れることができた。チャーリーは一八五〇年一月にイートン校に行くことになっていた。ディケンズはその気になればいつでもパリに行くこともできたし、大好きなケント州の田園を歩くこともできた。そして、舞台で演技し監督する情熱に浸りながら、慈善事業のための資金を公的に集めることができた。また、シェパーズ・ブッシュの「ホーム」の仕事に、目立たずに密かに専念することができた。イギリスで最も裕福な女で王族の友人だったミス・クーツは、慈善事業に関する彼の推薦理由に耳を傾け、その資金を出し、彼の長男が、特大のバースデー・ケーキから、金で得られる最良の教育に至るまで、間違いなく人生のあらゆる特典が享受できるようにした。そして彼は、若い頃に結婚した妻と変わらずにいて、依然として彼女を手紙の中で「僕の最愛のケイト」と呼んでいた。

期限通りに月刊分冊を出版社に渡すというのは、『ドンビー父子』の場合ほど苦労ではなかった。毎月、自由に使える日が何日かあった。「月の暇な日は、午前中一人で三十分坐っているか、三十分紙とインクを眺めてさえいれば、調子は乱れないようだ。そして、眼前に非常に多くのことがあり、全力を尽くし、僕の名声を最高の状態に保つ必要がいつも出てくるので、言ってみれば、櫂を近くに置いておくのが賢明だと感じる」。これは、夏にみんなでスイスに戻ろうと提案した、リチャード・ワトソン宛の手紙の一節である[29]。ディケンズはスイスには行かず、その代わりワイト島のボンチャーチにある別荘を借りた。サッカレーはディケンズが七月二十三日にそこに着くのを見、いささかの羨望の念を交えて、こう書いた。「僕は桟橋を一目散に駆けていた時、偉大なるディケンズに出会った。妻と子供たちと、ミス・ホガースと一緒だったが、みんな嫌になるほど粗野で幸福そうだった[30]」

友人たちは、個人水泳浴場と、シャワー・バスに仕立てられた滝のある別荘の愉楽を分かち合うため呼び寄せられた。ディケンズは手品をやって見せ、その一つを、「ロシアの鉱坑に九年間籠もって」習得したと言った。もう一つは、五千ギニーで「支那の役人に教わったもので、役人は秘密を洩らした直後、悲嘆のあまり死んだ」とディケンズは言った[31]。彼が父親としていかに面白い人物だったかがわかる。そのあと、ボンチャーチは彼を失望させた。彼は風邪をこじらせ、執拗な咳に変わり、体の衰弱を感じ始めた。医者は聴診器で診察し、結核に用いられるような、胸の特殊な摩擦を推奨した。ファニーの苦しみの記憶が蘇り、自分も同じ道を辿るのではないかという恐怖が生じたのは疑いない。さらに胆汁症に罹り、脚が震え、歩いたり、読んだり、さらには髪を梳《す》いたりする体力さえなくなり、このままずっとワイト島にいたら死んでしまうと確信するようになった——彼はそのことすべてをフォースターに手紙で伝えた。不意に彼の症状は消えたものの、ボンチャーチで彼らと一緒にいたリーチが大波に打ち倒され、ひどく具合が悪くなったので、ディケンズは催眠術を施さねばならなかった。それが効果があったので、彼は急いでブロードステアーズのホテルに行き、『デイヴィッド・コパフィールド』の月刊分冊の次の号を書き、十月中頃までロンドンに戻らなかった。十一月に、彼はロッキンガムのワトソン夫妻に招待され、天守閣、城門の落とし格子、一切の近代的設備が備わり、二十六人の召使がいて、美しく見事に整備された私有地を持つ、立派な古い城の客になった。彼はフォースターに、それは「僕や君のような良心的共和主義者にとってさえ、非常に心地よい眺めだ」と言った。[32]

　秋に彼は、弁護士相手の二つの厄介事に巻き込まれた。一つは『デイヴィッド・コパフィールド』で、実在の人物をあまりに忠実にモデルにしてしまったことだった。その人物は、矮人《こびと》の美容師ミス・モウチャーで、彼女はスティアフォースの髪を整える。そして、彼がエミリーを誘拐するのを手助けする準備をする。ディケンズのごく近くに住み、自身矮人で足治療師だったシーマー・ヒル夫人は、ディケンズが自分をミス・モウチャーとして描いたことに文句を言った。もっともな話だが、それが職業的にも個人的にも彼女を苦しめていた。ディケンズは直ちに返事を書き、ヒル夫人の特徴をいくつか借りたこと、モウチャー夫人に悪い振る舞いをさせるつもりだったことを認めたが、筋を変え、彼女を善人の登場人物にすると言った。彼は彼女がすでに相談した弁護士に同じことを保証し、あとのほうの章で、ミス・モウチャーを美徳のために勇敢に戦う女に変えた。もう一つの法的な闘いは、アメリカで敵意に満ちた無価値のディケンズの伝記を出した、悪党のイギリス人、トマス・ポウエルに関するものだった。ポウエルは過去に泥棒で偽造犯だったが、みずから精神病院に入ることによってイギリスで法の手を逃れ、そのあとイギリスを去った事実をディケンズが暴くと、ポウエルは名誉棄損で彼を訴えると脅した。アメリカ人はディケンズが攻撃されるのを楽しんだ。諍いは続いた。

　十二月に、彼はイートン校の面接にチャーリーを連れて行った。チャーリーは一月に同校に入る予定だった。ウェルギリウスとヘロドトスはよく理解していて、知的だと評価された。ホラティウスを手本に、ラテン語の韻文を書くのをもう少し教わる必要があると言われはしたが。ディケンズは、息子が奇妙な教師との面接の厳しい試煉を乗り切ったことに「言い表わせないほど喜」び、成功をミス・クーツに誇らかに伝えた。ディケンズはその年の終わり、十二月二十一日とクリスマスのボクシング・デーに「ホーム」を訪ねた。そしてクリスマスに、理由は言わずに、二度目だったが、ギャリック・クラブを辞めた。[33]例によって家族で陽気に騒ぎ、何度か外で食事をし、マーク・レモンとスタニー——海洋画家で、ディケンズの最も親しい友人の一人——と一緒にパントマイムを観に行った。キャサリンはまたも妊娠し、赤ん坊は一八五〇年八月に生まれる予定だった。

第16章 父と息子たち

一八五〇〜五一年

一八五〇年一月の第二土曜日、チャーリーの十三回目の誕生日の一週間後、妹と弟は、チャーリーがイートン校に行くため父に伴われて家を出ると、デヴォンシャー・テラスで大声で泣いた。ディケンズは風邪をひいていて、頭が巨大な大きさに膨れ上がったような気がしたが、チャーリーの、古典学者で牧師のチューターと、なんとか食事をした。チャーリーは誰もいない大きなホールで一人で食事をした。ほかの少年たちはまだ来ていなかったので、それは彼にとっては淋しいスタートだったが――デイヴィッドがクリークル氏の学校に入った時に少し似ていた――チャーリーは気にせず、ほかの少年たちが戻ってくるとすぐに友人を作り始め、人気者になり、友人のうちの優秀な者たちと、ラテン語の韻文を作ることを学んだ。学期が始まって数日後、ディケンズは友人で助言者だったジェフリー卿が死去したことを聞いた。一週間前にジェフリー卿から来たディケンズ宛の最後の手紙には、イートン校に警戒するようにと書かれていた。「そこで学べるのが最も確かなのは、無駄に金を使う習慣だ。そして、普通の性格の人間の場合、平民の親を恥じ、軽蔑する習慣だ」[1]。ディケンズの息子はそんな風潮には染まらないだろうと思うと、如才なく付け加えていたが。ディケンズはイートン校での息子の「実験」に夢中になり、チャーリーが好きなように川でボートが漕げるようになるため、水泳の稽古ができるよう手配し、チャーリーの友人たちをもてなすため、ピクニック用の食べ物を持って時おり訪れた。しかしディケンズは、「イートン校で救い難い愚鈍さで有名だった」、生まれのよい、当世風のロンドンの牧師を、自分が辛辣に描いたのを思い出したに違いない。彼はイートン校での教育が、息子にとって正しいものだという確信は持てなかった[2]。

一月に彼は、リトル・エミリーが邪悪なスティアフォースに誘惑され、棄てられるところを書いた。彼はフォースターに、自分は「今後何年も」彼女のおかげで人の記憶に残ることを期待すると言ったが、その通りになった[3]。そして、相変わらず「ホーム」を訪れるのに忙しかった。そこでは、エミリーほど華やかではない女たちが、恥辱から救われていた。同時に彼は、新しい定期刊行物を計画していて、二月に『ハウスホールド・ワーズ』という誌名に決め〔「ハウスホールド・ワーズ」は「よく知られている名、言葉」の意。シェイクスピアの『ヘンリー五世』、第四幕第三場の王の台詞『彼等の口に俗諺のやうに膾炙するのはわれわれの名だろう』（坪内逍遙訳）に由来する〕、『デイリー・ニュース』で自分の秘書だった友人のウィルズを常勤の副編集長にした。フォースターは有給の顧問になった。寄稿してくれそうな者に幾通もの手紙が出された。最初に接触したのは、ギャスケル夫人だった。ディケンズは、彼女の処女作『メアリー・バートン』をチャップマン&ホールに斡旋したフォースターを通して、すでに彼女を知っていた。それは、工場労働者の生活を中心にした小説のごく初期のものの一つで、ディケンズは彼女に、あなたほど加わってもらいたい作家はほかにいないと言って、同誌の目的は「抑圧されている者を立ち上がらせること、われわれの社会的状況一般を向上させること」だと説明した。(4) ディケンズは彼女に、『ハウスホールド・ワーズ』にはすべて匿名で掲載されると前もって断ったが、彼女は喜んで定期寄稿者になると言った。それ以後、彼女の小説と小論の三分の二はディケンズによって出版されることになった。それには、クランフォード・シリーズと『北と南』が含まれていた。それらの作品は、娼婦に身を落とした若い女の運命に対する関心を彼と共有していて、彼女は被保護者が移住するのを助ける際にはどうするのか彼に助言を求め、助言を与えられた。彼女に宛てた彼の手紙の何通かには、いちゃついているような雰囲気が感じられる――「親愛なるシェヘラザード」、「僕はあなたを（そう言うのをG氏が許すなら）両腕を広げて受け取る」、「おお、あなたはなんたる怠惰な女だ、あの小論は一体どこにあるのか！」――そして彼女は、デヴォンシャー・テラスでの彼の豪奢な暮らしぶりをからかった。また、彼の編集上の圧力に屈しなかった。一方彼はウィルズに打ち明けた。「ギャスケル夫人は恐ろしい――恐ろしい。もし僕がG氏だったら、おお、なんと彼女をぶちのめしたいことか！」(5)

　彼はまた、いまや衛生局長になっている義弟のヘンリー・オースティンとも頻繁に関わっていて、ロンドンの貧民の口にし得ないほど悲惨な住宅状況を扱う決心をしていた。その住宅状況が原因で当時コレラが蔓延し、多くの死者が出たのである。ディケンズは二月に新たに設立された首都衛生協会で話をすることを受諾し、辛辣なスピーチをした。そして次の数年、ベスナル・グリーンに貧民用のまともな住宅を建設することについて、ミス・クーツに助言した。彼は地元の当局あるいは政府の犯罪的な怠慢、自己満足と見なしたことに、実際的で痛烈な抗議をした。一八五四年五月、彼は『ハウスホールド・ワーズ』の公衆衛生特集号で一連の小論を書き、衛生問題を扱うために作られた地元の委員会が活動するために、いっそうの資金と権限を求め、さらに、ロンドンの下水の緊急の問題を論じた——人は愉しまねばならないが、予防しうる病気で人が死にかけているとすれば、愉しむのはよくない。

彼は『ハウスホールド・ワーズ』の編集事務所を、ウェリントン街一六番地の家に構えた。そこは、当時も現在も劇場地区である。コヴェント・ガーデンの南側からストランドを横切りウォータールー橋に至るウェリントン街は、彼が子供の頃から馴染んでいた昔の領分だった。いわば、自分のばらばらの経験を再び縫い合わせていたのである。最初から彼は、ウェリントン街を編集事務所以上のものとして使った。家具が備え付けられると、部屋を快適にするために、上階にガスを引くようエヴァンズに頼んだ。それは、独身生活に戻るための手段、アデルフィ劇場やライシーアム劇場の特等席に行く前にデヴォンシャー・テラスに戻らずに、正装したり外で食事をしたりできる場所になった。一八五一年四月、必要な場合には夏のあいだ住めるように、ウェリントン街に二つのよい部屋を作りたいとウィルズに言った。そして、一家がブロードステアーズにいるあいだデヴォンシャー・テラスを人に貸すつもりで、その部屋に、大博覧会の会期中使うため二つの鉄製寝台架を入れさせた。時おり彼は「ジプシー・テント」のことを口にし、三本の棒から吊るした一本の紐に結んだ薬缶で湯を沸かし、盗んだ鶏を食べていると冗談を言ったが、実際は、酒だけではなく食事にも男の友達を招いた。間もなく彼は上階の部屋に適切な家具を入れ、のちに家政婦を雇い、そこを一晩泊まれる快適な第二の居宅にした。[6] 彼はウェリントン街がいたく気に入ったので、一八五九年に『ハウスホールド・ワーズ』を廃刊にし、新しい定期刊行物を始めた時、一六番地から、もっと大きな二六番地に移っただけだった。そして、もっと大掛かりだが、同じようにした。上階の五室を自分用に使い、そこに自宅からいくつかの家具を持ち込んだ。ウェリントン街の家は十八年間、もう一つの家だった。ほかのどの家よりも長いあいだ。彼がビロードのスモーキング・コートを羽織って人をもてなした時の話は、氷で冷やしたジン・パンチと温めたブランデー・パンチが大量に飲まれ、葉巻が大いに吸われ、フォートナムから美味な食べ物が持ってこられたことを示唆している——塩漬けのサーモン、ピジョン・パイ、

ディケンズはウェリントン街16番地のこの家を、
1850年から59年まで
編集事務所と仮宿として使った。
1859年に26番地に移ったが、
その建物は現在も残っている。

冷肉、温めたアスパラガス――メイドン・レイン〔そこに、ディケンズが贔屓にしたロンドン最古のレストランがあった〕からの牡蠣、時おりだが、彼が発明した料理、仔牛の肉と牡蠣を詰めたマトンの脚を焼いたもの。

毎水曜日に二ペンスで売られた『ハウスホールド・ワーズ』は一八五〇年三月に発行されてから順調で、間もなく、週に四万部売れるようになった。所有権はブラッドベリー&エヴァンズが四分の一、フォースターが八分の一、ディケンズが半分を持ち、月に定期的に自分に四十ポンド払い、最初の三年間に約百の短篇小説と小論を載せた。彼は定期刊行物が犇《ひし》めいている中で、ジャーナリズムの水準を高め、教養のある読者を獲得することによって、また、彼らの良心に訴えかけることによって、公的な事柄にいくらかの影響を与えることを目指した。その目的のために、多くの社会問題について書いた――住宅、衛生、教育、工場での事故、救貧院について。また彼は、貧民が好きなように日曜日を享受する権利を擁護した。また、ロンドン警視庁の刑事の仕事についての記事もいくつか書いた。彼は刑事を、超人的に観察力に優れ、慎重で、常に能率的で、容疑者を追う際に変装するのを楽しむ一団として描いた。彼は何人かの刑事をウェリントン街で饗応し、警部のフィールドと仲良くなった。フィールドは引退後、私立探偵になった[7]。ディケンズはこうした事実を扱ったエッセイだけではなく、純粋に人を楽しませるエッセイも寄稿した。それには「星を夢見る子供」が含まれる。それは死と子供を扱ったもので、一八五〇年の読者に非常に訴えかけた。また、美術批評も手掛け、ミレーの『両親の家にいるキリスト』を、「卑しく、忌まわしく、おぞましく、胸が悪くなる」と攻撃した[8]。そのエッセイはラファエル前派の運動全体に対して侮辱的であるばかりではなく滑稽でもあるが、ディケンズは躁病的になると、自分はどんな問題も扱うことができると思い込んだ。

　彼はまた一八五〇年十月まで、『デイヴィッド・コパフィールド』をも書き続けた。そして、売行きは依然として『ドンビー父子』ほどよくはなかったが、その作品に自信を抱いていた。二月に、ミス・モウチャーの性格を変えねばならなかったのは厄介だった。そして五月、「ドーラについてまだ決めていないが、今日、決めなくてはいけない」とフォースターに話した。そして、彼女を死なせることに決めてから、フォートナムの詰め籠を持ってダービーに行った。八月にキャサリンは娘を産んだが、その娘は死んだヒロインに敬意を表し、ドーラと名付けられた。その時までには、ほかの子供たちはブロードステアーズにいた。ディケンズはそこのフォート・ハウスを二ヵ月借りた。彼は『デイヴィッド・コパフィールド』を書き終える時、海のそばにいたかった。そして、そこで海の素晴らしいシーンを書いた。一日に八時間書き、翌日は六時間半書き、そのためすっかり打ちのめされた気分になった。そしてまさに終わりに来た。彼は自分のある部分を「影の世界」に送っているような切ない気分になった[9]。彼はドルセイに、自分はブロードステアーズで仕事をするのがいかに好きかということを語った。「cette Ile desolé de Thanet. Je l'aime, néanmoins parcequ'elle est tranquille et je puis penser et rêver ici, comme un géant.」[10]

　そのあと、ディケンズは次の作品にかかる前に、またも一年に及ぶ休みをとった。いまや自分の地位と、金を稼ぐ能力に自信を持ったのだ。一八五二年四月、『エコノミスト』はこう書いた。「ディケンズの作品は……作られるパンが確実に売れ、食べられるように、確実に売れ、読まれる[11]」。彼は小説家、改革運動家の編集長、公人だったが、向上心に燃える貧しい者は彼を愛し、中産階級は彼の言うことに耳を傾け、上流階級は彼の作品は面白いと思った。彼はデヴォンシャー・テラスで催した大掛かりで豪華なディナーに、招《よ》びたいと思った者を招ぶことができた。キャサリンは彼と一緒に主人役を務めた。五〇年代初めには、彼の交際範囲は興味深い方向に広がった。一八四六年から五二年まで首相の座にあり、自由党の党首だったジョン・ラッセル卿と友人になったが、それは両者にとって非常に大きな意味を持っていた。ディケンズはラッセルに食事に招かれ、のちに『二都物語』をラッセルに捧げ、息子のフランクを外務省に入れようとした際に、彼の庇護を求めた。[12] ディケンズがスイスで作った友人のリチャード・ワトソンとその妻のラヴィニアは、ロッキンガム城に来るよう、しきりに彼を誘った。彼はそこで、ワトソン夫人のいとこのメアリー・ボイルに会った。彼女は小説を書く、陽気な四十歳の女で、素人劇が大好きだったので、たちまち二人は友情を結んだ。その友情が彼に対してよりも彼女に対して大きな意味を持っていたにしても、どちらも相手に好意を抱いていて、いちゃつきめいたやりとりを楽しんだ。[13] 比較解剖学および生理学ハンテリアン教授で、一八四七年に公衆衛生王立委員会の委員になった博物学者リチャード・オーエンは『ハウスホールド・ワーズ』にいくつか小論を書き、ディケンズの称讃者になった。彼はディケンズをこう評した。「美男子だが、それ以上の者だ——顔のあらゆる所に真の善良さと天才が現われている」。[14] ディケンズがミス・クーツの家で初めて会った、ニネヴェの有名な発掘者オースティン・レヤードはいまや自由党の議員で、二人は社会問題と政治問題について議論するために会った。化学者のマイケル・ファラデーは、彼がした講演を『ハウスホールド・ワーズ』の小論の根拠に使うのを許可してもらいたいという依頼に、すぐに応じた。作家で、カーライル夫妻の友人でもあった、ナショナル・ギャラリーの初代館長サー・チャールズ・イーストレイクの妻レディー・イーストレイクは、ディナーの席でディケンズと一緒だったことをいかに愉しんだことかと言った。二人は文通するようになった。ブルワーとディケンズは次第に親密になった。彼はディケンズに次いで、当時の最も成功を博した小説家で、非常に多作で、二つの劇『リヨンの貴婦人』と『金《マネー》』は二十年間上演された。貴族で地主であった彼は、王立文学・芸術基金に代わることになる文学・芸術ギルドをディケンズと一緒に設立した。王立文学・芸術基金の慈善寄付金は恩着せがましいパトロンによって渡されるが、ディケンズたちの新しい保険制度は、作家がみずからを助けることを目的にしたものだった。[15] 次の十年間、ブルワー、フォースター、ディケンズは、この制度を発展させるために多くの時間と精力を使い、資金集めに多くの劇を上演した。

こうした者たちは、五〇年代にディケンズの生活のパターンの一部になった偉い人物たちだった。一八五一年に、それとは違う種類の友人が現われた。ウィルキー・コリンズである。コリンズをディケンズに紹介したのは、画家のオーガスタス・エッグだった。ディケンズより十二歳若かったコリンズは成功した画家の息子で、小説家としての道を歩み始めたところだった。彼は弁護士になる勉強をしたが、それは両親が強く勧めたからに過ぎなかった。彼は根っからのボヘミアンだった。ディケンズは彼が才能のある優れたジャーナリストで、瞠目すべきストーリーテラーなのを見抜き、女の扱いが暢気で型に嵌らない生き方が面白いと思った。二人の男は共に派手な色の衣服が趣味だった。コリンズは駱駝の毛織物で作ったスーツ、幅の広いピンクの縞のワイシャツ、赤いネクタイという扮装《いでたち》をよくしたが、地味な色の服を着てさえ、外貌は奇異だった。頭が大きく、体が小さく、片方の目が斜視で、顔面の筋肉が痙攣する気味があり、そわそわする癖があった。彼の最良の伝記作者は、「彼は多少とも、あまり紳士ではないようにしようと意識的に決心していた」と言っている。(16) ウィルキーは、自分が紳士であるか否かについて、もはや気を遣う必要がないほどの高みに昇ったディケンズを、英雄として崇拝していた。ディケンズが何度も気晴らしに逃げ出したり遠出をしたりした時、彼は選ばれた連れになった。この点でコリンズはマクリースに取って代わったが、最も信頼できる友としてフォースターに代わることはなかった。ディケンズはその後もずっと、コリンズには決してしなかった打ち明け話をフォースターにはした。

ディケンズは揺るぎない成功を収めても、落ち着かぬ気分は消えず、ロンドンから逃避しようという欲望に間歇的に襲われた。一八五〇年六月、マクリースを説得して一緒にパリに行ったものの、あまりに暑かった。またマクリースは、死体保管所訪問に対するディケンズの熱意は共有できなかった。ロンドンに戻ると二人は、偉大な政治的指導者ロバート・ピールが不慮の死を遂げたことを聞いた〔ピールは落馬した時に馬に踏みつけられたのがもとで、七月二日に死亡した〕。ディケンズは彼の死が国の損失であるのを嘆いた。ディケンズはピールについての見方は変えたが、議会についての見方は変えず、こう言った。「ウェストミンスターでは、低能と洒落者の巨大な塵《ごみ》の山が出来ていて篩《ふるい》にかける機能がないが」、ピールは

「その中にあって失うのが惜しい」人物だった。[17] 一八五一年二月、ディケンズはまたもパリに行った。『ハウスホールド・ワーズ』のために、ある調査をすることになったのだ。彼はブルワーに語った。「ロンドンは嫌な所だ……僕は外国に住むようになって以来、ロンドンに好感を持ったことがない。今では、田舎から戻ってきて、家々の屋根の上に覆いかぶさる、あの巨大な重苦しい天蓋を見ると、いつでも、義務で以外、自分はあそこで何をしているのだろうと考えてしまう」。[18] 一八五一年五月に開催が予定されている大博覧会のことを考えたディケンズは、何万という見物人を避けるためにロンドンから出たいと思った。そして、大博覧会がもたらした文明の進歩の印《しるし》に、明るい気分にはなれなかった。鉄道会社は田舎の人間を連れてくるために、何百本という特別列車を走らせた。彼らの多くは初めてロンドンを見ることになった。ディケンズは嫌々ながら大博覧会に行ったが、ごたごたしているだけだと思い、常々自分は、大博覧会に本能的な嫌悪感を抱いていたとウィルズに語った。[19]

しかし、彼の気分を憂鬱にしたのは、ロンドンと大博覧会だけではなかった。教育して世に出してやる必要のある息子が多過ぎると感じてもいた。息子たちは喧しく、意思の疎通が難しく、父方と母方の最悪の特徴を引き継いでいるように見えた――怠惰、引っ込み思案、金銭に対する無頓着。彼は息子たちを家で厳しく躾けた。整理整頓、時間厳守を重視し、仕事を与え、衣服を調べた。その結果息子たちは「嫌悪感と怒り」の混ざった感情を持つに至り、「奴隷状態」とか「品位の下落」とか囁いた。[20] そのうえ、弟のフレッドの問題もあった。フレッドは彼らの父同様、絶えず借金し、金をせびった。

大博覧会の年にデヴォンシャー・テラスの賃借期間が切れることになり、ディケンズはハイゲイトとリージェンツ・パーク周辺で家を探し始めたが、ロンドン北部でしか探さず、リージェンツ・カナルにあるバルモラルと呼ばれる大きな家を、二千七百ポンドで手に入れようとした。[21] 交渉はうまくいかなかった、ちょうどその時、キャサリンが病気になり、彼の看護が必要になった。彼女は偏頭痛に苦しんでいて、惨めな気分になっていた。ディケンズは義弟のオースティンに、妻がこの三、四年間、間歇的に具合が悪くなったと言った。「血が頭にのぼり気味で、時おりびっくりするくらい混乱し、神経質になる」。[22] ディケンズがそうした病気について言及したことがわかっているのは、それが初めてだが、彼女はあまりに具合が悪かったので、ブルワーの勧めに従って、モールヴァンで水治療法を試してみたらどうかと彼は言った。ブルワーにはその治療法が効果があったのだ。ディケンズはそうした状況に用意周到に、思いやりの気持ちをもって対処し、彼女が治療を受けているあいだ、モールヴァンに一軒の家を借りてやった。そして一緒に行って彼女を住まわせ、彼女がそこにいるあいだ、大方の時間、一緒にいる準備をした。ジョージーナも彼女と一緒だった。同じ頃、チャーリーがインフルエンザに罹って、イートン校から家に帰された。ディケンズはまた、劇の準備に追われていた。ブルワーによって特に書かれた喜劇、『我らは見かけほど悪くはない』を御前上演することになったのである。その目的は文学・芸術ギルドの基金を集めることだった。ディケンズは笑劇を書いていたが、それは一時中止しなければならなかった。

彼はリハーサルのためと、「ホーム」での委員会の会合のためとでロンドンに急遽戻ると、父が危篤で、膀胱の手術を受けることになったと聞いた。ディケンズの両親はもはやルイシャムには住んでいず、ガウアー街とラッセル広場のあいだのケッペル街の家に下宿していた。その家はデイヴィー医師の家で、ディケンズは医学上の助言を受ける目的で、父をそこにやったのだ。デイヴィー夫妻は家主であると同時に友人になった。そして、外科医を呼び、ディケンズに病状を知らせたのはデイヴィーだった。ディケンズは手術が始まったとほとんど同時に、父のベッドの傍らに着いた。「父は驚くほどの忍耐心を発揮して手術に耐えた。僕はその直後に父を見た――父の部屋は血塗れの屠場だった。父はびっくりするほど陽気で、気丈だった」[23]。ディケンズは薬を取りに表に出、それからデヴォンシャー・テラスに戻った。そこでは、子供たちは楽しそうで、赤ん坊のドーラと遊んでいた。彼は安心させようと「僕の最愛のケイト」に手紙を書き、翌日モールヴァンに戻りたいと書いた。そして、そうした。

三日後、彼はまたロンドンに戻ると、父の病状に関する、さらに悪い知らせが届いた。彼は三月三十日の夜十一時に父のベッドの脇に立ったが、父は誰の顔もわからなかった。デイヴィー家はいまや、ディケンズ一家の者や関係者でごった返していた。鉄道の仕事をしていたヨークシャーから来たアルフレッド、老オースティン夫人と一緒のレティシアとヘンリー・オースティン、フレッドの妻のウェラー姉妹、ディケンズの旧友チャールズ・スミスソンの寡婦、アミーリア・トムソン。ディケンズは、父が午前五時半頃息を引き取るまで、父のベッドの傍らにいた。

「僕は父が死ぬまで――ごく静かに――そこにとどまっていた……何をすべきか、ほとんどわからなかった」と彼はフォースターに語った(24)。しかし、何をすべきか、ちゃんと心得ていた。父が息を引き取った時、彼は母を両腕で抱き、二人で号泣した。その様子はデイヴィー夫人が伝えたものである。彼女が言うには、彼は終始非常に優しく振る舞い、今後は自分に頼ってよいと母に言った。そう安心させたのは、必要なことだった。というのも、父の持ち物は四十ポンド以下に評価されたからだ。ディケンズは直ちに父の借金を払った。母は、一家全員が三十年前に一緒に住んだサマーズ・タウンのそばのアンプトヒル広場に家を見つけてやるまで、レティシアと一緒に暮らした。

　彼は父の死亡広告を『デイリー・ニュース』、『モーニング・ポスト』、『ザ・タイムズ』に載せた。彼はあまりに動揺したので眠れず、三晩起きていた。その多くの時間は通りを歩くのに費やした。四月二日はディケンズの結婚記念日でフォースターの誕生日だったので、二人の男はキャサリンの健康を祝して、「大声で歓呼しながら」酒を飲んだ(25)。翌日彼はフォースターに手紙を書き、一緒にハイゲイト墓地に行って、父の墓にふさわしい場所を選んでくれと頼んだ。フォースターは、リハーサルのためにネブワースにあるブルワーの家に急いで行ってから戻ってきて、ディケンズと一緒にハイゲイト墓地に行った。葬式の当日、二人はまたハイゲイトに行ってから、一緒に列車でモールヴァンに行き、キャサリンと一緒になった。その往復は続いた。リハーサルも続いた。いくつかの新聞に、ジョン・ディケンズの好意的な死亡記事が載った。ディケンズは五月中旬から十月まで夏のあいだ、ブロードステアーズのフォート・ハウスを予約するのを思い出した。

　一週間後、彼は一般演劇基金《ジェネラル・シアトリカル・ファンド》〔生活に困窮した俳優のための年金基金〕の晩餐会の司会をするためにロンドンに戻ったが、まず、子守女に世話をしてもらっている子供たちの様子を見、いまや生後九ヵ月のドーラと遊ぶためにデヴォンシャー・テラスに行った。ドーラは、彼が晩餐会に行くために家を出た時はすこぶる元気そうだったが、彼がスピーチをしているあいだに痙攣を起こし、急死した。使いが晩餐会の会場に送られた。フォースターが呼び出されたが、何が起こったのかを告げる前に、ディケンズにスピーチを終わらせることにした。それからフォースターはディケンズからの手紙を持って再びモールヴァンに行き、キャサリンに事情を話した。またもハイゲイトでの葬式の準備をして、葬式を行わねばならなかった。キャサリンがロンドンに連れてこられ、慰められた。

一方、『我らは見かけほど悪くはない』の御前上演は、五月十六日にデヴォンシャー公のロンドンの邸宅で行われることになった。そのために、リハーサル、ディナー、衣裳の仮縫い、王室の一行に関するエチケット問題の考慮、縁が金と銀の、特別な白サテンのプログラムの作成の準備が必要になった。ブルワーの、別居している、怒りに燃えている妻が、夫についての際どい回想録を配るために、オレンジ売りの女の服装をして観客席に現われると脅した。ディケンズはロンドン警視庁のフィールド警部に連絡し、その夜彼女を見張って、必要ならば、うまくあしらってもらいたいと言った。万事うまくいった。女王は、劇は「大変気が利いているが、ちょっと長過ぎる」——王室の人間の紋切型の不平なのは疑いない——と感じたが、「有名な作家」ディケンズの演技は見事だと思い、「そのあとの公爵との極上の夕食」を愉しんだ[26]。女王が臨席したことで所期の目的が達成された。文学・芸術ギルドの名が広まり、基金への寄付が増えたのである。

ディケンズ一家は、この忙しい、苦しい時期を過ごしたあと、ついにブロードステアーズに行くことができた。ロンドンに何度も戻ったけれども。ディケンズはウィルズと一緒にダービーに行き、イートン校にチャーリーを訪ね、劇の出演者のためにデヴォンシャー公が催した夕食会兼舞踏会に出席し、タルフォードが遅まきながら『デイヴィッド・コパフィールド』の完成を祝って催してくれた宴会に出た。その宴会にはサッカレーとテニソンの二人も来た。さらにいくつかの劇が上演されることになった。ディケンズとマーク・レモンが一緒に書いた笑劇『ナイチンゲール氏の日記』が初演されたのである。その劇は、いくつものそれぞれ違った扮装で登場し、心ゆくまでアドリブを入れる機会を二人に与えた。ディケンズは大張り切りでギャンプ夫人、サム・ウェラーに扮した。それは、ロンドンと地方の町の公演で大いに受け、ディケンズは俳優になりたいという気持ちを最初に起こさせた、モノポリローグの巨匠チャールズ・マシューズに匹敵するということを、決定的に証明した。

七月に、彼はロンドンの庭付きの大きな家を千五百ポンドでついに手に入れた。タヴィストック広場にあるタヴィストック・ハウスである。それは非常に悪い状態にあり、一家が引っ越してこられるまでに、大規模に手を入れる必要があった。彼の友人で、貧しくなった画家フランク・ストーンがそこに一家で住んでいた。ディケンズはストーン

ディケンズは1851年、タヴィストック・ハウスを終生住むつもりで賃借した。

一家にデヴォンシャー・テラスを貸した。ディケンズはタヴィストック・ハウスを五十年の借家権で手に入れ、ここに生涯住むつもりだと言い、大勢の職人をそこにやった。(27) ブロードステアーズに戻ると、九月の天気の良い三週間、フォースターを招いた。十月には、ストーンがオーガスタス・エッグと一緒にやってきた。

エッグはしばらく前からジョージーナと恋に落ちていて、彼女にプロポーズした。エッグは美男子で、優しい性格の男で、ディケンズの良い友達で、妻を十分に養うことができる成功した画家だった。しかし、彼女は彼が好きだったが、結婚の申し出を断った。のちにディケンズはミス・クーツに、「彼女が善良な小柄な男の家を明るくする代わりに、すべて私のものになるというのは、残念なことなのか、そうでないのか」自問すると言った。しかし、ジョージーナはディケンズ一家と九年過ごしたあとでは、すっかり彼の魅力と活力の虜になっていたので、彼の人生における自分の立場に代わるものは考えられなかったのである。(28) 彼女は二十四歳で依然として彼のペットだったが、芯は強く、家事の手配をする際、彼女の声は彼の声の次だった。哀れな病めるキャサリンは、万事彼女に仕切らせた。ジョージーナに敬慕されているということは彼を嬉しがらせ、彼女は知能的にエッグより遥かに優れていると彼は言い、彼女の才能は「六人のうちの五人」の男より優れているとも言った(29)。彼女は彼と一緒に旅をし、互いに愉ませ合い、偉大な人物の横にいて、羨むべき暮らしを享受した。子供たちは叔母を愛したが、彼女とキャサリンは、ディケンズが家を離れる時は、二人ともいつも彼のそばにいなければならなかった。その際、小さな子供たちは子守女と家庭教師に委ねられた。少年たちは成長すると寄宿学校に入れられた。ジョージーナはキャサリンの立場に羨むべき多くのことを見たはずがない。ちょうどその時、キャサリンはまたもや妊娠していて、一八五二年三月に十人目の子供が生まれる予定だった。

第17章 労働する子供たち
一八五二〜五四年

ディケンズは次の五年間に厖大な量の仕事をした。たった一人の男がいくつもの小説、小論、手紙を書き、『子供のための英国史』を出し、週刊誌を編集し、わが子の教育の面倒を見、慈善事業についてミス・クーツに助言し、政治改革、公衆衛生、住宅、下水の問題に関して世論に訴え、旅行し、演技し、スピーチをし、募金し、過剰な精力をいつもの十二マイルの散歩で発散させたと信じるのは難しい。家《ホーム》では十人目の、そして最後の子供が生まれた。ディケンズは十二夜のチャールズの誕生日に野心的ないくつかの劇を上演した。子供たち全員に役が振り当てられ、一八五四年、五歳のヘンリー・フィールディング・ディケンズは『親指トム』〔ヘンリー・フィールディング作の笑劇〕で演じ、サッカレーは大笑いして椅子から転げ落ちた。ディケンズはシェパーズ・ブッシュにあるもう一つの「ホーム」を足繁く訪れ、入念に監督した。彼は個々の若い女に強い関心を示し、彼女たちについて、および運営上の多くの問題についてミス・クーツと文通した。ウェリントン街では、彼は『ハウスホールド・ワーズ』を鋭い編集長の目で統括し、自分がロンドンにいない時は手紙でウィルズにしつこく細かい助言をし、小論を寄稿し、一八五四年、売上部数を伸ばすため、週刊分冊の形で短い小説『困難な時世』を載せた。また、文学・芸術ギルドのための資金を集めるため、自分の劇団と一緒に各所に旅をした。フォースターが病気になると（よく病気になった）、見舞って朗読し、元気づけた。また、もっと新しい友人、ウィルキー・コリンズとオーガスタス・エッグを旅の連れにして、スイスとイタリアを再訪した。そしてサウス・イースタン鉄道を使い、ロンドンから十二時間かけて時おりパリに行き、一度は家族で長期間滞在した。彼はその何年かに急逝した三人の男の友人を悼んだ。三人とも五十代だった。『デイヴィッド・コパフィールド』を献呈したリチャード・ワトソン、借金のせいでパリに逃亡したバイロン的なドルセイ、常に人をもてなした劇作家で、意志堅固な判事タルフォード。また、マクリーディーの妻キャサリンも、彼女の子供たちの命をも奪った結核で死んだ。彼女はキャサリン・ディケンズの親友だった。キャサリン・ディケンズは彼女を失って、ひどく淋しかったに違いない。

一八五二年に銀板写真《ダゲレオタイプ》で撮った写真のディケンズは髭をすっかり剃っているが、時おり試しに口髭を生やし、た。一八五四年夏までには、ずっと生やしていることに決めた。一八五六年には頬髯も生やしたので、若々しい顔のディケンズは永遠に失われてしまった。フォースターは残念がった。フォースターはディケンズの肖像を描くことをフリスに依頼したが、その時ディケンズはすでに髭を生やしていた。また、剛毛が彼の口の美しさを隠してしまったと思って残念がった者も多かった。ディケンズの肌は日焼けし、体つきは以前から痩せ形で、精力的な散歩の習慣もこれまで通りで、歩く速度は相変わらず一時間に一定して四マイルだった。[1] 一八五三年から、一家は夏休みの大半をブーローニュで過ごした。彼はブロードステアーズよりもブーローニュのほうが好きになった。一八五三年十二月、バーミンガムで六千人近くの聴衆を前にして自分のクリスマスの本を朗読し、そのあとウィルズに、有料の公開朗読をすることを考えていると言った。十二月三十日に最後の公開朗読をしたあと、ウィルズは書いた。「Dは朗読家になれば、もう一財産稼げるだろう。もちろん、彼はそのことを自分からは言い出さない。しかし、もし人に頼まれれば、自分はやると今日、私に言った」。[2] その考えは、ディケンズの心にしっかりと根付いた。有料の最初の公開朗読は、一八五八年まで行われなかったが。

一八五二年と五七年のあいだにディケンズは、イギリスの状況を扱った三篇の小説を書いた。それらの小説は、十九世紀中葉の生活の描写として、また、怒りと暗いユーモアに満ち、弁護士、財政家、貴族、煉瓦積み職人、サーカス芸人、軍人、工場経営者、投獄された債務者、獄吏、児童労働者、音楽家とダンサー、唯美主義者、泥棒、探偵、女性委員、嫉妬深い妻、凄まじい妻、優しい妻、打ちひしがれた妻が登場する、詩的で革新的な、特異な芸術作品として今も残っている。初期の作品より笑いは少ないが、四十代の男にふさわしく、人間の行動の代価に対する考察が、さらに多く扱われている。

そのような小説の最初のものは、『荒涼館』である。この物語の最も早い構想は、一八五一年二月以来、彼の周りに「幽霊のように漂って」いた。しかしその年、身近な者が何人か世を去り、引っ越しをし、基金集めをしたので、落ち着いて新しい作品に取り掛かる時間がなかった。『子供のための英国史』は間歇的に執筆したり、時にはジョージーナに口述したりしたけれども。[3] 本格的な仕事を始めようという考えは、一家がタヴィストック・ハウスに入るまで延期しなければならなかった。そこに入ったのは、やっと十一月中旬だった。そして彼は、新しい書斎で机の前に坐ってから数日のうちに、出版業者エヴァンズに、自分の今度の小説の月刊分冊の第一号が一八五二年三月までに出ることになると言った。冒頭の数章は十二月に書かれた。それは、愛着と喪失、恋愛と友情という『デイヴィッド・コパフィールド』の個人をめぐるテーマに代わって、もっと広く、もっと深刻なテーマが扱われることを、直ちに立証していた。冒頭のシーンは、ロンドン上空にかかる霧と、足元の泥である。

　ロンドン。ミクルマス開廷期（十一月二日から二十五日までの昔の上級裁判所の開廷期）が最近終わり、大法官はリンカンズ・イン法曹学院の法廷《ホール》に坐っている。仮借ない十一月の気候。洪水が地表から新たに引いたばかりかのように、通りにはたくさんの泥が積もっている。五十フィートほどの巨大なメガロサウルスが、ホウボーン・ヒルを象の大きさの蜥蜴のようによたよた登って行くのに出会っても不思議ではないだろう。煙が煙突の通風管から垂れ下がり、柔らかな黒い霧雨になり、その中の煤の切片は、ふっくらした雪片くらいに大きい――太陽の死を悼んで喪に服したと、人は想像するかもしれない……どこもかしこも霧。川上にも霧。そこでは、川は緑の小島と牧場のあいだを流れる。川下にも霧。そこでは、川は横に並んだ船と、巨大な（そして汚い）水辺のあいだを濁って流れる。エセックス州の沼沢地にも霧。ケント州の丘陵にも霧。(4)

ディケンズは辺りを覆う霧を描き、巨大な恐竜を登場させることによって、冒頭を彼の全小説の中で最も力強いものにしている。彼はこの小説のテーマを展開するために、暗く汚いイギリスの大地と空を描く。この小説は、法律制度の最悪の面――その非人間性、怠惰、堕落、妨害――を、もっと大きな事柄、すなわち、社会全体の拙劣な統治の基盤にしている。そしてこの小説は、ロンドンの物質的病――有毒な水、劣悪な住居、破裂しそうな墓地、腐敗した下水――を、その拙劣な統治の結果の一部として示す。初期の小説の陽気なコメディーは皆無に近い。『荒涼館』の中の冗談の大方は、恐怖で縁取られている。

　この小説では、ディケンズは詩人として書いていて、邪悪さと暗い場所を描くことに、善や美を描く際と同じ喜びを感じている。常に大胆な彼の想像力は、各シーンをシェイクスピアと同じように、奇妙で、霊感に満ちたものにしている。例えば、半ば狂っているミス・フライトは、狂気ゆえに真実を語るが、胸赤鶸《むねあかひわ》と五色鶸を、窓のところに置いた鳥籠に入れて飼っていて、それぞれに、希望《ホープ》、歓喜《ジョイ》、青春《ユース》、破滅《ルイン》、絶望《デイスペア》、狂気《マドネス》という名を付けている。恐ろしいほどに御立派な法廷弁護士のヴォールズは、蛇のように彼の犠牲者に絡みつくのを事とするが、「依頼人の最後の一口を飲み込んだかのように、一度喘ぎ声」を出す人物として描かれる。複利の神の崇拝者で、金銭を手に入れようとする時は情け容赦もなく、童話の本、お伽噺、人形、ゲームを軽蔑するスモールウィード一家は、家では、子供召使、チャーリー〔本来の名はシャーロット〕の夕食に、吝《けち》をして、饐えたパンの外皮と、使った紅茶茶碗の底から出る滴《しずく》を与える連中として描かれる。彼女は自分が外へ働きに行く時は、弟と赤ん坊の妹を、安全のために家の部屋に閉じ込めておく。彼女は二人の唯一の養い手なのだ。そうしたことはディケンズが想像したことである。それに対応する事実は、一八四〇年代に発表された、ヘンリー・メイヒューの『ロンドンの労働とロンドンの貧民』に見ることができる。『荒涼館』の第二章で、筋《プロット》が動く。老齢の地主と結婚した、社交界の美人レディー・デドロックは、一家の法律顧問の弁護士タルキングホーンが持ってきた法律文書の筆跡を見て気を失う。彼は好奇心が掻き立てられ、なぜ彼女が失神したのか、その理由を探る決心をする。タルキングホーン氏は女嫌いで、女は秘密を持ち、貴族の男の依頼人と自分との関係に干渉してくる生き物と見ている。したがって、レディー・デドロックを追い詰める理由が出来たことを喜ぶ。この小説はイギリス社会の話であると同時に、ミステリー、探偵小説になる。ディケンズは読者を愉しませるのはよいことだと信じていた。筋を読者にとって面白いものにするのは、その一つの手段だった。彼にとっては、大衆性と高級芸術は対立するものではなく、『荒涼館』はクライマックスで三人の殺人容疑者の出る、英語で書かれた最初の探偵小説の一つである。また、十九世紀のお伽噺あるいはパントマイムでもあり、善霊と悪霊、逆転、行方不明の両親と子供の発見、コメディーとペーソス、非業の死、愛の勝利が描かれている。

第三章で、語り手のエスターが登場する。そして、初めて現在時制から過去時制に移る。この作品全体を通し、著者の語りは現在時制のままだが、自分の経験を語るエスターの話はすべて過去時制で、視点を変えている。エスターは常に卑下し、人から愛されたいと願っている。なぜなら、両親なしに育ち、おまえは罪深い母親の子だと言われてきたからである。幸い、陰気な女の後見人が死ぬと、慈悲深い従兄、荒涼館のジャーンダイス氏の世話になる。ジャーンダイス氏は、ほかの二人の孤児の従弟妹、リチャードとエイダも引き取っている。彼らはみな、大法官府の被後見人〔「英国では一九四九年まで未成年者およびその資産につき大法官府部に訴えが提起されると親の有無にかかわらず自動的に直ちにこの未成年者は裁判所の後見下に入った」。小山貞夫編著『英米法律語辞典』〕だが、その犠牲者でもある。というのも、ジャーンダイス対ジャーンダイス事件は、大法官府裁判所で数十年にわたって審理されていて、その間《かん》、何人もの人生を台無しにしたからである。心優しいジャーンダイス氏は訴訟事件に背を向け、彼らにも同じようにするよう助言する。エスターは荒涼館で彼の家政婦になり、エイダとリチャードを姉のように愛する。

　シャーロット・ブロンテ以来、『荒涼館』を読んだ者は、エスターがいつも陽気な小柄な女で、気高くも己を忘れることに苛立ってきた。十九世紀半ばには、彼女のようなタイプの女が今よりは多かったろう。彼女たちは、育てられ方、躾けられ方のせいで、自虐的なほどに自己を犠牲にした。しかし、彼女は愚かではない。ミス・フライトが善人に与えられる栄誉のことを口にすると、こう言うのはエスターである。「平和時の貢献で傑出した人に爵位を与えるのはイギリスの習慣ではなかった……厖大な額の金を貯めたという貢献だったら、時には別ですけど」[5]。第十二章で示唆したように、それは事実に少しの繋がりがある。ディケンズは彼女の名前をエスター・エルトンから採った。エスター・エルトンは彼が一八四三年以来援助していた孤児の少女で、その「物静かな、気取らない、家庭的なヒロイズム」に感銘を受け、「きわめて感動的で興味深い」人物と評した。彼女が父の家政婦だったこと、妹や弟の面倒を献身的に見たこと、彼の表現では「百通りに無私」だったこと――そのすべてが、彼がエスター・サマソンという登場人物を創造した時に、彼女が頭の中にあったことを示している[6]。

　ホノーリア、すなわちレディー・デドロックと彼女の姉には、美しいシェリダン姉妹が反映しているのかもしれない。シェリダン姉妹は上流社会で育てられたが、なんの資産もなく、ヘンリエッタとジェインの場合は貴族と結婚したが、キャロラインの場合は、スキャンダルに巻き込まれた。ディケンズがこの作品で用いているのは状況であって、性格ではない。レディー・デドロックは状況によってその人物が描かれているのであって、顔、姿、スキャンダルになりそうな秘密に対する傲慢な態度以上のものでは、ほとんどない。実在の人間から借りた登場人物は、よくわかっている。探偵のバケット氏は友人のフィールド警部をモデルにしていて、レディー・デドロック付きの女中、フランス人のオルタンスは、絞首刑に処されたところをディケンズが見た、悪名高いフランス女マニング夫人（夫はイギリス人で、愛人を殺害した）をモデルにしている。ボイソーン氏はウォルター・サヴィジ・ランダーをモデルにしていて、ランダー同様、気立てのよい威張り屋で、彼を知っている誰をも楽しませた。しかしリー・ハントとその家族と友人たちは、話しぶりが魅力的な唯美主義者のスキンポールが、やがて冷酷なたかり屋なのがわかると書かれているので心を痛めた。ディケンズはリー・ハントを描こうとしたのではないと抗弁したが、無駄だった。

『荒涼館』には幸福な家族はほとんど出てこず、独り者、壊れた関係、孤児になった子供、両親から引き離された子供が多く登場する。エスター、エイダ、リチャード、チャーリー・ネケットとそのきょうだい、フィル・スクォッド、ガスター、ジョーはいずれも両親を失っている。ジャーンダイス、ボイソーン、クルーク、ジョージ・ラウンスウェル、グリッドリー、タルキングホーンは、いずれも独り者で、妻子のいるスキンポールは、彼らが自分の生活に侵入してくるのを、ほとんど許さない。ミス・フライトは老嬢である。サー・レスターとレディー・デドロックは子供がないように見えるが、レディー・デドロックは私生児の母ということが暴露され、社会的に烙印を押されるより死を選ぶ。スナッグズビー夫妻には子供がない。スナッグズビー夫人は夫が浮浪児のジョーの父親ではないかと疑うが。ジェリビー夫人は自分の家族をなおざりにし、夫を破産に追いやる。等々。スモールウィード一家は、相互の反感と不信の念によって固く結び付いている家族だ。バグネット一家だけが、温かく纏まっている家族で、父は軍人、母は負けん気が強く、息子と娘たちは善良で、素行がいい。

子供の労働者は、いつもディケンズの注意を惹いてきた。この作品にも何人か登場する。十字路を掃除する無知で孤独な少年、ジョー。自分は十三歳以上だと言い張る「ごく小さな少女」チャーリーは、弟と赤ん坊の妹とだけで暮らしていて、生活費を稼ぐため、スモールウィード家やその他の家の洗濯をするために外に出る。救貧院から来た雑働きの女中ガスターは痙攣を起こす。いまや二十歳《はたち》を越えているが、雇い主のために働きながら大きくなったのは明らかだ。自分の齢を知らない、肢体が不自由で醜い成人のフィル・スクォッドは、鋳掛屋の手伝いとして八歳から働き始めた様子を語る。彼らの誰もが、ディケンズが『骨董屋』の校正刷りに書いた文章を思い出させる。「貧しい者には子供時代がない。それは、買って、金を払わねばならないものなのだ[7]」。彼が小説に書いた子供たちは、彼が当時、シェパーズ・ブッシュで「ホーム」のために面接していた現実の少女たちに似ていた。彼女たちのほとんどは、半ば飢え、家庭から引き離されていた。何人かは救貧院から、あるいは監獄から来た。あるいは針子、婦人服仕立屋、造花屋で、偶然もしくは嫌々娼婦になった者たちだった。彼はミス・クーツ宛の手紙の中で、彼女たちの何人かについて詳細に論じ、こう言った。「私は『荒涼館』の大きな転換点になる着想を考えるのに非常に忙しく、この一週間か十日ほど、絶えず焼けるような、茹《う》だるような思いでした[8]」

この小説で、キャディー・ジェリビーは母のために働かされ、自然で楽しい子供時代が与えられない。エスターは寄宿学校で親切に扱われ、幸福だが、教生として働き、いつも自分の欲望は後回しにして、他人のために奉仕するよう自分を鍛錬する。誰もがそれぞれ勇気、創意、善良さを示す。ガスターは自分の夕食をジョーにやり、スクォッドはジョーの看護を手伝う。一度、自分の母親のもとから逃げて結婚したキャディーは、彼女の途方もなく利己的な義父の面倒を見、自分のダンス教師の手助けをする。エスターは自分の教える少女たちから慕われる。チャーリーはジャーンダイスによってエスター付きの女中に昇格しても、相変わらず善良である。しょっちゅう動いていて、あまりに飢えていて、なおざりにされているので、命懸けで戦うことができないジョーだけが、諦めて死ぬ。彼はこの小説の中で最も称讃され、人気のある人物になり、子供たちの死ぬ場面を読んで感動するすべての読者に暖かく迎えられた。ディケンズは死の床にある彼に、主の祈りの最初の数語を繰り返させる。それは彼にはなんの意味もないが、彼は「われらが主よ」が気に入り——「ええ、それはてえへんいいです」——その言葉を言いながら、そばにいる医師の手を探る。これは感傷的だと思う者もいるが、ジョーの死んだあとにディケンズが迸らせた怒りと悲しみを考えてみると、それは、彼がよく知っていた現実に結び付いていたのは疑いない。彼は頭からだけではなく、心からも書いていたのである。「死んだのです、閣下および紳士諸賢。死んだのです、あらゆる宗派の有徳の、あるいは不徳の牧師諸君。死んだのです、心の中に素晴らしい思いやりを持って生まれた男と女よ。そうして、私たちの周りでは、毎日このように人は死んでゆくのです」[9]。ここには天使については語られていないし、ジョーにとって苦しみが幸せに変わるということも語られていない。

この小説のテーマを、正確に何年のものなのか決める必要はないが、時は、鉄道が一八三〇年代中頃に出現した寸前だと書いてある。そうなると、エスターが生まれたのは一八一五年頃になり、彼女の軍人の父はワーテルローで戦っただろうし、母は一七九〇年代に生まれ、サー・レスター・デドロックは一七七五年に生まれたことになるだろう。それは、それぞれの人物の経歴に時間的に符合する[10]。この小説の物語はおおむね暗い。喜劇的で奇妙な人物が出てはくるけれども。生き延びる者もいるし、幸福を約束された少数の者もいるけれども、多くの者は死ぬか、ダメージを蒙るかだ[11]。『荒涼館』は主要な評論誌、『エディンバラ・レヴュー』、『クォータリー・レヴュー』、『サタデー・レヴュー』では無視された。書評に取り上げられた場合には、ディケンズは人気があり、天才の持ち主なのを批評家は認めはしたが、彼がユーモアを棄て、グロテスクで軽蔑すべき人物を描いていること、その小説がよく構成されていないことに対する失望感を表明した。フォースターでさえ、その構成を褒め「ディケンズ氏が書く小説は詩の荘重さにまで高まっている」と言ったものの、多くの部分が「あまりにリアルで不愉快」だと思った[12]。読者は、緊張感が緩み、物語のすべてのそれぞれ別々の要素の進展に無理が生じるのを感じると、苛立つこともあるかもしれないが、しかし間もなく、ディケンズの構想の幅と豊かさが再び鮮明になり、過剰なほどの描写は弱点ではなく強みに感じられる。

フォースターが言うには、ディケンズは批判に無関心を装っていたが、実際は批判に傷つき、「いつも受けている以上の讃辞を貰う資格があると思っていた」[13]。大衆は『荒涼館』について批評家が言うことにはなんの注意も払わず、毎月の売上は三万四千部と四万三千部のあいだで変動し、ディケンズと彼の出版業者を驚かせた。アメリカの『インターナショナル・マンスリー・マガジン』の編集長は、見本刷りに対して二千ドル払うとブラッドベリー&エヴァンズに申し出たが、ディケンズは相手が期待している新しい作品を書く考えがないと言った。そのあと『ハーパーズ』は、自社の一人を直接彼のもとに送った。彼は新刊見本を千七百二十八ドル（三百六十ポンド）で渡すことに同意した。[14]『ドンビー父子』と『デイヴィッド・コパフィールド』は共にアメリカで非常によく売れたが、ディケンズの手には一ペニーも入らなかった。そういうわけで、国際著作権についての協定が結ばれる見込みはまだなかったが、彼は再び交渉していた。[15] アメリカでの売上は毎月十一万八千部にのぼり、宣伝のための貴重な媒体になり、ディケンズは「文学上のクロイソス（紀元前六世紀のリュディア最後の王で、巨万の富の持ち主）」と新聞に書かれるに至った。事実、彼は『荒涼館』からだけで約一万一千ポンド稼いだ。ロバート・パトンはそのことを印象的に語っている。「この収入は、凝った装丁をし、馬鹿高い値段を付けた高価な版で得たものではなく、三十二頁の、びっしり印刷され——約二万語——二つの挿絵が入っているものに毎月一シリング払った何万という個人から得たものである」[16]。ディケンズは大衆に語りかけ、大衆はそれに応え、『荒涼館』が彼の作品の最高の傑作に入るのを理解した。

『荒涼館』の執筆には、一八五一年末と翌年にかけての冬から五三年の秋までかかった。その間《かん》に彼は四十歳の誕生日と四十一歳の誕生日を迎えた。最初の挿話が三月に出た時、キャサリンは七番目の息子を産んだ。その息子はブルワーの名を取ってエドワードと名付けられたが、家ではプローンと呼ばれた。プローンが生まれる寸前、ディケンズは友人に、「子供の数が正確に数えられなくなり始めた。なんとも多いのだ。もういないだろうと思うと、新しい子供たちがきちんと列を作って食事に下りてくるのを見る」——愉快な冗談である。もっとも彼は、プローンが誕生したあとミス・クーツに、「概して、あの子がいなくてもよかったのです」と、イースト・エンドの貧民のために模範的な住宅を建てる計画についてもっぱら語った手紙に書いているが。[17] しかしプローンは一家の甘やかされた赤ん坊になり、父は彼を時おり「WでJ・B」と呼んだ——世界で一番素敵な少年《ザ・ジョリエスト・ボーイ・イン・ザ・ワールド》。

もう一人の素敵な少年チャーリーはイートン校での生活を楽しんでいて、学友たちに人気があった。ディケンズは最初から彼を溺愛していて、「彼は父親似だ」とか、励ましてやる必要はあるが「実際、ごく稀な資質を持っている」とか思っていた。[18] ディケンズはスラウあるいはウィンザーから列車に乗って、イートン校にチャーリーを訪ねた。ある年の七月、夏の舟遊びのために、フォートナム＆メイソンのバスケット詰の食べ物を持って行った。次の時には、サンドイッチとビールという、もっと慎ましいものを持参した。しかし二年後、ディケンズはチャーリーの勉学の進捗ぶりに不満になり、ミス・クーツに、イートン校は「チャーリーにもう五年、ラテン語の韻文を作らせたがっている」が、「この場合、それは合理的ではない」と語った。[19] チャーリーはたった十六歳だったが、ディケンズはできるだけ早く退学させることにし、将来何をするか決めるようにと彼に言った。陸軍将校になりたいとチャーリーが言うと（その場合、ミス・クーツがチャーリーに将校の地位を買ってやっただろうが）、父は断固として直ちにその考えを捨てさせた。そして実業の世界に入るべきだとチャーリーを説得した。チャーリーは同意するほかはなく、すぐにイートン校を退学し、ドイツ語を習得し、営利の技術を身につけるため、ライプツィヒにやられた。チャーリーが同地に九ヵ月いたあと、チャーリーのドイツ語の教師が、お子さんはドイツ語がかなり上達したが、商業学校にやらないほうがいい、なぜなら、厳しい紀律はお子さんには合わないだろうし、商人になる気持ちをほとんど示さないから、とディケンズに言った。なんとか父を喜ばせたいと思ってはいたが商業にまったく興味のなかった不運なチャーリーは、家に戻って、さらに父から説教された。ディケンズはミス・クーツに、息子は「人間においてきわめて深刻な、無気力な性格」を持っていて、「自分の息子に期待できたであろうような、しっかりした目的と精力を」を持っていないと報告した。[20] ディケンズは自分が若い頃、懸命に仕事をした話を息子に聞かせたが、父に感心しただけで、父のようになろうという気持ちをまるで見せない息子の反応ぶりに失望した。

ディケンズはチャーリーをドイツに戻した。そこでチャーリーは、文学作品の翻訳をし、教師を喜ばせた。それは、彼がその方面の才能を持っていたことを示唆している。父はまた戻ってきたチャーリーに、バーミンガムで商業を仕込もうとした。ディケンズから相談を受けた同地の友人は、ロンドンで実業を学んだほうがいいのではないかと言った。ロンドンでは商業活動がより活潑だし、チャーリーは家で暮らせるという利点があるから。それはディケンズの考えていることではなかった。しかしディケンズは、しばらくのあいだ、彼が『ハウスホールド・ワーズ』の事務所で手伝い、家族の演劇に加わって楽しむことを許した。ミス・クーツはベアリングズ銀行に縁故があった。チャーリーはある株式仲買人のところで一時働いたあと、年俸五十ポンドでベアリングズ銀行のある地位を提供された。彼はいまや十八で、明るい、行儀のいい少年だった。

だが、野心も覇気もなかった。三年後、二十一の時、彼は父に刃向うほどの精神的強さを持つことになるが、金の儲け方は学ばなかった。

娘たちはなんの問題もなく、一八五三年、素描に才能を示したケイティーは、リージェンツ・パークに女子教育のために最近作られた、ベドフォード・コレッジの美術クラスに通い始めた。彼女は十分に教えられたようで、一流の画家になった。ディケンズの子供たちの中で、父と同じように芸術の道に進んだ唯一の子供だった。ウォルターはインド陸軍に入る準備をしていた。ディケンズは職業軍人になることに反対ではなかった。チャーリーの場合以外、また、外国で勤務する限り。ディケンズは下のほうの息子たちの教育の問題を解決した。ブーローニュにイギリス人少年のための寄宿学校があるのを知ったのだ。その学校は二人のイギリス人牧師によって運営されていて、牧師の一人はかつてイートン校の教師だった。学費は年にわずか四十ポンドだった。少年たちはフランス語を話さねばならず、通常の科目に加え、フェンシング、ダンス、ドイツ語を学んだ。夏には二ヵ月の休暇があり、クリスマスには、両親が子供に会いたいと思った場合以外、休みはなかった。それは、子供たちは一年の十ヵ月近く家から離れていることを意味した。一八五三年、九歳のフランクと七歳のアルフレッドは、一緒にそこで学び始めた。それほど長期にわたって母、叔母、姉妹から離れて施設で暮らすというのは、子供たちにとって、また、たぶん母親にとっても懲罰的なことに感じられたかもしれない。ディケンズは公開スピーチで、自分はいかに「蔑ろにされた子供たちが毎年毎年、嘆き暮らす、安い、辺鄙な場所の学校」を嫌っているかと言った時、自分の息子たちのことを考えただろうか。(21)

チャーリーとウォルターはそうは扱われなかった。

フランクとアルフレッドは五年あるいは六年、その学校に入れられていて、一八五六年、クリスマスにさえ家に帰らず、五七年七月にやっと家に帰った。フランクは吃《ども》りになった。それは、のちに仕事に就くことを考えた時、障碍になった。フランクもアルフレッドもあまり学ばず、何かに秀でようという野心もなかったようである。ディケンズは二人とも陸軍学校に入れることを考えた。そして、アルフレッドをウォルターのようにインド陸軍に入れた。十四歳になったフランクは医者になろうと思ったので、ハンブルクの学校にやられた。たぶん、ドイツの医学教育が優れていたからだろう。しかし、そこに行くとフランクは考えを変え、ドイツにとどまるのを嫌がり、もう一年ブーローニュに戻された。シドニーは八歳でブーローニュの学校に入り、十三歳で学校を去り、自分の希望で海軍に入った。ヘンリーも八歳でその学校に入った。彼はその学校につい て自分の意見を記録した唯一の者である。学校は「かなり物侘しく、惨め」だと思い、楽しく思い返すことはなかった。少年たちはブリキの皿で食事をし、食べ物は不味かった。フランス語の教え方はお粗末だったと彼は思った。

ディケンズは三人以上子供は望まず、息子より娘が好きだったが、どの赤ん坊にも、生まれると興味を覚えるようになり、六人の下の息子に、愛情とは厳密に言えないまでも、関心は抱いた。彼は子供たちに対する気持ちを現わすのは難しいと言った時、おそらく、それほど多くは望んでいなかった子供たちに対して、当然抱くべき感情を抱くのは難しいということを意味したのだろう。ディケンズは執筆し、雑誌を発行し、劇を上演し、シェパーズ・ブッシュの「ホーム」の面倒を見ることに追われていたので、子供たちのことを考える時間と精力は、あまり残されていなかったのである。

教育は、彼が一八五四年に書いた小説『困難な時世』の中心のテーマだった。それは、四月から八月まで『ハウスホールド・ワーズ』に毎週掲載された。同誌の発行部数を増やす目的で掲載されたが、その目的通り、発行部数は倍増した。ディケンズは同誌の限られたスペースに書くのは難しいと思い、月刊分冊の場合の紙幅の余裕をひどく恋しがったが。新しい小説は『荒涼館』の月刊分冊の五冊分になることが決まっていた。物語の書きぶりは、『荒涼館』の壮大なスケールと詩的描写に比べると、目立って窮屈で散文的である。しかしラスキンは、『困難な時世』はいくつかの点でディケンズがそれまでに書いた作品の最も偉大なものだと思い、「彼の見解は究極的に正しいものであり、赤裸々に、鋭く語られている」と言った。[22] だが「赤裸々に、鋭く」というのは、単純化し過ぎるディケンズの手法についてラスキンが懸念を抱いていたことを示している。『困難な時世』は寓話に近く、要点を単刀直入に強調している。詰め込み主義の学校教師はマチョーカムチャイルドと呼ばれ、コークタウン選出の功利主義の議員トマス・グラッドグラインドは、ストーン・ロッジと呼ばれる家に住む金物商であり、金持ちで貪欲な工場主はバウンダビーである。この小説の中心的メッセージは、想像力、感性、ユーモア、ゲーム、詩、娯楽、楽しみを無視し、純粋に事実にもとづく、実際的な事柄のみを扱う丸暗記の教育の悪影響に関するものである。マチョーカムチャイルドは、事実を覚えることのできる生徒がすべての褒美を貰う陰気なクラスを指導する。そして、この楽しみのない教育方法が、グラッドグラインド氏によって子供たちに押しつけられる。子供たちは、事実を尊重し、感情を無視するように育てられる。彼は息子たちの二人を、自分の偶像にちなんで、アダム・スミス・グラッドグラインド、マルサス・グラッドグラインドと名付ける――それは、ディケンズの子供たちが詩人、エッセイスト、小説家にちなんで名付けられたことを思い出させる――ウォルター・ランドー・ディケンズ、アルフレッド・ドルセイ・テニソン・ディケンズ、シドニー・スミス・ディケンズ、ヘンリー・フィールディング・ディケンズ、エドワード・ブルワー・リットン・ディケンズ。

『困難な時世』はコークタウン内外の労働者社会を舞台にしている。そこは工場労働者が住んでいる工業都市で、ランカシャー州のプレストンをモデルにしている。ディケンズは一八五四年の初め、長期にわたるストライキを見るために、そこに行った。彼が描く労働者は、ややおざなりに、感傷的に書かれていて、善良な労働者スティーヴン・ブラックプールが中心になっている。彼は組合に入るのを拒否したため除け者になり、悪い雇い主と悪い同僚の板挟みになり、やがて悲惨な結末を迎える。グラッドグラインドのお気に入りの子供、娘のルイーザは、滑稽なバウンダビーと愛のない結婚をする。なぜなら、愛という感情の存在を認めないように育てられたからである。その結婚が一応納得できるのは、彼女がどうしようもなく愛しているのは弟のトムで、彼がバウダビーの庇護を受ければ得をするだろうと、彼女が期待しているからに過ぎない。トムは案の定、泥棒、嘘つきになるが、ほかの罪も犯していて、自分がバウンダビーから取った金を、ブラックプールが盗んだと言い立てる。ルイーザはというと、イーディス・ドンビーのように、嫌な夫のもとを去り、人間らしい人物になりそうなところで、ディケンズの例の危機に晒された美女になってしまう。彼女は「両手で自分の胸を叩き」、父に尋ねる。「あゝお父さま、広い荒野のやうなこの胸に、何時《いつ》か一度は咲き誇ったに違ひない花園を、一体どうしておしまひなすったの！」〔柳田泉訳〕。寛大な心の暖かさで彼らを元気づけ、慰め、彼らの誰もが持っていない精神的権威を得るのは、グラッドグラインド家に引き取られた女サーカス芸人のシシー（セシリア）・ジューブに委ねられている。

すべての良いものと魅力的なものはシシーから生まれていて、グラッドグラインド一族からは挫折以外のものは生まれない。教訓は徹底的に強調されていて、筋は計算尺で作られているかのように見える。

　けれども、この作品のメッセージは独創的な形で伝えられているので、こうした弱点をいくらか救っている。そのメッセージは、綱渡り芸人たち、道化、芸当をする犬と馬と一緒に貧しい者を愉しませながら旅をしている、太ったみすぼらしい男のサーカス団長スリアリーによって語られる。スリアリーはグラッドグラインドに、年中働き、学んでいるのはよくない、何かほかのものが人生では必要だと言う。「人は愉しまされねばならぬ」。スレイリーとサーカス芸人を、最上の人間的価値を生き生きと保つ模範的な人物とするのは、ディケンズ以外の誰にもできなかった技である。それは読者を驚かせる。スリアリーが舌足らずに発音する彼の金言は、こんな風になる。「人《しと》は愉しゅましゃれねばならにゅ」。一体なんなのだ、と人は一瞬自問する。そして、舌足らずの者も真実が話せるのを悟る。ディケンズは、ハンディキャップのある者も人好きがし、知的で、洞察力がある場合があることを示した点で、時代の先を行っていた。そしてスリアリーは、世界は多様であるということ、想像力は九九の表と同じくらい大事であり、実務や銀行業務より大事だということを、有徳な者、ひたむきな者、気楽で因習的な中産階級、子供に野心的な期待をしている両親等すべての者に思い起こさせる。チャーリーが『困難な時世』を読んだかどうか、そして、もし読んだのならどう思ったのか、考えざるを得ない。ディケンズはそれをカーライルに献呈したが、それは、再版の時に序文を書かなかった唯一の彼の小説である。そのことは、彼がその小説に十分満足していなかったことを暗示している。それはドラマ化はされなかったがパロディー化され、フランス語、ロシア語に翻訳され、何人かの批評家は熱心に擁護した。しかし、それは彼の作品の中で最も人気のないものに入る。それは、いわばあまりに狭い、堅苦しい小道を進んでいて、人は愉しまされねばならぬという、その作品自体のメッセージに注意を払わなかったせいだろう。

　一八五〇年代を通し、ディケンズは『ハウスホールド・ワーズ』を編集し、それに書くこと、慈善活動をすること、劇を上演すること（それは慈善活動の一環だった）に相変わらず専心した。変わったのは、彼の家庭生活と、義理の親のホガース夫妻、彼の家に同居していた二人のホガース家の娘たち、キャサリン、ジョージーナとの関係だった。彼の精力と創作力は揺るがなかったが、内面生活には変化があった。あたかも、別の生き物に変身する準備を、半ば無意識にしていたかのように。

第18章 リトル・ドリットと友人たち
一八五三〜五七年

　自分の結婚生活に対するディケンズの不満は、表面下でくすぶっていた。キャサリンはそれを感じていたに違いなく、ジョージーナは気づかなかったはずはない。彼は一八五二年に生まれた新しい赤ん坊の大きさと美しさを自慢したけれども――プローンと呼ばれたエドワード――世話をし、教育をし、導いてやる必要のあるあまりに多くの息子を持ったことで気が滅入っていた。そして、息子たちが母親の受け身の態度、さらには義理の両親の「愚鈍さ」も受け継いだのではないかと疑っていた。(1) キャサリンはまだ三十代だったので――一八五五年に四十になった――プローンが最後の子供という保証はなかった。二人が離れている時は、彼は愛情に満ちた手紙を、まだ妻に送っていた。「また家に帰り、君を抱擁するのを大変嬉しく思っている――というのも、もちろん、僕は君がいなくてとても淋しいからだ」(2)。けれども、彼は家から離れる必要を感じていた。そして一八五三年の秋、二人の独身の友人、ウィルキー・コリンズとオーガスタス・エッグと一緒に、スイスとイタリアを再訪しに出掛けた。シャモニー、メール・ド・グラースとシンプトン峠の雲一つない空のもとの登り坂は彼を喜ばせたが、彼はナポリから、故郷のジョージーナとキャサリンに別々に手紙を書き、五日間まったく手紙を貰っていないことに文句を言った。そしてローマから、フォースターあるいはウィルズから何も手紙が来ないのを嘆いた。それは、旅がかなり退屈に思われたことを示唆している。

　旅行中の最も奇妙な手紙は、ジェノヴァでド・ラ・リュー夫妻に会ったあと、一八四五年に自分がマダム・ド・ラ・リューと親密だったのをいかにキャサリンが嫉妬したかを書いた、キャサリン宛の十二月の手紙である。それは、印象的な自己分析の一文である。「なんであれ、僕を完全に虜にするアイディアを熱心に追及するというのが、僕をほかの連中と違ったものにしている特質の一つだ――時には良いほうに、時には悪いほうに。ジェノヴァにいた時に君を不幸せにしたものは、取りも直さず、結婚生活において、君を誇らかにし、尊敬される者にし、本来の地位よりもよい身分を君に与え、君を多くの羨むべき多くの品々で囲んだものに他ならない、一から十まで」[3]。品のない話だが、彼はキャサリンに与えたいくつかの恩恵のうちの最後のものを思い出させたあと、ド・ラ・リューに対する彼女の態度を叱る。その態度は「よいものではない、感じのいいものではない、寛大なものではない——君らしくはまったくない」と言ってから彼は、真心の籠もった手紙をド・ラ・リュー夫妻に書いたらどうかと言う。自分は君がそうしたかどうか決して訊かない、もし君が言われたから書いたに過ぎないとすれば、それは「無価値で軽蔑すべきこと」だからだが、もし書けば、君を君自身の目に「遥かによい立場に置く」だろうと彼は言う。この説教調の脅迫から、その段階での二人の結婚生活における彼の行動を垣間見ることができ、背筋が冷たくなる。キャサリンは怖気づき、言われた通り手紙を書いた。四年後ディケンズは、夫とはどうあるべきか、また、キャサリンに押しつけた、感じのいい寛大な振る舞いとは何かをすっかり忘れ、彼女を嘲った手紙をド・ラ・リューに送り、彼女は「僕らがジェノヴァを去って以来……僕が少なくとも一万五千人の女ときわめて親密な関係にあるのをひどく嫉妬し、その明白な証拠を手に入れた」と書いた[4]。それは気持ちのいい手紙ではないが、その頃、彼にとって最も大事だったのは、自分が正しいと人に思われることだった。

彼とフォースターとの関係もこじれた。ディケンズは残酷なほど率直になることもあった。例えば、彼はフォースターが十七世紀の政治家ストラフォードについて二時間半の講演をしたのを聞いたあとで批判的な手紙を送り、君は聴衆に「ごく幼い子供に教える学校教師のように見下した調子で話した。ロンドンの聴衆がそれに腹を立てているのは疑いないと思う」と書き、さらに、大方の伝記作者のように、君は自分の扱っている人物に、あらゆる美徳をあまりに簡単に付与してしまう、とも書いた。そして、講演を三十分縮めるべきだと忠告した。それ以外は非常にいいと言った。フォースターは傷ついた。ディケンズは詫び、許された[5]。フォースターは『エグザミナー』の編集長として、同紙を急進主義から堅実な中産階級の価値観を代表するものに変えようとしていた。それは、ディケンズの気質にはあまり合わず、のちに『互いの友』でそのことを諷刺した。しかしディケンズは、優しさや鋭い感受性を示すこともできた。例えば、フォースターがリウマチ性痛風で寝たきりになってしまった時、夜、長時間彼のベッドの脇に坐り、ゴールドスミスの『負けるが勝ち』[6]の全部を朗読した。二人ともその朗読を大いに楽しんだ。フォースターはよく病気になった。彼は気管支に問題があり、リウマチ性の痛みに悩み、飲み過ぎ、大食漢で、ディケンズとは異なり、その悪影響を歩いて防ぐということをしなかった。ディケンズはまた、川でも運動をし、一八五五年六月、オックスフォードからレディングまで「お伽の舗道のように睡蓮が水面にみっしりと生えている中を、何マイルも何マイルも」ボートを漕いだと、のちにミス・クーツに言っている。(7)

ディケンズは自分の不幸と憧憬をフォースターにのみ明かすことができた。フォースターには、ほかの誰にも話さなかったように思われる事柄を話した——マクリーディーにも、画家の友人たち、マクリース、スタンフィールド、ストーン、リーチ、エッグにも、コリンズ、ウィルズ、ミス・クーツ、ラヴィニア・ワトソンにも。ディケンズは彼らすべてと親しく接触していたのだが。そして、フォースターに対してさえ、親密に付き合うのが、いつも容易だとは限らなかった。彼はフォースターに、自分の抱えている問題について回りくどい言い方で話し、自分が置かれている状況は、ドーラと結婚していた時期のデイヴィッド・コパフィールドの状況に似ていると言った。「非常に幸福だが非常に不幸な人生で、非現実の中に現実を探し、失望から絶えず逃れることに危険な慰めを見出すのだ」(8)。九月に『困難な時世』を書き上げると、彼はフォースターに手紙を書き、半年、たぶんピレネー山脈に一人で行くことを考えていると言った。「落ち着きの欠如、と君は言うだろう。それがなんであれ、それはいつも僕を衝き動かしている、どうしようもないのだ。僕は九週間か十週間休養したが、それが一年だったような気がする時がある——執筆するのをやめる前、実に奇妙な、不安な悲哀感を覚えたが。僕は速く遠くまで歩けなければ、破裂して死んでしまう(9)」

この手紙は、家族が六月から十月までいたブーローニュから出したものだ。ディケンズは春、ジョージーナをやって家を選ばせた。それは、彼が次第にジョージーナの判断力に頼るようになり、キャサリンではなく彼女を自分の代理に使う用意があったことを示している。ジョージーナが選んだ家は「右翼陣営荘《ヴィラ・デュ・カン・ド・ドロワート》」という名で、すぐ近くの昔の軍の野営地にちなんで付けられた。その野営地はいまや再び使われるようになり、フランス軍はブーローニュとカレーのあいだの絶壁の頂上に、テントと小屋の密集地を作っていた。小径は通行止めになり、トランペットが鳴り響き、兵士が群れていたが、ディケンズはそうしたことを気にせず仕事を続け、散歩した。軍が活動していたのは、戦争だったからである。一八五四年三月、英仏は同盟国としてロシアに宣戦布告した。その目的は、ロシアがオスマン帝国のヨーロッパの領分を奪うのを防ぐことだった。イギリスはインドへのルートが脅かされるのを恐れ、ルイ＝ナポレオンのもとのフランスは、一八一二年のモスクワでのナポレオン一世の敗北の雪辱の意欲に燃えていた。平和が非常に長く続いたあと、両国には戦争への熱意が漲っていた。同盟国は楽に勝利を収めることに自信を持っていた。彼らの計画はバルト海で制海権を握り、セヴァストポリのロシアの造船所を破壊するためにクリミア半島に軍を送るというものだった。何万という兵士がカレーからイギリスの船で船出することになった。

ディケンズはヴィラに旗を立て、九月に、閲兵にフランス皇帝とアルバート公がやってきたことについて、陽気な調子の手紙を書いた。彼は断崖の頂上を一人で歩いていた時、全員馬に乗った、きらびやかな軍服を着た七十人の将校団を従えた二人の指導者に出会った。ディケンズはフォースターに、その時の様子を書き送った。彼がつば広のフェルト帽を脱ぐと、ロンドンでドルセイの家とミス・クーツの家で彼に会ったことのある皇帝も、三角帽を取った。アルバートもそれに倣った(10)。ディケンズはアルバートも認めず(「完全に普通の人間」)、ナポレオン三世も認めなかったが(「フランス人簒奪者」)、三人が出会った絵画的瞬間は面白いと感じた(11)。

同盟国は各自の能力の判断を誤り、戦争は二年続くことになり、何万という死者が出、ディケンズは生涯で最も激しい政治的怒りを爆発させた。彼は兵士の勇気を称讃し、原則的に戦争を支持することにしたが、同時に、当局が一八五四年にロンドンで発生したコレラによる死者が一万人も出たことに無関心なのに呆れた。その数は「ロシアとの戦争で殺される恐れのあるイギリス人の数より遥かに多い(12)」。「イギリス人が戦争にすっかり心を奪われているというのは——僕にとっては——憂鬱なことだ。そのほかの大衆が憂慮していること、同情していることの一切が、その前では霞んでしまう。今後何年も、国内の改革は根本まで揺らいでしまうのは明白なのを恐れる。あらゆる惨めな官僚的形式主義者は、彼らのペテンに抗議するすべての者に、戦争を振り翳す(13)」。彼は首相のアバディーン卿の戦争の指揮における不手際を嘲笑した。なぜなら、セヴァストポリは依然としてロシアの手中にあり、冬が到来し英軍兵士は、酷寒と医療不足によって斃れたからだ。フロレンス・ナイチンゲールがヒロインになったのは、この時である。前線の最初の記者であるウィリアム・ハワード・ラッセルは、何が起こっているのかを即座に報じた。英国の政界と軍指導者は、共に無能であることを暴露した。ディケンズは激怒し、一八五五年初めに計画し始めた小説に怒りを込めようとした。そして政府を辛辣に嘲笑し、「誰の罪でもない」という題にした。

一八五五年を通し、ディケンズは政治的意見を強い調子で書いた手紙を友人たちに送り、政治体制の腐敗が、イギリスを革命前のフランスのようにした、また、「貧困という巨大な黒雲」がどの都市にも垂れていて、貴族が怠惰なのを考えると、イギリスも同じ道を辿るかもしれないと言った[14]。いまや自由党の議員になったオースティン・レアドが一八五五年に行政改革協会を結成すると、ディケンズは入会し、スピーチをした。彼は、公職に人を就ける際、功績と能力より「仲間と家族の影響力」が優先されるというレアドの苦情を取り上げ、それを計画している小説の一貫したテーマにした。彼は『ハウスホールド・ワーズ』に、政府に対する自分の見方を書いた一連の小論を載せた。ただし、自分は政界に入るつもりは毛頭ないということをはっきりとさせたが。「文学が私の職業である――それは自分の仕事であると同時に愉しみでもある。それを無視することは絶対にない[15]」。行政改革協会は立ち消えになってしまったが、ディケンズは個人として腹を立て続け、九月にフォースターに、「代議政体はわれわれの場合、完全に失敗したものになっている。イギリス人のお上品ぶりと卑屈さが、イギリス人をそれに合わないものにしているのだ。一切は破滅してしまっている」と言った[16]。

数日後、彼はマクリーディーに、「おべっか使い根性、へつらい根性が、最も軽蔑すべき貴族たちを、ありとあらゆる場所に来させている」と書いてから、さらに「僕は目下、何の政治的信念も希望も持っていない――微塵も」と続けている。そして、自分は今、『誰の罪でもない』に鋭意取り組んでいる、「鬱憤を晴らしているのだ、そうしなければ憤死してしまう」と付け加え、激しく体を動かすことによってのみ、自分の暗い政治的考えから救われると書いている[17]。この作品の諷刺的部分は、強大な政治一族に向けられている。息子たちは当然の権利で職と議席と、政府の部局で官吏として高給の地位を与えられる。ディケンズは彼らをタイト・バーナクル家、スティルトストーキング家と名付け、彼らをからかって楽しむ。若い者たちは大きな繁文縟礼《はんぶんじょくれい》省で怠けていて、デシマル・バーナクル閣下は、周到に準備されたディナーの席で恩恵を施す。そしてディナーの席で、へいこらする客に、彼の唯一の冗談を言うように促される。それは、イートン校の梨《ペア》の木と、議会のペア〔採決の際やむを得ず欠席する議員と、話し合いで欠席する対立党の議員〕に関する長たらしい思い出話で、彼はその冗談で一同を退屈させることに大きな喜びを覚えている。それですっかり満足感に浸った彼は、ディナーを催してくれた女主人の息子で、妻に「ほとんど白痴」と言われているが、しかし百万長者の継父の財産が使えるので世に受け入れられている青年に上級の地位を与える。それは痛烈な揶揄で、ディケンズがからかった者を怒らせ、のちに、この小説に対する悪意的な書評のいくつかは、ディケンズに攻撃されている階級の結束を強めた。

ディケンズは一八五五年の初めから五七年の六月まで、イギリスの暗いイメージを描くのに没頭した。彼は手紙の中で、構想を練る過程について語っているが、それは瞠目すべきものである。バラバラの着想と印象は「書き留め、計画を立て、無数の紙片にメモを書くが、それらは読めないものになる」。そのあと、物語が物理的力を持ち、「僕の周り中で噴き出してきて」、彼を支配する、その結果、彼は「その機嫌を取るため汽車に乗」らねばならない。ラヴィニア・ワトソンは五月に彼からこういう話を聞いた。「日中は田園を歩き——夜はロンドンの最も不思議な場所を徘徊し——無数のことをしようと坐り——結局何もせずに立ち上がり……髪を掻き毟り（毟るほど余裕はないが）——総じて自分の状態にびっくりします、そのことに慣れてはいますが」。彼はミス・クーツに語った。自分は「表現できないような——想像できないような——落ち着きのない状態にいます。私を疲れさせ、引き裂くような経験です……私は立ち上がり、汽車に乗ります——また戻ってきて、ロンドンから直ちに出て、まずピレネー山脈の麓に行こうと誓い——また坐り——立ち上がり、自分の部屋の中を一日中歩き回り——真夜中までロンドンをうろつき回り——いろいろ約束をしますが、あまりに心が乱れているので、その約束は果たせません」。二週間後、落ち着きのない状態はいっそう悪くなったが、「私は実際には仕事をしていて、ナンバー・ワンの中頃です」。それは、彼がその時点ではまだ『誰の罪でもない』[18]と呼んでいたものの最初の四章を書いたという意味である。

ほかの作家たちの場合、静かに集中するのが必要だったが、それはディケンズの創作活動の特徴ではなかった[19]。彼は自分の着想をしっかり摑み、作品の執筆に取り掛かろうと努力していた数ヵ月のあいだ、それと同等のあらゆる種類の関心事が時間を喰い、注意を惹いた。『ハウスホールド・ワーズ』を編集し、それに書かねばならず、レアドの行政改革協会と関わらねばならなかった。ディケンズは同協会の公開集会で講演し、パーマソン卿(アバディーンの後継者だった)と下院を痛烈に攻撃し、下院を落ちぶれた劇団になぞらえた。また、シェパーズ・ブッシュの「ホーム」のことで忙しかったが、別の不運な若い女を救おうとした。若い頃に恋したマライア・ビードネルが手紙を寄越したのだ。彼は強く感情を揺さぶられた。彼は自分の楽しみのために『デイヴィッド・コパフィールド』の長い朗読を準備したが、一八六〇年代まで、それは使わなかった。

彼はケント州の一軒の家を買う手筈を整え始めた。グレイヴズエンドの宿屋で男の友人だけで自分の誕生日を祝った際、雪の中をロチェスターまで歩いて行くと、ギャッズ・ヒルで、一軒の家の自由保有権が売りに出ている掲示を見た。「場所と、まさにその家は、文字通り〈僕の子供時代の夢〉だ」と彼はウィルズに話し、その家が買える可能性があるかどうか調べてくれと頼んだ。[20] 彼はコリンズと一緒にパリに行き、その途中ブーローニュで泊まり、フランクとアルフレッドを食事に連れ出す計画を立てていたので、ウィルズにあとは任せて出発した。コリンズは病気になり、ディケンズは多忙で、次にどうすべきかよくわからなかったので、自分はパリからボルドーに行くかもしれないとフォースターに言った。夏にはピレネー山脈に移ることも考えていた。またもや彼は自分をデイヴィッド・コパフィールドになぞらえ、「自分の精神状態はまったく乱れている……哀れなデイヴィッド同様、なぜ、ある感覚が今、気分が沈む時、僕を押し潰そうといつも襲ってくるのだろう、人生で一つの幸福を逃したかのような、また、一人の友人も伴侶も作らなかったかのような感覚が?」[21]。

彼はその後もそうした不平を洩らしたが、ボルドーに行く代わりに、コリンズのメロドラマ『灯台』を、自分が主役になって、真夏にタヴィストック・ハウスで上演することを引き受けた。『灯台』のあと、彼とマーク・レモンが大幅に書き直した笑劇を上演した――そうした気晴らしをするのに数週間の準備が必要だった。五月に彼は、次の冬に半年パリで過ごすことにし、自分と家族のための住居を初めて探し始めた。誰であれ、こうしたすべてのことをすると同時に、長篇小説を書く準備をするなどということができただろうか? ディケンズは途方もないほど多くのことを手掛けることで生き続けた。ほかの生き方は知らなかったのだ。肉体的にも、社交的にも、情緒的にも、無理をしない日は、一日たりとてなかった。

七月に学校の休暇が始まると彼はフォークストーンに家を借り、八人の子供をそこに連れて行き――チャーリーはロンドンで働いていた――毎日午前九時から二時まで五時間執筆するという習慣を作った。そのあとは、午後五時まで一人で散歩をした。彼は息子たちが喧しいと文句を言ったが、それも長いことではなかった。というのも、ウォルターは八月一日にインド陸軍訓練学校に入るためにイギリスを去り、九月一日に八歳のシドニーはアルフレッドとフランクと一緒にブーローニュの寄宿学校に一緒に行ったからだ。あとには、メイミー、ケイティーと二人の下の息子しか残らなかった。

一八五五年九月のその時点で、ディケンズは小説の題を、政治的冗談である「誰の罪でもない」から、単純で子供っぽい『リトル・ドリット』に変えた。その名は、登場人物の一人、サザックのマーシャルシー監獄に入れられていた債務者、ウィリアム・ドリットの娘エイミー・ドリットから採ったものだ。物語の時代は、『荒涼館』よりさらに古い一八二〇年代で、ディケンズは当時子供だった。[22] ウィリアム・ドリットはマーシャルシー債務者監獄にもう何年もいるが、一八二四年はジョン・ディケンズがそこに投獄された年だった。ディケンズは人には秘密にしていた、このインスピレーションの源から、想像力によってドリットの末娘リトル・ドリットを創り出した。リトル・ドリットはマーシャルシー監獄で育ち、栄養不良で、わずかな衣服しか身につけていないが、彼女が置かれた惨めな環境を照らすような善良さを持っている。彼女は自分よりもっと不幸な者に、自分の実際的な技能と勤勉さと親切さで寄与する。

彼女は物語の主要部分では二十二歳だが子供のように見え、蒼白い顔をし、小さくて痩せていて、『荒涼館』に出てきた、労働する子供たちの直接の後継者である。しかし、彼女はそれ以上だ。彼女は作品全体に詩情を漂わせ、夜の通りを嫌な目に遭わずに歩くことができ、脳を損傷し禿げているマギーと、救貧院にいた老ナンディーを慰め、助け、二人に尊厳を与え、真夜中に出し抜けに現われる。物語の初めのほうで、四十歳のアーサー・クレナムが、下宿で夜遅く、火の消えかけた暖炉のそばで己が空しい人生と希望のない将来を顧みて、自分の境遇は墓場への下降に過ぎないのではないかと自問している時、ドアがそっと開く。「そして、その聞こえてきた言葉が彼を驚かせた。それは、答え〔それまで、クレナムは声に出して自問していた〕のように思われた。『リトル・ドリットです』」。それは魔術的瞬間で、芝居がかってもいないし、感傷的でもない。[23] 彼女は父に対し親のように振る舞い、父の悪い行動に腹を立てるどころか、不平も言わない。ちょうど、ディケンズが自分の父に対して何度もそうだったように。彼女にはコーディーリアのようなところがある。コーディーリアは牢の中で一緒に歌を歌おうと父を慰める。ディケンズはシェイクスピアを熟知していて、シェイクスピア同様、リアリズムには縛られなかった。リトル・ドリットは惨めな世界を救う賢い子供である。

『リトル・ドリット』は「イギリスの状況」を扱った小説の三番目のものであり、『荒涼館』のスケールの大きさに戻っている。物語の中心は再びロンドンである。救い難いほど陰鬱なロンドンである。かつては見事な清々しい川だった「有毒な溝《どぶ》」がそこを貫流し、自然の美を拒まれた人々が溢れ、通りは「陰鬱で狭くて空気がむっと」し、壊れた古い家の石段には「重い子供を抱いている軽い子供」が坐っていて、瀟洒で安っぽい新しい家々の前では馬鹿げているほど洒落込んだ従僕と馬番がぶらぶらしている。チープサイドとテムズ川のあいだのセント・ポール大聖堂の下の「曲がりくねって下り坂になっている通り」は、倉庫と埠頭のあいだを抜けて路地になり、汚い川と「溺死者発見」のビラがある所に至る。何もかもが不快感を与える。金持ちの家は、「きのうのスープと馬車馬」の嫌な臭いがする。貧民の衣服は脂じみている。貧民特有の服を着た老ナンディーは、救貧院の男たち同様、嫌な臭いがする。かつては美しく可愛らしかったフローラ・フィンチングはいまや中年で、食べ過ぎで、太り過ぎで、喋り過ぎで、ラベンダー香水とブランデーのにおいがする。日曜日の晩には、教会の鐘は「まるで悪疫が市内に蔓延《はびこ》り、死人運搬車が走り回っているかのように」響く。ディケンズは自分の見るもの、聞くもの、嗅ぐもの――一部は彼の子供時代のロンドン、一部は一八五〇年代のロンドン――が心の底から嫌いなので、彼の冗談はほとんどすべて、不愉快で辛辣なものである。

彼はテムズ川周辺の大ロンドンのパッチワークを細密に書く。セント・ポール大聖堂、チープサイド、バービカン、ホウボーン、グレイズ・イン・ロード。ザ・バラ、三つの狭い鋳鉄のアーチのある、一八一九年に造られたサザック橋。リトル・ドリットはその橋に行って一人静かに川面を見下ろす。コヴェント・ガーデンとペントンヴィル。リッチモンドとハンプトン・コート。キャヴェンディッシュ広場とパーク・レイン。そして、政府機関のあるウェストミンスター。彼は登場人物をこれらのすべての場所から採っている――救貧院、監獄、劇場、政府機関、ブリーディング・ハート・ヤード〔その名は、五本の剣に刺され血を流す聖母の心臓の看板を掲げたパブがあったことに由来する〕の貧民の犇めき合う住居、メイフェアの邸宅、王室から下賜された居宅と郊外の住宅。それらは、精妙に組み立てられた筋《プロット》に綯い交ぜられているが、そのいくつかは精妙過ぎ、いわば縫い目がはち切れそうになっている。マルセイユの監獄を脱獄してイギリスにやってくる、パントマイム的悪漢リゴーは、どの点でも説得力がないが、何よりもディケンズの小説で最初に紙巻煙草を吸うので、記憶に残る[24]。登場人物の多くはフランスを通り、アルプス、ヴェネチア、ローマに旅をするが、ロンドン、特にマーシャルシー監獄とその周辺が、この作品の中心の舞台である[25]。

　金の問題もこの作品に一貫して取り上げられている。いかにして金を稼ぐか、いかにして金を失うか、いかにして金なしにやっていけるか。いつ、金が現実的な問題になるのか？　いつ想像だけのものなのか？　それは恒常的な問題である。ドリット一家は監獄と借金から救われて大金持ちになり、投資で儲けてから損をし、財政家のマードルは、美しく冷たい妻と、恐ろしいほど優れた執事のおかげで、自分の莫大な富にふさわしいライフスタイルを維持する。自分で愉しむことはなく。マードル夫人は、自分は質素な暮らしのほうが好きだということを表現する会話のスタイルを完成させているが――「もっと原始的社会のほうが、わたくしには快適ですわ」、「わたくしは生来、ある程度田舎風なんですの」――原始的でも田舎風でもない社交界に縛られていて、その価値観を尊重しなければならないと言う。政治家、銀行家、司教、弁護士はみな、マードル夫妻が催す晩餐会に出席したがる。善意の家父長のような見かけの地主キャズビー氏は、家賃取立人を通して、貧しい賃借人から無慈悲に搾り取る。バーナクル家のいとこの素人画家ヘンリー・ガウアンは、中産階級のミーグルズ夫妻の娘と結婚してやり、彼女が親から貰う気前のいい手当を、ミーグルズ夫妻は社会的に下の者だと軽蔑しながら散財する。主人公らしくない主人公アーサー・クレナムは、凄まじいほどに信心深い母親に育てられる。母親の信条は、「汝、主よ、わが債務者を打ちのめし給え、萎えさせ給え、砕き給え」である。彼は若くして死んだ実の母親が、舞台に立つよう訓練された貧しい歌手で、芸術と想像力の世界に没頭し、彼の育ての母から軽蔑されていたことを知る。クレナムは実業家ではなく、逆境と損失を通し、何を信頼したらいいのかを学ぶことになる――実業ではなく、政府機関ではなく、宗教ではなく、人間の誠実な心のみを。

マードル夫人は愛玩用の鸚鵡を飼っているが、その鸚鵡は、冷笑的に響く鋭い鳴き声や金切り声を出して、彼女の真意を聞き手に伝える別の自己のように、彼女の話を何度も中断する。クレナムのかつての恋人だったフローラ・フィンチングは今は寡婦で、ロマンティックな妄想を抱いていて、筋の通った話はできず、奇異なほど複雑で馬鹿げた話ぶりをする。見事なほど滑稽だが、やがて、もう結構だという気にさせる。この作品で、最もウィットに富んでいて最も物悲しい場面は、監獄にいるウィリアム・ドリットが救貧院にいる旧友のナンディーと、新しい友人で恩人のアーサー・クレナムをお茶に招く場面である。ドリットはナンディーに恩着せがましい態度をとり、彼がいることを、手で口を塞ぐようにして小声で詫びる。「救貧院にいるんですよ、可哀想な老人は。今日は外出したんです」とクレナムに説明する。クレナムはドリットに十ポンド送ってやったところで、それがなければドリットはお茶など出せなかっただろう。ドリットはナンディーを窓敷居に坐らせてお茶を飲ませ、ナンディーの欠陥をクレナムに説明する。聴力と脚が弱っていて、「今の暮らしで駄目になっている」――それは、ドリット本人にも当て嵌まるのだが。そして、リトル・ドリットに優しく付き添われながらナンディーが去ったあと、彼の姿は「物悲しい」とドリットは言う。「彼がそれを自分では感じていないのを知れば、人は慰められますがね。あの哀れな老人は惨めな廃人ですよ。精神は壊れてなくなっちまった――粉々になっちまった――あの男から締め出されちまった、すっかり!」ドリットはナンディーを見下す立場に立ったことでひどく陽気になり、王族のような態度で監獄の窓のところに行く。そして、監獄のほかの囚人たちが見上げると、「彼は祝福を与える寸前でやめたような恰好」で応える。(26)

この場面は、のちにドリット氏がマーシャルシー監獄を出て、金持ちになって立派な服装をし、外国を豪奢に旅をし、ローマで豪華な晩餐会に出る件《くだり》で、読む者の心に再び浮かんでくる。彼は尻込みし、頭が混乱し、誰が監禁されているのか、どこに看守がいるのかと訊き、施し物を乞い、自分が非常に長いあいだ「マーシャルシー監獄の父」

だったことを暴露してしまう。それはきわめて劇的な場面だが、真実で、悲劇的で、完全無欠に書かれているという印象を受ける。ドリットは死にかけていて、当然ながら、自分が二十五年過ごした監獄に戻っていると思い込む。時おり物語が希薄になったり、混乱したりしても、ディケンズのすべての作品の中で最も優れた瞬間のいくつかも提供している――例えば、マードル氏が不吉な用で、鼈甲の柄のペンナイフを、義理の娘のファニーから借りる場面である〔彼は自殺する〕。ファニーは彼が去って行く姿を自宅のバルコニーから見つめる。蒸し暑い晩で、彼女は妊娠していて、退屈している。「苛立たしさゆえの涙が彼女の目に溢れた。それは、通りを下って行く有名なマードル氏を、跳び、ワルツを踊り、旋回しているかのように見せた。まるで彼が何人かの悪魔に取り憑かれたかのように」[27]。その通りなのだ。

『リトル・ドリット』の月刊分冊の最後の号は、一八五七年六月に出た。その数週間前、ディケンズはマーシャルシー監獄の跡地を再訪した。彼はその時の様子を、装丁した版の序文に記し、自分はマーシャルシー監獄が閉鎖されてから、そこに行ったことはない、また、かつての監獄の一区画を保存している何軒かの家を発見したと言った。彼はその前の通りにいた一人の小さな少年に話しかけ、彼の小説ではリトル・ドリットが生まれ、その父が住んでいた部屋の窓を指差し、現在の借家人の名前を知っているかと少年に尋ねた。少年は答えた。「『トム・ピシック』」。私はトム・ピシックとは誰かと尋ねた。少年は言った。「『ジョー・ピシックの叔父さん』」。これは素晴らしい話である。序文の読者が知ったより、ずっとよい話だ。少年が自信をもって口にしたピシック一族の名は、ディケンズの想像した実在しないドリット一族とは違って現実のものなのだ。ディケンズの父が一八二四年に投獄されたという、その場所との本当の繫がりは、そこに父を訪ねたものだった小さな少年同様、言及されていない[28]。ジョン・ディケンズの思い出と、激しい苛立ちと愛と憤激とで成っていた、彼と父の関係は心に強く残っていて、残酷で、恥ずべき振る舞いを自分に対してしさえしても、堕落した父を許し父の欠点すべてに目をつぶり、父に無条件の愛と援助を与えるエイミー・ドリットは、彼が父に対して抱いた怒り、また、父の死後すっかり忘れたいと願った怒りに対処する一つの手段になった。彼女は、もし、ある程度象徴的な人物なら、彼自身の完璧で理想的な自己、欠陥のある父に対して決して怒らない子供として見てよいかもしれない。

彼は一八五七年五月に、十一番目の小説『リトル・ドリット』を書き終えた時、四十五歳だった。その小説は、悲しい過去をもつ四十代の主人公アーサー・グレナムと、彼の娘と言ってもいいくらい若いリトル・ドリットとの結婚で終わる――「彼は彼女を両腕で抱いた、まるで自分の娘かのように」。この小説は、二人が教会を出て、「有益で幸福な慎ましい人生」に歩み入ったというところで終わる。それは、見事に考え抜かれた文章である。「二人は離れられない、祝福された者になって、静かに喧噪の巷に入って行った。そして、陽光と翳《かげ》の中を通ってゆくと、騒々しい者たち、意気込んでいる者たち、傲慢な者たち、急進的な者たち、虚栄心の強い者たちが苛立ち、いつものようにどよめいていた」[29]

彼には、そのような幸福や、離れられない愛する者や、人生の祝福などはなかった。様々な義務と大事な仕事があった。子供の職業と教育、シェパーズ・ブッシュの「ホーム」の運営という。また、立てるべき新しい計画、手に入れるべき新しい家、外国旅行、上演すべき劇という問題も、いつもあった。幸い、彼が買いたかったギャッズ・ヒルの家は、『ハウスホールド・ワーズ』の寄稿者、文筆家のイライザ・リン・リントンのものだった。彼女はその家を父から相続したのだ。彼はその家を調べ、交渉の結果、一八五六年三月、千七百ポンドで買った。

『リトル・ドリット』を執筆していた時期に彼の気を逸らしたのは二人の女だった。その二人は別々のやり方で彼の想像力を捉えた。最初の女はキャロライン・メイナードで、トンプソン夫人と名乗っていた。一八五四年の秋、彼女の弟のフレデリックがディケンズに手紙を出し、忠告と助言を求めた。彼女はある紳士の愛人だった時、金を払って弟をある建築家の徒弟にした。しかし、その紳士と九ヵ月同棲していたあと、彼の事業が失敗し、彼は彼女を棄てた。彼女は幼い子を抱え、無収入だったので娼婦になった。徒弟の修業が続けられなかった弟は、ブロンプトン・ロードの外れのビュート街にある小さな家に姉と一緒に住んだ――姉が客を招き入れた、その家に。製図工としてほんのわずかな金を稼いでいた弟は絶望し、姉を今の暮らしから救おうとした。姉は三十代で、ディケンズは初めて彼女を見た時、こう書いた。「かなり小柄で、若く見えます。しかし可愛らしく、優しい。頭が非常にいい」[30]。それから彼は、自分たちはどうやったら彼女を助けることができるか、ミス・クーツに相談した。彼はいかに弟の話に強い印象を受けたかを話した。「彼が姉の不名誉を認識していること、姉に対して少しも減じぬ称讃の念を抱いていること、姉は善人だと信じて育ったこと、姉のことを話す際には必ず優しさと敬意を示すこと――これは、私が考え及ばなかった、非常に驚くべき、しかも非常に理解できるロマンスです」[31]。すぐにディケンズは、それが小説に出来る状況だと思った。その小説を書くことはなかったにせよ。

ディケンズは十二月に彼女をビュート街に訪ねた。すると彼女は、子供を連れて行っていいなら、喜んで南アフリカに行くと言った。彼はミス・クーツに彼女に会ってもらいたいと思い、パリから帰ったあと、一八五五年二月、「ホーム」で会う手筈を整えた。彼女を「ホーム」に入れるのは問題外だった。「ホーム」は子連れの母親は入れないので。おまけに、とディケンズは言った、「彼女の挙措、性格、経験はまったく違うので」[32]。一方ミス・クーツは、もう一人の助言者の牧師にキャロラインを訪ねてもらった。彼女は良い服を着、女中を雇い、「決して貧窮しているように」見えないと、牧師は言った。彼女は贅沢な暮らしをして軟弱になり、針仕事をして生計を立てることも、ケープタウンやオーストラリアで移住者の生活をすることもできないと、牧師は感じた。そして、彼女の父は大酒飲みで、母はケンジントン救貧院の看護婦で、妹は「残念ながら、評判の悪い婦人帽製造人」だと記している。彼女は結局、「ホーム」の娘たちとは非常に違っていた[33]。彼女を移住させたらどうかという話は立ち消えになった。

牧師は次に彼女を訪ねた時、彼女の母が死んだことを知った。今度は牧師はミス・クーツに、どうやったら彼女を一番よく助けることができるか、ディケンズと相談したらどうかと言った。三月に、ディケンズは姉弟をデヴォンシャー・テラスに招き、二人が来る前にミス・クーツに、「自分はどうしたらいいのか」という質問をした。どうやらミス・クーツは、キャロラインが受け入れられない、ある行動方針を示したらしい。ディケンズは再びクーツに手紙を書き、「もちろん、これで終わりです」と言い、自分はトンプソン夫人がまったく正直な人間で、「まだなんとか立ち直る」と信じると付け加えた。

しかし、ミス・クーツは考えを変えたらしく、彼女を下宿屋の管理人にした。たぶん、彼女を知っている者がいず、寡婦として通る場所で[34]。姿を消し別人になるというのは、小説家としてのディケンズの興味を惹いたが、次の五月(一八五六年)まで、彼女の消息は不明だった。彼はその月にミス・クーツに、自分が彼女に会ったということ、下宿業は今後も続けるほどうまくいっていないということを話した。彼女は家を出、家具を売って、小さな娘と弟と一緒にカナダに移住するための費用にすると言ってきた。ディケンズは彼女がカナダに行けば、家政婦か、それに似た堅い仕事に就けるのは確かだと思った。彼はカナダ鉄道に連絡して、彼女たちの旅が楽になるよう尽力した。それ以来、彼女たちの消息は絶えた。キャロライン・メイナードあるいはトンプソン夫人は、彼の想像力を掻き立て、一年半にわたって関心を惹き続けた女として歴史に残ることになった。彼女はロンドンで生活を建て直そうと終始彼の助けを求めたが、カナダに行く旅費は自分で工面した。また、「ホーム」にいる若い女たちや、彼の小説に描かれている、だらしのない、言葉遣いが下品な女たちとは違った娼婦の姿を彼に見せた。彼女は計算さえできる、と彼は記している。

ディケンズはキャロライン・メイナードを助けることに関わっていた時、別の女から手紙を貰った。それは出し抜けに来たもので、彼の気持ちを激しく揺さぶった。手紙を寄越したのは、今度はマライア・ビードネルだった。彼女は彼の若き日の恋人で、今は結婚していた。一八三三年に彼女が彼を振って以来、彼が彼女に会っていないのは、ほぼ確かである。[35] 彼は彼女の父とは時たま接触していて、彼がイタリアにいた一八四五年に彼女が結婚し、今はウィンター夫人なのを知っていたが、二人の子持ちになったことを記した彼女の「非常に忙しない、楽しい」手紙が来たので、熱狂的な返事を書いた。「信じてくれたまえ、君は僕以上に、僕らの古い日々と古い友人を優しく思い出すことはできない……君の手紙は、僕が今の僕よりもずっと賢かったか、愚かだった、あの良き、優しき春を思い起こさせるので、いっそう感動的だ」――等々。[36] 彼はパリに行くところなので、娘さんのために欲しい物があればなんでも買ってくると申し出た。そして、ディケンズ夫人が訪ね、二組の夫婦が合う手筈を整えると付け加えた。実際には、彼はキャサリンには何も言わなかった。五日後、彼はマライアにもう一通の長い手紙をパリから出し、彼女の筆跡を見て「再び心が痛んだ」と書き、彼女が嵌めていた青い手袋を思い出した。それは、彼が彼女に似合うと思って贈ったものだった。その手紙は恋文のようになり始める。「僕がどんな空想、ロマンス、エネルギー、情熱、願望、決意を持っていようと、それを無情な小柄な女――君――から切り離したことはないし、切り離すこともないだろう。僕は君のために死んだだろうと言っても、君にはなんでもない……僕は絶えず君のことだけを考えて、貧乏と無名の境遇から抜け出そうと苦闘した……君が僕を惨めながらも幸福にしてくれた時ほどに善人だったことは、それ以来ない」。彼は彼女が『デイヴィッド・コパフィールド』のドーラのことを読んで思ったであろうことさえ記している。「『あの少年はわたしを深く愛していたに違いない、この男はそのことをなんと鮮明に覚えていることだろう！』」(37)

二人とも気分が昂揚した。彼は帰国してから書いた三通目の手紙で、こう保証している。「僕の文通については、僕以外の誰もまったく知らないということを、ここで付け加えてもいいだろう。自宅宛の手紙が一番プライバシーが保たれ、完全に内緒にできる」。彼女は二人の若い恋が終わった、彼女なりの理由を話したが、それは両親の言うことを聞いたというものに疑いない。それに対して彼は、「あの辛い歳月の無駄になった優しさ」のせいで、感情を抑制する習慣が身についてしまい、自分の子供にさえ愛情を示すことに用心深くなった、と言った。彼はまた互いに打ち解け合おうと提案した。「完全に罪のない仲で、誠実に……僕ら二人だけで。君の申し出る一切のことを、心の底から受け入れる」。彼女は大胆にも、セント・ポール大聖堂付近の通りで会うことを提案した。それは危険かもしれない、自分に誰かが気づくかもしれないので、と彼は答えた。その代わり、日曜日の三時から四時のあいだにデヴォンシャー・テラスに訪ねてきてもらい、まずキャサリンに会いたいと言ってから、僕に会いたいと言うように、キャサリンは間違いなくいないので、と提案した。秘密のロマンスと、二人が懐かしげに振り返った恋の復活の舞台が整った。自分は「歯無しで、太っていて、年取っていて、醜い」と彼女は彼に警告した。それに対して彼は答えた。「君は僕の思い出の中では、いつも同じだ」(38)

二人は会った。彼は、もはや美しくない、太り過ぎの女を見た。女は馬鹿げた話を延々とした。彼が心の中に作り上げた砂上の楼閣は崩れ落ち、彼は直ちに退却した。しかし二組の夫婦は食事をした。その際、彼はおそらく、マライアとキャサリンの食欲と胴回りを比較し、二人の似ている点をじっくり考えることができたであろう。それでも彼は、マライアの娘のエラに全力を尽くして魅力的な手紙を書き、自分の新しいペットのワタリガラスについて記し（「君がよければ君の脚をつついて小さな孔を明けてくれるでしょう」）、麻疹で寝ている自分の三歳の「赤ん坊」

プローンのベッドにある玩具を列挙した――二頭の灰色の馬が曳いている荷馬車と、動物と人が全部いるノアの方舟《はこぶね》と、真鍮の大砲が四門ある軍の野営地と、積み木の箱と、道化。それに、バターの付いた四枚のパンの皮――子供にとっては完璧な手紙である(39)。

子供のことはさておき、その後彼はマライアに会わない口実を作った。マライアに劇の切符を送ったが、自分は劇の当日、行かなかった。彼はこう説明した。自分は「無謀なやり方で」うろつき回らねばならない、また、創意の能力を、「それが全生活を支配し、しばしば僕を完全に虜にし、それ自体の要求を僕に押しつけ、時には数ヵ月、ほかの一切のものを遠ざけねばならないという厳しい条件」のもとに置く(40)。彼は数回続けて日曜日にロンドンを出るつもりだと彼女に告げた。六月に彼女の赤ん坊が死ぬと、彼は悔やみの手紙を書き、恐るべき断固とした調子で書いた。「僕は君に会いに行かないほうがいいと思う。それは確かだと感じる。その代わり、君のことを考える(41)」。自分の過ちに対して武装する、鋼《はがね》のようなディケンズ。

さらに悪いことには、彼は彼女の今の姿を考えながら、フローラ・フィンチングを創造し、『リトル・ドリット』の主要人物にした。フローラは太り過ぎで、貪欲で、酒飲みで、それに釣り合って饒舌で、止めどもない、半分しか理解できない馬鹿げた会話をし、昔の恋人と遥かな昔をもっぱら思い出させるものにこだわる。気の毒なウィンター夫人が頭が悪かったのは疑いないが、『リトル・ドリット』を読んだ時、フローラに自分の姿が認められないほど愚鈍ではなかった。フローラはともかくも優しい心根の女として描かれているが、ウィンター夫人をフローラのモデルにしたのは、ハントをスキンポールのモデルにしたより、ずっと残酷だった。フローラを面白いと思った、ある読者に宛てた返事の中で彼は、「私たちの誰もがフローラを持っているということ（私の場合は、今生きていて、極度に太っています）、それは決して語られることのない、半ば重大で半ば滑稽な真実だということが頭に浮かびました(42)」。彼はまだ『リトル・ドリット』を書いていた時、自分の著書を十一冊、マライアに贈った。そのどれにも、「往時の記念に」と献呈の辞が書いてあった。そして、彼女の礼状に親しい調子で返事を書き、自分がいかに忙しいかということ、手紙を書く暇がほとんどないということを、またしても説明した。彼女は彼に味わわせた二度の幻滅感の報いを受けたのである。しかし彼女は、自分が彼に霊感を与えたミューズでもあり、彼の最も記憶に残る女の登場人物の二人を思いつかせたと考えたことだろう。

第19章

気紛れで不安定な感情

一八五五〜五七年

一八五五年十月、ディケンズとジョージーナはパリに行き、いささか苦労したが、シャンゼリゼ四九番地の二つの階（中二階と二階）のアパルトマン――「人形の家」――を見つけ、召使ともども、そこに入った。そこでの最初の夜、「僕の小さな右手」（と彼はジョージーナを呼んだ）が、落ち着かなげに彼を起こし、ここは恐ろしく汚い、自分の部屋の臭いのせいで眠れないと言った。ジョージーナはもはや少女ではなく――二十八歳だった――実際にはディケンズ一家の世話をしている女だった。ディケンズはアパルトマンで働いている者たちに、直ちに徹底した清掃を命じた。清掃が終わると、そこは「なんとも明るく爽快」で、「外は動くパノラマ、パリそのもの」になった。(1)パリは彼を喜ばせた。彼は一八四〇年代には、パリは華美で、不道徳で、淫らな所だと、さほど非難するつもりでもなく言ったが、それ以降、パリ市民の知性、洗練と粗野の混淆を称讃するようになった。今では、通りを数マイル歩いて見つけた数多くの快楽、市民の洗練された態度、劇場とオペラ、多くの鏡と赤いビロード張りの椅子があり、給仕が気の利く魅惑的なレストラン、商店のショーウィンドーに見られる「小間物に対する配慮とよい趣味」を愉しんだ。(2)彼はミス・クーツに、自分は娘たちに（いまやメイミーは十七歳で、ケイティーはちょうど十六歳だった）、パリジャンの洗練された態度を身につけさせるつもりだと言った。娘たちは踊りを習い、美術の教室に通い、フランス語を習い、フランスの衣裳を着ることになった。キャサリンは娘たちと幼い子と一緒にブーローニュから来るところだった。彼女はそこに少しいて、寄宿学校にいる三人の息子に会ったに違いない。一同は間もなくシャンゼリゼに落ち着いた。

ディケンズはフランス語の能力が格段に向上したので、劇場で俳優たちの台詞のすべてが「まったく楽に、完全に」理解できた。そして二月にコリンズと旅をしているあいだ、「僕の天使ような話し方と天上界の言語を、多くの者に褒められた」とジョージーナに自慢した。(3)さらによいことに、その頃『マーティン・チャズルウィット』がパリの新聞に連載されていた。有名で、人から大いに好かれ、商店で、こう挨拶されるのは甚だ心地よかった。「Ah! C'est l'ecrivain celebre! Monsieur porte une nomme［正しくは un nom］trés distinguée. Mais! Je suis honoré et interessé de voir Monsieur Dick-in（ディケンズの書いた綴り）。それだけではなく、パリの人々が彼の小説の登場人物をよく知っていて、愛していた。「Cette Madame Tojair（トジャーズ）Ah! Qu'elle est drole, et precisement comme une dame que je connais à Calais.」[4]

彼はシャンゼリゼのアパルトマンで懸命に仕事をし、一月の天候は凍りつくように寒かったが、パリのかつての城壁の周辺をエトワール門からセーヌ川まで歩き、翌日はイタリアン・ブルーの空のもとをバスチーユ広場まで歩いた[5]。パリの中心では、楽隊を伴った祝賀行進が盛んに行われた。クリミア半島の戦争が終わりに近づき、二月に和平会議がパリで開かれることになっていたからだ。六歳のヘンリーは、連隊観兵式でケピ——フランス兵士の帽子——をかぶせられ、「皇帝万歳《ヴィーヴ・ランプルール》！」と叫ぶよう抱き上げられたのを覚えていた。ディケンズは、有名な画家アリー・シェフェールに肖像画を描くことを許したが、出来上がった肖像画は自分を描いたものとは思えなかった。彼はラマルティーヌに再会して喜んだ。ラマルティーヌは零落した境遇にあったにもかかわらず、彼に会いたいと言い、彼の作品と、優れたフランス語を激賞した。またディケンズは、劇作家のスクリーブと旧交を温め、スクリーブの妻が成人した息子の母だったにもかかわらず、いまだに美人で、「二十五歳の体型を保っていることに驚いた[6]。歌手でツルゲーネフの友人だったポーリーン・ヴィアルドは、ジョルジュ・サンドに会わせるためにディケンズを食事に招いたが、彼は彼女の作品をほとんど知らなかったので、心を通わすわけにはいかなかった。彼は彼女をこう要約した。「ふっくらしていて、家政婦長風で」、「ブルー・ストッキング的なところは微塵もない、人のすべての意見を自分の意見で最後は解決してしまうという、ちょっとしたやり方以外は」。彼は彼女に会って、その作品を読んでみようという気にはならなかった[7]。大手の出版社アシェットが、新訳で彼の全小説を出したいと言ってきた。その件の交渉は、編集者、翻訳家、書店主が出席した素晴らしいディナーの席で上首尾に行われた。メイミーとケイティーは楽しく過ごし、亡命してきたヴェネチアの愛国者ダニエル・マーニーンにイタリア語を教えてもらった。そして、サッカレーの娘のアニーとミニーと多くの時間を過ごした。アニーとミニーは、父がアメリカに講演に行っているあいだ、祖父母と一緒にパリにいたのだ。

いまやフランスを統治していた皇帝ナポレオン三世は「冷血の悪党」かもしれないが、フランス人とその生き方はディケンズの気性に非常に合っていた。(8) 考えてみると、ディケンズはルイ＝ナポレオンに、親友のドルセイの家で初めて会ったのだ。ディケンズはドルセイを非常に敬愛していたので、息子のアルフレッドの教父になってもらった。(9) ドルセイは世間の仕来りを完全に無視し、妻と別居し、どうやら継母の愛人らしく、常に借金を抱えていた――ディケンズは彼の垢抜けした挙措、肖像画家としての素晴らしさ、社交界でのウィットと魅力、フランス風の処世術《サヴォワール・ヴィーヴル》に魅了されていたので、そんなことは問題にしなかった。ドルセイとその仲間のフランス人は、イギリス人とは違った風に人生を見ていた。そしてディケンズは、彼らの物の見方にはよい点があると思っていた。そして、皇帝が絶対権力を握ったことを憎んでいたが、イギリスの政治情勢も、ほとんど同じくらい惨めだという印象を持っていて、その結果、「代議制度」は支持する教育のある人間が足りないせいで失敗していると考えるに至った。(10)

一八五六年五月、彼はフランス人について、ミス・クーツのコンパニオン、ブラウン夫人と鋭く意見が対立した。彼女がフランス人の悪口を言うと、彼はフランス人が社会問題について率直に物を言う点を称讃し、フランス人とイギリス人の大きな違いは、「イギリスでは、人は厳然として存在する社会的弊害と悪徳について口にしないが、フランスでは、人はそれについて口にし、その存在を常に認識している」と彼女に言った。ブラウン夫人は、「それを言わないで！」と叫んだが、ディケンズはなおも言い募った。「でも、僕はそのことを言わなくちゃいけない、あんたは僕らの国の虚栄心と偏見に従って、疑いもなく偉大な国を誹謗している」。それを聞くと、ブラウン夫人は泣き出した。(11) 数ヵ月後、彼はフォースターに、フランスの小説家――彼はバルザック、サンドを例に挙げた――に比べてイギリスの小説家には制約が課せられている、フランスの小説家は自由に写実的に書くことができるが、「イギリスの小説の主人公」は「常に面白くない――あまりに善人だ」と不満をこぼした。ディケンズは続けてフォースターに言った。「君が例のほかの本や僕の作品で出会う、この不自然な若い紳士は（もし、品行方正ということが必然的に不自然なら）、社会の道徳上の理由から、その不自然さのままで描かれねばならないし、なんであれ淫らな行為とまでは言わないまでも、すべての人間を作り上げること、あるいは駄目にすることから切り離せない経験、試煉、惑い、矛盾とは無縁の者なのだ！」[12]それは、彼が作家として仕事をしている状況、自分の小説の中で挑戦することはできないと感じていた状況に対する、もっともな不満だった。[13]

彼はパリでの生活が性に合っていると思ったが、ロンドンに頻繁に戻らねばならなかった。ミス・クーツのコンパニオンの夫で「ホーム」の理事のブラウン医師が一八五五年十月に病死すると、彼は手の込んだ葬式が嫌いだったにもかかわらず、ためらうことなく葬式の手筈を整えにロンドンに戻った。彼はウィルズに、「善良さと富の只中で非常に超然としている」ミス・クーツを敬愛しているので、彼女の数少ない親しい者の一人を失った悲しみを和らげようと決心したことを告げ、ブラウン夫人だけではなく彼女も助け、慰めるのに最大の努力をした。[14]彼はロンドンにいたあいだに、チャーリーが元気ではあるが「少々あまりにむら気」で、孫の世話をするためにタヴィストック・ハウスにいるホガース夫妻が、家の面倒を十分に見てくれていないのに気づき、二人に苦情を言った。そしてロンドン滞在の最後の夜を、ウェリントン街の自分の独身用の部屋で、ウィルズと酒を飲んで過ごした。そのあと、彼はウィルズに手紙を出した。「ジン・パンチは君に合ったかどうか、ぜひ知りたい。あれは世界で一番素晴らしい飲み物だ。公衆衛生委員会は大いに推奨すべきだと思う。HW〔『ハウスホールド・ワーズ』〕のソファーでわずか二時間眠ったあと〔十二月八日の夜、『ハウスホールド・ワーズ』の会計検査のディナーが催された〕、きのうの朝、露を帯びた花のように起きた」[15]

彼は十二月に再びイギリスに戻り、別の寡婦ラヴィニア・ワトソンをロッキンガムに訪ねた。そして、ピーターバラ、シェフィールド、マンチェスターで公開朗読をした。「わが最愛のキャサリン」への手紙には、イギリスの凍るような天候と——ユーストン駅で「寒さで実際に啜り泣きをしている」人を見たこと——『リトル・ドリット』の月刊分冊の第一号が出たことを祝って、フォースターも交え、出版業者のフレデリック・エヴァンズと楽しく食事をしたことが書かれている。彼はクリスマスにちょうど間に合うようにパリに戻ると、七人の息子全員がクリスマスを祝うために集まっていた。彼はウィルズに、自分は「鬱の発作に見舞われた——ちょっと珍しいことだが」と書いた。[16]

ウォルターは耳が聞こえなくなったので、パリ国立聾啞学校に送られた。三ヵ月で聴力は一応回復した。友人たちがイギリスからやってきた。三月にウィルキー・コリンズは彼らと毎日食事をし、ディケンズに、セーヌ川左岸の学生レストランに行ってみるように勧めた。そのあと、孤独な寡夫のマクリーディーがやってきた。ディケンズは二月と三月と五月に、さらに何度かロンドンに戻った。彼は『リトル・ドリット』の月刊分冊を無理をすることなく書き続けた。そのおかげで、売上は『荒涼館』の売上をさらに上回り、彼の人生で最大の収入をもたらした。一八五五年十一月の第一号は三万五千部売れた。その後、売上は四万部に増え、全二十号を通じ、三万部を下回ることは滅多になかった。その結果、彼はその月刊分冊から、それまでのどの作品からよりも多い収入を得た。月に六百ポンドだった[17]。

一八五六年三月には、二つの大きな事件があった。一つは、ギャッズ・ヒルの購入が完了したことである。もう一つは、フォースターが上級官吏の職に就き、『エグザミナー』の編集長を辞め、結婚することにしたことである。花嫁は裕福な出版業者の三十七歳の寡婦で、相当の収入があったエリザベス・コウルバーンだった。まさしくふさわしい妻だった。ディケンズは四十四歳の独身の友人の決断にびっくり仰天した。そこには疼くような嫉妬心、自分が彼との関係で一番の地位を失うかもしれないという恐れ、さらに、ちょうどディケンズが自分の結婚生活に苛立っている時に、彼が結婚生活に入るという皮肉も感じていたかもしれない。フォースターは、ディケンズが家庭で落ち着かなく、不満足だということを盛んに耳にしていた。

一八五六年四月、フォースターはディケンズから、次のようなことを思い出している手紙を受け取った。「昔の日々——昔の日々！　僕は当時のような精神状態に再びなれることがあるだろうか？　少しはあるかもしれない——しかし、すっかりそうはなれないだろう。僕の家の戸棚の中の骸骨〔外聞を憚る一家の秘密〕がかなり大きくなっている[18]」。フォースターもディケンズも、その骸骨がキャサリンとの不幸な関係なのを知っていた。翌週ディケンズは、ジョージーナとメイミーとケイティーと一緒にキャサリンを、彼の贔屓にしている、パリのパレー・ロワイヤルにあるレストラン、トロワ・フレールに連れて行った時の様子をコリンズに手紙で書いた。彼は報告した。そこで「ディケンズ夫人は危うく自分を殺すところだった……[19]」。キャサリンは太った。疑いなく食べ過ぎだが、彼の言葉の残酷さは、彼女が好きだったコリンズの心を乱したに違いない。その手紙の中でディケンズは、パリの舞踏場に行き、そこに集まっている娼婦を眺めたことを書いている。みな「邪悪で、冷たく打算的か、窶れているか、褪せた美しさを漂わせていて惨めか」だが、その一人は額《ひたい》の辺りに高貴さが感じられ」て、彼の目を惹いた。彼は翌日の晩に彼女を捜しに行くつもりだと言った。「彼女についてもっと知りたい気がする。知ることはないだろうと思うが」

彼は四月末にパリを離れ、ホガース夫妻が出たあとタヴィストック・ハウスが完全に片付くまで、ドーヴァーにいることにした。「僕はもう、彼らの愚鈍さを思うと耐えられない。(僕の気分は、ホガースが朝食をとっている姿を見て、すでに損なわれている)[20]」。そのうえ彼らは家を汚したまま去った、と彼はほかの者に宛てた手紙に書いた。彼はキャサリンだけではなく、ホガース一族全部に嫌悪感を抱いた。一人の例外はジョージーナだった。彼は彼女が十五の時から彼女の性格を作ったのだ。そして彼女は無条件に彼を崇敬していた。彼はジョージーナに、彼女の両親についてさえ文句を言うことができた。また、ハリエット・ビーチャー・ストウが本の中で、キャサリンを「大きい」というただのひとことで冷淡に片付けていることをジョージーナに伝えた[21]。彼自身の家族も、彼を困らせていた。弟のフレッドからまたしても金の無心の手紙が来たのだ。それに対して彼は答えた。「僕はすでに君に対し、最も公平無私な人物が正しく理に適っていると考える以上のことをした。しかし、僕がほかの親戚のために支払った多額の費用に関連して公正に考えれば、それは途方もないとしか言えない。君がこれ以上僕から援助を受ける可能性は、絶対的に、最終的に失われた[22]」。これは、悔い改める以前のスクルージを感じさせる。だがフレッドの振る舞いは、最悪の時期の父をあまりに強く思い出させるもので、厳しい態度をとる必要があったのだ。ディケンズの稼ぎはよかったが、出費は年に八千ポンドと九千ポンドのあいだだった[23]。

ディケンズは五月をロンドンで過ごした。『リトル・ドリット』の月刊分冊の仕事は続いた。彼はシェパーズ・ブッシュの「ホーム」を定期的に訪れた。また、クリミア戦争の終結を祝う花火を見に、友人のマーク・レモンと一緒にセント・ポール大聖堂の天辺に登った。六月には、一家全員、夏をフランスで過ごすために今度もブーローニュに行った。一八五六年はイギリスでよりもフランスで過ごすほうが多かった。ブーローニュはいつも彼を喜ばせた。町と田舎が混在し、海の空気が漂い、立派なホテルと旨い食べ物と飲み物があり、人々は勤勉で正直で、男は赤いナイトキャップをかぶり、漁師の妻は裸足で女神のように歩き、彼女たちの短い作業用スカートの下の脚はマホガニーのように茶色で美しかった。コリンズが泊まりにやってきた。続いてメアリー・ボイル、ジェロルドもやってきた。八月末にジフテリアが蔓延してイギリスに戻らざるを得なくなるまで、日々は快適に過ぎた。三人の学童、アルフレッド、フランシス、シドニーもブーローニュを去らねばならず、九月中旬までイギリスに置かれた。三人はロンドンから付添いなしでブーローニュに戻った。

　フォースターとエリザベスの結婚式は、九月二十四日、ロンドン郊外のアッパー・ノーウッドで行われた。ディケンズが結婚式に出席しなかったということ、また、そのことについてディケンズからの手紙が現存していないということは異常に思える。しかし、友情がその時冷えたか、フォースターが何通かの手紙を隠したかしても、九月初旬までは親密な断片的な手紙が書かれていたし、フォースターは十月中旬に非常に幸せそうな手紙をディケンズに送っていて、返事を貰っている。[24] フォースターはハネムーンを湖水地方で過ごし、それは二ヵ月続いた。その間《かん》も、フォースターは『リトル・ドリット』の校正刷りを読んだ。二人がロンドンに戻るとすぐ、フォースターはモンタギュー広場に借りた家をディケンズに見せた。新しいフォースター夫人は子供がなく、優しい性格で、知的で、ジェイン・カーライルと友情を結んだ。そして、自分たちの生活、彼女のものだった金の遣い道、どこでどうやって暮らすか、どんな仲間と付き合うかについての一切の決定をフォースターに委ねる覚悟がすっかり出来ていた。その点では万事順調で、フォースターとディケンズの関係はほぼ従前通りに続き、二人は一緒に食事をし、ディケンズはこれまで通り諸事フォースターに相談し、エリザベスに愛情に満ちた短い手紙さえ書いた。

　『リトル・ドリット』の執筆以外に、ディケンズがもっぱら関わっていた仕事は、一八五七年一月のチャーリーの二十回目の誕生日の十二夜に、タヴィストック・ハウスで上演される劇の準備だった。それはコリンズが書いた、もう一つのメロドラマだった。コリンズが最初に、一八五六年の初めにそのことを彼に話したのだ。二人はそれを一緒に上演することに決めた。それは『凍結の深海』という題で、カナダ北極圏の北西航路を開拓しようとした、サー・ジョン・フランクリンの探検隊から想を得たものだった。

探検は悲劇に終わり、隊員の最終的な運命に関する論議が起こった。隊員が共喰いをした証拠があったからである。[25]『凍結の深海』はそうした陰惨な問題を避けた完全なフィクションで、人間の感情のみを扱ったものだった。ディケンズはすぐに、自己犠牲をする主人公リチャード・ウォーダーの役が自分にふさわしいと思った。ウォーダーは北極探検隊の一人で、探検隊の中に、彼が愛する女クレアラの愛情を得、彼女を奪った男がいる。第一幕に、男たちが三年不在であることをイギリスで心配している女たちが出てくる。クレアラは自分が振った恋人の、短気で知られているウォーダーが、今自分が婚約している男を襲うのではないかと心配している。クレアラのかつての乳母で千里眼の持ち主が、雪の上に血が流れているのが見える、とクレアラに警告する——千里眼はディケンズが提案したものだった。劇の最後で、己の嫉妬心と殺意に抗ったウォーダーは、恋敵を救うために自分の命を犠牲にする。探検隊に会うためにニューファウンドランドに旅をした女たちが、彼の高貴な死を目撃する。

最初からディケンズは、己の邪悪さを克服し、最後に至高の自己犠牲をする男の役に身を打ち込んだ。そして早くも一八五六年六月に、ウォーダーを演ずる準備として頬髯を生やし始めた。彼はミス・クーツに、劇は「大変気が利いていて面白く——非常に深刻で非常に変わっている」と話し、それを上演するすべての過程に、感情的に深く関わっていた。[26]実のところ、劇の筋は途方もなく、脚本もよくはないが、ヴィクトリア朝の人間の嗜好は広く、すべての点で際立っていたディケンズの演技と、彼が出演したという事実のみで、欠陥は補われただろう。それは一八六六年に商業劇場で再演されると、失敗した。そして、『凍結の深海』の短所や長所がなんであれ、その劇の重要性は、それがディケンズの人生の劇的で、取り消しのできない変化を引き起こしたことにある。数人の友人はそれを感じ取ったかもしれないが、それが彼にどの程度の影響を与えるかは、誰も推測できなかっただろう。

彼は万事完璧にしようと決心していた。フランチェスコ・バージャーが指揮する室内オーケストラを用意するつもりだった。バージャーはチャーリーがライプツィヒで親しくなった若い音楽家で、当時ロンドンに住んでいて、その劇のために付随音楽を作曲した。ディケンズは背景の作製に画家の友人たちを酷使した。さらに配役を決め、脚本を手直しし、舞台効果を考慮しなければならなかった。メインの劇のあとに演じる笑劇を選ばねばならなかった。十月には、フィンチリー、ニーズデン、ウィルズデンを通って二十マイル歩くあいだに、『凍結の深海』の自分の台詞をすべて覚えた。頬髯は立派に生え、粋人に見えた。(27)

キャサリンはタヴィストック・ハウスが指物師で一杯のあいだ、マクリーディー一家のところに泊まりに行った。ディケンズ自身が設計者になった。子供の勉強部屋の壁の後ろに木材の構造物が作られ、そこに三十フィートの長さの舞台が設けられることになった。いまやイギリスの最良の海洋画家の一人と評されているスタンフィールドは病気だったが、ディケンズの依頼を断ることができず、北極の見事な海景を描いた。第二幕のあいだ中雪を降らせる装置は、入念に調整する必要があった。また、日没の効果は、ガスと赤ランプで出した。毎週月曜日と金曜日の晩に正式なリハーサルが行われたが、それはキャストの中の若いメンバー——メイミー、ケイティー、チャーリー——に、時間厳守、規則遵守、忍耐を教えた。ディケンズ自身はそう思っていた。ブーローニュにいる息子たちはその年のクリスマスには家に戻されなかった。(28)

十一月に湖水地方でのハネムーンから戻ってきたフォースターは、その劇を読むように頼まれ、何点かを批判をした。とりわけ、千里眼の件《くだり》が嫌だった。だが、助言は聞き入れられなかったものの、ディケンズが書いた押韻二行連句の韻文のプロローグを朗唱することには同意した。席の依頼が非常に多かったので、一月六日の幕開きの前にディケンズは、九十三人がやってくる、「少なくとも十人は聞くことも見ることもないだろう」と報告した。(29)聴衆を坐らせるというのは、これまで以上に問題だった。というのも、クリノリンが新たに流行になったせいで、女の胴回りがひどく大きくなったからだ。公演を一回増やすことが決められ合計四回の上演になったが、それでも大入りだった。劇を上演した日は、ディケンズはマーク・レモンと一緒に、フリート街のパブ、コックで、ステーキとスタウトの食事を三時にとった。彼は家で軽食と夕食を出す際の細かい指示をした。「自分とレモン氏だけのために」、ジン・パンチを氷の上に載せ、一晩中テーブルの下に置き、十分な量のシャンパンをテーブルの至る所に置くようにした。(30)彼は友人に、劇から奇妙な感覚を得ると言った。「人中《ひとなか》で本を書いているような具合だ。非常に特異な満足感で、僕の人生において、それに正確に匹敵するものはない」(31)。自分の作った登場人物になるというのは、彼が執筆中にいつもしたことだが、おおやけにそれをするというのは、疑いもなくもっと大変なことで、ウォーダーは相手を殺したいという気持ちから、自分の命を犠牲にして敵を救おうという決心に至るまでの、両極端の感情のあいだで苦しまねばならなかった。一度、公演が終わったあと、彼は台所の火のそばに坐ったまま気を失った。[32]

『ザ・タイムズ』を含め数紙の劇評家が『凍結の深海』に招待され、やってきた。そして、称讃した短い劇評を書いた。ジョージーナは「洗練された溌剌さ」で、メイミーは「演劇的本能」で、ケイティーは「魅惑的な素朴さ」で、それぞれ褒められたが、ディケンズがスターで、本職の俳優に匹敵すると評された。観客席にいたサッカレーは、「あの男はもし舞台に立てば、年に二万ポンド稼ぐだろう」と言った。[33] 四回の公演はあっという間に終わった。ディケンズはスイスの友人のセルジャに報告した。「それはこの三週間、ロンドン中の噂になった。今ではそれは、足場、梯子、梁、帆布、ペンキ壺、おが屑、人工の雪、ガス管、幽霊じみた感じの混沌にしか過ぎない。この十週間、それに非常な努力を傾注してきたので……今は難破したように感じる」[34]。舞台を壊すというのは、ひどく心を苦しめた。彼はバージャーの労に感謝し、ダイヤモンドのワイシャツの飾りボタンを贈った。「おお、反動、反動!」と彼はコリンズに向かって呻いた。すると二月に、女王がその劇を見たがっているという噂を耳にした。ならば、それは生き返るのか?

ほかにも気を逸らせるものがあった。ディケンズは王立文学基金の改革か廃止にまだ熱心だったが、それは少しも進んでいなかった。一方、彼とブルワーとフォースターが計画した文学・芸術ギルドの計画は固まりつつあった。弟のフレッドは、彼が三十ポンド出すのを拒否した、無情な扱いに抗議する手紙を寄越した。「世間は兄さんの書いたものから、兄さんが至極寛大な人間だと思うでしょう――連中を一人一人兄さんの鞭の下に来させたらいい――(もし、自分の肉親に対する兄さんの振る舞いから判断すれば)、神よ、彼らを救い給え!――」という具合の文面であった。[35] ディケンズの四十五回目の誕生日は家でのディナーで祝われた。「愛情を込めて……誕生日おめでとう」と結んだったが、正式に自分のものにするためにギャッズ・ヒルの家に行った。そして数日後、彼はウィルズと一緒に、一七八〇年に頑丈に造られたその家は二階建てで、各階に四室と屋根裏部屋と召使部屋と地下の台所があった。さらに庭と干し草用の青草を育てる畑もあった。家はロチェスターの上の、フォールスタッフと関連のある丘の頂上に建っていて、ケント州の田園を見晴らしていた。家を快適な住まいにするには大幅に手を入れる必要があったが、彼にとってその家の価値は、煉瓦やモルタルや配管工事よりも大きかった。それは、子供時代の夢の実現、一八二〇年の傷つきやすい小さな子供が、なんであれやろうとしたことを達成した、もう一つの証拠だった。

彼は最初、それを夏のあいだの住まいとして使い、冬は人に貸すつもりだった。彼はそこここで家具を買い――マホガニー材の食卓、数多くの椅子、ベッド、寝具、大理石の洗面台――義弟のヘンリー・オースティンに建物の改修の監督を頼んだ[36]。彼はマクリーディーに、ギャッズ・ヒルを買ったことは、「僕が息子たちにしてやれた最上のこと」になるのを願っていると語った。「特にチャーリーに。彼はこれから晴れた天気のあいだ中、田舎の空気を吸うことができ、気分転換ができる。鉄道で仕事に出掛け、晩飯に帰ってこられる[37]」。家は五月十九日に友人を招く用意が整っていなければならないと、彼は考えていた。その日に引っ越し祝いのパーティーを開いて、キャサリンの四十二回目の誕生日を皆で祝うつもりだったのだ。現存している彼の手紙に、彼女の誕生日が言及されているのはその時だけで、それは二人が一緒に過ごした最後の誕生日だった。

ウォルターは十六歳の誕生日を迎え、良い成績で試験に合格し、インドに行く準備をしていた。インドでは五月に大反乱が勃発した。ウォルターは七月に出発する予定だった。三月、ディケンズとコリンズは凍るように寒い週末、ブライトンに行った。四月には、『リトル・ドリット』の終わりに近づいていたが、匿名の作家が『ブラックウッズ・マガジン』に書いた二篇の短篇小説「エイモス・バートン師の悲運」と「ギルフィル氏の恋物語」を読む暇を見つけ、フォースターに勧めた。「それは僕が作家になってから読んだ最良のものだ[38]」。その二篇の短篇小説は、ジョージ・エリオットが書いた最初の小説で、三つ目の短篇小説と一緒に纏められ、のちに『牧師生活三景』という題で本になって出版された。また『ブラックウッド・マガジン』には、『リトル・ドリット』に対する悪意的な書評が載った。それは彼の気持ちを乱した。『リトル・ドリット』の最後の部分を書き始めた、まさにその時にその書評が出たからだ。ディケンズは作品の構成がうまくいっていないこと、社会問題について書こうとして失敗していること、ウィリアム・ドリットに「駄弁」を弄させていることを非難された。ディケンズは自分を攻撃した文は読まないという、以前からの決心を翻したのだ。そしてフォースターに、「自分がとんだ馬鹿者だったことに腹を立てるほどに、決心を翻したことに苛立たせられた」と話した。(39)一月後《ひと》の五月九日、『リトル・ドリット』は完成した。月刊分冊の最後の号が、同書を捧げたスタンフィールドに送られた。その際、「われわれが互いに愛したことを意味する、小さな記録」と書いた心優しい手紙を添えた。(40)スタンフィールドは六十代で、二人は二十五年間、知り合いだった。ディケンズの性格のすべての優しさが、旧友に対するこれらの言葉に表われている。

彼は六月の大部分をギャッズ・ヒルで過ごした。間もなく、井戸は涸れ、下水溝が詰まるという事態になった。それは、大勢の労働者が庭をどしどし歩き回り、穴を掘り、ポンプを備え付け、新しい汚水槽を作り、地面の下にパイプを敷設するために花壇を掘り返すことになった。すべてを元通りにしたあと、さらに問題が生じたので、再び掘り返さねばならなかった。八月に二百十七フィート掘り下げたあとで、やっと十分な水源が見つかった。それは、毎日一頭の馬を使ってポンプで汲み上げねばならなかった。地上で最初のコップ一杯の水を飲む時は、それには二百ポンドかかったことになるだろうと、ディケンズは言った。(41)ディケンズが四月に招いたハンス・クリスチャン・アンデルセンが六月にやってきて、五週間滞在した。長居をし過ぎてディケンズ一家から嫌われた。ディケンズは最初は彼に大いに好意を持っていたが、彼が奇矯で、英語が不自由だったせいで、ジョージーナ、ケイティー、とりわけチャーリーを苛立たせた。ある朝、チャーリーは髭を剃ってくれと頼まれ、ぞっとした。アンデルセンはキャサリンと一番うまが合った。キャサリンは辛抱強く、優しく、アンデルセンは彼女を、『デイヴィッド・コパフィールド』のアグネスの化身と見た。ミス・クーツとブラウン夫人が、アンデルセンに会いにギャッズ・ヒルにやってきたが、「彼は母国語のデンマーク語以外、話せない、それすら知らないのではないかと思われている」とディケンズは警告した。ミス・クーツたちはアンデルセンを散歩に連れ出し、彼が雛菊で花輪を作っているあいだ、芝生に横になっていたが、そのあとミス・クーツは、ストラットン街の自宅に泊まりに来ないかと彼に言った。彼がその招待を受けたので、ディケンズはほっとした。(42)

アンデルセンがディケンズを訪れたタイミングは悪かった。友人のダグラス・ジェロルドが六月八日に他界したことを聞き、ディケンズが急に忙しくなった時と重なってしまったからだ。ディケンズは急遽、ジェロルドの寡婦と遺児のために募金計画を立て始めた。それは、『凍結の深海』

を再演するチャンスだった。そして、女王がそれを観たがっているのを彼は知っていたので、女王のために上演の手筈を整えることにした。女王がそれをバッキンガム宮殿で観たいと言った時、ディケンズは自分の娘が宮廷で難しい社交的立場に立つことになるので躊躇した。そこで女王は、その代わりリージェント街のロイヤル・ギャラリー・オヴ・イラストレーション〔「ミュージック・ホール」を婉曲に言ったもの。五百席の小劇場〕に来ることを承諾した。そこで、さらに何回かの公演が行われることになった。七月四日、女王はベルギーのレオポルド王と義理の息子のプロイセンのフレデリック王子を含め、大勢の一行を引き連れて公演にやってきた。女王は、『凍結の深海』は「大変劇的で……ジーンと来て……感動的」だと日記に書いた。『凍結の深海』と笑劇のあいだに女王は祝福しようとディケンズを呼びにやった。ディケンズはこれから笑劇を演ずる扮装をしているので、お会いするのにふさわしくない、と伝言した。女王は再び呼びにやったが、ディケンズはまたしても断った。それはかなりのエチケット違反だった。女王からの要求は命令と考えられていたからだ。しかしディケンズは、我を通したことに満足した。女王はそのことを根に持つような人間ではなかった。女王が演技と道徳上のメッセージを激賞したことを伝える手紙を、彼女の秘書がディケンズに送った。女王は彼にこう請け合った。「非公式に貴方にこう言っていいと思います——何もかも申し分ありません」[43]

ディケンズはまた、有料公開朗読を二回行うことにした。有料の公開朗読はそれが最初だった。それはジェロルドの遺族の基金のためのもので、彼はロング・エーカーにあるセント・マーティンズ・ホールで『クリスマス・キャロル』を読んだ。二千人の聴衆が万雷の拍手をした。そのあと、さらに二回『凍結の深海』を上演した。一方、ブーローニュの学校にいた息子たちが休暇で帰ってきた。彼らはギャッズ・ヒルの家を初めて見た。そして、インドに出航する直前のウォルターに会った。ウォルターは姉妹と弟たちに別れを告げながら泣いた。ディケンズとチャーリーは、ウォルターがインダス号に乗船するのを見送るためにサウサンプトンまで行った。そして、「ウォルターは一分ほど悲しげだったものの……すぐに立ち直り、男らしく振る舞った」[44]。十六歳やそれより若い少年が陸軍や海軍に勤務するために送り出されるのはごく普通のことで、寄宿学校に何年もいたあとでは、そう悪いことには思えなかったかもしれない。インドが世界の半分ほど向こうにあるのでなければ。

ディケンズもすぐに立ち直り、下水溝の問題、リハーサル、マンチェスターでのもう一回の公演、もう一回の公開朗読、「ホーム」にいくつかの新しい部屋を作る計画（彼はその計画に熱心だった）に取り組んだ。「私は自分の計画がよいものであるのを知っています――なぜなら、それが自分のものだからです！」と彼はミス・クーツに冗談を言ったが、しばしばそうであるように、その冗談は本気で言ったものだった。[45] そのために、シェパーズ・ブッシュの増築の見積もりを考えなければならなかった。一方、『エディンバラ・レヴュー』は『リトル・ドリット』を攻撃した文を載せた。それは、ディケンズがイギリスの行政機関を不当に描いていることと、繁文縟礼局の諷刺的描写において、行政組織を理解していないことを非難したものだった。[46] ほかの異議も唱えられたが、それらは反論できるものだった。ディケンズは直ちに猛烈な勢いで反撃し、成果を挙げた。彼は公開朗読の前に反論の半分を書き、翌朝、『凍結の海』の公演の前に書き終えた。彼は自分の人生に対する不満について思い煩い、どうすべきか考えている暇には、なんでもかんでも引き受けたほうがよいと考えていたようだ。

『凍結の深海』をマンチェスターに持って行くという緊急の問題を、いまや考えねばならなかった。七月二十五日、彼はミス・クーツにそうするつもりはないと言ったのだが、一週間後、またマンチェスターを訪れたあと、ジェロルド基金にもっと金が要ることを知り、決心を変えた。八月二十一日と二十二日に、マンチェスターの自由貿易ホールで二回公演することになり、フランチェスコ・バージャーはその準備を頼まれた。そのホールには観客が四千人入るので、本職の女優を雇う必要があった。ディケンズ家とホガース家の娘たちでは、会場の隅まで声が届かなかったからだ。だが、すぐに代役を務めてくれる本職の女優を見つけるのは容易ではなかった。ディケンズはエメリン・モンタギューに断られた。彼が八月三日にマンチェスターに公開朗読のために行った時には、代役は一人も見つかっていなかった。[47] 八月八日にロンドンでの最終公演が終わり、彼は疲労困憊したので、翌日は一日中ベッドにいた。翌日、フランク・ストーンに手紙を書き、マンチェスターで上演する笑劇『ジョン叔父』の自分の役をやってくれと頼んだ。キャサリンも病気で寝ていた。八月十二日、彼は団員全員のためにマンチェスターのホテルの二十三室を予約した。翌日、十八日火曜日と十九日水曜日に、ギャラリー・オヴ・イラストレーションで「本職の婦人たち」

と一緒にリハーサルをする、と友人に話した。その時には、オリンピック劇場のアルフレッド・ウィガンがターナン夫人とその二人の娘を見つけ、ディケンズに推薦していた。ウィガンは一八三六年にディケンズの笑劇『見知らぬ紳士』に出て以来ディケンズの友人になった。ターナン夫人は一八二〇年代に、優雅で上品で知的な若い女優として知られ、女優として長い経歴があり、チャールズ・ケンブルや、サドラーズ・ウェルズのサミュエル・フェルプスと一緒に、まだ主要な役を演じていた。そして三人の娘は子供時代から舞台に立つよう育てられた。ターナン夫人と下の二人の娘、マライアとエレンは『凍結の深海』と笑劇に出ることを承諾した。そして、数日のうちに自分たちの台詞を覚える用意が出来ていた。

ディケンズはマライアが子役で舞台に立ったのを見たのを思い出し、すぐさま二人の姉妹とその母が気に入った。彼はターナンの「ナン」を強めて発音し、末娘は彼にはいつもネリーだった。[48] 彼は八月十八日に彼女たちにギャラリー・オヴ・イラストレーションでリハーサルをさせた。そして同日ストーンに宛て、もう『ジョン叔父』の自分の役を代わってもらいたくない、自分でやると手紙を書いた。黒っぽい目をしたマライアは、ギャラリー・オヴ・イラストレーションで演じられた『凍結の深海』を見ていて、大役のクレアラを演ずることになった。金髪碧眼のネリーは、『ジョン叔父』でディケンズの相手役をすることになった。[49] 彼は自分の娘たちが自由貿易ホールに出演するという苦しみを味わうことはないと、土壇場になってミス・クーツに短い手紙で請け合ったあと、八月二十日に、病気から回復したキャサリンを含む大勢の家族の一行と、俳優たち、音楽家たち、技術者たちとマンチェスターに向け出発した。

彼はすこぶる上機嫌だったので、列車の中で一行にゲームをさせた。列車には廊下がなかったので、地口謎《コナンドラム》は客車から客車の窓を通してステッキと傘で渡された。一行は風に逆らって大いに笑い、叫んだ。[50] 昂揚感が続いていた彼は、マンチェスターでこれまでで最高の演技をし、彼が舞台で絶命すると、マライア・ターナンは悲しんで啜り泣き、その涙が彼の口にじかに入り、頬髯を濡らした。[51] 幕が降りると、彼女の母と妹はマライアを慰めた。誰もが泣き、感極まった。そのあと、ディケンズたちは笑劇の扮装をした。

ギャッズ・ヒルに戻ると、彼はブラウン夫人に手紙を書き、ウォルターから便りがあったことを伝えた。ウォルターの船は地中海に着いたのだ。そして、その知らせと一緒に、自分の不安定な精神状態について書いた。「私は、スイスの全部の山を登るか、なんであれ倒れるまで無茶なことをするかすれば、やや救われるでしょう[52]」。翌日コリンズは、ディケンズから「暗い絶望感と不安」について知らされ、『ハウスホールド・ワーズ』に短い旅行記を書く材料を得るため一緒にどこかに行かないかと持ちかけられた。そして、ディケンズはこう書いた。「僕は自分から逃げ出したい。というのも、嫌な気分で自分の顔をつくづく見ていると……空虚感は想像を絶する――筆舌に尽くし難い――悲哀感は驚くほどだ[53]」。実際は、彼はターナン夫人と三人の娘が全員、競馬の行われる週に舞台に立つため、九月中旬にドンカスター行くことを知り、自分とコリンズのために、すぐさまエンジェル・ホテルの部屋を予約したのだ。ミス・クーツは、マンチェスターでのマライア・ターナンの演技と、彼女の「女らしい優しさ」と「真正で、感じやすい心」について長々と書いた手紙を受け取った[54]。彼はフォースターと手紙のやりとりをしていたが、「昔のように打ち明け話」をしてもらいたいという要求に応え、次のような侘しい手紙を書いた。

哀れなキャサリンと僕は相性が悪いのだ。それはどうしようもない。彼女が僕を落ち着かなくし、不幸にしているだけではなく、僕も彼女をそうしているのだ――もっとずっと。彼女は愛想がよく従順だという点では君も知っての通りだが、僕らはお互いに絆を作るには奇妙なほど不似合なのだ。もし彼女が僕とは違う種類の男と結婚していたら千倍も幸せだっただろうということ、また、彼女がこの運命を避けていたら、僕ら二人にとって少なくとも同じようによかっただろうということを神はご存じだ。自分が彼女の前に現われたのは、彼女にとって不幸だったと考えると、しばしば胸が痛む。もし僕が明日、病気になるか不具になるかすれば、いかに僕らがお互いを失ったかと考えて、彼女がいかに悲しむか、いかに自分が深く嘆くかを知っている。しかし、僕がよくなった瞬間、まさしく例の性格の不一致が生じてくるだろう。この世の何物も、彼女に僕を理解させることはできないし、お互いを似合いの人間にすることもできない。彼女の気質は僕の気質と合わないのだ。僕らがお互いのことだけを考えていればよかった時は、それはあまり問題ではなかったが、僕らがなんとかやっていこうとするのさえほとんど絶望的にする様々な理由が、それ以来生じてきた。僕の身に今降りかかっていることが、君も覚えている、メアリーが生まれた頃から、徐々に近づいてくるのを僕は知ったのだ。そして僕は、君も、その他の誰も僕を助けることができないのを、あまりによく知っている[55]。

次の手紙で彼は、「人が想像力の生命を保つ力の一部（と思う）であり、君はよく知っているはずだが、しばしば、竜のように上に跨《またが》ってのみ抑えつけることのできる気紛れで不安定な感情」について書いた。彼は続けて、自分のためにもキャサリンのためにも「何かができれば」よいだろうと感じる、「それが不可能なのは十分に知っているのだが」と言った。そして、彼女の側にも自分の側にも非があるのを認めた。彼はその手紙の末尾でフォースターに訊いている。「僕の作品を公開で朗読するという、かつての考えを復活させて、ここ［ギャッズ・ヒル］の費用を払うというのはどうだろうか。僕は大乗り気なのだ。考えてくれたまえ[56]」

第3部

第20章
悪天候
一八五七〜五九年

ディケンズが一八五七年八月に、『凍結の深海』の件でターナン一家にほんの少し会って以来、彼の生活のあらゆる面に変化が生じるようになった。一匹の蝶の羽ばたきが、天候の全システムを乱してしまったのである〔バタフライ効果〕。暴風が吹き募り、彼はキャサリンと別居した。その結果、何人かの友人は離れ、何人かの出版業者は遠ざけられ、『ハウスホールド・ワーズ』は廃刊になり、いまやディケンズが編集長で経営者の新しい週刊誌に取って代わられた。それは、もっと大きい事務所から出された。彼は最良の挿絵画家ハルボー・ブラウンと別れた。大掛かりな素人劇が演じられることも、家族で休暇を過ごすこともなくなった。ミス・クーツとの慈善活動も終わりになった。十年間、彼が献身的に取り仕切ったシェパーズ・ブッシュの「ホーム」との関係は一八五八年の春に終わった。その後、小さな共同体の「ホーム」は彼が関わらなくなったので衰退し、一八六〇年代初めにはもはや若い女を受け入れなかった。彼は一八五一年にタヴィストック・ハウスを五十年の借家契約で購入した時は、それを終《つい》の棲家にするつもりだったが、いまやその家に対する関心を失い、六〇年に売却した[1]。

職業的朗読家として第二の人生を歩もうという決心をしたため、もう一つの大きな変化が彼の人生に訪れた。それは数年前から考えていたことだったが、決心を固めさせた一つの理由は、ともかくもコリンズに説明したところでは、朗読という仕事は満たされぬ恋の苦痛から気を逸らせてくれる、というものだった――彼はそれを、ドンカスターの不幸と呼んだ[2]。公開朗読は増えていく扶養者を養うのに必要な、余分の収入をもたらした。扶養者にはターナン一家が含まれていた。公開朗読をするためには地方都市を絶えず回らねばならなかったが、それは一種の自由を与えた。その結果、彼がウェリントン街の事務所にいるのか、公開朗読の旅に出ているのか、ギャッズ・ヒルにいるのか、どこかまったく別のところにいるのか誰にもわからなかった。大衆との関係もやや変化した。なぜなら、公開朗読で聞いたディケンズと、本の頁で読んだディケンズは、まったく同じというわけではなかったからである。彼は長篇小説と短篇小説のごく少しの部分を書き抜き、それを大幅に書き直し、短縮し、原作から離れた多くの箇所を作った。その結果、原作より単純なもの、必然的に粗雑なものになった——コメディーとペーソスのハイライト[3]。公開朗読は彼にとって最大の重要性を持ったものだった。大いに必要とした金をもたらしただけではなく、自分は大衆に愛されているという安心感を得たからである。どこに行こうと夥しい数の忠実な大衆が聞きにやってきて「海鳴りのような反応」を示し、喝采し、彼の精神を養い、彼を非難し批判する者から守った[4]。それは、彼がひどく必要としていた慰めだった。

彼は常に才気煥発で、人を魅了し、称讃されたが、いまや外貌は老い、齢よりも老けて見えるようになった。鋭く、光沢のある目は眼窩の中に沈み始め、その輝きを失い、額には皺が寄り、頬に斜めの皺が出来た。髪は薄くなり、頬髯には白いものが交ざった。何枚かの写真はそのことをはっきり示しているが、彼が時おり修正させたらしい写真もある。彼は依然として疲れを知らぬ編集長で、いつもウィルズに助けられた。そして、雑誌の記事と小説の両方を書き続けた。様々な着想、ヴィジョン、登場人物を生む創造的機能は依然として働いていた。彼はもう一つの歴史ロマンスを書くという冒険をした。『二都物語』である。それは、フランス革命を通俗的に扱ったもので、ウォーダーにそっくりの、自己犠牲をする主人公が出てくる。それは、彼が『凍結の深海』で惚れ込んだ役だった。そのあと、『大いなる遺産』で彼は再び本領を発揮した。それはほぼ完璧な小説で、幼い頃の思い出と夢から生まれたバラードのようなところがあり、化物のような人物、恐怖、解決されねばならない謎に満ちている。この小説のあとに『互いの友』が書かれた。それは、グロテスクな人物で膨れ上がった袋のようなもので、その中で、鋭敏な働く若い女のほうが父親より利口と見られていて、マホガニー材の食卓に着いている貪欲な中産階級のロンドン市民は嘲笑され嘲罵される。二つの作品には堕落と暴力が織り込まれていて、また、テムズ川が危険を孕んでぼんやりと黒っぽく光りながら物語の中を流れ、「大洋、すなわち死に向かって伸びて行く」。リジー・ヘクサム〔『互いの友』の登場人物〕はそう見る[5]。そして、こうした歳月のうちに、ディケンズは健康を害し、体力が衰えた——神経痛、リューマチ性痛み、彼が独身生活と結び付けた、特定はできないが不快で執拗な徴候、歯と義歯床の問題、痔。続いて最初は左足が、次には右足が間歇的に浮腫《むく》み、あまりに痛くなったので、彼の人生の本質的な部分であり歓びである長距離の散歩ができなくなった。[6]間もなく手もおかしくなった。そうした衰えの兆しに抵抗し、否と言い、戦ったが、喰い止めることはできなかった。

ディケンズはターナン一家に会おうとドンカスターに行った時、何を願っていたのだろうか？　マンチェスターでの公演の際の激しい感情の幾分かを蘇らせ、ターナン一家との友情の絆を強めることを願っていたが、それ以上の何かをも願っていた。小柄で、上品で、可愛らしいネリーが欲しかったのである。彼女は十八だった。ウィルズ宛の手紙がはっきりさせているように、彼は彼女が手に入るかもしれないと思っていた。ジェロルドの息子が、ディケンズの慈善活動は虚栄心に根差していると非難していることをウィルズから聞いたディケンズは〔ジェロルドの息子は、ディケンズが母のために募金活動をしているのを嫌った〕、自分は気にしないとドンカスターから返事を出し、こう付け加えた。「僕は万事において自分が望んだ通りのよい子であったのを望む、このことにおいても」。そして続けた。「いやはや、君の現在の文通相手〔ディケンズ〕の心の一番強い部分は、弱さから作られているのだ。そして彼はリチャード・ウォーダー〔マライア・ターナンとエレン・ターナンと考えられている〕と一緒にここに来ているのだ（そう言って君にわかれば）！　その謎を当ててみたまえ、ウィルズ君！[7]——」。ディケンズは何が起こっているのか、自分が何を感じているのかを誰かに告白したい切迫した欲求を覚えているが、それがきわめて難しいので、自分を少年に仕立て、自分のことを第三人称で話し、妙な言い回しをしているのだ。その三日後にウィルズに出した手紙は、もっと多くのことを語っている。「僕はその小さな——謎——を連れて、今朝、田舎に行くつもりだ〔ドンカスターの南十マイルのロッシュ修道院〕」。「僕はここを火曜日に発つと思うが、はっきりとは言えない。コリンズとはあす別れる……あす家に帰るつもりだったが、今はそうする考えはない」。彼は小さな謎から、さらに多くのことを期待していた。ともあれ約束通り『ハウスホールド・ワーズ』のための原稿を送るとウィルズに請け合ってから、彼はお気に入りの文句を使う。「したがって、謎と、謎かけ人を、勝手に好きなほうに行かせてくれたまえ、悪いことにはならない！」[8]

まるで、彼はネリー・ターナンを、母親の許可を得て、連れ去りたいと思っていたかのようである。愛人と安逸な暮らしをしていたコリンズがけしかけたことは十分にありうる。ディケンズはまた、別の友人の女優ジュリア・フォーテスキューのことを思い浮かべたかもしれない。彼女は長年、妻帯者のガードナー卿の愛人だったが、一八五六年、ディケンズは二人がとうとう結婚し、「平穏に非常に幸福に」暮らしているということを聞いた。[9] しかしディケンズは、自分でもそれに似た手配ができると信じていたとすれば、ドンカスターでそうすることに失敗した。ターナン夫人はジュリア・フォーテスキューの立場の弱さについて、彼以上に知っていただろう。彼女は、ガードナーが遊び好きの貴族の友人たちと一緒にいて自分からほとんど完全に離れて暮らしているあいだも平静を装っていた。そして舞台に立つのを諦め、ほぼ独りで子供たちを育てながら孤独な人生に耐えた。

ディケンズはどんな動機でドンカスターに行ったにせよ、誘惑はしなかった。彼は潑剌として野心的なターナン姉妹の長姉ファニーに強い印象を受けた。そして三人姉妹の仲がよいのを見た。彼は三人全部に力を貸すと明言した。たちどころに彼女たちは彼の夢の家族になったようである。利発で、可愛らしく、貧しく、勤勉で、彼が気楽で寛げる劇場において父親なしに育てられた者。そして三人姉妹は、ディケンズのような友人を持つことの利点を認め、彼の魅力を感じないわけにはいかなかった。同時にターナン夫人は、娘たちがいかに若く、純潔で、きちんと躾けられ、劇場で働いているにもかかわらず汚されていないかということが指摘できた。彼女はそう心掛けたのだ。

いずれにしても、ディケンズとターナン一家の友情が結ばれた。彼は興奮し、苦しみながらタヴィストック・ハウスに戻った。十月十一日、キャサリンの女中のアンに指示し、妻の寝室と化粧室のあいだのドアの前に樅材の本棚を立てさせ、二つの部屋を行き来できないようにした。そして化粧室にシングルベッドを入れさせ、一人で寝ることにした。そうやって妻に——そして必然的に家のほかの者に——自分は夫婦のベッドの中で彼女と肉体的に接触するのを拒否するということを、はっきりさせた。それは、優しい感情は少しもなく、ただ性欲を解放するだけの屈辱的なものに堕してしまった性的習慣を破る、彼なりの手段だった。そしていまや、ネリーに対する新しい恋に燃え、再び少年のように純粋であろうとした。

少年のように純粋になるのは不可能だった。その代わり、彼の性格の最も暗い部分が呼び起こされた。彼は無防備の妻に対し残酷になる覚悟があった。なんであれ自分の意向に妻が反対すると、激怒した。そして、嘘を攻撃と防御の武器にした。その独善性は衝撃的なものだった。彼は万事自分が正しいということにした。本当はそうではないのを知っていたに違いないが、判断力を失っていた。善良さと、家庭的美徳を愛することで有名だった男が道徳的羅針盤を突如失う姿は、人の心を乱す。

プラトニックな友情という下手な芝居を演じる必要なしにネリーを抱くことができたなら、彼にとって事態は簡単で、かつ喜ばしかっただろう。いけない少女だったら、彼を幸せにすることができただろう。だが彼女は、彼に注目されて鼻が高かったが、依然として高嶺の花で、彼は恋い焦がれ、苦しんだ。そして十月に、ちょうど寝室を分けた時、彼は劇場支配人のバックストーンに手紙を書き、バックストーンがネリーを雇ったことは嬉しいと言い、彼女にもっと仕事を与えるよう促し（バックストーンは二年間そうした）、五十ポンドの普通小切手を同封した。明らかにそれは彼女に対するものだった[10]。彼は劇界なら理解し、大目に見てもらえると思い、パトロンの役を演じようとしていたのだ。そして、キャサリンの性格を悪しざまに言う手紙をド・ラ・リューに出した。彼女は子供たちとうまくやっていけず、おまけに気違いじみて嫉妬深く、幸福にはとてもなれない、という内容だった[11]〔この時点では、ディケンズとキャサリンは、エレン・ターナンを巡って口論していたと考えられている〕。タヴィストック・ハウスの雰囲気は誰にとっても暗く、やはり十月のある夜、彼は耐えられなくなって、そこから三十マイルたっぷりあるギャッズ・ヒルに歩いて行った。彼は機会があれば直ちに家を離れた。十二月には、バーミンガム、コヴェントリー、チャタムで、昔のように公開朗読をした。

十二月に彼は、八歳のヘンリーを兄たちのいるブーローニュの学校に送った。子供たちはそこでクリスマスを過ごすことになった[12]。四人の息子はいなくなり、五歳のプローンだけが、両親と叔母のジョージーナと、姉たちとチャーリーと一緒に残った子供だった。十二月初め、ミス・クーツとブラウン夫人が、ディケンズがコリンズと一緒に『ハウスホールド・ワーズ』のために書いたクリスマス物語『あるイギリスの囚人の危機』の朗読会に招かれた。それはイギリスの軍人精神と、インドの大反乱で苦しんだ女たちへの讃辞として書かれたが、舞台はカリブ海で、海賊と遭遇する話になっていた。少年向けの冒険譚でもあり、将校の妹と恋に落ちる普通の兵士の感傷的な話でもあるその短篇は、駄作だった。クリスマス・パーティーも開かれず、チャーリーの一月の二十一回目の誕生日も祝われなかった。

人は翌年の一八五八年に起こった多くの事柄から、目を背けたい気持ちになる。数十年後、ディケンズの娘のケイティーは、家の中は陰気で、父は狂人のように振る舞った、当時、自分は抗議するのは不可能だと思ったけれども、と言った。ケイティーは母が辱められ、パーク・コテージにターナン一家を訪ねるよう命令されるのを見、断るようにと母に言ったが、キャサリンは出掛けた[13]。ディケンズがネリーのために作らせた、彫刻を施したブレスレットが、誤ってキャサリンに届けられたという話もある。その間《かん》、彼はロマンティックな夢想に耽っていた。そして、告白めいた手紙を、彼が崇敬する女友達に出した。その一通は、レディー・ダフ・ゴードンに宛てたものである。「私は何をしているのか？　自分を掻き毟っているのです――ほとんどの時間、いつもそうしているのです……一方の手に魔力を、もう一方の手に剣を持って恐るべき山に登り、五十匹の竜に囲まれた、私の愛する少女を見つけ（まだ見つかっていません）――竜を全部殺し、誇らかに彼女を運び去る以外、この手紙を書いている今、何物も私を満足させないでしょう。私はその物語を、のちに居を定め幸福に暮らすという、例のやり方で終わらせるかもしれません――たぶん。それさえ確かではありません」。敬慕する王女を救いたいということ、自分は人喰い鬼と城が竜に守られていた時代に生まれたかったということについての、似たような手紙をワトソン夫人に送った。そして夜ギャッズ・ヒルまで歩いたことを、「私の名高い偉業」と自慢し、こう言った。「私はすっかり心が乱れていたので、こう思ったのです、『考えてみれば、ここで横になっているよりは、立って何かをしたほうがいい[14]』」

彼は内面は混乱していたが、一切の慈善活動をやめたわけではなく、グレート・オーモンド街小児病院設立のために講演して募金を集めた。その講演が非常に効果的だったので、建設基金が設けられ、そのためにも四月に公開朗読をした。三月に、シェパード・ブッシュの「ホーム」に、わかっている限り最後の訪問をし、エディンバラに公開朗読をしに行き、有料の公開朗読をすべきかどうか、フォースターと議論した。フォースターは大衆の前で演技をするのは執筆より劣るものだと考え、さらに、それが紳士にふさわしいかどうか疑問だと言った。ディケンズはその二つの点についてまったく心配していず、多くの者は、自分が慈善朗読会で金を貰っていると、すでに思っていると主張した。いずれにしろ、彼は決心を固めていた。そしてコリンズに言った。「ドンカスターの不幸がまだ非常に強く心に残っているので、物が書けない、そして（目が覚めてしまう！）一分も休めない。『凍結の深海』の最後の夜以来、心が平安だったり、満足していたりすることは一瞬もない。一人の人物によって一人の男がこれほど心を捉われ、引き裂かれたことはないと思う」。そして彼は、公開朗読という「純粋の肉体的努力と変化が……それに耐えるもう一つの手段として役に立つだろう」と思った[15]。彼の言うドンカスターの不幸とは、ネリーを口説き落とすのに失敗したことだった。そして、自分は公開朗読をする決心を固めたとフォースターに言った時、家庭の状況について再び書き、こう言った。「すべて絶望的な形で終わった……惨めな失敗に耐えねばならない。おしまいだ[16]」。そのあと彼はフォースターに、自分に代わって、法的別居に関してキャサリンと交渉してくれと頼んだ。彼は万事フォースターに頼れるということ、また、有料の公開朗読や結婚生活についてフォースターがどう思おうと、自分への愛情と、自分の役に喜んで立とうという気持ちは何物も変えられないことを知っていた。

　有料の公開朗読はセント・マーティンズ・ホールで四月二十九日『炉辺の蟋蟀』で始まった。ディケンズはチャリング・クロスでも聞こえたであろうほどの歓呼の声で迎えられた[17]。彼は冒頭で、自分は朗読というものを、読者との個人的友情に近い気持ちを強める手段だと見ていると言った。すると聴衆はまた拍手喝采した。そんな調子で公開朗読は続いた。何百人もが切符売場から追い返されたと報じられた。考えてみれば、彼は国民的エンタテイナーで、大衆の友として知られていたのだ。五月一日にロイヤル・アカデミーの宴会で短いスピーチをし、五月六日に二回目の公開朗読をし、五月八日に芸術家慈善基金のためにスピーチをした。五月九日、ミス・クーツに手紙を書き、自分とキャサリンは事実上別居したということ、「自分たちの結婚は、もう何年もひどく惨めなものだった」ということ、自分はタヴィストック・ハウスを出て事務所の部屋に移ったが、それは「彼女の母を家に置いて、できるなら、どこか他所《よそ》に行って、もっと幸福な暮らしをするよう、母に娘をじっくりと説得させる」ためだと語った。そして、子供たちは彼女を愛していず、彼女の妹のジョージーナは、死んだ姉のメアリー同様、もう何年も前から、その冷えた関係を観察してきた、と言った。その手紙は、キャサリンの「弱点と嫉妬心」に対する非難で結ばれているが、「おまけに彼女の精神は時おり、確かに混乱します」と付け加えられている[18]。

五月十日月曜日、ディケンズはチャーリーに、目前に迫った別居の話をした。チャーリーは驚いたが、そのことについて父と面と向かって論議する気はなく——彼はイートン校での自分の将来に関する論議を思い出したに違いない——ベアリングズ銀行の事務室から手紙を書き、父の意向に明確に反し、母と暮らすことに決めたと言った。そして、父を愛していないからではなく、母と暮らすのが母に対する義務だと感じるからだと説明した。ディケンズはのちに、自分がその計画を持ち出したのだと他人に言ったが、そうではないことを、チャーリーの手紙がはっきりとさせている。それはチャーリー自身の考えで、彼をイートン校とミス・クーツにとって評判のよい人物にした、彼の人生の最良の時だった。その年の八月、アイルランドで一緒に休暇を過ごそうと父に言われた時、チャーリーは断った。

まさにその五月十日、ジョージーナは姉に向かい、ともかくもあなたに力を貸すつもりはないということをはっきりさせて、ギャッズ・ヒルに向かって発った。プローンを連れて行ったであろう。また、メイミーもケイティーも行ったようだ。ジョージーナは慎重に戦場から、また自分の家族のほかの者から距離を置いたのだ。ほかの者たちは、彼女が姉の薄情な夫と一緒にいるほうを選んだことにショックを受けたことだろう。彼らは実際、あまりに腹を立てたので、彼女が性的にキャサリンの代わりをしていると言って非難した。それは事実ではなかった[19]。彼女はディケンズを愛していて、一生の半分、彼に可愛がられたコンパニオンだった。そして、彼のもとを離れ、両親と一緒にいた未婚の娘として退屈で貧乏な暮らしをするより、彼と一緒にいたほうがよいということを見抜く犀利さを持ち合わせてもいた。彼としては、自分を敬慕してくれる彼女を愛し、味方をしてくれ、家政婦の役を続けてくれることに深く感謝した。ディケンズは、長女のメアリーが家事の責任を負うと告げたが、万事取り仕切ったのはジョージーナ——ミス・ホガース——だった。

五月十九日、キャサリンは、チャーリー以外子供がすべていなくなったタヴィストック・ハウスを母と一緒に去る準備をしている時に、ミス・クーツに手紙を書いた。「今では私には——神よ、助け給え——取るべき道は一つしかありません。私がどんなにひどい扱いを受けたか、今ではなく、いつの日かお話しできると思います[20]」。彼女のその言葉はごく控え目な言葉である。ミス・クーツは自分のところに来るようにという手紙をディケンズに送った。彼は行く代わりに、折り返し返事を書いた。「私がいかに貴女を愛し、敬っているか、幾分かご存じでしょう、全部がわかるわけはありませんが。しかし、地上の何物も、そう、貴女でさえも、私の決心を翻させることはできません」。彼は付け加えた。「もし貴女がディケンズ夫人に、彼女の邪悪な母親と一緒にいるところで会ったのでしたら、私はあの女のいるところで論議されたいかなる問題も取り上げるつもりはありません」(21)。ホガース夫人の邪悪さは、別居の理由はディケンズがネリー・ターナンと関係を持ったことにあると言い立てていること、また、ジョージーナが処女であるかどうかを大いに疑っていることにあった。

一家の親友としてのマーク・レモンは、キャサリンのために行動することに同意し、五月二十日にディケンズによる公開朗読がまたあったあと、交渉が始まった。フォースター、ディケンズ、一八五六年以来、彼の法的事柄の大部分を引き受けてきた弁護士、フレデリック・ウーヴリーとレモンは、キャサリンは年に四百ポンドと一台の自家用四輪馬車を受け取るという、予備的合意に達した(22)。ディケンズはタヴィストック・ハウスに戻り、別居についての手紙を作成し——それに関しては以下に記される——彼の公開朗読のマネージャー、アーサー・スミスに送り、それを「私を公平に扱いたいと思う者なら誰にでも」見せてよいという権限を与えた。スミスと弟のアルバートは共に劇界の中心にいて、ディケンズを支持し、必要ならば守ってくれると思ってよかった。次の公開朗読のあと、ディケンズはウーヴリーに義母と義妹のヘレンについて書き、自分に対して「ひどい中傷」をしていると二人を非難したが、キャサリンは免除した。「彼女は僕に深い優しい気持ちを抱いている。それを喜んで示すだろうと、心から信じている。したがって、僕は髪の毛一筋ほども彼女の苦痛を増したくない」(23)

ディケンズのクーツ銀行出納簿の五月二十七日のところに、「N」に四ギニー支払うと書いてある。今では、噂はロンドン中に流れていた。アニー・サッカレーは友人に書いた。「パパの話では、チャーリーはハムステッド・ヒースを歩いている父となんとかという女優に会ったということです。でも、私はそのスキャンダルの一語も信じません」(24)。サッカレーはギャリック・クラブで、ディケンズがジョージーナと浮気をしているという話を聞いた時それを否定し、浮気の相手は女優だと言った。ディケンズは一切を否定する手紙を彼に出した。二人はギャリック・クラブでほかの問題でも仲違いをした。やはり同クラブの会員だった、ディケンズの生意気な若い友人エドマンド・イェイツが、サッカレーを侮辱した文を書いたのである。その結果、二人の偉大な小説家の友情はおしまいになった。ディケンズが妻と別居したという話は、ドイツにまで届いた。そこでマリアン・エヴァンズ（ジョージ・エリオット）とジョージ・ヘンリー・ルイスはそのことを聞いたが、自分たち自身、不倫の夫婦だったので、ほかの者ほど非難しなかったであろう。

さらに何回か公開朗読が行われたが――その度に会場は満員だった――六月一日、ディケンズは遊び場および一般レクレーション協会〔人口密集地の貧しい子供のために遊び場を作ることを目的にした協会〕のために講演した。そのあと彼は、新聞に「個人的」声明を出す決心をした。フォースターはそんな悪い考えをなんとか諦めさせようとしたが、ディケンズは頑として聞き入れず、あまつさえ、その声明の写しをキャサリンに送り、二人のあいだの冷たさはすべてなくなったことを願うという、短い手紙を添えた。その声明は曖昧で、長いあいだの家庭内のトラブルは、いまや友好的な取り決めによって解決されたということ、「私にとって大事な、罪のない人々」を巻き込んだ、忌まわしいほど間違った噂を邪悪にも広めている者がいるということに触れていた。それは一般大衆にとっては何がなんだかわからなかったろう。そして、『ザ・タイムズ』がそれを載せたけれども、ディケンズはそれを自分で『ハウスホールド・ワーズ』にも載せた。『パンチ』は掲載を拒否した。ディケンズは激怒し、彼の出版業者でもあった、『パンチ』の所有者ブラッドベリーとエヴァンズと縁を切り、その編集長で旧友で、非常に多くの素人劇で共演したマーク・レモンと喧嘩した。(25)

その喧嘩で凄まじかったのは彼のほうで、彼は年の上の子供たちに、レモンとエヴァンズの子供たちとの親しい長い付き合いをやめるよう強く言った。メイミーとケイティーも、サッカレーの娘のアニーとミニーとの付き合いも難しくなり、ディケンズはホガース夫人とその娘のヘレンに、自分とターナン――およびジョージーナ――との関係について言ったことを撤回する文書に、しぶしぶ署名させたあとになってさえ、祖母と叔母に二度と話しかけてはならないと子供たちに命じた。彼はチャーリーへの手紙で、自分は子供たちに「祖母あるいはヘレン・ホガースにひとことでも口を利くこと」を禁じた、「もしそのうちのどちらかがいるところに連れ出されたなら、直ちに母の家を出て、私のところに戻ってくるよう命じる」と警告した。(26)

六月八日、彼は引き籠もっていたギャッズ・ヒルからイェイツに宛てて手紙を書いた。「この一《ひと》月、僕がどんな気持ちだったか、誤解されたという気持ちがいかに強かったか、いかに僕が極度の緊張と苦闘のもとに生きてきたかが君にわかれば、僕の心がひどくギザギザで、裂けていて、形が崩れているかが、また、そのため今日、こうした言葉を形作るのに十分な力が残っていないかがわかるだろう」[27]。六月九日に、彼の声明が『ハウスホールド・ワーズ』に載った。六月十日に、彼は『リトル・ドンビー』の公開朗読をした。それは、ポール・ドンビーの人生をごく短く縮約したもので、聴衆は泣き、喝采した。七月十二日、彼はギャリック・クラブの委員を辞職した。そして八月初め、地方での公開朗読の旅に出掛けた。一方アーサー・スミスは、ディケンズが彼に託した、別居についての手紙の写しを、ニューヨークの『トリビューン』のロンドン通信員に渡した。それは八月十六日に活字になってニューヨークで発表され、すぐに、イギリスの新聞がそれを掲載した。『ザ・タイムズ』に出たものよりも厳しい調子のその手紙には、結婚が長年不幸なものだったということ、また、ジョージーナ・ホガースが子供たちの面倒を見てくれ、かつ善良だったことにより、別居になる事態を長いあいだ防いでくれたことが書かれていた。「彼女はディケンズ夫人と私が別居をすることにならないよう、何度となく諫め、説得し、悩み、苦労した」。さらにその手紙には、ディケンズ夫人自身、しばしば別居を持ち出し、「彼女のいやまさる離反が、彼女が時おり苦しんでいる精神的不調を生み出した——そのうえ彼女自身、私の妻として送らざるを得ない生活に不向きで、遠く離れていたほうがよいと感じていた」ということが書かれていた。そうした言葉は、喧嘩の最中に出る言葉に思えるし、キャサリンが「もし事態がそんなに悪いのなら……」とか、「もしわたしがそんなに嫌いなら——別居したほうがいいかもしれないわ」というようなことを言っているのを容易に想像することができる。それらは、惨めな妻が夫にもっと優しく扱ってもらいたいと願って口にするような言葉である。続けてその手紙でディケンズは、別居の条件を決める際、いかに自分が寛大だったかを自慢し、ジョージーナは「世界の誰よりも私の愛情、尊敬の念、感謝の気持ちを要求する権利がある」人物だと証言している。そして、こう記されている。「私のことを事実とは非常に違うように話したに違いない二人の邪悪な人物は……このたびの別居を……私が深甚な好意と敬意を抱いている、ある若い婦人の名前と一緒にした。私はその婦人の名前を繰り返しはしない——あまりに尊敬しているからである。私の名誉にかけて誓うが、この世にその若い婦人ほど有徳で無垢な人物はいない。彼女が私の可愛い娘たち同様、無邪気で純粋で、善良であるのを知っている」。その婦人とは、もちろんネリーである。最後に彼は、自分の子供たちは「私が彼らを欺かないことを確信していて、私たちのあいだの信頼の念には不安がない」と言う(28)。

ディケンズはこの恥ずべき文書を公表する権限を誰にも与えなかったと言っているが、アーサー・スミスに彼が与えた指示を考えると、それは薄弱な反論である。ウーヴリーは、それは「嘆かわしい」と彼に言った。慄然としたエリザベス・バレット・ブラウニングは、友人に宛てこう書いた。「なんたる犯罪、男が自分の親族、しかも命と心をもって優しく守ってやると約束した女に対し、自分の天才を梶棒として使うとは——大衆に人気があるのを利用して、彼女に不利になるように大衆の意見を導いているのです。それは恐るべきことだと言えます(29)」。サッカレーとギャスケル夫人も、自分の家庭問題をおおやけにするというのは、別居自体と同じくらい悪いと感じていた。その頃マンチェスターで仕事をしていたネリーは、酷評された。それは、ディケンズのスキャンダルに彼女が関わっていることが知られていて、その結果、彼女は劇評家にとって歓迎すべからざる存在になったことを示唆している。

ディケンズは八月の初め、八十五回の公開朗読の地方巡業の第一回をし、スコットランド、アイルランドに行った(息子たちが母を訪ねる手配をさせるため、ジョージーナは連れて行かなかった。母は息子たちが「善良で愛情濃やか」だと思ったが、彼女の望むくらい長く自分のもとにいることが許されていなかったので悲しんだ(30))。アイルランドで彼は、自分が「明るい青い目」をしていると書かれているのを読んで面白がったが、「わずか四十五なのに老人に見える」というコメントは、あまり気に入らなかった(31)。ミス・クーツが彼に手紙を出し、キャサリンが休暇で帰国していた子供たちと一緒に訪ねてきたと言った時、彼はまたしてもキャサリンを攻撃した。

……私たちが彼女のことを前に話して以来、彼女は口にし得ないほど私の心を苦しめました。真実を貴女に率直に話さねばなりません……彼女は子供たちを可愛がりません——これまで一度も。そして子供は彼女を慕いません——一度も。あなたの客間で演じられる芝居は真実ではありません。子供たちがそれをしなければしないほど、子供たち自身にとってよいことなのです……おお、ミス・クーツ、私の名前を助けたり、その役に立ったりすることが少しもできなかった弱い手が、私の名前を殴りつけたのです、私がたっぷり恩恵を施した、邪悪極まる人間と一緒になって！ 私は彼女と今後連絡を取りたくありません。私は彼女を赦し、忘れたいのです……インドにいるウォルターからギャッズ・ヒルにいる小さなプローニッシュ〔プローンのこと〕に至るまで……私が今書いていることが自明な暗い事実であるということを知っているのです。彼女はいつも子供たちを困惑させました。子供たちもいつも彼女を困惑させました。彼女は子供たちがいなくなってせいせいしています。子供たちも彼女がいなくなってせいせいしています[32]。

キャサリンは何か不用意なことを言ったに違いない。ディケンズは激怒した子供のように、ミス・クーツに対する彼女の信用を失わせようと、手近の最も鋭い武器を取り上げたのだ。その武器とは、彼女は子供を愛しているという芝居をしていた、また、子供たちは彼女を愛していなかったという主張だ。それは馬鹿げた非難で、彼の言い分にミス・クーツが納得したとは思えない十分な証拠がある。

世間はいまやディケンズを巡り、別居した彼を支持する者あるいは少なくとも何も言わなかった者と、彼を見捨てた敵とに分かれた。こうした状況で、公開朗読で受ける喝采と称讃は、心の傷を癒やすものとして次第に重要なものになり、そのおかげで彼は、自分の善良さを信じることができた。非常に長いあいだ善人であることに専念し、善人として大衆に知られてきたので、彼は良い評判を維持するのに熱心だった。それゆえに、他人の誤りを示す、おおやけの声明を出したのだ。しかし他人から、あるいは自分自身から真実をすっかり隠すことはできなかった。悪者は一種の楽天性を持つと愛される。ディケンズはそうした人物を初期の小説で描いた。スクウィアーズ、フェイギン、マンタリーニ、クウィルプのいずれも人を笑わせる。ところが、『ドンビー父子』以降、悪行《あくぎょう》は深刻なもの、苛烈なものになる。カーカー、マードストーン、タルキングホーン、リゴー、フレッジビー、ヘッドストーンの場合のように。スティアフォースでさえ滑稽ではない。当然ながらディケンズは、妻と別居したものの、愛する少女が自分に靡《なび》こうとしないのを知った男として、自分の置かれた状況について冗談を言う気にはあまりなれなかったのだ。九月に、メアリー・ボイル（彼は彼女の好意を大事にした）が手紙を寄越し、微妙な質問をした。それに対して彼は、自分は罪のない者たちを守るだけの目的で、おおやけの声明を出したと言って、自分の行動を正当化した。十二月に彼は再びボイルに手紙を書き、こう付け加えた。「僕は生まれつき仕事をする気性で、情熱とエネルギーに満ちている男だ。僕が進んで行かねばならない荒れた道は、しばしば——常にではないとしても——十分に荒れている。しかし、復讐とか憎しみとかが僕の胸にあったことはない」[33]。彼が苦労しているのには同情を覚えるが、彼の行為を好くことは不可能だし、彼が言ったことを信じるのも、往々にして不可能である。

以前の彼を知っていた者は、新たに朗読家になった彼を見たがった。一八五八年十一月、サウサンプトンで公開朗読をしていた時、彼が一八四〇年にブロードステアーズでいちゃついた若い女で、ずっと前に結婚し中年になっていたエレナー・クリスチャンが、『クリスマス・キャロル』の朗読を聞きに来た。二晩目のことだった。彼女は、彼が「萎んで縮み、以前より小さな男になった」と思ったが、朗読は見事だった。彼女は朗読のあとでぜひ彼と話したいと思った。彼女は前のほうに行ってみると、彼は窓からすでに去ってしまったと言われた。どうやら彼は、いつも大衆に会いたかったわけではなかったようだ。

ケイティーは何年もあとに振り返り、当時の彼の姿に付け加える、あることを思い起こしている。父は母と別居したあと二年近く、ほとんど自分に口を利かなかった、とケイティーは言っている。理由は、彼女が時おり母を訪ねたことだった。同時に彼女は、彼が母の様子を彼女に訊くこともあったと付け加えている[34]。

ディケンズは公開朗読の巡業に出る前に、ファニー・ターナンがオペラの歌唱法の勉強にフィレンツェに旅立つ手配をし、彼女のために様々な紹介状を書いた——フィレンツェ在住のイギリス公使の妻レディー・ノーマンビー宛、やはりフィレンツェ在住のトマス・トロロープ夫人宛、ジェノヴァの数人の友人宛、同地の領事宛、ド・ラ・リュー宛。ターナン夫人はシャペロン役としてファニーに同行することになった。そのため、マライアとネリーだけがロンドンに残ることになったが。ディケンズは、彼女たちがイズリントンに借りた小さな家は健康によくないと言い張った。そこでマライアとネリーはロンドンの中心、オックスフォード街の外れのバーナーズ街の下宿部屋に移った。二人の可愛らしい女優が、シャペロンなしで住んでいるということが、いくらか人の注意を惹いた。ディケンズは、一人の警官に付き纏われているということを二人から聞き、ぞっとした。彼はその警官が、「ある〝名士〟から、二人の家庭生活についてすっかり調べるよう、唆《そそのか》されている」のではないかと疑った。「もしそうなら、その男を解雇すべきなのは疑いない」[35]。しかし彼は、苦情を言うようにとウィルズに指示し〔ディケンズは、友人のロンドン警視庁のチャールズ・ヤードリーに会うようにとウィリズに言った〕、もし事態が『ザ・タイムズ』で報じられたら「凄まじい騒ぎ」になるだろうとウィルズに言ったものの、この場合は、公表するのではなく隠しておくのが一番だということを非常によく知っていた。ウィルズもそう考えた。警官の件はそれ切りになった。

　こうしたことが起こっている間《かん》に、弟のフレッドが妻から離婚訴訟を起こされた。妻は姦通を持ち出した。フレッドはそれは宥恕されていると応じた〔妻のアンナは一八五四年にフレッドと別居してから、翌年、彼のもとに戻ってきた〕。一方、ディケンズの末弟のオーガスタスも妻を棄て、別の女と間もなくアメリカに行こうとしていた。ホガース一家はこうした出来事を冷笑的な満足感をもって眺めていた。フォースターはブラッドベリー&エヴァンズとディケンズの協力関係の終焉の片をつけていた。それは、「キャサリンとの場合と同じくらいごたごたし、決定的なものになった」。そう言ったロバート・パトンの考えでは、ディケンズはブラッドベリー&エヴァンズが彼の個人的声明を『パンチ』に載せなかったのは、彼自身と、「幸福な炉辺」という彼のイメージに対する批判と解釈した。そのイメージは、「ディケンズと彼の一般読者にとって、黄金時代の新しい神話をほぼ構成しているかに見えた」[36]。もしそれが正しいなら、ディケンズは十二分に承知していたのだが、みずからの行動によって神聖さを汚した神話を擁護していたのである。道義的問題がひどくこじれたので、彼はまたも怒りによって対処した。ブラッドベリーとエヴァンズは二人とも悪漢になり、自分の人生から永遠に追放されねばならないことになった。

　ディケンズのクーツ銀行出納簿には、彼がネリーにクリスマス・プレゼント、「C.D.E.T.£10」〔Eはネリーの本名エリーの頭文字〕とある。その年が終わり、一八五九年が始まった。そして彼は、ロンドンで数回、『クリスマス・キャロル』の公開朗読をした。彼がその作品と、『ピクウィック・ペイパーズ』

の裁判の場面を読むのを聞いたあとフォースターは、以前非難したのを補って余りある讃辞を呈した。「君はゆうべ、実に見事に読んだ。二つの作品の君の読み方に、心底《しんてい》すっかり感動したよ(37)」。しかしフォースターは、ディケンズがタヴィストック・ハウスをターナン一家に貸すことを考えていると聞いて、またも彼と争わねばならなかった。フォースターと妻は二人とも、ディケンズは娘たちと一緒にそこにとどまって、「娘たちにいささかの社交の機会」を与えてやるべきだと感じ、ほかの計画はしないようにと、強く忠告する手紙を書いた。「そうした手段は決定的にダメージが大きいだろう。君にとって、それは論理の問題というより感情の問題だ。僕は現時点で、八千ポンド、いや、ずっと少ない八百ポンド貰っても、君にそんなことはさせたくない。こう言っても笑わないでくれたまえ。そのことを非常に強く感じているのだ(38)」。ウィルズも家をターナン一家に貸すことに断固反対した。二人とも、そんなことをすれば、ホガース一家からの非難に根拠を与えてしまい、さらにスキャンダルになり、ディケンズとその家族と、ターナン一家はダメージを受けるだろう。今度は、ディケンズは言うことを聞いたが、新しい週刊誌の題名を巡って別の口論をした。ディケンズはそれを「ハウスホールド・ハーモニー」としたがった。彼は依然として、一般読者に対して自分が幸福な炉辺という神話を体現しうると信じていたか、あるいは、自分の最近の行動を否定していたかである。フォースターはディケンズ家で最近起こったことに鑑みて、眉を上げる者もいるだろうということを示唆した。ディケンズはフォースターの判断を受け入れ、またも折れた。週刊誌は『オール・ザ・イヤー・ラウンド〔一年中〕』と呼ばれることになった。そして、ディケンズが発行者、所有者、編集長になることになった。

第21章　秘密、謎、嘘
一八五九〜六一年

一八五九年一月にウィリアム・フリスが描いたディケンズの肖像画は、世間に挑んでいるかのように、瞋恚《しんい》の目をして前を睨んでいる男を表わしている。画家とモデルが友人同士になったことを知り、フリスがディケンズの書斎に肖像を描きに行くことを書いたものを読むと、それは予想外である。ディケンズは書斎で『二都物語』を書き始めていた。ディケンズが何やら呟き、眉をひそめ、部屋の中を歩き回り、顎鬚を引っ張る様を、フリスは書斎の隅から眺めた。顎鬚は肖像画を描くことをフリスに委嘱したフォースターが望んだものではなかった。フォースターは一八五四年以来、昔のように口髭と顎鬚をすっかり剃り落したディケンズの肖像画を描いてもらいたくて待っていたが、五年経つと諦めてしまい、フリスに肖像画を描くことを依頼した。そして、フリスは製作中、モデルと気軽な話をしたけれども、何かほかのものを彼の顔に見た。ディケンズ自身は、完成した肖像画を見ると、よく描けていると悲しげに言った。ジョージーナはそれを嫌った。それがロイヤル・アカデミーに展示された時、それを見てランドシアは言った。「あれほど真剣で忙《せわ》しそうではない顔、あまりにもいつもとは違う、また、彼自身とは無縁のような顔ではない顔が見たい。彼が眠っているところ、時々静かにしているところが見たいものだ[1]」

彼は自分の抱えていた問題で大衆との関係は無事に切り抜け、新しい人生を歩み始めた――あるいは、いくつかの新しい人生を。公開朗読家としてのディケンズは、自作の長篇小説と短篇小説に慎重に手を入れた原稿を用意し、それを持って、間もなく列車で全国を縦横に旅することになった。また、すでにアメリカで公開朗読をするよう誘われていたが、母国を長く留守にするのは「とりわけ自分にとって苦痛」だという理由で引き受けなかった[2]。そしてディケンズはみずからを「商用のない旅人《アンコマーシャル・トラヴェラー》」〔「コマーシャル・トラヴェラー」すなわち「商用旅人、巡回販売員」のもじり〕と呼び、ジャーナリストになった。そして、自分の雑誌のための第一級の記者として、遠くアングルジー、リヴァプール、コーンウォールまで、題材を求めて旅をした。地方の郷士としてのディケンズは、ケント州ではお馴染みの人物になった。犬を連れて歩き、ギャッズ・ヒルの家を絶えず手直しした——敷地を拡張し、地元の人々に仕事を与え、「ここに大金を持ってきた人物」として大いに好かれた。彼はまた、貧しい者に親切で気前がよいことでも知られていた。(3)一八五九年の冬のあいだ、彼はギャッズ・ヒルを人に貸したが、それ以後は一年を通じて自分だけのものにした。しかし、いまや新しい雑誌の編集長で所有者としての別のディケンズは、ウェリントン街二六番地で采配を振るい、頭の切れる青年、彼からなんとか学ぼうとし、彼に取り入る用意のあった作家志望者に囲まれていた——エドマンド・イェイツ、ジョージ・サーラ(二人とも演劇関係の家族の出だった)、アイルランド人の弁護士で筆の立つパーシー・フィッツジェラルド、もっぱら独学でジャーナリストになり、のちに劇場のマネージャーになったパーシー・ホイングズヘッド。ディケンズは彼らに仕事を与え、原稿を添削し、良き友になり、御馳走し、「人類の利益のために大発見をした者のような、いささかの誇りを持つ喜劇的手品師」よろしく、お得意のジン・パンチの作り方を派手に披露した。(4)

家では彼は、息子たちの将来を決めるのに苦労していた。彼らの叔父のフレッドの例は芳しくなかった。一八六二年初めフレッドは、離婚したのに離婚手当を払わずに外国に逃亡し、破産して帰国し、クイーンズ・ベンチ監獄に投獄された。(5)アルフレッドはウィンブルドンにいて、陸軍に入る試験の準備をしていたが、一八六二年、落第した。フランクは一八六〇年、シティーの仕事を見つけてもらったが、働きぶりが悪く、その代わり『オール・ザ・イヤー・ラウンド』で働くことになった。父は彼のために大英博物館の閲覧証を貰ってやり、ロンドンのストーン一家に下宿させた。ディケンズは本来は人の庇護を受けるのを潔《いさぎよ》しとしていなかったが、一八六〇年、シドニーが海軍兵学校生徒になるために、ジョン・ラッセル卿とクラレンス・パジェット卿の助けを借りた。彼はまた、娘たちに、いくらか社交生活をさせる必要があったが、それは必ずしも容易ではなかった。世間では、彼女たちの叔母ジョージーナの品行に疑問符が付いていたからである。そして、ウィルキー・コリンズの弟のチャールズが、ケイティーと結婚したがっていた。一方、ウィルキー自身はキャロライン・グレイヴズと同棲していた。彼女はすでに一人の私生児を持っていて、ケイティーとメイミーはその存在を知らないことになっていた。また、二人がその私生児に会うのを禁じられていたのは確かである。秘密と嘘が、一家の世間体の下に隠れていたのである。

別の秘密は、もちろん、ディケンズがターナン家の娘たちのパトロンで庇護者で、まるで彼女たちが自分の第二の娘たちかのように、その行動と暮らし向きに強い関心を持ち続けたことである。一八五九年三月、彼女たちの住まいの問題は、フィレンツェから戻ってきたファニーとマライア（二人は「バーナーズ街三一番地の行かず後家」と言われた）が、アプトヒル広場のホートン・プレイス二番地の家の賃借権を購入したことで解決した。モーニングトン・クレセント界隈の大きな家だった。ディケンズがその代金を払ったということを証明する文書はないが、状況証拠からそう考えられる。一年後、ネリーが二十一になり、不動産が買えることになった時、姉たちはその家をネリーに売った。三人のどの娘も、一八五九年の春には働いていた。ファニーは大衆的なフランスのオペラ『フラ・ディアヴォロ』で歌い、マライアとネリーはヘイマーケット劇場で軽い劇と笑劇に出ていた。それでも、一八五九年五月からのディケンズのクーツ銀行出納簿には、「HP Trust」、「HP」、「HPN」に何度も支払ったことが記されている。それぞれ、ホートン・プレイス・トラスト〔「口座」のこと〕、ホートン・プレイス、ホートン・プレイス・ネリーなのは疑いない[6]。そして一八五九年八月、ネリーはヘイマーケット劇場で、息子のほうのチャールズ・マシューズが書いた劇に出たが、それが最後の舞台になった。ネリーはマシューズのギャザウールに対しギャザウール夫人を演じたが、その劇はふさわしくも、『去る者は日々に疎《うと》し』だった。その劇で、彼女の女優人生は終わったのである。それが自分の選択なのか、あるいは、それ以後仕事が貰えなかったからなのか、あるいは、ディケンズが彼女に働いてもらいたくなかったからなのかは、今もって曖昧である[7]。

小説家ディケンズについて言えば、彼は想像力を奮い起こし、ロンドンの財政家、役人、政治家、弁護士を痛烈に批判することから方向転換し、一八五九年から六一年の夏にかけての二年半に、二篇の小説を週刊分冊の形で、猛スピードで完成した。最初の小説『二都物語』は、十八世紀後半を舞台にした冒険譚である[8]。それは、カーライルのフランス革命の研究に触発されたものである。彼はカーライルの指導のもとに資料を調べた。中心人物のシドニー・カートンは、ディケンズにとっては新機軸だった。大酒飲みの弁護士で、恋敵の命を救うために自分の命を棄てる、英雄的行為をする。ほかのインスピレーションは、彼も認めているように、『凍結の深海』のウォーダーから得たが、カートンはもっと派手で、もっとスリリングな死に方をする。それは一八五九年四月末に出る第一回から『オール・ザ・イヤー・ラウンド』に連載されることになった。一方、ブラッドベリー＆エヴァンズはディケンズなしに『ハウスホールド・ワーズ』を続けた(9)。

　ディケンズは一八五四年の『困難な時世』以来、週刊連載の形で作品を発表しなかったが、今度の作品はほぼ二倍の長さになるはずだった。彼は書き出しに苦労し、材料を短い週毎のエピソードに合わせるのは大変だったが、彼が期待した通り、『オール・ザ・イヤー・ラウンド』の売上を伸ばすという役目は果たした。ウィルズは、一週間後に同誌の一回の刷り部数は十万部で、六週間で利益が出たと報告した(10)。当時もその後も、『二都物語』の熱心な読者の数は不足しなかった。記録によると、一九六八年には、アメリカでは『二都物語』はディケンズのほかのどの小説よりも売れ、現在も多くのイギリス人の愛読書になっている(11)。しかし、彼が社会批判から離れたことは、イギリスの評論家のあいだでは不評で、同書はユーモアに欠け、筋が追いにくいという理由で無視されるか攻撃されるかだった。『二都物語』を褒めたのはフォースター一人と言ってよかった。

　筋が長々と引き伸ばされていて複雑で、一七五〇年代から九〇年代までのフランスの三家族の歴史が関係し、それが犯罪と残酷な行為によって繋がっているというのは正しい。また、旧制度《アンシャン・レジーム》の恐ろしさの描写がやや機械的で、登場人物が善悪を表わす象徴的な操り人形に似ている――有徳の医師、完璧な娘と妻、邪悪な侯爵、復讐の念に燃えた民衆の出の女。最良の場面の一つは、ロンドンにおけるスパイ裁判の場面である。イギリス人の群衆は、被告人を自分たちの目の前で絞首し四つ裂きにすることを熱心に願っている様子を見せる。ディケンズはまた、気迫を籠めて恐怖時代のパリを描く。暴力が猛威をふるい、通りで人が踊り、即決裁判で人を弾劾し、恨みを晴らす。この小説のクライマックスは途方もないもので、ひどく感傷的だが、緊張感が次第に高まってゆくので、ギロチンの前でカートンが口にする最後の言葉――「私の今することは、これまでにしたことより、遥かに、遥かによいことだ……」――は、冷酷極まる者以外の誰をも感動させる。これは、読者を愉しませ、涙を誘うショーマンのディケンズである。

　「それは、書いている時、僕の心を非常に動かし、興奮させた」と彼はコリンズに語った。「まこと、僕は全力を尽くし、それが良いものなのを信じていた」[12]。元の恋敵を監獄から救出するためにカートンがクロロフォルムを使う場面は時代錯誤である、クロロフォルムが使われるようになったのは数十年後だからと指摘したのは、ジョン・サザランドである。サザランドの気の利いたエッセイは、『二都物語』のどの版にも付けるべきである、なぜなら、それは娯楽《たのしみ》を増すからである。そして、『二都物語』は娯楽作品なのである[13]。恐怖、スリル、雄々しい自己犠牲はすべて、大衆演劇の要素を持っている。実際、この作品は、自身ダンサーだったフランス人のマネージャー、マダム・セレストによってライシーニアム劇場で、早速上演された。そして、パリの血塗れの手の革命家が踊ったカルマニョールは、特別席の英国のブルジョワの前で再び踊られ、喝采された。ディケンズはまた、『二都物語』を月刊分冊の形でも出し、「フィズ」ことハブロー・ブラウンが挿絵を描いた。ブラウンは『ピクウィック・ペイパーズ』以来、彼と一緒に仕事をしたが、別居問題でディケンズの側には立たなかったと言われている。ブラウンはそれ以後挿絵を頼まれなくなり、一八五九年以降、二人はあまり接触しなくなった[14]。

一八六〇年十月に書き始められ、同年十二月から六一年六月まで週刊分冊の形で出版された『大いなる遺産』は、まったく違った作品である。それは、調査や劇場から生まれたものではなく、ディケンズの想像力の深いところから生まれたものである。それについて彼は説明していない。たぶん、説明できなかったであろうし、また、そのほうがよい。それはまた、彼が最初意図したより緊密に書かれた。なぜなら、『オール・ザ・イヤー・ラウンド』に毎週載せるために、二十回の月刊分冊の形で出す計画を諦めたからである。それはいっそう難しいことがわかったが、彼は完璧に近い作品に仕上げた。それは見事な作品で、繊細で、恐ろしく、滑稽で、物悲しく、謎めいている。

それは、彼の作品の非常に多くのものと同じく、自分の子供時代と青年時代の話で、彼にとっては地元とも言えるケント州の沼沢地、ロチェスター、法廷のロンドン、ニューゲイト監獄、法曹学院、ソーホー、テンプル、テムズ川が舞台である。主人公はある晩、ちょうどディケンズがタヴィストック・ハウスからギャッズ・ヒルまで歩いたように、ロチェスターからロンドンまで歩く。しかし、すでに述べたように、『大いなる遺産』は、世間とはどういうものかを写実的に描いたものではなく、バラードあるいは民間伝承に近い、幻視的小説なのである。両親は世を去り、弟たちは沼沢地の墓に入っている孤児の少年には、彼を男のシンデレラのように扱う残酷な姉がいる。彼は怪物たち——マグウィッチ、オーリック、ミス・ハヴィシャム、ジャガーズ、片目を半眼に閉じ、鑢《やすり》を持った名の知れぬ男——に遭遇するが、誰が自分を脅し、誰が自分に優しくしてくれるのかわからない。彼の無邪気さは、金と、金が約束してくれるように見えるものによって汚される。彼は自分を守ってくれる善人——鍛冶屋のジョー、素朴な学校教師のビディー——を無視し、「非情な麗人」エステラに誘惑される。

物語は恐怖で始まる。暗闇に近い所からむっくり立ち上がって人を害しようとする、どの子供からも恐れられている人物の発散する原初的恐怖で。ピップは言われた仕事をしなければ殺して喰ってやると、さらに脅かされる。その仕事とは、自分を襲ってきた男のために食べ物と鑢を盗むことだった。読者はその男が脱獄囚なのを知る。沼沢地にいる男のために家〔姉が嫁いでいる鍛冶屋のジョーの家。ピップはそこに厄介になっている〕から食べ物を取ったことでピップは罪悪感に苦しみ、唯一の大人の友人であるジョーに告白したいと思うが、その勇気が出ない。すると彼は、善について二つの教訓を得る。一つは、捜しに来た兵士たちに、ジョーの食べ物を盗んだのは自分だと言う、再び捕まった囚人からで——そう言ったのは、ピップが面倒なことにならないようにするためだが——もう一つは、同じように苦労している仲間として、よく食べてくれたと囚人に言うジョーからである。

ピップの人生は謎めいた様々な力によって変えられ、支配される。そうした力は、まず彼を、金持ちで奇矯なミス・ハヴィシャムと、その養女のエステラと知り合わせる。次に彼は、鍛冶屋の徒弟としての貧しい境遇から、理由のわからぬ富と「大いなる遺産」を享受する身になる。ピップは善意の人間で知的だが受け身で、受けさせてもらった教育を活かして専門職に就くとか、一廉の人物になろうとかせず、紳士であることは怠惰な生活を意味すると、単純に受け取る。彼の財産を管理しているのは弁護士のジャガーズで、彼は大きい手と頭をし、げじげじ眉で、顎には髯が黒く点々と生えている、浅黒い肌の男で、手を洗う時に使う石鹸の特徴的な匂いを漂わせている。ジャガーズは遺産の出所についてピップに何も言わないが、最初に姿を現わした時から、ピップの世界の最も強力な人物と見なされる。ジャガーズは犯罪者たちから恐れられ、誰の仕事も知っていて、人をまるで操り人形かのように統御する。石鹸の匂いがつくまで手を洗うのは、自分の扱う汚い仕事を洗い落とすためである。リトル・ブリテン〔ロンドンの狭い道路〕にある事務所には、絞首刑に処された者の顔の鋳型が飾ってある。そして、ピップがそこに呼ばれた時に気づいたように、そこは肉市場のスミスフィールドに近い。肉市場は「何もかも汚物、脂肪、血、泡で塗り潰されていて、それが私にくっつくかのように思えた」。また、「セント・ポール大聖堂の巨大な黒いドームが、ニューゲイト監獄だと一人の見物人が言った、陰惨な石造りの建物の後ろから、私のほうに迫《せ》り出してきた」(15)。そこはロンドンの心臓部で、ひどく汚い場所だった。

　ピップが語り手だが、ジャガーズはこの作品のもう一つの柱で、ピップの世界のほとんど誰にでも繋がっていて――ミス・ハヴィシャムとその親戚、囚人のマグウィッチとその仲間、エステラと彼女の本当の母――筋《プロット》は、ピップの彼らに対する考えと、ジャガーズのそれとの違いにかかっている。ピップとジャガーズのあいだには、ジャガーズの事務員、ウェミック氏が立っている。ウェミック氏は二つの別々の性格を持っている。彼はピップのロンドンの生活における善人として、ジョーに取って代わる。今度は洗練された、犀利な善人である。彼はまた、この作品の中に何か滑稽《ドロール》なもの――ディケンズ自身の言葉――を登場させたいというディケンズの願望に応えている。なぜならウェミックはピップを招いて自分だけの牧歌的世界を共有させるからである。ウェミックは自分と聾者の老父、「老いたP」のために作った、要塞と壕のある小さな家を見せにピップを連れて行く。その家はウォルワースの南東の郊外――ミニチュアの都会のストローベリー・ヒル――にある。ウェミックは、跳ね橋、旗竿、噴水、豚と兎と鶏を飼い、胡瓜を育てている庭を自慢する。彼はピップがそうしたものに感心し、また、自分の見たものをジャガーズには言わないということに自信を持っている。もう一つの滑稽な味わいの見事な例は、トラッブズの息子である。トラッブズはロチェスターの仕立屋で、ピップが金持ちになると、立派な服を作ってやる。ピップが急に偉くなったのをからかうのはトラッブズの息子で、のちに、感謝されることを期待せずに彼の命を救うことになるのも、トラッブズの息子である。

　ピップの物語は謎に満ちていて、その全部が説明されているわけではない。例えば、彼はミス・ハヴィシャムが梁からぶら下がっているという幻覚に二度襲われる。また、彼も読者も、どの程度ミス・ハヴィシャムが狂っているの

全体的メモ:2
そこで、ハーバート(クレアラ・バーリーと幸せに結婚している)のいる
外国に行き、彼の事務員になる。
彼が裕福だった時にした一つの善いこと、
永続し、良い結果を生む唯一のこと

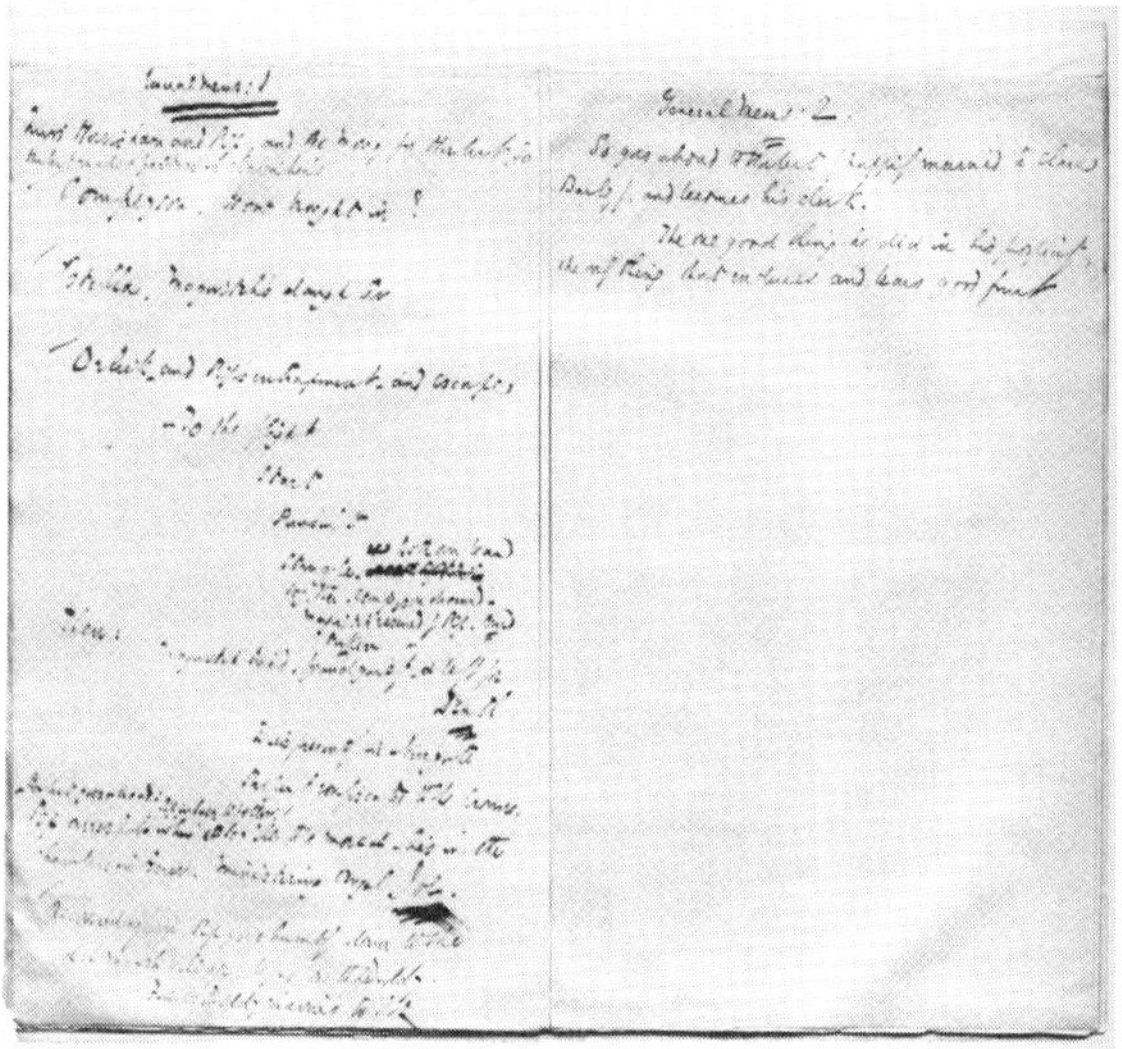

全体的メモ:1
ミス・ハヴィシャムとピップ、そしてハーバートの
ための金。その結果、ハーバートはクラリカー商会のパートナーになる
コンピソン。どうやって登場させるか?
エステラ、マグウィッチの娘オーリック——ピップが罠に掛かる——逃亡
逃走
開始
追跡
二人とも船から落ちる
闘争——[抹消された言葉]
一緒に。コンピソン
溺死——マグウィッチ、救われる
ピップによって。そして
捕われる——
それから:
マグウィッチは裁かれ、有罪になり、放置される
死んだものとして
間もなく死ぬ、ニューゲイトで
財産は国家に没収される。
ハーバートは外国に行く——
ピップも、たぶんあとを追う。
ピップは重い病気で動けない時、拘引される——熱を出し、
貸部屋で横になっている。救いの神のジョー
再び回復したピップは、謙虚な気持ちになり、
ビディーに求婚するため、昔の沼沢地の村に戻る。
そして知る——ビディーがジョーと結婚していることを。

か、確かにはわからない。結婚式の当日に相手に棄てられた悲しみに浸っていている彼女を彼が最初に見た時は、彼女はすっかり気が狂っているように見えるが、しかし物事を自分で決め、ジャガーズとほかの者に命令し、自分の金を管理する。もっとも、家の中は荒れるに任せ、奇想天外な人生を意図的に送るが。彼女は養女を男たちに復讐するための道具にする術《すべ》を心得ていて、遺産目当てに自分にへつらう親戚の者たちをからかう。また彼女は人柄が変わりもして、物語が進行するにつれ後悔するようになり、エステラとピップに対してしたことを悔いる。物語の最後までには、彼女はほとんど正気に戻る。その間《かん》ピップは、彼女と彼らすべてにとって呪いとなった彼女の「病める心」と「悲しみに浸る虚しさ」について、じっくりと考える。ディケンズは、われわれが彼女の生き方を、レッテルを貼ったり、事実や理由を求めたりせずに観察するに任せる。また、彼はこの曖昧さを認めることによって、ミス・ハヴィシャムの姿に真実性を与えている。

もう一人の得体の知れないケント州の人物、オーリックは、むっつりしていて、犬のように危険で、鍛冶屋で働いている。彼はピップのがみがみ言う姉を、怒りの発作に駆られて床にぶちのめし、彼女の脳が損傷し、口が利けなくなったままにする。彼がそうしたことについて誰も証明できない。ディケンズはここでブラックジョークを導入し、頭のおかしくなった彼女がオーリックに好意を抱き、定期的に彼に会わせろと言い張るようにする。彼は終始、誰にとっても脅威で、ピップ殺害計画は、芝居がかったものになることによって弱められなかったなら、恐ろしいものだったろう。オーリックは偽の伝言でピップをおびき寄せて縛り上げ、己が邪悪な行為と意図を長々と自慢するために間を置く——彼はピップの死体を石灰窯に投げ込むつもりなのだ。そして、彼が喋っていてピップを殺すのが遅れるので、救援隊がピップを救出することができる。伝統的なスリラーの手法である。またもオーリックは逃げ、投獄されるまで人を襲うのをやめない。だが、サイクスやクウィルプとは違い、最後には横死するほど悪人ではないようだ。

ディケンズが自分はロチェスターとケント州の田園の子供だとつねづね感じていたように、ピップも、ロンドン市民になり、まずバーナーズ・インの弁護士事務所、次にテンプルに住むようになった時でさえ、沼沢地、ロチェスター、川に縛り付けられていて、そうした風景についての観察が作品全体を貫いている。まず、冬の厳寒のさなか、彼は、逃亡中に沼沢地で死んだならどんな具合だろうかと考える。「今夜、沼沢地で横になっていたら死ぬだろう、と私は思った。そして、星を見上げ、凍え死にしながら顔を星のほうに上げ、キラキラ光っている無数の星の中に、なんの助けも、憐れみも見ないとしたら、なんと恐ろしいだろうと考えた」[16]。彼は、溝、土手、門、点在する牛をベールのように覆い、沖に停泊している囚人船の大砲のドーンという音を伝える沼沢地の白い霧の様子を記す。沼沢地の上に懸かる赤い月が、オーリックとの約束の場所に行く彼を照らす。そして夏、メドウェイ川の船の白い帆が潮の流れに乗って上り下りすると、彼は「光が遥か彼方の雲や帆や緑の丘の斜面や渚に斜めに当たった」のを見る[17]。そして、その美しさが、彼が最も願っているものを夢見させる。ロンドンでは彼は、物語が暗い結末に向かって進む時、熱病じみた、未来派的悪夢を見る。夢の中では、彼は壁の中の煉瓦で、その壁から逃れられない。すると、「巨大な発動機の鋼鉄のレバーが、深淵の上でガチャン、ガチャンと鳴り旋回している」自分になる。彼は、発動機を止めてくれ、「そして、その中の自分をハンマーで叩いて出してくれ」と懇願する[18]。

ディケンズは、また第一人称の小説を書くつもりだとフォースターに言い、さらに、それは『デイヴィッド・コパフィールド』のようなものには絶対にならないと請け合った。そして、もちろん、その通りだった。デイヴィッドの物語は、残酷にほったらかしにされている状態から自分の努力で抜け出て、作家として成功し、愛する少女と結婚することを運命に許され、彼女が結婚相手として間違いだったことがわかると彼女を失うが、結局、完璧な妻と家庭を手に入れる、中産階級の少年の物語である。ピップは社会の最下層の労働者階級の家の出の、まったく違った種類の少年であるばかりではなく、ピップの物語は失敗の物語である。自分に何が起こっているのかを理解するのに失敗し、愛する少女を手に入れるのに失敗し、恩人を救うのに失敗し、一廉の人物になるのに失敗する。彼が口にする、冷淡なエステラに対する気持ちは、ディケンズにおける、女に対する偏執的な愛の最も力強い表現である。「私は男としての愛をもってエステラを愛した時、彼女が抗し難い魅力を持っていたから愛しただけだ。まさしく。私は残念ながら、自分が彼女を理性に反し、将来の見込みに反し、心の平安に反し、希望に反し、幸福に反し、考えうるすべての落胆に反し、彼女を愛したことを、常にではないにせよ、実にしばしば知っていた」[19]。それに加えるべきものは何もないが、愚かな話だが、ブルワーはピップがエステラと結婚するというハッピーエンドにしたほうがよいと思い、侘しい最後の場面はやめ、陽気な場面にしたらどうかとディケンズに言った。驚いたことに、ディケンズはブルワーの助言に従い、書き直し、ありきたりの一章を付け加えて出版した。フォースターはそのことを聞いたが、反対するには手遅れだった。フォースターは喜ばず、それは作品に傷を付けたと思った。そして賢明にも、書き換えたものと比較するため、元の終章の写しを取って置き、『ディケンズ伝』の第三巻に入れて出版した。その後、フォースターと意見を異にした批評家はほとんどいない。『大いなる遺産』のどの標準版も、ハッピーエンドになっているが。

二つの作品は、ディケンズが健康問題を抱えていた時に書かれた。一八五九年六月、彼はコリンズに、「〈風邪〉はおおむね元のままの段階だ。だからもう考えないことにし、（一般的なやり方で）万人の道を行くことにした〔一六二五年頃没したジョン・ウェブスターの戯曲『西行き、ほーい』の引用〕」と言った。[20] これは、ネリーに対する彼の恋——〈風邪〉——は、肉体的に実っていないままなので、セックスはほかのところで満たすということを意味しているのかもしれない。その後間もなく、彼は主治医のフランク・ビアドに手紙を書き、「僕の独身状態がちょっとした病気をもたらした。そのことで君に会いたい。僕は夏のあいだギャッズ・ヒルにいるが、今朝、その目的で出てきたのさ〔彼はこの手紙を『オール・ザ・イヤー・ラウンド』の事務所で書いた〕」。[21] ビアドは薬を処方したが、それはディケンズの皮膚に炎症を起こさせ、病気を完全には治さなかった。[22] 彼はコリンズとフォースターに、あまり調子がよくない、海だけが自分を回復させると思う、ブロードステアーズに行くつもりだと書いた。そして再びコリンズに書いた。「たぶん、海に飛び込めば——〔肉筆では長い棒線になっている〕しかし、大洋には硝酸銀はないだろうね？」[23] 十九世紀には淋病に硝酸銀が使われていたので、彼が抱えていた問題はそれだったのだろう。惨めで屈辱的な病気。[24]

彼は一八六〇年、凍るように寒い新年を迎えても、まだ具合が悪かった。まだ薬を使い、ビアドに診てもらっていた。三月にはほかの病気になった。顔面に痛みを覚えたのだ。六月には背中がリューマチに罹り、体を折り曲げるほど痛かった。そうした病気は治ったものの、十二月に『大いなる遺産』の週刊分冊の発行が始まった時、「またも具合があまりよくない、治療を受けている」状態になり、一八六一年一月のあいだ中、ウェリントン街の家に籠もり、どんな招待も断り、数日置きにビアドに診てもらう必要があった。「診察してもらいたい――新しい興味深いもの《アトラクション》は提供できないことを望んでいるが」と彼は一月末にビアドに言った。[25] そしてついに、その問題は解決した。五月にはテムズ川で蒸気船を一日借り、友人たちと家族と一緒にブラックウォールとサウスエンドのあいだを往復して楽しんだ。彼にはなんの心配もないように見えた。[26] そして、『大いなる遺産』の最後の数章を書くためと、海の空気を吸うために独りでドーヴァーに行ったが、再び顔面神経痛に悩まされた。それは「僕を大いに悩ました。仕事はかなり大変だった。しかし、この作品が良い作品であることを願っている。この作品が僕に及ぼしたちょっとしたダメージを、早々にかなぐり捨てるのは疑いない」とマクリーディーに言った。[27] その通りになった。その後一八六五年まで、健康には大きな問題はなかった。

ホガース一族は依然として赦されぬ敵だった。彼のかつての出版業者ブラッドベリーとエヴァンズ、キャサリンも同様だった――自分に対してなされる、様々な人間からの財政的要求について嘆いたウィルズ宛の手紙の中で、「僕の天使」と彼はキャサリンを冷笑的に呼んだ。[28] 彼とミス・クーツは、あからさまには喧嘩をするのは避けたが、彼が彼女とブラウン夫人と会うのは稀になり、ぜひキャサリンと仲直りするようにという手紙がミス・クーツから来る以外、二人が接触することはほとんどなくなった。彼は一八六〇年四月と六四年二月に、和解の勧めを断った。[29] それまでごく親しかったレモンとは疎遠になり、以後、会うことはなかった。サッカレーともすっかり縁が切れた。一八五九年十二月、サッカレーは創刊された恐るべきライバル『コーンヒル』の編集長になった。同誌は『オール・ザ・イヤー・ラウンド』同様、質の高い連載小説を専門にしていた。マクリースは一八五〇年代中頃には隠遁生活を送っていて、ディケンズの人生に再び現われることはなかった。一八五九年の秋、ディケンズの旧友のフランク・ストーンが死んだ。ディケンズは嘆き悲しみ、ハイゲイトにストーンを埋葬する手配をし、遺児たちを助けるため、いつものように労を惜しまず奔走した。素人劇をやめたということは、リーチやスタンフィールドのような、俳優や舞台装置家の友人と会う機会が減ったことを意味した。もっとも、リーチは一八六一年の夏、家族と一緒にギャッズ・ヒルに泊まりに来たし、スタンフィールドはウェリントン街に食事に来たけれども。

ディケンズ一家の最も古い友人の一人トム・ビアドは、ディケンズ夫婦が別居したことをどう考えようと、ディケンズに対する態度を変えなかった。一八四八年以来、彼の作品を好意的に書評し、彼を尊敬していた、ジャーナリストで詩人のチャールズ・ケントは、彼と以前より親密な関係になり、ギャッズ・ヒルに招かれるようになった。彼の古い演劇仲間のメアリー・ボイドは相変わらず彼を敬愛していて、二人は時おり陽気な調子の手紙をやりとりした。ロッキンガムのワトソン夫人も忠誠心が変わらなかった。互いにさほど会わなくなったが。ブルワーとはディケンズは非常に良い関係だった。ブルワー自身、結婚生活が破綻していたのでディケンズに同情的で、ジョージーナとメイミーと一緒にネブワースに泊まりに来るようにと彼を招きさえした。今はチェルトナムに住んでいたマクリーディーは、依然として彼に愛情を抱いていて、非難がましいことは言わなかった。マクリーディーの孫娘がのちに言ったところでは、マクリーディーはディケンズが独身者タイプではないのを知っていたので、ネリー・ターナンとの情事をごく冷静に受け止めていて、ディケンズが妻と別居したことを文句なしに認めていた。マクリーディーは、ディケンズが情事にあまり慎重に対処せず、おおやけのスキャンダルになる危険を冒していると思った時にのみ、心配した[30]。一八六〇年三月にマクリーディーがセシーリア・スペンサーと再婚した時、ディケンズは喜んだ。セシーリアは若い二十三歳の女で、マクリーディーは六十七歳だった。花嫁はすぐに妊娠した。

フォースターとディケンズの立場は逆転した。フォースターはいまや妻帯者で、裕福で、妻は献身的だった。ディケンズは隠れた問題を抱えた気紛れな「独り者」だった。ディケンズが何をしようと、何を計画しようと、ディケンズに対するフォースターの愛は非難よりは常に大きかったので、友情が揺らぐことはなかった。唯一の欠点は、いまやフォースターは精神病院を視察する政府の仕事をしていたので、ロンドンを離れざるを得ないことが多くなったことだった。ディケンズは仕事について相変わらず彼に相談し、できる限り校正刷りを送った。フォースター夫妻は、週末にギャッズ・ヒルにやってきた。校正刷りはモーニング・クレセントのミス・エレン・ターナンにも送られた。彼女を愉しませるためだけではなく、彼女の意見を聞きたいためでもあった。なぜなら、彼は彼女の「直感と明察」を高く買っていたからだ[31]。そういうわけで二人は、ネリーにとっては自尊心を操られ、ディケンズにとっては楽しいに違いないやり方で、彼の作品について話し合った。フランチェスコ・バージャーは最晩年、アンプトヒルで日曜日の晩毎に、ディケンズとネリーが二重唱で歌ったことを思い出したと言われているが、この何度も繰り返された、まことしやかな話は作り話だったことがわかっている。(32)

ディケンズの気分は昂揚するかと思うと沈んだ。その差が大きかった。一八六〇年五月、彼はジェイムズ・フィールズをタヴィストック・ハウスでもてなした。フィールズは彼がボストンで初めて会った出版業者で、アメリカ再訪を熱心に勧めていた。彼はフィールズが気に入った。フィールズは彼の崇拝者になった。彼はフィールズの若い二番目の妻アニーに初めて会った時、魅せられた。アニーは日記に書いている。「影があの家に落ち、ディケンズを、私たちが彼の書く物すべてに見出す陽気な人物ではなく、苦労人、物悲しい思いに耽る者にしているようだ(33)」。その後間もなく、チャーリーは茶の仲買人になるため香港に向かって旅立ち、七月にケイティーがウィルキーの弟のチャールズ・コリンズと結婚した。彼は三十二で、彼女は二十歳《はたち》だった。彼は善良な人間だったが半病人で、画家になるのを諦め、文筆家になろうとしていた。ディケンズはケイティーの決断について己を責めた。彼女が家から逃れるために愛情のない結婚をしたのを知っていたからだ。しかし、ギャッズ・ヒルで派手な結婚式をしてやった。その際、ロンドンからハイアム駅まで特別列車で招待客を運んだ。キャサリンは招待されなかった。それは、ジョージーナ、メイミー、ケイティーの全員が共謀した結果の残酷な行為だった。ケイティーは黒い服を着てハネムーンに出発した。来賓たちは庭でゲームをし、帰る前にロチェスター城とチャタムを見に連れて行ってもらった。その晩メイミーは、姉のウェディングドレスにディケンズが涙を落としているのを見た。父は、この結婚でいかに自分を責めているかということをメイミーに話した(34)。

その結婚式の数日後、彼は弟の中でただ一人まっとうで勤勉なアルフレッドが重病だという知らせに接し、弟に会いに北に旅をしたが、着いた時には、姉のファニー同様、肺結核で息を引き取っていた。寡婦になったヘレンは五人の幼い子供を遺された。ディケンズは彼らの面倒を見ることにし、まずギャッズ・ヒルに連れてきてから、ロンドンの家に落ち着くまで、近くの農家に住まわせ、少年たちがちゃんとした教育を受けることができるように手配した。同時に彼は、母のためにも全力を尽くしていた。母は「耄碌ゆえの実に奇妙な精神状態」に陥り、「女ハムレットのように黒貂《くろてん》の服装をしたがるのは〔シェイクスピアの『ハムレット』の第三幕第二場に「おれは貂皮の服を着よう」という台詞がある〕恐ろしい光景ですが、ひどく馬鹿げてもいて、そこに救いを見出すことができます[35]」。彼は少なくとも、母の世話をヘレンに任せ、全員を一軒の家に住まわせることができた。彼はいまや、ロンドン北部で三つの女所帯を養っていた。グロスター・クレセントにいる妻、そこから南に通りをいくつか隔てたホートン・プレイスにいるターナン一家、ヘレンとその子供たちと一緒にケンティッシュ・タウンのグラフトン・テラスにいるディケンズの母。一八六〇年にタヴィストック・ハウスの賃借権が二千ギニーで売れ、いくらか余分の資金が入ったので、彼はメイミーとジョージーナを喜ばせるために、毎年社交シーズンにタウン・ハウスを借りた。一八六一年、それはリージェンツ・パークのハノーヴァー・テラスにあった。そこは、彼の扶養者たちが住んでいる、ほかのロンドン北部のすべての家から歩いて行かれる距離にあった。家具がまずギャッズ・ヒルに、次にウェリントン街に運ばれた。そこでディケンズは、「五つの非常によい部屋」を、食事にやってきた友人たちに見せびらかすのを愉しんだ。そこに彼は、ジョージーナとメイミーのための寝室を用意した。二人が必要とした場合にそなえ。

一八六〇年九月に、彼は何年かのうちに溜まった数千通の手紙をギャッズ・ヒルで焚火で燃やすことにより、過去を払い除ける儀式をした。伝記を書くよう彼に頼まれていたフォースターは、その件で相談を受けなかった[36]。焚火を手伝った十一歳のヘンリー・ディケンズは、焚火の熱い灰の中で玉葱を炙ったことを覚えていた[37]。それは彼にとってはよい夏だった。なぜなら、父を説得し、ブーローニュの学校を辞め、ロチェスター・グラマー・スクールに通うことになったからである。

十月にディケンズを愉しませたのは、サマセット州で起こった、センセーショナルなロード・ヒル・ハウス殺人事件だった。それは新聞に盛んに報じられた、一見、非の打ちどころのない大家族に関する事件で、三歳の息子が窒息し、刺殺された状態で屋外便所の中で見つかったのである。殺人は子供の子守女と子供の父によって行われたことに、ディケンズは疑いを持っていなかった。子供は夜目を覚まし、二人がベッドに一緒にいて、ディケンズの言葉では「至福の行為」をしているところを目撃した。そして二人は、子供が母親に告げ口するのを恐れた、というわけだった。ディケンズはそうしたスキャンダラスな事件が大好きだった。そうした事件は中産階級の家庭は立派であるという神聖なイメージを損なうのだが。一瞬彼は、クウィルプあるいはジャガーズの冷笑的な目で世間を見ることができた。しかし、一家の父が殺人者だという考えは彼を悦に入らせたが、検察当局には取り上げられなかった(38)。

秋になってディケンズが一番心配だったのは、『オール・ザ・イヤー・ラウンド』の売上が落ちたことだった。その結果彼は、『大いなる遺産』の当初の計画を変更し、週刊誌の売上を伸ばすため、それを週刊連載の形に合うよう短くすることにした。連載は一八六〇年十二月一日に始まった。同月、チャップマン&ホールは彼の『商用のない旅人』の最初の巻を発行し、売り切れたので二度重版した。一八六〇年から翌年にかけての冬は何年にもない厳しい冬で、ディケンズは体の具合がよくなかった。ボクシング・デーにロンドンに戻り、ウェリントン街に落ち着くあいだ、ギャッズ・ヒルのほうはジョージーナに任せた。そして、医者に診てもらったり、コリンズと一緒に外出したり、晩は劇場に行ったり、執筆したりした。気候が良くなってくると、また長時間の散歩に出掛けるようになり、河岸の新しいミルバンク・ロードを探索した。そこに沿って工場と鉄道工事現場があった。そこは、「まさにテムズ川に迫り出している、裕福な通りの実に奇妙な始まりであり終わりだ。僕があの川で舟を漕いだ時、すべてでこぼこの地面で、一、二軒のパブ、古い工場、高い煙突があっただけだった(39)」。彼は古い都市風景と新しい都市風景を対照させ、若い頃の遊山旅行、川遊びを回顧するのを愉しんだ。

チャーリーは一八六一年二月に、カルカッタでウォルターに会ったあと中国から帰国し、ちょうどディケンズが、そのシーズンを通して借りたハノーヴァー・テラスに移った時、母の家に行った。ディケンズは『大いなる遺産』の執筆に没頭していたと同時に、三月と四月にロンドンで行う六回の公開朗読の準備をしていた。そして、公開朗読を成功裡に終え、『大いなる遺産』を書き上げると、ギャッズ・ヒルでのんびりしようとした。息子のフランクとアルフレッドは共に、父を乗せたボートでロチェスターからメイドストーンまでメドウェイ川を遡ったことを覚えていた。ディケンズはコックスを務め、息子と冗談を言って笑った。その川旅は父子が一緒に愉しむという稀な経験だったに違いない。また、テムズ川でも川旅をした(40)。

しかし、年下のほうの息子たちが休日に家にいるということは、彼の気持ちを乱した。秋の巡業で、『デイヴィッド・コパフィールド』と『ニコラス・ニクルビー』の抜粋を新たに朗読する準備をしなければならなかった。ところがその巡業計画は、マネージャーのアーサー・スミスの急死によってご破算になった。そのあと、義弟と旧友のヘンリー・オースティンも病死した。寡婦になった妹のレティシアは、彼が面倒を見ることになった。彼はレティシアをギャッズ・ヒルに呼び、葬式の費用を払い、金を与え、オースティンが公衆衛生に貢献したということを理由に、シャフツベリー卿を通し、妹のために年金を貰う努力を熱心にした。それがうまくいくまでに、数多くの手紙を書き、大いに頑張らねばならなかった。

一八六一年の家族の最後の出来事は、チャーリーが結婚したことだった。花嫁のベッシー・エヴァンズは、ディケンズのかつての出版業者の娘で、子供時代からのチャーリーの恋人だった。二人の結婚にはなんら驚くべきことはなかったが、ディケンズはエヴァンズを、いわば外の闇の中に投げ捨てていたので、激怒した。そして、友達が結婚式に出席したり、エヴァンズの家に入ったりするのをやめさせようとした。もちろん結婚式に出席し、事実、花嫁が好きだったキャサリンを責めた。そしてベッシーの悪口を言い、チャーリーに、製紙会社を経営する義弟、若いフレデリック・エヴァンズと組まないようにと警告した。チャーリーは当然のことながら、その忠告を無視した。彼の父は、ともかくも大掛かりな公開朗読巡業に出掛け、結婚式の日にはブライトンとニューカースル＝オン＝タインのあいだのどこかにいて、スコットランドに行く途中、うっとりとしている聴衆の前で、ミコーバー氏とワックフォード・スクウィアーズに変身した。それを見たある者によると、スクウィアーズの彼は、「残忍な人間であるのを愉しんでいて、俳優が残忍な役をやっているのではない、という印象を人に与えた[41]」。

彼は齢を取るにつれ、残忍な考えを本名で述べることがあった。次第に懲罰的な態度をとるようになり、死刑にももはや反対しなかった。一八四〇年代には反対していたのだが。人間の凶暴性に対処するには、その方法しかないと考えるようになったのだ。一八五七年に北インドでインド人傭兵がイギリス人支配者に対し蜂起し、インド大反乱が起こり、イギリス軍が彼らを鎮圧したという話を十月に聞いた彼は、ミス・クーツに宛て、「最近の残虐行為の汚点が残っている民族」を殲滅し、彼らを「人類から抹殺し、地上から消し去る」ことを唱道した。このヒステリックな調子は今までになかったものだった。一八六〇年代の中頃、ジャマイカ島知事のエドワード・エアが、二十人の白人が殺害された蜂起を、数百人の反乱者を裁判なしに鞭打ち、銃殺し、絞首して鎮圧したことを、彼は是認した。イギリス国内では、エアに関して世論は分かれていた。ジョン・スチュアート・ミルは、彼を本国に召還して裁判にかけることを求める委員会を作り、ダーウィン、トマス・ハクスリー、チャールズ・キングズリーがその委員会に加わった。一方、カーライル、ラスキン、テニソン、ディケンズはエアの取った措置を支持した。ディケンズはそのことについて一度だけ、一八六五年の手紙で言及している。その中で彼は、ジャマイカの蜂起を、ニュージーランドのマオリ戦争、フィニアン同盟員〔アイルランド人がイギリス人支配打倒を目指して十九世紀に結成された秘密革命組織〕、南アフリカの諸問題に結びつけた。そのすべてにおいて、彼は「清潔な白いワイシャツを着た男たち」と彼が呼んだイギリス人の支配者に対する襲撃に心を乱した。(42) そして、その手紙の中で、白人の宣教師のひどさについて嘆いているので、彼の反応は単純な人種差別的反応ではなかった。しかし彼は、自分がかつてより厳しい人間になったことを標榜して憚らなかった。

彼はターナン一家には終始力を貸し、気前がよかった。一八五九年九月、コメディー・フランセーズの友人レニエに宛てた手紙に、ファニー・ターナン（「珍しいほどに頭が切れ、教養があり……才気煥発《スピリテュエル》であると同時に善良で勤勉だ」）が母と一緒に十月にパリに行くと書いている。(43) そのあと十月に、パリにいるF・E・ターナン夫人に五十ポンドの小切手、「五十ポンド、E・ターナンの費用」という名目の小切手を送っている。したがって、たぶんネリーはパリに行って母と姉と一緒になったのだろう。ファニーはパリで仕事が見つかると期待していたのなら、失望した。しかし帰ってくると、ロンドンのマイル・エンド・ロードにあるイースタン・オペラ・ハウスの仕事が見つかった。そしてのちに、ロンドン・グランド・オペラ・カンパニーに加わり、プリマ・ドンナとして一緒に巡業した。マライアはライシーアム劇場で、共にディケンズの友人のマダム・セレストとキーリー夫人と一緒に舞台に立っていた。ディケンズはマライアが出る劇を一度ならず見に行ったが、一八六一年二月にライシーアム劇場は閉鎖された。一八六一年四月の国勢調査には、ホートン・プレイスのターナン一家の全員が、十七歳の召使ジェインを含め記載されている。ターナン夫人は「年金受給者」になっていて、ファニー（二十五歳）は歌手、マライア（二十三歳）は女優、エレン（二十二歳）は無職になっている。

　ネリーの性格は雲に包まれたままだ。可愛がられた末娘だった彼女は生活費を稼ぐ必要がなくなって、一人別の存在だったが、自分の将来を決定する決断を迫られていた。『大いなる遺産』の中でディケンズは、大人になったピップに、エステラに対する気持ちを、こう言わせている。「私は彼女に……彼女が持っている性格以外の特性を与えはしなかった」[44]。もしディケンズも、ネリーが自分の愛人になった動機を見抜いていたとしたら、ピップ同様、「彼女が抗し難い魅力を持っていたから愛しただけ」のように見える。彼はピップにエステラに向かってこう言わせる。「君は僕の存在の一部だ、僕の一部だ。君は僕が読んだもののどの一行にもいた……君は僕の心がお馴染みになった優雅な空想の優雅な化身だった……僕の人生の最後の時間まで、君は僕の性格の一部、僕の中のほんの少しの善きものの一部、邪悪の一部であるほかはない」[45]。これは偏執的愛の記憶に残る言葉である。

　一八六一年七月、マライアはロチェスターでウィンザー・ストローラーズ〔一八六〇年に作られた、軍の代表的素人劇団〕の舞台に立っていた。そして七月、北に行ってファニーと一緒になり、巡業歌劇団でコントラルトの役を演じた。九月にディケンズは、アデルフィ劇場の支配人のウェブスターに手紙を書き、マライアに仕事をやってくれないかと頼み、ホートン・プレイスにいる母のことに言及したが、ウェブスターはその頼みに応じなかった。十二月にマライアは再びロチェスターに戻った。ディケンズは彼女たちを助けようと懸命に努め、共に才能があり、なんであれ引き受ける用意のあるファニーとマライアを助けようと、とりわけ努力したものの、本当の意味で成功できなかったので気が滅入った。おそらく彼女たちは、さほど優れてはいなかったのだろう。ひょっとしたら、彼女たちとディケンズの関係が災いしたのかもしれない。彼女たちが苦労しているあいだ、ネリーの人生は劇的な新しい方向に向かって進み出した。

第22章
ベベルの人生
一八六二～六五年

ディケンズは次の三年間、イギリスとフランスで暮らした。おおまかに計算すると、少なくとも六十八回、イギリス海峡を渡った。そして、ほんの時たましか、渡仏の理由を言わなかった。一八六二年二月に五十回目の誕生日を迎えた。十年前、四十になった時、一八五二年を『荒涼館』を書いて過ごした。そして、一番下の子が生まれた。一八六二年には、自分の雑誌のクリスマス号のために非常に短い物語しか書かなかった。それは「彼のブーツ」という題で、中年で祖父になった（ディケンズのように）あるイギリス人の話である（止宿人だった男が六年間も取りに来ない手荷物の深靴の中に、この原稿が入っていたという設定の短篇で、『誰かの手荷物』の第二章）。彼は癇癪持ちで、自分と意見の違う者は赦さない。フランスに行き、北部の守備隊駐屯の町に泊まるが、ベベルとして知られる、私生児で実際には捨て子の女児に関心を抱く。そして結局、養女として彼女をイギリスに連れて帰る。物語の出来は良い。優しさに満ち、感動的だが、主要な短篇ではない。ディケンズが一八六一年には、執筆よりもほかのことに気を取られていたのは明らかである。

一つは、一八六一年の秋に始めた公開朗読巡業で、それは十二月中旬、アルバート公の死によって中断された。彼は十二月三十日にバーミンガムで公開朗読を再開し、一月まで続けた。「ありがたいことに、どこに行っても成功した」と彼は妹のレティシアに書いた。「毎晩僕が見る大群衆は誰でも、個人的な友人かのように、愛情をもって僕を見てくれるような気がする[1]」。そんな具合に彼は、レミントン、チェルトナム、プリマス、トーキー、エクセターと成功裡に巡業したが、チェルトナムではマクリーディー家に泊まった――マクリーディーは老いて病んでいたが、彼の若い盛りの新しい妻は、見た目では妊娠していた。事実、五月に丈夫な男児を出産した。ディケンズは北に戻ったが、マンチェスターとリヴァプールでの巡業の最後は「掛け値なくめくるめく」ようだったと言っている[2]。

ディケンズは個人的には成功したが、家庭生活では別だった。一月に彼がジョージーナに宛てて書いた手紙は、強い苛立ちを示している。初めは、彼の事務所に来て悩ませる、アルフレッドの寡婦ヘレンに対するもので――「今後は君かメアリーに個人的に連絡してもらいたいと思っているようにことを彼女に知らせ」るように——次は、ジョージーナが彼の色付きワイシャツに間違ったボタンを付けてしまったことに対するものだった。そこからは、よく面倒を見てもらうことを期待している男の声が聞こえる。また、彼の専制君主的な態度を垣間見ることができる。(3) 彼が嫌ったもう一つのことは、ギャッズ・ヒルにいる代わりに、ジョージーナとメイミーに「シーズン」中借りてやると約束した「ロンドンのなんとも汚い小さな家」に住まねばならぬことだった。(4) それはケンジントンのハイド・パーク・ゲイトにあったが、ディケンズにとっては公園の悪い側で、彼はフォースターに、その家は自分の創作力を抑えつけ、暗くすると言ったが、五月末までなんとかそこにいた。そして、毎週ウェリントン街で二昼夜過ごすことにした。

彼は三月と四月にロンドンで、さらに公開朗読をした。依然として、もっぱら『デイヴィッド・コパフィールド』と『ニコラス・ニクルビー』だった。彼はフォースターに、稼いでいる金の額を自慢した。「考えてみたまえ、一晩で百九十ポンドだ！」(5) 彼は『オール・ザ・イヤー・ラウンド』で忙しく、出した手紙の多くは、小論の執筆依頼と、同誌の運営面に関するウィルズとの話し合いに関するものだった。公的事柄に簡潔に触れた手紙もある。アルバート公の記念碑設立計画についての記事は一切拒絶した。アルバート公は完全な凡人で、息子の皇太子は「哀れな退屈な怠け者」と彼は見なしていた。(6) そして、アメリカの南北戦争における、奴隷制度に対する北部諸州の態度にシニカルな見方をした。南北戦争はイギリスに不況をもたらした。それはまた、アメリカでの公開朗読巡業の可能性を低くした。

四月に、彼はチャールズ・フェクターを観に行った。フェクターはフランスで名を揚げた俳優で、いまやロンドンで目覚ましい演技をしていた。誰もこれまで見たことのないハムレットを演じ、ヴィクトル・ユゴーの劇でリュイ・ブラースを演じた。ディケンズはそのいずれも称讃した。エドマンド・イェイツはフェクターの一座で活躍していたが、ディケンズはイェイツにこう書いた。

僕はフェクターが、彼の若い婦人たちの中に、ミス・マライア・ターナンを入れてくれることを願っている。それは、僕が彼女とごく親しく、彼女が最良で至極勇敢な乙女の一人で、申し分なく有徳の少女なのを知っているからではなく（それはまったく関係がないだろうから）、僕は彼女と共演したのだが、彼女が、舞台で彼女と同じ立場にあるほかの者なら一月《ひと》かかるところを一分でする才能を持っていると思うからだ。おまけに淑女で、可愛らしく、姿がよく、いつも努力し、完璧を期している。また（これは、まだ舞台で見せる機会はないが）、見事に人真似をする。彼が何を見せても、その通りするだろう。初めて彼女を知った時、僕はマンチェスターで、ある朝、彼女をじっと見た。彼女は一瞬の目付きと、台詞の最初の六語の言い回しで、『凍結の深海』全体を理解していることを示した。(7)

これほど良い推薦状は数少ない。フェクターの一座は解散するところだったので、マライアには役に立たなかったけれども。しかしその推薦状は、ディケンズが彼女の中に見たものを教えてくれるし――勇気、職業上の勘のよさ、良心、美貌、完璧なレディーの風采――また、ターナン夫人が娘たちを、働く女ではあってもレディーとして通用するように育てたことについても、いくらかのことを語っている。ただ、ネリーはもはや働く女ではなかった。

一八六二年、六三年、六四年、そして六五年六月まで、ネリーがどこにいて何をしていたのかは定かではない。一八六五年六月、彼女はフランスからイギリス海峡を渡った船の乗客を乗せた列車に姿を現わす。その列車に彼女はディケンズと母と一緒に乗っていた。それでなければ、彼女がフランスにいたということは、ディケンズの手紙からしか推測できない。しかしわれわれは、彼が彼女の庇護者であり、彼女が快適に暮らすことを深く心にかけていたのを知っているので、それは非常に大胆な推測ではない。彼の手紙からいかに多くのことが垣間見られるかを考えてみれば。ジョージーナの役割も、われわれに何かを語ってくれる。なぜなら、ジョージーナが自分は病気だと言ったのは、彼が一八六二年の夏にフランスに二度行った時だったからである。健康な三十四歳の女だったジョージーナは、不意に衰えたように見え、家事をすることも、いつもの義務を果たすこともできなくなった。ディケンズは心配し、二人の医者、フランク・ビアドとエリオットソン医師を呼んだ。彼女は「心臓の変性」に罹っていると診断され、休養の必要があると言われた。すると彼は、彼女をメイミーと一緒にパリに二ヵ月連れて行こうと言った――ただし、十月中旬になってからだったが。パリ行きの約束と休養は、彼女を回復させるに十分だった。依然として彼女は、時おり、脱力感と左乳房の痛みを訴えたけれども。彼女はいったんパリに落ち着き、ディケンズとメイミーに世話をしてもらうと、心臓は自然によくなり、二ヵ月のパリ訪問の終わりまでには「ほぼすっかりよくなった」。一八六三年にギャッズ・ヒルに戻ると、すぐに正常の生活に戻った。事実、それ以後はなんの病気にも罹らず、九十歳まで生きた。心臓の変性という診断は明らかに誤診で、彼女の伝記作者は、一八六二年の彼女の病気には心因性の要素があったのではないかと、遠慮がちに示唆している[8]。彼女の病気がディケンズを怯えさせたのは確かである。そして彼女の病気が、それを意図したものだったのは疑いない。

ジョージーナには、そうした演技をする理由はあったであろう。彼女はディケンズが自分の人生を「再整理」するのを恐れたのかもしれない。ネリー・ターナンと所帯を持ち、もっと子供を作るのを。そうなると、家政婦、助手、最上の友としての自分の素晴らしい立場は失われる。考えてみれば、マクリーディーは六十代で新しい若い妻と子供を作った。ジョージーナは安心させてもらう必要があった。そしてディケンズは、昔のように彼女をパリに連れて行くつもりだと言うことによって、また、ネリーについての自分の立場を説明することによって（ある程度彼女の立場も含め）、彼女を安心させることができたらしい。それは、その時とその後のジョージーナの行動を説明するのに役立つだろう。一八六二年の夏にディケンズをフランスに連れて行ったのはネリーだという証拠はないし、ネリーがフランスにいたのは妊娠していたからだという証拠もないが、それは、ジョージーナの行動を説明するだろう。

こんな経緯だったかもしれない。ネリーがディケンズの愛人になるのを拒み、彼が「独身ゆえの病」に罹っていた限り、妊娠の危険はなかったろう。しかし、その病が治ると彼は口説き続け、彼女の恋人になるのに成功した。娘に対する財政的援助と職業上の援助をすでに受け入れていたターナン夫人は、その頃までには、すこぶる友好的で至極気前のいい偉大なチャールズ・ディケンズを袖にしてはならないし、彼の結婚生活が難しい状況にあるので、彼が強く望み、ひどく必要としているものをネリーが彼に与えるのは、それほど悪いことではないのではないかと考えるようになっていた。あるいは、ひょっとすると、ネリーはあっさりと身を委ねたのかもしれない。ディケンズはいかに聴衆を喜ばせるかを心得ていた偉大な演技者だった。精力旺盛で有名だった。飲食、散歩、ダンス、旅行、歌唱の肉体的愉楽を真剣に受け取った。二十年間で妻とのあいだに十人の子供を儲けた（流産は別にして）。そして、性的活動は健康な男にとって必要だと信じていた。己が至福の行為を欲し、それを得たようだった。そして、その結果が生じた。

スキャンダルは避けねばならなかった。妊娠したネリーは隠さねばならなかった。そのためには、フランスより良い所があろうか？　フランス北部の鉄道は一八六一年に延長され、沿岸とパリが繋がり便利になった。ブーローニュからの鉄道はアミアンを通り、ダンケルクからの鉄道はアラスを通った。ネリーは子供が生まれるのを待ちながら、その地方のどこかにいて、そのあとパリに簡単に移ることができただろう。パリにはよい医者がいるし、都市なので人に知られることはない。その間《かん》に、皆で将来のことを考えればよい。一八六二年、ディケンズは六月と七月と、おそらくは八月と、ひょっとしたら九月もパリにいただろう。十月にパリにいたのは確実である。その間《かん》、コリンズには、自分は「うんざりするような心配事」を抱えていると言い、フォースターには、「未解決の、変動する心労」で「口にし得ないほど惨め」だと書いている。[9] 金を稼ぐ一つの手段として、オーストラリアで公開朗読巡業をすることを真剣に考えていた。

十月初旬、彼はコリンズに、要塞のあるフランスの町を彷彿とさせる短篇小説を書いていると話した。そしてブラウン夫人には、その短篇はフランス人の水夫が、船長の赤ん坊の女児の面倒を見ているのを目撃して、頭に浮かんだと語った。[10] 実際には、物語の中心は私生児で、私生児は内向的で内気なイギリス人の養子になる。そのイギリス人は、その女児を徐々に愛するようになり、自分の善行によって救われる。「神があなたを祝福なさいますように、今、あなたという保護された子の幸福のために」とフランス人の女は、「誰のでもない」子供を連れて彼がイギリスに向けてフランスを発つ時に言う。批評家のジョン・ボウエンは、その物語と、それが作られた時期について書いたものの中で、こう述べている。「その数ヵ月に何が起こったのかは確実にはわからないが、一八六二年の秋にフランスでディケンズが、家族から疎外された一人の中年のイギリス人がフランスで一人の私生児を幸福にしてやる話を書くことによって、私生児の運命、急死〔その短篇小説の登場人物の一人は急死する〕[11]、養子、父性、和解について考えていたのは確かである」

しかし、何事も単純でも簡単でもなかった。九月に、ジョージーナは倦怠感を訴えたので、彼は彼女をドーヴァーに連れて行き、休養させた。十月十六日、彼は再びフランスに向かったが、パリまでは行かなかった〔ディケンズはブーローニュで、ジョージーナとメイミーが来るのを待った〕。ジョージーナは二日後、メイミーと彼女の犬のバウンサー夫人と一緒にイギリス海峡を渡った。犬はフランスの法律により口輪を嵌められた。三人は一八六四年の冬に一家全員が泊まったところから程遠からぬ、フォーブルグ・サン・オノレの小さな優雅なアパルトマンに滞在した。十一月、ブルワーが訪れ、ウィルズが訪れた。ウィルズはディケンズに、ディケンズが郵送した小切手を現金（金貨）に替えたものを持ってきた。十二月中旬、ディケンズは、ジョージーナとメイミーを一週間近く二人だけにして、ロンドンに発った。ロンドンには二日いただけで、ほかの日はどこで過ごしたのかは、彼しか知らなかった。十二月十八日、ウィルズにまた緊急の依頼をした。「ある特別な目的のために五十ポンド紙幣が要る。折り返し便で送ってくれないだろうか？」[12] それは、ネリーのための金のように思われる。あるいは、医者か看護婦のための。彼はクリスマスに、ジョージーナとメイミーを連れてギャッズ・ヒルに戻った。彼がオーストラリアでの公開朗読巡業を諦めたのは、その時だった。彼はフォースターに、自分は金が要ると話した。「僕の上着の裾を何本もの手が摑んでいるので、見回すたびに、それを感じ、目にせざるを得ない。それは生易しい苦労ではない。苦労人の境遇について知っている君が想像するように」[13]。しかし、金の問題よりもさらに重要な考えるべきことがあった。

一八六三年一月中旬、彼はジョージーナもメイミーも連れずにフランスに戻った。そして、二月中旬まで滞在した。パリに着く前に彼は、大使館付の医師だった、アイルランド人の友人ジョーゼフ・オリフに、自分は病気の友人を見舞うつもりだと言い、パリに着くと再び手紙を出し、自分は苦しんでいる、「神経の衰弱――それに加え、ここでは言えない心配事――で、眠れない」と訴えた[14]。彼はほかの友人や知り合いには、ジェノヴァかスイスに長い旅をする計画だと、違った話をしたが、ウィルキー・コリンズには、「落ち着かなく、不安な気持ちだ、〝ある状況によって。それについては――〟等々「ママ」」とだけ書いた[15]。彼は人に明かしていない目的地に一週間ほど行くためパリを発つと言い――それは、パリの別の地区だったこともありうる――公式には一月二十九日にパリに戻り、フランスの彼の愛読者に、幼いドンビーが死ぬ場面を朗読する準備をした。彼は「子供の死の場面を読み通すだけ精神を集中できず、落ち着かなさ」を感じた[16]。たぶん、ネリーの子が産まれ、その子は弱かったのだろう。

一月に彼は、グノーのオペラ『ファウスト』にも行った。それは、無垢なマルガレーテが、宝石の贈り物で誘惑される物語である。彼はひどく心を乱されたと、ジョージーナとマクリーディーに言った。「観るに堪えなかった。ひどく応えた。僕の耳には、僕自身の心にあるものの悲しげな反響のように聞こえた」と彼はジョージーナに書いた。そして、こう続けた。「しかし、あるフランス人が言ったように、『大胆であれ、ダントン！』だ。だから、ここでやめる」[17]。これは告白に最も近い。そして、彼が自分自身とネリーのことを語っているという以外の解釈はできない。彼はマルガレーテが純真さを失う舞台での様子を、再びマクリーディーに書いた。マクリーディーはターナン一家を長年知っていた。「僕は耐えられなかった。完全に参った」[18]。オペラの中で、マルガレーテは子供を産むが、その子供は死に、彼女は追放され、嬰児殺しの罪に問われ、彼女自身も死ぬ。

二月四日、ディケンズは従僕のジョンをイギリスにやり、一人で旅行に出掛け、アラスとアミアンの両方を訪れた。彼は三月に、「あるかなり気掛かりな仕事」〔エレンの病気に関係があるのは疑いないとされている〕で再びフランスにいた。その仕事は「四、五日かかった」。四月に、「病める友人を見舞うため、急遽呼び出され」、「急いでイギリス海峡」を渡ったと手紙に書いている。これらの旅は、ロンドンでの公開朗読の合間にしなければならなかった。公開朗読は一八六三年の三月に三回、四月末に四回、五月に五回行われた。五月に、マライア・ターナンの結婚式がロンドンで行われた（彼女はオックスフォードの裕福な醸造家、ローランド・テイラーと結婚した）。そして八月、ディケンズは北フランスに「二週間蒸発する」と手紙に書き、十一月にもそうした[19]。そういう事態が続いたが、それは、彼が呼ばれた時はいつも出掛けられる用意をしていたこと、また、フランスで長期間過ごす時間を取って置いたことを示唆している。その年彼は、『商用のない旅人』の数篇を書き、秋には長篇小説『互いの友』を書き始めた[20]。また、「リリパー夫人」の数篇も書き始めた。それは一八六三年と六四年のクリスマスに出た。それはまたしても、私生児の誕生を中心にしたものだった。ロンドンの下宿屋の女主人であるリリパー夫人は、恋人に棄てられた若い女に同情する。若い女は出産で命を落とす。リリパー夫人は男児の赤ん坊を育て、数年後、その子を連れてフランスに行く。その子はサンスで、悔悟し死にかけている父親に会う。

一八六四年には、ディケンズは以前ほどフランスに行かなかったようである。同年、彼は『互いの友』を書いていた。それは四月に、チャップマン&ホールから月刊分冊の形で出されることになった。二月、彼の銀行出納簿には、「HBD［彼女の誕生日《ハー・バースデー》］三ポンド」と記してある。三月三日のための、ちょっとした贈り物である。そして一週間後、彼はまたもフランスに旅立った。そして六月に、自分はベルギーに行くと、ある手紙の相手には書いているが、ウィルズには、ここから逃れ、自分は「謎の失踪」をするためにパリ方向に行こうと、懸命に仕事をしていると書き、こう付け加えている。「僕はリリパー夫人の少しも減じない魅力を、パリのベベルの人生の魅力と混ぜ合わせる一種の霊感を得たようだ(21)」。彼の言葉は、ネリーと子供がパリにいることを示していると考えられる。ディケンズは十日間ロンドンを留守にしていた。十一月に、彼はまた一週間か十日ほどパリにいた。一八六五年三月、彼の銀行出納簿に、またも「HBD三ポンド」とある。

夥しい数の疑問が、解けぬまま、またほとんど解くことが不可能のまま、いわば宙に浮いている。ネリーの子供がいたとしても、誕生と死亡の年月日はわかっていない。それは、さほど驚くべきことではない。というのも、パリの記録文書は一八七一年に焼失したからである〔パリ・コミューンの戦闘でパリの市役所は火事になった〕。アメリカの学者、ロバート・ガーネットは、赤ん坊の誕生は一八六三年の一月末から二月の初めで、死亡は間もなくの四月だという説を立てている。その誕生の年と月は正しいように思われる。それは、子供が一八六二年の四月か五月に懐胎されたことを示唆している。死亡の月は誤りのように思われる。なぜなら、ターナン夫人もネリーも一八六三年六月のマライアの結婚式に出なかったのだが、そのような緊密に結ばれた家族の場合、それにはよほどの理由があったに違いないからである。そのうえディケンズは、その後フランスに何度も行っているのである。

それに関し、もう一つの証拠がある。ディケンズは一八六七年、友人のエリオット夫人からの要求に応え、ネリーについて語った手紙を書いている。エリオット夫人は、彼女の言う、ネリーとディケンズの住む「魔法の円〔魔法使いが地面に描く結界〕」について知りたがっていた。彼女は大胆にも、ネリーに紹介してくれと言った。エリオット夫人は離婚歴があり、怪しげな結婚をしている、勝ち気の、ややいかがわしい遺産相続人で、コリンズの友人でもあった。彼女はロンドンで『凍結の深海』にほんの少し出た。そして、作家になる野心を抱いていた。ディケンズは彼女が好きだったが、ネリーに会いたいという件は、断固として撥ねつけた。彼によれば、魔法の円の中には一人しかいず〔ネリーのこと〕、「君が過去を知っていると思えば、Nにとって言うに言われぬ苦痛だろう……君が彼女を僕の目をもって見、僕の心をもって知ることができるとは信じないだろう。君に彼女を紹介するのは不可能だ。そんなことをしたら、彼女は一生苦しむだろう。いずれにしても君に感謝するが、それは問題外だ。もし彼女がそれに耐えられたとしても、独りで非常に多くのことを乗り越えさせてきた誇りと自持《じじ》（それは、優しい性格と交ざっていた）が持てなくなってしまうだろう[22]」。独りで「非常に多くのこと」乗り越えさせてきた誇り、自持、人目に晒されるのを厭う気持ち、優しい性格は、ディケンズに従えば、ネリーの性格なのである。もし、子供が生まれ、死んだということでなければ、何が彼女の誇りと自持にそれほどの要求をし、非常に多くのことを独りで耐えさせたのだろうか？

ネリー自身からは、消極的な証拠しかない。彼女は姉たちの力を借りて、ディケンズの死後、自分とディケンズの関係を隠そうと、異常なまでの努力をした。その際、自分の年齢について大胆な嘘をつき、ディケンズから来た手紙を焼却した。それらの手紙は、自分たちの関係が性的なものでなかったなら、その関係の純潔を立証したのは確かだろう。もっと積極的な証拠は、ディケンズ自身の子供たちが与えてくれる。彼の娘のケイティーは、ネリーがディケンズの息子を産んだと言った[23]。そのことを彼女は一八九〇年代に、バーナード・ショーに密かに話した。そしてネリーの死後、友人のグラディス・ストーリーに、自分の話したことをもとに本を書いて出版してもらいたいという意図で、そのことを話し、ストーリーはその通りにした。そしてミス・ストーリーは、ケイティーが言ったことをヘンリー・ディケンズも本当だと言ったと記している――生まれた子供は男の子で、早世した[24]。

もし子供がいたなら――ディケンズの八人目の息子――いつ死んだのだろうか？　一八六四年のディケンズの渡仏には広い間隔があったが、事態は再び変わり始め、一八六五年の最初の数ヵ月に少なくとも四回渡仏した。それも、持病が再発していた時期だった。片足が痛風でひどく痛んで腫れ、歩行困難になる時もあった。彼は『互いの友』の月刊分冊の発行に遅れないよう懸命に執筆した。そしてフォースターに、すっかり参ってしまいそうだと言ったが、一月、三月、四月末、さらに五月末にフランスにいた[25]。そのように頻繁に渡仏したのは、子供が病気だったことを示唆していると考えられるし、もし子供が五月に死んだのなら、その三回の渡仏の最後の回が、六月に、ネリーとターナン夫人がディケンズと一緒にイギリスに戻った時期と一致する理由を説明するだろう。一八六五年六月九日が、ネリーが三年間どこにいたのかよくわからなかったあと、明確にその所在がわかる日付である。なぜならその日に、ネリーたちをロンドンのチャリング・クロスまで運んでいた臨港列車がケント州のステイプルハーストで、たまたま工事のためにレールを外してあった箇所で脱線して木橋に衝突し、下の川に転落したからである。

　ディケンズ、ターナン夫人、ネリーは、先頭近くの一等車に三人だけで乗っていて、最悪の事態は避けられたが、ネリーは三人全員死ぬと思い、「あたしたち、手を繋いで仲よく死にましょう」と言った——その言葉は、その時、三人はさほど仲がよかったわけではないことを示唆しているのかもしれない[26]。ネリーは片腕と首に怪我をし、列車から引っ張り出されねばならなかった。その際、たくさんの宝石類を失くした。そして、自分と母がディケンズと一緒に旅をしているのに誰かが気づく前に、二人はその場からそっと、急いで立ち去らねばならなかった。ディケンズはターナン母娘がホートン・プレイスに戻るあいだ、ブランデーの入ったフラスコを持ってほかの乗客の救助に当たった。そして、彼らを励まし、てきぱきと活動した。ネリーは、もし自分の子供が死んだことで苦しんでいたなら、いまや二つのトラウマから立ち直らねばならなかった。彼女は数週間病気になり、体調が不安定だった。ディケンズは信頼していた従僕のジョンに、「ミス・エレン」の所に、彼女の食欲が湧くような、美味な食べ物を持って行くよう頼んだ。「明朝、タッカーズ店から、新鮮な果物の小さな籠、固形クリームの瓶一本、鶏一羽、鳩一番《ひとつがい》、何羽かの美味の小鳥を持って行くように。また、水曜日と金曜日の朝に、同じ種類のほかの物をいくらか持って行くように——毎日、少し変えるように[27]」。彼はまた、ウィルズ宛の手紙の中で、彼女を「患者《ペイシエント》」と呼び始めた。彼女はペイシェント〔「忍耐強く」〕でなくてはならなかった。

　拙著『見えない女』（*The Invisible Woman*）で私は、ステイプルハーストの列車転落事故が、ディケンズにとってもターナンにとっても、自分たちの関係を分析し、今後どうしたらよいかを考えねばならぬ時だったのではないかと言った。ネリーが負傷してもディケンズは、自分の名声を守ろうという決意のほうを、彼女の世話をしたいという気持ちより大事にした。二人とも、自分たちの関係は純潔だという、友人や家族が利用できる「版」を持たねばならなかった。それは、彼が彼女の教育に関心を持っている優しい叔父さん、擬似教父だというものだった。ファニーとマライアは、自分たちが受けている彼からの援助は、妹が性的恩恵を施していることによって埋め合わされているのではないかという疑念を拭い去るために、そう信じようとしたのに違いない。そして、ネリーが実際にフランスで子供を産み、亡くしたにせよ、そうでないにせよ、また、ディケンズからわずかな援助しか受けずに長い苦しみを味わわされたことで、ディケンズに対し腹を立てていたにせよ、そうでなかったにせよ、列車事故で彼女は、自分の立場が弱く屈辱的なものであるのを痛感した。また列車事故は、彼女と姉たちに、彼女が後ろ暗かろうと潔白であろうと、また、そうした言葉が何を意味したにせよ、彼女は建前と実際に起こっていることの狭間で——見えない女として生きざるを得ないことをはっきりとさせた。

　何年ものあいだ、ディケンズとネリー・ターナンのあいだに性的関係があっただろうとおおやけに示唆した者は、ディケンズの崇拝者たちに、唾棄すべき醜聞漁りと見なされた。奇妙なことに、ディケンズがキャサリンを冷たくあしらったことには、崇拝者たちはさほど心を痛めなかったが。ディケンズ一族は当然ながら彼の名声を守ろうとした。そして当時は、姦通は法廷に持ち出されるような事柄であり、上品な人々のあいだでは口にしてはいけないことだった。一九三五年、トマス・ライトはネリー・ターナンについて多くのことを明かした伝記を公刊すると、攻撃された。そして一九三九年、グラディス・ストーリーがケイティー・ペルギーニとの会話を記した『ディケンズと娘たち』の出版の準備をしていた時、最初の印刷業者は、ディケンズの別居と、その際のネリーの役割についての言及が不快だという理由で、印刷を拒否した。また、訴訟事件になるかもしれぬと恐れたようである。関係者はすべて鬼籍に入ってしまっていたのに。すると、真摯なディケンズ学者、アメリカ人のエイダ・ニズビットが一九五二年、画期的な研究を『ディケンズとエレン・ターナン』という著書で公表した。彼女はディケンズの手紙から、ジョージーナとメイミーの編集の書簡集では削除されていた部分を載せた。彼女はさらに、ウィルズ宛の書簡集で、インクで消されたが赤外線写真で復元された箇所をも自著に載せた。その後、事態は変わった。二人の学究的で完璧主義者のディケンズ専門家、K・J・フィールディングとエドガー・

ジョンソンが一九五〇年代に書いたものの中で、二人とも、ディケンズとネリーのあいだには性的恋愛関係が存在していたことを認めた。フェリックス・エイルマーが一九五九年に出した、半ば見事な研究で、半ば見当外れの『お忍びのディケンズ』〔ディケンズはネリーとのあいだに生まれた子を養子に出した、という説をエイルマーは唱えた〕が、さらに数多くの情報を提供している。ディケンズの書簡の『ピルグリム版』は、長年にわたって、いっそう細かい事実を明かした。グラディス・ストーリーが一九七八年に没したあとに発見された原稿ノートは、彼女が以前に公表したことに、さらに情報を付け加えている。それによって、ライトによる伝記の多くが裏付けられた。綿密で深い知識を持つディケンズ学者のフィリップ・コリンズは『ディケンズ――インタヴューと回想』（一九八一）の中でグラディス・ストーリーの説を引用し、ネリーがディケンズの愛人だったということを依然として否定している者もいるのを認めながらも、ストーリーの説は「おおむね正しく、非常に興味深い」と言っている。彼自身は、ネリーがそうであったのを明らかに信じていて、ディケンズは「エレン・ターナーと寝ることにより、彼の時代の道徳規範を破った」と書いている[28]。

　事態は再び変わった。一九〇〇年、私がネリー・ターナンの伝記『見えない女』を出版した年、ピーター・アクロイドはディケンズ伝の中で、「二人の関係は、どんな意味でも〝床入り〟をした関係とは、ほとんど考えられないようだ」と書いた。マイケル・スレイターは『チャールズ・ディケンズ』（二〇〇九）の中で、二人が性的関係を結んだという証拠はないと、正しくも主張し、そう言うだけにとどめている。しかし二人とも、故キャサリン・ロングリーがネリーの潔白を主張するために書いた、入念に調べた未発表論文に感銘を受けた[29]。私はミス・ロングリーを知っていて、彼女が好きで、彼女から学び、彼女の原稿を研究したが、その説は私を納得させなかった。むしろそれは、ディケンズの二人の子供の証言、グラディス・ストーリーのノート、ディケンズ自身の手紙、本章に書かれているいくつかの事件の流れから、ディケンズがネリーの恋人であり、彼女が彼の子供を産み、その子供は死んだという私の考えを強めた。文書の証拠がなくとも、また、不確実な点は残っていても、数多くの資料から得られる証拠の総体は、簡単には否定できない。

　これほど長くベベルの国、フランスでの話をしてきたので、遅れを取り戻し、ギャップを埋めねばならない。

一八六三年三月、ディケンズのかつての旅の道連れで、ジョージーナにプロポーズしたことのある画家、オーガスタス・エッグが、保養先のアルジェで客死した。悲しんだディケンズは机の前に坐り、一八五八年以降に死亡した、『凍結の深海』に参加した五人のほかの者のリストを作った。五ヵ月後、彼が嫌っていた義母、ホガース夫人が世を去った。彼は数行の素っ気ない手紙をキャサリンに書き、また、メアリー・ホガースが埋葬されていて、かつて自分もそこに埋葬されたいと願った墓を開けてよいという許可を与えた、ケンサル・グリーン墓地会社宛の手紙を同封した。彼は悔やみの言葉はひとことも書かなかった[30]。数週間後の九月、今度は彼の母が世を去った。「母の状態は恐ろしかった」と彼はウィルズに語った。そして、母をハイゲイト墓地に埋葬する手配をした。一八六三年のクリスマス・イヴにサッカレーが睡眠中に死亡した。彼とディケンズは一週間前にアセニーアム・クラブで親しげに言葉を交わしたものの、一八五八年以来、事実上、絶交していた。ディケンズはケンサル・グリーンでの葬式に出た。そして、『コーンヒル』に追悼文を書き、サッカレーの性格を大いに褒めた。サッカレーの作品には何も触れなかったが。その追悼文は二月に掲載された。その同じ月に、ディケンズは息子のウォルターがインドで死んだという知らせに接した。

ウォルターは借金を作り、ディケンズは彼に腹を立て、何ヵ月も連絡をしなかった。ウォルターは前年の秋に、自分は病気だという短い手紙をメイミーに出した。そしてクリスマスに、自分は今ひどく具合が悪いので、病気休暇で本国に送還されるところだという手紙を、またメイミーに送った。しかし、一八六三年の大晦日、乗船する前に動脈瘤破裂で死亡した。ミス・クーツはウォルターが死亡した機会を捉えてディケンズに手紙を書き、キャサリンと和解するよう、また促した。彼はそれに対し、こう答えた。「かつては文字が書かれていた私の人生の一頁は、まったく空白になりました。それに一語でも書いてあるふりをする力は、私にはありません[31]」。彼は自分たちの子供が死んだことについてキャサリンに話しも、手紙に書きもしなかったが、ウォルターの借金は払い、あとは心を鬼にした[32]。

十代後半だったフランシスもアルフレッドも、共に彼を失望させた。十月に、フランシスはジョン・ラッセル卿に推薦され、上級官吏に指導してもらったにもかかわらず採用試験では二位だった。吃音が妨げになったのかもしれないが、ディケンズは息子の失敗は「説明し難い」と思い、ブルム卿に頼み、ロンドンの登記官にしてもらおうとした。それも不可能だとわかると、フランシスはインドに行きベンガル騎馬警察に入ることに同意し、兄のウォルターに会えるものと期待しながら、一八六三年十二月にインドに向けて発った。同じ頃、ウリッジ士官学校の入学試験の準備をしていたアルフレッドは、彼を指導していた教師たちから、合格する見込みはないと思われたので、ディケンズは彼をシティーの会社に入れることにした。アルフレッドはそこでの仕事が満足にできなかったので、オーストラリアに行くよう説得された。一八六五年五月、ディケンズがフランスに発った時、アルフレッドはニュー・サウス・ウェールズの羊牧場の支配人になるために、オーストラリアに行く船に乗った。彼は両親の顔を二度と見なかった。

ディケンズは作家としては、すでに見たように、万事ひとまず順調だった。二年間、小説を書くなんの計画もなかったが、一八六三年八月末、フランスから帰ってきた彼は、二十の月刊分冊になる新しい物語の構想を得た、とフォースターに話した。そして、十月までには、そのことにかなり自信があると言った。それは、『互いの友』になった[33]。彼はまた、その年の秋、自分の友人たちに対して善いことをした。フォースターがマクリーディーの再婚に反対したことで二人は絶交していたが、ディケンズは二人を仲直りさせたのである。一八六四年二月、彼は自分の私信の何通かが公表されたことに苦情を言い、その後受け取った手紙の束を焼却し、今後は「できる限り短い手紙を書く」と宣言した。それは、どうやらしばらくのあいだ実行されたようだ[34]。一八六四年には公開朗読は行われなかった。彼はハイド・パーク・ガーデンズのグロスター・プレイスに七月まで一軒の家を借り、ウェリントン街の部屋を改装し、立派な新しい絨毯を敷いた。三月にパリに行ったあと、フォースターに手紙を書き、十七世紀の政治家サー・ジョン・エリオットの新しい伝記を褒め、『オール・ザ・イヤー・ラウンド』で目立つように書評する手筈を整えた。彼はフォースターに、自分は小説をごくゆっくりと書いていて、四月三十日に最初の号で出るまでに五号分書き溜めておきたいと言った。四月二十三日、彼はシェイクスピアの誕生を「平穏に静かに」祝い、フォースター、ロバート・ブラウニング、ウィルキー・コリンズとその日、ストラトフォードに行った[35]。秋に、またしても親友の画家ジョン・リーチが、五十にならずに世を去った。ディケンズは暗い気持ちでケンサル・グリーンでの葬式に行き、家族ぐるみで休日を楽しく過ごしたこと、二人でウォーキング・クラブを作ったこと、劇を上演したこと、彼のクリスマスの本に、リーチが大いに称讃を博した挿絵を描いたことを思い出した。すると一八六五年六月、一緒に『ディリー・ニュース』を創ったジョーゼフ・パクストンが死んだ。

そうした失われた友人の何人かを埋め合わせる、一人の新しい友人が現われた。チャールズ・フェクターである。彼は一八六三年一月に、ウェリントン街の真正面にあるライシーアム劇場の支配人になった。フェクターはイギリス人とドイツ人の血が混ざっていて、もっぱらフランスで教育を受けた。フランス語が彼の第一言語だった。彼は一八四〇年代にパリの劇場で俳優としての道を歩み始め、スターになったが、喧嘩っ早かった。ディケンズはパリで彼の演技を見て感心し、一八六〇年に彼がロンドンに移ってきた時に、その演技を必ずまた見ようと思った。彼はハムレットを演じたが、それはスリリングで大いに称讃された。自然な演技が一切の仕来りを破っていた。また、イアーゴーも見事に演じた。英語には訛りがあったが立派だった。彼は舞台に出る前に、緊張のあまり必ず吐いた。そして、怒りっぽいので有名だった。借金をこしらえ、おおむね信頼できなかった。しかしディケンズはフェクターがすっかり気に入り、「素晴らしい男で反偽善者」だと褒めた[36]。ディケンズが言うには、一八六四年の夏のあいだ、自分がギャッツ・ヒルにいれば、フェクターは日曜日に大抵やってきた。一八六五年までには、ディケンズは彼を「ごく親しい友」と言うようになり、彼をアシニーアム・クラブのメンバーに推薦した[37]。驚くには当たらないが、アシニーアム・クラブは入会を拒否したがギャリック・クラブは歓迎した。イギリス紳士のクラブは陰謀、ゴシップ、喧嘩の巣窟で、ウィルズがギャリック・クラブから除名された時、ディケンズは退会した。それは、ディケンズの四回目の退会だった。フェクターも義理堅くディケンズに倣った。

フェクターはイギリスの社会にすっかり適応することはなかった。ガウン姿で客をもてなし、客に台所から食べ物を持ってこさせた。フランス人の女優と結婚したが、別のフランス人の女優カルロッタ・ルクレールの愛人になり、のちに彼女を棄て、三人目の女と一緒になった。そのフランス的な図々しさ《サン・ジェーヌ》がディケンズには魅力的だった。ドルセイが体面を平然と無視した時のように。おそらくそれは、

1865年にフェクターが
ディケンズに贈ったシャレー
――完璧な贈り物。

彼らと一緒の時は、自分がほかの人間になったような気になれたからだろう。フェクターはギャッズ・ヒルに自分の印を刻した。一八六五年一月、彼はディケンズに完璧な贈り物をしようと思い立ったのだ――二階建ての木製のスイス風シャレーを造るのに必要なすべての部品が詰まった巨大な箱。ディケンズはすぐさまそれを建てさせた。家から大分離れた、隧道《すいどう》を通ってのみ行かれる道路下の荒地に組み立てられたそのシャレーの二階は、風通しのよい書き物室になった――「実に快適なアトリエ」。中には鏡が掛けられ、光と鳥の鳴き声に満ちていた[38]。彼はそこで、人、手紙、心配事、厄介事から逃れ、邪魔されることなく仕事ができた。

第23章
賢い娘たち
一八六四〜六六年

一八六三年の秋から六五年の秋まで、ディケンズは『互いの友』を書いていた。それは、完成した彼の最後の小説になった。その執筆にかかった二年間、公開朗読はしなかった。その二年はストレスに満ちたものだったが、小説は野心的で力強いもので、辛辣なユーモアに満ち、彼が生きた社会に対する最終判断を提供していた。彼はかつて、ホガースを想わせる若い作家として歓迎されたが、この最後の作品においても、情景と登場人物を描く際、依然としてホガース的活力と精緻さがあり、肉体的、道徳的不具という荒地を均《なら》すようなことはせず、むしろ、それを愉しんでいる。彼はそれを『オール・ザ・イヤー・ラウンド』には載せず、昔のように、緑の紙の表紙を付けて、二十回の月刊分冊で出すことにした。彼はチャップマン&ホールと、未完で急逝した場合の問題を、初めて考慮した契約を結んだ。未完で死んだ場合は、フォースターが出版社と、その補償について交渉することになった。万事順調の場合、ディケンズに三回に分けて原稿料が支払われることになった。最初の号が出る時に二千五百ポンド、六回目の号が出る時にも二千五百ポンド、最後に千ポンド、合計六千ポンド。[1] 彼はかつてほど精力的ではないのを自覚し、最初の号が一八六四年四月に出るまでに五号分書いておくことにしたが、そのペースが保てるかどうか不安になる時があった。七月にフォースターに、自分はこのところ体の具合が悪かったが、今でも気分が優れないと言い、「自分の仕事の広々とした土地を見るまで、まさに山を登らねばならない」とこぼした。[2] また、最近出したどんなものより売上が少ないのも、気分を明るくしなかった。最初の号の印刷注文部数四万は次第に減り、最終号は一万九千部、紙表紙に縫い付けるだけでよかった。[3] しかし、それまでのどんなシリーズよりも広告の依頼があり、合計二千七百五十ポンドになり、出版社と著者が折半した。そして、その小説は今も読まれている。

『互いの友』は彼の目を通した最後のロンドンを見せてくれる。一八六〇年代のロンドンである。「燻《くすぶ》る家とガミガミ言う女房の性質を併せ持つ、黒い、甲高い音を立てる都市。なんとも砂だらけの都市。なんとも希望のない都市。その空の鉛の天蓋には裂け目がない」(4)。人が毎週、通りで飢え死にする都市。その都市の中流階級は堕落し、自己満足し、怠惰で、貪欲で、不正直で、愛を追い求めるより株を追い求めることのほうに関心がある。ディケンズが揶揄する金持ちと自称金持ちの中に、ラムル夫妻がいる。二人は互いに相手が金持ちだと誤解して結婚する詐欺師夫婦だ。そして、堕落した実業家で、議員になるヴィニアリング、英国がほかのどの国よりも優れていると確信し、なんであれ、自分の自己満足の気持ちを乱すような人生の側面を無視することにしている、保険ブローカーのポズナップ。彼らの親友のレディー・ティピンズ。彼女はラムル夫妻の結婚式に、箔を付けるために招かれる。そして、教会で密かに観察する。「花嫁、間違いなく四十五。一ヤード三十シリング。ベール、十五ポンド。ハンカチ、贈り物。花婿、花嫁より目立ってはいけないので頭を押さえつけられている、したがって若い娘たちはいない……ヴィニアリング夫人、あんなビロードは見たことがない、そう、二千ポンドだろう、立っているあの女の身に付けている宝石類は。宝石商のショーウインドーにそっくり、父親が質屋に違いない、さもなければ、どうしてこういう連中がそうできたのだろう？」(5) われわれは、このいやらしい、機知に富んだ老女の内的独白と共にオスカー・ワイルドあるいはノエル・カワードの喜劇的世界に入る。

ほかの登場人物も、古いロンドンの周りに無計画に広がってゆく新しいロンドンに住んでいる。「テムズ川のほうに続いている、平坦な田園のあの地方、そこでケント州とサリー州が出会い、そこで鉄道が、その下で間もなく死んでゆく市場向け菜園を依然として跨いでいる……ひどく精神が錯乱した子供が箱から一摑みに取り出した玩具の近隣の土地……ここには、すでに廃墟になった、もう一つの未完成の通り。あそこには、巨大な新しい倉庫。向こうには、崩れかかった古い田園の別荘。そして、黒い溝、キラキラ輝く胡瓜の温床、雑草の繁茂した畑、十分に耕された菜園、煉瓦の陸橋、アーチの架かった運河のごったまぜ……まるで子供がテーブルを蹴ってから眠ってしまったかのようだ」(6)。ディケンズのロンドンには、常に多くの混乱と汚物がある。紙屑が通りに吹き飛ばされ、物語の筋の多くは、カムデン・タウンに積み上げられる巨大な塵芥の山に関係している。それは分類されれば一財産の価値のある塵芥で、その所有者を「黄金の塵芥収集人」にする。ディケンズは一八五〇年、現実の塵芥の山について書かれたものを『ハウスホールド・ワーズ』に載せた。[7] そして、塵芥の山をこの作品の象徴として捉えた批評家もいた。ジョン・ケアリーが指摘しているように、もしそれが、金は汚い物だということ、金を溜めることが悪だということを示唆しているなら、それはディケンズの金銭観に合わない。彼は金を貴重なものと見なし、それを稼ぐために懸命に働いたのだから。[8] 金自体が、いつもディケンズを魅了した。なんであれそれが象徴したり、表わしたりしたものよりも。

シティーの事務員の置かれた状況は、彼がそれについて書いた一八三〇年代以来、あまり変わらなかった。彼らは塵芥の山、闘犬場、がらくたの山、骨、焼かれるタイルと煉瓦の「郊外のサハラ砂漠」を通って、北の郊外から仕事場に行く。[9] 彼らは今ではさらに遠い所から来るが、それでも、依然として小さくて不便な家に住み、家賃を払う足しにするため下宿人を置くことが多かった。ロンドン北部のホロウェイに住むレジナルド・ウィルファー一家は、家の一番いい部屋を下宿人に貸す。ウィルファー一家は大抵、蠟燭に不足し、食べ物が不十分で、夕食にオランダ産チーズの古いひとかけらしかないことが多い。もっとよいものがある場合は、それを暖炉の火で揚げる。大人になった娘たちは、引っ繰り返した箱と、化粧テーブル代わりのごく小さな鏡のある部屋を共有している。彼女たちは儀式張らない。ベラは父と話すために、ヘアブラシを手に裸足で階下に降りてくる。ディケンズは彼女たちの暮らしぶりを正確に知っている。たぶん、パーク・コテージでのターナン一家の暮らしを見ていたためだろう。

ディケンズの登場人物は、彼同様、気晴らしをするためにロンドンを離れる。彼らはブラックヒースかグリニッジに行く、あるいはテムズ川沿いにハンプトンおよびさらに西に行く——樹木と緑の野のあるステインズ、チャートシー、ウォルトン、キングストンに。さらにオックスフォードシャーまで。一八五五年六月、ディケンズは一人でボートを漕いで、オックスフォードからレディングまで行ったのを、われわれは覚えている。しかし、そこまで行っても、テムズ川には不吉な面があった。人は、ロンドンでと同じくらい簡単に溺れ、あるいは溺れさせられたからである。『互いの友』には、溺死および溺死寸前の場面が多い。暴力と危険が登場人物の多くを脅かす。ライムハウスのテムズ川沿いで育ったので、テムズ川に愛着のあるリジー・ヘクサムも、テムズ川を「侘しい川岸を持つ大きな黒い川……大洋、すなわち死に向かって延びてゆく」と見る。[10]

ロンドンでは、われわれはささやかな商店と作業場の中に連れて行かれる。薄暗い、ごたごたした部屋にいる剝製師のヴィーナス氏。体がひどく不自由なのでほとんど歩けず、両肩が不均衡なので布を切り糊付けする作業台の前に坐っている姿が一見「子供――侏儒――少女――何か――」のように見える、人形の服の仕立屋ファニー・クリーヴァー。彼女は自分をジェニー・レンと呼び、舌鋒鋭く、「奇妙だが醜くはない小さな顔をしていて、目は明るい灰色」で、髪はふさふさした金髪である。[11]彼女は児童労働者で、十二か十三で、すでにその職業にすっかり馴染んでいる。人形の服の仕立屋は、ポズナップのように、奇形の者や身体障害者の存在を認めたがらなかった十九世紀の読者のある者の心を乱した。『互いの友』を酷評したヘンリー・ジェイムズは、ジェニーが「哀れな小さな侏儒」として「安っぽい面白さと、非常に安っぽいペーソス」を喚起するために投入されたことに、とりわけ異議を唱えた。「ディケンズのすべての哀れな登場人物のように、彼女は小さな怪物である。奇形で、不健康で、不自然である。彼女はディケンズ氏のすべての小説における感傷的な役目を果たす、狗僂《くる》、白痴、早熟な子供の一団に属する」[12]。ジェイムズは、ジェニーをディケンズが書いた通りに思い起こす労を惜しんだ――ジェニーは自分で商売をし、懸命に、そして想像力を働かせて仕事をし、自活し、酔いどれの父の世話をし、忠実な友なのである。彼女は苦しい時、自分を慰めてくれる天使に関して感傷的な考えを抱くかもしれないが、それは、彼女の美徳に比べれば些細な欠点でしかない。ジェイムズはおそらく、スロピーも嫌いだったろう。スロピーは救貧院にいた少年で、不恰好で、長身の割に頭が小さく、何も仕込まれていない。ディケンズは、醜さと無知が必ずしも知能の不足を意味しないという例を数多く見てきたので、スロピーが訓練の機会と適切な食べ物を与えられ親切にしてもらえば、家具職人になれるということを示している。

ジェニーは父よりも賢い娘だが、彼女の友人のリジー・ヘクサムもそうである。リジーは、溺死者から物を盗んで生計を立てている、テムズ川の船頭の娘である。犯罪人の父を持ち、母がいず、なんの教育もない彼女は、知的で見識のある人間になり、弟のチャーリーを育て、弟が立派な人生を送ることができるよう、学校にやる。彼女は針子で、船員の装身具の貯蔵庫の管理人としての仕事も持っている。そしてわれわれは、彼女が見た目が可愛らしいだけではなく、進取の気性に富み、勇敢でもあるということを見せられる。そのうちのいくつかは信じ難いかもしれないし、彼女の内面生活は、われわれにはわからぬままだ。ディケンズは、彼女の弟や、彼の学校教師ブラッドリー・ヘッドストーンのような、貧しく野心的な若い男を描くことはできるが、リジーの心の中に入って行くことはできない。彼はリジーに、ありきたりの考えと感情しか与えない。火桶のそばの床に坐っている彼女を、彼女を愛慕する者が小さな窓を通して見るが、その姿をディケンズは美しく描いている。「顔を片手に持たせていた。彼女の顔には、一種の薄い膜あるいは明滅する光があった。最初彼は、それは揺らめく火の明かりだと思ったが、よく見ると、彼女が泣いているのがわかった……それは小さな窓だったが、四枚のガラスが嵌まっていて、カーテンが引いてなかった……彼は長いあいだ彼女をじっと見ていた。深く豊かな色。彼女の頬は茶色に紅潮し、髪は光沢を持っていた[13]……」。リジーはラファエロ前派の絵のようで、彼女を恋する怠惰な法廷弁護士のユージーンは、デュモーリエの小説の主人公のようである。二人は興味深いタイプで、それぞれ表面は見事に描かれているが、表面下にある、内部の複雑な人間性は示されていない。二人の物語は二人を隔てている階級という障壁を破ることで終わるが、それは、彼が不治の病人になり、彼女が恋人であるよりは看護婦にならざるを得なくなったあとのことに過ぎない[14]。

ディケンズはベラ・ウィルファーをもっと巧みに書いている。信じ難い一連の窮地に彼女を立たせる筋にしているけれども。ターナン一家の娘たちが、郊外のイズリントンから逃れたいと思ったように、ベラが郊外のホロウェイの貧しい暮らしから抜け出したいと願うのは信じられるが、たちまちのうちに道徳心が向上するというのは説得力に欠ける。「あたしは人形の家の人形より、ずっと価値のある者になりたい」と彼女が宣言する時、われわれはイプセンがしたように、「聞き耳を立てる」[15]〔イプセンはここを読み、『人形の家』という題を思いついた〕。したがって、彼女が献身的な既婚の人形になって、鼻をくっつけるようにして料理本を読み、赤ん坊の世話で忙しく、自分が偶像に仕立てた夫に疑問を持つことはまったくない生活に落ち着くのを見ると、われわれは失望する。ベラは父と一緒にいて、自分の感情をぶちまけ、思い通りに振る舞う時、一番いい姿を見せる。彼女は父のお気に入りで、父は彼女を「わたしのペット」、「愛らしい女」と呼び、二人はこの作品を通して、いちゃつくような関係を続け、ベラは、自分を幸福にするのに専心してくれる若い女という、老人の夢を叶えてやる。ベラはいつも父を軽く抱擁し、髪を整えてやり、自分の髪で父の息を詰まらせる。彼女は父にナプキンを結んでやり、父の顔中にキスをしているあいだ父の両耳を持ち、ドアに父を押しつける。二人は一緒に秘密の探検に出掛ける。その一つはグリニッジに行ったことだが、父はそれを、「自分が人生で味わった最も幸福な日」と呼ぶ[16]。彼女は父に、新しい服を買う金を与え、父と母の不満足な関係について父から打ち明けられ、結婚すると、自分の家の隅の静かな逃避所を提供する。大方が中年の男の当時の批評家は、ベラは抗し難いほど魅力的だと思った。彼女と父の場面を読むと、ディケンズがネリーといる場面、あるいは娘のケイティーか、あるいはその二人が一緒になった者といる場面を見るような気持ちになる。ただし、レジナルド・ウィルファーはディケンズの代役ではない。偉大なチャールズ・ディケンズを自分の髪で息を詰まらせたり、キスをしているあいだ両耳を持つのは、ネリーにしてもケイティーにしても勇気が要っただろうから。ディケンズの描くベラの行為は、もしネリーやケイティーがそうしたなら彼が喜んだであろうことを示唆している。

ベラと父は、二人が登場しない部分では陰気で暗く暴力的なこの作品を明るくしている。また、この作品は時に退屈でもある。筋の弱さは深刻な欠点で、塵芥の山を遺産として受け継いだ善良なボフィン夫妻、隻脚のサイラス・ウェッグの話、およびジョン・ハーモンが別人の名前を名乗る話が長過ぎる[17]。しかし、学校教師のブラッドリー・ヘッドストーンの嫉妬ゆえの苦しみと怒りは厳密に制御され、彼が殺人に走るまで抑制されていて、迫力がある。ヘンリー・ジェイムズより公正なアメリカの批評家、エドマンド・ウィルソンはこう指摘した。ディケンズは、ブラッドリーという複雑な性格を持ち、しかも社会のまっとうな一員である殺人者を初めて描いた[18]。ディケンズの観察の幅は途方もなく広く、諷刺の切れ味は新しい剃刀のように鋭い。そして彼は、ヴィニアリングの恐るべき仲間たちだけではなく、何人かのまともな中流階級の人間をも登場させる。イースト・エンドで子供のための病院を経営する者たち、「金のかかる教育を受け、雀の涙ほどの給料しか貰えない」牧師。その牧師は「心配事で窶れ」、六人の子供を抱えて絶望的なほどに過労の知的な妻の助けを借りて、貧しい教区の世話をしている[19]。ディケンズは「教会にはうんざり」だと言ったが、素朴で善良で無私の牧師がいること、牧師夫妻が貧民を献身的に助けて疲労困憊することがあるのは認めた[20]。

『互いの友』で印象的なのは、潮の干満のある、黒ずんだ力強い川、ロンドンの陰気な都市景観、空、夜鳴り響く教会の時計、塵《ごみ》だらけの通り、ロンドンの砂だらけの教会境内、全物質世界である。欠けているのは、良い新しいロンドン、一八六〇年代に始まった、土木技師サー・ジョゼフ・バザルゲットの仕事、すなわち、「ウェストミンスター橋からブラックフライアーズまで、ミドルセックスの河岸に、テムズ川から高く上がる、乾いた」テムズ河岸通り《エンバンクメント》である。「それは実に見事な工事で、実際に進行している。さらに、大規模な下水道。それも見事な工事で、やはり実際に進行している」[21]。ディケンズは『互いの友』を書き終えてから間もなく、スイスの友人セルジャに宛てた手紙の中で、河岸通りの造成と下水工事について、そう書いている。そうした偉大な事業のいくつかを作品に取り入れなかったのは残念だという気持ちになる。彼の描くロンドンの道徳的風潮は堕落していて穢れていて、個人的な勇気と美徳によってのみ、部分的に救われていた。

この小説のもう一つの注目すべき特徴は、身体的苦痛や困難を経験する登場人物が非常に多いということである——ジェニーはほとんど歩けず、ウェッグは隻脚で、ユージーンはブラッドリーに襲われてから、何ヵ月も死んだも同然だ。ベティー・ヒグデンは救貧院でではなく、なんとか戸外で死のうとする。邪悪な金貸しのフレジビーは血が出るまで鞭で打たれてから、胡椒を掛けられる。彼らの苦痛は、ディケンズが自分自身、しばしば苦痛を味わっていたことを想起させる。一八六五年の二月から、彼は間歇的に片足がひどく腫れ、普通の深靴が履けず、触ると非常に痛かったので、執筆中には欠かせなかった運動ができなくなった。また、その結果、夜「眠れないほど苦」しんだ。彼はそれが自分の将来を脅かすのではないかと恐れたに違いない[22]。「もし、速く遠くまで歩けないなら、爆発して死んでしまう」と彼は十年以上前にフォースターに言った[23]。

それでも『互いの友』は一八六五年九月二日に書き終わり、ディケンズは数日、パリとブーローニュで過ごした。ネリーが一緒に行ったとは考えにくい。二人がその前にイギリス海峡を渡る旅をし、たぶん、フランスでの悲しい思い出があったので。彼はフォースターに、痛む足用に特製の深靴を「オトラント・スケール」〔ホレス・ウォルポールの小説『オトラント城奇譚』の巨人になぞらえたもので、特大サイズの意〕で作らせたこと、また、午後四時か五時以降になると、靴を履いているのに耐えられず、坐って脚をもう一つの椅子に載せねばならなかったことについて話した。そして、パリにいたあいだに日射病にも罹った。床《とこ》につき医者を呼ぶほど悪かったが、ブーローニュでは海辺を少し散歩することができた[24]。イギリスに帰ると、『オール・ザ・イヤー・ラウンド』のためにクリスマス用の短篇を書いた。それは、軽馬車で呼び売りをする行商の独白だ。それは、『ドクター・マリゴールドの処方[25]』という題の、滑稽な語り口とペーソスの混ざったもので、もっぱら彼が公開朗読で読むための作品だった。ドクター・マリゴールド〔貧しい家に彼が生まれた時、彼を取り上げたドクターが一ペニーも請求せず、ティー・トレイだけを受け取ったので、それに感激した父が彼にドクターという名を付けた〕は、小さな愛娘が死んだので聾唖者の幼い少女を養女にし、意思の疎通の仕方を教え、聾唖学校にやり、そこで少女が良い教育を受けたことを語る。彼女は結婚し、彼のもとを離れて中国に行くが、彼は数年後に帰ってきた彼女の子供を歓迎する。それは、物語の中の三人目の幼い少女だ。その少女は聞くことも話すこともできる。この物語は巧妙に仕立てられていて、きわめて感傷的である。ディケンズが通俗性を持たせたこの物語は聴衆に大いに受け、『オール・ザ・イヤー・ラウンド』のその号はよく売れた。

その年の秋、ディケンズの三人の息子は遠くにいた。フランクはインドにいて、アルフレッドはオーストラリアにいて、シドニーは航海中だった。チャーリーはロンドンにいて製紙業に関係していて、ささやかな成功を収めていた。そしてヘンリーとプローンはまだ少年で、家にいた。ディケンズは、ウィンブルドンの学校で成績の良かった十六歳のヘンリーに、インドの官吏登用試験を受けさせようと決心した。しかしヘンリーはほかの考えを持っていて、九月に、自分は官吏になるつもりはない、ケンブリッジ大学の試験を受けてみたいと父に話した。ディケンズは校長に、息子に大学で良い成績を収める本当の見込みがなければ、大学にやる余裕はない、ヘンリーの才能をどう思うかと訊いた。校長の意見は好意的なものだった。そこでヘンリーは、あと三年学校に残り、数学とフェンシングを含め、様々な科目の特別の指導を受けることになった。父は彼に速記を教えたが、あまりうまくいかなかった。というのも、父が彼に即興で書き取らせた文章はあまりに可笑しなものなので、二人とも腹を抱えて笑ったからだ。ヘンリーは野心的で知的な少年だった。熱心に勉強し、一八六八年、ケンブリッジ大学の法律を学ぶための学寮トリニティー・ホールに入ることができ、奨学生になった。ディケンズは彼の手柄を誇りに思うと同時に、自分が考えてやった道には進まなかった息子の成功が信じられない気持ちだった。ヘンリーはイギリス社会で順調に成功し、社会の傑出した一員になった。

一八六五年のクリスマスは、ギャッズ・ヒルでハウス・パーティーによって祝われた。ジョージーナとメイミーが家事を取り仕切った。ヘンリーとプローンは家にいた。ディケンズは十二月二十三日にロンドンからやってきて、五日間滞在した。家族のうち、ケイティーとチャールズ・コリンズがいた。そして、いまや結婚したことを許されたチャーリーが、妻のベッシーおよび「チャールズ・ディケンズ・ジュニア坊や」を含め、赤ん坊と来ていた。フェクター夫妻も息子のポールと一緒に招かれた。一家の旧友で、『オール・ザ・イヤー・ラウンド』の寄稿者で批評家で酒好きの独り者、ヘンリー・チョーリー――彼は十月に『互いの友』を好意的に書評した――もいた。[26]また、ディケンズが目をかけていて、当時彼の作品の挿絵を描いていた、マーカス・ストーンもいた。ストーンの父フランクは、ディケンズにとって親しい存在だった。驚くべき客は、ディケンズがステイプルハーストの列車事故の際に命を救った、十七歳のエドワード・ディキンソンだった。ディケンズはひしゃげた金属の山から、仰向けに挟まれていたディキンソンを引っ張り出した。ディキンソンはチャリング・クロス病院に運ばれた。ディケンズは彼がそこに五週間入院しているあいだ、見舞った。ヘンリーは一同にビリヤードをさせた。元気旺盛な者は近くを歩いた。また、例によってゲームが行われた――ダム・クランボ、プロヴァーブズ、フォーフィッツ、ホイスト、プール。食べ物はふんだんに出され、男の客には葉巻が供され、シャンパンその他のワイン、およびディケンズが特に調合したジン・パンチが出た。キリスト降誕日にはハイアムの隣人が招待された。マリソン夫妻とその娘である。そして、思いがけぬ人物がやってきた。アメリカ人の船長の息子ウィル・モーガンで、やはりディケンズの旧友だった。盛大なクリスマス・ディナーは、例によって、燃えるプディングで終わった。そのあとディケンズは、タイニー・ティムの文句「神よ、私たちみんなを祝福して下さい」を使って乾盃した。それが済むと一同は、九時から午前二時までダンスをした。[27]ヘンリーは父に関する回想録の中で、その年、父がクリスマス・パーティーで踊れたかどうかについては書いていない。十二月二十九日、ディケンズは編集事務所に戻り、『オール・ザ・イヤー・ラウンド』の次の号の準備をし、病気だったウィルズを見舞うことにした。ウィルズはカムデン・タウンのリージェンツ・パーク・テラスの自宅にいた。すぐ近くにキャサリンの家があったので、そこを訪れるのはディケンズにとって、あまり気分のよいことではなかった。

ロンドンの別の側、ハートフォードシャー州のウォルタム・クロスで、もう一人の小説家アントニー・トロロープが自分の別荘でクリスマス舞踏会を催した。招待客の中には、ファニー・ターナンとネリー・ターナンがいた。二人はいまや、二人の有名な小説家を自分たちの友達に数えることができた。ネリーは健康状態がいかにデリケートであろうと、トロロープ夫妻の舞踏会で好い印象を与えるつもりだった。淡い緑の娘らしいドレス、それに合ったタータンの上《オーバー》スカート、白のレースと露の滴の形の飾りが縁に付いた立派なモスリンを身につけ、髪に緋色のゼラニウムと白いヘザーを挿した[28]。ネリーはファニーを通してトロロープ夫妻の舞踏会に招待されたのだ。ファニーは一八六五年の春、十三歳の姪、アントニーの兄のトマスの娘ビーチェに音楽を教えることを頼まれた[29]。トマス・トロロープ一家はフィレンツェに住んでいた。ビーチェの母はそこで病没した。叔父のアントニーはフィレンツェまで旅をし、子供のビーチェを連れてイギリスに帰り、自分と妻のローズと息子たちのいるウォルタムに住まわせた。彼らは思いやりのある人々だった。一八六五年の夏のあいだ、ネリーがフランスを離れ、鉄道事故の怪我を癒やしていた時、ファニーはビーチェに音楽を教えに隔週の週末にウォルタムまで行った。ファニーはビーチェを大いに元気づけ、彼女の無二の友達になったので、トマス・トロロープが秋に彼女をイタリアに連れて帰るためにイギリスに来た時、ファニーと彼女は互いに手紙を書く約束をした。トマス・トロロープは七年前に、ディケンズからの紹介状を持ってフィレンツェに歌の勉強に来たファニーに会っていた。いまやファニーはトロロープ一族の誰からも、すっかり好かれていた。彼らはファニーを、才能のある、感じのいい、活潑な女性として評価した。

ターナン家の三人の娘は全員、今では女優も歌手もやめていた。ファニーは音楽を教えていて、マライアはビール醸造業者の夫と一緒にオックスフォードにいた。ネリーは謎めいた生活を送っていた。しかし一八六五年十二月、母は舞台に戻る意思を表明し、フェクターの一座で、二本立てに出ることにした。ディケンズはその演目に非常な興味を抱き、クリスマス直前のリハーサルに立ち会った。彼女はすでに台詞を完全に覚えていたが、フェクターはまだ台詞を覚えていなかった[30]。その一つの劇は、スコットのロマンティックな悲劇『ラマムーアの花嫁』の翻案で、もう一つはデュマの大衆的メロドラマ『コルシカの兄弟』の翻訳だった。ターナン姉妹は、一八六六年一月十一日の初日に、母の舞台を見に一緒にライシーアム劇場に行った。ディケンズも観客の中にいたのは疑いなく、劇は「大成功」だったと、彼はのちに報告した。劇は六月まで上演された。そしてターナン夫人は六月で舞台を引退した。

ネリーが十月にホートン・プレイスを人に貸し、ささやかな収入を得た時、ファニーと母は近くのモーニントン・クレセントに下宿し、一月、マライアとネリーは健康のために海の空気が必要だと言って、サセックス州の沿岸のセントレナーズ＝オン＝シーに一緒に行った。一方ディケンズは、当時は静かな田舎の村だったスラウに二軒のコテージを借りた。彼は田舎の人々に自分が何者か知られずにそこに行くことができ、ネリーを密かにそこに住まわせることができると考えた。そして、チャールズ・トリンガムという偽名を使い、その名で家賃を払った。コヴェント・ガーデンの行きつけの煙草屋の女主人はトリンガム夫人だった。たぶん、彼はそれを楽しんだことだろう。違った場所で違った名前を使えば違った人間になれると信じていたのだ。その結果彼の人生は、容易には辿れないほど複雑な筋を持つ小説のようになった。エリオット夫人がネリーについて再び執拗に手紙で訊いた時、彼は言った。「僕のロマンス〔ネリーとのロマンス〕について言えば、それは僕の人生に属していて、たぶん、その所有者と共に僕の人生から消えるだけだろう」[31]。彼は三月三日におおやけの場で話してくれないかという依頼を、「年恒例の約束」があるという理由で断り、ネリーの二十七回目の誕生日を彼女と一緒に祝った。サセックス州においてとも考えられるが、スラウにおいてかもしれない。しかし、リージェント街の彼のお気に入りのレストランの一つ、ヴェリーズにおいてのほうが確率がずっと高い。

ディケンズの主治医フランク・ビアドは二月、心臓機能の低下が見られるとディケンズに言った。彼はさして驚きもしなかった。というのも、自分は「快活さと期待感」に欠けていると感じていたからだ[32]。それでも、ジョージーナとメイミーを喜ばせるために、六月までの足場として、例によってロンドンの家を借りた。今度はそれは、彼が「タイバーニア」〔「タイバーン地区」の意。一七八三年まで絞首刑場があった〕と呼んだところ、ハイド・パークのサウスウィック六番地にあった。そして、健康問題を抱えていたにもかかわらず、新たに一連の公開朗読の準備に取りかかった。
マライア・テイラーは、リューマチに罹っているので南に旅をする必要がある、オックスフォードはじめじめしていると夫に言った。そして、一人でフィレンツェに行った。五月にトマス・トロロープは、ビーチェの家庭教師になってもらうためにファニーをフィレンツェに招いた。そして、ファニーも間もなくフィレンツェに行った。ファニーは怠けてはいず、『マーガレット叔母の悩み』という小説を書き、ディケンズに見せた。彼は大いに気に入り、『オール・ザ・イヤー・ラウンド』に載せる準備をした。ただし匿名で載せ、稿料は個人の資金で出した。編集事務所の中でさえ、彼がいくら支払ったのかわからないように。それは「E. L. T.」——エレン・ローレス・ターナン——に捧げられていて、七月に連載が始まった。同月、有能で気立てのいい女のおかげで家の中が整い、娘が明るくなったので、トマス・トロロープはファニー・ターナンに結婚を申し込み、受け入れられた。十月に、マライア、ネリー、ターナン夫人が全員出席してパリで結婚式が行われることになった。そしてビーチェは、イギリスの寄宿学校に送られることになり、相当憤慨した。ファニーはしたたかな女だったのだ。

ファニーは三十一で、夫は五十六だった。二人とも喜ぶ理由があった。彼は優しく勤勉な連れ合いを得、彼女は社会的に、はっきりと身分が良くなった。夫は生まれと教育の点で紳士だからだ。文筆家として生活費を稼がねばならない、貧しい紳士だが。そして、自分が生まれた社会的階級より上の社会的階級の者と結婚するという、若い女が望むことを、まさに達成したファニーは、ネリーの立場について心配し始めた。ディケンズとの彼女の友情は大丈夫なのだろうか、彼は彼女の評判を危険に晒しているのだろうか？　実際にはファニーは、慎重に行動するようにとネリーに説教する以外、何もできなかったが。ディケンズがいまや彼女の本を出版してくれるパトロンで、すでに二作目の小説を委嘱してくれ、その三年間の版権に対して五百ギニーという異例の高額の金を払ってくれたため、E・L・Tと『オール・ザ・イヤー・ラウンド』の編集長のあいだで何が起こっていようと、それに異議を唱えることはできなかった(33)。彼女がビーチェに宛てた手紙は、ネリーが普通の若い女の生活を送っていて、母親がそばにいて、ペットの犬を溺愛しているかのように読めて、奇妙である。彼女はその犬についてのネリーの他愛ない冗談を伝え、ネリーからよろしくとも伝えている。

ターナン母娘、トロロープ、ディケンズ、ホガース、フォースター、コリンズ、エリオットとその家族、ウィルズ、ディケンズの公開朗読の新しいマネージャー、ジョージ・ドルビーたちが、どのくらいネリーについて知っていたのか、確かなことはわかっていない。フォースター、ウィルズ、ドルビー、ジョージーナは、すっかりではないとしても、かなりよく知っていた。ケイティー、チャーリー、ヘンリーは、ネリーの存在に気づいていた。ウィルズには、ネリーは「患者」だった。ドルビーには、彼女は「マダム」になった。われわれは、ウィルキー・コリンズとトマス・トロロープの友人だったエリオット夫人からの質問を、ディケンズがいかに捌いたかを見た。彼は非常に用心深かったので、『マーガレット叔母の悩み』の作者の名前をウィルキー・コリンズにさえ言わなかった。間もなく彼はエリオット夫人に、彼女がトマス・トロロープに言うことについて注意するようにと警告した。「もちろん君は、トム・トロロープ――あるいは彼の妻――あるいは両方に会ったら、どちらかが、継ぎ合わせて何かにすることができるような、僕に関することを言わないよう、くれぐれも用心してくれたまえ。彼女は、蝮蛇《まむし》の牙〔シェイクスピアの『リヤ王』の中の一句〕よりも遥かに鋭い。それを忘れぬように[34]」

ファニーは彼に対し二重の役をしていたように見える。彼は作家としての彼女の作品を出版したが、彼女は自分とネリーとの暮らしに関する情報を安心して伝えることのできる相手ではなかった。彼とネリーがファニーについて何を話したのか、また、彼とトマス・トロロープが会った時にファニーについて何を話したのか、知りたい気持ちになる。そしてディケンズが、一八六七年四月から、予定通り連載された、ファニーの第二作『メイベルの成り行き』に五百ギニー払ったのは、ファニーの口止め料だったのだろうか？

ディケンズが死んでから何年も経ってからネリーは言った。自分は二人が付き合っているある段階で、彼と関係を持っていることに自責の念を覚え始め、そのことは二人を惨めにした[35]。その自責の念は変動したに違いない、なぜなら、彼女が彼と一緒にアメリカにしきりに行きたがったのは明らかだし、彼がアメリカから帰ってきた時、歓迎するために間違いなくイタリアから戻るようにしたのだから。一つの絶えざる心配は、また妊娠することだったことに違いない。また、妹を守ろうとし、実際的だったファニーが、それ以上ディケンズと性的関係を持つのを避けるようネリーに促したことも考えられる。それを知る術《すべ》はないが、ディケンズとネリーのあいだに何が起こっていようと、心配、自責の念、気乗り薄、罪の意識はすべて、歓びを損なうものである。

一八六五年十一月に刊行された『互いの友』で、ディケンズの最良の仕事はほぼ終わった。同月、彼の仲間の小説家で、寄稿者で、かつての友のエリザベス・ギャスケルが、小説『妻と娘』の完成直前に五十五歳で急死したのは、人は死すべき運命を免れ得ないということを警告した[36]。次の数年間、彼は努力していくつかのエッセイと、苦心の跡が見られる短篇小説を書き、最後の想像力を振り絞って、もう一つの小説を計画し、かなりの部分を書いた。また、熾烈なほどに様々な活動もした。彼は同じ場所に一度に数日以上いることは滅多になかった。そして自分について、こう言った。「私はここにいて、あそこにいて、どこにでもいて、(原則的に)どこにもいないのです[37]」。世界の出来事も彼に影響を与えた。一八六五年に南北戦争が終わると、彼の朗読を聞きたがり、その特権を得るためなら気前よく金を払う用意のある大衆を愉しませるために大西洋を渡るようにという招待が、改めて来るようになった。彼は金が必要だったが、一八六五年は足の問題で物事がいっそう厄介になり始めた年でもあった。現代の医学的見解では、それが痛風であるのは明白に思われるが、彼はその診断を受け入れず、それに同意する医者を見つけた。それ以後彼は、病や様々な厄介事を抱えながらも、誇り高い頑固な男、次第に苦しくなる症状にも負けずに、単に意志の力でだけではなく、仕事のペースを速めることによってもやっていく男になったように見える。ネリーは依然として彼にとって大切な人間だが、いつも御しやすいわけではなく、彼はいつも具合が良いというわけではなかった。息子のヘンリーは、「父が黙ってふさいでいる時は、深い抑鬱と、強い神経的な苛立ちの重苦しい気分」が漂っていたことを覚えていた[38]。だがディケンズは慢性的な鬱状態には陥らず、その頃でさえ、気分が沈んでいた時の話よりも、魅力的で陽気だったという話のほうが多い。彼は依然として無比の者で、最後までそうだった。苦悩と極度の疲労を棚上げにするこつを心得ていて、カーテンの背後から出てくる道化のように、威勢よく不意に再び現われ、見事なユーモアと笑いと、自分の人生の主要な仕事を続けようという決意で誰彼なく驚かせた。

第24章 チーフ 一八六六〜六八年

一八六六年、ディケンズの人生に、彼を大いに元気づけた、新しい人物が登場した。ジョージ・ドルビーである。大男で、精力に満ち、楽天的で、博学で、話し好きで、自分の吃音を堂々と無視した。三十五歳で、結婚したばかりで、失業中の劇場支配人で、ディケンズの次の公開朗読巡業を取り仕切りたがっていた。ドルビーは、その巡業の手配をしていた楽譜の出版業者のチャペルから送られてきたのだが、たちまちディケンズの信用を得、すぐさま友人になった。(1) われわれはドルビーの目を通し、いかにディケンズが歩き回るのにひどい痛みと困難を覚えていても、面白いことを言い、精力的になれるかを再び見る。彼はドルビーにとって英雄になった。ドルビーは彼を敬い、「チーフ」と呼び、次の四年間、動いている客車の中で、ホーンパイプ・ダンスの踊り方をやってみせた時のような浮かれ気分から、巡業マネージャーに、慎重過ぎると怒って怒鳴ったあと自責の涙を流した時までの、あらゆる気分の彼を見た。ドルビーのディケンズは、男同士の気安さと、男の愉しみを享受している、少年のディケンズ、ピクウィックのディケンズだった。二人は少年のように一緒に笑い、冗談を言い、旅の小さな儀式を愉しんだ。ディケンズが好んだ「技巧的《アートフル》サンドイッチ」(フレンチ・ロール、バター、パセリ、固茹で卵、アンチョビ)、ジン・パンチの混ぜ合わせ、アルコール・ランプで熱したコーヒー、クリベッジのゲーム。ドルビーは稀な自由時間にスターリングで監獄訪問に連れて行かれても苦にしなかった。また、近くでサーカスが催されていれば、見なければならなかった。ドルビー自身は、大きな、がっしりした頭を床に着けて逆立ちを披露した。ドルビーは毎晩、公開朗読の第一部と第二部のあいだでディケンズが好んで食べた、元気を回復するものが、「牡蠣一ダースとシャンパン少々」なのを完全に心得ていた。(2) ドルビーはチーフが列車で旅をするたびに、乗ってから一時間経つと、いつもブランデーを一口飲み、そのあと、しばらくしてシェリーを飲むのを知った。二人は旅をするごとに、終始絶え間なく葉巻を燻《くゆ》らした。(3) ディケンズによると、ドルビーは「女のように優しく、医者のように注意深」かった。(4) ドルビーはディケンズが死ぬまで尽くし、ディケンズはドルビーを信用して秘密を打ち明けたが、ドルビーはその信用を裏切ることはなかった[5]。ディケンズは自分に「わが生涯の最も輝かしい章」を与えてくれた、とドルビーは言った。

ドルビーは頑健でなければならなかった。次の四年間、ディケンズと一緒に何ヵ月も続けて旅をしなければならなかったからだ。二人が一緒にした最初の巡業は、一八六六年の春、三ヵ月続いた。それは、スコットランド北部、バーミンガム、クリフトンに及んだ。一八六七年一月に始まった四ヵ月に及ぶ旅には、アイルランド、ウェールズ、ヘリフォード、それにいくつかの北部の都市が含まれていた。一八六七年十二月から六八年三月までのアメリカでの巡業は、ボストン、ニューヨーク、フィラデルフィア、ワシントン、その他の東部の州の町に及んだ。そのあと、さよなら巡業があったが、その間《かん》、二人は一八六八年十月から六九年四月まで、ブリテン諸島中を旅したが、一八六九年四月で中止しなければならなかった。その後、一八七〇年に最後のロンドンの公開朗読が催された。その間《かん》ドルビーは、そうした巡業に必要な複雑な段取りを取り仕切り、チーフがいかに準備作業をしているかを見、長い列車の旅と、毎回違ったホテルでの夜と――ディケンズは友人の家に泊まるのを断った――あらゆる種類の公会堂（そのいくつかはだだっ広く、不便だった）での興行に耐えねばならなかった。そうした公会堂でドルビーは、技術的問題を解決しなければならなかった。ディケンズは独りで舞台に立った。大抵は聴衆の期待感と熱意を高めるのに成功した。ほんの時たま、そうではないこともあった。彼が朗読に対する意欲を持っていたことには疑いない。しかし、自分の健康についての彼自身の記述を読むのが辛いこともある。

それでも、彼は公開朗読を続けた。公開朗読は本の売上より多い金をもたらした。彼は、稼ぐことによってのみ抜け出すことのできる罠にかかっていると感じていたので、稼ぐのに必死だった――悪い両親のもとに生まれ、悪い弟たちを持ち、相性の悪い妻と結婚し、出来の悪い息子たちの父になり、その結果、扶養すべき何人もの者に囲まれているという罠に。自分は「妻の手当てを支払わねばならず――維持するのにひどく金のかかる身分だ――息子たちは無気力という呪いにかかっている。テーブルを見回すと、どの席（彼らが坐っている）からも、何にも適応できない、恐ろしいほどお馴染みの表情がこっちを向いているのを見るのはどんなか、君は知らない[6]」。彼の義理の息子さえ、生計を立てることができなかった。貧しい義妹と孤児になった甥と姪がいた。さらにジョージーナと自分の娘の将来を考えてやらねばならなかった。彼のために自分の人生を捨てたネリーがいた。

公開朗読巡業をする基本的な理由が金だったとしても、何かほかのものが、巡業を続けたいという気持ちに彼を常に駆り立てていた。肉体的、感情的負担がなんであれ、聴衆が精神の糧になった。彼は疲れ果てていても、自分の朗読を聞きに来てくれた人々と接触するのは、彼にとって貴重だった。聴衆の反応は、自分はスターであり、大衆の友でもある偉大な人間だということを裏付けてくれた。彼らは朗読を聞こうと行列し拍手喝采する、彼を崇拝し、崇敬する者たちなのだ。彼は聴衆からいかに多くの愛を得られるかを実感した。彼は聴衆に対し力を持っていた。偉大な俳優（彼は自分もその一人のような気がした）の持っている力、ほとんど催眠的な力を。聴衆は彼が笑ってもらいたいと思う時に笑い、震え、涙を流してもらいたいと思う時に震え、涙を流した。朗読は彼を疲労困憊させると同時に、昂揚させた。主治医のフランク・ビアドでさえ、時おり公開朗読をするのは、彼にとって害にはならず益になるだろうと考えた[7]。

彼は公開朗読で、作品をじかに読むのではなく、自分が気に入った登場人物になり、物語のハイライトを提供するように、注意深く脚色したものを読んだ。小説では、『ピクウィック・ペイパーズ』、『ニコラス・ニクルビー』、『ドンビー父子』、『マーティン・チャズルウィット』、『デイヴィッド・コパフィールド』しか読まなかった。それらは細分され、書き改められ、形を変えられ、常にユーモアとペーソスを強調した、単純なドラマに近いものになっていた。ミコーバー氏、ドーラへの求愛とドーラの死、リトル・エミリーの逃亡、スティアフォースの溺死が圧縮されて、『デイヴィッド・コパフィールド』に代わる物語になっていた。『ピクウィック・ペイパーズ』から彼は、「裁判」（バーデル対ピクウィック）と「ボブ・ソーヤー氏のパーティー」を作った。『マーティン・チャズルウィット』は「ギャンプ夫人」だった。それは損だと思った聴き手もいたが、大部分の者にとっては、ディケンズ自身が彼の小説の登場人物となって話すのを聞くのは、至高の経験だった。朗読の半分はクリスマス物語からだった。『クリスマス・キャロル』は常にお気に入りだった。一八六六年の巡業に、彼は新たに書いた「ドクター・マリゴールド」を付け加えた。彼は娘を失った行商人の声を出し、聴衆の心の琴線に触れる多くの機会を得た。巡業の成功は、彼もそれを取り仕切った者たちも想像できなかったほどのもので、いくつかの町では数千人の入場を断った。そして、収入は莫大だった。

アニー・サッカレーはロンドンでの公開朗読に、いかに自分が反応したのかを思い出している。

私たちは演壇の少し右のほうの最前列に坐ってい た。大ホールの照明はそこに集まっている群衆の数を考えると、やや暗かった。小柄な人物が（私にはそう見えた）、長い列の人々のほうを向きながら、静かに独りで立ち上がった。彼はがらんとしたステージから、ある謎めいた方法で、大勢の聴衆を捉えているように見えた。すぐに物語が始まった。コパフィールドとスティアフォース、ヤーマスと漁師、ペゴティー。そして巻き起こる嵐。それがみな、私たちの前にあった……明かりが漁師の家から光った。すると、笑いのあとで、恐怖が襲ってきた。嵐が巻き起こったのだ。とうとう私たちは皆、息を呑んで岸辺から見守っていた、すると（このことを一番鮮明に覚えている）、大波が頭上から演壇に飛沫を上げて襲いかかり、その前のすべてのもの、船と、マストのそばでなんとか助かろうとしている、赤い船員の帽子をかぶったスティアフォースの姿を運び去った。誰かが大声を出した。腕をさっと上げたのは、ディケンズ氏自身だったのだろうか?(8)

公開朗読の成功は、足、手、心臓、左目の痛み、神経発作、不眠、そして、彼がフォースターに話したところでは、各巡業の終わりの意気消沈を償った。一八六六年、巡業中にジェイン・カーライルが急逝した。またも旧友がいなくなったのである。その年の七月、彼はベイズウォーターの家を手放し、やや正常な生活をし、ウェリントン街、ギャッズ・ヒル、そしてどこであろうとネリーのいるところで暮らした――その時は、ネリーはスラウにいた。ディケンズは、そこではトリンガム氏だった。その年の夏の何通かの手紙の発信地は「イートン」および「ウィンザー」となっている。そして、自分は散歩をしているとか、列車を待っているとか説明している。七月に彼は、ファニー・ターナンの小説『マーガレット叔母の悩み』を『オール・ザ・イヤー・ラウンド』に連載し始めたが、作者の名は厳密に伏せ、トマス・トロロープに手紙を書き、彼女が彼と一緒にフィレンツェにいるのはなんと喜ばしいかと書いた。七月末、ファニーとトロロープは近々結婚することを公表した。八月に、ギャッズ・ヒルでクリケットの試合が行われた。九月にディケンズは、心臓か神経組織の「ひどく嫌な発作に見舞われた」。そしてビアドに胃と胸の薬を貰った。(9)週末にドルビーを招き、娘の誕生を祝った。(10)十月に、ディケンズの末弟のオーガスタスが死んだという知らせがアメリカからあった。オーガスタスは、肺結核で死んだ、ディケンズの三人目の弟だった。オーガスタスは、ディケンズがすでに援助していた、イギリスにいる彼の妻のほかに、シカゴにいる愛人と数人の子供を遺した。ディケンズは彼らが「不愉快なたくさんのことを僕にもたらす」ことを恐れた。そして、長男のバートラムには自分が生きているあいだは年五十ポンド、手当てを支給するようにした。(11)

十月のあいだ、彼は『オール・ザ・イヤー・ラウンド』のクリスマス号のために四篇の「鉄道物語」を書いた。その一つは「本線。マグビーのボーイ」で、それは、ラグビー駅の食堂のおぞましさをユーモラスに描いたものである。もう一つは幽霊譚で、「信号手」である。その月の終わりに、ファニーとトマス・トロロープはパリで結婚した。結婚式にはマライアが出席した。マライアは彼らと一緒にフィレンツェからやってきて、夫のローランド・テイラーはオックスフォードからやってきた。また、ターナン夫人とネリーも出席した。ディケンズは心の籠もった手紙を花婿に書いた。その直後、長年彼の従僕だったジョン・トンプソンが、編集事務所の現金保管箱から金を盗んでいたのがわかった。トンプソンは自分の犯罪の重大さに気づいていないようだった。ディケンズがリフォーム・クラブの給仕の仕事を提供すると、トンプソンは、「そりゃできません、旦那」と言って断った。(12)トンプソンがネリーのことをすっかり知っているのを念頭に、ディケンズは彼に小商いをさせることにした。(13)ウェリントン街ではトンプソンに代わって家政婦を雇った。彼女はエレン・ヘダリーという、子供が一人いる若い女だった。ディケンズはジョージーナに、「子供がいても一向に構わない、家の一番下にある、物の居間と、家の一番上にある、隣接している三つの明るい、風通しのいい部屋を使っていい、それと、石炭と蠟燭と、週に一ギニーを与える」と彼女に言うように頼んだ。(14)さすがに彼は、物のわかった、親切な雇い主だった。彼は従者として、新しい男、ヘンリー・スコットを雇った。その後十一月に、一八六七年一月に始まる次の公開朗読巡業の計画を立てるため、ドルビーに会った。十二月に彼は、十七日から三日間、バッキンガムシャーを訪れると、一人の友人に話した。それは、ネリーとクリスマスを祝うためのようである。彼はギャッズ・ヒルでは、ボクシング・デーに地元の人々のためにレースを行う計画を立てた。博愛心のある地方の名士という役割を楽しんでいたのだ。夥しい数の様々な出来事と活動があり、それを追うのは難しいが、彼は自分にとって重要なことは、依然としてしっかり把握していた。

一八六七年は、骨の折れる仕事と旅行の再開で始まった。一月十五日と三月末まで、三十六回の公開朗読会があった――ポーツマス、ロンドン、リヴァプール、チェスター、ウルヴァハンプトン、レスター、ロンドン、リーズ、マンチェスター、バース、ロンドン、バーミンガム、リヴァプール、マンチェスター、グラスゴー、エディンバラ、ヨーク、ブラッドフォード、ニューカースル、ウェイクフィールド、ロンドン、ダブリン、ベルファースト、ダブリン、ロンドン、ケンブリッジ、ノリッジ。巡回販売員でも鉄道で彼の使った時間には敵わないだろう。すでに二月に彼は、痔、不眠、眩暈《めまい》、全身の痛みに悩んでいると言ったが、巡業は計画通り続けた[15]。三月に、スラウにネリーを何度か訪ね、アイルランドとノリッジで公開朗読をした。四月には、十二日から二十五日まで公開朗読は休み、ネリーと多くの時間を使った。ネリーは体の具合が悪かった。二十日に、彼はウィルズを連れてネリーに会いに行き、ロンドンに戻ると、一瞬うっかりして、本と原稿の束が入っている「小さな黒い鞄あるいは旅行用ナップザック」を辻馬車の中に置き忘れてしまった[16]。

その年の十一月、彼はまたしても不注意から、自分のポケット判の日記を失くしてしまった。そのことが気にかかったが、日記は戻ってこなかった。しかし数十年経ってそれが発見された結果、一八六七年に彼がどこにいて何をしていたのかについて、それまでより、ずっと詳しくわかるのである[17]〔ディケンズの日記は、この日記と、一八三八年から四一年までのものしか残っていない〕。日記は一日に一頁が充てられていて、彼が公開朗読をした町の名前が略さずに書かれている。ちょうど、フォースター、ウィルズ、ドルビー、マクリーディー、ウィルキー、スタンフィールド、フェクター、チャーリー、シドニー・ディケンズの名前が略さずに書かれているように。しかし、ほかの項は略語化されていて、時には大文字一字である。「G.H」はギャッズ・ヒルで、「Sl」はスラウで、「Off」は彼のウェリントン街の事務所《オフィス》で、「Peck：m」はペカムで、「Ga」はジョージーナで、「M」はマライア・ターナンか彼女の母で、「N」はネリーである。例えば彼は、四月の頁の一番下に「（N。今月後半病気）と書き、六月には、「N歩く」、ある晩ライシーアム劇場に「Nもいた」、「家でNを長いあいだ待つ」と書いた。

その日記はわれわれがすでに知っていることを裏付けてくれる――例えば五月には、彼は一日水曜日と、二日木曜日にイングランド北部で公開朗読をしていたことを。また、日記がなければわからなかったであろうことを教えてくれる――彼が三日金曜日にはスラウにいたことを。五月三日にディケンズはNとMと一緒にいて、五月四日土曜日には、NとMとロンドンに行き、編集事務所で少し仕事をし、それからその晩ギャッズ・ヒルに行き、日曜日の朝、そこに何枚か絵を懸け、編集事務所に戻り、アシニーアム・クラブで食事をし、その夜、スラウに戻った。五月七日火曜日に、彼はまだスラウにいて夕方散歩をしたと記し、五月八日、ウィンザーから列車に乗った。Nが駅まで一緒に歩いて行ったのは疑いない。それから彼は編集事務所に行き、晩にクロイドンで『コパフィールド』と『ピクウィック』からの「裁判」を朗読した。その日、ジョージーナに手紙を書き、月曜日前にはギャッズ・ヒルには行けない、「仕事がかなり溜まっているので」（それはもちろん、すっかり本当というわけではなかった）と言った。そして、新しい従僕のスコットにギャッズ・ヒルに洗濯物を持たせるので、綺麗な衣類をスコットに持ってこさせてもらいたいと付け加えた[18]。

翌日彼はアシニーアム・クラブで食事をし、フェクナーの劇場であるライシーアムに行った――「（Nもいた）」。五月十日、彼は編集事務所に行き、NとMと一緒にヴェリーズで食事をし、次の三夜、スラウに再び戻った。彼の日記の五月十三日の項には、「Pad〔パディントン〕へ」とあり、彼の手紙には、ロンドンで、最後の公開朗読（「ドンビー」と「ボブ・ソーヤーのパーティー」）をするのに先立って、コンデュイット街のグレート・ウェスタン・ホテル（彼は時おりそこに泊まった）に行ったことが書かれている。彼は十五日水曜日と十六日木曜日にスラウに戻った。十七日にウィンザーから列車に乗った。ネリーはまたも野原を横切って彼と一緒に駅まで行った。五月十八日、ジョージーナはロンドンに着き、彼は彼女を食事に連れて行き、晩にロイヤルティー劇場に一緒に行ったことが書かれている。同日、彼が心から愛した友人、海洋画家のスタンフィールドが死んだ、と彼は翌日日記に書いた。五月二十日、彼の編集事務所の家政婦エレンが病気になったので、彼はフォースターとジョージーナと食事をしたあと、グレート・ウェスタン・ホテルにまた泊まった。次の数日のうちに、彼は主治医のフランク・ビアドに会った。また、ウィルキー・コリンズ、ドルビーにも会った。彼の何通かの手紙には、アメリカに行くべきかどうかの問題で悩んでいることが書かれていて、フォースターに、「その問題が僕の心にいかに重くのしかかっているか、君にはわかるまい。しかし、報酬は非常に多いように思える！」[19]と言った。彼は二十四日と二十五日は、またスラウにいて、二十七日にスタンフィールドの葬式に出た。それから、五月の残りの日々はギャッズ・ヒルにいて、休暇中の水兵の息子シドニーにそこで会った。

これは、ある人間の生活について、人が通常知りたいと思うより詳しいかもしれないが、いかにディケンズが様々な仕事に時間を割いたか、いかに多くの時間がネリーに対して使われたかをはっきりと示す価値を持っている。これはまた、ネリーの要求とジョージーナの要求のバランスをとるのが、必ずしも容易ではなかったことも示唆している。

六月に、公開朗読が終わると彼がネリーと一緒にペカムの南東の郊外の家を物色したこと、また、二人が臨時に住む家に移る計画をしていた日に、彼女が彼を待たせたことが日記に記されている。それは、彼女がいつも彼の言いなりになっていたのではない証拠である（六月二十二日の項に、「Pの家でNを長いこと待つ」とあるのだ）。日記のほかの項は、彼が仕事を持って、そこで仕事をしたことを示している。「そこで火曜日仕事……［六月二十六日］P.(tem:)。リンデンでシルヴァーマンを完成」。「ジョージ・シルヴァーマン」は彼が『アトランティック・マンスリー』に書いた短篇小説で、「tem」というのは、二人が借りた臨時の家《テンポラリー・ハウス》で、「リンデン」というのは、ナンヘッド村のリンデン・グローヴのことで、そこに二人がもっと長く住むことにした家が建っていた。それは、中流階級の家族のために建てられた、大きくて住み心地のよい家で、いつくかの寝室と浴室、立派な庭と厩舎があり、広々とした野原を見渡していた。そこの何軒かの家を見てみるようにディケンズがネリーを説得した理由は、そこが快適な環境だったことだけではなかった。そこは一八六五年にペカム・ライに作られた新しい駅に近かったのだ。そのため、ウォータールーにもギャッズ・ヒルにも簡単に行けた。ハイアムにある近くの駅は、ロンドン、ドーヴァー、チャタムを結ぶ線にあった。その家がすでにウィンザー・ロッジと名付けられていたにせよ、二人がそう決めたにせよ、それ以上立派な名はあり得ようか？　二人は自分たちが作った身分について一緒に笑ったこともあったに違いない。ウィンザー・ロッジの地方税は、最初、「フランシス・ターナム」名義で支払われたが、のちにそれは「トマス・ターナム」、「トマス・トリンガム」、さらに「チャールズ・トリンガム」になった。二人は召使が自分たちをどう呼ぶかについて、また、ネリーに来る手紙の宛名をどうしたらいいかについて決める必要があった。そして、友好的で好奇心の強い近所の者が、ターナム氏――あるいはトリンガム？――の出入りに気づき、ターナム氏が作家のチャールズ・ディケンズに似ていると言うのを、防ぐ必要もあった[21]。

ペカムにおいてであれ、ウェリントン街においてであれ、ギャッズ・ヒルにおいてであれ、その年の夏に彼が書いたものは不出来だった。「ジョージ・シルヴァーマンの説明」は、プレストンで惨めなほど貧しい両親のもとに生まれ、ごく幼い頃に孤児になり、自分は無価値だという気持ちで育ったので友人も作れない。大学で学位を取り、牧師および教師にはなるが。彼は自分が愛する少女の愛情をも拒否する。この作品は神学的な事例史のように読め、シルヴァーマン自身および彼の周囲の人間の内的あるいは外的生活の現実感をまるで伝えない。少年だった頃に彼を助ける非国教徒派の話しぶりと振る舞いに対する諷刺は退屈で、彼に聖職禄を与え、彼を利用し、やがて敵意を抱く貴族の女は、読者にショックを与えない。なぜなら、本当らしさに欠けているからである。この作品に心理学的興味を見出そうと苦労した批評家もいるが、これは失敗作の一つである[22]。彼はまた、子供向けにいくつかの軽い物語を書き、アメリカの市場向けに「休日のロマンス」を書いた[23]。さらに、ウィルキー・コリンズと共著で、露骨にメロドラマ風の話『行き止まり』を書いた。それは、フェクターの舞台用にコリンズが脚色するためのものだった。そしてフェクターが、この短篇小説の人殺しの悪漢を演じることになっていた。これらすべての作品は、衰えた創作力と貧しい判断力を示していて、今日では、ディケンズの作品であるという理由だけで読まれている。しかし、金はもたらした。そして、彼は活動を続けた。

八月に彼は、ボストン行の船に乗るドルビーを見送りに、一緒にリヴァプールに行った。ドルビーはボストンで公開朗読巡業をした場合どうなるか、また、ネリーが自分たちと一緒に行っても大丈夫かどうかを探ることになっていた。ディケンズはびっこをひいていたので、杖を突いていた。そしてリヴァプールで左足がひどく腫れたので、ロンドンに戻ると、早速専門医に診てもらった。専門医は腱膜瘤炎症という診断を下し、休養することを強く勧めた。(24)数日間彼はウェリントン街で、階下のソファーに横になっていた。少し良くなると、ドルビーに手紙を書いた。「マダムがよろしくと言っている、君が帰国したら会いたいそうだ。彼女は君の報告を首を長くして待っている。そして、君の世話になって、アトランティック号に乗るつもりでいる。それに対し、僕はいつも付け加える。『もし僕が行くならさ、おまえ《マイ・ディア》、もし僕が行くならさ(25)』。これは、見事に真実を明かしている文章である。ディケンズがドルビーに向かってネリーを「マダム」と呼んでいるのだ。それは、彼女のフランス時代を思い起こさせるものであり、彼の人生における彼女の地位を認めているものである。またその文章は、彼女がドルビー氏の世話になっても、ぜひともアメリカに行きたがっていたことを示している。はっきりしないのは、アメリカで彼女がどんな身分を与えられただろうかということである。というのも、彼女はドルビー夫人でも、トリンガム夫人でもあり得なかったからだ。最も興味深いのは、ディケンズがネリーに話しかけている声を、われわれが聞く唯一の機会を、その文章が提供してくれることである。彼の言う「マイ・ディア」は、やや冗談めいているが、やや警告的でもある。「もし僕が行くならさ」。彼女は彼をせっついていて、彼は自分の立場を明白にしている。(26)しかし、彼らのうちの誰が、そんな計画がうまくいくと思っただろう？

日記には、八月にギャッツ・ヒルでクリケットの試合が二度行われたことが記されている。フォースター夫妻は十三日と十四日の最初の試合の時にいた。そして、二回目の試合は二十九日に行われた。ディケンズはまた、『オール・ザ・イヤー・ラウンド』のクリスマス号のためにコリンズと共作を始めた。九月二日、自分の体の具合がよくないという噂を耳にしたディケンズは『ザ・タイムズ』に手紙を書き、「私は人生において、今ほど元気だったことはありません」と言い、『サンデー・ガゼット』にも同じ趣旨の手紙を出した。(27)彼は病気だという噂がアメリカ巡業を危うくするかもしれないのを知っていた。一方、ドルビーはイギリスに帰る途中だった。その月末《つきずえ》、三人が集まり——ドルビー、フォースター、ディケンズ——アメリカ巡

ジョージ・ドルビーと「チーフ」――
ドルビーはディケンズを元気づけ、
彼の世話をし、1866年以降の
公開朗読巡業を献身的に取り仕切った。

業を実行すべきかどうか決めることにした。フォースターはウィルズ同様、ディケンズがアメリカに行くことに強く反対した。ドルビーは賛成した。ディケンズは行く決心をし、九月三十日、行くという電報を打った。そのあと、ボストンにいる彼の友人で出版業者のジェイムズ・フィールズに手紙を出し、早速アメリカに戻るドルビーが「僕からのある微妙な使命を帯びているが、それについては彼が口頭で君に説明する」と言い、同日、フィールズ夫人に宛て、ボストンでフィールズ夫妻の家に泊まるようにという招待を断った。ジェイムズ・フィールズはネリーの存在について聞かされていて、ある段階で自分が聞いたことを妻に話したが、ディケンズにとっては、ネリーをれっきとした家庭に連れて行くのは論外だったろう。[28]ドルビーは十月十二日に再び船に乗ったが、アメリカでネリーがディケンズと一緒に旅をするのは可能と思うかどうか、フィールズとさらに話す責任を負っていた。

ネリーはその月末に母と一緒にフィレンツェに行く計画を、姉のファニーに知らせた。[29]ネリーはディケンズに、自分はイタリアに行くつもりだと話したが、それでも二人とも、彼女が彼のあとを追ってアメリカに行くことを望んでいた。彼の日記の十月の項には、彼が一日から三日までぺカムにいて、二日にはネリーとドルビーと一緒にロンドンのヴェリーズで食事をしたことが記されている。彼は七日から十日まで、また十五日から十七日まで再びペカムにいた。十六日にドルビーに手紙を書いた。「君がこの手紙を受け取って、君の偉大なる大西洋横断電信のメッセージが、否定的なのを十分覚悟している……僕らが互いに希望的に励まし合って軽く見てしまったかもしれない危険の影を、フィールズが見る可能性が非常に高いと思うので、メッセージはイエスよりノーであるほうが遥かにありうると考えている。僕はそれを覚悟するつもりだし、僕らが会う時、自分を失わないようにしよう」。「自分を失わないようにしよう」というのは、覚悟してはいても、失望感は非常に深いだろうということを示唆している。十八日、NとMは彼の編集事務室にいた。彼は二十日から二十五日まで、またペカムにいて、二十五日にヴェリーズで送別のディナーをとった（「ヴェリーズで食事N」という項が二重の枠で囲ってある）。その後、ネリーは母と一緒にフィレンツェに発ち、月末にそこに着いた。

ディケンズは自分の留守中、フォースターが「万事においての僕のために全般的で十分な委任された権限《パワー・オヴ・アトーニー》を持つ」ように取り計らった[30]。二十八日、ウェリントン街でフォースターとマクリーディーにディナーを御馳走し、二十九日にパーシー・フィッツジェラルドと、三十日にウィルキー・コリンズと食事をし、十一月一日にドルーリー・レイン劇場に行った。フェクター、ウィルキー・コリンズ、『デイリー・テレグラフ』の編集長チャールズ・ケント、ブルワーを含む委員会は、彼がアメリカに発つ前に催すことになった、おおやけの送別の宴の準備で忙しかった。送別の宴は十一月二日に決まり、委員会は後援者を探し、一般大衆に切符を売った。ロンドン・フリーメーソン会館に集まるのは、貴顕、友人、ファンの奇妙な混淆だった。会場はそのために、月桂樹の葉と、金箔を被せたディケンズの作品の題名で飾られ、近衛歩兵第一連隊のバンドが音楽を演奏した。約四百五十人が集まり、百人の婦人たちがギャラリーからその様子を見るのを許された。ジョージーナ、メイミー、ケイティーがその中にいた。彼女たちはただ見ているだけだったが、大して損はしなかった。なぜなら、ある報告に従えば、給仕は酔っ払っていて、スープは冷たく、アイスクリームは溶けかけていて、冷めた料理の脂っぽい断片の奪い合いがあったからである[31]。出席した著名人の中に、首席裁判官、ロンドン市長、ロイヤル・アカデミー会長がいた。グラッドストーンはディケンズに対する称讃の念を表明するのに送別の宴が最上の方法なのかどうかに疑念を呈し、彼もディズレーリも招待を断った。ほかの友人たちは応援のメッセージだけにとどめた。その中に、カーライル、テニソン、ブラウニング、ラスキン、フリス、アーノルド、シャフツベリー卿、ジョン・ラッセル卿がいた。フォースターは宴のやり方に賛成ではなく、気管支炎に罹って出席できなかった。(32) ディケンズは感極まり、新たに針金で補強した義歯床に対処しなければならなかったものの、いつものように巧みに話し、何度も喝采された。さらに多くのスピーチと乾盃があった。そのため、彼がグレート・クイーン街に出た時は真夜中に近かった。そこにさらに群衆が集まり、またしても彼に喝采した。

旅の無事を祈るという何通かの手紙の中に、キャサリンからのものがあった。彼は暖かいとも言える調子で返事を書いた。「君の手紙と、お元気でという言葉を貰い、嬉しく思う。君も元気で。厳しく辛い仕事が目の前にある。しかし、それは僕の人生で新しいことではない。僕は自分の道を行き、それをすることに満足している。草々(33)——」

一週間後彼は、ジョージーナ、メイミー、ケイティー、チャーリー、ウィルズ、ウィルキー・コリンズとチャールズ・コリンズ、チャールズ・ケント、アーサー・チャペル、エドマンド・イェイツに見送られて、リヴァプールからキューバ号に乗船した。彼は従僕のスコットを連れていた。また、読み物も持っていた。そして、大西洋横断の十日間、食事のほとんどはキャビンでとり、痛む足の養生をした。彼はウィルズに、ネリーに連絡することを指示した。「彼女は助けが必要な時は、君の所に来るだろう。また、もし彼女が住所を変更したら、すぐに知らせてくれたまえ。それまでは、イタリア、フィレンツェ、ア・リコルボリ、ヴィラ・トロロープだ……僕は到着したら、事務所に短い電報を送る。その言葉を正確に写して（彼女にとって特別な意味を持っているからだ）、僕の電報を受け取ったらすぐ次の便で、上記の所の彼女に送ってもらいたい。また、電報の内容をギャッズ・ヒルにも知らせてもらいたい——フォースターにも知らせてもらいたい」。さらに同じ手紙の中で、フォースターは「君同様にネリーを知っている、そして、もし君が望むなら、彼は彼女のためになんでもするだろう」とも書いている。ネリーは、もし電報の文面が「万事順調」ならばアメリカに出発してよいことを意味し、「安全無事」なら来てはいけないのを知っていた。彼は彼女がフィレンツェにいるのを知っていたので、アメリカに行く方法について話し合ったに違いない。しかし、彼はボストンに着いてから二日後の十一月二十一日、ウィルズ宛てにこう書いた。「この手紙のあとは、ネリー宛の手紙は君の所に気付で送る。彼女がどこにいるのかよくわからないからだ。しかし、彼女は君の所に手紙を寄越し、それをどこに転送するのか、君に教えるだろう。君が一通以上の僕の手紙を受け取るだろうが、僕の親愛なる少女が君に居所《いどころ》を知らせてくるまで、手紙は保管しておいてくれたまえ」(34)

翌日彼はウィルズに暗号の電報を送った。「安全無事希望に満ちたよい手紙を期待する」。フィールズはディケンズの私生活のごたごたに同情していたものの、巡業にマダムを連れてきてはいけないことをはっきりさせた。ネリーは冬のあいだ中、ヴィラ・リコルボリに残り、ガリバルディの兵士のためにワイシャツを縫った。そして、クリスマスをローマで過ごさないかという招待を断り、ヴェスヴィオ火山に行こうという、彼女の姉たちと義兄のトム・トロロープからの招待も断った。彼女は三月に二十九回目の誕生日を迎えた時、まだフィレンツェにいた。

ボストンはディケンズのお気に入りのアメリカの都市で、彼はフィールズ夫人がみずから花で飾ってくれた、快適なホテルの大きなスイートに泊まり、幸先のよいスタートを切った。足は良くなり、晴れた、凍る寒さの天候だったので、彼女の夫と八マイル散歩することができた。フィールズ夫妻は、彼と親密になれたことを喜んだ。彼はジェイムズ・フィールズに、子沢山であることと、相性の悪い妻を持っていることの不幸を打ち明けた。彼は旧友のロングフェロー、チャールズ・ノートン、エマソンと何度か静かに食事をするのを楽しんだが、彼が一人だけで過ごす時間が必要なのは誰にもわかっていた。彼は十二月二日の最初の公開朗読を待ちかねていた。いかに多くのことが待ち受けているのか、いかに聴衆の期待が高いかを知っていたからだ。十一月二十二日、若きヘンリー・ジェイムズは兄に書き送った。「ディケンズが朗読のために到着した。切符を手に入れるのは不可能だった。切符が売り出された最初の日の午前七時に、切符売場に二、三百人並んでいた。九時にぶらりと行ってみると、千人近くいた。だから、彼の朗読は聞けないと思う」(35)。ジェイムズは実際には朗読が聞けた。そして、「固くて魅力のない朗読」だとのちに評したが、その意見は大衆の意見ではなく、最初からディケンズの朗読会の会場はほとんどいつも満員で、聴衆は我を忘れて喝采した(36)。人々はこれこそ絶対に聞き逃せない催しなのを知っていて、偉大な人物の朗読を聞くために、どんな天候であれ、何マイルも先からやってくるのだった。彼は時には花束とボタンホールに挿す花をどっさり貰い、いつも喝采された。ドルビーは切符を大量に買うダフ屋と闘わねばならなかった。そして新聞で、起こった問題の責任をいつも不当に問われたが、冷静さを保ち、できる限り毅然として行動した。売上は目覚ましかった。最初の数日で彼らは千ポンド稼ぎ、巡業が終わった時には、最終の額は二万ポンドという、眩暈《めまい》がするようなものになった[37]。

ニューヨークでの最初の公開朗読では、激しい吹雪になった。それでも聴衆はやってきたが、ディケンズは例のひどい鼻風邪にやられた。「逆症療法《アロパシー》、類似療法《ホメオパシー》、冷たいもの、温かいもの、甘いもの、苦いもの、刺激物、麻酔薬」を試したが、「どれも同じ結果だった。何も効かないだろう[38]」。風邪は彼が言うところの「アメリカン・カタル」になり、巡業のあいだ中治らず、暖房が利き過ぎ、換気されていない列車で絶えず旅をしているせいで悪化した。一月に彼はフォースターに手紙で言った。「イギリスに上陸するまでアメリカン・カタルが治る見込みはない。ひどく惨めだ。稀ではないが、朗読を終えると、すっかりへとへとになっているので、体を拭いてもらい、服を着せてもらう。そのあと、みんなは僕をソファーに寝かせる。僕は十五分ほど、極度に気が遠くなって、そこに横になっている。そのあいだに持ち直し、元気になる[39]」。そこで、野心的な最初の計画を短縮する決断がなされた。最初の計画では、シカゴと西部まで行き、それからカナダとノヴァ・スコシアに行き、東部にずっととどまる、というものだった。彼は眠るのに次第に苦労するようになった。ドルビーは、夜、心配して彼の部屋に入って行くと、そのたびに彼は起きている、すっかりいい気分だと抗弁するけれども、と書いている。しかしディケンズはジョージーナにはこう言った。「時々眠れなくなる状態を誇張することは、ほとんどできない[40]」。彼は朝起き上がることができず、間もなく、鎮静剤を処方してもらわねばならなかった。

三月末に彼はフォースターに、「僕は疲労困憊しかけている……もし五月に入るまで仕事が続いたなら、参ってしまっているに違いないと思う」と語った[41]。巡業の後半の段階では、足がひどく悪くなったので、ドルビーは見台まで彼を支えながら演壇を歩き、朗読が終わると、また彼を支えながら演壇を降りねばならなかった。食欲はほとんど何も食べられないくらいに減退した。彼は自分の食べるものを記している。「僕は食べられないので(必要な程度まで)、こういう具合にした。朝七時にベッドの中で、タンブラー一杯分の新鮮なクリームとテーブル・スプーン二杯分のラム酒。十二時に、一杯のシェリー・コブラーと一枚のビスケット。三時に（ディナーの時間）、一パイントのシャンパン。八時五分前に、グラス一杯のシェリーに卵一個をよく掻き混ぜたもの。一部、二部［朗読の］の合間に、できるだけ濃い牛肉スープ（熱くして飲む）。十時十五分過ぎ、スープ、その時飲みたい少量の飲み物）。二十四時間のあいだ、固形食はせいぜい半ポンド」[42]。こうしたことにもかかわらず、公開朗読が中止になったことはない。彼は合計七十六回、公開朗読をした。

彼は名所見物はほとんどしなかった。二月の誕生日に大統領のアンドルー・ジョンソンに会い、ジョンソンの勇敢で、油断のない、毅然とした風貌について記しているが、会話については何も触れていない。その後間もなくジョンソンは弾劾され、ディケンズは公開朗読の入りが悪くなるのではないかと懸念した。そうはならず、ジョンソンは無罪となった。ボルティモアでは、ディケンズは模範監獄を訪れた。そして、囚人たちが共同作業場で仕事をし、その労働に対して報酬を貰い、総じて人間的に扱われ、自分の知っているどんなイギリスの監獄よりもよいのを見て、喜んだ。三月に二日の休みを取り、ドルビーとチームの全員をナイアガラに連れて行った。陽が照り、一同は明るい気分になった。そして、滝に虹が出、飛沫が風景にかかった――その光景はターナーの最良の水彩画よりもいい、と彼はフォースターに言った[43]。ディケンズはドルビーの手際のよさと人懐こさに惚れ込み、ドルビー夫人がハートフォードシャー州の自宅で男児を出産したという電報が来た時、ウィルズを通し、馬飾り一揃いと荷籠と一緒に、一頭のポニーをドルビー家に届け、その一葉の写真をドルビーに送るよう手配した。ディケンズはその男児の教父になることに同意した[44]。

ポートランドで彼が公開朗読をした日の翌日、出席できなかった一人の十二歳の少女が、たまたまディケンズと同じ列車に乗り合わせ、これ幸いと彼の隣の空席に坐った。彼女は活潑な少女で、すぐに彼と話を始めた。彼女は彼の作品のほとんどすべてを読んでいること、そのいくつかは六回読んだことを話し、こう付け加えた。「もちろん、あたしはとっても退屈な部分のいくつかは飛ばしちゃうこともあるの。短い退屈な部分じゃなくて、長い退屈な部分を」。ディケンズは彼女を抗し難いほど魅力的だと思い、どこが退屈な部分なのかと強いて訊き、終始笑いながら彼女の言うことをメモした。二人は手を握り、彼は片方の腕を彼女の腰に回した。彼女は彼の顔をじっと見た。「深い皺、輝く目、半白の口髭の下の口の両端を捻《ね》じ曲げている、面白がっているような、悪戯っぽい微笑」。彼女は『デイヴィッド・コパフィールド』が大好きだと言った。彼もそうだと言った。彼は朗読を聞き損なったのを非常に残念に思っているかどうかと訊いた。彼女はとても残念に思っていると言い、目に涙を浮かべた。すると、彼女が驚いたことには、彼も目に涙を浮かべていた。彼は彼女の世辞に魅了され、二人は列車がボストンに着くまで話した。ボストンに着くと、彼女は母親が列車のどこかにいるのを思い出した。ディケンズは彼女と一緒に母親を見つけに行き、自己紹介をした。少女の名前はケイト・ダグラス・ウィギンだった。ディケンズとケイト・ウィギンは手を繋いでプラットフォームを歩き、彼を迎えに来た馬車のところで、さようならを言った。それは、ルイーザ・メイ・オルコットが『若草物語』を出版した年だった。それは、ニュー・イングランドの少女を現代のヒロインにした小説だった。そしてケイト・ウィギンは、同じタイプの少女だった。彼女は長じて作家として成功し、ベストセラー『サニーブルック農場のレベッカ』を書いた。一九一二年、ディケンズと会ったことを書いたものを出版した(45)。

ディケンズは『オール・ザ・イヤー・ラウンド』の件で、数日置きにウィルズとやりとりをした。そして、どの手紙にも、転送してもらうつもりでネリー宛の手紙を同封した。それらの手紙は現存していないが、ウィルズ宛の手紙に書かれた数語は雄弁である。「同封したのは、僕の可愛い少女への、もう一通の手紙だ」。「僕の心は、君がこの手紙の書き手と第三の（淋しくて、とても会いたい）人物と一緒に、僕が発つさほど前のことではない日に食事をしたある場所に向かって、悲しく羽搏《はばた》く」。「もし君が、手紙の代わりに僕をたった二十四時間で転送することができたら、三千ポンド現金で（安いと思う）やろう」。「僕のダーリンへの手紙を、もう一通同封した」。「君は僕の可愛い患者に会いもしたことだろう（そう願う）。君はそうすることによって、今この瞬間、僕が自分で達成するためには喜んで千ポンド出すことを達成したことになるのだ！」「相変わらず《トゥージュール》、同一人物から同一人物へ」。「最後の一通を同封した(46)」。ウィルズはまた、ディケンズが自分自身に宛てた小さな箱をナイアガラから受け取った。ウィルズはそれをウェリントン街のディケンズの寝室に置くように言われた——名のわからない相手への贈り物だが、相手がネリーだったのは疑いない。一八六八年一月、チャールズ・トリンガムに代わってウィンザー・ロッジの地方税を払ったのは、たぶんウィルズだろう。ウィルズはまた、小切手の扱いも頼まれた。十一月に二百五十ポンドの小切手、一月十日に千ポンドの小切手、三月二日に千百ポンドの小切手である。十中八九、ネリーに渡すものだったろう。彼女の旅費と生活費に充てるための、気前のいい額である(47)。巡業の最後に、ボストンとニューヨークで、さらに何度か公開朗読が行われた。四月にボストンは、「絶え間ない渦巻く雪と風」でほとんど何も見えなくなった。アニー・フィールズは、ディケンズのコパフィールドの朗読をこう感じた。「昨夜のコパフィールドは、これまでになく悲劇的だったが、いつもの生気は感じられなかった……同じ朗読、朗読者とは、ほとんどわからなかったくらいだ」〔その晩、ディケンズは体の具合が悪かった〕。一週間後彼女はニューヨークにいて、また彼の朗読を聞いた。今度は彼は朗読のあとでパンチに何か混ぜたものを要求し、急速に元気になった。その晩、あとは酒を飲み、笑い、コミック・ソングを歌うことに費やされた。「私たちは十二時まで別れなかった。翌朝（彼が言ったように）、私たちは本格的などんちゃん騒ぎをしたかのような気分だった(48)」。それは四月十五日のことで、十八日に彼は、彼に敬意を表して催された宴会で、ニューヨークの新聞記者に話をすることになっていた。そのために服を着ていると、片足がひどく腫れて痛くなり、彼もドルビーも、深靴《ブーツ》を履くのは問題外だと思った。ドルビーは包帯の上から履く痛風用靴下を探しに外に出たが、親切なイギリス人紳士から、なんとかそれを借りることができた。一時間遅れ、非常な痛みを感じていたディケンズは、デルモニコの階段を人の助けを借りて登らねばならなかったが、九時までには立ち上がり、聴衆の期待通りのスピーチができた。ディケンズは彼らに、自分自身新聞記者として出発したということを改めて思い起こさせ、彼が最初に訪れて以来、アメリカに起こった変化を褒めた。彼は今回経験したアメリカ人の礼儀正しさと優しい歓迎ぶりについて話し、この讃辞を、アメリカについての二冊の本（『アメリカ覚書き』と『マーティン・チャズルウィット』）のどの重版にも付録として印刷すると約束した(49)。彼は感動的な結びで、イギリス人とアメリカ人は本質的に一つであるということ、偉大なアングロ・サクソン民族とそのすべての成果を維持するのは両国民の責任であるということ、両国民は自由のために戦ったということ、両国民が再び戦争をするのは考えられないということを話した――彼が足をひきずりながら立ち去ると、それがきっかけになって、盛大な拍手が起こった。

まだ、苦しい最後の公開朗読が予定されていて、告別の挨拶もしなければならなかった。ドルビーは彼らが四月二十三日に帰国のために乗船した時、税金の問題でアメリカの税関吏に危うく逮捕されるところだった。アメリカにおける最後の数秒、彼らはニューヨークに着いたアントニー・トロロープの姿を垣間見た。三日航海すると、悪い足がだいぶ良くなり、ディケンズはキャビンから出て甲板で運動ができるようになった。そして、食欲が戻ってきた。五月一日、彼らはリヴァプールに着き、翌朝列車に乗って、午後三時にユーストンに着いた。ドルビーはアメリカ大巡業の記述を、自分のチーフが小さな鞄を持って、一人で歩き去る姿で結んでいる。チーフは魔法のごとく姿を消した。なぜなら、五月九日までギャッズ・ヒルには到着しなかったからである。ネリーは四月二十四日にイギリスに向けフィレンツェを発っているので、トリンガム氏とマダムは、その週を互いに旅の話をしたり、散歩をしたり、たぶん一緒に馬に乗ったりしてイギリスの春を愉しみながら、ウィンザー・ロッジで一緒に過ごしたらしい。

第25章「どうやら、また仕事のようだ」
一八六八〜六九年

五月九日にギャッズ・ヒルに戻ったディケンズは、旗と村人たちに歓迎された。早速彼は、十月から始まる「さよなら巡業」の準備をドルビーと一緒に始めた。また、十六歳のプローンがオーストラリアに渡航するための手配をした。人生で何がしたいのか、まったくわからなかった内気な少年だったプローンは十五歳で個人経営の学校を退学し、目下、サイレンセスターの農業学校にいた。ディケンズは、当時オーストラリアで農業をしていたアルフレッドに手紙を書き、年末に弟のプローンがオーストラリアに行くということ、プローンが馬に乗ることができ、大工仕事が少しでき、蹄鉄を作ることができると付け加えたが、辺鄙な開拓地での生活に適応できるかどうかを知るのは可能ではないのを認めた(1)。ディケンズは家族と友人に関するほかのニュースもアルフレッドに伝えた。ケイティーの夫チャールズ・コリンズが喘息と脳の病気で重病だということ、ウィルズが狩りの事故で仕事を辞めざるを得ないということ、ウィルキー・コリンズとフェクターが共に病気だということ、学校での最後の年で、秋にケンブリッジ大学に行く予定のヘンリーでさえ、膝を損傷してベッドに寝ているということを伝えた。「ほかの者はみんな元気だ」と彼は、素っ気なく付け加えている。間もなく、さらに悪いことが起こった。チャーリーの製紙事業が失敗し、破産して、千ポンドの個人の借金と、養うべき五人の子供が残った。

チャーリーはいつも特別待遇を与えられた。ディケンズは彼を『オール・ザ・イヤー・ラウンド』のスタッフに加えた。チャーリーは優れた実務家で編集補佐だと自分に言い聞かせて。そして、ウィルズを失ったのは重大なことだったが、彼はチャーリーを入れるため、一八五一年に『ハウスホールド・ワーズ』のスタッフに加わって以来ディケンズと一緒に働いてきたヘンリー・モーリーを解雇した。ディケンズは事情を説明する丁寧な手紙を書き、今後も寄稿してもらいたいと言ったが、モーリーはそうはせず、ささやかだが安定した収入を失った。モーリーは学者としての人生を歩み、自分のかつての雇い主について、のちに興味深い、毀誉褒貶の証言をしている。彼は「偉大な天才」を持っていたが「訓練され、培われた理性」は持っていず、健全な文学上の嗜好に欠けていたとモーリーは書いた。しかし、「厚意の十九年」を通し、楽しく一緒に仕事をした人物として、ディケンズをいつも思い出した。[2]

五月末にディケンズはパリで三日過ごし、フレクターが主演する、『行き止まり』のフランス語版『深淵《ラビーム》』の幕開きの準備を手伝った。フランスの批評家はその劇をくさし、「非常に俗悪なメロドラマ《アン・メロドラム・アッセ・ヴュルゲール》」と評した。しかしパリは、偉大なディケンズを感激して迎え、観客は喜び、フェクターは人気を博した。七月に、ロングフェローと娘がギャッズ・ヒルを訪れた。ディケンズは三人を乗せた四輪馬車に似合うよう、二人の御者に旧式の赤いジャケットを着せ、ケント州の名所を見るためドーヴァー・ロードを馬車で行った。「まるで、五十年前のイギリスで休暇で馬車に乗っているかのようだった」とディケンズは、自分の「文化遺産ツアー」のアイディアにすっかり満足して言った。[3] 彼はアメリカ人やイギリス人のほかの訪問客、フィールズ夫妻、ブルワー、レアド、テネント夫妻、レディー・モウルズワースにも、同じことをしてやった。[4] ノートン夫妻は八月にギャッズ・ヒルにやってきた。ノートン夫人は鋭い目で辺りを見回し、「家自体はどんな点でも美しくない」と断定したが、ディケンズは招待主として申し分ないと言った。ディケンズは毎日午前中は書斎で仕事をしなければならないということをはっきりさせたけれども。彼女は彼の寝室でもあった書斎を垣間見、完全に整頓され、ベッドに「見事な東洋のカバー」が掛かっているのを目にした。それは、フェクターからの贈り物だった。ギャッズ・ヒルはディケンズの歓びで、夏のあいだに彼は、隣接する牧場と耕地の二十八エーカーの土地の自由保有権を購入する交渉を始めた。そして、二千五百ポンド払うことに同意した。

九月に、プローンはヘンリーにポーツマスに連れて行かれた。「彼は行った。可哀想な奴だが、まずまず元気だった。顔は蒼白く、めそめそしていた。そして（ハリーの言うには）ハイアム駅を出ると列車の中で泣き崩れた。しかし、少しのあいだだ」。[5] ジョージーナはプローンに餞別として葉巻をやった。ディケンズもパディントン駅で別れる際に泣いたが、その時手渡した別れの手紙の中で、自分が若い頃「食べる物を稼」がねばならなかったことを改めて思い出させ、祈りを上げることを勧め、将来、「自分は親切な父親を持っていた」と言えることを願うと書いた。[6] ドルビーには彼は、「こうした息子たち」を養い世話をすることについて手紙で苦情を言った。「一体なんで父親の僕は生まれたんだろう？　なんで僕の父親は生まれたんだろう！」[7] ほかの者には彼は、プローンと別れた際の悲しみについて話しているが、そこに、容赦のない厳しい学校教師の「これは、おまえよりも私が辛い」という態度を見ないわけにはいかない。そして、助言をしてもらったうえで〔ディケンズは、オックスフォード大学卒で法廷弁護士の友人、ジョーゼフ・チティーに大学生活についての相談をした〕、ヘンリーに年に二百五十ポンド与えることにし、トリニティー・ホールの部屋に備えるのに必要と思われるものをロンドンに手紙で注文し、ヘンリーのところに届けさせることにした——三ダースのシェリー、二ダースのポートワイン、三ダースの軽いクラレット、六瓶のブランデー。

十月十日にヘンリーがケンブリッジに発って十日後、ディケンズの弟のフレッドがダラム州で死んだという知らせがあった。二人は一八五八年以来ほとんど接触がなかった。もっとも、フレッドは一八六一年の秋にカンタベリーに姿を現わし、知人をディケンズの公開朗読に無料で入れてやってくれと言い〔フレッドは会場に来てディケンズの弟と名乗り、サンキー医師という人物を無料で会場に入れてもらった。当地でディケンズはフレッドに会わなかった〕、一八六五年の初め、ディケンズは彼に手紙を書き、何の援助も申し出なかったものの、元気でやっていることを願うと言ったが[8]。フレッドは監獄に入っていたことがあり、破産していた。そして、貧窮のうちに死んだ。ジョージ・サーラによると、フレッドの朝食は「一ペニーの菓子パンとグラス一杯のジンジャー・ビール」と、さもなければ大抵冷たいジンだった。そして、煙草を吸う余裕すらなかった。フレッドはディケンズが初めてアメリカに旅行したあいだ子供の面倒を見、休日にはブロードステアーズだけではなくイタリアにも一緒に行くなど、ディケンズ夫妻の最初の頃の結婚生活の多くを共有した。しかしディケンズは、いったん人を見限ると、容赦をしなかった。彼はフレッドが死んだダーリントンにドルビーに行ってもらい、フレッドの看護をしてくれた医者に手紙を書き、フレッドは子供の時は自分のお気に入りだったと言ったが、葬式には行かず、チャーリーを代わりにやった[9]。

ケイティーの境遇にディケンズは心を悩ました。チャールズ・コリンズは病身で、二人の結婚生活は不満足なものだった。ディケンズはチャールズに失望し、不満であることを表に出した。そのため、ウィルキーとの関係が緊張し、二人は互いに会うことが少なくなった。いまや家にいるのは、ケンブリッジ大学の休暇中に帰ってくるヘンリーと、友人を訪ねて外出することが次第に多くなったメイミーだけになった。プローンの乗る船が出航する前にさえ――悪天候のせいで出航が遅れていた――ディケンズはドルビーに浮き浮きした気分で手紙に書いた。「どうやら、また仕事のようだ」。そして、十月一日にヴェリーズで彼と食事をすることにした。彼は前を向き、将来の計画を立て、準備した新たな公開朗読について話したかった。その公開朗読では『オリヴァー・ツイスト』からの「サイクスとナンシー」を読み、ビル・サイクスによるナンシー殺害を「非常に恐ろしいが、非常に劇的」にすることにした(10)。それはセンセーショナルなものにすることを狙っていて、彼はきわめて力強いものを仕上げたことに喜んでいた。そして、それをおおやけに朗読すべきかどうかフォースターの助言を求めた際に、そのことを書いた(11)。フォースターは反対だった。ドルビーも反対だった。しかしディケンズは、公開朗読巡業に金を出していた興行主のチャペル社に相談した。同社は試験的に朗読をしてみたらどうかと言った。それは、新たな巡業がすでに始まっている十一月にロンドンで行われることになった。会のあと、選ばれた聴衆に牡蠣とシャンパンが振る舞われることになった。ディケンズはそれがいかに恐ろしいかをフィールズに自慢したが、朗読を聞いたあとフォースターは、公開朗読にいっそう強く反対した。ある批評家は、悲鳴をあげたい、抗し難い欲求を覚えたと言い、ある医師は、聴衆の中に伝染性ヒステリアが生じる危険があると警告したが、ある女優は、大衆は「この五十年センセーションを求めていて、いまやそれを得た」と言ってディケンズを励ました(12)。ディケンズはどうしてもその公開朗読をするつもりで、フォースターに言った。「もし技法がテーマに合っているなら、単純な方法で行った、何か非常に情熱的で劇的なものの思い出をあとに残したい(13)」

彼は一八六九年一月から七〇年三月まで、殺人の場面の朗読を二十八回行ったが、その効果は彼が望んだ通りで、聴衆を興奮させ、恐ろしがらせた。それは、彼にも影響を与え、朗読が終わると脈搏が速くなり、しばらくへたり込んだ。それでも彼は続ける決心をしていた。彼は興奮を欲し、大衆は怖がらせてもらいたがった。「サイクスとナンシー」はやめ、もっと穏やかなものを朗読するように彼を説得していたドルビーと口論した彼は、ついには腹を立てて怒鳴り、泣き出した。ディケンズについて見事な文を書いているフィリップ・コリンズは、自分で聴衆に「サイクスとナンシー」を朗読してみると、非常に楽しいことがわかったと言っている。「それをともかくちゃんと朗読する才能を持っている者なら誰でも、朗読は気分を昂揚させると思うに違いない。その満足感は、私にとってよりもディケンズにとって遥かに強かったはずだ[14]」。コリンズはまた、エドマンド・ウィルソンの次の言葉も引用している。「ディケンズには演技過剰の素人俳優の気味があった。そして晩年の絶望的な時期に、昔からの大根役者気質に負け、その気質を思うさま発揮した」。ディケンズは台本さえ必要がなかった。彼の作品に古くから挿絵を描いたハブロー・ブラウンの息子は、彼が「サイクスとナンシー」の台本を書見台に置いたまま、目もくれなかったと書いている[15]。

殺人の場面の朗読や演技をするたびに、その影響が直ちに現われ、彼は舞台から降りるのが難しい状態になった。そして、人に支えられてすぐさまソファーまで行き、数分口も利けぬ状態で横にならねばならなかった——これはドルビーの話である。ディケンズはグラス一杯のシャンパンの助けを借りて回復し、颯爽と次の朗読をするのだった。しかし、晩も遅くなると、「いっそう気分が昂揚し、もう一度舞台に立ちたい、もしくは朗読をまた最初からやりたいという状態」で神経への影響が再発した。ここに、彼の人生のほかの非常に多くの面——息子の扱い方や、複雑な家庭内の問題——におけるように、相反する力が働いていたのだ。サイクスの場面を朗読することは、彼自身気づくようになったように、肉体と神経組織に負担になったが、抗し難く刺激的で気分を昂揚させる経験でもあった。

新たな巡業はロンドンで十月六日に始まり、ロンドン、マンチェスター、ブライトン、リヴァプールで、十八回公開朗読が行われることになり、十一月にも続いた。その時、選挙期間になり、公開朗読は中断した。その選挙でディズレーリが辞任し、グラッドストーンが首相に返り咲いた。公開朗読が中断されていたあいだ、ディケンズはロンドンの通りを再び歩き始め、ライムハウスとステップニーまで行き、最も貧しく惨めな家々を訪れた。そこでは、病人はほったらかしにされて横たわり、子供たちは三世代にわたる栄養不良ゆえに窶れた顔をしていた。彼はイースト・エンドのそうした地区にいたあいだ、ある若い医師とその妻によって新たに設立された、病める子供のための病院に注目し、ほかでならもっと稼げるのに、一《ひと》月一ポンドしか支払われずに働いている看護婦を含む、そこで働いている人々にも強い感銘を受けた。そこで治療されている病気の多くは、慢性的な栄養不良と不潔な生活状況から来ていて、多くの若い患者はただ単に健康を維持するために、退院してからも食事をしに戻ってくるようにと言われた。彼が書いたその地区の生活状況と、イースト・ロンドン小児病院の患者への奉仕ぶりはクリスマス直前の『オール・ザ・イヤー・ラウンド』に載った。すると、その病院に対する支援の申し出が急増した。中流階級によって「立入禁止区域」と見なされていた、イースト・エンドのそうした地区を彼が執拗に歩き、ジャーナリストの腕前を発揮して見たものを描写し、改善するのに何かをするかもしれない人々の注意を惹いたというのは、彼が大衆の友であるという評判と、自分の書くものはどんな政治行動よりも効果的だという信念を確固としたものにした。

十二月に、彼はスコットランドとアイルランドでさらに十回公開朗読を行った。間もなくドルビーはこう書いた。「私たちは気づくと、これまで非常に頻繁に送ってきたのと同じ生活を、同じやり方で続けていた。私たちが休んだことがかつてあったと想像するのが難しい時があった」[16]。それは、ディケンズの健康が、アメリカでの時のように再び損なわれる恐れがあることを意味した。それでも、彼は精力的に活動し続けた。右足を激痛が襲った。それでも、彼は精力的に活動し続けた。十二月二十一日には事務所にいて、二十二日にはロンドンで一回公開朗読をし、クリスマス・イヴにはフォースターの姉の葬式に出、その晩、ハウス・パーティーのためにギャッズ・ヒルに戻り、彼の寝室の隣にいた客のオースティン・レアドを怯えさせた。ディケンズの寝室から、「サイクスとナンシー」を朗読する声がするのをレアドは聞いたのだ。キリスト降誕日には数通の手紙を書き、ボクシング・デーには、先約があるという理由で人からの招待を断った――おそらく、ワージングにいたネリーを訪れることになっていたのだろう。元日には、再びロンドンにいた。ジョージーナが沈んでいるのを見た彼は、自分がダブリンとベルファーストで公開朗読をしているあいだ、十日間、一緒にアイルランドに行ったらどうかと言った。ドルビーの回想録には、ジョージーナが自分たちと一緒だったということは省いてある。配慮からなのは疑いない[17]。三人が出発する直前、ディケンズはスイスの友人セルジャに手紙を書き、もし娘のメアリーが結婚したら（彼はそれは期待していなかった）、ギャッズ・ヒルを売り払い、「世界中を優雅にさすらう」と言った――もし連れがいたとすれば、それが誰かは言っていない[18]。数日後、ギャッズ・ヒルの周辺の土地の購入に二千五百ポンド払った[19]。

彼はアイルランドで公開朗読をしたあと、イングランドの南西部地方と中部地方で公開朗読をした。スコットランドでの公開朗読は、片足が耐え難いほど痛くなったので、延期せざるを得なかった。そして彼は、「服を着ている時、ひどく気が遠くなったので、あの世に行く寸前だった[20]」。彼は北に向かう列車にソファーを持ち込み、休みながらエディンバラで二回、グラスゴーで二回公開朗読をしたが、いずれの場合もサイクスの殺人場面を読んだ。ロンドンに帰ると、さらに一回公開朗読をした。彼はジョージーナに、自分は朗読中もうシャンパンは飲まない、水で割ったブランデーだけを飲むと言った[21]。三月に、ネリーの誕生日を彼女とウィルズと一緒にロンドンのヴェリーズで祝った。その後間もなく、ハルで公開朗読をしたが、同地でホワイトフライアーゲイトにあるディクソンの店に入り、婦人用の絹の靴下を六足買いながら、晩には何をしたいのかと若い店員に尋ねた。店員は劇場に行ってドラマティックな朗読を聞きたいのだが、今日の公開朗読の切符が手に入らなかったと答えた。ディケンズがいくつか質問すると、店員がディケンズの作品をよく知っていることがわかった。「これを持参した者を入場させて下さい」と書いた名刺を手に押しつけられた時になって初めて青年は、自分がディケンズその人と話しているのに気づいた。しかし青年は、なぜ偉大な作家が婦人用靴下を買うのか、よくわからなかった[22]。

ヨークからディケンズは、サー・ジェイムズ・テネントの葬式に出るため南に急いだ。テネントはディケンズが『互いの友』を捧げた人物で、彼よりわずか八歳年上でしかなかった。彼の死はディケンズの心をひどく乱した。それから再び巡業の旅に出、イースト・アングリア、再びマンチェスター、シェフィールド、バーミンガム、リヴァプールに行った。リヴァプールでは、彼に敬意を表して大宴会が催され、彼は再び立ち上がり、六百五十人の客とギャラリーの大勢の見物人に向かって謝辞を述べた。入口ホールで警察のバンドが演奏し、ギャラリーでは孤児院のバンドが演奏し、旗、花が飾られ、銀メッキの噴水から薔薇香水が噴き出ていた。財務大臣、ケンブリッジ大学トリニティー学寮の学寮長、ホートン卿（かつてのリチャード・マンクトン・ミルンズ）が彼の前に話をした。リヴァプールでさらに公開朗読が行われ、次にリーズに行った。そこでは不眠気味になり、足が再び「唸った」ので、彼とドルビーは巡業を続ける前に二日休養し、大型四輪馬車で美しい町チェスターに行くことにした。

四月十八日、チェスターでディケンズは脳卒中を起こした。彼はそれを脳卒中とは言わず、ドルビーにはただ、夜、ひどく具合が悪かったとだけ言ったが、二人が翌日着いたブラックバーンからは、フランク・ビアドに自分の症状を手紙で伝えた――眩暈《めまい》がし、特に左側の足の運びが不安定で、両手を頭のところに上げるのがひどく辛い。リヴァプールにいた友人のノートンにはこう手紙に書いた。「僕は毎日旅をしていて、そのあと朗読するので半ば死んでいる」[23]。ジョージーナにはこう書いた。「力が入らず無感覚なのは左側で、なんであれ見ないで左手で触れようとすると、それがどこにあるのかわからない」[24]。翌日彼は気分がよくなったように感じ始め、『クリスマス・キャロル』と「ボブ・ソーヤーのパーティー」を朗読し、次の公開朗読のためにボールトンに向かった。そして再びジョージーナとフォースターに手紙を書き、自分はよくなり、巡業が続けられるのを期待していると言った。しかし、フランク・ビアドがプレストンで彼に追いつき診察すると、公開朗読はこれ以上無理だと言った。ドルビーは残りの公開朗読をキャンセルせざるを得なかった。一方、ビアドはディケンズをロンドンに連れ帰り、サー・トマス・ワトソンに診せた。ワトソンは、患者は左側の麻痺と卒中の寸前にある、つまり、脳出血だというビアドの診断を裏付けた。

ディケンズは関係者全員に、自分は「絶えざる急ぎの旅」で病気になり、これ以上悪くならないための予防措置として、巡業を諦めるよう医者に言われたと説明した。同時に彼はウーヴリーに、新しい遺言状の草稿を作りたいと言い、すぐに遺言状の作成に取り掛かり、五月十二日に署名した[25]。彼にはいまや経験を積んだ助手がいないので、『オール・ザ・イヤー・ラウンド』の仕事で忙しかった。その合間にフォースターのウォルター・サヴィジ・ランダーの伝記を、詳細に、好意的に書評した。それは七月に出た。八月に彼は、ファニー・トロロープの小説『ヴェロニカ』を『オール・ザ・イヤー・ラウンド』に掲載し始めた。それは、一人の娘が父親ほどの年輩の男に誘惑されるという、きわどい物語だった。ディケンズはフェクターがアメリカに渡る準備をしていたのを知っていたので、フェクターの俳優としての経歴を称讃した文を『アトランティック・マンスリー』に書いた。息子のシドニーが船上から手紙を寄越し、借金を作ってしまったので返済してもらえまいかという惨めな告白をした。それはお馴染みの話で、ディケンズは借金を払ってやったが、腹を立てた。もう一つの歓迎すべからざる仕事は、アメリカにいるあいだに死んだチョーンシー・タウンゼンドが彼に遺した厖大な量の原稿を整理することだった。タウンゼントは遺言で彼を遺著管理遺言執行者に指定し、自分の宗教観を本にして出版してもらいたいと言ったのだ。それはディケンズにとって時間と精力のうんざりするような浪費だった。彼は委ねられた仕事を立派に果たしたものの、タウンゼンドの弁護士たちには、「それ［ディケンズが編纂した本］になんらかの価値があるふりをするのは言語道断」だと密かに言った[26]。

五月に、ジェイムズ・フィールズと妻のアニーが長い休暇をヨーロッパで過ごしにやってきたのでディケンズは元気になり、二人を大いに歓待しようという気持ちになった。まず、二人にロンドン、ウィンザー、リッチモンドの名所を見せようと、ピカディリーにあるセント・ジェイムズ・ホテルのスイートを自分のために予約した。それから、やはり一行のドルビーと、アメリカ人の画家ソル・アイティングと一緒に、警官に守ってもらいながら、二人をイースト・エンドのシャドウェル〔ヴィクトリア朝のロンドンで最も惨めなスラム街〕に連れて行った。そして一行は、阿片窟にも行くことができた。そこで、阿片を吸っていた一人の老女の様子を眺め、老女が呟く言葉に耳を澄ました。そのあと、一行は六月初めギャッズ・ヒルで一週間過ごすよう招かれ、何度も散歩し、庭でクロッケーとボウリングをした。晩にはシャレードをした。また、森の中で入念に計画したロブスター・ピクニックをし、ホップ栽培園と果樹園の中を馬車で通り、ロチェスターを訪ねた。ロチェスターでは、一行は城の胸壁に登った。それからカンタベリーに行ったが、ディケンズは大聖堂の聖堂番を追いやり、自分で中を案内した。さらに一行はチャタムとコバムの森も訪れた。その週の最後には大掛かりなディナーが供され、そのあと客間でダンスがあり、ダンスは明け方まで続いた[27]。フィールズ夫妻は十月にギャッズ・ヒルに戻ってきたが、その際、ヘンリーに会った。ヘンリーは一学年の最後に学寮の奨学金を獲得したので、大いに株が上がっていた。また、二人の姉妹もまたそこにいた。ディナーのあとメイミーはピアノでスコットランドの舞踏曲、リールを弾いたが、ディケンズは立ち上がってケイティーをリードしてダンスをするのに抗し得なかった。「私はあれ以上可愛らしいものを見たことがなかった。ケイティーは昔風にモスリンのネッカチーフを首に巻き、髪に白い立葵《たちあおい》を二重に挿していた。彼女は古風で趣のある優雅な小さな体をしていて、彼は二十歳《はたち》の青年のような身軽でしなやかだ――あの二人は互いに大いに楽しんでいる」と、アニー・フィールズは日記に書いた。彼女は、娘を自慢している、若返った彼を見たのだ。すでに死に近く、余命九ヵ月だが、愛する娘とダンスをする喜びに浸っている、依然として少年のような男を垣間見たのだ。[28]
　フィールズ夫妻はイギリスに滞在中ネリーに紹介されなかったが、ディケンズはジェイムズ・フィールズに彼女のことを話し、「朗読中に体の具合が悪くなると、よろめき、目の光がなくなるのにネリーだけが気づき、彼女だけがそのことを自分に言う勇気があった」と語った――そのことは、その年の初めに、たぶん北部でネリーが公開朗読の場にいたことを語っている。[29] 八月にギャッズ・ヒルでクリケットの試合が行われた。その際、ケイティーによれば、ネリーがいた。ネリーは客として家に泊まっていて、クリケットにも加わったのだ。彼女が一家の友人として紹介されたのは疑いない――それも当然のことだった。彼女とジョージーナとメイミーのあいだに友情が芽生え始めていたのである。[30] ディケンズは十六年前に創設された当初から支援してきた成人教育機関、バーミンガム・ミッドランド協会で九月にスピーチをすることになっていたが、ドルビーにこう語った。「僕はスピーチを、翌日、小さなN〔ネリー〕と一緒に楽しくストラトフォードかケニルワースに行って補う……ことを考えている」[31]。ディケンズはバーミンガムでのスピーチのお膳立てをしたライランド氏〔法廷弁護士でバーミンガム・ミッドランド協会の創設者〕に、自分は秘書のドルビー氏と一緒で、翌朝早く発たねばならないので、貴宅には泊まらないという手紙を出した。ネリーとディケンズは、一緒に短い文学的遊山旅行をし、シェイクスピアあるいはエイミー・ロブサート〔エリザベス一世の寵臣レスター伯の妻。不審な死で有名になった。ウォルター・スコットが彼女を扱った歴史小説『ケニルワース』を書いた〕、あるいはその両者に敬意を表することができた。[32]
　ドルビーはネリーをよく知っていて、彼女を通してディケンズに連絡できた。例えば十一月、ディケンズはウェリントン街から彼に宛てて、こういう手紙を書いた。「Nに関する君の質問に答えよう――事の成り行きで、僕はここに水曜までいないと思う。しかし、火曜日は五時から六時までロンドンにいるので、よかったら君と一緒にポースツ〔レストラン「ブルー・ポースツ・タヴァン」〕で食事をしよう」[33]。ドルビーはディケンズがいかに時間を配分したかを興味深く記している。ディケンズは週の初めの数日は仕事に充てた。「ディケンズ氏はそうした日々はロンドンの事務所に住み、原則として金曜日には客と一緒にギャッズ〔ギャッズ・ヒル〕に戻り、次の月曜日までそこにいた」――ディケンズは週の真ん中を、誰にも邪魔されずにペカムでトリンガムとしての暮らしをするために開けておいた。[34]
　数年間、ラッセル卿夫妻は夏になると、ディケンズをリッチモンド・パークにある自宅のペンブローク・ロッジにディナーに招く習慣があった。その年、ディケンズは一晩泊まることに同意した。その時の様子を伝える二つの話が残っている。一つはラッセルの孫娘によるものである。彼女は偉大な作家に魅了された。彼女はディケンズのフリルの付いたワイシャツ、ダイヤモンドの飾りボタン、白髪、節酒振りに注目した。「ディナーの席では、彼はごく少ししか食べたり飲んだりしなかった。シャンパンはペンブローク・ロッジでは出ず、ウィスキー・ソーダを飲むのも、当時は流行ではなかった。けれども、ポートワインとマデイラは出た。私たちはワインを飲みながら、しばらく坐っていた。ディケンズ氏はマデイラをちびちび飲んだ[35]」。ディケンズ自身がドルビーにした話はかなり違う。ラッセル卿が「非常な節制家」なのを知っていたので、ディケンズは就寝時に自分で飲み物を作るため、バラーズのパンチを一瓶、大型旅行鞄に詰めておいた。彼は召使なしで出掛けたので、鞄は自分で開けるものと思っていたが、彼の礼服を取り出したラッセル家の従者が、パンチの瓶もマントルピースの上に置き、その横にタンブラー、ワイングラス、栓抜きを並べたのを見て当惑した。「その光景を見て気持ちが乱れた」と彼はドルビーに語った。さらに悪いことが起こった。ラッセル夫妻が寝る時間のいつもの十時半に、お休みなさいを言うためにディケンズが立ち上がると、夫妻は笑い出し、レディー・ラッセルは言った。「急ぐことはありませんわ、トレイはここにすぐ来ますわ」。そして召使が、パンチを作る材料をすべて揃えて持ってきた[36]。ディケンズはドルビーに自分の失敗談を上機嫌で語った。しかし、密かに飲むためにそっと酒瓶を鞄に詰めるというのは、まさしく彼が深刻なアルコール依存症になっていることを示唆している。

八月に彼は、新しい小説を書く構想を練り始めた。殺人ミステリーと恋物語を混ぜたもので、舞台の大部分がロチェスターだった。そして、そこの大聖堂が不気味な使われ方をしている。それが、秋の彼の主な仕事だった。十月に彼は題名を『エドウィン・ドルードの謎』とすることにし、その一部をジェイムズ・フィールズに読んで聞かせることができた。フィールズは、冒頭の頁に描かれているシャドウェルの阿片窟をディケンズが訪れた際、一緒にいたのだ。月末には、ディケンズは月刊分冊の最初の号の全部を、フォースター夫妻に読んで聞かせることができた。チャールズ・コリンズは挿絵を描かせてもらえまいかと尋ね、表紙のデザインを依頼された。ディケンズはコリンズの仕事に満足し、彼に挿絵の仕事を喜んで委ねることにした。ところが、コリンズはひどく体の具合が悪いと言って、ディケンズを失望させた。ディケンズはミレイが推薦したルーク・ファイルズに声をかけた。ファイルズはその仕事を貰ったことを喜び、いい仕事をした。

ディケンズは体の調子がひどくおかしくなっていたので、朝、紅茶とコーヒーを飲むのをやめるとジョージーナに言い、その代わり朝食に「ミルクと一緒に沸かしたホメオパシック・ココア」を要求した。[37] 彼は執筆を続け、秋に講演を二回こなした。一方ドルビーは、「彼の中で、ゆっくりとだが確実に変化が起こっている」のに気づき、ロンドンの大衆に最後の別れを告げるためになんとしてでもやるとディケンズが公言している、来年の「十二回の公開朗読をやり遂げることができるか、深刻な疑念を抱いた」。[38] ディケンズは将来に目を向け続け、ぜひともイタリアに自分を訪ねてくるようにと言ったトマス・トロロープに、自分はアルプスのすべての峠を越え、「第二の瀑布までナイル川の上流に行き、エルサレムとインド、また、オーストラリアにも行くつもりだ。この点ではっきりしない唯一のことは、いつ行くかわからないということだ……しかし、〝行く〟を〝来る〟に変える時はいつであれ、君に会いに来る」。[39] そして十二月十三日、『エドウィン・ドルードの謎』が十二回の月刊分冊でチャップマン&ホールから出版され、一八七〇年三月に最初の号が出され、緑の紙の表紙が付けられる、という契約書に署名した。チャップマンは初版の二万五千部のすべての収益に対する権利に七千五百ポンド払った。その後は出版社と著者が所有権を折半することになった。アメリカの出版社の二社が版権を争ったが、最終的にハーパーが千ポンドで獲得した。ディケンズはいまや、一八七一年の春まで、仕事に縛られることになった。[40]

ギャッズ・ヒルで彼は人を盛んにもてなした。またもフィールズ夫妻、フォースター、劇作家で小説家のチャールズ・リード、ジャーナリストの友人のチャールズ・ケント、彼の事務弁護士のウーヴリー。ドルビーは、フェクター、フェクターのアメリカ人の劇場支配人パーマー、アデルフィ劇場のウェブスターたちの、男だけの集いの様子を書いている――マデイラを飲み、ビリヤードで賭けをするという、ボヘミアン的雰囲気。しかし、それは稀だった。ギャッズ・ヒルにディケンズが抱いている誇りは、大変なものだった。彼は下働きのアイザックにボーイの制服を着せた。そして、年中家を改造し、大きな温室を作ることにした。それは将来のことに目を向けていた、もう一つの証拠だった。出来上がった温室の保険金額は六百ポンドだった。彼は、引退したウィルズがハートフォードシャー州の田舎の屋敷に落ち着いて、無為の暮らしにすっかり満足していることを聞いて面白がった。無為の暮らしというのは、ディケンズの選ぶところではなかった。彼はおおやけの出来事に関心を持ち続け、アイルランドの情勢と、ロンドンで抗議集会を開くために大挙して集まっているフィニアン同盟員〔アイルランドにおける英国支配に抗議する組織〕について心配した。また、『レディー・バイロンを擁護する』という本を書いたビーチャー・ストウ夫人〔バイロンの愛人がバイロンの妻を誹謗する本を出したので、彼女はそれに反撃するため、バイロンが近親相姦を犯したという文を発表したが、各方面から痛烈に攻撃されたので、バイロンの妻を擁護する本を書いた〕に対する怒りを覚え、ジョン・マリーに宛てた手紙に、自分が何年か前にバイロンの娘のエイダを訪ねたということ、「彼女は父のことを僕に話した時、まさにその時、食屍鬼が父の墓を暴こうと爪を伸ばしているとはまず思っていなかった」ということを書いた(41)。おそらく彼は、『ディケンズ夫人を擁護する』という本が出るのを予見したのだろう。

　十二月に、フェクターはギャッズ・ヒルで催された送別のディナーのあとでアメリカに旅立った。彼は妻と息子をイギリスに残し、愛人を自分の主演女優として一緒に連れて行った。彼はまた、アメリカを知っているディケンズの従者、スコットも連れて行った。それは、ディケンズが好意でそうしてやったのに違いない。クリスマスには小人数の家族の集まりがあった。やってきたのは、ジョージーナ、彼の二人の娘、すべて優等で第一次試験(42)に合格したヘンリー、チャールズ・コリンズ、チャーリーとベッシーと一人の孫だ、と彼はマクリーディーに言っている。もう今では彼には四人の孫がいたのだが(43)。ドルビーへの手紙には、今年のクリスマスは非常に苦痛で、惨めなものだったと書き、悲しい気持ちで、二人で一緒にアメリカで過ごしたクリスマスとそれを比べている。あの時は、と彼は感傷的な調子で言った、脚は使えたが、今年は一日ベッドに横になっていて、ディナーのあとで客間で行われるパーティーに加わるため、晩に起きるだけだ(44)。しかし大晦日まではロンドンに行き、『エドウィン・ドルードの謎』の月刊分冊の第二号をフォースター夫妻に読んで聞かせるほど良くなっていた。

第26章 ピクスウィック、ペクニックス、ピクウィックス 一八七〇年

誰も自分の死を想像することはできない、たとえ、死が近づいていているのを知っている場合でも。ディケンズは不退転の気持ちで自分の病気を撥ねつけ、無視した。同時に、危険を感じ取り、身辺整理を始めた——家族の事柄、金銭、版権。いまや彼の日々は、仕事上の人間との面会、公開および私的な朗読、雑誌に関する事務的な仕事、挿絵画家との話し合い、ギャッズ・ヒルのいっそうの改装、階段の改造、庭と新しい温室の手直しで占められていた。さらに、しなければならないスピーチ、様々なディナーとレセプション、娘たちが関わっていた素人劇、いろいろなことを頼んでくる友人、政治家、果ては王族への義務があった——そのあいだを縫って、彼は小説『エドウィン・ドルード』を書いていた。彼は意識を失って倒れる日まで、活動をやめなかった。

メイミーに楽しい思いをさせるためにロンドンに家を借りるという習慣を守った彼は、ベイズウォータにまた一軒の家を借りた。それは、マーブル・アーチに近い、ハイド・パーク五番地にあった。その家は、ラッセル卿の最後の政権下で要職にあった、自由党の政治家ミルナー・ギブソンのものだった。ディケンズはドルビーに、人々が楽しんでいる公園の眺めが気に入っているし、また、パディントンから市場まで産物を運ぶ早朝の荷馬車のガタゴトという音も楽しい、その音で目が覚めてしまうとしても、世の大事な仕事をしている人々が、すでに働いていることを示しているからだ、と言った。そして、事務室で寝るのが好きだと付け加えた。ウェリントン街では、「最後の辻馬車が行ってしまうと、最初の市場の荷馬車がやってくる」ので。(1)

一月に、彼はロンドンで五回、公開朗読をした。その一つは、二十一日に行われた特別なマチネーで、演劇関係者は「サイクス」を聞くことができた。ディケンズはそのあとウィルズに手紙を書いた。「それを連続して行うのは気違い沙汰だ。僕の通常の脈搏は七十二だが、それをやると百十二に上がる。おまけに、息が元に戻るまでに十分から十二分かかる。その間《かん》、僕は戦いに負けた人間のようだ」。そして、ウィルズに公開朗読を聞きにきてもらいたいと言

い、二月に二回、三月に一回やる予定だとも言った。一方、右の親指の具合がおかしくなり――それも、方々に転移する痛風だったに違いない――まともに字が書けなくなった。彼は手紙をこう結んでいる。「患者［ネリー］がそばにいた。君に会いたがっていた。僕はあらゆる種類の良き、優しい思い出に満たされた(2)」。彼は親指が悪かったため、グラッドストーンとの食事を延期せざるを得なかった。

八十六歳になっていた義父のジョージ・ホガースは、まだジャーナリストとして働いていて、敬われていた人物で、善良な性質と気取らぬ態度ゆえに大変好かれていた。一月に、『絵入りロンドン・ニュース』の事務所の階段から転げ落ちたのがもとで、二月に死亡した。近くに住んでいた、キャサリンの既婚の妹ヘレン・ローニーに最期まで看病してもらった。義父より三十歳若かったディケンズは、十年以上義父とは口を利いていなかった。彼はホガース家になんら弔意を示さなかった。ホガース家は弔意を期待することはできなかったろう。しかしどの死亡記事も、二人の男の関係に言及していた。ジョージーナは父の死を悼む印として、文通には黒枠の便箋を使った。

ディケンズはホガース氏を悼むことはしなかったが、儀式と礼儀は、彼には重要な意味を持っていた。彼は五十八回目の誕生日をフォースター夫妻と過ごした。夫妻はディナー・パーティーを催したが、ジョージーナと、夫と一緒のケイティーも来た。ディケンズはマクリーディーに手紙を書き、マクリーディーが三月三日に七十七回目の誕生日を迎えたことを祝った。同日、ネリーの誕生日を祝う昼食会が開かれた。今度は、場所はリージェント街のブランチャーズだった。ウィルズともう一人の客、たぶんドルビーが出席した。このような場合、参加者はどのくらい楽しんだのだろうか。三月六日、日曜日、ディケンズはジョージ・エリオットとルイスと食事をした。二人はディケンズの会話は溌剌としていて面白いと思った。彼は「ひどく参っている」ように見えたけれども。八日に彼は公開朗読を行った。最初に、感傷的な「柊《ひいらぎ》旅館の深靴《ブーツ》」、次に、サイクスの殺人の場面（それを読むのは最後だったが、脈搏が速くなった）、終わりに喜劇的な「ボブ・ソーヤーのパーティー」。翌日、王族に対する冷淡な気持ちをなんとか克服し、午後、女王と会うためにバッキンガム宮殿に行った。女王は、「『僕と知り合いになりたい』という ような意味のことを言った(3)」。

何が彼の態度を和らげたのか？　彼は枢密院書記で文学

趣味のある廷臣アーサー・ヘルプスに、何葉かの南北戦争の写真を見せた。ヘルプスがそのことを女王に言うと、女王はそれが見たいと言い、ディケンズに会いたがった。彼としてはメイミーのために何かしてやろうと思ったのかもしれない。メイミーは社交界に出る野心を持っていて、彼がいったん宮廷に出入りできるようになれば、メイミーもそうなるかもしれなかった[4]。エチケット上、彼は女王との会話のあいだ、ずっと立っていなければならなかった。女王もソファーに寄りかかって立っていた。会話は弾まなかった。女王は彼の公開朗読を聞かなかったのを残念がったが、彼は公開朗読は終わりにしたということ――実は、最後の一回がまだ残っていたのだが――私的な朗読はしないということをきっぱりと言った。二人は彼のアメリカ旅行について話し、女王は、息子のアーサー王子がアメリカを訪れた際にアメリカ人が息子に示した無礼な態度に言及した。ディケンズは、大西洋の向こうではイギリスの王族は人気があると請け合った。女王は、イギリスでよい召使がもはや見つけられない事実が説明できるかどうか、彼に訊いた。教育制度が芳しくないのではないかと、彼は言った。女王は食べ物の値段が上がっていることについて話した。女王は自分で書いた『ハイランドでの私達の暮らしの日記抜粋』を彼の雑誌に進呈した。彼は、女王の書いたこの本を褒めた文を彼の雑誌に載せたことでウィルズを叱ったのを、忘れることはできなかったろう。「僕ならいかに金を貰っても、女王の途轍もない本（僕は読んだ）に、ああいう風に言及はしないだろう。僕は不面目な、〝唾を舐《ねぶ》るコーラス〟に加わるのを恥じる。君はそうした事柄に関する僕の意見を知っているのだから、君がそれを通すことができたというのは驚くべきことだ[5]」。だが彼は、もちろん、その途轍もない本をありがたく頂戴した。女王は彼の作品が欲しいという気持ちを表明した。ディケンズは特装版を贈呈することを約束した。それからディケンズは辞去し、約束通りバーリントン・アーケイドでドルビーに会った。二人は腕を組んで、コーク街にあるブルー・ポースツに食事に行った。

　ディケンズは、女王が「有名な作家ディケンズ氏」について日記に書いたことを読んだら喜んだことだろう。「彼は最新作について、アメリカとそこの人々の奇妙さについて、イギリスの階級格差について話した。彼は階級格差がやがて少なくなることを願っている。それが徐々に実現することを彼は確信している[6]」

　三日後の十五日、彼はセント・ジェイムズ・ホールで最後の公開朗読をした。それは、朗読者にとっても大衆にとっても感極まった催しだった。会場にすでに二千人の聴衆が集まっていたので（その多くは席に一シリングしか払わなかった）、群衆はドアのところで追い返された。ディケンズが演壇に登ると、聴衆は立ち上がって喝采した。彼は『クリスマス・キャロル』と「ピクウィックの裁判」を朗読した。聴衆の中にいたフォースターは、ディケンズが繊細に、別れの静かな悲しみを漂わせながらそれほど巧みに読んだことはない、と思った。ドルビーは舞台裏にいて、必要な場合、いつでも助ける用意をしていた。チャーリーはフランク・ビアドの命令で最前列にいた。父がよろめいた場合に備え。「君は駆け登って、お父さんを摑まえるんだ、そうして、私と一緒に演壇から降ろすんだ、さもないと、お父さんはみんなの前で死んでしまうかもしれない」[7]。ディケンズはよろめかなかった。もっとも、「ピクウィック」と言えず、ピクスウィック、ペクニックスあるいはピクウィックスと言ったが。朗読が終わると、聴衆は彼を何度か呼び戻し、とうとう彼は告別の言葉を口にし、新しい小説の月刊分冊の最初の号が、あと二週間で出ることを期待してもらいたいと言ってから、「私は今、心からの感謝と敬意の念と愛情に満ちた別れの言葉と共に、この煌々たる光から永遠に姿を消します」と言った。「彼が演壇から去って行くと、短い沈黙が訪れた。それから、不意に長い歓声が湧き起こり、彼は立ち止まった。そして、次の瞬間、彼は戻ってきた。彼はそこにいた誰からも忘れられないだろう」[8]とフォースターは書いている。

フォースターとの絆は以前と変わらず強く、ディケンズは『エドウィン・ドルードの謎』の各号を、書き終えるたびにパレス・ゲイトのフォースターの家で声に出して読み、筋について話し合った。三月二十一日、最初の号が出る十日前、ディケンズは第四号を朗読し、そのあとフォースターに、自分はここに来る前、オックスフォード街を歩いている時、店の正面に書いてある名前の右側が、またも読めなかったと告白した。その月の終わり、彼は痔からの激しい出血が再発し、動顚したとフォースターに書いた。催眠用に飲んだ阿片剤のせいで便秘になり、痔がいっそう悪化したのだろう。それでも、活動的な生活を送るのをやめなかった。三月二十八日、フレデリック・チャップマンと、アントニー・トロロープの息子で、チャップマン＆ホールの新しいパートナーであるヘンリー・トロロープとの契約書に署名した。その契約書は彼の全作品の版権に及んでいるもので、彼と出版社が版権を折半した。四月二日、フォースターの誕生日を祝った。四月五日に、新聞販売人の慈善協会のディナーの席でスピーチをし、冗談で出席者を和ませ、同協会の基金にもっと寄付をするように促した〔ディケンズは、老齢あるいは病気になった新聞売りに年金と財政援助を与える目的で設立された同会の会長を務めた〕。四月六日、彼は大礼服を着て、宮中での接見に出席した。翌日、ハイド・パーク・プレイスの自宅で大レセプションを催した。ヴァイオリニストのヨアヒムと、ピアニストのチャールズ・ハレが、ソロだけでなく共に演奏もした。また、グループの歌手も歌った。彼はタヴィストック・ハウス時代以来、それほど野心的な催しをしたことはなかった。

　四月に、チャーリーは正式に『オール・ザ・イヤー・ラウンド』をウィルズから引き継いだ。そして六月二日、ディケンズは遺言書補足書を書き、同誌の自分の所有権と収益のすべてを、事務所にある一切合財と共にチャーリーに与えることにした[9]。このようにして彼は、かつては大いに期待していた、愛する長男の将来を安定したものにするのに最善を尽くした。チャーリーが挫折し破産したにもかかわらず、チャーリーに見切りをつけるようとはしなかったし、そうはできなかった。ヘンリーはケンブリッジ大学で、これまで通りつつがなくやっていて、出世すると思ってよかった。五月にディケンズは、四番目の息子のアルフレッドに手紙を書き、オーストラリアにおけるお前の将来に「無限の信頼の念」を抱いていると言ったが、プローンが同地での生活に馴染むかどうか疑っていた。また、シドニーの借金のことにも言及した。「シドニーは到底立ち直れないのではないかと思う。正直に言って、死んでくれたらと願い始めている[10]」。その言葉はひどく冷たいので信じ難いほどである。シドニーはウォルターが借金をした際に見捨てられたように、また、弟のフレッドがあまりに厄介な存在になった時に見捨てられたように、さらに、キャサリンが彼の意思に逆らった時に見捨てられたように、その言葉と共に見捨てられたのである。ディケンズはいったん相手を見限ると、無情になれた。

　彼の性格の中の相反する要素が、数多くの謎と驚きを生み出した。なぜチャーリーは失敗を許され、再び寵愛を受けるようになったのか、なぜウォルターとシドニーはそうではなかったのか？　おそらくチャーリーは、ディケンズが若く、最初に成功を博した時の子だったからだろう。しかし、どの息子も彼を戸惑わせ、その無能力に心配させられた。彼にはどの息子たちも人生に失敗した自分に見えた。彼は息子たちが何不自由なく育ち、自分が努力して抜け出した貧乏を知らないことに腹を立てた。そこで、息子たちを見放したのだ。だが彼は、貧しい人々、疎外された人々、貧窮者、他人の子供たちに対する際には、心優しさを時おり見せた。その反面、ネリーをアメリカに連れて行きたがった恋人は、イギリスでは彼女と常に一緒に暮らそうとは思わなかった。必然的にスキャンダルになるからばかりではなく、ギャッズ・ヒルの生活に愛着があったからでもある。そこでの生活は、彼に奉仕し、彼に求めることのあまりないジョージーナに、平穏に取り仕切られていた。彼はまた、事務所でのドルビーと一緒の時間も大事にした。そこでは、独り身であること、旨い食事をとること、劇場に行くこと、男の友人たちと遅くまで酒を飲むことが愉しめた。彼はフォースターが退屈な男で、中流階級の価値観と因習に屈服していることが不満だったが、フォースターなしにはやっていけず、一八三八年にフォースターに書いた手紙の言葉――「いまやこれほどしっかり結ばれている固い絆」を断つのは死以外にない――は、最後まで真実だった。彼の作品の中にも相反する要素がある。過剰な演技の気味はもちろんあるが、それと共に、めくるめくような冗談、シェイクスピア的性格付け、繊細で深い想像力、描写力の不気味なほどの見事さがある。

『エドウィン・ドルードの謎』は最初からよく売れ、各号は『互いの友』を一万部上回り、五万部に達した。ディケンズは印刷者に原稿を送るに際し、「私の子供の安全が唯一の懸念です」という短い手紙を添えた。それは、自分の作品を子供と言ったことの一度もない、ごく男性的な作家にしては、意外なイメージである。[11]『ドルード』が読者を魅了したのは、未完で未解決の殺人小説であり、異国趣味、阿片、催眠術、インドの絞殺強盗団[12]はすべて、彼にとっては新機軸だったからである。それはまた、ロチェスターの忘れられない、憂愁に満ちた描写をも含んでいる。彼が子供時代を過ごしたその町は、美しく描かれている。しかし、謎はちょっとした謎でしかなく、悪漢も彼が最初に約束しているほど興味深くないし、コメディーもそこそこに面白いだけであり、魅力は少々無理をして醸し出されていて、文章は以前の作品のパロディーのように読める場合がある。だが、人に石を投げ、大聖堂《カシードラル》を「キン＝フリー＝ダー＝エル」と発音する悪童は見事に描かれている。ディケンズはロチェスターの通りでそういう発音を聞いて、面白いと思ったのかもしれない。そして、書き終えた部分――本来意図された長さの半分の二十二章――は完全にリーダブルである。

『ドルード』は二つの面から見なければならない。第一は、それが未完のミステリーだということである。それはディケンズが残した謎で、解決を考え出すのが好きな者たちに、独創的な推理をする無限の機会を提供するので、異例なほど注目されてきた。第二は、半分だけの小説は主要作品と見なせない、という考えである。ディケンズの熱烈な愛読者のあいだでも、意見が鋭く二つに分かれている。チェスタトンは、それは「最後の素晴らしい、驚異的な出演」をしている、死にゆく魔術師の創造物と激賞したが、ギッシングとショーは、それは取るに足らない、詰まらないものと一蹴した。第三は、それは、病気と衰える体力によって想像力が働かなくなったり、執筆ができなくなったりするのを許さず、死に瀕してはいるが、それを拒否している男の達成したものだということである。いわばそれは驚くべき、英雄的な成果なのである。

五月の末まで、彼は表向きはハイド・パーク・プレイスを拠点にしていたが、しばしばウェリントン街に泊まり、時にはギャッズ・ヒルに逃避した。疑いなく、ネリーと一緒になるためにも。二月の初め、彼は友人に、田舎に二日間行っていたと言っている。また、四月中旬、週末に「ロンドンから出て、懸命に仕事をしていた」と言い、四月下旬に、ギャッズ・ヒルで「田舎を長時間散歩した」と言っている——そのうちの何度かを、あるいは全部を、ネリーと過ごしたのかもしれない。[13] マクリースが世を去り、彼は悲しんだ。二人は何年も音信不通に近かったが。彼は四月三十日のロイヤル・アカデミーのディナーの席で、マクリースについて愛情の籠もったスピーチをした。それは彼の最後のスピーチで、聞く者に大きな感銘を与えた。五月二日、彼とメイミーは、ロッキンガムからロンドンを訪れていた、旧友のラヴィニア・ワトソンとその子供たちと食事をした。そのあと、別の文通相手に、自分は二日間、「新鮮な空気を吸いに」ロンドンを出るつもりだと書き、もう一人の文通相手には、「ちょっと遠くで、病気の友人〔エリー・ターナンと考えられている〕に付き添っていた（今でも）」と書いた。そこも、ペカムのように思える。[14]

五月七日、彼は『ドルード』の月刊分冊第五号をフォースターの家で朗読した。いまや足の痛みが再発したので、「完全な跛者《はしゃ》」になり始め、夜、さらに多くの量の阿片チンキを服用しなければならなかった。事務的仕事を処理するためにウーヴリーが事務所に呼ばれた。いくつかの約束が取り消された。その中に、バッキンガム宮殿で十七日に催された宮廷舞踏会が含まれていた。メイミーは一人で行った。彼はアメリカ大使モトリーと食事をし、スタナップ卿の家のディナーの席でディズレーリに会い、グラッドストーンと朝食を共にした[15]。五月二十二日、フォースターとハイド・パーク・プレイスで食事をした。そして、またしてもかつての親友、マーク・レモンが死んだという知らせに接し、葬式にはチャーリーを代理として出席させた。五月二十四日、彼はホートン卿夫妻となんとか食事をした。夫人はレディー・クルーの孫娘で、彼の祖母は家政婦としてレディー・クルーのために働いていたのだ。彼は皇太子と会うよう同家に招かれたのである。皇太子は、ベルギー王レオポルド二世と一緒にディケンズにしきりに紹介されたがっていた。ディケンズはディナーの席に出、一応つつがなかったが、そのあと階段を登って客間に行くことはできなかった[16]。

彼はまた、娘たちのことで忙しかった。娘たちは裕福な建築業者チャールズ・フリーの家で、素人劇団と一緒に劇を上演しようとしていたが、彼はその劇団に助言し、手を貸していた。ディケンズは何度かリハーサルのために同家に行った。実際ケイティーは、その頃自分はいつも彼と一緒にロンドンにいたと言っている[17]。彼はまた、疲れを知らずに人をもてなすレディー・モールズワースの催したディナーにも出席した。ある客は、彼が大いに楽しそうだったと回想しているが、レディー・モールズワースの食卓で彼に一度会っただけの若いレディー・ジーンは彼とブルワーのあいだに坐っていたが、「ディナーの席の喧噪と疲労が、彼［ディケンズ］にはひどく応えているようだった」ことを覚えていた[18]。さらに悪いことに、足が悪いため、小説の執筆がいっそう困難になった。「いつものように散歩ができないというのは非常に深刻な問題だ。絶えず運動をしていないと仕事ができないからだ[19]」

そういうわけで彼は、五月二十五日にギャッズ・ヒルに行った。「ロンドンの社交シーズンのディナーやほかの約束からしばらく逃れ、いつものように体が動かせる状態に自分をもっていくため、ここに避難せざるを得ませんでした」とパーシー・フィッツジェルド夫人に書いた――しかし、「道中、少し気分転換をするため、回り道をしました[20]」。彼はそこに六月二日までとどまり、家と庭に手を入れた結果を有頂天になってフェクターに報告した。温室は完成し、修復した主要階段は金箔を被せ明るい色に塗られ、庭は新しい庭師によって整えられていた。庭師は砂利の小径を直し、花だけではなく、メロンと胡瓜のための促

裏の庭から眺めたギャッズ・ヒルの家。ディケンズが建てた温室(右)が見える。

成栽培温室も作った[21]。

ディケンズはハイド・パーク・プレイスを五月の最後の日に正式に手放した時、まだギャッズ・ヒルで休養していた。そして六月二日木曜日、ロンドンに戻り、ウェリントン街に行った。毎週事務所に通っていたドルビーが行くと、彼は仕事に没頭していたが、緊張しているように見えた——気分が沈み、涙ぐんでいるようにさえ見えた、とドルビーは記している。二人は一緒に昼食をとり、手直ししたギャッズ・ヒルをドルビーが訪れることについて話し、握手し、「じゃあ、来週」と言って別れた。その晩ディケンズは、クロムウェル・ロードのフリーク家の屋敷に行って、劇を愉しんでいる自分の娘たちと一緒になった。そして、舞台監督としての義務をつつがなく果たした。もっとも、そのあとチャールズ・コリンズは、彼が舞台裏に一人で坐っているのを見たが。どうやら、家にいると思っているらしかった——どっちの家、と人は訊かざるを得ない[22]。その夜は暑く、彼は寝るためにウェリントン街に戻った。チャーリーは翌朝、彼が『ドルード』の執筆にすっかり没頭している姿を見た。話しかけても返事をしなかった。彼は息子がいるのを忘れているようで、息子のほうを向いても、その向こうを見ているようだった。そこでチャーリーは、別れの挨拶をせずに立ち去った。

フォースターはコーンウォールで仕事をしていた。晩にディケンズはギャッズ・ヒルに戻った。ジョージーナが彼を待っていた。そして、いつもの葉巻の箱をさらに四箱と、痛む足のために「電流《ヴォルテイイック》バンド」を持ってくるように命じた。ヴォルテイイック・バンドとは、当時流行した、万病を治すとされた一種の電気鎖で、女優のバンクロフト夫人が彼に推奨し、彼が医療電池製造者のプルヴァマーカーから買ったものだった。(23) 二人の娘は日曜日にやってきた。その夜、ジョージーナとメイミーが寝に行ってしまってから、彼はケイティーと話しながら、寝ずに起きていた。「温室の明かりは消えていたが、温室に通じている窓は、まだ開《あ》いていた。非常に暖かく静かな夜で、風はそよとも吹いていなかった。花の甘い香りが漂ってきた……父と私は、ここで生きている唯一の生き物だったと言ってもよかったかもしれない……」。それをケイティーは、父の助言を求めた際の父との重大な話の舞台にしている——自分は女優にならないかという申し出を受けるべきか？　彼はその考えに反対し、お前は可愛らしく、女優としてうまくやれるだろうが、あまりに繊細だと言った。「演劇の世界には善い人間もいるが、おまえをぞっとさせるような人間もいる。おまえは頭がいいから、何かほかのことができる」。彼は話しながら、自分が「もっと善い父親——もっと善い人間」だったらと思うと言い、それまで彼女と話し合ったことのないことを話した。それが、キャサリンとの別居と、ネリーとの彼の関係についてだったのは疑いない。彼はまた、『ドルード』を書き終えるまで自分が生きていられるかどうか、疑念を表明した——「というのも、おまえも知っての通り、私は最近丈夫ではないからさ」。彼は「自分の人生が終わり、残っているものは何もないかのように」話したと彼女は言っている。(24)

ケイティーとメイミーは、翌朝一緒にロンドンに発つことになっていた。二人が階下に降りて来ると、父はすでに荒地に建っているシャレーで仕事をしていた——彼はすべきことが山ほどあるので、七時半に朝食を持ってくるようにと女中に言った——そして、父は別れるということが嫌いだったので、二人は気持ちを乱さないほうがよいと考えた。しかし、自分たちを駅まで連れて行ってくれる馬車をポーチで坐って待っていると、ケイティーはまた父に会いたくなった。そこで、道路の下の隧道《すいどう》を急いで抜けて荒地に出て、父が仕事をしているシャレーの二階の部屋に通ずる階段を登った。父はケイティーを見ると自分の椅子を書き物テーブルから押しやり、キスをしようとケイティーを両腕で抱き締めた。彼女はその抱擁を忘れることは決してなかった。

午後に彼は犬を連れてロチェスターまで歩いて行き、手紙を投函した。また、手帖を持って地下室に降りて行った。その手帖には、そこに置いてある樽の詳細が書いてあり、一番上にこう記してあった。「地下室にある樽の中身の詳細――各樽から毎日汲み出すものを地下室のスレートに記録したもの――一八七〇年六月六日より各週末に、この手帖に一緒に加えられる」。最初の頁にシェリー、ブランデー、ラム酒、スコッチ・ウィスキーのために七つの項目があり、ガロン数と購入日が記入されている。例、「極上のスコッチ・ウィスキー、三十ガロンの樽――一八六九年一月一日に到着」。二頁目には、シェリーの四分の三が前の週に使われたということが記され、三頁目には、古い淡い色のブランデーと濃い色のブランデーが、それぞれ一パイント汲み出されたことが記されている。五頁目に彼は、樽と石の広口瓶にあった「極上のスコッチ・ウィスキー」の二ガロンがロンドンで使われたと書いている。[25]

火曜日に彼は『ドルード』の執筆に再び取り掛かり、何通かの手紙を書いた。その一通はリューク・ファイルズに宛てたもので、自分は六月十一日、土曜日から次の火曜日か水曜日までギャッズ・ヒルにいるので、次の週末に来るようにと書いた。昼食後、彼とジョージーナは馬車でコバム・ウッズに行った。彼は独りで歩いて家に帰るため、そこで馬車を降りた。そのあと、温室に幾張りかの提灯を下げた。そして二人は晩にそれを嘆賞した。彼は六月八日水曜日、七時半に、また朝食を早く持ってこさせた。そして、その日の朝、女中の一人が結婚するので去った。彼はその日に書いた数通の手紙の中で、木曜日には事務所にいるだろうと言った。そして午前中に、よくそうしたように、真向いのフォールスタッフ・インに行って、主人のトルード氏に小切手を現金に換えてもらった。その時は二十二ポンドだった。[26]

そのあと、晩の六時以降まで彼を見たことがわかっているのは、ジョージーナだけだった。階下の召使用ホール〔召使用の休憩室あるいは食堂〕には、料理人のキャサリン、女中のエマ、若い下働きのアイザック・アーミティジがいて、外のどこかには馬番のジョージ・バトラー、新しい庭師ブラント氏、何人かの庭師手伝い、晩には家に帰る数人の地元の少年がいた。ジョージーナが言うには、ディケンズは昼頃、一時間ほど休みに来て葉巻を吸い、いつもの習慣とは違い、それから仕事をするためにシャレーに戻った。そして午後遅く、手紙を書くために家に戻ってきて六時に食堂に入ったが、具合がよくなさそうだった。彼が椅子に坐ると、ジョージーナは気分が悪いのかと訊いた。すると彼は答えた。「ああ、ひどく悪い。この一時間、ひどく悪かった」。医者を呼びましょうと彼女が言うと、そんな必要はない、食事を続ける、そのあとロンドンに行く、と言った。彼は間もなく襲ってくる発作と闘う努力をし、脈絡のないことを喋ったが、すぐに、ひどく聞き取りにくくなった。ジョージーナはそのあと起こったことについて、いくつかの点で異なる話をしている。ジョージーナがフォースターに語ったところでは、彼は近所の家での売立てと、マクリーディーについて何か話してから、直ちにロンドンに行くつもりだと言った。別の話では、医者を呼びましょうと彼女が言うと、その必要はないと彼は言い、顎を押さえながら歯痛を訴え、窓を閉めてくれと言った。彼女はそうした[27]。どの話でも彼女は、最後のやりとりについてこう話している。彼女が「ここに来て、横におなりなさい」と言うと、彼は「ああ、地面に」と答えて床にくずおれ、意識を失った[28]。心に残る最後の言葉である。いまや、彼の存在の中核、三十六年間にわたり様々な着想、ヴィジョン、登場人物を絶え間なく生み出してきた創造的機械は止まった。

　やはりジョージーナから話を聞いたフォースターは、彼女はディケンズをソファーに載せようとしたと書いているが、食堂にはソファーはなかった。ジョージーナが言うには、彼女は呼ばれない限りいつも下にいた召使たちに、客間からソファーを持ってこさせ、彼を持ち上げてその上に載せた。だが、下働きのアイザックに呼ばれた地元の医者スティールは、自分が到着した時にはディケンズは床に横になっていて、ソファーを持ってくるようにと言ったのは自分であり、ディケンズを持ち上げてソファーに載せたのは自分であると断言している。そしてのちにスティールは、ディケンズが横たわっていた正確な場所を指差した。人は誰でも、そうした出来事の記憶は不確かで信頼できないことを知っている。例えば、アイザックはのちに、ポニーのノッグズに乗って医者を呼びに行ったと言ったが、そのポニーは、一年前に安楽死させられていたのである。

　六月八日水曜日の出来事に関して、もう一つの可能性がある。こうも考えられるのだ。ディケンズはトルード氏に小切手を現金に換えてもらってからハイアム駅に行き、列車でお馴染みの旅をしてペカムに行った。ウィンザー・

ロッジに着くと、ネリーに家計費を渡した。そのあと間もなく彼はくずおれた。彼女は女中たちと、真向いの教会の善良な管理人（管理人には秘密を誓わせた）と、貸馬車の御者の助けを借り、ネリーとディケンズをよく乗せた地元の貸馬車屋の主人が手配してくれた大きな二頭立ての四輪箱馬車に、意識を失った男を乗せ、ギャッズ・ヒルに向かった。ネリーはディケンズと自分の評判が己が行動にかかっているのを知っていた。そして、二人の女中のうちの一人が、ネリーがこれから行くことを電報でジョージーナに前もって知らせ、もう一人の女中は手助けをするためネリーと一緒に行ったということも考えられる。到着まで数時間かかったに違いないが、その頃にはすべての交通は鉄道が引き受けていたので、道路には馬車は一台も走っていなかった。ディケンズは『ドルード』にこう書いたところだった。「イギリスにはそのうち本街道は一つもなくなるだろう」。ぐったりして、半ば意識を失った男をギャッズ・ヒルに運ぶというのは難事だろうが、なんとかやれた。そして、一日のその時間、つまり六時と七時のあいだに彼がいると思われる所は食堂だった。それは途方もなく、あり得ないような話だが、ディケンズの習慣についてわかっているることを考慮すれば、まったく考えられない話ではない。その話は、注意深く有能だったジョージーナが、ディケンズの事務弁護士のウーヴリーに宛てた「木曜日」の日付の手紙に、ディケンズの死後、スーツのポケットに六ポンド六シリング三ペンスあるのを見つけたと書いている事実によって傍証されている。彼は六月八日の朝、額面二十二ポンドの小切手を現金に換えているので、十五ポンド十三シリング九ペンスはどこに行ってしまったのか。[29]

だがジョージーナの話は、わずかな異同があるにせよ、人を納得させる。いずれにしても、晩の六時過ぎのある時点で、彼女の二つの話は一致する。ネリーはペカムに戻っていた。スティール医師が到着し、ソファーが食堂に持ってこられ、患者は持ち上げられ、その上に寝かされた。スティール医師はディケンズが助けようがないのを悟り、回復の望みはないと思ったが、一時しのぎの医療処置は施し、ディケンズを暖かくしておいてやるようにと言った。電報で呼び寄せられたケイティーとメイミーは、真夜中頃に到着した。「私たちが家に入るとすぐ、父の深い息遣いが聞こえた。夜通し私たちは父を見守った。そして交代で、ひどく冷たくなっている父の足のところに、熱い煉瓦を置いた」とケイティーは書いている。[30] フランク・ビアドも彼女たちと一緒にやってきていた。ビアドもスティール同様、希望を持っていなかった。そして、スティールは去った。ビアドは残った。翌朝、チャーリーが到着した。彼らが呼び寄せたロンドンの専門医がやってきて、脳出血だと言った。よい結果があり得ないことを、誰もが理解した。メアリー・ボイルがやってきて、チャーリーとジョージーナに会い、立ち去った。ネリーが午後到着して、あるいは戻ってきて、そのまま残った。(31) 長い日が過ぎていった。晩の六時を過ぎて間もなく、ディケンズは深い溜め息をついた。一滴《ひとしずく》の涙が右目に浮かび、頰を伝って流れた。そして、息を引き取った。

ヘンリーが二時間後にケンブリッジから到着した。鉄道のポーターから父が死んだことを知らされ、取り乱した。ディケンズの妹のレティシア・オースティンが到着した。夜のあいだに、メイミーは父の「美しい、死んだ頭部」から一房の髪を切り取った。(32) 赤いゼラニウムと青いロベリアが食堂に持ち込まれ、遺体を囲むように積み上げられた。窓のカーテンは、陽光が入ってくるように開けられたままだった。午前中にケイティーはロンドンに行き、何が起こったのかを母に話した。女王はディケンズの結婚生活について知らなかったのか、あるいは正しい仕来りに礼儀通りに従ったのか、スコットランドのバルモラル城からキャサリンに宛て、弔電を打った。ミレーがディケンズの死に顔を描きにやってきた。頭部は葬儀屋によって布で縛って固定されていた。そして、彫刻家のトマス・ウルナーがディケンズのデスマスクを取った。

新聞でディケンズが死んだという記事を読んだドルビーは、真っ直ぐギャッズ・ヒルに行った。彼は「ミス・ディケンズとミス・ホガース」に優しく迎えられ、二人はディケンズの最期の瞬間について彼に話した。二人は彼に、遺体が見たいかどうか尋ねた。「しかし私は、そうする気にはとてもなれなかった。私は最後に彼を見た時の姿を頭に描いていたかった。私はその家を辞去し、ロチェスターの道路に出た。六月の明るい午前で、彼が愛した日の一つだった。そのような日には、私たちはその道を何度も何度も歩んだ。けれども、私たち二人が、花咲く生垣が私たちのほうに迫《せ》り出してきて、雲一つない甘美な空と太陽が頭上にある、あの白く埃っぽい道を行くことは二度とないのだ」(33)

葬式の段取りは厄介で、計画は一度ならず変更になった。ディケンズが、こよなく愛したケント州のどこかに埋葬してもらいたいという望みを表明したのを知っていたチャーリーとチャールズ・コリンズは、まず、近くの静かなショーン村にあるピーター・アンド・セント・ポール教会の教区牧師に話をもっていった。そして、ディケンズがそこの教会の境内の東側に埋葬されることが決まった[34]。すると、ロチェスター大聖堂の司教座聖堂参事会会長から、ディケンズはここに埋葬するようにという、たっての要請があった――ディケンズが望んだ、外にではなく（それは不可能だった）、セント・メアリー礼拝堂の中に。そこで、ショーン村に埋葬するのはやめになり、ロチェスターに埋葬されることになり、墓が掘られた[35]。同時に、ウェストミンスター寺院《アビー》のスタンリー首席司祭が友人で詩人のフレデリック・ロッカー＝ランプソンに手紙を書き、自分は「埋葬に関し、家族からなんであれ連絡を受ける用意がある」と言ったが、なんの返事もなかったので、自分で率先して事を進めるのは不適切だと感じた。ロッカー＝ランプソンはスタンリーからの手紙をチャーリー・ディケンズに転送したと言ったが、その手紙は彼に届かなかった。一方フォースターは、ジョージーナに電報で呼ばれ、コーンウォールから戻る途中だった。フォースターは土曜日の朝、ギャッズ・ヒルに到着した。そして、まだ開いたままの柩にいるディケンズの安らかな顔にキスした。

月曜日に『ザ・タイムズ』は、ディケンズをウェストミンスター寺院に埋葬することを求めた社説を載せた。それを読んだフォースターとチャーリーはすぐに行動を起こし、十一時には、スタンリー首席司祭に会うためロンドンにいた。フォースターは悲嘆に暮れ、最初、ほとんど物が言えなかったが、落ち着きを取り戻すと、言った。「『ザ・タイムズ』の社説は、あなたの同意を得て書かれたに違いないと思いますが」。いいえ、と首席司祭は言った。要求があれば、ディケンズが同寺院に埋葬されることに賛同するということを、個人的にはっきりさせたが。そして首席司祭は、いまや『ザ・タイムズ』の社説が出たからには、これ以上の申請は必要がないと付け加えた。するとフォースターは、ディケンズが遺言状の中にはっきりと記した条件について、首席司祭に説明した。三台のなんの飾りもない葬儀用馬車のほか、いかなる種類の華麗な葬式の行列も不要のこと。埋葬の時間と場所は公表しないこと。首席司祭は了承したが、秘密を保つのは難しいということを指摘し、こう言った。公衆が立ち去ったあとの夜、寺院に遺体を運んでこなければならない、墓は夜のうちに掘られねばならない、翌朝、十時にいつもの礼拝が始まる前の九時に、数人の会葬者がいなければならない。そのほとんどが合意された。

その結果、その晩六時に私は、墓の用意をするよう現場監督に言った。私たちは寺院《アビー》の中に入り、薄暗い光の中で、サッカレーの胸像に近い場所を選んだ。そこは三方をヘンデル、カンバーランド、シェリダンに囲まれていた(36)。そのような場所が空いていたというのは幸運だった。私は墓を造るのを現場監督に任せ、ベッドに行った。真夜中に激しくドアを叩く音がした。召使がドアを開けに行った。『デイリー・テレグラフ』からの使いで、遺体がロチェスターから移されたということ、したがって、遺体はウェストミンスター寺院に埋葬されるらしいということを告げ、同社はそれが何時かを知りたいと言った。私がもう寝てしまっているので、召使は起こすことはできないと答えた(37)。

実際には、オークの柩に入った遺体は翌日、六月十四日の早朝、特別列車でハイアムからチャリング・クロスに運ばれた。家族は同じ列車に乗り、なんの飾りもない霊柩車と三台の四輪大型馬車に迎えられた。そこに誰がいたのかについては、いくつかのやや違った話があるが、まだイギリスにいた四人の子供、チャーリー、メイミー、ケイティー、ヘンリーがいたのは確かである。また、レティシア・オースティン、ジョージーナ、チャーリーの妻ベッシー、アルフレッドの息子でディケンズの甥のエドマンド、フォースター、コリンズ兄弟、フランク・ビアドがいた。たぶん、ウーヴリーもいただろう(38)。キャサリン・ディケンズは招かれなかった。ネリーがいたとは考えにくい。ウェストミンスター寺院に行った可能性はあるけれども。ジョージ・サーラは会葬者の数は十四だとしている。「おそらく、偶然そこに居合わせた、そのくらいの数の他人が、柩の見納めをしようと墓の周りに集まっていただろうが」――それは、彼自身がそこにいたことを示唆している(39)。

大鐘が鳴り、首席司祭と司教座聖堂参事会の面々が会葬者に会い、柩は柱廊を通って身廊の中に運ばれた。扉が閉められた。合唱も頌徳の言葉もなく、埋葬式の言葉が唱えられているあいだ、静かなオルガン音楽が背後で鳴るだけだった。

「婦《をんな》の産《う》む人はその日《ひ》少《すく》なくして艱難《なやみ》多し。その来《きた》ること花のごとくにして散り、その馳《はす》ること影のごとくにして

ウェストミンスター寺院の、
なんの飾りもないディケンズの墓石。
ディケンズは名前以外のものが
刻まれるのを望まなかった。

止《とど》まらず〔ヨブ記、第十四章〕」。フォースターはのちに書いている。「荘厳さは簡素さによって失われはしなかった。その背景になっている、宏大な大聖堂の静寂と幽邃《ゆうすい》ほど壮大で感動的なものはあり得なかったろう」

アメリカにいるディケンズの友人は、誰もが感じていることを言葉にした。「ディケンズは途方もなく生命力に満ちていたので、彼が死ぬなどということはあり得ないように思えた」とロングフェローは書き、こう続けている。「一人の作家の死が、それほどに広範な哀悼の気持ちを生んだのを知らない。この国全体が悲しみに打ちひしがれたと言っても誇張ではない[40]」。つまり、アメリカ人はイギリス人同様、ディケンズの死を悼んだのである。ロンドンでは、ウェストミンスター寺院のディケンズの墓は二日間開けたままになり、大衆は文人顕彰コーナーの床下五フィートのところに安置された柩を見ることができた。何万人もの人々が彼のために書いた、心の籠もった、しかし今は役に立たない短い手紙を持ち、花を捧げた。その花は墓を満たし、外に溢れた。彼は遺言状の中で、なんの記念碑も欲しくないということを表明した。その代わり、「国には出版された作品で私を覚えていてもらい、友人には交遊の経験で私を覚えていてもらいたい」と言った。それ以上よいことはあり得なかったであろう。彼は国の宝、名物、イギリスをイギリスにしているものの一部であったし、今もそうである。そして彼は、今も世界中で読まれ続けている。

第27章 友人には……私を覚えていてもらいたい
一八七〇〜一九三九年

フォースターは慰めようのないほど悲嘆に暮れた。葬式のあとカーライルのところに行ったが、涙を流し、「ひとことごとに泣いた」(1)。そして病気になり、寝ついた。六月二十二日、チャールズ・ノートンに手紙を書いた。「僕は誰かとこうした事柄について話せなかったし、今後も話せないだろう。そして君には今、将来のどんなものも、僕にとっては、これまでのようではあり得ないとだけ言っておこう。人生の義務は、人生が続いているあいだ残るが、僕にとっては、人生の楽しみはすっかり失われてしまった(2)」。その義務は、彼にとっては明快だった。十月、精神病院委員会の仕事をまだ続けなければならなかったが、『チャールズ・ディケンズ伝』の執筆に取り掛かった。

ディケンズの「若い男たち」——今ではそう若くなかったが——の一人のサーラは、六月二十七日にイェイツに宛ててこう書いた。「僕にとっては彼がすべてだった……僕は非常に尊敬し、愛していたものを失った。僕らのどちらも、エドマンド、そうした損失を取り戻すことのできない齢だ(3)」。彼はフォースターがディケンズの伝記を書くことを望んだ。その間《かん》、彼自身、即製の伝記を出した。その最良の箇所は、ロンドンを歩く人としてのディケンズを描いたところである(4)。

ディケンズに最も近かった女たちは、間もなくちりぢりになった。トリンガム夫人はもはやウィンザー・ロッジにはいなかった。そして、最後の地方税は七月に払われていた。ジョージーナはディケンズが最期の日々に使っていたペンを彼女に与えた。フォースターは、なんであれ処理しなければならない財政上の事柄について、彼女と交渉した。彼女はいまや、自分の好きなようにできる自由と金を手にした。そして、まず、姉のマライアのいるオックスフォードに行き、次にケンジントンの下宿屋に行き、それから八月末に女中を連れて臨港列車でパリに向かった。もし、友人たちと子供の墓を訪れたいと思っていたとすれば、タイミングが悪かった。なぜなら、彼女が到着した時、フランスと戦争をしていたドイツ軍がパリに向かって前進していたからである。彼女は急いで戻らねばならなかった。イギリスに戻ると、船で再びイタリアに出発した。それは、三年前にしたように、ヴィラ・リコルボリのトロロープ夫妻のところで冬を過ごすためだった。トマス・トロロープはフィレンツェでの楽しいシーズンについて書いている。ハンス・フォン・ビューローが、ベートーヴェン、シューベルト、シューマンの夕べを催し、一同はトスカーナのマレンマ地方に物見遊山に行った。ある噂が流れていた。フィレンツェにいるある友人がブラウニングに手紙を出し、ディケンズはトロロープ夫人の小説に高額の支払をした、なぜなら彼女はミス・ターナンの姉だから、と説明した。それに対しブラウニングは、「T夫人と〝ミス・T〟の関係を考えたことはなかった」と答えた[5]。その年の冬、T氏とT夫人とミス・Tのあいだで、三人全部の友人だった男についてどんな会話が取り交わされたにせよ、それは記録に残っていない。

一八七一年の春、ネリーはオックスフォードに戻った。黒服の彼女はすらりとして、若々しく見えた。姉のマライアは何度かパーティーを催した。ネリーは詩を楽しみ、馬に乗り、謎めいた寡婦で、繊細な、よく本を読んでいる溌剌とした若い女という印象を、彼女が会った大学生たちに与えた。秋に彼女はイタリアに戻った。十二月に、ボストンにいるアニー・フィールズ夫人は、「N・T」が、トロロープ夫妻の友人で、バルベリーニ宮殿に住んでいた「ティルトン夫人と一緒に」いるということを「まったく偶然に」耳にした。その頃には、フィールズ夫人は夫からネリーについて多くのことを話してもらっていた。彼女は書いている。「私たちのあいだには絆があると感じる。彼女もそれを感じるに違いない。私たちが会うことはあるのだろうか[6]」。謎めいているが、彼女はこう付け加えている。「ディケンズはどこにいるのだろう」

ジョージーナ、メイミー、ケイティーはウェストミンスター寺院から一緒にギャッズ・ヒルに戻った。ケイティーは夫をロンドンに独りにした[7]。ディケンズはギャッズ・ヒルの家を売却するようにと命じていた。書庫の本はチャーリーが貰い、すべての原稿はフォースターが貰い、ディケンズの私的文書と宝石類はジョージーナが貰った。彼女は楽に暮らしていけるだけの資金も貰った。ジョージーナは友人たちに形見を贈るのに忙しかった。そして、召使全員が、彼の遺したわずかな金銭遺贈を受け取る手配をした。それからウェリントン街に行き、彼の個人的書類を整理した。七月に、絵画がクリスティーズで売却され、月末にケイティーは病める夫のもとに帰り、ジョージーナとメイミーは八月一日、ギャッズ・ヒルで家具とワインが売られる際に邪魔にならぬよう、ウェイブリッジに借りた家に向かって発った。そのあと、家が競売に付された。

ジョージーナがぞっとしたことに、チャーリーはギャッズ・ヒルの入札で成功してしまったのだ。彼が競売の現場にいたことでほかの入札者が遠慮してしまい、値は八千六百ポンドより上がらなかった。そのため売立は、全遺産の額を、当然の額より減らしてしまった。ジョージーナは、自分が父と暮らしたギャッズ・ヒルにチャーリーがいるのを見たくなかった。とりわけ、子供たちの中でチャーリーだけが父母の別居に反対し、ディケンズが強く反対したにもかかわらず結婚した。彼が父の家を引き継ぐのは間違っているように彼女には思えた。しかし彼は、自分よりわずか十しか上ではないジーナ（彼は彼女をそう呼んだ）の言うなりになるつもりはなかった。彼は現金が足りなかったので、家に譲渡抵当権を設定し、父の蔵書を売らなければならなかった。彼女は、ディケンズが仕事をしたシャレーを売って公開しようと彼がした時も怒った。彼女はなんとかそれを妨げた。それはダーンリー卿に譲られ、コバム・パークに保存された[8]。

ジョージーナはロンドンのハイド・パークのグロスター・テラスにある家に落ち着いた。そこは、たった半年前にディケンズと一緒に住んでいた家だった。彼女は四十三で、キャサリンが別居した時と同じ年齢だった。そして、非公式の寡婦になり、ディケンズの誕生日と命日は敬虔に送り、クリスマスは彼を思い出すために独りで過ごし、彼の名誉を守り、自分の人生の最良の歳月は過去のものになったのを疑わなかった。「何物も、あの空いた場所を埋めないでしょう」と彼女はアン・フィールドに語った。「また、人生が私にとって、なんらかの本当に興味のあるものに再びなることは、決してないでしょう[9]」。ディケンズの子供たちはもはや彼女の世話になる必要はなかったが、彼女はメイミーとヘンリーのために家庭を提供する責任を感じていた。三十三歳になったメイミーは気儘に行ったり来たりし、ヘンリーは大学の休暇中には戻ってきた。フランクがベンガルの騎馬警察から戻ってきた時、ジョージーナはこう感じた。彼は「優しく、私たちを見て喜びました……でも、誰であれ人のことはあまり気にかけていないようです[10]」。フランクは相続した金を投機に使ってその大部分を失い、インドには戻らないことにした。そして間もなく貧窮した。ジョージーナと姉たちとヘンリーが彼を助けた。彼は北西騎馬警察の仕事を見つけてもらい、カナダに送られ、イギリスに戻ってくることはなかった。そして一八八六年、イリノイ州モリーンで、彼の兄弟の何人かのように、心臓麻痺で急死した。わずか四十二歳だった。葬式の費用はモリーンの人々が出した。

キャサリン・ディケンズは、チャーリーの妻ベッシーに、自分はいまや十二年寡婦の暮らしをしてきて、現在、自分よりディケンズに近い者は誰もいないと感じる、と言った。(11) そして娘たちと妹たちに、グロスター・クレセントの自分の家に訪ねてくるようにと頼んだ。彼女とジョージーナは、一八五八年以来、初めて互いに口を利いた。その後、ケイティーは母を足繁く訪ねるようになった。メイミーとジョージーナは時おり訪問した。キャサリンは一八七二年、いつも彼女に優しく接していたシドニーが、わずか二十五歳で急逝した時、慰めを必要とした。チャーリーは母に献身的で、母はギャッズ・ヒルを頻繁に訪れ、孫たちと一緒になるのを愉しんだ。彼女の孫チャールズ・ウォルターは、「私の祖父の家を訪れるために」世界中から人々がやってきたと、のちに回想している。そういう時、キャサリンは自分の身分に、いささかの誇りを感じたかもしれない。(12) チャーリーとベッシーがそこにいるうちに、二人のあいだに、さらに二人の娘が生まれた。一家は近所の人々から大変好かれた。

チャールズ・コリンズは一八七三年に癌で死んだ。彼の結婚は成功ではなく、ケイティーは長いあいだ悲しんでいるふりをするには、あまりに分別があった。彼女は熱心に絵を描いた。彼女には好意を寄せる者が何人かいた。そして、夫が亡くなってから半年後、仲間の画家カルロ・ペルギーニと結婚し、幸せになった。(13) 二人の唯一の子供を幼児のうちに失ったことも、二人の日々をいつまでも暗くはしなかった。二人は勤勉で、芸術家と文学者の友人たちとよく付き合った。二人は金はあまり儲けなかったが、一八七〇年代後半には、ケイトは画家として広く認められ、絵はロイヤル・アカデミーで展示された。

フォースターはケイティーとペルギーニの結婚式に出、気前よく百五十ポンド彼女に贈った。彼は一八七〇年以来、ディケンズの伝記の執筆に数年使い、三巻が、それぞれ一八七二年と七三年と七四年の秋に上梓された。ラッセル卿はそれを読む歓びと苦痛についてフォースターに書き、こう付け加えた。「彼があなたの本の中で死ぬ時、私は新たに悲しむでしょう」(14)。ディケンズの子供時代の真相が明るみに出され、三十年以上にわたるディケンズについての思い出が述べられ、親密な手紙からの引用のあるフォースターの伝記には、ほかの誰の伝記も敵わない権威があった。彼は頁から頁へと、「彼の性格の情熱的豊かさ」、旺盛な精力、魅力、素晴らしい才能、さらに怒りと執念を書くことによってディケンズを蘇らせている。フォースターは、聖人ではなく天才を描いた。また、ディケンズを駆って非常に多くのものを達成させたのと同じ力が、彼を駆って彼の人生を破壊させたのではないか――自分の意志で、自分がやろうとしていることはなんでもできるという若いディケンズの感覚は、後年、その意志の力が自分自身を破壊する動因になったのを意味するのではないか、ということを示唆した。フォースターはネリーについては何も言っていないが――彼はネリーだけではなく彼女の家族のことも配慮しなければならなかった――第三巻の末尾で慎重さをかなぐり捨て、何人かの受遺者の最初に堂々とエレン・ローレス・ターナンの名前のある、ディケンズの遺言状を載せた。それは偉大な本で、今でも、出版された当時と同じようにリーダブルで、フォースターがそれを書きながら病と闘っていたという徴候はまるでない。彼は自分の義務を、愛《いと》おしむようにして果たした。彼はあと二年足らずしか生きなかった。

　一八七六年二月一日に、フォースターはケンジントンのパリス・ゲイトにある自宅で息を引き取った。その家はセント・メアリー・アボッツ教会の角を曲がったところにあった。そして、その前日、一八七六年一月三十一日、ネリーはその教会で、白いドレスを着、髪に花を挿して結婚した。相手は、彼女が一八七〇年にオックスフォードで出会った大学生の一人だった。紳士の息子のジョージ・ウォートン・ロビンソンは寡婦の母に育てられ、ネリーに五年前から恋していた。その間《かん》に大学を卒業し、牧師になった。彼はネリーより十二若かったが、彼はそのことを知らなかった。なぜなら、彼女は身分を偽っていたからである。彼女はその時、二十代ということになっていた。彼女の母は死んでいて、姉たちは彼女と口裏を合わせた。彼女は人を欺瞞することを欺瞞の「達人」から習ったのである。ジョージは説得されて学校教師になった。二人はイタリアでハネムーンを過ごしたあと、マーゲイトの男子学校の経営を引き継いだ。彼女は病弱だったが回復し、逞しい若い既婚女性になった。二人には子供が二人あった。一八七九年に生まれたジェフリーは二人が溺愛した息子で、彼女が亡くした息子の代わりになった。一八八四年に娘のグラディスが生まれた。ネリーは学校の手伝いをし、生徒と一緒にコンサートや劇をし、さらには、慈善の目的で町で娯楽も企てた。彼女は特に朗読をした。ディケンズの作品から数多く朗読した。

彼女は『クリスマス・キャロル』を読み、『デイヴィッド・コパフィールド』から「新所帯」を読み、『骨董屋』の蠟人形ショーの持ち主、ジャーリー夫人を演じ、『二都物語』から読み、『ニコラス・ニクルビー』から読み、『荒涼館』から読み、さらに多くのものを読んだ。それは彼女のかつての恋人に対する密かな祝福で、ジョージーナおよびメイミーとの友情にふさわしかった。その友情は、彼女が一八七四年に死んだメイミーの犬、ディケンズの愛犬だった有名なバウンサー夫人に対する挽歌を書いたほどに深かった。ジョージーナもメイミーもマーゲイトにいるネリーを訪ね、友人たちに紹介してもらった。一八八二年のネリーの誕生日にメイミーは、「ネリー・ロビンソンに、編者の愛をもって、そして、一八八二年三月三日を祝って」と書き入れた、自分で編纂した「チャールズ・ディケンズ誕生日記入帳」を贈った(15)。ネリーの姉たち同様、ジョージーナもメイミーも、ネリーの新しい齢(一八八一年の国勢調査では、四十二歳という実際の齢よりも十四歳少ない二十八歳になっていた)を、黙って受け入れた。ネリーは、自分はディケンズの教女で、彼を知った時、自分はまだ子供だったと人に言った。メイミーかジョージーナが彼女の話が嘘であるのをばらすような言葉を口にする場合もあるわけなので、彼女は鉄の神経を持っていたに違いない。しかし、ディケンズの名声を守るのが三人全部の利益になるので、ジョージーナは、ネリーを監視し、彼女がディケンズの名声を危険に晒すようなことを言わないようにするのに、自分が最適な人物だと自任していたのだろう。ネリーが過去について黙っている一番大きい理由は夫と子供たちだったが、彼女は時たま、ディケンズとの関係を仄めかすようなことを言った――例えば、ステイプルハーストの鉄道事故の際、現場にいたということ。また彼女は、売りに出したなら大金が入ったであろうディケンズからの手紙を持っていたはずである。

ジョージーナは監視者であり友人であったとしても、心《しん》から、かつ永続的にネリーとその子供たちが好きになった。一八八二年の夏、ジョージーナが甥のヘンリーの家族と一緒にブーローニュで休暇を過ごしていた時、ネリーも三歳のジェフリーと一緒にそこにいた。ジェフリーはヘンリーの子のイーニッド、ハル、ジェラルド、オリーヴと砂浜で遊んだ。ネリーは彼らの名前を「チャールズ・ディケンズ誕生日記入帳」に書き込んだ。のちにヘンリー・ディケンズ夫人は、自分はジョージーナにロビンソン夫人を紹介してもらったと言った[16]。

ヘンリーは一八七八年に結婚し、弁護士として成功した。やはり一八七八年、チャーリーはそれまでの収入をなんとか維持しようと苦労したことと、ケントとロンドンのあいだを往復することとで疲れ果て、病気になってしまった。父はなんとしてでも彼を実業家にしようとしたが、なれなかった。彼はギャッズ・ヒルを売り、ウェリントン街の事務所に移り、七人のうち六人の子供を親戚に預けねばならなかった。一八七九年、キャサリン・ディケンズは世を去った。彼女は最後の病気に罹っているあいだに、大事に取って置いたディケンズからの手紙をケイティーに渡し、ディケンズがかつて自分を愛してくれた証拠として保存するように頼んだ。ケイティーは二十年間保存してから、一九二五年以前には公開しないという条件で、一八九九年、それらの手紙を大英博物館に渡すことにした。

キャサリンが亡くなった年に、四巻本のディケンズの書簡集の第一巻が出版された。それらの書簡はジョージーナとメイミーによって集められ、編集されたものだった。ジョージーナは各年《とし》の手紙に伝記的序文を付けたが、ディケンズとキャサリンが別居したことや、彼の人生におけるごたごたや複雑な事情には言及しなかった。ディケンズの手紙を一つに纏めるというのは偉業であるが、手紙の背後にある物語を単純化したというのも、別の種類の偉業である。フォースターのディケンズ伝同様、書簡集は方々で書評され、広く読まれ、称讃された。最後の巻は一八八二年に出た。父の思い出に対するメイミーの献身は、叔母のそれに劣らず絶対的なものだった。彼女は人生の終わり頃、こう書いた。「父に対する私の愛は、ほかのどんな愛も及ぶものではない。私は父を心の奥に、ほかのすべての人間とは違う人間として、ほかのすべての存在から離れた人間として抱いている[17]」。そのため、彼女は家族のほかの者と親密にならなかった。一八八〇年代までには、ジョージーナは独りで暮らすほうがよいと考えた。メイミーが並外れて奇矯で、思慮に欠けていたからだ。メイミーはマンチェスターに移り、ある牧師とその妻と親しくなり、慈善活動をし、ジョージーナは心配したのだが、酒を飲み過ぎた。ジョージーナとケイティーはその牧師を快く思わず、メイミーを監視するため、時おり北に旅をした[18]。

ウィルズは一八八〇年に死んだ。彼は回想録は書かなかったが、家族と友人に自分の過去について話し、ネリーに言及している箇所の多いディケンズからの手紙を遺した。それらの手紙は、一九一二年に出版される前に入念に調べられ、何通かは取り除けられ、ほかのものは何ヵ所か削除されたり、インクで消されたりした[19]。ウィルズはディケンズの関わっていた雑誌に寄稿し、ディケンズをよく知っていたイライザ・リン・リントンと親しかった。そしてウィルズは、リントンが回想録を書いた際に、いささかの影響を与えたのかもしれない。リントンはこう記している。ディケンズは「深く、情熱的に、狂おしく」愛したという秘密の過去を持ち、「彼よりも頭が切れ、抜け目がなく、率直ではない」ある人間によって「騙され、裏切られた」。ここではやむを得ず仄めかすだけにしているが、本来率直な女であったリントンは、さらに次のように言っている。「誰も彼の決心を変えることはできなかった。彼に最も近い、最も近しい友人は、忠告も非難も受けつけない強烈な彼の誇りを変えることができなかったので、彼に面と向かって物を言うのは気乗りしなかった[20]」。ドルビーは一八八五年に出した魅力的な『私の知っていたチャールズ・ディケンズ』の中で、ディケンズに対する違った見方をしている。同書では、ディケンズと「マダム」との関係、さらには彼女の存在さえすっかり省かれている。ディケンズの生涯から女たちとの関係を除いてしまうと、ディケンズを褒め称えるのがもっと容易になった。一八八七年、トマス・トロロープは回想録を発表したが、妻が舞台に立っていたことや、義妹がネリーだということにはまったく言及せず、ディケンズに熱烈な讃辞を捧げている。「彼の挙措の全体的な魅力について、彼を見たことも、知っていたこともない者に少しでも伝えることに、私は絶望している……彼の笑い声は歓びで満ち溢れていた……彼は心の人、つまり、心の広い人間だった。たぶん、私の知っている最も心の広い人間だったろう[21]」

チャーリーは一八八七年十月にアメリカに渡り、『ピクウィック』と「ドクター・マリゴールド」から朗読した。「チャーリーが父の本を朗読するというのは好きだとは申しません。素晴らしいものだとは到底信じられません」とジョージーナはアニー・フィールズ宛の手紙に書いた[22]。彼はイギリスに戻ると、『オール・ザ・イヤー・ラウンド』の編集をやめ、出版社のマクミランに勤めることにし、よく働いた。彼は父の著作の新版に伝記的序文を書いた。一八九三年、彼は三十五年続いた『オール・ザ・イヤー・ラウンド』を廃刊にした。そして、父についての愛情に満ちた、様々な思い出を書いた。父が旺盛で落ち着かぬ精力を持っていたこと、歌や踊りを楽しんだこと、俳優として優れていたこと、食事の終わりに、こんがりと焼いたチーズを食べるのが好きだったこと、勝つことに命を賭けているようにゲームをしたこと、ギャッズ・ヒルをいかに住みやすいものにしたかということ、年を取ることで活動が制約されるのを拒否したことなどについて書いた。

一八八〇年代に、カーライル、非常に高齢のマクリーディー、脳卒中のあとフランク・ビアドの世話になっていたウィルキー・コリンズが世を去った。一八九〇年代初めに、二人のビアド兄弟、トムとフランクが世を去った。ディケンズをよく知っていた人々が少なくなり、そうした誰も、ディケンズについての本格的な話を残さなかった。ディケンズは、一九一二年に出版されたマクリーディーの日記に出てくるし、カーライルはずっと前に、「善良で優しく、飛び抜けた才能があり、常に友情に満ちていた、高貴なディケンズ——頭の天辺から足の爪先まで正直な男」に対する愛情を表明したけれども。(23)

数年のあいだ、マーゲイトのロビンソン夫妻の学校は栄えた。ある年、アントニー・トロロープが生徒に賞を授けに来た。別の年に、ジョージーナ・ホガースが地元の牧師ウィリアム・ベナムと一緒にやってきた。ベナムは文学と演劇の趣味を持つ中年の男で、ディケンズの作品をこよなく愛していて、一八六六年に彼と短い手紙のやりとりをし、葬式の際、ウェストミンスター寺院にやってきもした。彼は多くの面で活動的だった。マーゲイト学務委員会の委員長で、慈善事業の募金の発起人で、教会の修復を手掛け、ディケンズについてだけではなく教会の歴史についても講演し、カンタベリー大聖堂で定期的に説教し、大主教の友人だった。ベナムとロビンソン夫人は善いことのために募金活動をし、公開朗読をし、コンサートを催した。その結果、二人は私的に話をするようになり、ベナムはその際、彼女とディケンズとの友情についてしつこく訊き、ともかくも彼女を説きつけ、真実の一部を話させた。ベナムによると、彼女は次のように言った。ディケンズは自分をアンプトヒル広場の家に住まわせ、週に二回か三回訪ねてきた、自分はその関係に良心の呵責を覚えるようになり、そのせいで、二人は不幸になった。もしそれが彼女の言ったすべてだとすれば、それは二人の十二年にわたる生活をごく短縮したものだ。彼女はまた、二人が親密だったことを考えるのは、今では嫌でたまらないとも言った。それは、承認されていない性的関係について女が聖職者に語る際に当然言うことであるのは疑いない。

一八八六年、ジョージ・ロビンソンは病気になり、あるいは神経衰弱に罹り——ネリーが不注意に自分の秘密を洩らしたことに、それが関係があると考えないのは難しい——学校は閉じられた。一家はロンドンの下宿屋に移り、ロビンソンはロンドンでいくらか教えた。子供たちは寄宿学校に送られた。ロビンソン夫妻は、トマス・トロロープが死んだ一八九二年、メイダ・ヴェイルのサザランド・アヴェニューに住んでいた。そのあと、ネリーは姉のファニーが夫の母、小説家のフランシス・トロロープの伝記を書くのを手伝った。また、スイスのツェルマットについての旅行記を翻訳した。両方ともよい出来だった[24]。ロビンソン夫妻は金に困り、一八九〇年代中頃、レディング近くの田舎に移った(一八九七年、彼女は貧民救済の一助に、タイルハースト村のホールで『クリスマス・キャロル』を朗読した)。翌年、軍隊に入る準備をしていたジェフリーは将校になり、マルタ島に送られた。のちにナイジェリアとアイルランドで勤務した。

一八九三年、ディケンズの姉妹と弟たちのうちで、ただ一人生きていたレティシア・オースティンが八十四歳で息を引き取った。物静かで気立てのいい老女で、自分自身と兄についてなんの記録も残さなかった。やはり一八九三年、ベナムは新しいディケンズ伝を書くために調べているところだと言った、定評のある作家トマス・ライトに会い、ネリーから少しずつ聞き出したことを話した。ライトの意図を耳にしたサーラは『マンチェスター・イヴニング・ニュース』に一文を書き、フォースターのディケンズ伝が、「今後少なくとも五十年明るみに出してはならない、有名な作家の晩年に関する状況」以外、必要なことはすべて言っているという理由で、ライトがディケンズ伝を書くことに反対した[25]。ジョージーナも、ディケンズ伝を書き進めないよう求める手紙をライトに書いた。ディケンズ関連の資料を集めていたW・R・ヒューズは、ライトに次のような話をした。自分は個人の売り手から、ネリー宛のディケンズの手紙を買わないかと持ちかけられたが、断った、そして、それらの手紙がまっとうな手段で手に入ったはずはないと言い、焼却するよう忠告した[26]。それらの手紙は盛んに話題になったが、見た者は誰もいないようだった。一八九五年に出たサーラの自伝にはその「秘密」が言及されていて、いまやコリンズとイェイツがこの世にいないので、それについて知っている者はほとんど生存していないと書かれている。実は彼は間違っていた。一八九七年、母の手紙についてバーナード・ショーと文通していたケイティー・ペルギーニは、ほかの手紙について書いている。「その中で、よそ行きの服と一切の虚飾が剝がされた、本当の人間がまさに現われています。彼の心臓と魂は暗い場所で宝石のように燃えています！　そうした手紙は存在するかもしれず、いつの日か、世の中に与えられるかもしれません」——彼女はそうした手紙が焼却されたのは間違いないと聞かされていたのだが[27]。ケイティーはそれらが焼却されたことを疑っていた。しかし、そうした手紙は発見されていないので、破棄されたのに違いない。それは、われわれにとっては損失である。なぜなら、ネリー宛の彼の手紙は非常に多くのことを説明したであろうし、ディケンズの姿をもっとはっきりと見せてくれただろうからだが、ディケンズ自身は、それらの手紙が破棄されたことをよしとしただろう。もし彼が意のままにできたなら、誰も彼の手紙を一通も見ることはなかったろう。

　ネリーは手元不如意だったろう。三人のターナン姉妹は年を取るにつれ貧しくなった。ファニー・トロロープは一八九二年に最後の小説を出した。その年、夫はごくわずかな金しか遺さずに死んだ。ずっと前に夫のもとを去り、画家、作家、イタリアの外国通信員として冒険的な暮らしを始めたマライアは、一八九八年に引退してイギリスに戻り、一九〇〇年までには、ポーツマスの地区、サウスシーにファニーと暮らしていた。一九〇一年、ディケンズから貰った、アンプトヒル広場のホートン・プレイスの家を、ファニーが抗議したにもかかわらず売却した。マライアは最期までファニーに看護されながら、一九〇四年に癌で死んだ。彼女の二人の妹も癌で死ぬことになる。ロビンソン夫妻はファニーの近くにいようとサウスシーに移った。そして、個人的に生徒を教えて、かつかつの暮らしをした。ネリーは一九〇七年に癌の手術を受けたが、回復した。ジョージーナ・ホガースはネリーとその娘のグラディスにまめに手紙を書いた。

　いまや、ディケンズの子供たちの大方も金に不自由していた。父の著作からの収入は子供たちに分けられたが、版権が切れると、収入はなくなった[28]。ケイティーとカルロ・ペルギーニは、もっぱら自分たちの絵を売って稼いだ金で暮らしていたが、稼ぎがごく少ない年が何年かあった。一八九六年、チャーリーとメイミーは二人とも五十歳代で世を去った。チャーリーの寡婦ベッシーは五人の未婚の娘を抱えて一文無しになった。彼女の息子は一家から絶縁された。エラ・デアというバーの女給と結婚したため言われている。彼は一九二三年まで生きたが、彼の名前が口にされることは二度となかった。ベッシー・ディケンズは年に百ポンドの王室費年金を貰った。彼女が一九〇八年に死ぬと、残っていた四人の未婚の娘たちが、それを分けることを許された。一人年に二十五ポンドだった。オーストラリアにいたプローンは失敗に失敗を重ねた。最初、購入した牧羊場で失敗し、次に、ディケンズという名前のおかげで選ばれた議員として失敗し、そのあと、事業で失敗した。妻は去り、彼は博打に溺れ、施しを乞うた。ヘンリーが金を送ったが、礼の言葉は受け取らなかった。プローンは借金を残したまま五十歳で窮死した。ちなみに、一九〇〇年、ディケンズの忠実な友だったドルビーは、ロンドンの貧民病院、フラム施療所で死んだ。[29] ジョージーナの収入は、八十歳代まで生きていくうちに徐々に減っていった。そして、なんとか暮らすためにディケンズの手紙や思い出の品を売らねばならなかった。必要の際には、ヘンリーがいつも助けてくれたけれども。

立派にやっていったのはヘンリーだけだった。彼は弁護士として立派に成功し、七人の子供を自分と同じように勤勉な人間に育てた。そして、ディケンズ関係の機関が作られるたびに強い関心を寄せた。最初、一九〇〇年に、男だけのボズ・クラブが設立された。次に一九〇二年、ディケンズ・フェロウシップが創設され、さらにディケンズ生家博物館が出来た。それは、ディケンズが生まれたポーツマスの家に作られたもので、一九〇三年に市がその家を購入した。一九〇四年、ヘンリーは父の作品から選んだもので何度か公開朗読を行った。そして、慈善事業の金を集めるため、公開朗読を何年か続けた。[30] 定期的に発行される雑誌『ディケンジアン』が一九〇五年に創刊され、ディケンズ・フェロウシップと二つの博物館同様（ボズ・クラブを除き）、いまでも健在である。

ネリーは一九一〇年に寡婦になり――その年に主教座聖堂参事会員のベナムも死んだ――姉のファニーのところに移った。同年、アルフレッド・ディケンズがオーストラリアからイギリスに戻ってきた。オーストラリアでの事業で儲けた金を失い、父の生涯と仕事について講演するつもりだった。一九一一年、ウェリントン街でタイピスト周旋所を経営して生計を立てていた、チャーリーの娘の一人、エセル・ディケンズが過労で倒れ、自分と未婚の娘たちが困窮していると言って、おおやけに訴えた。『デイリー・テレグラフ』がその話を取り上げ、エセル一家を救うため一万ポンド集めることを目的にした、クリスマス基金が設立された。ディケンズ一族のほかの面々は、エセルの図々しさに激怒したが、反応は目覚ましかった。アメリカから二千五百ポンド寄贈され、王室や金持ちや貧しいからも寄付金が集まった。そのことは、ディケンズの名がいまだにいかに多くのことを意味しているかを証明していた。その結果、チャーリーの娘たちのための基金が設けられた。アルフレッドは一九一二年、ディケンズ生誕百年に、講演するためにアメリカに渡ったが、一月二日に急死した――またしてもディケンズの息子が弱い心臓で死んだのである。彼の葬式代は兄のフランク同様、アメリカの招待主たちが払った。ロンドンでの生誕百年祭は延期された。ポーツマスでは、ディケンズの誕生日に千人の子供に無料のティーが振る舞われたが。アメリカではケイト・ウィギンが、一八六八年、十二の時に列車の中でディケンズの隣に坐り、彼と話をしたことについて書いた薄い本を出版した(31)。

ジョージーナとネリーの友情は二人にとって大切で、その強い絆は続いた。一九一三年、ファニー・トロロープが他界した時、ジェフリーは母と一緒にサウスシーにいた。ジョージーナ自身、手術から回復したところで、ジェフリーに宛てて手紙を書いた。

親愛なるジェフ。あなたが伯母様を喪《うしな》ったことを知り、あなたに同情の言葉を送らねばなりません……お母様が深く悲しんでいらっしゃる時に、あなたがお母様と一緒にいられたことに、私は大変感謝しています――あなたは自分にとって最大の支えだったと、お母様は私におっしゃいました――お母様が支えと慰めの両方を必要としたのに違いないのは、神様がご存じです！　あなたがもう少し長く、お母様と一緒にいられるのを私は望んでいます――私はお母様が私に手紙を下さることを期待しても望んでもいません――けれども、お母様がどんな様子か、また、将来の計画を何か立てたかどうか、数日のうちに手紙で知らせて下されればありがたいと思います。

親愛なるファニーの懐かしい思い出の印として花を送りたかったのです。けれど、どこで、また、いつお葬式が行われるのか聞いていませんでした――お葬式はもう終わってしまったのではないかと心配しています！　もし、そうでないなら（あなたの気の毒なお母様にとって一番悲しい日が過ぎてしまっているのを望みたい気持ちを、抑えることはできません）、私からということで、花を買って、あの人の柩に置いてもらえないでしょうか――花代がいくらか、あとで教えて下さい。もう、これ以上書きません――体の具合があまりよくないのです――そして、私の頭はそれほど丈夫ではないのです――そして、字が下手なのです――でも、あなたのお母様とグラディスとあなた自身に、また、大変愛情に満ちたあなたの旧友、ジョージーナ・ホガースにくれぐれもよろしく。[32]

八十六歳の女性の手紙にしては雄弁で、それは、五十年前、ディケンズと自分たちの人生を共有し、彼の時間と配慮を共有した二人の女の絆が、いかに固かったかを示している。ネリーは半年後の一九一四年四月に、ジェフリーに看護されながら息を引き取った。彼はネリーの齢を六十五としている。[33]母と息子は互いに深く愛し合っていたが、彼は母の本当の齢も、若い頃の人生も知らなかった。また、母と母の姉たちが女優であったことも、母がディケンズと何年か一緒だったことも知らなかった。彼はそうしたことのどれも一九二〇年代になるまでは知らなかった。というのも、一九一四年に再入隊し、激しい戦闘に参加し、二〇年まで、ダンスタフォース軍〔一九一七年に創設された、イギリス、オーストラリア、ニュージーランド、カナダの兵士から成る派遣軍。指揮官のダンスタヴィル将軍の名から、そう呼ばれた〕に加わってペルシャにいたからだ。彼は帰還して初めて、母と伯母ファニーの書類を調べ、二人がどんな風に皆を騙したのか、理解し始めた。

ジョージーナは九十一歳まで生き、ヘンリーとその妻に看護されながら一九一七年四月に息を引き取った。ケイティーの夫は一九一八年のクリスマスに他界した。ケイティーは深く悲しんだ。ディケンズの子供たちの中で生きているのは、ヘンリーとケイティーだけになった。二人はまた、最も聡明だった。すぐかっとなるので、子供の頃父から「黄燐マッチ箱」と呼ばれたケイティーは、彼が望んだ子供の最後の子供で、ヘンリーは晩年の父を驚かせ、喜ばせた息子だった。自分たちの父について、本当のことをはっきり言うことに最も熱心だったのは、ケイティーだった。一八九〇年代に彼女は、両親の別居について知っていることをバーナード・ショーに話した際、「プラム・プディングとパンチの大盃を持って、そこら中を歩き回っている陽気でおどけた紳士」という、流布しているディケンズ像を誰かが正してくれることを望んでいると言った。[34]自分は、今生きている誰よりも彼のことを知っているということ、ネリーもジョージーナも、もう気にすることはないということを一九二〇年代に悟った彼女は、彼について正確な話を書かなかったことを悔い、何かしようと心に決めた。「黄燐マッチ箱」が活動し始めたのである。

彼女は一九一〇年以来の若い女友達、グラディス・ストーリーに、自分が両親について言わねばならぬことを書き取ってもらえまいかと頼んだ。そして一九二三年から、ミス・ストーリーは二人の会話を書き留めた。二人のやり方には一定の方法というようなものはなかったが、ミス・ストーリーの書き取ったことは、よく意味が通っていた。ケイティーは愛と怒りを混ぜて、これまで誰もしなかったようなあけすけな話をした。しかし、彼女の言ったことは明晰だった。彼女の目的の一つは、母を正当に扱い、母が別居した時になんの力にもならなかったのを償うことだった。しかし彼女は、父も愛していて、父の名を汚すつもりはなかった。ただ、できる限り本当のことを話すつもりだった。時おり彼女は、ミス・ストーリーには言い過ぎだと思えることを言った。ミス・ストーリーはケイティーの次の言葉を書き留めている。「父は紳士ではありませんでした――父は紳士であるには、あまりに複雑でした」。しかし、本を書く際、それは引用しなかった。(35)

ケイティーは一九二九年五月に死んだ。ミス・ストーリーは、書き取ったものを一つの話『ディケンズと娘』にするのに十年かかった。それは、ディケンズのネリーとの情事について暴露し、ディケンズの愛読者をぞっとさせた。トマス・ライトの『ディケンズ伝』が出てから五年後の一九三九年に出版された。しかし、ライトはディケンズを知らなかった。そして、『ディケンズと娘』はディケンズの声だった。それは猛烈に攻撃された。もっとも攻撃した者は、バーナード・ショーが『タイムズ文芸付録』に、ペルギーニ夫人はその本に書いてあるすべてのことを四十年前に自分に語ったと書くと、やや勢い削がれた。ショーはミス・ストーリーの話が真実であるのを認めた。そして彼女はもう一つの情報を彼に伝えた――ネリーは晩年、自分とディケンズの関係を子供たちに知られるのを恐れながら生きた。(36)

ケイティーは両親の結婚生活の破綻を醒めた目で観察するくらいの齢になっていた。「ああ！　母の側につかなかった私たちはみんな非常に邪悪だった」と彼女は言った。「ハリー〔ヘンリー〕はそういう見方をしていません。あの人は当時、少年に過ぎず、大勢の子供を産んで一緒に暮らしたあと、子供たちを残して出て行くことを母が深く悲しんだのを理解していないのです。母は私を決して非難しませんでした。私は母が癇癪を起したのを見たことがありません。私たちは偉大な天才を偉大な人物と考えたがりますーーけれども、私たちはそうはできません」。母については、彼女はこう言っている。「哀れな母は父を恐れていました。母は意見を表明することが許されなかったのですーー自分の感じたことを言うことが許されなかったのです」[37]。彼女は、夫が二人の別居についておおやけに発表した時、母が「威厳を保って、気高く沈黙を守っていた」ことを称讃している[38]。彼女はこうも言っている。「父は母が家を出た時、狂人のようでした。この事件は父の中の最悪のものをすべて引き出したのですーー父の中にあった、最も弱いものすべてを。父は私たちに起こったことを一顧だにしませんでした。何物も私たちの家庭の惨めさと不幸を上回ることはありませんでした[39]」

「私はほかの誰もが知らなかった、父の性格に関する事柄を知っています。父は善人ではありませんでした。けれども、放埒な人間でもなかったのです。けれども、父は素晴らしかった!」と彼女は言っている。彼女の「けれども」は、父に対して決定的な道徳的判断を下す難しさを認めている[40]。ミス・ストーリーはケイティーがこう劇的に言った日のことを記している。「『私は父をこの世のどの人間よりも愛しましたーーもちろん、違った具合に……私は父をその欠点ゆえに愛しました』。ケイティーは椅子から立ち上がり、ドアのほうに向かって歩きながら、こう言い足した。『父は邪悪な人間でしたーー非常に邪悪な人間』。そして、部屋を出て行った[41]」。彼女はまた、ディケンズが女を理解していなかったとケイティーが言い、彼がどんな結婚をしても失敗しただろうと仄めかしたことも伝えている[42]。

彼女がネリーについて言ったことは、すべて信用できるように思われる。ネリーは彼女の父にへつらった「小柄で金髪の、かなり可愛らしい女優」で、上手な女優ではなかったものの「頭がよく、それを使って、自分の精神を彼の精神のレベルにもっと近づけようと自分を教育しました。誰が彼女を責めることができましょう? 彼は前途洋々だった。彼女は十八の小娘で、彼に目を掛けられて有頂天になり、誇らしかった[43]」。彼女が言うには、ディケンズはネリーに財産を与え、ペカムで召使を二人付けて妾宅に住まわせた。彼女は、幼児の時に死んだ、ネリーとディケンズのあいだに生まれた息子に言及している[44]。息子の存在については、ヘンリーがミス・ストーリーに請け合っている。彼は、「男の子がいたが、死んでしまった」と彼女に言った。また彼は、ネリーの息子のジェフリーが彼のところにやってきて、母がディケンズの愛人だったというのは本当かと訊いたので、「認めざるを得なかった」とも言った[45]。ジェフリーは母についての真相を知り、母と伯母たちが、死ぬまで自分を騙したことを悟り、愕然とし、傷ついた。彼は母に関する書類を焼却し、自分たちの母について何も話すなと妹に命じ、自分も沈黙を守った。彼は子供を残さず、惨めな男として一九五九年に死んだ。

ヘンリーはこうした事柄については、おおやけには何も書かず、何も話さなかった。一九二八年に出た、父についての彼の回想録はほかの事柄については、あけすけである。例えば父の憂鬱な気分と苛立ち、家庭で課せられた厳しい紀律に対する、彼の兄弟の怒りについては[46]。彼はまた、父の「過激な政治的意見」と、すでに述べたことだが、父が笑いながら、「自分はフランス人に大いに共鳴するので、フランス人に生まれるべきだった」と言ったことについても言及している[47]。フランス人のディケンズというのは、彼はイギリスの国宝であるという従来の見方に反する。実際、彼はイギリスの国宝なのだが、もっと広い存在でもあるのだ。全世界の人間がディケンズを、ディケンズのロンドンを、ディケンズの登場人物を知っているのだ。「彼の登場人物は皆私の個人的友達だ」とトルストイは言った。トルストイはディケンズの肖像を書斎に懸け、ディケンズは十九世紀最大の小説家だと断言した。

彼は流星のような尾を残した。そして誰もが、チャールズ・ディケンズについて自分なりの姿を見出す。子供の犠牲者、抑え難いほどの野心に燃えている青年、記者、超人的な努力家、疲れを知らぬ散歩者。急進論者、孤児の保護者、貧民の援護者、慈善家、共和主義者。アメリカを憎み、愛した男。パーティー主催者、魔術師、旅人。諷刺家、超現実主義者、催眠術師。怒れる息子、良き友達、悪しき夫、喧嘩っ早い男、感傷的な男、秘密の恋人、絶望する父親、フランス贔屓、ゲーム好き、サーカス愛好家、パンチ作りの名人、田舎の名士、編集長、チーフ、愛煙家、酒好き、リールとホーンパイプの踊り手、演技過剰の素人俳優。紳士であるにはあまりに複雑な男——けれども素晴らしい男。掛け替えのない、二人とないボズ。部屋の中の華やかな存在。無比の男。そして、何を措いても、まさに偉大な、勤勉な作家。十九世紀のロンドンをわれわれの眼前に浮かび上がらせる作家、社会の縁に生きるちっぽけな人間に注目し、称えた作家——アートフル・ドジャー、スマイク、侯爵夫人、ネル、バーナビー、ミコーバー、ディック氏、十字路掃除人のジョー、フィル・スクウォッド、ミス・フライト、シシー・ジュープ、チャーリー、エイミー・ドリット、ナンディー、毛無しのマギー、スロッピー、人形の服の仕立屋ジェニー・レン。ディケンズはウェリントン街で長時間執筆したあと、事務所の雑用係の少年に冷たい水の入ったバケツを持ってこさせ、まず頭を、次に両手を突っ込むことがあった。それからタオルで頭を拭き、そしてまた執筆を続けた。

謝辞

まず、オクスフォード大学のクラレンドン・プレスと、*The Pilgrim Edition of the Letters of Charles Dickens* の編者たちに感謝する。全十二巻の書簡集は、ディケンズの人生を辿ろうとする誰にとっても必須の資料である。私はそのすべての編者に負う。キャサリン・ティロットソン、マドリン・ハウス、アンガス・イーソン、マーガレット・ブラウン、ニーナ・バージス、K・J・フィールディング、そして、わけてもグレアム・ストーリーに。ストーリーは私の大学生時代からの友人で、常に寛大で助けてくれた。

ディケンズ・ハウス博物館は、私の調査に特に協力的で、同館の図書館で仕事をするのを認めて下さった。館長のフローリアン・シュヴァイツァー、主任学芸員のフィオーナ・ジェンキンズ、また、私を歓迎し、必要な時はいつでも出入りさせてくれたスタッフ一同に感謝する。さらに、素晴らしいウィズビーチ博物館の評議員と、主任学芸員のデイヴィッド・ライト、助手のロバート・ベルが、同館所蔵の『大いなる遺産』の原稿と、その他のディケンズの資料を調べることを認めて下さったことにも感謝する。

ヴィクトリア&アルバート博物館の国立芸術図書館のフォースター・コレクションにある、ディケンズの小説その他の文書の原稿と校正刷りを調べるのを認めて下さった、同図書館の主任学芸員とスタッフに感謝する。ロンドン図書館は、例によって、私の調査に極めて協力的で、必要な本を手配してくれるとともに、コンピュータ化された参考書が利用できるようにしてくれた。さらに、英国図書館と、『大いなる遺産』の脚本を迅速に貸して下さったケンブリッジ大学図書館に感謝する。リーズ大学のブラザトン図書館の特別コレクションのリチャード・ハイは、同館に所蔵されているディケンズの手紙の写真複写を親切にも送って下さった。

ジョージーナ・ホガースとウォートン・ロビンソン夫人（ネリー）の肉筆の手紙を貸して下さり、テリが書き、私家版として印刷された稀覯本、*Julia Fortescue, afterwards Lady Gardner, and Her Circle* を貸して下さった、ベネディクト・ナイチンゲールにも感謝する。

Charles Dickens and the House of Fallen Women の著者、ジェニー・ハートリーに感謝する。同書は多くの発見と貴重な洞察に富み、私はそれに依拠した。

催眠術について詳しい啓発的な情報を与えて下さったジョナサン・ミラーに感謝する。また、ディケンズの健康について有益な話をしてくれたヴァージニア・ベアド博士にも感謝する。クレア・スパローは精神病について有益な情報を下さった。ニューロイメージング・ウェルカム・トラスト・センターの館長、レイ・ドーラン教授はディケンズの症状について、惜しみなく時間を割いて考察して下さり、同僚の医学者と相談し、その結論を報告して下さった。同時に、血管の病気と痛風について、明晰な説明をして下さった。

ロンドン港の河口地域の港長、ロイ・スタンブルックは、驚くほど親切なことに、彼の美しいヨット『流星』号に乗せて下さり、メドウェイ川をチャタムからシアネスまで下り、グレイヴズエンドまでテムズ河口に入ったので、一八二〇年頃、ディケンズが子供の頃、父と海軍のヨットに乗って、チャタムからシアネスの海軍経理局のあいだを時おり往復した際と似たような経験ができた。ロイと妻のアンは完璧な招待主で、夫と私に、水上で忘れ難い六月の一日を与えて下さった。二人に心から感謝すると同時に、私をロイに紹介してくれたヘレン・アレグザンダーにも感謝する。

ニコラス・P・ウォーロフは、彼の先祖、ディケンズの従者ジョン・トンプソンについて、魅惑的な情報を送って下さった。彼はみずから調査したのである。それに対し感謝する。ディケンズの子孫、ルシンダ・ホークスリー、H・D・B・ホークスリー、マーク・ディケンズに感謝する。三人はいずれも協力的だった。

ディケンズがギャッズ・ヒルの地下室の一部の内容をリストにしているものが、ジャーンダイスのカタログに載っていることに私の注意を惹いてくれたデイヴィッド・クレッグに感謝する。それは、ディケンズが最後に書いたものの一つで、一八七〇年六月六日に、罫の入った小さな手帖である。アンドルー・ファーマーが今度も地図を書いてくれた。ジェイン・オースティン、サミュエル・ピープス、トマス・ハーディの伝記の場合同様。ディケンズの場合は、それは特に難しい仕事で、彼の忍耐心にまたも負う。そして、私は彼の仕事が気に入っている。

旧友のダグラス・マシューズが索引を作ることを引き受けてくれたことを、とりわけ嬉しく思っている。トニー・レイシーはヴァイキング・ペンギンで、ほぼ四分の一世紀——一九八七年以来——私の編集者で、その歳月、私に援助と助言と励ましを与えてくれた。その同じ期間、私は原稿整理係のドナ・ポピーの知識と模範的な技倆から恩恵を受けた。本書はデジタルで編集された、私の最初の本である。ドナは画面で修正をするのを私が拒否したのに対処してくれ、その方法を説明してくれたうえで、私の鉛筆書きを彼女のコンピュータに移してくれた。

本書の挿図を見つけるという仕事に、トニー・レイシー、ベン・ブルージー、ドナ・ポピー、クレア・ハミルトンが熱心に当たってくれた。ダイナ・ドレイジンは今度も挿図を見事に処理し、一見不可能なほど、できるだけ挿図を詰め込みたいという、私の願いに挑戦してくれた。

ロバート・サンダーズは、私の古いコンピュータが故障したのを直してくれたばかりではなく、新しいコンピュータに「ワードパーフェクト」を装塡してくれた英雄である。私は心から感謝する。

最後に、心ここにあらずの妻にまたも耐え、忍耐心と優しさを決して失うことのなかった夫に感謝する。

訳者あとがき

トルストイが十九世紀最大の小説家として崇敬した、英国の国民的作家チャールズ・ディケンズは、一八一二年に英国の港町ポーツマスで生まれた。二〇一二年はディケンズの生誕二百年だったので、それを祝って英国では数々の記念行事が行われた。例えば、ロンドン博物館では「ディケンズとロンドン」、英国図書館では「チャールズ・ディケンズと超自然」、大英博物館では「チャールズ・ディケンズ・レクチャー・シリーズ」等の催しがあり、ギルドホールでは「ディケンズ氏と俳優たち」と題するショーが上演され、有名な俳優がディケンズのいくつかの小説の人気の高い登場人物に扮し、女王も臨席した。また、ディケンズの生地ポーツマスでも記念行事が催された。そして、二〇一二年の前後に、クレア・トマリンの本書『チャールズ・ディケンズ伝』(Claire Tomalin; *Dickens: A Life*, 2011) をはじめ、ディケンズ学者マイケル・スレイターの『チャールズ・ディケンズ』(Michael Slater; *Charles Dickens*, 2009)、ロバート・ダグラス＝フェアハーストの『ディケンズになる』(Robert Douglas-Fairhurst; *Becoming Dickens*, 2011)、俳優サイモン・キャロウの『チャールズ・ディケンズ』(Simon Callow; *Charles Dickens*, 2012) 等の優れた伝記が相次いで上梓された。

ディケンズの人気は二十世紀に入りモダニズムが台頭すると、文芸批評家あいだでは、過度の感傷癖、濃厚なメロドラマ的要素が嫌われ一時凋落したが、一般読者のあいだではディケンズの人気は十九世紀以来まったく不変で、作品は様々な版で出版され続け、愛読され続け、数多くの劇や映画になっている。ジョージ・オーウェルは一九四〇年のエッセイ「チャールズ・ディケンズ」の中で、こう述べている。どんな成人の読者も、ディケンズの限界を感じずにはその作品を読むことはできないが、それでもディケンズの作品が読者の心を捉えている「中心的秘密」は、ディケンズの「温和な無律法主義《アンティノミニアニズム》」にもとづく「生来の精神の寛大さ」である。権威主義に対する反撥と負け犬、すなわち虐げられた貧しい者に対するディケンズの深い同情はそこから生まれていて、それゆえにディケンズの作品は今でも大衆の共感を得ているのである。

本書クレア・トマリンの『チャールズ・ディケンズ伝』は、満足な教育も受けず、父は債務不履行で監獄に入れられ、自分は少年時代靴墨工場で一時働かされ、のちに十五歳で弁護士事務所で下働きをし、独学で速記を習得して議会記者になり、その間《かん》、投稿したエッセイ風の短篇、すなわち「スケッチ」がたまたま雑誌に掲載されたのがきっかけで、二十代で一躍英国最大の人気作家になるという、奇蹟としか言いようのないディケンズの人生を、厖大な資料にもとづいて鮮やかに再構成したものである。本書は二〇一二年、第十六回サウスバンク・スカイ・アーツ賞（文学部門）を受賞した。

小説家ウィリアム・ボイドは『オブザーヴァー』紙（二〇一一年十月二日付）で、本書を次のように評している。「歴史上の細部に瑕疵《かし》がなく、作品を鋭く分析しているクレア・トマリンの見事なディケンズ伝は、人間ディケンズが鮮明に浮かび上がってくるという意味で、きわめて貴重である……この魅惑的な伝記の魅惑的な底流の一つは、ディケンズと金に関するものである。すべての作家は金のために書くが（個人的資産のある、ごく少数の者を除き）、ディケンズにとっては支払い能力と金は、非常に現実的な意味で聖盃だった……それはディケンズのように有名で、伝説と逸話に包まれている作家の場合」重要である。「彼がどのくらい稼いだかを知るのが興味深いのは、それがいくつかの神秘のベールを剝ぐからである――ディケンズは偉大な芸術家だったが、やはりごく普通の人間でもあった。トマリンのディケンズ伝は――われわれが知りうること、演繹できること、推測しかできないことに関しては周到である――複雑で厳しい人間の肖像を描いている。彼は快活で、魅力的で、カリスマ的で、愛他的で、あり余るエネルギーを持っていた……また、精神分裂症に近いまでに苦悩し、傲慢で、いったん不当に取り扱われると報復的で、容赦しなかった」。トマリンが本書で再現しているのは、こういう多面的な人間なのである。

さらにトマリンは、ディケンズが四十五歳の時、十八歳の女優エレン（愛称ネリー）に血道を上げ、十人も子供を生ませた妻と別居した「スキャンダル」についても触れている。すでにトマリンは、ネリーの誕生から死までを扱った、ベストセラーにもなった画期的な著書『見えない女』（*The Invisible Woman*, 1990）で、このことを詳述している。トマリンは同書で、ディケンズとネリーのあいだに子供が生まれ、その子供が嬰児で死亡したことを、ディケンズの息子と娘の証言をもとにほぼ決定的に「立証」した。

だが、妻をうとんじネリーを愛人にしたということは、トマリン自身明言しているように、ディケンズ作品の価値を減ずることはまったくないのである。オーウェルも上述の小論の中で、シェイクスピアが遺言で妻に一番いいベッドではなく二番目にいいベッドを遺したからといって『ハムレット』の価値が下がるわけではないのと同様、ディケンズが妻を冷たく扱ったことでディケンズ作品の価値が下がるわけではないと指摘している。この点に触れボイドは、こう書いている。「この伝記の非常に価値のある点は、ディケンズという人間が手に取るように鮮明に浮かび上がってくることである。トマリンは、ディケンズの振る舞いが不当である時はためらわず非難するが、しかし、最初から最後まで深い共感を籠め、比類のない知識をもって、きわめて明快で軽快な文体で書いている。彼女は、情景と時代を鮮やかに描き出すことのできる才能を持っている……本書は、リチャード・エルマンのジョイス伝、ドナルド・レイフィールドのチェーホフ伝、ジャン＝イヴ・タディーのプルースト伝に並ぶ価値のあるものである。その三人の作家はすべて、最大の称讃の言葉と天才の名に値する。彼らはディケンズ同様、複雑で、しばしば極度に気難しく、自分本位の人間だった。われわれは、彼らを人間として知れば知るほど――逆説的ながら――彼らの芸術はいっそう大きくわれわれに反響してくる」

トマリンはディケンズの人間的弱点は容赦なく剔抉《てっけつ》するが、ディケンズの作品に対する敬愛の念は深い。トマリンはボイド・トンキンによるインタヴュー(二〇一一年九月三十日付『インデペンデント』)で、ディケンズ伝執筆のためにディケンズの全作品を再読した結果、『コパフィールド』から『大いなる遺産』までの傑作に対する称讃の念は不動のものになったと語っている。それらは「繊細で、恐ろしく、滑稽で、物悲しく、神秘的」なのだ。そればかりではなく、一八三六年に発表された若々しい『ボズのスケッチ集』に対する愛情も再び呼び起こされたとも、トマリンは語っている。それは、「本当に私を魅了しました。それは、見事に書かれているからでもあり、私たちが彼についてあまり知らないその数年間、ディケンズが何を観察していたのかを語ってくれるからでもあります」。

著者クレア・トマリンは一九三三年、ロンドンに生まれた。父はフランス人の学者エミール・ドラヴネで、母は英国人の作曲家ミュリエル・エミリー・ハーバートである。両親はクレア・トマリンが七歳の時に別れた。クレア・トマリンは驚くほど早熟で、七歳でディケンズの『デイヴィッド・コパフィールド』を、十二歳でシェイクスピア全集を貪り読んだ。そしてケンブリッジ大学のニューナム学寮で英文学を学び、卒業後、詩人を志したがジャーナリストに転向し、『ニュー・ステイツマン』、『サンデー・タイムズ』の文学担当編集長になった。そして一九七四年に『メアリー・ウルストンクラフトの生と死』を書き、ウィットブレッド賞を獲得した。その後、『シェリーとその世界』、『キャサリン・マンスフィールド』、『見えない女』(ホーソーンデン賞、ジェイムズ・テイト・ブラック賞受賞)、『ジョーダン夫人の職業』、『ジェイン・オースティン伝』(矢倉尚子訳、白水社、一九九九)、『サミュエル・ピープス伝』(ウィットブレッド賞、ピープス協会賞受賞)、『トマス・ハーディー』等の優れた伝記を発表している。一九五五年にケンブリッジ大学の学生時代の仲間で著名なジャーナリストだったニコラス・トマリンと結婚し、三人の娘と二人の息子を産んだが、ニコラスは一九七三年、第四次中東戦争の取材中死亡した。その後、小説家で劇作家のマイケル・フレインと再婚した。なお、高齢のため、本格的な伝記は本書『チャールズ・ディケンズ伝』が最後になるということである。

『チャールズ・ディケンズ伝』の翻訳に際して、数々の質問に快く詳細に答えて下さった著者、および早稲田大学名誉教授・杏林大学副学長ポール・スノードン氏、早稲田大学教授・ヴィクトリア朝文学研究家グレアム・ロー氏、フランス文学者岩田駿一氏、白水社編集部藤波健氏に厚く御礼申し上げる。翻訳に当たっては、著者の意向によりペーパーバック版を使用した。なお、訳注は主にピルグリム版『チャールズ・ディケンズ書簡集』と著者の教示に拠った。

高儀進

二〇一三年十一月

訳者略歴

高儀進

一九三五年生まれ。早稲田大学大学院修士課程修了。翻訳家。日本文藝家協会会員。
訳書に、ロッジ『大英博物館が倒れる』『どこまで行けるか』『小さな世界』『楽園ニュース』『恋愛療法』『胸にこたえる真実』『考える…』『作者を出せ!』『ベイツ教授の受難』『改訳 交換教授』『絶倫の人 小説H・G・ウェルズ』(以上、白水社)ほか多数ある。

チャールズ・ディケンズ伝

二〇一四年一月二〇日 印刷
二〇一四年二月一〇日 発行

著者 クレア・トマリン
訳者 © 高《たか》儀《ぎ》 進《すすむ》
装幀者 日下充典
発行者 及川直志
印刷所 株式会社 理想社
発行所 株式会社 白水社

東京都千代田区神田小川町三の二四
電話 営業部〇三(三二九一)七八一一
編集部〇三(三二九一)七八二一
振替 〇〇一九〇・五・三三二二八
郵便番号 一〇一・〇〇五二
http://www.hakusuisha.co.jp
乱丁・落丁本は、送料小社負担にてお取り替えいたします。

松岳社 株式会社 青木製本所

ISBN978-4-560-08344-4

Printed in Japan

人名表

略語

AYR　*All the Year Round*（『オール・ザ・イヤー・ラウンド』）
キャサリンD　キャサリン・ディケンズ
D　チャールズ・ディケンズ
F　ジョン・フォースター
GH　ジョージーナ・ホガース
HW　*Household Words*（『ハウスホールド・ワーズ』）

ディケンズ家

Dの祖母，エリザベス・ディケンズ，旧姓ボール（1745～1824）．小間使，次にクルー・ホールとメイフェアのクルー家の家政婦になった（ジョン・クルーは1806年に貴族に叙せられた）．

Dの祖父，ウィリアム・ディケンズ（1720頃～85）はクルー家の執事．

その2人の息子，長男ウィリアム（1782～1825），ロンドンのコーヒー店店主．Dの伯父，妻帯者，子無し．

次男がDの父，ジョン・ディケンズ（1785～1851）．海軍経理局勤務，1809年結婚．妻のエリザベス，旧姓バロー（1789～1863）はDの母で，チャールズ・バロー（1759～1826）の10人の子供の1人．チャールズ・バローも海軍経理局勤務．妻はメアリー（1771～1851）．バローの子供たちで重要なDの叔父，叔母については，下記を参照のこと．

ジョン・ディケンズとエリザベスの8人の子供のうち，2人は幼児のうちに死亡（アルフレッドとハリエット）．ほかの子供は――

フランシス・エリザベス（ファニー）（1810～48）．音楽家，1837年に歌手のヘンリー・バーネットと結婚，2人の息子を儲けた．

チャールズ・ジョン・ハファム（1812～70），1836年にキャサリン・ホガースと結婚．10人の子供を儲けた．

レティシア・メアリー（1816～93）．1837年，ヘンリー・オースティンと結婚．

フレデリック・ウィリアム（1820～68）．事務員．1848年，アンナ・ウェラーと結婚．

アルフレッド・ラマート（1822～60）．技師．1848年，ヘレン・ドブソン（1823～1915）と結婚，エドマンド（1849～1910）を含む息子3人と娘2人を儲けた．

オーガスタス・ニューナム（1827～66），会計士．1848年，ハリエット・ラヴェ

ルと結婚．子供は1人．妻を捨てバーサ・フィリップスとアメリカに行き，シカゴでバートラムと，ほかの5人の私生児を儲けた．

キャサリン・トムソン・ホガース，のちディケンズ（1815～79）．エディンバラの弁護士，音楽家でジャーナリストになったジョージ・ホガース（1783～1870）の10人の子供の長女．愛称ケイト．ジョージ・ホガースと妻のジョージーナ，旧姓トムソン（1793～1863）は1814年に結婚した．下の子供には，メアリー・スコット（1819～37），ジョージーナ（1827～1917），ヘレン，ジョージ，ロバート，ウィリアムがいた．

ディケンズとキャサリン(旧姓ホガース)の子供たち

チャールズ・カリフォード・ボズ（チャーリー）（1837～96）．実業家，1861年，ベッシー・エヴァンズ（1838～1907）と結婚，6人の娘と1人の息子を儲けた．エセル，チャールズ・ウォルター，シドニー・マーガレット，ドロシー，ベアトリス，セシル・メアリー，イーヴリン．

メアリー（メイミー）（1838～96）．

ケイト・マクリーディー（ケイティー）（1839～1929），画家．1860年チャールズ・コリンズと結婚，のちカルロ・ペルギーニ（1839～1918）と結婚．1人息子は嬰児で死んだ．

ウォルター・ランダー（1841～86）．1857年，インド陸軍に入った．

フランシス・ジェフリー（フランク）（1844～86）．1863年にインドに行き，ベンガル騎馬警官隊に入り，71年カナダに行き，北西騎馬警察隊に入った．

アルフレッド・ドルセイ・テニソン（1845～1912）．1865年オーストラリアに行き，牧場管理人等になった．1873年にオーガスタ・ジェッシー・デヴリン（1849～78）と結婚，2人の娘を儲けた．

シドニー・スミス・ホールディマンド（1847～72）．海軍将校．

ヘンリー・フィールディング（1849～1933）．弁護士，1876年，マリー＝テレーゼ・ロシュと結婚，子供7人．

ドーラ・アニー（1850～51）．

エドワード・ブルワー・リットン（プローン）（1852～1902）．1868年オーストラリアに行き，80年，コンスタンス・ドザイーと結婚した．

ターナン一家

フランシス夫人，旧姓ジャーマン（1802～73）．人気のあった女優，1834年，俳優トマス・ターナンと結婚，46年，寡婦になった．娘が3人．

ターナン，フランシス・エレナー（ファニー）（1835～1913）．子役，オペラ歌手，1866年，T・A・トロロープと結婚．イタリアに居住した．最初の小説はDによって出版された．その後も多くの小説を書いた．

ターナン, マライア・スザンナ（1837〜1904）．子役, 歌手．1863年, ローランド・テイラーと結婚．1873年に別れた．画家, ジャーナリスト, 旅行家, 文筆家になった．

ターナン, エレン・ローレス（ネリー）（1839〜1914）．子役, 女優の道を諦め, 1876年, ジョージ・ウォートン・ロビンソンと結婚．1879年に息子ジェフリーが生まれ, 84年, 娘グラディスが生まれた．

以下は50音順

アーヴィング, ワシントン（1783〜1859）．アメリカの作家．Dに影響を与えた．Dがアメリカ訪問中, 2人は親しくなったが, アーヴィングが『アメリカ覚書き』と『マーティン・チャズルウィット』を読んだ結果, 2人の友情は冷えた．

アンデルセン, ハンス・クリスチャン（1805〜75）．作家, Dの崇拝者．1857年, ギャッズ・ヒルに滞在した．

イェイツ, エドマンド（1831〜94）．俳優の両親の息子, ジャーナリスト．1854年にDに会った．Dの友人, Dの雑誌の寄稿者．Dが死ぬ2ヵ月前に, 一緒にサーカスを観た．

ウィギン, ケイト・ダグラス（1856〜1923）．アメリカの作家．1868年, 12歳の時, 列車の中でDに会い, 彼と会話し, 彼を魅了した．1912年にその時のことを書いた本を出版した．

ウィルズ, ウィリアム・ヘンリー（1810〜80）．『デイリー・ニュース』, *HW*, *AYR*でDの助手を熱心に努めた．

ウーヴリー, フレデリック（1814〜81）．1856年からDの事務弁護士になった．リンカンズ・イン・フィールズ66番地のファラー法律事務所のパートナー．

ウェブスター, ベンジャミン（1798〜1882）．俳優, 劇作家, 支配人, 1844年からアデルフィ劇場を経営した．『炉辺の蟋蟀』を脚色し, それに出演した．Dの終生の友．セリーヌ・セレストの仕事上の協力者, 恋人．

ウェラー, クリスティアーナ（1825〜1910）．ピアニスト．1844年にDに会った．1845年にT・J・トンプソンと結婚．イタリアに定住（娘はアリス・メネル〔1922年に没したイギリスの詩人〕）．1830年に生まれた妹のアンナは48年にフレッド・ディケンズと結婚し, 59年に離婚した．

エインズワース, ウィリアム・ハリソン（1805〜1914）．小説家．1835年にDに出会い, 彼を出版業者マクローン, 挿絵画家クルックシャンクに紹介した．Dとの友情は1850年までには冷えた．

エヴァンズ, フレデリック（1803?〜70）．1830年から, 印刷業でブラッドベリーのパートナー．1858年, 家族同士の友情はDによって破られた．エヴァンズの娘ベッシーは1861年, チャーリー・ディケンズと結婚した．Dは反対した．

エッグ, オーガスタス・レオポルド（1816〜63）．ピカディリーの鉄砲鍛冶の息子．ロイヤル・アカデミー・スクールで学び, 優れた風俗画家, 歴史画家になった．

1840年代からDの友人．素人劇に出演し，彼と一緒に外国に旅行した．アルジェで死亡．

エリオット，ジョージ（マリアン・エヴァンズ）（1819～80）．小説家．ごく最初からDに称讃された．彼女は彼の雑誌に書かなかったが，真の心の交流があった．

エリオット，フランシス，旧姓ディキンソン（1820～98）．離婚歴のある女相続人．コリンズによってDに紹介され，1860年代に，夫婦間の問題に介入してくれるようDに頼んだ．また，彼の私生活について，いろいろ訊いたが無駄だった．

エリオットソン，ジョン（1791～1868）．内科医．ユニヴァーシティー・コレッジ病院の創設者の1人．催眠術の実験を繰り返し，1838年，同病院を辞めさせられた．1837年にDと知り合い，主治医およびDの息子のウォルターの教父になった．

エルトン，エドワード・ウィリアム（1794～1843 9）．俳優，一般演劇基金の会長．男やもめ．7人の子供を遺して溺死．Dは遺児の教育と職業訓練のために多額の寄付を集めた．とりわけ，一番上のエスターに強い印象を受けた．エスターは教師になった．

オウヴァーズ，ジョン（1808～81）．ロンドンの指物師で作家．1839年からDの助言と援助を受けた．

オースティン，ヘンリー（1812～61?）．建築家，技師，1830年代からDの親友．1837年，Dの妹のレティシアと結婚し，ロンドン衛生委員会の幹事になった．

オリフ，ジョーゼフ（1808～69）．マクリースのアイルランド人の友人．パリで医学を学び，英国大使館付き医師になった．1840年代中頃からDの知り合いになった．

カーライル，トマス（1795～1881）．Dは1840年に彼に会い，尊敬した．カーライルは『辛い時世』に心酔した．妻のジェイン・ウェルシュ・カーライル（1801～66）も，Dのクリスマス・パーティーに喜んで出席した．

カウデン＝クラーク，メアリー，旧姓ノヴェロ（1809～98）．シェイクスピア学者，作家．1848年にDに出会い，彼と一緒に舞台に立った．彼の作品の讃美者だった．1856年に夫と一緒に外国に移住した．

キーリー，ロバート（1793～1869）．喜劇役者．1832年，Dに稽古をつけ，1844年から7年までライシーアム劇場の支配人を務めた．ギャンプ夫人に扮した．女優の妻メアリー・アン（1806～99）はスマイクに扮した．義理の息子アルバート・スミスは演劇の興行主になった．やはりDの友人だった．

ギャスケル，エリザベス（1810～65）．小説家．Dは彼女の『メアリー・バートン』（1849）を高く評価した．彼女は*HW*と*AYR*のお気に入りの頻繁な寄稿者になった．原稿の手直しや削除をしようとしたDに抵抗した．

キャタモウル，ジョージ（1800～68）．ノーフォークの地主の息子で，好古趣味の画家，『骨董屋』の挿絵を描いた．1850年代にDとの連絡が途絶えた．息子

のレオナルドはDが物語の最上の語り手だったのを覚えていた．

クーツ，アンジェラ・バーデット（1814～1906）．女相続人，慈善家，Dの親友．Dは1840年代の初めから58年まで，数多くの慈善事業に関して彼女に助言した．1858年，彼女がキャサリンに対するDの仕打ちを非難したため，2人の緊密な連携は終わりを告げた．『マーティン・チャズルウィット』は彼女に捧げられている．1871年，女男爵に叙せられた．

クーパー，ルイーザ．1853年，マグダリン救護院からミス・クーツの「ホーム」に送られ，2年過ごしたあとケープ・タウンに送られ，56年にDに駝鳥の卵を持って戻ってきた．イギリス人の庭師と婚約した．

クランストーン，フランシス（1836～58）．1853年，ミス・クーツの「ホーム」に入った．問題を起こしたので54年4月，追放され，ショーディッチ救貧院で死んだ．

クルックシャンク，ジョージ（1792～1878）．画家，Dの友人，『ボズのスケッチ集』と『オリヴァー・ツイスト』の秀逸な挿絵を描いた．彼はのちに『オリヴァー・ツイスト』の筋は自分が考え出したと主張したが，それを裏付けるものは何もない．

グレイヴズ，キャロライン（1830?～95）．寡婦，1858年からウィルキー・コリンズの愛人．1851年に生まれた娘は，Dに「執事《バトラー》」という綽名で呼ばれた．

ケント，チャールズ（1823～1902）．文筆家，ジャーナリスト．自由主義的新聞『サン』の編集長．Dの心酔者．1850年から彼の雑誌に寄稿．

ケンブル，チャールズ（1775～1854）．俳優．Dは彼をよく知っていた．彼の娘で女優のファニー・ケンブルおよび歌手のアデロイド・ケンブル（のち結婚してサートリス）も，よく知っていた．

コウル，ヘンリー（1808?～81）．銀行員．1830年からDの友人（兄のジョンも）．Dの初期の素人劇に参加．Dとアン・ビードネルとの結婚式で，新郎付添い役を務めた．2人の友情は途絶えた．

ゴーチエ，テオフィル（1811～72）．詩人．Dは1847年，パリに彼を訪ねた．

ゴールドスミス，マーサ（1829～84）．バークシャー出身の少女．娼婦．更生しようとしていた．1848年，ミス・クーツの「ホーム」に入り，49年，オーストラリアに送られ，51年，メルボルンの大工，ジョージ・ハミルトンと結婚，その後，落ち着いた生活を送った．

ゴードン，イザベラ．1849年の初め，ミス・クーツの「ホーム」にやってきた活潑な少女．Dに好かれたが，問題を起こし，「ホーム」を出された．

コリンズ兄弟――ウィルキー（1824～89）．作家，1851年からDと共作し，一緒に舞台に立ち，旅行した．チャールズ（1828～73），画家，病身，1860年ケイティー・ディケンズと結婚した．

コンプトン，エメリン，旧姓モンタギュー（?～1910）．女優．Dは1839年に彼女がジュリエットとしてデビューするのを見た．長年にわたってDの友人で，

彼と一緒に舞台に立ち，回想録を遺した．

サッカレー，ウィリアム・メイクピース（1811～63）．1836年に初めてDに会った．その時彼は，『ピクウィック・ペイパーズ』の挿絵を描こうと申し出た．Dの作品全体を褒めたが，1858年のDの振る舞いは，「われわれの職業にとって致命的な話」だと言った．娘のアニー・サッカレー（1837～1919）はメイミー・ディケンズ，ケイティー・ディケンズの友人で，1858年までDの家を頻繁に訪れた．Dの生き生きとした回想録を遺した．

ジェフリー，フランシス，卿（1773～1850）．スコットランド人の判事．批評家．『エディンバラ・レヴュー』の創刊者の1人で，編集長．Dの作品の愛読者で，1841年に2人の友情は結ばれた．Dの三男は彼にちなんで名付けられた．

ジェロルド，ダグラス・ウィリアム（1803～57）．劇作家，ユーモア作家，ジャーナリスト．1836年以降，Dの友人．ジェロルドが死んだ時，Dは彼の家族のために寄付を募った．

シャトーブリアン，フランソワ=ルネ・ド（1768～1848）．作家，外交官．1847年，Dはパリに彼を訪ねた．

サーラ，ジョージ（1828～96）．ジャーナリスト．Dの「若い男たち」の1人で，1851年から *HW* のために働いた．Dの短い伝記を書いた．

シャフツベリー，第7代伯爵（アントニー・アシュリー・クーパー）（1801～85）．ホイッグ党の慈善家．Dも取り上げた，労働者の労働条件改善に関するいくつかの法律を，議員として通した．彼はDに1848年に会った．

スクリーブ，ウジェーヌ（1791～1861）．喜劇と笑劇の作者．Dは1847年，パリで彼に会った．1850年，彼をロンドンでもてなした．1856年，パリで親しく交わった．

スタンフィールド，クラークソン（1793～1867）．カトリック教徒．子役．海軍に強制徴募された．背景画家および称讃された海洋画家になった．Dは1837年に彼に出会い，終始渝わらぬ愛情をもって接した．Dの素人劇の背景を描いた．『リトル・ドリット』は彼に捧げられた．

ストーン，フランク（1800～59）．マンチェスター生まれの画家．1838年からDの親友．Dと一緒に散歩し，食事をし，遊山旅行をし，素人劇の舞台に立った．Dはストーンの多くの子供たちを愛し，援助した．

ストネル，メアリー・アン（1832?～?）．泥棒一味に加わって盗みを働き，コールドバース・フィールズ監獄に入れられた．ミス・クーツの「ホーム」に最初に入った者の1人．自分の意志で「ホーム」を去り，間もなく再び投獄された．Dは彼女を救い難いと見なした．

スミス兄弟――アルバート（1816～60）．舞台芸人〔1人芝居を得意とした〕．1844年以来，ディケンズの作品のいくつかを舞台にかけた．アーサー（1825～61）．1858年と61年にDの公開朗読巡業のマネージャーを務めた．

スミス師，シドニー（1771～1845）．機知に富んだ人物．Dは1839年以後，彼

をもてなし，文通した．スミスは『マーティン・チャズルウィット』を称讃した．Dの5人目の息子は1847年，彼にちなんで名付けられた（シドニー・スミス・ホールディマンド）．

スミスソン，チャールズ（1804〜44）．弁護士．ミトンのパートナー．1838年，Dの素人劇に出演．T・J・トンプソンの妹と結婚．Dは彼の娘の教父．

セルジャ，W・W・F・ド（?〜1869）．1846年以来，Dのスイスの友人．Dに毎年，役に立つ情報を書いた手紙を送った．

タウンゼンド，チョーンシー・ヘア（1798〜1868）．ケンブリッジ大学を出た，裕福な心気症患者．1840年にエリオットソンを通してDに会った．催眠術を研究．外国を旅行した．詩をDに捧げた．Dは『大いなる遺産』を彼に捧げ，その原稿を与えた――愚かな友人に対する莫大な報酬である．

タルフォード，サー・トマス・ヌーン（1795〜1854）．急進的な弁護士，議員，劇作家．1837年からDの友人．『ピクウィック・ペイパーズ』を捧げられた．

チェスタトン，ジョージ・ラヴァル（?〜1868）．陸軍将校．1829年から54年にかけ，クラーケンウェルのコールドバース・フィールズ監獄の典獄で，監獄の改革を考えていた．Dは1835年に彼に会い，尊敬の念を抱いた．のちに一緒に仕事をした．

チャーチ，メアリー・アン（1832〜?）．1850年，雇い主から金を盗み，51年，トットヒル・フィールズ監獄の典獄トレイシーから，ミス・クーツの「ホーム」に送られた．「絶え間なく厄介事」を起こしたので，1852年4月，「ホーム」を出された．娼婦として有名で，売春宿で盗みを働き告発された．

チャールトン，チャールズ・ウィリアム，および妻エリザベス・カリフォード（1781〜1853）．彼女はDの大伯母で，下宿屋を経営していた．夫は民法博士会館の事務員で，2人とも若い時のDの役に立った．

チャップマン，フレデリック（1823〜95）．エドワードの従弟．Dを1845年以来，知っていた．1864年，エドワードが引退した時，チャップマン＆ホールを引き継いだ．

チャップマン，エドワード（1804〜80）．ウィリアム・ホールと一緒に出版と本の販売を手掛け，『ピクウィック・ペイパーズ』を出版し，『オリヴァー・ツイスト』の版権をベントリーから買い戻し，1844年までDの作品を出した．Dはその年，同社と縁を切ったが，1859年に再び同社に戻った．

チョーリー，ヘンリー（1808〜72）．音楽批評家，書評子．*AYR*に寄稿し，Dと家族ぐるみの友人になった．

ディルク，チャールズ・ウェントワース（1789〜1864）．海軍経理局でジョン・ディケンズの同僚で，Dが1824年頃，靴墨工場で働いているのを見た．1830年代に『アセニーアム』の編集長を務めた．Dは書評してもらおうと，『ボズのスケッチ集』を彼に送った．

テニソン，アルフレッド，初代男爵（1809〜92）．詩人．1842年，Dは彼に，「書

くものが，僕の心と本性のすべてを惹きつける人間としての君に抱く愛」について書き，4人目の息子を彼に（およびドルセイに）ちなんで名付けた．互いに愛情を抱いていたが，テニソンはDの感傷癖に当惑した．

テネント，サー・ジェイムズ，初代男爵（1804～69）．政治家，紀行文作家．1824年，ギリシャで戦い，バイロンに会った．Fとマクリーディーを通してDを知った．『互いの友』は彼に捧げられた．

デュマ，アレクサンドル（1802～70）．小説家，劇作家．Dは1847年，パリで彼と一緒に夕食をとった．以後，絶えず連絡し合った．

ド・ラ・リュー，エミール．ジェノヴァで活動したスイスの銀行家．妻はイギリス人のオーガスタ，旧姓グラネット．1844年，2人はジェノヴァでDの友人になった．ド・ラ・リューは妻の精神障害を治療してもらおうとDを招いた．Dは催眠術を使ってそうすることに同意したが，部分的な成功を収めたに過ぎなかった．

ドルセイ，ジェデオン・ガスパール・アルフレッド・ド・グリモー（1801～52）．画家，賭博師，伊達者，ナポレオン配下の将軍の私生児．義母のレディー・ブレッシントンとロンドンに住んでいた時，1836年，Dに会い，互いに喜んだ．Dの四男は彼にちなんで名付けられた（それと，テニソン）．1849年，借金のせいでパリに移らざるを得なかった．

ドルビー，ジョージ（1831～1900）．1866年から，Dの公開朗読巡業を取り仕切った．Dの真の友人だった．

トレイシー，オーガスタス（1798～1878）．海軍将校．その後，1834年から55年までトットヒル・フィールズ監獄の典獄．1841年からDの友人．1847年からミス・クーツの「ホーム」のためにDと一緒に働き，若い女囚を推薦した．

トロロープ兄弟―トマス・アドルファス（1810～92）．作家．1834年に母親で作家のフランシスとフィレンツェに住み，筆一本で生活した．Dを非常に好いた．最初，セオドーシャ・ギャロー（1825～65）と結婚し，次にフランシス・ターナンと再婚した．Dが彼女を彼に紹介した．アントニー（1815～82）．小説家，Dの友人．Dの文体を嫌い，サッカレー，ジョージ・エリオットのほうを高く評価した．Dを次のように評した．「力強く，犀利で，ユーモラス……きわめて無知，鈍感，独学でみずからの神になった」

トンプソン，T・J（1812～81）．裕福なクラブ会員，蒐集家，旅行家．1838年からDの友人．男やもめ．クリスティアーナ・ウェラーと再婚し，イタリアに定住した．

ノウルズ，ジェイムズ・シェリダン（1784～1862）．劇作家．Dは彼をストラットフォードのシェイクスピアの生家の管理者にしようとした．『互いの友』を書く際，彼の劇の2つの筋を使った．

ノートン夫人，キャロライン，旧姓シェリダン（1808～77）．詩人，小説家，既婚婦人の法的立場について書いた．彼女はメルボーン卿と密通していると夫に

非難され，スキャンダルに巻き込まれた．彼女と姉妹のレディー・シーモアとレディー・ダファリンはリチャード・ブリンズリー・シェリダンの孫娘で，美人で有名だった．Dは1836年に3人を知った．彼はまた，パリの英国大使館にいた彼女たちの兄，チャールズも1847年に知った．

ノートン，チャールズ・エリオット（1827〜1908）．批評家．1868年，ボストンでDに会った．同年，ギャッズ・ヒルを訪れた．

ノーマンビー，初代侯爵（コンスタンティン・ヘンリー・フィップス）（1797〜1863）．自由主義的政治家．メルボーンに目をかけられた．紀行文作家，小説家，伊達者．Dは1840年から彼を知っていた．1846年から52年まで，駐パリ英国大使．晩年は不遇だった．『ドンビー』は彼の夫人マライア（1798〜1882）に捧げられた．マライアはディズレーリの『エンディミオン』に，レディー・モントフォートして描かれている．

バージェス，イライザ（1816〜?）．救貧院で育った女中．嬰児殺しの罪で告発され，Dに助けられた．1840年6月，中央刑事裁判所で裁かれ，無罪放免になった．

バージャー，フランチェスコ（1834〜1933）．チャーリーのライプツィヒの友人．『凍結した深海』のための音楽を書いた．イギリスに帰化したイタリア人の両親を持つピアニスト，作曲家．

ハーリー，ジョン・プリット（1786〜1858）．通称「でぶのジャック」．ロンドン生まれの痩せこけた喜劇俳優で，シェイクスピアの道化役で最も知られていた．1836年，Dの『見知らぬ紳士』に出演した．終生，Dの友人だった．

バックストーン，ジョン（1802〜79）．喜劇俳優，劇作家，Dの終生の友，1853年から77年までヘイマーケット劇場の支配人．ターナン一家を雇った．

ハラー，ジョン（1812〜84）．音楽家，作曲家，教師．Dは，王立音楽院で仲間の学生だった，姉のファニーを通して彼を知った．Dの『村の男誑し』のために作曲した．

ハファム，クリストファー．ライムハウスに住む，海軍の艤装人．ナポレオン戦争に従軍．Dの教父．

バロー，ジョン・ヘンリー（1796 〜 1858）．Dの叔父．議会記者．Dの素人劇に加わった．画家の妻ジャネット・ロスはDの肖像画を描いた．ヘンリーは1859年1月以降，新聞記者基金の会員．

バロー，トマス・カリフォード（1793?〜1857）．Dの叔父．11歳から海軍経理局に勤め，1832年，片脚を切断．賞勲局長になった．1824年結婚．息子のジョン・ワイリー・バロー（1828〜85）はニューヨークに定住した．

バロー，フレデリック．Dの叔父．Dは1817年に生まれたレベッカを知っていた．その他のバローの娘たちは，ジェイン，サラ，マライア．

バロー，メアリー（1792?〜1822）．Dの叔母．ファニーとして知られた．最初，海軍将校アレンと結婚し，次に軍医のマシュー・ラマートと再婚した．マシューはジェイムズ・ラマートの父で，ジェイムズはDに靴墨工場での仕事を見つけ

てやった.

ハント，リー（1784～1859）．詩人，随筆家，編集長．摂政の宮を侮辱して投獄された．Dは1839年に彼に会い，友人になったが，『荒涼館』のスキンポールという人物で彼を諷刺した．

ビアド兄弟――サセックス生まれ．トマス（1807～91）．ジャーナリストで，1834年にDに出会い，Dの結婚式で新郎付添い役を務め，チャーリーの教父になった．Dの終生の友人．フランシス（1814～93）．内科医．1859年，Dの主治医になった．

ビードネル，マライア（1810～86）．シティーの銀行の上級行員，ジョージ・ビードネルの三女．1830年にDに出会った．ロマンスは1832年に終わった．1845年にヘンリー・ウィンターと結婚，55年にDとの友情が復活した．『デイヴィッド・コパフィールド』のドーラと，『リトル・ドリット』のフローラ・フィンチングのモデル．

ピケン，エレナー（1820～98）．1840年，スミスソン一家との縁故で，ブロードステアーズでDと友人になった．1842年，海軍将校エドワード・クリスチャンと結婚した．

フィールズ，ジェイムズ・T（1817～81）．ボストンの出版業者．1842年にDに会い，妻のアニーとロンドンを訪れた60年に友人になった．Dがアメリカで公開朗読の巡業をした際，彼をもてなした．1869年にイギリスで彼に何度も会った．

フィッツジェラルド，パーシー（1834～1925）．アイルランドの弁護士．賃仕事の文筆家に転向し，*AYR*に寄稿した．Dは彼に目をかけた．

フェクター，チャールズ（1822～79）．最初フランスで俳優になったが，1860年からロンドンに住んだ．Dは彼を「反偽善者」だと褒めた．そして親友になり，俳優としての彼を助けた．

フェルトン，コーネリアス（1807～62）．ギリシャ語教授，のち，ハーヴァード大学総長．1842年，Dがアメリカでの最も信頼できた友人．フェルトンはDをシェイクスピア級の作家と考えた．その後，定期的に文通した．

フェルプス，サミュエル（1804～78）．俳優，劇場支配人．1844年から62年までサドラーズ・ウェルズ劇場を経営した．シェイクスピアの演目を演じた．Dは1840年代から彼を知っていて，51年，サドラーズ・ウェルズを称讃する文を書いた．ターナン夫人は1850年代に彼と共演した．

フォースター，ジョン（1812～76）．1837年から，Dの最も親しく，最も信頼できる友人，助言者，交渉人で，Dが選んだ伝記作者だった．ジャーナリスト，歴史家，文人で，1856年，エリザベス・コウルバーンと結婚した．『チャールズ・ディケンズ伝』の3巻本を，それぞれ1872年，73年，74年に出版した．

フォーテスキュー，ジュリア（1817～99）．女優．舞台に立つよう，母に仕込まれた．男役を務めた．D，マクリース，マクリーディーは彼女の美貌を称讃した．マクリーディーは彼女に仕事を与えた．妻帯者のガードナー卿に誘惑され，彼の

5人の子供を産んだ．1845年，48年にDの素人劇に出た．

フォンブランク，オールバニー（1793〜1872）．急進的なジャーナリスト．1830年，『エグザミナー』の編集長になった．カーライル，マクリーディー，ドルセイの友人で，早くからDの崇拝者で，彼の『デイリー・ニュース』のために政治問題を扱った社説を書いた．

ブラッドベリー，ウィリアム（1800〜69）．パートナーのフレデリック・エヴァンズと共に，1830年代から，チャップマン＆ホールの印刷業者としてDに知られていた．2人は1842年に『パンチ』を，46年に『デイリー・ニュース』を発行し，44年から58年までDの作品を出版し（クリスマスの本と小説），*HW*の共同所有者になった．

ブラウン，ウィリアム夫人，旧姓ハンナ・メレディス（1805?〜78）．ミス・クーツのコンパニオン．1844年，ブラウン医師（1855年没）と結婚．その後もミス・クーツのコンパニオン．

ブラウン，ハブロー・ナイト（通称「フィズ」）（1815〜82）．画家．1836年から59年までDの優れた挿絵を描いた．その後，挿絵は依頼されず，Dとの友情は終わった．

ブラック，ジョン（1783〜1855）．自由主義的新聞『モーニング・クロニクル』の編集長．1834年，Dを雇い，その際立った才能に感心した．

ブランチャード，サミュエル・レイマン（1804〜45）．自由主義的ジャーナリスト．Dの若い頃の友人．自殺．

フリス，ウィリアム・ポウエル（1819〜1909）．画家．1854年，Dの肖像画を描くようFに委嘱された．Dの友人．

ブルワー・リットン，エドワード・ジョージ・アール・リットン，初代リットン男爵（1803〜73）．大成功を博した多作の小説家，劇作家．Dは1837年から彼を知っていて，困窮した作家を助ける文学・芸術ギルドを設立するため，彼とFと一緒に活動した．彼は1844年，名前を「ブルワー」から「ブルワー・リットン」に変えた．

ブレッシントン，マーガリート，伯爵夫人（マーガリート・ガードナー）（1789〜1849）．美人，小説家，ジャーナリスト，ドルセイ伯爵の仲間．Dは1840年に彼女に会った．Dは彼女の姪のマーガリート・パワーに目をかけた．

フレッチャー，アンガス（1799〜1862）．奇矯なスコットランド生まれの彫刻家．1830年代にマクローンを通してDに会い，39年，Dの大理石の胸像を作成した．Dと一緒にスコットランド，ブロードステアーズ，イタリアに行った．

ベリー，メアリー（1763〜1852）．教養のある女性で，ホレス・ウォルポールが目をかけていた．彼女と妹のアグネスは1839年7月1日，リトル・ストローベリー・ヒルにある，自分たちのトゥイックナムの家でDをもてなした．

ベントリー，リチャード（1794〜1871）．印刷業者，のちに出版業者，雑誌発行者．Dは『ベントリーズ・ミセラニー』の編集長になり，同誌に『オリヴァー・ツイ

スト』は連載された．1838 年，様々な本の契約を巡って諍いになり，袂を分かった．

ボイル，メアリー（1810～90）．有力な縁故に恵まれた，文学好きの女性，素人女優．1850 年に D に初めて会った時から心酔．

ホール，ウィリアム（1800～1847）．1830 年から，書籍販売と出版の事業で，エドワード・チャップマンのパートナー．1836 年，『ピクウィック』を書く契約を D とした．1844 年，金銭面の交渉であこぎなやり方をしたので，D は同社と縁を切った．

ホールディマンド，ウィリアム（1784～1862）．ローザンヌに住んでいた富裕な慈善家．1846 年に D に会った．

ポラード，リーナ（1836～99）．サセックス州生まれの少女．救貧院にいた．16 歳で監獄に入り，1853 年 8 月，ミス・クーツの「ホーム」に入った．同所を出たがったが，D に説得されてとどまった．1855 年 2 月にはつつがなくやっていたので，カナダに送られた．その後結婚し，落ち着いた暮らしをし，子供も生まれたという手紙を寄越した．

ホランド，女男爵（バロネス）（エリザベス・フォックス）（1771～1845）．ホランド・ハウスのホイッグ党の女主人．チャールズ・ジェイムズ・フォックスの甥の妻．晩年，駆け出しの作家の D を自分のサロンに招いた．2 人は互いに理解し合い，文通した．

ホリングズヘッド，ジョン（1827～1904）．ジャーナリスト．1857 年から D の雑誌に書いた．のち，劇場支配人になった．

マクリース，ダニエル（1806～70）．ロンドンで活動したアイルランド人の画家．歴史画家として成功した．女好き．1837 年に D に会った．非常に親しくなったが，鬱病気味になり，1840 年代に 2 人は疎遠になった．

マクリーディー，ウィリアム・チャールズ（1793～1883）．1837 年以来，D の親しい，非常に愛された友人．主演俳優．『ニコラス・ニクルビー』を絶讃．1824 年にキャサリン・アトキンズ（1805～52）と結婚，たくさんの子供を儲けた．1860 年にセシル・スペンサー（1837～?）と再婚，息子を 1 人儲けた．ターナン夫人と共演し，彼女を助けた．

マクローン，ジョン（1809～37）．D の本を出した最初の出版業者．2 人の友情と契約は D によって破られたが，マクローンが死んだ時，D は寡婦と子供たちのために寄付を募った．

マシューズ，チャールズ（1776～1835）．一人芝居で若き D に感銘を与えた俳優．一人芝居で一連の役を演じた．D は彼を研究し，真似た．彼の影響は D ののちの公開朗読に表われた．

マダム・セレスト（1814?～82）．フランスの女優，ダンサー，1844 年からアデルフィ劇場の支配人．D は彼女をよく知っていた．彼女は『二都物語』を脚色したものを上演した．（ウェブスターを参照のこと）

マリアット，艦長フレデリック（1702～1848）．海軍将校から作家になり，海

洋冒険小説，児童読物を書いた．作品には『ニュー・フォレストの子供たち』がある．

ミトン，トマス（1812～78）．事務弁護士．サマーズ・タウンのパブの主人の息子．長年Dの法律関係の仕事をしたが，ウーヴリーに取って代わられた．

ミルンズ，リチャード・モンクトン，初代ホートン男爵（1809～85）．愛想のよい文人，政治家，招待主，旅行家，美食家．Dは彼を1840年から知っていた．1851年，アナベラ・クルーと結婚した．彼女はクルー卿夫妻の孫娘だった．Dの祖母はクルー卿夫妻の家政婦だった．

ミレー，ジョン・エヴェレット（1829～96）．1850年，Dに*HW*の小論で攻撃された画家．しかし1855年に友人同士になった．Dの死後，彼の顔を描いた．

モーソン夫人，ジョージアーナ（?～1880）．医者の寡婦．1849年から，53年に再婚するまで，ミス・クーツの「ホーム」の家政婦長を務めた．貴重な人物．ほかの家政婦長は，ホールズワース夫人，マーチモント夫人．

モズリー，ジュリア（1828～56）．グロスタシャーの仕立屋の娘．掏摸．トットヒル・フィールズ監獄の囚人だったが，1847年，ミス・クーツの「ホーム」に入り，48年，オーストラリアに移住した．1853年にアデレードで結婚し，息子が1人生まれたが，幼児のうちに死亡．

モロイ，チャールズ（1796?～1852）．事務弁護士．1828年，Dは彼の事務所で働いた．1837年から38年まで，出版業者ベントリーとの交渉で，Dのために働いた．喉を切って自殺した．

ユゴー，ヴクトル（1802～85）．Dに敬意を表した．Dは1846年，パリに彼を訪ねた．

ヨアヒム，ヨーゼフ（1831～1907）．オーストリアの偉大なヴァイオリニスト．1862年にギャッズ・ヒルで〔この時はバッハの無伴奏の曲を弾いた〕，70年にDの最後のレセプションで演奏した．Dは彼の弾くタルティーニの「悪魔のトリル」を殊のほか好んだ．

ラッセル，ジョン卿，初代伯爵（1792～1878）．ホイッグ党の政治家．1832年，選挙法改正法を導入し，死刑の数を減らした．1846年から52年まで，65年から66年まで首相．Dは彼の最初の頃の演説を報じた．1846年から友人になり，『二都物語』を彼に捧げた．

ラマルティーヌ，アルフォンス・ド（1790～1869）．作家，外交官，自由主義的政治家．1848年の2月革命の臨時政府で短期間フランスの外務大臣を務めた．Dは1847年と56年に，パリに彼を訪ねた．

ランダー，ウォルター・サヴィジ（1775～1864）．詩人，エッセイスト．1840年にDに会い，たちまち意気投合した．Dは次男を彼にちなんで名付けた．

ランドシア，エドウィン（1802～73）．画家．Dは1830年代から彼を知っていた．2人の兄，トマスは彫刻師，チャールズはやはり画家だった．

リーチ，ジョン（1817～64）．ロンドン子．チャーターハウス・スクール〔パブリックスクール〕で学び，医学生になり，のちに画家になった．急進的考えの持ち主．『パ

ンチ』と結び付けられている．Dは1836年，クルックシャンクを通して彼と知り合い，親友になった．一緒に遊山旅行をし，一家での休日を過ごした．

リントン，イライザ・リン（1828～98）．小説家，ジャーナリスト，1853年から*HW*と*AYR*に寄稿した．1849年，ランダーの家で初めてDに会った．Dにギャッズ・ヒルを売った．

ルイス，G・H（1817～78）．作家，ジョージ・エリオットの内縁の夫．1838年にDを訪ねた．その後，時おり文通し，接触した．彼はDの批評的死亡記事を書いた．

レニエ，フランソワ（1807～85）．傑出したフランスの俳優．Dの友人で，彼と文通した．

レモン・マーク（1809～70）．劇作家，1841年から『パンチ』の編集長．Dと一緒に素人劇を上演した．1858年まで家族ぐるみの付き合いがあった．その年，彼はキャサリンDの手当てに関して交渉役を務めた．

レヤード，A・H（1817～94）．考古学者．1847年，ニネヴェで発掘．自由党議員．Dは，1855年に結成された彼の行政改革協会を支持した．2人のあいだに固い友情が結ばれた．

ロジャーズ，サミュエル（1763～1855）．詩人，銀行家の息子．気前がよく，客人を歓待し，1839年からDと知り合いになった．Dを崇敬し，もてなした．Dは『骨董屋』を彼に捧げた．

ロングフェロー，ヘンリー・ウォッズワース（1807～82）．詩人．1842年にボストンでDに会い，たちまち彼が好きになった．1842年，ロンドンに彼を訪ねた．また，1868年にギャッズ・ヒルを訪ねた．

ワトソン，議員リチャード（1800～1852）と妻のラヴィニア（1816～88）は1846年，Dにスイスで会った．ロッキンガム城で彼をもてなした．Dの親密な友人．『デイヴィッド・コパフィールド』は2人に捧げられた．

注

略語

AYR　*All the Year Round*（『オール・ザ・イヤー・ラウンド』）
Catherine D　Catherine Dickens（キャサリン・ディケンズ）
D　Charles Dickens（チャールズ・ディケンズ）
F　John Forster（ジョン・フォースター）
GH　Georgina Hogarth（ジョージーナ・ホガース）
HW　*Household Words*（『ハウスホールド・ワーズ』）
P　*The Pilgrim Edition of the Letters of Charles Dickens*（各巻の詳細は「参考文献選」に記載してある）
＊fn は脚注.

プロローグ◆無比の者 1840年

(1) ディケンズのこの言葉は，何年ものちに書かれた 'Some Recollections of Mortality'（「死ぬ運命についての若干の回想」）〔*AYR*, 16 May 1863〕からのものである．中央刑事裁判所（the Old Bailey）でのこの裁判についての他の情報は *The Times*, 10 Mar. 1840 に載っている．

(2) D から F 宛（[15 Jan. 1840 ？], *P*, II, p. 9）．Forster の *Life of Charles Dickens*, I (London, 1872), Chapter 13 より．

(3) しかし，小さな食い違いがある．当時書かれた手紙の中では，彼は検屍のあと，夜眠れなかったと言っているが，1863 年にそのことを書いた時には，被告人の少女の夢を見たと言っている．'Some Recollections of Mortality'（*AYR*, 16 May 1863）．マグダリン救護院は善意だったが快適ではなく，のちにディケンズは，「ホームレスの女たちのためのホーム」を設立したあと，1850 年代に，そこで世話になってから出てきた大勢の若い女を見て，同救護院によい印象を受けなかった．同救護院は態度があまりに懲罰的で，若い女たちにまともな食事を与えていないと思った．

(4) D から Richard Monckton Milnes 宛（1 Feb. 1840, *P*, II, p. 16.）．

(5) D から F 宛（[Jan. 1840 ？], *P*, II, p. 15）；D より Mrs Macready 宛（13 Nov. 1840, *P*, II, p. 150）．

(6) ルイ・プレヴォー．言語学者で，のちに大英博物館に勤務した．ディケンズが彼に何度か支払いをしたことを示すものがある．

(7) それはジョン・オウヴァーズである．ディケンズは何年にもわたって彼の面倒を親身になって見，助言を与え，彼の書いた短いものが雑誌に掲載されるよう力を貸し，仕事を見つけてやった．オウヴァーズは 1844 年に，妻と 6 人の子

供を遺して36歳で死んだ．ディケンズは遺族を援助し続けた．

（8）Dから Catherine D宛（1 Mar. 1840, *P*, II, p. 36）; Dから Thomas Beard宛（1 June 1840, *P*, II, p. 77）.

（9）彼の娘のケイティーはそのように言っている．Gladys Storey, *Dickens and Daughter* (London, 1939), p. 223.

（10）'A Walk in the Workhouse'（「救貧院の中を歩く」）〔*HW*, 25 May 1850〕.

（11）Dから Jacob Bell宛（12 May 1850, *P*, VI, p. 99）.

（12）ウォルター・バジョットの文．*National Review*, Oct. 1858.

（13）彼は1837年から38年まで編集していた *Bentley's Miscellany* の通信文にその名称を使った．その時期に，彼のかつての学校の教師が，'To the inimitable Boz'（「無比のボズに」）と刻んだ銀の嗅ぎ煙草入れを彼に贈った．'Boz' は彼が活字で初めて署名した名前だった．彼はそれに勇気を得て，自分を「無比の者」と呼び始めた．

（14）Annie Thackeray．Philip Collins (ed.), *Dickens: Interviews and Recollections*, II (London, 1981), p. 177.

第1部

第1章◆父親たちの罪 1784-1822年

（1）最初は No. 13 Mile End Terrace で，次は No. 387 Mile End Terrace になり，さらに No. 396 Commercial Road になり，現在そこは No. 393 Old Commercial Road である．

（2）ジョン・ディケンズは初めてロンドンで働いていた時にハファムに出会った．ハファムはフランス軍と戦う私掠船の艤装をして公的に認められるようになり，「帝国海軍付艤装者」という公式の地位に就いた．'Huffham' の余分なhは間違いである．

（3）ディケンズの先祖については，*Dickensian* [1949] の小論を参照のこと．それは，A. T. Butler と Arthur Campling の調査を，Ralph Straus が纏めたものにもとづいている．

（4）Gladys Storey の *Dickens and Daughter* (London, 1939), pp. 33-4を参照のこと．しかしアナベラ・クルーは1814年まで生まれていず，19年以前の記憶はほとんど持っていないと思われるので，ディケンズ老夫人が息子についてこぼしたことを覚えているはずがない．おそらく彼女は，他人から聞いたことを伝えていたのだろう．

（5）彼の蔵書はチャタムにいた息子のチャールズが引き継いだ．第27章を参照のこと．

（6）フランシス・クルーについての情報は，*DNB*（『英国人名事典』）に Eric Salmon が執筆したものと，Linda Kelly の *Richard Brinsley Sheridan* (London,

1997) から得た.

(7) DはFに，父がキャサリン・ディケンズ宛に書いた「独特の手紙」と，父のほかの言葉について報告している ([30 Sept. 1844?], *P*, IV, p. 197).

(8) 33歳のシェリダンがクルー・ホールの裏側の寝室で39歳の家政婦と一緒に寝たと想像すると，収入以内では暮らせないというシェリダンの救いようのない無能力をジョン・ディケンズがが受け継いだのがわかるし，チャールズ・ディケンズが演劇に情熱と燃やした理由もわかる．もちろん，それは出来過ぎた話である.

(9) グラッドストーンは私的メモに，1853年の Northcote-Trevelyan Report (「ノースコット=トレヴェリアン報告」)〔公務員採用制度改革に関する報告書〕を読んだあと，こう書いている.「古くからの政治家一族は，公的な贔屓で栄えている——嫡出子であろうと非嫡出子であろうと，彼の息子，親族，あらゆる程度の隷属者が大勢，公的地位を与えられている」

(10) その告知にはこう書かれていた．‘On Friday, at Mile-end-Terrace, the lady of John Dickens Esq., a son.’ (「金曜日，マイル=エンド=テラスにて，郷士ジョン・ディケンズ夫人，男児を出産」).

(11) この話の出所は彼女の孫娘ケイティーである．Gladys Storey が *Dickens and Daughter*, p. 25 に記している.

(12) No. 16 Hawke Street は，Gladys Storey の *Dickens and Daughter*, p. 40 によれば，「汚らしい通り」に建てられた，前庭のない小さな家だった．ディケンズは，地階の窓から乳母に見守られながら，手に何か食べ物を持って，姉のファニーと一緒に前庭をよちよちと歩いた記憶があると，フォースターに語っている．しかし，それが彼の最初に住んで家ではあり得ない．彼は歩けるようになるずっと前に最初の家を去っているので，その「前庭」は，Hawke Street か Wish Street の家の裏庭であろう．ポーツマスについての彼のほかの記憶は，兵士の演習を見に連れて行ってもらったことについてのものである.

(13) *Mansfield Park* は 1811 年と 13 年のあいだに書かれ，14 年に出版された．したがって，オースティンが海軍学校にいた兄弟から聞いて知ったポーツマスの描写は，ディケンズが生まれた場所にまことにふさわしい

(14) Forster, *The Life of Charles Dickens*, I (London, 1872), Chapter I.

(15) 彼女は 1893 年に世を去った.

(16) Forster, *Life*, I, Chapter 1．ディケンズはこの話を『デイヴィッド・コパフィールド』を書く5年前にした，とフォースターは言っている．したがって，それは 1844 年のことである．ディケンズはその文句を頭の中で作り，記憶にとどめておいたのに違いない．ディケンズは 1864 年にしたスピーチで，「樺の枝で世界を統べ」，自分を活字嫌いにした老婦人〔学校の教師〕に触れている．しかし，彼自身の話では，読み方を教えたのは母親だった.

(17) Philip Collins, *Dickens: Interviews and Recollections*, I (London, 1981), p. 2 に引

用されている．それは，Robert Langton の *The Childhood and Youth of Dickens*（first published in 1883）から採られた．

（18）脇腹の痙攣性の痛みは，Dr W. H. Bowen, *Charles Dickens and His Family*（Cambridge, 1956) の 'The Medical History of Charles Dickens' によれば，腎結石による可能性がある．Gladys Storey の *Dickens and Daughter*, p. 44 に描かれている本を読む時のディケンズの姿勢は，たぶん，本人が娘のケイティーに話したものだろう．

（19）D から F 宛（24 Sept. 1857）．彼はその手紙の中でチャタムの子供時代を回想している（P, VIII, p. 452 および fn. 5）．

（20）1883 年，マイター・インの老主人の息子で，長老参事会員になっていたジョン・トライブは，子供時代のチャールズから貰った書きつけを，かつて持っていた．それはジョン・ディケンズの名刺に書かれたもので，こういう文句だった．「マスター〔「坊ちゃん」，「若様」の意で，召使が主人の息子に対して用いる敬称〕およびミス・ディケンズは，マスターおよびミス・トライブと……日の晩を御一緒に過ごしたく存じます」〔*P*, I, p. 1〕．

（21）Forster, *Life*, I, Chapter 7 に，グリマルディの演技を見たこともないのに彼の *Memoirs*（『回想録』）を編纂したと非難されたディケンズが，1838 年に新聞に書いた手紙が引用されている．

（22）D から Mary Howitt 宛（7 Sept. 1859, *P*, IX, p. 119）．

（23）D から Cerjat 宛（7 July 1858, *P*, VIII, p. 598）．

（24）D が朗読したことと嗅ぎ煙草を吸った話は，フォースターの *Life*, I, Chapter I にある．D 自身が彼に話したのであろう．

（25）彼女は『骨董屋』に出てくる．そこでは彼女はディック・スウィヴェラーに「侯爵夫人」と呼ばれるまで名前がない．

（26）D から F 宛（[27-8 Sept. 1857?], *P*, VIII, p. 455）．

（27）オリヴァー・ゴールドスミスのエッセイ集．

第2章◆ロンドンの教育 1822-27年

（1）金持ち以外は歩くのが普通だった．「私たちは玄関や窓のところに駆けて行って，辻馬車を眺めたものだった．辻馬車は稀にしか見られなかった」．これは，ディケンズが 1820 年代のカムデン・タウンとその周辺の，鉄道が出現する以前の暮らしを回想した文である．'An Unsettled Neighbourhood'（「落ち着かぬ近隣」）〔*HW*, 11 Nov. 1854〕．

（2）Gladys Storey, *Dickens and Daughter* (London, 1939), p. 44．彼女はその幼女の名前を Harriet Ellen と記している．

（3）D から T. C. Barrow の手紙（31 Mar. 1836）を参照のこと．その中で彼は，バローを何度も訪れたこと，2 人のあいだに愛情に満ちた関係が出来たことを回想している〔*P*, I, p. 144〕．

（4）John Forster, *The Life of Charles Dickens*, I (London, 1872), Chapter I.

(5) 彼は祖母が死ぬ前にその時計を貰った．なぜなら，彼は当時の話をした際，靴墨工場にいた時にその時計をポケットに入れていたと話しているからである．Forster, *Life*, I, Chapter 2.

(6) 教父からチップを貰ったことと，道に迷ったことについては，'Gone Astray'（「迷子になって」）（*HW*, 13 Aug. 1853）を参照のこと．

(7) 傍点筆者．フォースターは *Life*, I, Chapter 2 に，このディケンズの言葉を引用している．

(8) この家は 19 世紀末葉に取り壊された．跡地に家具店の Maples が建てられた．その後，新しい University College Hospital が建てられた．

(9) Forster, *Life*, I, Chapter 2. ミコーバー氏はディケンズが 1840 年代終わりに書いた小説『デイヴィッド・コパフィールド』に出てくる．その小説のいくつかの部分は，彼自身の経験にもとづいている．ミコーバー氏は借金がやめられないという点で，また，絶望的気分から楽天的気分に即座に変わるという点で，さらに凝った言い回しをするという点で，厳密にではないが，ジョン・ディケンズをモデルにしている．

(10) 同じ箇所．

(11) 同じ箇所．

(12) 同書，Chapter 3.

(13) ウィリアム・ディケンズは母から 500 ポンド相続した．母はすでに彼に 750 ポンド渡していた．ジョン・ディケンズは 450 ポンド相続した．

(14) Chandos Street は今では Chandos Place と呼ばれている．

(15) Forster. *Life*, I, Chapter 2 の冒頭．

(16) 同じ箇所．

(17) Michael Allen の 'The Dickens Family in London 1824-1827', *Dickensian* (1983), p. 3 を参照のこと．アレンの考えでは，ディケンズはウォレン靴墨工場で 1825 年 3 月か 4 月まで，1 年以上働き続けた．しかしアレンは *Dickensian* (2010), pp. 5-30 で，まったく違った仕事の期間を示唆している．つまり，チャールズは 1823 年 9 月に靴墨工場で働き始め，24 年 1 月にチャンドス街に移り——父が逮捕された月——24 年 9 月に工場を辞めた，というわけである．アレンの推論は丹念な調査にもとづいているが，決定的ではない．

(18) Forster, *Life*, I, Chapter 2.

(19) 同じ箇所．

(20) 同じ箇所．

(21) 同じ箇所．

(22) ディケンズは『大いなる遺産』の当初の結末を，ピップとエステラが結ばれるハッピーエンドにするようにという，ブルワーの懇願を聞き入れて変更してしまった〔ピップは，残酷な夫と死別し貧しい医者と再婚したエステラに，ロンドンの路上で偶然，束の間再会する，というのが元の最後の場面〕．それは間違いのように思われるが，結末を変更しても，物語のトーンは喜ばしいものでもな

ければ，勝ち誇ったものでもない．本書の第21章を参照のこと．

第3章◆ボズになる 1827-34年

(1) ジョン・ディケンズに金を貸した，引退したチャタムの仕立屋リチャード・ニューナムは6月に死亡し，レティシアに50ポンド相当の株を遺した．それは，彼女が結婚するまで信託されていた．

(2) リー・ハントをモデルにしたスキンポールは超俗を気取り，商人に支払いをせず，友人が自分の借金を払ってくれ，金をくれることを期待する芸術家肌の人物の原型として『荒涼館』に登場する．ポリゴンの彼の家は半ば廃屋だったが，彼は美術品，花，果物等がある部屋に住んでいる．エスターはジャーンダイス氏に連れられて彼の家を訪れた際，それを目にする．

ポリゴンは『ピクウィック・ペイパーズ』の第52章にも出てくる．10時ちょっと前にグレイズ・インに到着した，ピクウィック氏の事務弁護士の事務員はサマーズ・タウンを歩いて通りながら，9時半を告げる鐘の音を聞く．「ポリゴン通りを抜けるのに30分かかったんです」

ポリゴンの最も有名な住人はウィリアム・ゴドウィンと妻のメアリー・ウルストンクラフトだった．メアリーは1797年，娘のメアリーを産んで死んだ．メアリーは長じてシェリーと結婚した．ディケンズ一家がそこに住んでいた1830年代には，劇場画家のサミュエル・デ・ワイルドと彫刻師のスクリヴェンが住んでいた．ディケンズ一家は，鉄道が近くのユーストン（1838年に営業開始），キングズ・クロス，セント・パンクラスの大きな駅に通ずるようになる寸前に引っ越した．その後，空気は汚染し，サマーズ・タウンはひどく汚い場所に堕した．ポリゴンは1890年代に取り壊され，鉄道従業員のためのフラットになったが，今ではそれもなくなった．

(3)『ピクウィック・ペイパーズ』の第31章で，ディケンズはこう書いている．「生まれて初めてシュルトゥ〔男子用のぴったりした外套〕を着て，通学学校の生徒に対して相応の軽蔑心を抱き……〝人生〟ほどよいものはないと考える，事務所の若者」

(4)『ピクウィック・ペイパーズ』の中でディケンズは，法律事務所の「俸給を貰う事務員」が，「少なくとも週に3回，アデルフィ劇場に半額で入る」と書いている〔当時の劇場は6時頃から始まり，最初は笑劇，幕間劇等があり，8時頃から入った客は半額だった〕．

(5)「通り—朝」は，最初1853年7月21日付の『イヴニング・クロニクル』に，'Sketches of London No. 17'．として掲載された．

(6) この少女たちは 'The Prisoners' Van'（「囚人護送車」）に出てくる．最初は *Bell's Life in London*, 29 Nov. 1835 に掲載された．現在は，Oxford Illustrated *Sketches by Boz* (Oxford. 1957; 私の版は 1987) の 'Characters'（「人物」）の部の Chapter 12 である．裁判にかけられている少年は 'Criminal Courts'（「刑事裁判所」）に出てくる．それは最初，'The Old Bailey'〔中央刑事裁判所〕として 1833年10月23日付の *Morning Chronicle* に掲載された．ディケンズは1860年，『大いなる

遺産』で再び裁判所を扱っている．

(7) ジョージ・リアはエリス＆ブラックモア法律事務所でのディケンズに関する話を残しているが，ストランドの外れのキャサリン街にあった小さい劇場で，もう1人の事務員 ポターも演技をしたのは確かで，おそらくディケンズも演技をしたのではないかと言っている．

(8) 'Private Theatres'（「個人劇場」）より．それは最初，1835年8月11日付の *Evening Chronicle* に掲載された．

(9)「ジン酒場」は最初1835年2月19日付の *Evening Chronicle* 掲載された．「ミス・エヴァンズとイーグル遊園地」は最初，1835年10月4日付の週刊誌 *Bell's London Chronicle* に載った．

(10)「クリスマス・ディナー」（元の題は Christmas Festivities〔「クリスマスの祝い」〕）は1835年12月27日付 *Bell's Life in London* に掲載された．上機嫌の祖父は七面鳥を買いに出掛け，祖母はプディングを作り，やってこられる家族は全員招待され，一同はいざこざを水に流し，宿り木の下でキスし，目隠し遊びをし，歌を歌い，ワインとビールを飲み，誰もが幸せになる．

(11) John Forster, *The Life of Charles Dickens*, III (London 1874) Chapter, 14, 'Personal Characteristics'（「個人的特徴」）．ディケンズはまたクリスマス・イヴに，フォースターを「オールドゲイトからボウまで」のいくつかの市場に連れて行った．

(12) ノーフォーク街はクリーヴランド街になった．現在もそうである．

(13) ディケンズは自分が1834年に下宿したバッキンガム街15番地の部屋を，若きデイヴィッド・コパフィールドに与えた．また，冷たいローマ風呂に飛び込む自分の習慣も．

(14) D から John Kolle 宛（[Aug. 1832?], *P*, I, p. 9）．

(15) *David Copperfield*, 第38章と第43章を参照のこと．ディケンズは後年も速記を忘れずによく覚えていて（Gurney 式速記），40年後に息子のヘンリーに教えた．

(16)『ボズのスケッチ集』の 'Doctors' Commons'（「民法博士会館」）は，最初，1836年10月11日付の *Morning Chronicle* に掲載された．それは，ディケンズが1830年11月18日に報じた事件を使ったものである．裁判所は1857年に移され，建物はのちに取り壊された．

(17) 'Shabby-genteel People'（「落ちぶれながらも気位の高い人々」）は，最初1834年11月5日付の *Morning Chronicle* に掲載された．

(18) ディケンズの後年の愛人，ネリー・ターナンも三女で，両親から溺愛された．アルフレッド・ビードネルは1839年8月にインドで死んだ．彼の父親は息子の死を知らせる手紙をディケンズに出した．父親はそれに対し，長い，奇妙な悔み状を貰った．「ご子息はイギリスに帰ることを口にしていらっしゃいましたが，イギリスでは，あなたとせいぜい，ほんのわずかしか一緒にいられなかったでしょう．ご子息はいまや，あなたといつも一緒です．私たちの周りの空気は，

守護天使で満ちていると言われています．私はそれを心から信じています．いまやご子息が待ち望んでいられる，あなたとの再会は，別離という考えに暗くされていません．ご子息がしばしば抱いていたように思われる死という考えは，過去のものです――ご子息は幸せです」．D から G. Beadnell 宛（19 Dec. 1839, *P*, I, p. 619）．

(19) 'City of London Churches'（「ロンドン市内の教会」）は 1860 年 5 月 5 日の *AYR*, に掲載され，『商用のない旅人』に再録された．その教会はセント・マイケル・クリーンハイズ教会（St. Michael Queenhithe）ではないかとマイケル・スレイターは言っている．同教会は，ロンバード街にあったビードネル家から程遠からぬところの，現在のハギン・ヒル（Huggin Hill）にあったが，今ではない．

(20) ジェラルド・グラップは，ディケンズが議会記者として出発した時の説得力のある話を *Dickensian*（[1940], pp. 211-18）に載せている．その話は，ディケンズ自身が 1838 年にドイツ人の学者クンツェル 博士に与えた情報と，自分は「18 歳頃」傍聴席で記者として出発したとウィルキー・コリンズに言ったことに幾分もとづいている．グラップはまた，ディケンズは 1826 年，14 の時，父が働いていた *British Press* に「1 行 1 ペニーの代物」を持ち込んだと言った，サミュエル・カーター・ホールの証言も引用している．

(21) 'A Parliamentary Sketch'（「議会スケッチ」）より．それは 1836 年 12 月，完成した形で『ボズのスケッチ集（第 2 輯）』に収められた．それは，1835 年に発表された 2 つの小文にもとづいている．馬鹿な議員，コーネリアス・ブルック・ディングウォールという人物が，1834 年，*Bell's Weekly Magazine* に掲載された 'Sentiment'（「感傷」）という題の短篇に出てくる．「彼は己が能力に，ほかの誰も持っていないほどの自信を持っていた．それは大変気分のいいことに違いなかった」

(22) D から F 宛（[15 Sept. 1844?], *P*, IV, p. 194）．

(23) D から Lord Stanley 宛（8 Feb. 1836, *P*, I, pp. 126-7）．ディケンズはこのことについてアメリカ人の友人フィールズ夫妻に話したが，それは フォースターの *Life*, I, Chapter 4 にも言及されている．

(24) Charles Kent, *Charles Dickens as a Reader*（『朗読者としてのチャールズ・ディケンズ』) (London, 1872; reprinted with an introduction by Philip Collins, Farnborough, 1971).

(25) D から Thomas Beard 宛（2 Feb. 1833, *P*, I, p. 15）．脚注に母のディケンズ夫人からビアドへのディケンズの誕生祝いの招待状が載っているが，それには「カドリール / 八時まで」と書いてある．

(26) D から Maria Beadnell 宛（18 Mar. 1833. *P*, I, p. 17）．

(27) D から Maria Beadnell 宛（16 May 1833. *P*, I, p. 25）．

(28) D から Mrs Winter 宛（22 Feb. 1855, *P*, VII, p. 545）．

(29) D から Maria Beadnell 宛（19 May 1833, *P*, I, p. 2）.
(30) D から Mrs Winter 宛（22 Feb. 1855, *P*, VII, p. 543）.
(31) D から F 宛. 1845 年の手紙. Forster の *Life*, II, Chapter 9 に引用されている.
(32) D から F 宛（30-31 Dec. 1844, *P*, IV, p. 245）.
(33) Macready の 5 Dec. 1838 年 12 月 5 日 の 日 記. Philip Collins (ed.), *Dickens: Interviews and Recollections*, I (London, 1981), p. 29.
(34) Charles Kent, *Charles Dickens as a Reader*, p. 263.
(35) 作曲は Henry Rowley Bishop (1786-1855), 脚本はアメリカ人の John Payne (1791-1852). シチリアの百姓娘と公爵のこの話は絶大な人気を博し, 'Home. Sweet Home' はイギリスのすべての歌の中で最も知られたものの 1 つになった.
(36) *Amateurs and Actors*（『素人と役者』）はリチャード・ブリンズリー・ピークの書いた音楽笑劇だった. 彼は チャールズ・マシューズのために数多くの脚本を書いた. *Amateurs and Actors* の最良の――そして最も独創的な――人物は, 年中空腹で, 虐待されている慈善学校の男子生徒ジェフリー・マフィンキャップ である. 彼は両親が誰なのかを知らず, 自分を a Norphan〔an orphan「孤児」〕呼ぶ. 彼は週 18 ペンスで召使として雇われているが, 稼いだ金はすべて救貧院の院長に取られる.
(37)『ピクウィック・ペイパーズ』の 1847 年の廉価版の序文に彼が書いた話.
(38) D から Henry Kolle 宛 (3 Dec. 1833 *P*, I, p 32). 彼は 1847 年の『ピクウィック・ペイパーズ』の廉価版の序文で, 'A Dinner at Poplar Walk'（「ポプラ小路でのディナー」）をジョンソンズ・コートに持って行ったことを書いている.
(39) 同じ箇所.
(40) 出版業者が自社の建物の中で本を売るのは普通のことだった.
(41) この短篇は『ボズのスケッチ集（第 1 輯）』に収められた際, 'Mr Minns and His Cousin'(「ミンズ氏と従弟」)に変えられた. 客の 1 人はディナーの席で, シェリダン, 「あの真に偉大で傑出した人物」についての話を誰かに聞いてもらおうという, 偏執的な欲望に取り憑かれていたが, その機会を失う.
(42) その小説が『オリヴァー・ツイスト』だったということもありうる.

第4章◆ジャーナリスト 1834-36年

(1) それはジョージ・スティーヴンソンの立てた計画で, 1836 年の夏に敷設され始めた. テムズ川の北堤のブラックウォールからイースト・エンドを抜け（それまでの駅はポプラー, ウェスト・インディア・ドック, ライムハウス, ステップニー, シャドウェル）で, ミノリーズで終わる旅客列車用鉄道である. 線路の一部は煉瓦の陸橋の上を, 一部は切通しの中を通った. そしてケーブル牽引が用いられた. その鉄道は 1840 年 7 月に開通した. ディケンズがそれを見に行かなかったと考えるのは難しい. とりわけ, オースティンが 1837 年に義弟になったからである. オースティンは鉄道が敷設されている際に貧民の住まい

を見た結果，住宅の質の向上，特に衛生面の向上に強い関心を抱くようになった．ディケンズも彼の関心を共有した．

ディケンズは1848年，その鉄道に乗った時の経験を同年6月24日付の*Examiner*に掲載した‘The Chinese Junk’（「支那の帆船」）に書いている．「往復切符は約18ペンスで買える……瓦，煙突の通風管，汚い家の裏側，薄汚い荒地，狭い中庭と通り，沼地，溝，船のマスト，荒地《あれち》羊蹄《ぎしぎし》の生えている庭，汚くて食べられそうもない紅花隠元の小さな茂みが，飛んでゆく夢のように，10分ほどで飛んでゆく」

この鉄道は成功せず，ほかの鉄道に取って代わられた．1951年までわずかな数の列車が走っていたが，いまや跡形もない．Nick Catfordの見事な説明をインターネットで参照のこと．http://www.disused-stations.org.uk/p/poplar/index.shtml

(2) 1834年7月1日の英国国会議事録．本書のこの1節に書かれている，議会での発言の説明はそれにもとづいている．

(3) ポーレット・スクロープ，トマス・アトウッド，サー・ヘンリー・ウィロビーが，ここに言及されている3人の発言者である．救貧法改正案に反対するのに使われた論法の質は，非常に高い．英国国会議事録に記録されている討論は，インターネットで読むことができる．

(4) 一例．1860年頃，ジョーゼフ・アーチの父は労働者生活を送ったあと，一文無しで死にかけていた．アーチは父を引き取り，妻は義父の面倒を見るために，掃除婦の仕事をやめねばならなかった．アーチは教区の貧民救済法施行委員に，父の看護をするために，週に1シリング6ペンス支給してもらいたいと頼んだ．それは，妻が稼いでいた額より6ペンス少なかった．だが，あんたの父は救貧院に入れると言われた．アーチは憤然として断り，父はアーチの家で死んだ．そしてアーチ一家は借金を背負った．Joseph Arch: *The Story of His Life, Told by Himself* (1898)を参照のこと．

(5) その言葉はForsterの*Life of Charles Dickens*, I (London, 1872), Chapter 4に出てくる．‘Boz’と署名した最初のものは，雑誌*Monthly*の8月号に掲載された．

(6) DからMittonとThomas Beard宛（Nov., Dec. 1834, *P*, I, pp. 43-51）．

(7) ファーニヴァルズ・インはホウボーンの北側のレザー・レインとブルック街のあいだにあった．1906年に取り壊された．

(8) フレッドが外出した時は，ディケンズは友人を呼んで一緒にいてもらうことがあった．例えば1835年12月31日がそうで，彼は執筆に忙しかったにもかかわらず，ミトンを呼んだ．

(9) DからThomas Beard宛（16 Dec. 1834, *P*, I, p. 50）；DよりHenry Austin宛（20 Dec. 1834, *P*, I, p. 51）．ブランデーは彼のフランス人の雇い主から貰ったということもありうる．

(10) DからThomas Beard宛（11 Jan. 1835, *P*, I, p. 53）．

(11) ホガース家が自分たちより社会的地位が上だとディケンズが見ていたことは, D から Catherine Hogarth 宛の手紙([June 1835?], *P*, I, p. 67)に示唆されている. その手紙の中で彼は, 自分の家の朝食の食卓の最上席に坐ってもらえまいかと彼女に頼み, こう言っている.「わが最愛の乙女よ, 君は一生, もっと素晴らしい朝食の食卓の最上席に, 難なく坐ることだろう」

(12) Catherine Hogarth からいとこ宛の手紙 (11 Feb. 1835). Philip Collins (ed.), *Dickens: Interviews and Recollections*, I (London, 1981), p. 16.

(13) D から Catherine Hogarth 宛 ([June 1835?], *P*, I, p. 64). 実際には 2 人は 1836 年 4 月まで結婚できなかった.

(14) D から Catherine Hogarth 宛 ([late May 1835?], *P*, I, p. 61). その手紙は 2 人が婚約して 3 週間が経ったことを示唆している. それはフレッドに託したもので, その警告は効果があったようである.

(15) D から Catherine Hogarth 宛 (4 Nov. 1835, *P*, I, pp. 86-7).

(16) D から Catherine Hogarth 宛 (1 Dec. and 16 Dec. 1835, *P*, I, pp. 100, 107). ディケンズは選挙を取材した結果, 政治のあり方に敬意を抱くようにはまったくならなかった. 暴力, 腐敗, 愚昧が横行しているのを見, それをのちに『ピクウィック』で諷刺した.

(17) D から Catherine Hogarth 宛 (18 Dec. 1835, *P*, I, pp. 109-10). .

(18) D から Macrone 宛 (27 and 29 Oct. 1835, *P*. I, pp. 83, 84).

(19) D から Macrone 宛 (7 Jan. 1836, *P*, I, p. 115).

第5章◈四人の出版業者および結婚式 1836年

(1) D から Catherine Hogarth 宛 ([21 or 22 Jan. 1836?] and [23 Jan. 1836?], *P*, I, pp, 119, 120).

(2) ジョージ・サーラ (数十年後のディケンズが目をかけた人物) によると, マクローンがひどい扱いをした女はサーラの叔母のソファイアで, マクローンは彼女から借りた金を返さなかった.

(3) フレッチャーが作ったディケンズの胸像はロイヤル・アカデミーに展示されたが, 本人は「似ていない——特に頭部の辺りが」と思った.

(4) 第 3 章を参照のこと.

(5) D から Catherine Hogarth 宛 (11 Mar. 1836, *P*, I, p. 139).

(6) D から Catherine Hogarth 宛 ([20 Mar. 1836?], *P*, I, pp. 140-41). .

(7) D から T. C. Barrow 宛 (31 Mar. 1836, *P*, I, pp. 144-5).

(8) 彼は 2 人の歩く速度の違いについて, 義弟のオースティン宛の手紙 (7 Mar. 1844) で冗談を言っている.「僕はきのう, 君のところに行こうと思い, 途中までケイトを連れて行ったが, 彼女は信じ難いほど歩くのが遅いので, コヴェント・ガーデン市場で夜になってしまい, 引き返した」(*P*, IV, p. 64).

(9) D から Catherine Hogarth 宛 ([19 Nov. 1835?], *P*, I, p. 95).

(10) Lillian Nayder の キャサリンの伝記 *The Other Dickens*（『もう一人のディケンズ』）〔Ithaca, NY, 2010〕は，彼女が有能で知的な女であるのを立証しようという勇敢な試みだが，つまるところ，彼女の能力が（ほかの環境であればどんなものだったにせよ），結婚生活によって抑えつけられていたことを裏付けている．

(11) D から Hullah 宛（20 Sept. 1836, *P*, I, p. 175）．ディケンズは議論に勝った．その文句は，宮廷侍従卿〔新作劇を検閲する権限を持っていた〕のところにあった脚本にも，出版された版にも，そのまま残っている．

(12) Mary Scott Hogarth からいとこの Mary Hogarth 宛（15 May 1836, *P*, I, p. 689, Appendix E.）．

(13) 1836 年 12 月 31 日．Philip Collins (ed.), *Dickens: The Critical Heritage* (London, 1971), p, 10 に引用されている．

(14) G. S. ルイスはそういう肉屋の小僧を見たと報告している．同書，p. 64.

(15) ベントリーとのその2つの小説に関する契約は, 1836年8月22日に結ばれた．*Miscellany* を編集するという契約は，1836 年 11 月 4 日に結ばれた．その 2 つの契約については，*P*, I, p. 649 に書かれている．

(16) シティー・ロードの北のエドワード街の住所は，彼にとって歩いて行くには遠かった．

(17) ロンドンの服地屋の息子のジョン・プリット・ハーリーは 1786 年に生まれ，別の服地屋で年季奉公をしたが，のち法律事務所の事務員になり，1806 年に初めは素人として舞台に立ったが，やがてケント州と北部のいくつかの劇団に入って舞台に立つようになった．1815 年からはロンドンで仕事をし，シェイクスピアと笑劇で道化を演じて高く評価されて人気を博した．ひどく痩せていたので，「でぶのジャック」として知られた．1838 年にコヴェント・ガーデンでマクリーディー と共演し，50 年にキーンの一座に加わった．1858 年，公演中に病に倒れ，数時間後に死んだ．一文無しだった．

(18) それは，第 13 章でビル・サイクスがフェイギンを評した言葉である．

(19) D から Chapman & Hall 宛（I Nov. 1836, *P*, I, pp. 188-9）．

(20) D から Macrone の印刷業者 Hansard 宛 [1 Dec. 1836?]，(*P*, I, p. 203 and fn. 1）．

(21) D から Bentley 宛（12 Dec. 1836, *P*, I, p. 211）．

(22) Forster の批評は *Examiner* に載った．それは，オールバニー・フォンブランクによって編集された急進的な週刊紙だった．彼は前々からディケンズの作品の讃美者で，そのオペラの「歌集」をディケンズに送った．

(23) D から Hullah 宛（11 Dec. 1836, *P*, I, p. 210）．

(24) D から Harley 宛（7 Apr. 1837, *P*, I, p. 246）．

(25) D から Thomas Beard 宛（[Dec - close to Christmas - 1836?], *P*, I, p. 217）．

第6章◆「死が僕らを分かつまで」1837-39年

(1) D から J. P. Collier 宛（6 Jan. 1837, *P*, I, p. 220）.

(2) メアリーは姉の気持ちを表現した際,「恐るべき試煉」という言葉を使っている. それは, 授乳ができなかったのを意味しているのかもしれないが, むしろ, 出産自体を指しているように思われる. Mary Hogarth からいとこの Mary Scott Hogarth 宛（26 Jan. 1837）, Philip Collins (ed.), *Dickens: Interviews and Recollections*, I (London, 1981), p. 17.

(3) D の日記（6 Jan. 1838, *P*, I, p. 630）.

(4) ディケンズはその警告について,『ニコラス・ニクルビー』の 1848 年版の序文に書いている.

(5)『ピクウィック・ペイパーズ』の原稿は 45 枚しか残っていない.『オリヴァー・ツウィスト』の原稿は 480 枚——全体の約 5 分の 2——残っている. それは, 印刷所に送られた校正済みの初校である.

(6) D から Bentley 宛（24 Jan. 1837, *P*, I, p. 227）.

(7) Mary Hogarth から, いとこの Mary Scott Hogarth 宛（26 Jan. 1837）, Collins, *Interviews and Recollections*, I, p. 17.

(8) その家は現在 Charles Dickens Museum である.

(9) ベントリーは 1833 年, オースティンの自分の版を出版した. ディケンズは『ニクルビー』を執筆中, オースティンをまったく読まなかったとフォースターは言っている. また, のちの友人の詩人フレデリック・ロッカー=ランプソンに,「彼はミス・ジェイン・オースティンの小説にさして感心しなかった」と手紙で言っている. Collins, *Interviews and Recollections*, I, p. 117.

(10) ベントリーの回想は, *P*, I, p. 253, fn. 2 に収められている.

(11) 宛先人不明の手紙（1837, *P*, I, p. 268）. たぶん宛先人はメアリーの親戚であろう.

(12) D から Thomas Beard 宛（17 May 1837, *P*, I, p. 256）.

(13) D から Richard Johns 宛（31 May 1837, *P*, I, p. 263）.

(14) D から Mrs Hogarth 宛（26 Oct. 1837, *P*, I, p. 323）.

(15) D から Richard Johns 宛（31 May 1837, *P*, I, p. 263; D から Thomas Beard 宛（17 May 1837, *P*. I, p. 260）.

(16) D から Thomas Beard 宛（12 May 1837, *P*, I, p. 258）.

(17) その家は現存している. 塀の後ろの個人の家で,「ワイルズ」(Wylds) として知られている.

(18) John Forster, *The Life of Charles Dickens*, I (London, 1872), Chapter 6.

(19) イングランド教会の 39 箇条に同意した者のみが卒業できた.

(20) James A. Davies, *John Forster: A Literary Life* (New York, 1983), p. 9　および Richard Renton, *John Forster and His Friendships* (London, 1912), p. 12 より引用.

(21) Forster, *Life*, I, Chapter 4.

(22) それは，ありうることである．彼女がフォースターの友人のマクリースとブルワーと仮初めの情事に耽ったばかりではなく，何人かの男とも恋愛関係になった．彼女の出版業者の子供も産んだというのは確かではないが，彼女の人生は悲劇に終わった．1838 年，黄金海岸《ゴールド・コースト》の総督と結婚して一緒にアフリカに行ったが，そこで中毒で死んだ．おそらく自殺であろう．

(23) D から F 宛（3 Nov. 1837, *P*, I, p. 328）.

(24) D から F 宛（[26 July 1837?], *P*, I, p. 287）；D から F 宛（[Aug. 1837?], *P*, I, p. 297; D から F 宛（24 Sept. 1837, *P*, I, p. 312）；D から F 宛（[Oct. 1837?], *P*, I, p. 317）；D から F 宛（11 Jan. 1838, *P*, I, p. 353）．フォースターによると，それは 2 人が初めて「ジャック・ストローの城」〔1831 年の農民一揆の首謀者ジャック・ストローにちなんで，そう名付けられた〕を訪ねた時だった．

(25) ディケンズは *The Pic Nic Papers* と題して，様々な作者による楽しい短篇や詩などを集めたものを作った．その手配をするのは容易ではなく，1841 年まで出版されなかった．しかし，それは イライザ・マクローンと，その 2 人の子供たちに 450 ポンドもたらした．マクローンは 1837 年 9 月に死に，『ボズのスケッチ集』はピンクの表紙を付け，チャップマン & ホールによって 1 号 1 シリングで 11 月から再発行された．

(26)マクリーディーはそれを非難する文章を日記に書いた．William Toynbee (ed.), *The Diaries of William Charles Macready*, 11 (London, 1912), pp. 45-6. 両者の諍いについては，Robert L. Patten, *Charles Dickens and His Publishers* (Oxford, 1978), p. 85 を参照のこと．

(27) F から Bentley 宛 (22 Oct. 1838)．Davies が *Forster* に引用している．それは，Berg Collection, New York Public Library 所蔵の原稿にもとづいている．

(28) Forster, *Life*. I, p. 105.

(29) 1837 年 7 月 2 日付の *Examiner* に載った，無署名の書評．オーデンはエッセイの中で,「この時点でピクウィック氏は神ではなくなり,人間になる」と言った．

(30) D から F 宛（2 July 1837, *P*. I, pp. 280-81）．章題の ‘Till Death Do Us Part’ は，結婚式に用いられる言葉 ‘till death us do part’ の do と us の順序を入れ替えたものである．

(31) D から F 宛（[11 Feb. 1838?], *P*, I, pp. 370-71）.

(32) D から F 宛（[6 Dec. 1839?], *P*, I, p. 612）.

(33) D から F 宛（8 July 1840, *P*, II, p. 97）.

(34) D から J. Chapman 宛（3 Aug. 1842, *P*, III, p. 302）．ディケンズはアメリカから帰ってきて「最も親しい友」に会った話を，その友が誰なのかを言わずに書いているが，誰であるかについては疑問の余地がない．

第7章◆悪党と追い剝ぎ 1837-39年

(1) シェイクスピア祭は1827年と30年に行われたが，その行事が威厳のあるものであるのを望んだForsterが，ディナーの席でのスピーチのあいだの何人かのクラブの会員の見苦しい振る舞いを難じたために騒動が起こり，大勢の会員が退席し，クラブは消滅するに至った．

(2) クラークソン・スタンフィールド（1793-1867）は，カトリック教徒の俳優で著述家だった父の友人で，奴隷制度廃止論者のトマス・クラークソンにちなんで名付けられた．サンダーランド〔イングランド北部の港湾都市〕に生まれた彼は，父の宗教を守った．クラークソンは15歳で海軍に徴用され，チャールズ・オースティン船長（ジェイン・オースティンの弟）のもとで勤務し，シアネスの警備艦ナミュール号に2年間乗船した．彼は1844年，ディケンズが『マーティン・チャズルウィット』の完成を祝う昼食パーティーにターナーを連れて行った．彼はディケンズの素人劇の背景幕をのちに描き，大いに称讃された．

(3) 著作権法では，著者の生存中に出版されたどの本も著者の財産であり（少なくともイギリスでは），著者の死後7年間は著者の相続人のものだった．もし著者が，ある本を最初に出版してから42年経たずに死んだ場合，相続人は著者の死後42年間，著作権を所有した．

(4)『女王マブ』のいくつかの箇所が不敬だと見なされ，陪審はモクソンに不利な評決を下したので，彼はそうした箇所を削除しなければならなかった．それは1841年のことだった．モクソンは，リットン，ブラウニング，テニソンをも出版した．

(5)『ピクウィック・ペイパーズ』，第56章．

(6) J. S. ミルの手紙の1節．Philip Collins (ed.), *Dickens: Interviews and Recollections*, I (London, 1981), p. 18 に引用されている．

(7) D から Bentley 宛（2 July 1837, *P*, I, pp. 282-3）．

(8) D から F 宛（11 Feb. 1838 *P*, I, p. 370）．

(9) ディケンズは，ヨークシャーのある人物からの，その強い言葉の警告について，1848年の廉価版の初版に書いている．

(10) これは John Bowen に負う．彼は優れた著書 *Other Dickens: Pickwick to Chuzzlewit* (Oxford, 2000) の第4章で，『ニクルビー』における経済問題を論じている．

(11) ディケンズはこの時のことを，1857年9月3日付のフォースター宛の手紙で回想している．本書の第19章，311-312頁を参照のこと．

(12) その家も通りもだいぶ前になくなった．

(13) D から G. H. Lewes 宛 [9 June 1838?], *P*, I, p. 403）．

(14) D から F 宛（2 Oct. 1838, *P*, I, p. 439）．

(15) D から Bentley 宛（3 Oct. 1838, *P*, I, p. 439）．

(16) *Edinburgh Review*, 68 (Oct. 1838), pp. 75-97. 匿名だが，筆者は Thomas Henry Lister. Philip Collins (ed.), *Dickens: The Critical Heritage* (London, 1971), p. 72 に引用されている．

(17)『オリヴァー・ツイスト』，第 40 章，第 46 章．

(18) D から F 宛（2 Nov. 1838, *P*, I, p. 449）．

(19) 彼女は 1838 年 12 月 30 日と 39 年 1 月 3 日の日記にそう書いた．Kathleen Tillotson は彼女の版である *Oliver Twist* (Oxford, 1966) の 400 頁にそれを引用している．

(20) 彼は 1858 年まで自作を フォースター に献呈しなかった．同年，彼は自作の全集版をフォースターに献呈した．

(21) D から F 宛（4 Jan. 1839, *P*, I, p. 491）．

(22) D から Bentley 宛（21 Jan. 1839, *P*, I, pp. 493-4）．フォースターが *The Life of Charles Dickens* の II に書き写したもの．

(23) その日記は *P*, I, p.640 に載っている．ディケンズは 1838 年 3 月，*Miscellany* への手紙（掲載されなかった）で，ピープスの日記に言及している．彼はブレイブルックの 5 巻本を持っていた．

(24) D から F 宛（I Mar. 1839, *P*, I, p. 515）．

(25) D から Catherine D 宛（5 Mar. 1839, *P*, I, p. 517）．また，Forster , Mitton 宛の手紙．

(26) D から Catherine D 宛（5 Mar. 1839, *P*, I, p. 523）．

(27) のちにシャトルコックを使うゲーム，バドミントンとして知られるようになった．

(28) D から F 宛（11 July 1839, *P*, I, p. 560），D から Mitton 宛（26 July 1839, *P*, I, p. 570）．

(29) D から Macready 宛（26 July 1839, *P*, I, p. 571）．

(30) 日記は *P*, I に収録されているが，この項は p. 642.

(31) D の日記の 1839 年 9 月 22 日，日曜日の項（*P*, I, p. 643）．

(32) John Forster, *The Life of Charles Dickens*, I (London 1872), Chapter 6.

(33) それは 1840 年 2 月 10 日に出版されたが，ディケンズが書いたと思った者は，当時誰もいなかったようだ．

(34) こうしたやりとりは，L. Patten, *Charles Dickens and His Publishers* (Oxford, 1978), pp. 95, 97, 110-11 に記されている．

(35) 彼はアメリカを訪れるという考えを，1838 年 8 月，アメリカの出版業者 パトナム宛の手紙に書き（*P*, I, p. 431），さらに 39 年 7 月 14 日にピーターシャムからフォースターに宛てて手紙を書き，アメリカに行って，「その場所と人間についての一連の小文」を書くかもしれないと言った（*P*, I, p. 564）．

(36) D から書物蒐集家 W. Upcott 宛（28 Oct. 1839, *P*, I, p. 594）．

(37) その家はだいぶ前に取り壊されたが，マリルボーン・ロードの南側に，ディケンズが住んでいたことを記念する銘板がある．

(38) D から Thomas Beard 宛（17 Dec. 1839, *P*, I, p. 619).
(39) D から W. Upcott 宛（28 Dec. 1839. *P*, I, p. 623).

第2部

第8章◆ネルを死なせる 1840-41年

(1) D から Landor 宛（26 July 1840, *P*, II, p. 106).
(2) Carlyle から弟の John 宛（17 Mar. 1840, Charles Richard Sanders (ed.), *The Collected Letters of Thomas and Jane Welsh Carlyle*, XII〔Durham, NC, and London, 1985〕, pp. 80-81). ドルセイ伯は伊達者として名高く，その服装はヴィクトリア朝風というよりは摂政時代風だった.
(3) Philp Collins (ed.), *Dickens: Interviews and Recollections*, I (London, 1981), p. 74 と fn. および Arthur S. Hearn の *Dickensian* (1926); pp. 25-9 の文を参照のこと. 私はもっと多くの違いを集めた.
(4) Thomas Trollope の回想録および Charles Dickens Museum にある Marcus Stone の回想録の原稿の p. 50. 彼はディケンズが鼻眼鏡を使うのを見たと付け加えている. Percy Fitzgerald もこう書いている.「金縁の眼鏡の奥から凝視している，常に力強い，緊張した目. テーブルに置かれた原稿に向かって下げられている顔」. これは 'Memories of Charles Dickens' (1913), p. 77 からのもので，*Interviews and Recollections* の Collins の序文に引用されている.
(5) F から D 宛（16 Jan. 1841, *P*, II, p. 187, fn. 4).
(6) D から F 宛（3 Nov. 1840, *P*, II, p. 144）; D から F 宛（12 Nov. 1840, *P*, II, p. 149).
(7) D から Cattermole 宛（22 Dec. 1840, *P*. II, p. 172). ジョージ・キャタモウル（1800-68）はノーフォークの地主の息子で，好古趣味の画家であり，フォースターの友人だった. 1839 年，母方のディケンズの遠縁のいとこと結婚し，その年の 8 月，リッチモンドでハネムーンを過ごした. その際ディケンズはたくさんの本と，ポニーの馬車も貸した.
(8) D から Macready 宛(6 Jan. 1841, *P*, II, p. 180); D から Maclise 宛(14 Jan. 1841, *P*, VII, p. 823).
(9) D から F 宛（[?8 Jan. 1841], *P*, II, pp. 181-2). 傍点筆者.
(10) D から Maclise 宛（27 Nov. 1840, *P*, II, pp. 158-9). 彼はその手紙を焼いてくれとマクリースに頼むくらいのゆかしさを持っていたが，その手紙は残った.
(11) キャタモウルの挿絵では，彼女は快適なベッドに横たわっていて，痩せ衰えた 13 歳の少女にしては，顔が驚くほどふっくらしている.
(12) 1840 年 11 月 26 日. William Toynbee (ed.), *The Diaries of William Charles Macready*, II (London, 1912), pp. 100-101.
(13) D から F 宛（[17 Jan. 1841?], *P*, II, p. 188).

(14) D から Cattermole 宛 (14 Jan. 1841, *P*, II, p. 184).

(15) *The Old Curiosity Shop* の第 34 章, 第 34 章, 第 36 章からの抜粋.

(16) これは『骨董屋』の原稿に書かれていたネルの祖父の言葉だが, 校正刷りで削除された.

(17)侯爵夫人はディックが病気のあいだ彼を介抱し, 命を助ける. そして, クウィルプと組んだブラース兄妹の陰謀は, 彼女の証言によって失敗する. ディックは侯爵夫人を寄宿学校にやって教育を受けさせ, そのあと 2 人は結婚し, ハムステッドに落ち着く. マクリーディーが子役として働いていた若い妻を教育したことが, ディケンズの頭にあったのかもしれない. それは,『互いの友』のユージーンとリジーを予告しているのかもしれない.

(18) Eleanor Emma Picken, のちの Eleanor Christian は *English Woman's Domestic Magazine*, 10 (1871), pp. 336-44 に, 結婚後の名前の頭文字で,「チャールズ・ディケンズの思い出, ある若い婦人の日記から」を発表した. 彼女の二番目の小文「チャールズ・ディケンズ, その家族と友人たちの回想」は, *Temple Bar*, 82 (1888), pp. 481-506 に掲載された.

(19) Elizabeth M. Brennan は,『骨董屋』の彼女の評釈版 (Oxford, 1997) で, この日程を示唆している (p. l, n. 127).

(20)『バーナビー・ラッジ』, 第 62 章.

(21) *Tablet*, 23 Oct. 1841.

(22) Lord Jeffrey から Cockburn 宛 (4 May 1841, *P*, II, p. 260, fn. 3). ジェフリーは 1803 年から 29 年まで *Edinburgh Review* の編集長を務めた. イギリスの最も影響力のある, 尊敬されていた批評家の 1 人で, 早くからディケンズに心酔していた. 2 人が会ったのは, その時が初めてだった.

(23) ガードナー卿のもっぱらの関心事は狩りと射撃で, 彼の社会的地位は, ウィリアム 4 世とヴィクトリア女王の侍従になった時に確固としたものになった. 彼は妻が死んだ時, ジュリアと結婚することを約束したが, 結婚の記録はない. しかし彼女は, その記録があると主張し, 子供たちは社交界に受け入れられた. 息子たちは父の称号を引き継ぐことはできなかったが, 末子の ハーバートは 1885 年, 自由党の議員になり, グラッドストーンの政権下で働き, 出世した. 1895 年, バークレア 卿として貴族に列せられた. こうした情報は, George Martelli, *Julia Fortescue, afterwards Lady Gardner, and Her Circle* (私家版 1959) による.

(24) D から Maclise 宛 (16 Aug. 1841, *P*, VII, p. 831). この手紙の抜粋と複写は 1987 年 7 月の Sotheby の目録に出たが, 原物の現在の所在はわかっていない.

(25) Robert L. Patten, *Charles Dickens and His Publishers* (Oxford, 1978), p. 127.

(26) 肛門瘻の原因は通常, 膿瘍である. 直腸に孔が出来, 腸の内容物に至る新しい通路が肛門近くに明く. 症状はずきずきする絶え間ない痛みと, 肛門付近の皮膚の炎症, 発熱, 膿, 排便の際の出血, 全体的な体調不良感である. 治療

は，外科医が瘻管を切開し，膿を掻き出すか水で洗い出すかして行われる．それから，瘻管を開いたままにし，平らにする．外科医は肛門括約筋を傷つけないよう注意しなければならない．完治するまで1～2ヵ月かかる．幸い，再発はしない．

(27) DからJeffrey宛（[8 Dec 1841?] *P*, II, p. 442）.

(28) DからD'Orsay宛（13 Dec. 1841, *P*, II, p. 497）.

第9章◈アメリカ征服 1842年

(1) Robert L. Patten, *Charles Dickens and His Publishers* (Oxford, 1978), p. 128. ディケンズは同社を訪れるつもりだと手紙に書き，事実，そうした．そして，その時には引退していたHenry Careyに会った．同社はディケンズに，彼の著作の自分たちの版と，ほかの贈り物をしたが，彼は同社からさらに多くの本を買った．しかし1842年7月にイギリスに戻ってから，今後はアメリカの出版社とは交渉しないと，おおやけに宣言した．*P*, III, p. 259, fn. 3，および本章の先を参照のこと．

(2) 彼はのちにマクリーディーにそう語った（22 Mar. 1842, *P*, III, p. 156）.

(3) 例えば1842年2月7日のコネティカット州のハートフォードでの祝宴で，アメリカ人はそうした人物として彼のために乾盃した．K. J. Fielding (ed.), *The Speeches of Charles Dickens: A Complete Edition* (Brighton, 1988), p. 24.

(4) *P*, IIIの序文に記されている（p. xii）.

(5) DからFred Dickens宛（3 Jan. 1842. *P*, III, p. 7）.

(6) 当時24歳くらいだった巡回販売員で日曜画家のピエール・モーランは，ディケンズの乗った船に乗り合わせ，航海の様子を書いた〔「チャールズ・ディケンズの最初の訪米の思い出――同船者による」〕．この話はそれに拠る（*P*. III, p. 9, fn. 1）.

(7) Catherine DからFanny Burnett宛（30 Jan. 1842, *P*, III, p.629）.

(8) リチャード・デイナの日記には，最初はディケンズに敵意を抱いていたが，のちにディケンズに感銘を受けるようになったことが記されている（*P*, pp. 38-9, fn. 1）. W. W. ストーリーは彼の'rowdyism'に言及している（*P*, III, p. 51, fn. 2）.

(9) そのメンバーの中に，ジェイムズ・ラッセル・ロウエル〔1891年に没したアメリカの詩人・外交官〕，ジェイムズ・T・フィールズがいた．のちに2人ともディケンズの親友になった．

(10) Fielding, *The Speeches of Charles Dickens*, pp. 19-21.

(11) DからF宛（[4 Feb. 1842?], *P*, III, p. 50）.

(12) DからMitton宛（31 Jan. 1842, *P*, III, p. 43）.

(13) ヘンリー・ジェイムズの友人で，弁護士，彫刻家，随筆家だったWilliam Wetmore Storyから米国最高裁判所判事Joseph Storyに宛てた手紙（3 Feb. 1842, *P*, III, p. 51, fn. 2）.

(14) DからF宛（17 Feb. 1842, *P*, III, pp. 71, 72; DからMaclise宛, 27 Feb. 1842, *P*, III, p. 94, fn. 9）.

(15) DからF宛（6 Mar. 1842, *P*, III, p. 101).

(16) ポーは『骨董屋』の「純潔で力強くて輝かしい想像力」を称讃した．のちにディケンズはポーに関してモクソンと文通し，ほかのイギリスの出版社に話をもちかけたかもしれないが，ポーの短篇集を出そうという出版社は見つからなかった．DからPoe宛（27 Nov. 1842, *P*, III, pp. 384-5).

(17) Dからボストン市長J. Chapman宛（22 Feb. 1842, *P*, III, p. 76).

(18) DからMitton宛(26 Apr. 1842, *P*, III, p. 212; DからF宛 , 24 to 26 Apr. 1842, *P*, III, pp. 204-5)

(19) Catherine DからFred Dickens宛（4 Apr. 1842. *P*, III, p. 189, fn. 4).

(20) 彼は子供が15人いたことで，もっぱら知られている．どの大統領よりも子沢山だった．彼は自分の煙草農園で奴隷を使っていた．そして，1861年に死ぬまで，南部11州の連邦離脱を支持し続けた．

(21) DからDavid Colden宛（10 Mar. 1842, *P*, III, p. 111).

(22) DからFonblanque宛（12 [and 21?] Mar. 1842, *P*, III, p. 119). .

(23) DからSummer宛（13 Mar. 1842, *P*, III, p. 127).

(24) DからF宛（22 Mar. 1842, *P*, III, p. 135).

(25) DからF宛(28 Mar. 1842, *P*, III, p. 172). DからF宛(22-3 Mar. 1842, *P*, III, p. 165).

(26) DからF宛（26 Apr. 1842, *P*, III, p. 2n).

(27) DからMacready宛（I Apr. 1842, *P*, III, pp. 173-6). DからF宛（2 Apr. 1842, *P*. III, p. 180).

(28) DからF宛（15 Apr. 1842, *P*, III, pp. 193, 194).

(29) 同書，p. 193.

(30) DからF宛（24 Apr. 1842, *P*, III, p. 206).

(31) 同書，pp. 207-8.

(32) DからF宛（26 Apr. 1842, *P*, III, pp. 208-9).

(33) 同書，pp. 210, 211.

(34) DからJ. Chapman宛（2 June 1842, *P*, III, p. 249).

(35) DからF宛(12 May 1842, *P*, III, p. 236. および『アメリカ覚書き』の第15章).

(36) DからF宛（26 May 1842. *P*, III, p. 247).

(37) DからFelton宛の手紙（31 July 1842, *P*, III, p. 293）を参照のこと．

(38) LandseerからMaclise宛の手紙（5 July 1842, given *P*, III, p. 264, fn. 3）に収められている．

(39) Dの印刷された回状（7 July 1842, *P*, III, pp. 256-9, fn. 2, p. 258).

(40) DからLady Holland宛（8 and 11 July 1842, *P*, III, pp. 262-3, 265-6).

(41) Dは*Morning Chronicle*の編集長宛の手紙（*P*, III. pp. 278-85）に‘B’［Boz?］．と署名している．

(42) DからMitton宛（21 Sept. 1841, *P*, III, p. 328).

(43) Longfellow から Sumner 宛 (16 Oct. 1842, *P*, III, p. 335, fn. 1).
(44) Macaulay から Napier 宛 (19 Oct. 1842, *P*, III, p. 289, fn. 2).
(45) 部数は Patten, *Dickens and His Publishers*, p. 131 に記されている.
(46) *P*, III, p. 348, fn. 2 を参照のこと.
(47) *P*, III, p. 348, fn. 1 に引用されているデイナの日記. Poe, *Southern Literary Messenger*, ix, 60 (Jan. 1843), *P*, III, p. 348, fn. 2.
(48) 1842 年 8 月 11 日, *New York Evening Tattler* は *Morning Chronicle* に宛てて書かれたとするディケンズからの偽手紙を載せた. 日付は 1842年7月15日になっていた. ディケンズは彼を招いた国に対して恩知らずであり, アメリカ国民が金儲けにやっきになっていると批判したのは「許し難い傲慢」だと非難された (Appendix B, *P*, III, pp. 625-7).
(49) D から Macready 宛 (3 Jan. 1844, *P*, IV, p. 11).

第10章◆挫折 1843-44年

(1)『マーティン・チャズルウィット』, 第 9 章.
(2) 同書.
(3) D から F 宛 (2 Nov. 1843, *P*, III, p. 590).
(4) D から F 宛 (28 June 1843. *P*, III, p. 516).
(5) D から F 宛 (1 Nov. 1843, *P*, III, p. 587).
(6) John Dickens から Chapman & Hall 宛 (9 July 1843, *P*, III, p. 575, fn. 2).
(7) D から Mitton 宛 (28 Sept. 1843, *P*, III, pp. 575-6).
(8) D から Esther Nash 宛 (5 Mar. 1861, *P*, IX, pp. 388-90 および p. 390 の fn. 2 を参照のこと).
(9) アンジェラ・バーデット=クーツ (1814-1906) サー・フランシス・バーデットとソフィア・クーツの末子で, 母から莫大な遺産を相続した. 彼女はディケンズには, 常にミス・クーツだった. 彼女は彼の死後に男爵夫人になったので.
(10) D から Coutts 宛 (16 Sept. 1843, *P*, III, pp. 562-4).
(11) D から F 宛 (24 Sept. 1843, *P*, III, pp. 572-3).
(12) D から F 宛 (2 Nov. 1843, *P*, III, p. 590).
(13) Jeffrey から D 宛(26 Dec. 1843). Philip Collins, (ed.) *Dickens: The Critical Heritage* (London, 1971), p. 148 に載っている. 同書はまた, フォースターの非常に好意的な書評をも載せている (pp. 1844-6). フォースターもディケンズ自身の考え同様, その作品が彼の最上のものだと評している.
(14) D から F 宛 (2 Nov. 1843, *P*, III, pp. 590-91).
(15) ジョン・リーチはロンドンで生まれ (1817), チャーターハウスとセント・バーソロミュー病院付属医学校で教育を受けたが, 父が破産し, *Punch* のための職業画家, 漫画家になった. 彼は革新的な考えをディケンズと共有し, 'Children of the Mobility' (「庶民の子供たち」), すなわち下層民, 貧乏人という意味の諷

刺的な題で浮浪児を描いた素描集を1840年に出したが，それは見事なもので，ディケンズは称讃した．『クリスマス・キャロル』のために描かれた「無知な少年」と「貧しい少女」は，その種のものである．リーチはディケンズの親友になり，一緒に散歩をし，休日を一緒に過ごした．リーチとその妻はディケンズ一家とも一緒に休日を過ごした．

(16) D から Felton 宛（2 Jan. 1844, *P*, IV, p. 2）.

(17) エンゲルスがマンチェスターで観察した結果著わした偉大な研究，『イギリスにおける労働者階級の状況』は1845年に公刊された．

(18) Robert L. Patten, *Charles Dickens and His Publishers* (Oxford, 1978), p. 332.

(19) Jane Carlyle から Jeannie Welsh 宛（[日付はないが 26 Dec. 1843 以降], *P*, III, pp. 613-14, fn. 4）.

(20) D から Mitton 宛（4 Jan. 1844, *P*, IV, p. 14）.

(21) D から Felton 宛（2 Jan. 1844. *P*. IV, p. 3）.

(22) D から T. J. Thompson 宛（15 Feb. 1844, *P*, IV, p. 46）．T. J. トンプソンはディケンズの事務弁護士チャールズ・スミスソン（ミトンのパートナー）の裕福な義弟だった．

(23) D から T. E. Weller 宛（I Mar. 1844, *P*, IV, p. 58）.

(24) D から Fanny Burnett 宛（I Mar. 1844, *P*. IV, p. 56）.

(25) D から T. J. Thompson 宛（28 Feb. 1844, *P*, IV, p. 55）.

(26) クリスティアーナは若くして死なず，2人の有名な娘を産んだ．2人ともジェノヴァで育てられた．1846年に生まれたエリザベスは大成功した画家になり（エリザベス・バトラーとして），47年に生まれたアリスはアリス・メネルとして詩人になった．

(27) ディケンズは1859年，『二都物語』で再び2人と関係を持った．

第11章◆旅、夢、ヴィジョン 1844-45年

(1) 校長はマクリーディーの友人，ジョーゼフ・キング博士で，機械的な暗記の文法を教えず，いきなりホメロスとウェルギリウスを少年たちに教えた．娘のルイーザが助手を務めた．学校はデヴォンシャー・テラスから比較的楽に歩いて行ける，ノースウィック・テラス9番地にあった．

(2) D から D'Orsay 宛（7 Aug. 1844, *P*, IV, pp. 166-7）.

(3) 同書，p. 169.

(4) 同書，p. 170.

(5) D から F 宛（6 Oct. 1844, *P*, IV, p. 199）.

(6) マクリースのスケッチからわかるように，彼は11月には髭をすっかり剃っていた．

(7) D から Maclise 宛（22 July 1844, *P*, IV, p. 162）.

(8) D から F 宛（[?30 Sept. 1844], *P*. IV, pp. 19-7）.

(9) F から Napier 宛．1844 年 11 月 16 日付の手紙の，「追伸．極秘」という形で．V & A Forster Collection, f. 686; *Edinburgh Review*, 81 (1845), pp. 181-9.
(10) Forster, *The Life of Charles Dickens*, II (London, 1873), Chapter 6.
(11) D から F 宛（[21 Oct. 1844?], *P*, IV, p. 206).
(12) ディケンズはミス・クーツに，自分はロンドンに数日しかいられない，誰にも会わないだろうと言った．そのことは，彼が庇護していたジョン・オウヴァーズが死んで遺された 6 人の幼い子供の援助を彼女に頼んだ手紙に書かれている．また彼は，ウィリアム・ブラウン医師と結婚するところだった，彼女のコンパニオン，ミス・メレディスにおめでとうと伝えてもらいたいと書いている．メレディスは終生彼女の話し相手，友人，隣人だった．
(13) ディケンズはシェイクスピア・クラブ以来，ジェロルドをほんの少し知っていて，1836 年，*Bentley's Miscellany* に寄稿を依頼した．ジェロルドはスタンフィールドの友人で，少年時代，彼と一緒に水夫に雇われた．俳優の息子で，印刷業者の徒弟になり，独学で 1830 年代に劇作家になって成功した．『黒い瞳のスーザン』は 300 夜続演した．のちに週刊ジャーナリズムに転向し，自分で週刊誌を発行し，1841 年に *Punch* が創刊されて以来，同誌に寄稿した．ディケンズは彼を大いに称讃し，彼と一緒にいると気が休まり，自分の革新的な反体制的考えを気兼ねなく分かち合った．ジェロルドはディケンズに共感し，1840 年代までには，ディケンズの「側近グループ」の 1 人になった．
(14) Maclise から Catherine D 宛（8 Dec. 1844, *P*, IV, p. 234, fn. 6).
(15) D から Catherine D 宛（2 Dec. 1844, *P*, IV, p. 235). 彼はまた，1844 年 12 月 8 日，姉のファニーに宛て，「人を仰天させるもの」を書いたことについて，そして，それが友人たちや印刷業者たちにどんな印象を与えたかについて伝えている．一同は「不思議なほど笑い，泣いた」．さらにこう書いている．「第 3 部に来ると，綺麗なハンカチを 2 階に取りにやらせたほうがいい」（*P*, VII, Addenda, p. 860).
(16) D から F 宛（[13 Dec. 1844?], *P*, IV, pp. 2381).
(17) D から F 宛（8 Jan. 1845, *P*, IV, pp. 246-7).
(18) グラネットはイギリス風の名前ではないが，オーガスタ・ド・ラ・リューについての情報はない．
(19) ディケンズはこの話を，怪談とホラー小説の多作の作家シェリダン・ル・ファニュー宛の手紙（24 Nov. 1869, *P*, XII, p. 443）に書いている．ル・ファニューの『薔薇と鍵』は，ディケンズが死んでから半年後の 1871 年に，*AYR* に連載された．
(20) トリニタ・デイ・モンティはローマのスペイン階段の一番上にある有名な教会で，宗教画とフレスコが飾られた数多くの付属礼拝堂がある．
(21) D から De La Rue 宛（27 Jan. 1845, *P*, IV, pp. 254-5).
(22) D から De La Rue 宛（10 Feb. 1845, *P*, IV, p. 264).
(23) D から De La Rue 宛（25 Feb. 1845, *P*, IV, p. 274).
(24) 同．

(25) Dはこのことを1通の手紙（17 Apr. 1846, *P*, IV, p. 535）でマダム・ド・ラ・リューに思い出させている．

(26) DからLord Robertson宛（28 Apr. 1845, *P*, IV, p. 301）．Dは彼にエディンバラで会った．

(27) 彼はCatherine Croweが書いた幽霊についての本，*The Night Side of Nature*（『自然の夜の側』）の書評（*Examiner*, 26 Feb. 1848）で明かした．それは，Michael Slater (ed.), *The Dent Uniform Edition of Dickens's Journalism*, II (London, 1996) に再録された．その中で彼は「患者」〔マダム・ド・ラ・リュー〕について触れている．そして，1通の手紙（*P*, V, p. 255）で，その書評にド・ラ・リューの注意を惹いている．

(28) DからCatherine D宛（5 Dec. 1853, *P*, VII, p. 224）．

(29) DからMitton宛（14 Apr. 1845, *P*, IV, pp. 297-8; 20 May 1845, *P*, IV, p. 312）．

(30) ディケンズは彼女から貰ったグラスについて，彼女宛の手紙（27 Sept. 1845）で言及し，夜の公演中，「私は楽屋で，そのグラスから古いシェリーの1瓶を飲みました」〔ディケンズは1845年9月20日，ソーホーの劇場でベン・ジョンソンの『十人十色』を演出し，自ら出演した〕と書いた（*P*, IV, p. 390. 23 Dec. 1845）．彼女は11時から11時半まで，催眠術の効果を感じたと，ド・ラ・リューはディケンズから来た手紙の一番下に記している．「ひどく落ち着かない日だった．Dがその日にロンドンで彼女に催眠術をかけたのかどうか，私にはわからない」――われわれにもわからない（*P*, IV, p. 320, fn. 4）．

(31) DからDe La Rue宛（29 June 1845, *P*, IV, pp. 323-5）．

(32) DからMme De La Rue宛（27 Sept. 1845, *P*, IV, p. 391）．

(33) DからLe Fanu宛（24 Nov. 1869, *P*, XII, p. 444）．

(34) 第18章を参照のこと．

(35) DからF宛（12 Nov. 1844, *P*, IV, p. 217）．

(36)『イタリア紀行』，「イタリアの夢」．

(37)『イタリア紀行』，「ローマ」．

第12章◆危機 1845-46年

(1) D'OrsayからD宛（6 July 1845, *P*, IV, p. 326 および fn. 3）．

(2) DからF宛（early July 1845, *P*, IV, p. 328）．

(3) マクリーディーの日記の1846年1月2日と3日の項．William Toynbee (ed.), *The Diaries of William Charles Macready*, 11 (London. 1912), p. 318.

(4) Mary Cowden-Clarke (1809-98), *Recollections of Writers* (1878). Philip Collins (ed.), *Dickens: Interviews and Recollections*, I (London, 1981), pp. 901-96 に引用されている．イタリア生まれの音楽出版業者ヴィンセント・ノヴェロの娘はロンドンで生まれ，リー・ハント，ラム姉弟，メアリー・シェリー，キーツ，キーツの教師ジョン・クラークと知り合いだった．彼女はジョン・クラークの息子チャールズ・カウデン＝クラークと結婚した．シェイクスピアの用語索引を編纂し，シェイクスピアの戯曲の自分の版を作製した．そして，ディケンズに頼み，一

緒に『ウィンザーの陽気な女房たち』に出てクウィックリーの後家の役をやらせてもらった．1856 年，カウデン=クラーク夫妻はニースに移り，次にジェノヴァに移った．彼女は同地で 1898 年に没した．

(5) オーガスタス・エッグ（1816-63）はロンドンで生まれ，父から遺産を貰い，画家としての優れた訓練を受けた．文学的，歴史的題材を専門にし，相当の成功を収めた．喘息に悩まされたが勤勉で，社交的で，思いやりのある独り者で，ディケンズの素人劇に進んで参加し，ジョージーナと共演中，彼女に恋するようになった．

(6) マーク・レモン（1809-70）は最初は醸造所，次にパブで働いてから，1843 年，*Punch* の編集長とし目覚ましい成功を収めた．ディケンズ同様人付き合いがよく，人道主義的な関心も共有していた．1843 年のクリスマス号に，トマス・フッドの詩「シャツの歌」〔ロンドンの下層労働者階級の非人間的な労働に対する抗議の詩〕を載せた．そのため，発行部数は 3 倍になった．ディケンズはその年，彼をディナーに招き，素人劇に対するレモンの熱意が自分と同じくらい強いのに気づいた．2 人とそれぞれの大家族（レモンには 3 人の息子と 7 人の娘がいた）は親密になった．

(7) D から Bulwer 宛（5 Jan. 1851, *P*, VI, p, 257）．

(8) D から F 宛（[1 or 2 Nov. 1845?], *P*, IV, p. 423）．

(9) D から Evans 宛（26 Feb. 1846, *P*, IV, p. 506）．

(10) D から Coutts 宛（10 Sept. 1845, *P*, IV, pp. 374-5; D から T. J. Serle 宛 , 23 Dec. 1845, *P*, IV, p. 454）．『荒涼館』については，本書第 17 章を参照のこと．

(11) D から Coutts 宛（10 Sept. 1845, *P*, IV, p. 374; D から Coutts 宛 , 1 Dec. 1845, *P*, IV, p. 442）．

(12) D から Mrs Milner Gibson 宛（28 Oct. 1845, *P*, IV, p. 418）．

(13) Mamie Dickens, *My Father as I Recall Him*〔『思い出の父』〕(London, 1897), p. 16.

(14) Arthur A. Adrian, *Georgina Hogarth and the Dickens Circle*〔『ジョージーナ・ホガースとディケンズの仲間』〕(Oxford, 1957)，p. 15 を参照のこと．彼はレディー・ロバートソン・ニコルが 1943 年 5 月 22 日付の *The Times* に載せた手紙を引用している．「母は少女時代，カムデン広場に住んでいて，当時デヴォンシャー・テラスに住んでいたディケンズ一家をよく見かけました．祖母は笑いながらよくこう話したものでした．ディケンズ家に新しい赤ん坊が生まれそうだということは，いつもわかったよ，というのは，ディケンズ夫人は 1 日に 2 度，決まって散歩をし，わたしの家の窓の下を通ったからさ」．それが事実なら，ディケンズ夫人は歩くのが達者だった．なぜなら，デヴォンシャー・テラスからカムデン広場まで，たっぷり 1 マイルあったからである．

(15) 同書，p. 14.

(16) その劇はフレッチャーの『兄』で，フォースターによって「現代風に改作された」もので，ブラッドベリー&エヴァンズから出版された．ライバル同士

の兄弟はフォースターとディケンズが演じた.

(17) 小説家 Frederick Marryat は, *P*, IV, p. 466, fn. 2 に収められている手紙に,「100 人以上」と書いている.

(18) D から Coutts 宛 , 7 Jan. 1846, *P*, IV, pp. 466-7.

(19) D から W. J. Fox 宛 (23 Jan. 1846, *P*, IV, p. 479).

(20) W. J. Carlton, 'John Dickens, Journalist'(「ジャーナリスト, ジョン・ディケンズ」, *Dickensian* (1957), p. 10.

(21) D から F 宛 (30 Jan. 1846, *P*, IV, p. 485).

(22) D から De La Rue 宛 (16 Feb. 1846, *P*, IV, p. 498).

(23) D から Wills 宛(16 Feb. 1846, *P*, IV, p. 500; D から Evans 宛, 24 Feb. 1846, *P*, IV, p. 503).

(24) Philip Collins は *Dickens and Crime*〔『ディケンズと犯罪』〕(London, 1962; 私の版は 1994), p. 227 の中で, ディケンズは, 死刑反対を唱えたこれらの論説ほど長く, ほかの社会問題を論じたことはない, と書いている. また, 彼はのちに死刑について考えを変えたとも書いている.

(25) D から Bradbury & Evans 宛 (5 Mar. 1846, *P*, IV, p. 514). 彼は 4 月 29 日に 722 ポンド 5 シリング 5 ペンス受け取った. それは, 編集長としての短い期間に対する支払としては, かなり気前のよい額である. 彼は 1845 年 12 月 31 日, 1846 年 1 月と 2 月の報酬として 300 ポンド支払ってもらった. そして 3 月 6 日, ブラッドベリー&エヴァンズはクーツ銀行の彼の口座にさらに 300 ポンド振り込んだ (22 Apr. 1846, *P*, IV, p. 539).

(26) D から Coutts 宛, 22 Apr. 1846, *P*, IV, p. 539.

(27) Macready, *Diaries*, II, p. 333.

(28) R. B. Martin, *Tennyson* (Oxford, 1980), p. 302.

(29) D から F 宛 ([17-20 Apr. 1846?], *P*. IV, p. 537).

(30) たぶん 300 ポンドで. ディケンズの前の借り手が 1 年間の家賃として払った額.

(31) D から Coutts 宛 (26 May 1846. *P*, IV, pp. 552-6).

(32) 同.

(33) D から F 宛 (13 or 14 June 1846, *P*. IV, p. 561).

(34) D から F 宛 ([?22 June 1846]. *P*, IV, p. 569).

(35) D から Morpeth 宛 (20 June 1846, *P*, IV, pp. 566-7). のちに第 7 代カーライル伯になったモーペスは, 1835 年から 41 年までアイルランド担当次官を務め, 自由主義的運動の支持者で, 詩人だった. 彼はディケンズの手紙に返事をしなかったか, ディケンズが彼の返事の手紙を失くしたか破棄したかである.

(36) D から F 宛 ([28 June 1846?], *P*, IV, p. 573).

(37) D から F 宛 (5 July 1846, *P*, IV, p. 579).

(38) D から F 宛 (25-6 July 1846, *P*, IV, p. 592).

(39) D から F 宛（7 Aug. and 9 and 10 Aug. 1846, *P*, IV, pp. 599, 600）.

(40) D から F 宛（30 Aug. 1846, *P*, IV, p. 612）.

(41) D から F 宛（[20 Sept. 1846?], *P*, IV, p. 622）.

(42) D は彼女の症状に関して記した，シェリダン・ル・ファニュー宛の手紙（24 Nov. 1869, *P*. XII, p. 443）で，それを「幽霊」ではなく「亡霊」と呼んだ.

(43) D から F 宛（26 Sept. 1846, *P*, IV, p. 625）.

(44) Robert L. Patten, *Charles Dickens and His Publishers* (Oxford, 1978), p. 184.

(45) D から F 宛（30 Sept. および 1 Oct.1, 3 Oct. 1846, *P*, IV, pp. 626, 627）.

(46) Forster, *The Life of Charles Dickens*, II (London, 1873), Chapter 13, 'Literary Labours at Lausanne'(「ローザンヌでの文学活動」). D から F 宛(30 Nov. 1846, *P*, IV, p. 670).「もう，それはすっかり終わったと言ってもいいだろう．暑い夏のせいだったのか，D. N. [*Daily News*] の嫌な思い出に加え，新しい 2 冊の本に関する懸念のせいなのかわからないが，スイスではそんな状態だったのだ．その時，僕の気分はひどく沈んでいて，自分は深刻な危険に陥っていると感じた」

(47) D から F 宛（11 Oct. 1846. *P*, IV, p. 631）.

(48) D から F 宛（13 Nov. 1846, *P*, IV, p. 656）．その物語はクリスマス物語の 4 番目のもの，*The Battle of Life*（『人生の戦い』）で，おそらく最悪のものであろう.

(49) D から F 宛（4 Nov. 1846, *P*, IV, p. 653）.

(50) Macready, *Diaries*, II, p. 347.

第13章◆ドンビー、中断 1846-48年

(1) D から F 宛（30 Nov. 1846, *P*, IV, p. 669）．ディケンズはこう続けている．「結局のところ，口にできないホガースの文句以上に，それをうまく要約している言葉はあり得ない」——それは，「フランスの家は金箔と牛糞で出来ている」というもので，書簡集の編者によれば，たぶんディケンズは画家ホガースの実際の言葉を引用したのであろう.

(2)D から F 宛([30 Nov. 1846?], *P*, IV, p. 669)．チャールズ・シェリダンはリチャード・ブリンズリー・シェリダンの孫で，トマスの息子で，キャロライン・ノートンの弟だった．ディケンズは彼をよく知っていた．彼は数ヵ月後の 1847 年 5 月，パリの大使館で結核のため死亡した.

(3) D から Jeffrey 宛（30 Nov. 1846, *P*. IV, p. 670）.

(4) D から F 宛（6 Dec. 1846, *P*, IV, p. 676）.

(5) 同.

(6) 当時の彼のすべての作品が，1 ペニー半の週刊分冊と，7 ペンスの月刊分冊のいくつかの違った体裁で出版された．それらは 2 段に印刷されていて，彼が内容紹介パンフレットに書いたように，ごく貧しい者が「ほとんど本のない，つましい本棚に置く」ことを意図したものだった．そして，リーチ，ブラウン，スタンフィールドのような有名画家による新しい口絵と，ディケンズによる新

しい序文が付いていた．廉価版は 1847 年 3 月に売り出された．売行きは期待したほどではなく，1848 年末にはディケンズは 失望したことを認めたが，廉価版の出版はそのまま続けられた．そして 1858 年に彼は別の廉価版を出版した．

(7) D から Catherine D 宛（19 Dec. 1846, *P*, IV, pp. 680-81）.

(8) D から F 宛（27 Dec. 1846, *P*. IV, pp. 685-6）.

(9) D から F 宛（[early Jan. 1847?], *P*, V, p. 3）.

(10) D から Charles Sheridan 宛（7 Jan. 1847, *P*, V, p. 3）.

(11) Forster, *The Life of Charles Dickens*, II (London, 1873), Chapter 15. D から Countess of Blessington 宛（27 Jan. 1847, *P*, V, p. 15）.

(12) D から De La Rue 宛（24 Mar. 1847, *P*, V, p. 42）.

(13) 同.

(14)「私が心から愛し，尊敬するフランス国民」に対して，ディケンズは短い序文を書いた．Robert L. Patten, *Charles Dickens and His Publishers* (Oxford, 1978), p. 257. 彼はのちにフランスの作家ポール・フェヴァルに，自分のフランス贔屓は 1847 年に始まったと語った．その年彼は作家フレデリック・スーリエの葬式で，いかにフランスでは文学に対する尊敬の念が広まっているのかを見た．フェヴァルもスーリエも大衆的で煽情的な小説を書いた．

(15) R. H. Horne, *A New Spirit of the Age*, cited in Philip Collins (ed.), *Dickens: The Critical Heritage* (London, 1971), p. 202 を参照のこと．

(16) フォースターはこう言っている（*Life*, II, Chapter 15, 'Three Months in Paris'）．「彼はフランス語を話すのがあまりうまくなく，抑揚にはともかくも欠陥があった．しかし修練の結果，驚くほど楽々と流暢にフランス語が書けるようになった」．D から F 宛（10-11 Jan. 1847. *P*, V, p. 5）．D から D'Orsay 宛（5 Apr. 1847, *P*, V, p. 53）．（「いやはや！ 月日はなんと恐ろしいほど速く過ぎるものだろうか！ 僕は自由になった瞬間，再びゲラ刷りの奴隷だ．頑張れ，無比のボズ！ なんと言っても君は彼を十分に愛した！」）．1849 年 4 月には，娘を亡くした友人のレニエに，意を尽くした悔みの手紙をフランス語で書くことができた．

(17)『ドンビー』，第 3 章．

(18) D から F 宛（4 Nov. 1846, *P*, IV, p. 653）.

(19) Maclise から F 宛（1843. V & A Forster Collection, 48.E.19）.

(20) *P*, V, p. 227, fn. 1 に引用されている．

(21)『ドンビー』，第 27 章．

(22) 同，第 49 章．

(23) 同，第 30 章．

(24) 紅花隠元が生え，兎，鶏がいて，物干し綱のある，スタッグズ・ガーデンズ〔トゥードル一家の住む架空のロンドン郊外〕の小さな家々は鉄道によって取り壊され，倉庫，居酒屋，

下宿屋，化粧漆喰で見栄えがよくなった家々，鉄道標準時間を告げる時計〔1840年にグレート・ウェスタン鉄道が導入した，地方時ではなくグリニッジ標準時による時間〕，鉄道労働者のための鉄道会社の建物によって，その一帯が変貌することについては，『ドンビー』の第6章と第15章を参照のこと．

(25)『ドンビー』，第20章．

(26) コリンズの評言は，彼の持っていたフォースターの *Life* の余白に書き込まれていた．そのことに Frederic G. Kitton は *The Novels of Charles Dickens: A Bibliography and a Sketch* (London, 1897), pp. 109-10 で触れている．また，Patten も *Charles Dickens and His Publishers*, pp. 207-8 で，そのことに触れている．エインズワースが友人たちの手紙に書いた評言は，*P*, V, p. 267, fn. 2に載っている．

(27) キャスリーン・ティロットソン，ハンフリー・ハウス，J・ヒリス・ミラー，スティーヴン・マーカスは，そうした批評家に入る．

(28) D から GH 宛（9 Mar. 1847, *P*, V, p. 33）．

(29) ディケンズは馬に襲われたことについて，ミス・クーツに話している（16 and 23 May 1857, *P*, V, pp. 67, 70）．そして14年後に，妹のレティシアに宛てた手紙で，そのことを回想している（25 Nov 1861, *P*, IX, p. 521）．

(30) D から M. Power 宛（2 July 1847, *P*, V, p. 111）．

(31) D から T. J. Thompson 宛（19 June 1847, *P*, V, p. 95）．

(32) D から Coutts 宛（27 Nov. 1847, *P*, V, p. 204; D から F 宛（2 Dec. 1847, *P*, V, p. 204）．

(33) D から GH 宛（30 Dec. 1847, *P*, V, p. 217; D から Alfred Dickens 宛（1 Jan. 1848, *P*, V, p. 221）．

(34) D から Thackeray 宛（9 Jan. 1848, *P*, V, p. 228）．ディケンズは『虚栄の市』についてサッカレーに手紙を書かなかったようだが，フォースターの *Life of Charles Dickens*, III (London, 1874), Chapter 2 によると，1855年10月に開かれたサッカレーのための宴会の席でスピーチをした際，その「陽気さと機知と知恵の宝庫」を褒めた．ディケンズがフェクターを通して1862年に会ったフランスの小説家，ポール・フェヴァルは，のちにギャッズ・ヒルを訪れたが，1870年6月，「ディケンズは『虚栄の市』を完璧な傑作だと見なした」と書いた．Philip Collins (ed.), *Dickens: Interviews and Recollections*, II (London, 1981), p. 293.

(35) Forster, *Life*, II, Chapter 17.

第14章◆ホーム 1847-58年

(1) ディケンズは1858年の全集版の序文で，ナンシーについて，その点をはっきりさせている．

(2) D から John Overs 宛（27 Oct. 1840, *P*, II, pp. 140-41）．

(3) 興味深い話だが，彼はジョージーナへの手紙（D から GH 宛，5 May 1856, *P*, VIII, p. 110）の中で，ミス・クーツのコンパニオン，ブラウン夫人とのフラン

ス人の道徳性について論争したことを記している．彼はフランス人を断固として擁護したので，ブラウン夫人は泣き出した．本書の第 19 章を参照のこと．

(4) *P*, V, p. 276, fn. 10 には，Emerson の *Journals and Miscellaneous Notebooks 1847-1848*, M. M. Sealts (ed.). X (Cambridge. Mass., 1973), pp. 550-51 についての記述がある．

(5) Forster, *The Life of Charles Dickens*, II (London, 1873), Chapter 20.

(6) D から Coutts 宛（3 Nov. 1847, *P*, V, pp. 182-3）．

(7) ディケンズが 1847 年 10 月 28 日にミス・クーツに送った「訴えかけ」はリーフレットとして印刷された．それは，*P*, V, p. 698 に APPENDIX D として収められている．

(8) D から Coutts 宛（15 Nov. 1848, *P*, V, p. 440）．家政婦長が提案し，彼が承認した軽い読み物の中に，ワーズワースとクラッブの詩が入っている．

(9) Jenny Hartley, *Charles Dickens and the House of Fallen Women*〔『チャールズ・ディケンズと堕ちた女の家』〕(London, 2008). これは瞠目すべき調査にもとづく著述である. 私は本章において, 若い女の人生に関する彼女のいくかの発見を使った．

(10) D から Lord Lyttelton 宛（16 Aug. 1855, *P*. VII, p. 691）．彼は続けている．「売春がそれだけで独立して行われていて，ある程度一種の世論のもとに規制されている場合，利点もあるのです」

(11) D から Coutts 宛（23 May 1854, *P*, VII, pp. 335-6）．

(12) 同.

(13) D から Coutts 宛（15 Nov. 1856, *P*, VIII, p. 223）．

(14) D から Mrs Morson 宛（14 July 1850, *P*, XII, p. 625）．

(15) D から Mrs Morson 宛（31 Oct. 1852, *P*, XII, p. 644）

第15章◆個人的経歴 1848-49年

(1) D から F 宛（14 and 22 Apr. 1848, *P*, V, pp. 279, 288-90）．

(2) D から F 宛（7 May 1848〔メアリー・ホガースの命日〕*P*, V, p. 299）．および Forster, *The Life of Charles Dickens*, II (London, 1873), Chapter 20.

(3) フォースターは *Life* の第 1 章（この手紙はそこから引用した）で，それは 1849 年 1 月のことだと言っている．ディケンズが自分の少年時代のことを語った時と，それを書いた時のあいだには長い空白があるように思える．フォースターはディケンズ伝の中で時おり日付を間違えた．この場合も間違えているのかもしれない．1892 年，チャーリー・ディケンズは『デイヴィッド・コパフィールド』のマクミラン版の序文で, 母から次のようなことを聞いたと書いている．ディケンズは自分の少年時代のことを書いたものを母に読んで聞かせ，計画している自伝の一部として発表するつもりだと言った．母は両親について厳しいことを言っているという理由で，そうしないように彼を説得した．彼は母の忠

告を聞き入れ,『デイヴィッド・コパフィールド』にそれを取り入れることにした. それは, フォースターの書いている日付と,『デイヴィッド・コパフィールド』の執筆の時期とあまりよく合わないが, チャーリーの話を疑う特別の理由はない.

(4)『憑かれた男』は本として別々に出版されたクリスマス物語の最後のものだった. その直前の2つに比べればややよくなっているものの, それでも成功した作品ではない. 最も興味深い登場人物は, 恐ろしくかつ信頼できる, 凶暴な浮浪児である.

(5) DからF宛 (29 Feb. 1848. *P*, V, pp. 256-7).「共和国万歳! 国民万歳! もう国王は要らない! 我らの血を自由と正義と, 国民の大義のために与えよう!」

(6) DからCoutts宛 (24 May 1848, *P*, V, p. 317). それが, 議員にならないかと言われたことを示す唯一のものである.

(7) 'Judicial Special Pleading'(「司法の訴答」) は *Examiner* (23 Dec. 1848) に載り, Michael Slater (ed.), *The Dent Uniform Edition of Dickens's Journalism*, II (London, 1996), pp. 137-42 に再録された. ディケンズは1789年のフランス革命に関する見解を『二都物語』で詳述した.

(8) *P*, V, p. 481, fn. 4 を参照のこと. それには, ディケンズがランダーの74歳の誕生日を祝いにバースに行ったことと, 彼らがチャールズ1世の処刑200周年も祝ったことが書かれている, リー・ハント宛のフォースターの手紙が言及されている.

(9) DからFanny Burnett宛 (3 May 1848, *P*, VII, pp. 886-7, 9 May 1848, *P*, V, pp. 301-2).

(10) DからMitton宛 (1 July 1848, *P*, V, p. 358).

(11) DからMacready宛 (4 Aug. 1848, *P*, V, p. 384).

(12) ヘンリー・バーネットは1849年1月に8歳で死んだ.

(13) DからFrank Stone宛 (5 Dec. 1848, *P*, V, p. 453). オーガスタスは, 東インド会社の物故した役員の娘, ハリエット・ラヴェルと結婚した.

(14) ハリエット・ラヴェルはスローン街のフランシス・ラヴェルの娘だった. フランシスはそれまでマドラスにいた.

(15) DからF宛 (31 Dec. 1848, *P*, V, p. 464).

(16) DからCatherine D宛 (8 Jan. 1849. *P*, V, p. 471; DからF宛, 12 Jan. 1849, *P*, V, p. 474).

(17) Forster, *Life*, II, Chapter 20.

(18) DからF宛 (late Jan. 1849, *P*, V, p. 483).

(19)『デイヴィッド・コパフィールド』, 第4章.

(20) Forster, *Life*, II, Chapter 20. Mrs Leavis は著書 *Dickens the Novelist* の David 'David Copperfield' の章で, ディケンズは『ジェイン・エア』を読んだと想

定しているが，U. C. Knoepflmacher は ‘From Outrage to Rage: Dickens's Bruised Femininity’ において典拠には言及せず，「ディケンズは『デイヴィッド・コパフィールド』の執筆に取り掛かる前に『ジェイン・エア』を読んだことを否定した」と言っている〔Joanne Shattock (ed.), *Dickens and Other Victorians: Essays in Honour of Philip Collins* (Basingstoke, 1988), p. 76〕. Philip Collins の *Dickens: Interviews and Recollections*, II (London, 1981), p. 289) には，Gad's Hill のレターヘッドのある便箋に，誰が書いたかわからないが，1860 年頃らしく，次のように記されているとある．「ディケンズは『ジェイン・エア』を読んでいない，そして，あの一派を認めていないので，読むつもりはないと言った」．［それは，『ジェイン・エア』は不健全な本だと言った，ミス・ホガースが書きそうな言葉である］.

(21) シャーロット・ブロンテは『デイヴィッド・コパフィールド』を読んで気に入り，1849 年 9 月 13 日，W・S・ウィリアムズに言った．「私は “DC” を読みました．大変よいと思います——いくつかの箇所は見事です．それは “JE” に似ていると，あなたはおっしゃいました．ところどころそうです——ただ，ディケンズは人間と事物について，なんと多様な知識を持っていることでしょう！」．いかにも謙虚なブロンテらしいが，確かに，『デイヴィッド・コパフィールド』の最上の部分は，子供時代と家族と家庭の情景の描写である．T. J. Wise and J. A. Symington (eds.), *The Brontës: Their Lives, Friendships and Correspondence*, III (originally pub. 1932; Oxford, 1980), p. 20.

(22)『デイヴィッド・コパフィールド』の抜粋は，第 2 章，第 2 章，第 2 章，第 4 章，第 10 章からである．

(23)『デイヴィッド・コパフィールド』，第 9 章．

(24) 同，第 12 章．

(25) 同，第 20 章．のちにディケンズはエミリー対してローザを冷酷に振る舞わせているが，それは第 20 章に書かれているローザに不似合に私には思われる．

(26) 同，第 6 章．

(27) 同，第 47 章．

(28) John Gross, *The Rise and Fall of the Man of Letters* (London, 1969), p. 31.

(29) D から Richard Watson 宛（21 July 1849, *P*, V, p. 579）．

(30) Thackeray から Mrs Brookfield 宛（23 July 1849, Gordon N. Ray (ed.), *The Letters and Private Papers of William Makepeace Thackeray*, 11 (Oxford, 1945), p. 569）．

(31) Appendix G to *P*, V, p. 706 を参照のこと．

(32) D から F 宛（30 Nov. 1849, *P*, V, p. 663）．

(33) ディケンズとギャリック・クラブの関係を追うのは難しい．彼は 1837 年に初めて入会し，38 年に脱会し，44 年に再入会し，49 年 12 月に再び脱会した．1854 年にまた会員になり，58 年夏，イェイツ＝サッカレー騒動でいったん脱会し，ウィリスが投票の結果入会できなかった時に，まやもや脱会した．

第16章◆父と息子たち 1850-51年

(1) 1850年1月6日付のジェフリーの手紙は，*P*, V, p. 461, fn. 3に載っている．

(2) 1836年に彼が発表した ‘Sunday under Three Heads’（「日曜3題」〔彼は「日曜日遵守」を，庶民から愉しみを奪うものとして攻撃した〕）．Oxford Illustrated *The Uncommercial Traveller and Reprinted Pieces* (Oxford, 1958; 私の版は 1987), pp. 635-63に再録．

(3) DからF宛（23 Jan. 1850, *P*, VI, p. 14）．

(4) DからMrs Gaskell宛（31 Jan. 1850. *P*, VI, pp. 21-2）．『メアリー・バートン』は1848年に出版され，保守系新聞に攻撃された．

(5) DからMrs Gaskell宛（25 Nov. 1851, *P*, VI, p. 545），DからMrs Gaskell宛 (13 Apr.k 1853, *P*, VII, p. 62)，DからMrs Gaskell宛（25 Feb. 1852, *P*, VI, p. 609），DからWills宛（11 Sept. 1855, *P*. VII, p. 700）．

(6) ジプシーの暮らしについては，DからSpencer Lyttelton宛の手紙（20 May 1851, *P*, VI, p. 393）を参照のこと．

(7) ‘A Detective Police Party’（「刑事たち」）は1850年7月27日に*HW*に載った．フィールドは『荒涼館』のバケット刑事のモデルで，ディケンズは，ブルワーの別居中の妻ロジーナが，彼らの素人劇で騒動を起こすと脅した時，フィールドを雇ってロジーナを監視してもらった．Philip Collins, *Dickens and Crime* (London, 1962) を参照のこと．同書はディケンズと警察との関係を明らかにしている．

(8) ‘Old Lamps for New Ones’（「新しいランプに代わる古いランプ」）は，*HW*（15 June 1850）に載り，現在，次の本に再録されている．Michael Slater (ed.), *The Dent Uniform Edition of Dickens's Journalism*, II (London, 1996), pp. 242-

(9) DからF宛（21 Oct. 1850, *P*, VI, p. 195）．

(10) DからD'Orsay宛（1 Oct. 1850, *P*, VI, p. 184）．「この荒涼としたサネット島〔ケント州北東部の1地区〕．しかし僕は，ここがのんびりとしていて，ここで巨人のように考え，夢見ることができるので，ここが好きだ」――これは，ディケンズの自分に対する瞠目すべきヴィジョンと，想像力を表わしている．

(11) Robert L. Patten, *Charles Dickens and His Publishers* (Oxford, 1978), p. 236に引用されている．*Economist*（3 Apr. 1852）から．

(12) それは1863年7月のことで，不首尾に終わった．1865年，ラッセルは再び首相になり，ディケンズの息子に就職口を斡旋しようとしたが，ディケンズは就職口を必要としている息子はいないと答えた．

(13) 1810年に生まれたメアリー・ボイドは中将の娘で，伯爵の孫娘だった．姉はアデレード王妃〔ウィリアム4世の妻〕の侍女だった．1830年代に2つの小説を，1849年に1つの詩集を発表した．ディケンズは彼女を面白い女だと思い，素人劇で共演するのを楽しんだが，彼女が自分の本業にでしゃばってくるのは許さなかった．彼は彼女が*HW*に持ち込んだものを受け取ったが，大幅に書き変え

た．そして，それについて厳しくは言わなかったものの，今後は彼女の作品は要らないということをはっきりさせたようである．彼女は彼が死ぬまで，ずっと彼に忠実で，例えば，彼が1867年から68年までアメリカで講演旅行をしているあいだ，いつも彼に生花を届ける手配をした．

(14) *P*, VI, p. 780, fn. 3を参照のこと．オーエンの私的日記が引用されている．ダーウィンを攻撃したことで，オーエンの評判は地に落ちた．

(15) ディケンズは王立文学基金の委員会の一員になったが，そのやり方が気に入らず，1841年以降，そのディナーには出席しなかった．文学・芸術ギルドも助成金を与え，ネブワースにあるリットンの私有地に，貧しい作家のための家を何軒か建てた．しかし，ディケンズ，フォースター，ブルワーが奮闘努力したにもかかわらず，その計画は成功しなかった．

(16) Catherine Petersの *The King of Inventors: A Life of Wilkie Collins* (London. 1991), p. 101を参照のこと．

(17) DからHarriet Martineau宛（3 July 1850, *P*, VI, p. 122）．

(18) DからBulwer宛（10 Feb. 1851, *P*, VI, p. 287）．このパリ旅行は，リーチと，ワトソン夫人の奔放な甥，スペンサー・リトルトンと一緒にしたものだった．

(19) DからWills宛（27 July 1851, *P*, VI, p. 448）．

(20) Henry F. Dickens, *Memories of My Father* (London, 1928), p. 26.

(21) バルモラル・ハウスは運河に架かるマクルズフィールド橋の近くにあった．そこで，アヴェニュー・ロードとアルバート・ロードが交わっている．その家は製造業者ジョン・チークのものだった．ディケンズは競売人のウィリアム・ブースを通して交渉した．ブースの推定上の息子，同名のウィリアム・ブースの報告によると，1911年，火薬を積んで運河を航行中の艀が爆発し，その家は損壊した．

(22) DからHenry Austin宛（13 Mar. 1851, *P*, VI, p. 314）．

(23) DからCatherine D宛（25 Mar. 1851, *P*, VI, p. 333）．死亡診断書には，ジョン・ディケンズは尿の浸潤による陰嚢の長年にわたる狭窄，および，その結果としての壊死が原因の尿道破裂に苦しんでいた，と書かれていた．享年65だった．

(24) DからF宛（31 Mar. 1851, *P*, VI, p. 343）．

(25) DからCatherine D宛（4 Apr. 1851, *P*, VI, p. 348）．

(26) ヴィクトリア女王の日記のこの項は，*P*, VI, p. 386, fn. 4に載っている．

(27) DからAugustus Tracey宛（10 Oct. 1851, *P*, VI, p. 517）．19世紀初頭に建てられたタヴィストック・ハウスは1901年に取り壊された．跡地に英国医師会の事務所が建てられた．

(28) DからCoutts宛（25 Oct. 1853. *P*, VII, pp. 171-2）．ディケンズはこの手紙を，エッグとコリンズと一緒に旅をしていたミラノから出した．エッグは1860年に結婚し，63年にアルジェで若くして死んだ．

(29) 同．

第17章◆労働する子供たち 1852-54年

(1) フランク・ストーンの息子の若いマーカス・ストーンが初めてディケンズを見たのは，ディケンズが「40位」の時で，彼のそうした姿が記憶に残った．Charles Dickens Museum にある原稿，p. 49.

(2) ウィルズの手紙は Philip. Collins の著書に引用されている．*Dickens: The Public Readings* (Oxford, 1975), p. xx. それは 1853 年 12 月 30 日付になっている．

(3) それは，一部は口述され，一部は彼自身が手書きをし，1851 年 1 月から 53 年 12 月まで *HW* に間歇的に連載された．国王と女王を中心にして英国の歴史を語ったもので，やっつけ仕事だが，楽しい偏見に満ちたところがる．最後のスチュアート王家の悪い王〔イングランド王，ジェイムズ２世，フランスに亡命〕が逃亡した 1688 年で終わり――「スチュアート王家はまったく皆の厄介者だった」――イギリスに新教が根付いたことを歓迎している．最後に，ヴィクトリア女王を「非常に立派で，大いに愛されいる」と称讃している. 本の形になったものはほとんど売れなかった．

(4) メガロサウルスは，地質学者，古生物学者，牧師のウィリアム・バックランド（1784 ～ 1856）によって命名された．1824 年, 彼はオックスフォードシャーのストーンズフィールドで巨大な肉食蜥蜴の化石になった遺骸を発見し，恐竜の化石について最初に完全な記述をした．

(5) 第 35 章の終わり近い箇所．エスターはもちろんディケンズの考えを述べているのである．シャーロット・ブロンテは自分の出版業者に尋ねた．「『荒涼館』の最初の号は広く称讃されたのでしょうか．大法官裁判所のところは気に入りましたが，自伝的な形に移って行って，自分は〝利発〟ではないと公言している若い女が自分の過去を語り始めると，それは私には，あまりにしばしば薄弱で，無駄口に思えるのです．ミス・エスター・サマソンの愛すべき性格が戯画化され，忠実に表現されていないのです」．T. J. Wise and J. A. Symington (eds.), *The Brontës: Their Lives, Friendships and Correspondence*, III (初版 1932; Oxford, 1980), p. 322.

(6) *P*, IV, pp. 374-5, 454; *P*, III, p. 538, fn. 2 を参照のこと．また，さらにエスターについては *P*, III, *P*, IX を参照のこと．

(7) この文句は校正刷りでは削除された．たぶん，スペースの関係だろう．

(8) D から Coutts 宛（19 Nov. 1852, *P*, VI, p. 805）．

(9) Q. D. Leavis は *Dickens the Novelist* (London, 1970) の中で，『荒涼館』についての章を書いて，p. 137 の第 3 章で，『荒涼館』の第 47 章に言及している．この章の末尾は「効果においても……意図においても感傷的ではなく，皮肉っぽい，なぜなら，そのあとディケンズは憤怒を盛大に迸らせて，この章を終えているからである」と彼女は書いている．しかし，私には皮肉っぽいとは感じられず，アラン・ウッドコートが自分のために祈りを黙って終えるのが想像でき

る．

(10) すべての旅は駅伝乗合馬車によって行われた．第55章でディケンズは書いている．「鉄道は間もなくこの国を縦横に通るようになり，機関車と列車はガタゴトという音を立て真っ赤な火の粉を噴き上げながら宏大な夜の風景を流星の如く疾走し，月を蒼白くするだろうが，この辺りでは，まだそうしたものは存在しない．まったく予期されていなくはないが」

(11) ジョン・サザランドは *Who Betrays Elizabeth Bennet?* (Oxford, 1999) の中で，ホードン船長，ジョー，レディー・デドロックの死因に疑問を呈し，理路整然として納得のいく答えを出している．サザランドはこう想定している．ホードンは故意に致死量の阿片を服用するが，ウッドコート医師は，ホードンは大量の阿片を習慣的に服用していたので，故意にそうしたとは考えにくいと証言し，自殺という評決を避け，彼が聖別された地面に埋葬されるのが許されるようにしたのではないか．レディー・デドロックも夜間に長時間の散歩をして，彼の墓のそばで命を絶つよう阿片を服用する．その散歩で彼女は疲労困憊し体は冷えるが，死にはしなかっただろう．そして再び，ウッドコートは死因を阿片とするのを避ける．ジョーに関して言えば，サザランド博士はジョーは肺結核で死んだという Susan Shatto〔*The Companion To Bleak House* の著者〕の見方に賛成している．

(12) *Examiner* (8 Oct. 1853) の無署名の書評．Philip Collins (ed.), *Dickens: The Critical Heritage* (London, 1971), p. 290 および Forster, *The Life of Charles Dickens*, III (London, 1874), Chapter 1 に再録されている．

(13) Forster, *Life*, III, Chapter 14.

(14) Robert L. Patten, *Charles Dickens and His Publishers* (Oxford. 1978), p. 233.

(15)『ドンビー』と『コパフィールド』のアメリカにおける売上については，同書，p. 209 を参照のこと．

(16) 同書，p. 234.

(17) D から Sheridan Muspratt 宛（[Feb. 1852?], *P*, VI, p. 591）．（マスプラットはリヴァプールに住んでいた化学者で，シャーロット・クシュマンの妹と結婚していた）．D から Coutts 宛（16 Mar. 1852, *P*, VI, p. 627）．

(18) D から F 宛（30 June 1841, *P*, II, p. 313）．D から Coutts 宛（10 Sept. 1845, *P*, IV, p. 373）．

(19) D から Coutts 宛（18 Apr. 1852, *P*, VI, p. 646）．

(20) D から Coutts 宛（14 Jan. 1854, *P*, VII, p. 245）．

(21) ディケンズは1857年11月，Warehousemen and Clerks' Schools で講演し，自分が嫌いな学校について話した．K. J. Fielding (ed.), *The Speeches of Charles Dickens: A Complete Edition* (Brighton, 1988), p. 242.

(22)『この最後の者にも』，*Cornhill Magazine*, 2 (Aug. 1860), p. 159. Collins, *The Critical Heritage*, p. 314 に再録されている．

(1) ディケンズは1854年,「愚鈍さ」という言葉をホガース夫人に関して使い,1856年4月27日,ウィルズ宛の手紙(*P*, VIII, p. 99)でホガース一家全員に関して使っている.
(2) DからCatherine D宛(14 Nov. 1853, *P*, VII, p. 198).
(3) DからCatherine D宛(5 Dec. 1853, *P*, VII, p. 224).
(4) DからDe La Rue宛(23 Oct. 1857, *P*, VIII, p. 472).
(5) それは1854年5月のことだった.
(6) Dはセルジャにこのことについて1855年1月3日に話しているが(*P*, VII, p. 496),その朗読はもっと前,おそらく1852年か53年か54年に行われたのに違いない.
(7) DからCoutts宛(27 May 56, *P*, VIII, p. 125).
(8) DからF宛([Jan.-17 June 1854?], *P*, VII, p. 354).
(9) DからF宛(29 Sept. 1854, *P*, VII, p. 428).
(10) DからF宛(10 Sept. 1854, *P*, VII, p. 412).
(11) 2つの性格付けはのちになされた.アルバートについては彼の死後,ルイ=ナポレオンについては1865年になされたが,彼は終生2人をそう見ていた.
(12) DからMrs Watson宛(1 Nov. 1854, *P*, VII, p. 454).
(13) DからCerjat宛(3 Jan. 1855. *P*, VII, p. 495).
(14) DからCerjat宛.「今後何年か,国内の改革はすっかり駄目になるのではないかと恐れる」.(3 Jan. 1855, *P*, VII, p. 495).DからLayard宛(10 Apr. 1855, *P*, VII, p. 587).DからF宛(27 Apr: 1855, *P*, VII, p. 599).
(15) DからDaily News宛(14 June 1855, p. 2. K. J. Fielding (ed.), *The Speeches of Charles Dickens: A Complete Edition* (Brighton, 1988), p. 199に再録されている.ディケンズは6月27日,行政改革協会で演説した際,同じことを強調した——自分は文学を通して社会に奉仕しているのであって,その行動範囲の外に出るつもりはない.
(16) DからF宛(30 Sept. 185S, *P*, VII, p. 713).
(17) FolkestoneのDからMacready宛(4 Oct. 1855, *P*, VII, pp. 714-16).
(18) DからWilkie Collins宛(4 Mar. 1855, *P*. VII, p. 555).DからF宛([2-3 May 1855?], *P*. VII, p. 608).DからMrs Watson宛(21 May 1855, *P*, VII, pp. 626-7).DからCoutts宛(8 May 1855, *P*, VII, p. 613).DからCoutts宛(24 May 1855, *P*, VII, p. 629).その原稿はのちのすべての小説の場合同様,かなり小さな字で行を詰めて手書きされたもので,大幅に修正されている.
(19) ディケンズの執筆環境と,同時代の小説家フロベールのそれとを比較するのは意味がある.フロベールは父がノルマンディーの田舎に用意してくれた静寂な隠遁所に籠もり,妻や子供や,その他の個人的,職業的義務に煩わされず

に『ボヴァリー夫人』を書くと同時に書き直し，1頁書くのに数日費やすことができた．2人の小説家は書きながら眉間に皺を寄せ，登場人物の経験をみずから生きたが，フロベールは邪魔が入るのに我慢できず，完璧に考え抜かれ，完成した磨き上げた作品を世に送ったが，ディケンズは気が逸らされるのを許したばかりか，しばしば自分から求めたらしく，連載と物語の複雑な筋の要求に，驚異的な創作力で対抗した．

フロベールは，'Madame Bovary, c'est moi'〔「マダム・ボヴァリーは私だ」〕と言ったにもかかわらず，自分の小説の登場人物を神のような見下した態度で描いた．一方ディケンズは，登場人物を嘲り，哀れむこともあったが，概して，仲間の人間として扱った．

(20) D から Wills 宛（9 Feb. 1855, *P*, VII, p. 531）．

(21) D から F 宛（3 and [4 Feb.?] 1855, *P*, VII, p. 523）．

(22) ディケンズは物語を「30年前」という言葉で始めるが，ウィリアム・ドリットが登場する第6章の冒頭で，「30年前」という言葉を繰り返す．次の頁には，彼は「ずっと昔」マーシャルシー監獄に入っていたと書いてある．われわれはすでに，第6章で出会うリトル・ドリットが22歳で，マーシャルシー監獄で生まれたことを知っている．それは，父が1802年頃投獄されたに違いないのを意味する．つまり，この物語の主要な出来事は，1820年代中頃，すなわちジョージ4世の治世とディケンズの子供時代に起こったものということになる．

(23)『リトル・ドリット』，第13章．

(24) 第1章．ディケンズは1854年，当時フランスから入ってきた紙巻煙草を吸い始めた．D から Wills 宛（21 Sept. 1854, *P*, VII, p. 418）．その手紙の中で彼は，自分の事務所からブーローニュ宛に4束の紙巻煙草を送るように頼んでいる．

(25)「リトル・ドリットのパーティー」と題した第14章のための興味深い創作ノートが現存している．「一晩中――街の女．『本当に今パーティーだったらなあ！』――枕代わりの埋葬記録．これはリトル・ドリットのパーティーだった〈？あと〉大都市の悪徳，遺棄，惨めさ．これがパーティーで，そこから彼女は家に帰った」

(26)『リトル・ドリット』，第1部，第31章．これは昔から私の大好きな場面で，George Gissing が彼の *Charles Dickens: A Critical Study* (London, 1898) の中で次のように書いているのを見て，嬉しくなった．「扱い方が繊細で，観察が見事な点で，この場面は，あらゆる小説の中で比類のないものだという考えに傾いている」

(27)『リトル・ドリット』，第2部，第24章．

(28) D から F 宛(7 May 1857, *P*, VIII, p. 321)．その手紙の話はやや違う．彼がマーシャルシー・プレイスで出会う小さな少年は，非常に大きな赤ん坊の世話をしていて，そこの歴史をディケンズに話し，その部屋を借りているのはジャック・

ピシックだと言う.

(29) 1857年5月に21シリングで発売された1巻本の『リトル・ドリット』の売行きは非常に良かった. 11年間で約85,000部売れた.

(30) DからCoutts宛 (11 Dec. 1854, *P*, VII, p. 482).

(31) DからCoutts宛 (17 Nov. 1854, *P*, VII, pp. 468-9).

(32) DからCoutts宛 (11 Dec. 1854, *P*, VII, p. 482). メイナードが彼女の本名だったが, キャロライン・トンプソンとも名乗っていた. たぶん, 子供の父親の名前であろう. ディケンズは彼女を「トンプソン夫人」と呼ぶこともあった.

(33) Revd William TennantからCoutts宛 (3 Feb. 1855, *P*, VII, pp. 918-19).

(34) *P*, VII, p. 917, fn. 2を参照のこと.

(35) *Pilgrim*の編集者は, マライア・ビードネルが結婚した年, ディケンズとキャサリンとジョージーナが, ウィンター夫妻を訪ねたというジョージーナの話に言及しているが (1906年に書かれた), それは, ディケンズが手紙の中で「24年の歳月が夢のように消えた」と書いていることと, ひどく矛盾する. 1845年には, 彼は初めて半年間外国に行き, 大掛かりな素人劇で忙しく, 息子のアルフレッドが生まれ (そのためキャサリンは数週間家にいなければならなかったろう), クリスマスの本を書き, 『デイリー・ニュース』の編集の準備をしていた. マライアが結婚した年にディケンズは彼女を訪ねたとなれば, 10年後のマライア宛の彼の手紙は滑稽なことになる. その手紙の1通には, 「僕らが再会したでもあろう数少ない機会が消えてしまった」と, はっきり書かれている. 彼はそうした機会を避けたのだ.

(36) DからMrs Winter宛 (10 Feb. 1855. *P*, VII, pp. 532-4).

(37) DからMrs Winter宛 (15 Feb. 1855, *P*, VII, pp. 538-9).

(38) DからMrs Winter宛 (22 Feb. 1855, *P*, VII, pp. 543-5).

(39) DからElla Winter宛 (13 Mar. 1855, *P*, VII, pp. 563-4).

(40) DからMrs Winter宛 (3 Apr. 1855, *P*, VII, p. 583).

(41) DからMrs Winter宛 (15 June 1855, *P*. VII, pp. 648-9).

(42) DからDuke of Devonshire宛 (5 July 1856, *P*, VIII, p. 149).

第19章◆気紛れで不安定な感情 1855-57年

(1) DからWills宛 (21 Oct. 1855, *P*, VII, p. 724).

(2) DからWilliam Haldimand宛 (27 Nov. 1846, *P*, IV, p. 665). 「パリはまさに君が知っている通りだ——これまでのように, 輝かしく, 邪悪で, 放縦だ」. そして1863年にも, パリは「これまで以上に, 計り知れないほど邪悪だ」と思った. 今度はWilkie Collins宛の手紙 (29 Jan. 1863, *P*, X, p. 200) である. 「摂政時代が蘇ったようだ. 悪魔万歳というのは, 世の中のモットーのようだ」. それは, あからさまな性的放縦, 大酒, 貪欲, 賭博を示唆している.

(3) DからGH宛 (16 Feb. 1855, *P*, VII, p. 540).

(4) D から Wills 宛（24 Oct 1855, *P*, VII, p. 726）．これはディケンズがフランス語で書いたもの．（おおまかな翻訳．「おお！　有名な作家！　ムッシューは立派な名前をお持ち……ムッシュー・ディック＝インに会えるのは光栄だし，興味があるの」．また，「あのマダム・トジェール（トジャーズ）……なんて彼女は面白いんでしょう．わたしがカレーで知っていた夫人にそっくり」）．『チャズルウィット』の仏訳は，1855 年 1 月から 10 月まで *Moniteur* に連載された．

(5) D から F 宛（27 Jan. 1856, *P*, VIII, p. 37）．

(6) D から F 宛（24 Feb. 1856, *P*, VIII, p. 63）．ディケンズは，いまや貧しくひっそりと暮らしているラマルティーヌが，1848 年にフランスで第二共和政を樹立した革命の指導者の 1 人で，大統領に選ばれることを期待したが，逆に，ルイ＝ナポレオンが台頭し，自分の政治的発言が消されるのを見たのを知っていたに違いない．それにもかかわらずラマルティーヌは，奴隷制度と死刑廃止運動を推進した．ディケンズは彼を称讃し，好いたが，彼の例を見て作家として政治に直接関わるのを拒否するのが賢明だという思いを改めて強めた．

(7) D から F 宛（20 Jan. 1856, *P*, VIII, p. 33）．しかし，下記を参照のこと．D から F 宛（15 Aug. 1856）．

(8) D から F. O. Ward 宛（14 Jan. 1852, *P*, VII, p. 575）．1851 年 12 月，血腥いクーデターによってルイ＝ナポレオンが独裁的権力を持った大統領になった．それに続き，反対派が大量逮捕され，多くの者が裁判なしに国外に追放された．1852 年 11 月，彼は皇帝であることを宣言し，自らナポレオン 3 世と称した．ディケンズは，1870 年 9 月にフランス軍がプロイセン軍に敗れ，ナポレオン 3 世の治世が終わるのを見ずに死んだ．

(9) ディケンズは 1840 年代にロンドンで，ドルセイの家とミス・クーツの家でルイ＝ナポレオンに会ったが，終始彼を嫌った．しかしドルセイはナポレオンの配下の将軍の息子で，1849 年にフランスに移った時，ルイ＝ナポレオンからあるポストを貰うことを期待した．ディケンズは 1850 年と 51 年にパリでドルセイに会った．ドルセイは 52 年初めに，美術局長という地位をナポレオン 3 世から貰ったが，同年 7 月に死んだ．

(10) D から Macready 宛（4 Oct. 1855, *P*, VII, pp. 715, 716）．ディケンズは政治に対する失望感について，ほかの誰よりもマクリーディーに腹蔵なく書いた．

(11) D から GH 宛（5 May 1856, *P*, VIII, p. 110）．

(12) D から F 宛（15 Aug. 1856, *P*, VIII, p. 178）．フォースターはこの文句を印刷している．そして *Pilgrim* の編集者も書簡集に載せているが，4 行目の 'natural' ('the hero of an English book is always uninteresting — too good — too natural, &c.') は，'unnatural' のほうが，この一節では意味が通る．

(13) 事態はハーディーが『狂乱の群れをよそに』（1874）と『ダーバヴィル家のテス』（1891）で「イギリスの小説の人形〔白痴美の女〕」に挑戦するまでは変わらなかった．どちらの小説もそれを連載した編集者によって勝手に削除修正された．

そして,『日蔭者ジュード』(1894) は性的問題, 結婚問題を描いたものである. イギリスの批評家たちはハーディーを非難し, フロベールのように書いていると難じた.『ボヴァリー夫人』は1857年に出版された.

(14) ブラウン医師は10月にフランスの南西ポーで客死した. 遺体は11月に葬式を行うため, 防腐処理を施され, イギリスに戻されねばならなかった. DからWills宛 (28 Oct. 1855, *P*, VII, p. 728).

(15) DからWills宛 (10 Nov. 1855. *P*, VIII, p. 741).

(16) DからWills宛 (30 Dec. 1855, *P*, VII, p. 774).

(17) Robert L. Patten, *Charles Dickens and His Publishers* (Oxford, 1978), p. 251を参照のこと.

(18) DからF宛 (13 Apr. 1856, *P*, VIII, p. 89).

(19) DからWilkie Collins宛 (22 Apr. 1856, *P*, VIII, p. 95)

(20) DからWills宛 (27 Apr. 1856, *P*, VIII, p. 99)

(21) *Sunny Memories of Foreign Lands* (1854). DからGH宛 (22 July 1854, *P*, VII, p. 377).

(22) DからFred Dickens宛 (12 Dec. 1856, *P*, VIII, p. 236).

(23) Patten, *Dickens and His Publishers*, p. 240.

(24) フォースターの結婚式の予定の日に, ディケンズはまだブーローニュにいるつもりだったのかもしれない. 彼がロンドンに戻ったのは, ブーローニュでジフテリアが蔓延したからに過ぎない. 一方, イギリス海峡を渡るということは, なんであれ自分が出席したいと思った催し事に出るのを控える原因にはならなかったろう. したがって, フォースターの側であれディケンズの側であれ, 何かの問題があったか, 気が乗らなかったかであるのに違いない. あるいは花嫁がごくうちうちで結婚式を挙げたいと思ったからと考えたほうがよいかもしれない. なぜなら彼女には, ひどい言語障害があったからである (ディケンズはそのことをジョージーナ宛の手紙〔14 Nov. 1860, *P*, IX, p. 339〕でからかった). イライザ・クロスビー (1819-94) は海軍士官の娘で, 彼女の最初の夫ヘンリー・コウルバーンは出版業者で, フォースターは彼のためにイーヴリン〔1706年に没した日記作者〕の日記を編纂した.

(25) ディケンズはイヌイットのハンターたちがジョン・レイ医師〔スコットランドの当時の探検家. カナダのキングウィリアム島でイヌイットと接触した〕に提出した証拠を攻撃する, 長い二つの論説を*HW*に載せ, 英国の探検家が共喰いをするほど身を落としうるという考えを嘲笑した. 1997年, イヌイットがした話は, 何人かの探検隊員の遺体が発見されたことによって裏付けられたように思われる. そして, 共喰いの明らかな証拠が発見された. しかし, そのことに関しては, 依然として論議されている.

(26) DからCoutts宛 (3 Oct. 1856, *P*, VIII, p. 199).

(27) 1857年7月12日にアルバート・スミスの家の庭で撮影された, 素人劇の参加者の写真を参照のこと.

(28) D から Coutts 宛の手紙（10 July 1857, *P*, VIII, p.372）を参照のこと．息子たちは「1年間留守にしたあと，ブーローニュから家に帰ってきたところだ」と書いてある．

(29) D から F 宛（[3-4 Jan. 1857?], *P*, VIII, p. 251）．

(30) 従者 John Thompson への命令．*P*, VIII, p. 254, fn. 3 に載っている．

(31) D から Sir James Tennent 宛（9 Jan. 1857, *P*, VIII, p. 256）．

(32) D から Mary Boyle 宛（7 Feb. 1857, *P*, VIII, pp. 276-7）．

(33) *P*, VIII, p. 261, fn. 4 を参照のこと．William Howitt の手紙（15 Jan. 1857）が引用されている．

(34) D から Cerjat 宛（19 Jan. 1857, *P*, VIII, p. 265）．

(35) Fred の手紙（7 Feb. 1857）．*P*, VIII, p. 277, fn. 3 に載っている．

(36) D から Henry Austin 宛（15 Feb. 1857, *P*, VIII, pp. 283-4）．

(37) D から Macready 宛（15 Mar. 1857, *P*, VIII, p. 302）．

(38) D から F（[mid-Apr. 1857?], *P*, VIII, p. 317）．「エイモス・バートン」に『ピクウィック』が言及されているが，ディケンズはそのことを大いに喜んだに違いない．陰気な福音主義の牧師は，「最近完結した『ピクウィック・ペイパーズ』が盛んに売れているのは原罪の最も強力な証拠の一つと思う」のである．

(39) D から F 宛（[5 Apr. 1857?], *P*, VIII, p. 309）．

(40) D から Stanfield 宛（20 May 1857, *P*, VIII, p. 328）．

(41) D から Mrs Brown 宛（28 Aug. 1857, *P*, VIII, p. 422）．

(42) Edna Healey, *Lady Unknown: The Life of Angela Burdett-Coutts* (London, 1978), pp. 135-6.

(43) C. B. Phipps から D 宛（5 July 1857, *P*, VIII, p. 366, fn. 1）．

(44) D から Coutts 宛（20 July 1857, *P*, VIII, p. 381）．

(45) D から Coutts 宛（10 July 1857, *P*, VIII, p. 372）．

(46)「当節の小説家の放逸」は *Edinburgh Review*, 104（July 1857, pp. 124-56）に匿名で載ったが，フィッツジェイムズ・スティーヴンが書いたことは知られていた．ディケンズはそれに対し，「エディンバラ・レヴューの奇妙な誤植」(*HW*, 16〔1 Aug. 1857〕, pp. 97-100) を書いた．Philip Collins が *Critical Heritage* (London, 1971, p. 366) で指摘しているように，スティーヴンの弟のレズリーは，フィッツジェイムズ自身，のちに，ディケンズとあまり変わらぬ，イギリスの政治制度と改革の必要性に関する見解を発表したと述べた．フィッツジェイムズ・スティーヴンの気に障ったのは，公務員が手荒く戯画化されていることだった．それこそ，『リトル・ドリット』の諷刺の喜劇性と力強さなのであるが，ほかの批評家は，『リトル・ドリット』が彼の初期の作品に比べ，退屈で暗いと苦情を言った．

(47) エメリン・モンタギューはディケンズの素人劇で彼と共演したが，彼の活力，ジン・パンチをやたらに飲む習慣，苛立ちやすさと落ち着きのなさについて回

想している．ディケンズ夫人は感じのよい女主人だと思った．

(48) ケイティーはグラディス・ストーリーにそう語った．*Dickens and Daughter* (London, 1939, p. 127)

(49) のちにディケンズはワトソン夫人にそう語った．(7 Dec. 1857, *P*, VIII, p. 488)．

(50) Francesco Berger は彼の *Reminiscences, Impressions*, Anecdotes (London, 1913) の中で，それについて書いている．

(51) D から Coutts 宛の手紙 (5 Sept. 1857, *P*, VIII, pp. 432-4) の中の記述．

(52) D から Mrs Brown 宛 (28 Aug. 1857, *P*, VIII, p. 422)．

(53) D から Wilkie Collins 宛 (29 Aug. 1857, *P*, VIII, p. 423)．

(54) D から Coutts 宛 (5 Sept. 1857, *P*, VIII, pp. 432-3)．

(55) D から F 宛 ([3 Sept. 1857?], *P*, VIII, p. 430)．

(56) D から F 宛 (5 Sept. 1857, *P*, VIII, p. 434)．

第3部

第20章◆悪天候 1857-59年

(1) D は家の改造を監督していたヘンリー・オースティンに，「これは一生に一度の大仕事だ（そう願う）」と言った (26 Sept. 1851, *P*, VI, p. 494)．D から Wilkie Collins 宛 (21 Mar. 1858, *P*, VIII, p. 536)．

(2) D から Wilkie Collins 宛 (21 Mar. 1815, *P*, VIII, p.536)．

(3) Phihp Collins の *Dickens: The Public Readings* (Oxford, 1975) にそれが載っている．『ドンビー父子紹介』からの ‘Little Dombey’ は極端に縮められていたので，元の形のものを読んで気に入っていた者にショックを与えた．『デイヴィッド・コパフィールド』からの朗読も似たようなものだった．公開朗読は芸術形式として劣っているのではないか，というフォースターの懸念がわかる気がする．

(4) D から Macready 宛 (31 Mar. 1863, *P*, X, p. 227)．

(5)『互いの友』，第 6 章．ディケンズが川を経験したのも，やはり子供時代である．父は子供の彼を海軍のヨットに乗せ，シアネスに連れて行った．

(6) こうした発作の性質に関するあらゆる事柄——発作の時期，激痛，短靴もブーツも履けなくなるほどの浮腫が出，そうした症状が片足から片足へ，のちには手に転移するということ——は，痛風を示唆している．ディケンズはその診断に頑強に抵抗し，否定した．おそらく，痛風がアルコールの過度の摂取に結び付けられているからだろう．彼はそれは雪の中を歩いたせいだと常に言い張った．その頃，過去 5 年間の症状の要約が数人の医師に提出されると，医師たちは一様に，彼の手足の痛みは痛風が原因だと考えた．

(7) D から Wills 宛 (17 Sept. 1857, *P*, VIII, p. 449)．

(8) D から Wills 宛 (20 Sept. 1857, *P*, VIII, pp. 450-51)．

(9) D から Macready 宛.「君が聞けば喜ぶと思う知らせがある. ガードナー卿がジュリア・フォーテスキューと結婚したのだ. 2人はひっそりと幸福に暮らしている」(13 Dec. 1856, *P*, VIII, p. 238).

(10) D から Buckstone 宛 (13 Oct. 1857, *P*. VIII, p. 466).

(11) D から De La Rue 宛 (23 Oct. 1857, *P*, VIII, pp. 471-2).

(12) Una Pope-Hennessy, *Charles Dickens* (London, 1945, p. 176). 出所は書かれていない.

(13) このことについてケイティーがグラディス・ストーリーにした話は, 本書の第27章を参照のこと. それは, *Dickens and Daughter* (London, 1939, p. 96) に語られている.

(14) D から Lady Duff Gordon 宛(23 Jan. 1858, *P*, VIII, p. 508). D から Mrs Watson 宛 (7 Dec. 1857, *P*. VIII, p. 488).

(15) D から Wilkie Collins 宛 (21 Mar. 1858, *P*, VIII, p. 536).

(16) D から F 宛(27 Mar. 1858, *P*, VIII, p. 537 および 30 Mar. 1858, *P*, VIII, p. 539).

(17) K. J. Fielding (ed.), *The Speeches of Charles Dickens: A Complete Edition* (Brighton, 1988), p. 263 に載っているイェイツの話.

(18) D から Coutts 宛 (9 May 1858. *P*, VIII, pp. 558-60). 8月, キャサリンの叔母ヘレン・トムソンは姻戚関係のスターク夫人に手紙を書き, ディケンズはキャサリンが精神異常だと, ある医者に言ってもらおうとしたが, キャサリンの精神状態はまったく正常だと考えた医者はその依頼を拒否した, と告げた (*P*, VIII, Appendix F, p. 746).

(19) Lucinda Hawksley の *Katey: The Life and Loves of Dickens's Artist Daughter* (London, 2006) は, ジョージーナが処女証明検査を受け, 処女であるという証明書が一家の書類にあることを示唆している. その所在は不明だが, 同書の p. 134 および fn を参照のこと.

(20) Miss Coutts 宛の Catherine の手紙は *P*, VIII, p. 565, fn. 2 に載っている. キャサリンは, タヴィストック・ハウスにとどまり, ディケンズをそこから出すように助言されたかもしれない. そうなれば, 彼が子供たちを手元に置くのがいっそう難しくなったろう.

(21) D から Coutts 宛 (19 May 1858, *P*, VIII, p. 565).

(22) ディケンズは1856年, ファラーのパートナーであるウーヴリーに会い, 仕事の多くをミトンに代わって彼にやってもらうようになった. 最終的には, キャサリンに家を与え, 年に600ポンドという相当の額を支払うことになった.

(23) D から Ouvry 宛 (26 May 1858, *P*, VIII, p. 569).

(24) Annie Thackeray から Amy Crowe 宛([日付なし]), Gordon N. Ray, *Thackeray*, II (Oxford, 1958), p. 478, n. 46.

(25) ブラッドベリー＆エヴァンズは1859年5月声明を出し, コミック雑誌 *Punch* に自分の声明を載せよというディケンズの要望は,「途轍もない行動に

よって奇矯な願望を満たす」ことをわれわれに期待している，と述べた．*P*, IX, [p. 565] の Appendix C を参照のこと．
(26) D から Charley 宛（[10-12 July 1858?], *P*, VIII, p. 602).
(27) D から Yates 宛（8 June 1858, *P*, VIII, p. 581).
(28) *P*, VIII, pp. 740-41 を参照のこと．
(29) *P*, VIII, p. 648, fn. 4 に引用されている．
(30) Helen Thomson が引用している Catherine D の手紙（Aug. 1858, *P*, VIII, p. 559, fn.1). ヘンリーもアルフレッドも定期的に母を訪れ，和やかだったことを語っている．
(31) D から GH 宛（25 Aug. 1858, *P*, VIII, p. 637 および fn. 4).
(32) D から Coutts 宛（23 Aug. 1858, *P*, VIII, p. 632).
(33) D から Mary Boyle 宛（10 Sept. 1858, *P*, VIII, p. 656 および 9 Dec. 1858. *P*. VIII, p. 717).
(34) グラディス・ストーリーが 1923 年から，29 年に死ぬまでのあいだにケイティーと交わした会話のメモ．それは現在，Charles Dickens Museum にある．本書の第 27 章を参照のこと．
(35) D から Wills 宛（25 Oct. 1858, *P*, VIII, pp. 686-7).
(36) Robert L. Patten, *Charles Dickens and His Publishers* (Oxford, 1978), p. 262.
(37) *P*, IX, p. 10, fn. 2 に載っている F の手紙.
(38) F から D 宛（14 Jan. 1859, *P*, IX, p. 11, fn. 5).

第21章◆秘密、謎、嘘 1859-61年

(1) フォースターはこの言葉を *Life of Charles Dickens*, III (London, 1874), Chapter 9 に書いている．
(2) D から彼の巡業マネージャーの Arthur Smith 宛（26 Jan. 1859, *P*, IX, p. 17).
(3) William Richard Hughes, *A Week's Tramp in Dickens-Land* (London, 1891), p. 87.
(4) John Hollingshead, *My Lifetime*, I (London, 1895), p. 97.
(5) フレッドは 3 ヵ月後に釈放されたが，その後，困窮し，彼とほとんど接触しなかった兄に助けてもらえなかった．
(6) *P*, IX, p. 11, fn. 1 を参照のこと．
(7) 姉のマライアが彼女の役を引き継いだことはわかっている．
(8) ディケンズはそれを，彼の古くからの読者に訴えかけるよう，ハブロー・ブラウンの挿絵を付けて，月刊分冊の形で出した．
(9) *HW* は 5 月に廃刊になった．
(10) D から F 宛（16 June 1859, *P*, IX, p. 78). ウィルズは当然ながらディケンズと一緒に移り，彼の主任助手としてとどまり，利益の分け前を貰った．月刊分冊を出すことにしたチャップマン＆ホールは 10 万部のうちいくらかを手元に置き（おそらく，完成したら本にするつもりで)，アメリカにもいくらか送っ

たが，それでも相当の数字である．

(11) Robert L. Patten, *Charles Dickens and His Publishers* (Oxford, 1978), p. 332.

(12) D から Wilkie Collins 宛（6 Oct. 1859, *P*, IX, p. 128）．

(13) John Sutherland の『二都物語』についてのエッセイは，その小説を読む愉しみを相当に増す．それは，彼の *Who Betrays Elizabeth Bennet?* (Oxford, 1999) に収められている．

(14) Patten, *Dickens and His Publishers*, p. 304.

(15)『大いなる遺産』，第 20 章．

(16) 同，第 7 章．

(17) 同，第 15 章．

(18) 同，第 57 章．

(19) 同，第 29 章．

(20) D から Wilkie Collins 宛（12 June 1859, *P*, IX, p. 76）．

(21) D から Frank Beard 宛（25 June 1859, *P*, IX, p. 84）．

(22) D から Frank Beard 宛 (6 Aug. 1859, *P*, IX, pp. 88, 103) ――「新しい薬が勝ち，敵をほとんどやっつけたことを願う」．

(23) D から Wilkie Collins 宛（16 Aug. 1859, *P*, IX, p. 106）．

(24) 娼婦になることから若い女を救う活動をしたディケンズが，自分自身，娼婦を買ったかもしれないというのは信じ難いが，あり得ないことではない．

(25) D から Frank Beard 宛（29 Jan. 1861, *P*, IX, p. 377）．

(26) フォースターの *Life* による（Ⅲ, Chapter 14）．

(27) D から Macready 宛（11 June 1861, *P*, IX, p. 424）．

(28) D から Wills 宛（11 Mar. 1861, *P*, IX, p. 391）．

(29) D から Coutts 宛（8 Apr. 1860, *P*, IX, p. 233）．その中で彼は書いている．「自分に非がないとは思っていません」．D から Coutts 宛（12 Feb. 1864, *P*, X, p. 356）．

(30) パックル夫人は，マクリーディーの末の息子，サー・ネヴィル・マクリーディーの娘だった．彼女の言葉は，Philip Collins, 'W. C. Macready and Dickens: Some Family Recollections'（*Dickens Studies*, 2, 2〔May 1966〕, p. 53）にある．

(31) D から Wills 宛(30 June 1859, *P*, IX, p. 87)．ディケンズは Bulwer 宛の手紙(15 May 1861, *P*, IX, p. 415）で，校正刷りに関する意見が「信頼できる女」と言っているが，それがネリーであるのは確かである．

(32) Andrew de Ternant は 1933 年，バージャーが 99 歳で死んだ年，*Notes and Queries* にその話を載せている．私は最近，de Ternant がとりわけドビュッシーについての作り話をしたことで悪名高く，それを定期的に *Notes and Queries* に載せたことを発見した．したがって，この話も作り話であろう．

(33) D から Fields 宛の手紙（20 May 1860, *P*, IX, p. 255, fn. 3）に引用されている．

(34) これはケイティーがグラディス・ストーリーに話したことである．*Dickens*

and Daughter (London, 1939): p. 106.

(35) D から Frances Dickinson 宛（19 Aug. 1860, *P*, IX, p. 287）.

(36) 時おり言われるように，ケイティーはその場にはいず，外国でハネムーンを過ごしていた．

(37) Storey, *Dickens and Daughter*, p. 107 および P, IX, p. 304, fn. 1.

(38) 彼は最初にコリンズに，次にスイス人の友人セルジャにその話をした（24 Oct. 1860. 1 Feb. 1861, *P*, IX, pp. 331, 383）．Kate Summerscale の *The Suspicions of Mr Whicher* の読者は，まったく違った結末を知るであろう．

(39) D から Cerjat 宛（I Feb. 1861, *P*, IX, p. 383）.

(40) Philip Collins (ed.), *Dickens: Interviews and Recollections* (London, 1981), I, p. 156 には，1910 年 11 月に行われたインタヴューでの，アルフレッドの川旅の思い出が引用されている．フランクも彼をメイドストーンまでボートに乗せて行ったことを回想している．

(41) Kate Field はこの観察をのちに *Pen Photographs of Charles Dickens's Readings* (1868) に記した．そして Malcolm Andrews はそれを *Charles Dickens and His Performing Selves: Dickens and the Public Readings* (Oxford, 2006), p. 255 に引用した．

(42) D から Coutts 宛(4 Oct. 1857, *P*, VIII, p. 459)．D から Cerjat 宛(30 Nov. 1865, *P*, XI, pp. 115-17)．エアはイギリスに召還され，イギリスの判事と王立委員会によって免責された．その後，ジャマイカはイギリスの直轄植民地になった．

(43) D から Régnier 宛（17 Sept. 1859, *P*, IX, p. 124）.

(44)『大いなる遺産』，第 29 章．

(45) 同．

第22章◆ベベルの人生 1862-65年

(1) D から Letitia Austin 宛（4 Jan. 1862, *P*, X, p. 4）.

(2) D から Thomas Beard 宛（1 Feb. 1862, *P*, X, p. 29）.

(3) D から GH 宛（24 and 28 Jan. 1862, *P*, X, pp. 22, 25）.

(4) D から Thomas Beard 宛（5 Apr. 1862, *P*, X, p. 66）.

(5) D から F 宛（8 Apr. 1862, *P*, X, p. 67）.

(6) D から Cerjat 宛（16 Mar. 1862, *P*, X, pp. 54-5）.

(7) D から Yates 宛（3 Apr. 1862, *P*, X, p. 64）.

(8) Arthur A. Adrian, *Georgina Hogarth and the Dickens Circle* (Oxford, 1957), pp. 76-81 および特に p. 79.

(9) D から Wilkie Collins 宛(20 Sept. 1862, *P*, X, p. 129)．D から F 宛(5 Oct. 1862, *P*. X, p. 134).

(10) D から Wilkie Collins 宛（8 Oct. 1862. *P*, X; p. 137）．D から Mrs Brown 宛（21 Oct. 1862, *P*, X, p. 150）.

(11) 私はJohn Bowenの小論‘Bebelle and “His Boots” : Dickens, Ellen Ternan and the Christmas Stories’ (*Dickensian* 〔2000〕, pp. 197-208) に負うところが多い．それは，ディケンズの書いたものを，いかにその時の彼の生活 と関連させて読むことができるかを論じたものである．ボウエンはこう指摘する．ディケンズはその短篇にムッシュー・ミューテュエルという人物を登場させるが，その男はディケンズのブーローニュでの家主をモデルにしているように思われる．そして，中心人物のラングリーはイギリスにいる娘と喧嘩する．そして娘は，やはり子供に死なれる．ディケンズが*AYR*のクリスマス号のために書いた「リリパー夫人の下宿屋」(1863) と「リリパー夫人の遺産」(1864) も私生児の誕生と，フランス訪問に関係している．

(12) DからWills宛 (18 Dec. 1862, *P*, X, p. 178)．

(13) DからF宛 (22 Oct. 1862, *P*, X, p. 148)．

(14) DからOlliffe宛 (18 Jan. 1863, *P*, X, p. 196)．サー・ジョーゼフ・オリフはマクリースの幼馴染で，マクリースが彼をディケンズに紹介した．オリフはパリで医学を修め，裕福なイギリス人の女性と結婚した．2人ともディケンズの作品を称讃していて，ディケンズにパリで会い，親しくなった．

(15) DからWilkie Collins宛 (20 Jan. 1863, *P*, X, p. 198)．

(16) DからWilkie Collins宛 (20 Jan. and 29 Jan. 1863, *P*, X, pp. 198, 201)．

(17) DからGH宛 (I Feb. 1863, *P*, X, p. 206)．そう言ったのは，断頭台上のダントン自身だった．

(18) DからMacready宛 (19 Feb. 1863, *P*, X, p. 215)．

(19) DからOuvry宛(17 Mar. 1863, *P*, X, p. 224)．DからLeighton宛(9 Apr. 1863, *P*, X, p. 230)．DからWilkie Collins宛 ([Aug. 1863?], *P*, X, p. 281)．

(20) 彼はForster宛の手紙 (25 Aug. 1862. *P*, X, p. 120) に，2つの際立って対照的な人間集団と電撃的なメッセージについての物語の準備的な構想を書いた．おそらく，それは『互いの友』の萌芽であろう――じれったいことに電撃的なメッセージは失われているが．

(21) DからMrs Nicholls宛(26 June 1864, *P*, X, p. 408; Dto Wills, 26 June 1864, *P*, X, p. 409)．

(22) DからMrs Frances Elliot宛 (4 July 1866 [recte 1867], *P*, XI, p. 389)．

(23) Gladys Storey, *Dickens and Daughter* (London, 1939), p. 94．本書の第27章を参照のこと．

(24) ストーリーの本が攻撃された時，バーナード・ショーは1939年*TLS*に投書し，ペルギーニ夫人（ケイティー・ディケンズ）は1890代に，その本にあるすべてのことを自分に話したと書いた．ヘンリー・ディケンズの言葉に関しては，Charles Dickens Museumにある文書の，グラディス・ストーリーによる肉筆のメモを参照のこと．ストーリーの原稿に関する，David ParkerおよびMichael Slaterの話は，*Dickensian* (1980), pp. 3-16に載っている．また，本書の

第27章を参照のこと．

(25) DからF宛（[end May 1865 ?――FはDがフランスに発った前日だと言っている], *P*, XI, p. 48）．

(26) DからMitton宛（13 June 1865, *P*, XI, p. 56）．それには，事故について長い話が書かれている．連れの名前は明かされていない．

(27) DからJohn Thompson宛（25 June 1865, *P*, XI, p. 65）．

(28) Thomas Wright, *The Life of Charles Dickens* (London, 1935) ; Gladys Storey, *Dickens and Daughter* (London, 1939) ; Ada B. Nisbet, *Dickens and Ellen Ternan* (Berkeley, 1952) ; K. J. Fielding, *Charles Dickens* (London, 1953) ; Edgar Johnson, *Charles Dickens: His Tragedy and Triumph* (Boston, 1952). Philip Collins (ed.), *Dickens: Interviews and Recollections* (London, 1981), I, p. xxiv（引用文はそこからのもの）; Philip Collins, *Dickens and Crime* (London, 1962; 私の版は1994), p. 309. また，pp. 312-13も参照のこと．

(29) ミス・ロングリーはその話を偏見なしに考えたと言っているが，彼女が手書きで記したメモ（1975年3月15日付）は，彼女の見方が公平なものでは決してないことを示している．こう書いてあるからである．「それは，私の持論――エレン・ターナンは事実，チャールズ・ディケンズの愛人ではなかった――にとって非常に重要だった」．Katharine M. Longleyのメモの原稿は，現在，Charles Dickens MuseumのPocket 13 of the Wright Papersにある．

(30) DからCatherine D宛（6 Aug. 1863, *P*, X, p. 280）．その許可は，彼が墓地のその区画を所有していたので必要だった．

(31) DからCoutts宛（12 Feb. 1864, *P*, X, p. 356）．

(32) Nisbet, *Dickens and Ellen Ternan*, p. 41を参照のこと．そこに，*Letters and Memoirs of Sir William Hardman*（Second Series, London, 1925, p. 148）からの引用がある．ディケンズ夫人の友人だったサー・ウィリアムはこう言っている．ウォルターの死を悲しむ彼女の気持ちは，「そのことが彼女にとってどういうことなのかを，夫が手紙でであれ，ほかの手段でであれ，まったく考慮してくれなかったことで，いっそう強まった．CDに対する私の評価において，彼を最低のところに沈めるのに欠けていたものがあったとすれば，そのことが，彼の邪悪さを完璧なものにした．私は作家としての彼を称讃するが，人間としての彼を軽蔑する」．

(33) DからF宛（30 Aug. 1863, *P*, X, p. 283）．DからF宛（12 Oct. 1863, *P*, X, p. 300）．

(34) DからR. J. Lane宛（25 Feb. 1864, *P*. X, p. 363）．

(35) DからFrith宛（13 Apr. 1864, *P*, X, p. 381）．

(36) DからR. B. Osborne宛（1 June 1864, *P*, X, pp. 400-401）．

(37) DからOuvry宛（30 Apr. 1865, *P*, XI, p. 37）．

(38) DからFechter宛（21 July 1865, *P*, XI, p. 75）．フェクターに関する情報につ

いては，次の著書に負う．Catherine Peters; *The King of Inventors: A Life of Wilkie Collins* (London, 1991)．

第23章◆賢い娘たち 1864-66年

（1） Robert L. Patten, *Charles Dickens and His Publishers* (Oxford, 1978), pp. 302-3.
（2） D から F 宛（29 July 1864, *P*, X, p. 414）.
（3） 部数は Patten, *Dickens and His Publishers*, pp. 216, 308 に拠る．
（4）『互いの友』，第 1 巻，第 12 章．
（5） 同，第 1 巻，第 10 章．
（6） 同，第 2 巻，第 1 章．
（7） それは R. H. Horne が書いたもので，'Dust; or, Ugliness Redeemed' と題された．
（8） John Carey, *The Violent Effigy: A Study of Dickens's Imagination* (London, 1973), p. 111.
（9）『互いの友』，第 1 巻，第 4 章．
（10） 同，第 1 巻，第 6 章．
（11） 同，第 2 巻，第 1 章．
（12） Nation (New York) のジェイムズの書評は，1865 年 12 月 21 日に出た．Philip Collins (ed.), *Dickens: The Critical Heritage* (London, 1971), pp. 469-73 に再録された．
（13）『互いの友』，第 1 巻，第 13 章．
（14） おそらく，自分とネリーとの状況がどういうものになるのか，ディケンズの不安が反映しているのだろう．
（15）『互いの友』，第 1 巻，第 5 章．
（16） 同，第 2 巻，第 8 章．
（17） ディケンズはシェリダン・ノウルズの 1830 年代の 2 つの劇の筋を利用した．1 つは金ずくの考えを改める若い女の劇で，もう 1 つは溺死体から持ち物を盗む父を持つ若い女についての劇である．
（18） Edmund Wilson, 'The Two Scrooges'. *The Wound and the Bow* (Cambridge, Mass., 1941; 私の版は London, 1961), p. 74.
（19）『互いの友』，第 1 巻，第 9 章．子供のための病院は，ディケンズが 1868 年 12 月 19 日付の *AYR* に，イースト・エンドのそうした病院を訪れたあとに書いた病院を予示している．彼は 1869 年 5 月，ジェイムズとアニー・フィールズと一緒に，そこを再訪した．Michael Slater (ed.), *The Dent Uniform Edition of Dickens's Journalism*, IV (London, 2000, with John Drew), pp. 352-64 を参照のこと．善良な牧師フランク・ミルヴェイの妻マーガレッタは，ディケンズが称讃したジョージ・エリオットの『牧師館三景』の，あまりに何度も子供を産んで若死にする，エイモス・バートンの妻ミリーのように，多過ぎる子供に悩んでいる．
（20） ヘンリー・ジェイムズは，『互いの友』全体が「生気がなく，無理が目立ち，

機械的」で，登場人物は不自然だと感じ，ディケンズは小説家としては失敗したのではないか，なぜなら，人間の情熱を全体的に理解していないから，と言った．ジェイムズは，「彼は偉大な観察者で，偉大なユーモア作家」であることは認めたが，哲学者ではないと述べた．もちろんジェイムズは，自分が書こうとしたような小説を基準に考えていたので，厳しい見方をしたのである．一方，エドマンド・ウィルソンは1941年，次のように書いた．「ディケンズは後年の気分をここで蒸溜し，彼の性格の悲劇的な矛盾を劇化し，ヴィクトリア朝の全偉業に最終的な判断を下している．それはきわめて印象的なので，われわれは当時の身辺の厄介事が，人生の主な目的——己が真剣な創作——から彼を逸らす力を まったく持っていなかったことを知るのである」

(21) DからCerjat宛(30 Nov. 1865. *P*, XI, p. 116). 下水道は1865年4月に掘削され，75年に完成した．テムズ河岸通りはディケンズの死後間もなく，1870年7月に開通した．

(22) DからFrank Beard宛の手紙(21 Mar. 1865, *P*, XI, p. 28)を参照のこと．それは，彼を終生間歇的に苦しめることになる痛風の最初の発作に違いない．痛風は命取りの病気ではないが，高血圧と血管の病気を伴うことが多い．

(23) DからF宛（[29 Sept. 1854?], *P*, VII, p. 429)．

(24) DからF宛(mid-Sept. 1865, *P*, XI, pp. 91-2)．DからYates宛(13 Sept. 1865, *P*, XI, pp. 90-91)．

(25) それは，クリスマス物語として再録された時，『ドクター・マリゴールド』と題された．

(26) ヘンリー・チョーリー（1808-72）はディケンズから来た手紙をすべて処分した．家族ぐるみでディケンズと親しく付き合った．1830年以来，*Athenaeum*に寄稿した．とりわけ音楽とオペラに詳しかった(ヴェルディは俗悪で，シューマンとワーグナーは退廃的だと思ったが，メンデルスゾーンは称揚した)．大酒家になった．メイミーに恋していたと思われている．彼は遺言で彼女に生涯年に200ポンド遺し，ギャッズ・ヒルの杉の木の枝を送ってもらいたいと彼女に頼み，1872年に死んだ際，その枝と一緒に埋葬してもらった（これらの情報は，*DNB*, *Pilgrim Edition,* Arthur A. Adrian, *Georgina Hogarth and the Dickens Circle*〔Oxford, 1957〕から得た)．

(27) ヘンリー・ディケンズは，このクリスマスについての短い話を「ギャッズ・ヒル・ガゼット」に書いた．「ギャッズ・ヒル・ガゼット」は父に励まされてヘンリーが作ったもので，そのために植字の訓練をいくらか受けた．メイミー・ディケンズも，ギャッズ・ヒルでの恒例のクリスマスについて*My Father as I Recall Him* (London, 1897) で書いている．

(28) Fanny TernanからBice Trollope宛（16 Feb. 1866, 未公開の手紙)．

(29) Biceはイタリア風に2シラブルでBee-chayと発音される．

(30) DからGH宛（21 Dec. 1865, *P*, XI, p. 125)．

(31) D から Mrs Elliot 宛 (2 Mar. 1866, *P*, XI, p. 166).

(32) D から GH 宛 (9 Feb. 1866, *P*, XI, p, 155). .

(33) *AYR* と『マーガレット叔母の悩み』の著者のあいだの契約書の草案は *P*, XI, p. 536 に載っている.

(34) D から Mrs Elliot 宛 (4 July 1866 [正しくは 1867], *P*, XI, p. 389). これは, ネリーが独りで多くのことに耐えねばならないと彼が彼女に書いた手紙と同じ手紙である. それについては, 本書の第 22 章で論じられた.

(35) 拙著 *The Invisible Woman* を参照のこと.

(36) 夫人の死を悼むウィリアム・ギャスケル宛のディケンズの手紙は知られていない. ディケンズがギャスケル夫人に宛てた最後の個人的手紙は, 1861 年に書かれた.

(37) ディケンズはグロスターの主教の妻エリコット夫人からの招待を断った (2 Apr. 1867, *P*, XI, p. 348). 彼は 1867 年 3 月, エリオット夫人にもほとんど同じ言葉を使った.

(38) Henry F. Dickens, *Memories of My Father* (London, 1928), pp. 14, 26.

第24章◆チーフ 1866–68年

(1) ドルビーは 1885 年, 回想録 *Charles Dickens as I Knew Him* を発表した. それは記憶と「厖大なメモ」によって書かれたもので, メイミー・ディケンズはそれを,「これまでに書かれた, 父の最良の, 最も真実の姿」だと評した. ディケンズはドルビーの吃音を, 1867 年 3 月のジョージーナ宛の手紙に書いている.「彼は目下, 話す際に前方に岩があるが, それを乗り越えることができない. それは, ケンブリッジ, という言葉だ……日に 50 回……彼はカ - ア - ア - アと言い, 次にコー - オー - オー - ア - オと言う. すると, 彼を怯えさせ, 驚かせるような唐突さで, その言葉が飛び出してくる」(*P*. XI, p. 328).

(2) D は Mamie に宛て, そう書いた (14 Apr. 1866, *P*, XI, p. 184).

(3) George Dolby, *Charles Dickens as I Knew Him* (London, 1885; my edition 1912), p. 11.

(4) Malcolm Andrews が *Charles Dickens and His Performing Selves: Dickens and the Public Readings* (Oxford, 2006), p. 150 に書いている言葉.

(5) それは, とりわけ彼の名誉になる. なぜなら, 彼は 1900 年に救貧院で無一文で死んだからである. 自分の知っていることを売ることもできたであろうに.

(6) D から Wills 宛 (6 June 1667, *P*, XI, p. 377). この言葉は, ディケンズが過去を振り返っていたことを示唆している. というのも, この時点ではヘンリーとプローンしか家にいず, ヘンリーには弱々しいところはなかったからである. しかし, チャーリーは頻繁に訪ねてきた. この手紙は, ディケンズがアメリカに行くことを積極的に正当化しているもので, ネリーのモノグラムの入った便箋に書かれている. ウィルズは手紙の上のほうに次のように書いている.「C・

Dの性格の強い面の1つ――力強い意志――を非常によく表わしているこの手紙は，彼にアメリカ行き――結果として，彼を殺してしまったが――を思いとどまらせようとして，フォースターと私が失敗したのも無理はないのを証明するために，必ず公表されるべきだと思う．――W・H・W」

(7) DからMacready宛（23 Feb. 1866）．この手紙は，ビアドが「心臓過敏症」と診断したこと，「休養は命じられたが，時おり公開朗読をするのは反対されず，むしろ勧められた」ということをマクリーディーに伝えている．*P*, XI, p. 163.

(8) *From the Porch*（1913）より．Philip Collins (ed.), *Dickens: Interviews and Recollections*, II (London, 1981), pp. 178-9に収められている．これは，1870年にレディー・リッチーが，アニー・サッカレー時代の経験を回想しているものである．

(9) DからF宛（[6 Sept. 1866?], *P*, XI, p. 243）．DからFrank Beard宛（6 Sept. 1866, *P*, XI, p. 242-3）．

(10) DからDolby宛（4 Sept. 1866, *P*, XI, p. 239）．

(11) DからWills宛（21 Oct. 1866, *P*, XI, p. 257）．ディケンズの支払いについては，Arthur A. Adrian, *Georgina Hogarth and the Dickens Circle* (Oxford, 1957), p. 110を参照のこと（*Dickensian*〔1939〕, p. 145を引用している）．

(12) DからGH宛（6 Nov. 1866, *P*, XI, p. 265）．トンプソンが身の程知らずになったらしい徴候は，1861年の国勢調査に見られる．彼は自分の職業を「出版業者」とし，ストランド，ウェリントン街26番地に妻と子供と1人の召使と住んでいると記している．

(13) マーカス・ストーンによる．'Marcus Stone, R. A., and Charles Dickens', *Dickensian* (1912), p. 216には，ストーンが*Morning Post*（4 July 1912）にした話が載っている．ディケンズは，自分とネリーの秘密の取り決めについて多くのことを知っているトンプソンに力を貸すのが最上の策だと思ったのかもしれない．トンプソンの2人の娘，エミリー（1854年生まれ）とマチルダ・ドリット（1857年生まれ）は，共にセント・マーティン・イン・ザ・フィールズ教会で洗礼を受けた．1871年の国勢調査では，トンプソンは無職になっていて，新しい妻のメアリー・アンと，ショーディッチと1軒の家を共有して住んでいた．メアリーは婦人服の仕立屋で，彼の下の娘のカラー・ドレッサー〔カラーに糊をつけアイロンをかける職人〕に手伝ってもらっていた．そして，2人の女の人形作りとパートナーを組んでいた．ヘンリエッタ・アダムズはトンプソン一家と住み，アンナ・ワトソンは通いだった．上の娘のエミリーはハックニーで召使をしていた．Nicholas P. C. Waloffによると，ディケンズがトンプソンにやらせた「小商い」は，女たちがした仕立屋兼人形作りではないかと言っている．

(14) DからGH宛（5 Nov. 1866, *P*, XI, p. 263）．

(15) DからMamie宛（17 Feb. 1867, *P*, XI, p. 315）．DからFrank Beard宛（18 Feb. 1867, *P*, XI, p. 316）．DからGH宛（19 Feb. 1867, *P*, XI, p. 317）．

(16) Dからパディントン駅長宛（20 Apr. 1867. *P*, XI, p. 357）．これが，日記に「紛失」

と書かれているものである．人は疲れていたり，ストレスを感じていたりする時に物を失くす．「旅行用ナップザック」が戻ったかどうかはわかっていない．

(17) 彼はアメリカで，日記つまり非常に小さな革装の手帖を失くした．しかし1922年，氏名不詳の個人蒐集家が所有していることがわかった．それは大蒐集家のバーグ兄弟に買い取られ，1943年まで21年間，調べられなかった．その年，キュレーターがきわめて興味深いものであるのに気づいた．

(18) DからGH宛（8 May 1867, *P*, XI, p. 364）．

(19) DからF宛（[20-25 May 1867?]. *P*, XI, p. 372）．

(20) グラディス・ストーリーのメモによれば，「ペカムにある，2人の召使のいる彼女のための家」についてケイティーは話した．本書の第27章を参照のこと．

(21) 常に洞察力のあるフィリップ・コリンズは，次のように信じている．ディケンズは「自分が作り出した，まことに優れた謎のプロットにおいて，自分が物の見事に役割を演じたことに一種の満足感を覚えたに違いない．書いたものにおいてではなく，実生活で」．*Dickens and Crime* (London, 1962; 私の版は1994), p. 316.

(22)「シルヴァーマン」はアメリカの市場向けに書かれ，彼がアメリカにいるあいだに，1868年1月から3月まで *Atlantic Monthly* に連載され，68年2月から *AYR* に連載された．

(23) それらは Ticknor & Fields の子供向け雑誌 *Our Young Folks* に載ったが，本の形にはならなかった．そのアメリカの出版社は，「シルヴァーマン」と「休日のロマンス」に，それぞれ1000ポンドという大変な額の金を払った．

(24) 有名な外科医ヘンリー・トンプソンは，腱膜瘤は丹毒，すなわち皮膚が赤くなる特徴のある炎症によって悪化すると言った．

(25) DからDolby宛（9 Aug. 1867, *P*, XI, p. 410）．

(26) 1890年代，ネリーの友人のヘレン・ウィッカムは，ネリーは自分の思うようにならないと，時おり「大騒ぎ」をしたと言った．「彼女は実際，小柄な癇癪持ちだった」．その情報を得た Katharine M. Longley は，'The Real Ellen Ternan'（*Dickensian*〔1985〕）を書いた．

(27) Dから *The Times* 編集長宛（2 Sept. 1867, *P*, XI, p. 416）．Dから *Sunday Gazette* 編集長宛（3 Sept. 1867, *P*, XI, p. 420）．

(28) 出版社 Ticknor & Fields の社長ジェイムズ・フィールズは，ディケンズより5歳若かった．1842年にディケンズがボストンで講演するのを聞いた．1860年5月，彼とかなり年下の若い妻（再婚）アニーはイギリスにディケンズを訪ね，友情が結ばれた．フィールズはアメリカに来て公開朗読をするよう強く勧め始めた．1861年4月から65年4月まで4年間にわたる南北戦争が勃発したので，その計画は棚上げになった．

(29) ファニー・トロロープは10月8日までにはその計画を知った．

(30) DからOuvry宛（20 Oct. 1867, *P*. XI, p. 458）．

(31) K. J. Fielding (ed.), *The Speeches of Charles Dickens: A Complete Edition* (Brighton, 1988), p. 370.

(32) 彼は *Life of Charles Dickens*, III (London, 1974), Chapter 13 に，そのことにほんの少し触れているだけである〔そのことに関する記述は，わずか2行〕．Adrian の *Georgina Hogarth and the Dickens Circle*, p. 103，および Fielding の *The Speeches of Charles Dickens*, pp. 368-7 も参照のこと．

(33) D から Catherine D 宛（5 Nov. 1867. *P*. XI, p. 472）．

(34) Huntington MS, HM 18394.

(35) Henry James から William James 宛（22 Nov. 1867），Leon Edel (ed.), *Henry James: Letters*. I (London, 1974), p. 81.

(36) ジェイムズのその感想は何年ものちに書かれたものである．*The Notebooks of Henry James* から Collins, *Interviews and Recollections*, II, p. 297 に載ったもの．ジェイムズはノートンの家でディケンズに直接会った．「謎めいたマスクは非常に立派で，際立ってハンサムな顔だった．直ちに気づいたのだが，釣り合いはとれているが，恐るべき性格の顔だった．それは，黙って敬意を表している私に，全く不可解な表情を見せ，無慈悲な軍人めいた目を向けた」．

(37) 今日の50倍の価値があった．すなわち，現在の100万ポンドに近い．しかし，正確な換算は不可能である．小売物価指数，平均収入，1人当たりの国内総生産（GDP），GDPのシェアあるいはGDPデフレーターのいずれを使うかによるからである．

(38) D から F（5 Jan. 1868, *P*, XII, p. 5）．彼はまた，フォースターにこうも語っている（3 Jan. 1868, *P*, XII, p. 2）．「家主が僕のためにブランデーとラムと雪の飲み物を考え出してくれ，それを〝ロッキー山特効薬〟と呼び，そうひどいものではないくしゃみをすべて治すと言った．しかし，その効果はない」

(39) D から F 宛（14-15 Jan. 1868, *P*, XII, pp. 14-15）．

(40) D から GH 宛（21 Jan. 1868, *P*, XII, p. 20）．

(41) D から F 宛（30-31 Mar. 1868, *P*, XII, p. 86）．

(42) Forster, *Life*, Ⅲ, Chapter 15 および fn.

(43) D から F 宛（13, 14 Mar. 1868, *P*, XII, p. 75）．

(44) Dolby, *Charles Dickens as I Knew Him*, p. 341. 1868年，ディケンズはマリルボーン教会での洗礼式で教子に，非常に大きな銀のボウル，皿，フォーク，ナイフ，スプーンを 贈った．D から Fields 宛の手紙（7 July 1868, *P*, XII, p. 150）を参照のこと．

(45) Kate Douglas Wiggin, *A Child's Journey with Dickens*（Boston and New York, 1912）．

(46) ウィルズ宛の手紙はごくわずかしか残っていない．その多くの箇所はインクで消してある．のちに赤外線写真で判読可能になった．現在，すべて *P*, XI および *P*, XII に収められている．

(47) ウィルズへのそうした支払いは，Edgar Johnson の *Charles Dickens: His Tragedy and Triumph*（Boston, 1952）に記されている．xc-xci の注を参照のこと．彼は「ウィルズ・トラスト」〔ウィルズが管理していた，ネリーのための口座〕に，1867 年 11 月 7 日，さらに 250 ポンド払い込まれたことを記している．そして，彼女のための投資の総額がどうやって払い込まれたのか，ほかの記録は発見できなかったと書き，こう言っている．「読者は総計 2,250 ポンドのこうした払い込みに，自分の好きな意味を付与するかもしれない」．*Pilgrim Edition* の編者は 1,000 ポンドにしか言及していない．それは，ジョージーナ宛の手紙に関するもので，「たぶんネリーのためのものであろう」と編者は言っている（*P*, XII, p. 6, fn. 7）．

(48) この 2 つの引用はアニー・フィールズの日記からのもので，Collins, *Interviews and Recollections*, II, pp. 320, 321, 322 から引用した．

(49) その約束は果たされた．

第25章◆「どうやら、また仕事のようだ」1868-69年

(1) D から Alfred Dickens 宛（16 May 1868, *P*, XII, p. 110）．

(2) D から Macready 宛（20 July 1868, *P*, XII, p. 378）．D から Morley 宛（2 Oct. 1868, *P*, XII, p. 192）．モーリーはその後，University College, London で教える仕事を続けた．ディケンズに対する彼の見方は，Philip Collins (ed.), *Dickens: Interviews and Recollections*, II (London, 1981), p. 193 に記されている．

(3) Forster, *Life of Charles Dickens*, III (London, 1874), Chapter 8．彼は D から Fields 宛の手紙（7 July 1868, *P*, XII, p. 149）を引用している．

(4) レディー・モウルズワース，旧姓アンダルシア・カーステアーズ（1803-88）はアイルラド人の歌手，女優で，1840 年代にドルーリー・レイン劇場で舞台に立ち，一度結婚してから寡婦になり，准男爵，サー・ウィリアム・モウルズワースと再婚し，熱心に名士と交際したがる裕福な女になった．ディケンズは彼女が好きで，彼女のディナーに招かれるのを愉しんだ．

(5) D から Mamie Dickens 宛（26 Sept. 1868, *P*, XII, p. 188）．

(6) D から Plorn Dickens 宛（26 Sept. 1868, *P*, XII, pp. 187-8）．

(7) D から Dolby 宛（25 Sept. 1868, *P*, XII, p. 187）．

(8) D から GH 宛（7 Nov. 61, *P*, IX, p. 500）．D から P. Cunningham 宛（15 Feb. 1865, *P*, XI, p. 16）．

(9) D から Dr Hewison 宛（23 Oct. 1868, *P*, XII, p. 207）．

(10) D から Dolby 宛（29 Sept. 1868, *P*, XII, p. 190）．

(11) D から F 宛（[10-15 Oct. 1868?], *P*, XII, p. 203）．*Life*, III, Chapter 17 に引用されている．

(12) これらの引用は次のものによる．George Dolby, *Charles Dickens as I Knew Him* (London, 1885；私の版は 1912), p. 351.

(13) Forster, Life, III. Chapter 17 および [15 Nov. 1868?], *P*, XII, p. 220.

(14) Philip Collins, *Dickens and Crime* (London, 1962; 私の版は 1994), p. 269.

(15) Edgar Browne, *Phiz and Dickens, as They Appeared to Edgar Browne* (London, 1913), p. 146.

(16) Dolby, *Dickens as I Knew Him*, p. 347.

(17) ディケンズの友人たちは，彼の暮らしにおけるジョージーナの役割を受け入れていたが，彼女を彼と一緒に招くことは概してなく，ケント州の隣人たちと，そこにいたアメリカ人の何人かは，彼女の立場に疑念を抱いていた．

(18) D から Cerjat 宛（4 Jan. 1869, *P*, XII, p. 267）.

(19) D から Ouvry 宛（12 Jan. 1869, *P*. XII, p. 273）.

(20) D から Dolby 宛（19 Feb. 1869, *P*, XII, p. 294）.

(21) D から GH 宛（26 Feb. 1869, *P*, XII, p. 299）.

(22) その青年，エドワード・ヤングはディケンズと会ったことについて家族に語ったが，その話は 1927 年の彼の死亡記事に載った．彼の孫娘は祖父をよく覚えていて，それは黒い靴下だったと祖父は言ったが，死亡記事にそのことに言及するのはふさわしくないと思われた，と彼女は私に話した．

(23) D から Frank Beard 宛（19 Apr. 1869, *P*, XII, p. 336; D から Norton 宛（20 Apr. 1869, *P*, XII, p. 337）.

(24) D から GH 宛（21 Apr. 1869, *P*, XII, p. 339）.

(25) これは彼の最後の遺言状で，彼はフォースターとジョージーナを遺言執行人に指名した．その 2 人は，彼の個人資産と著作権を管理し，収益を保管し，子供たちが 21 歳になったら，その収益を子供たち全員に平等に分ける責任を負った．子供たち全員，18 歳だったエドワード（プローン）以外，彼が死んだ時は 21 歳を越えていた．彼は，「アンプトヒル広場，ホートン・プレイスに最近まで居住していたミス・ローレス・ターナン」に 1,000 ポンド遺し，ジョージーナには 8,000 ポンド，メイミーには 1,000 ポンドと，結婚するまで年 300 ポンドを遺贈し，母に一生収入をもたらす資金の管理責任をチャーリーとヘンリーに負わせた．フォースター（「わが親愛なる頼もしき友」）には一切の原稿と時計を遺し，ジョージーナには私的文書を遺した．チャーリーにはすべての蔵書，銅版画，様々な小間物を遺した．召使たちには少額の金が遺贈された．彼はギャッズ・ヒルを財産の一部として売却することを望んだ．

(26) D から W. J. Farrer 宛（15 Dec. 1869, *P*, XII, p. 451）.

(27) これはドルビーの話である．*Charles Dickens as I Knew Him*, pp. 421-9.

(28) George Curry によって *Charles Dickens and Annie Fields* (San Marino, Calif., 1988) に引用された．*Huntington Library Quarterly*, 51 (Winter 1988), p. 48 から再録されたもの．

(29) Annie Fields の日記．同，p. 42 に引用されている．

(30) ケイティーはネリーがギャッズ・ヒルに滞在したことについてグラディス・ストーリーに話した．それは，*Dickens and Daughter* (London, 1939), p. 127 に載っ

ている．ネリーがのちにジョージーナとメイミーと友人になったことについては，本書の第27章を参照のこと．

(31) DからDolby宛（11 Sept. 1869, *P*, XII, p. 408）．

(32) DからArthur Ryland宛（6 Sept. 1869, *P*, XII, p. 407）．

(33) DからDolby宛（27 Nov. 1869, *P*, XII, pp. 445-6）．

(34) Dolby, *Charles Dickens as I Knew Him*, p. 338.

(35) Una Pope-Hennessy, *Charles Dickens* (London, 1945), p. 451では，この話は若いLord Ribblesdaleがしたことになっているが，Collins, *Interviews and Recollections*, II, p. 112では，ラッセル卿の孫娘Baroness Deichmannがしたことになっている．*Impressions and Memories* (London, 1926), pp. 101-3．それが正しいに違いない．

(36) ドルビーはディケンズが話したこのことを，*Charles Dickens as I Knew Him*のp.451に記している．

(37) DからGH宛（12 Nov. 1869, *P*, XII, p. 439）．

(38) Dolby, *Charles Dickens as I Knew Him*, pp. 440-41．講演の1つは，互いに競い合ったハーヴァード大学とオックスフォード大学の漕艇部の部員を前に水晶宮《クリスタル・パレス》で行われ，ディケンズはアメリカに対する温かい感情を披瀝することができた．2つ目の講演は，すでに述べたように，長いあいだ関わってきたバーミンガム・ミッドランド協会で行われた．彼は1870年1月に再びそこで講演したが，それが最後だった．

(39) DからThomas Trollope宛（4 Nov. 1869, *P*, XII, p. 434）．

(40)『互いの友』の場合同様，作品が完成する前に彼が死亡した場合，フォースターが手配して前金が返却されるという条項が，契約書に記されていた．

(41) DからJohn Murray宛（19 Oct. 1869, *P*, XII, p. 426）．

(42) あるいはResponsions．2学年の時に行われる試験で，今はない．

(43) DからMacready宛（27 Dec. 1869, *P*, XII, p. 457）．

(44) Dolby, *Charles Dickens as I Knew Him*, p. 441．ジョージーナも彼女が編纂したディケンズの書簡集で，彼はその日，歩くこともできなかったとも言っている．

第26章◈ピクスウィック、ペクニックス、ピクウィックス 1870年

(1) George Dolby, *Charles Dickens as I Knew Him* (London, 1885; my edition 1912), pp. 452-3.

(2) DからWills宛（23 Jan. 1870, *P*, XII, p. 470）．

(3) DからC. E. Norton宛（11 Mar. 1870, *P*, XII, p. 488）．

(4) 5月17日，メイミーは父と一緒ではなく，独りで女王の舞踏会に行った．父は体の具合が悪かった．Forsterの*The Life of Charles Dickens*, III (London, 1874), Chapter 20.

(5) ディケンズはアメリカからウィルズに宛てた手紙（25 Feb. 1868, *P*, XII, pp. 59-60）で，その本についての意見を述べ，ウィルズが *AYR* でその本を褒めたことを窘《たしな》めた．

(6) RA VIC/MAIN/QVJ/1870: 9 March. 社会階級に対するディケンズの考えは女王を感心させた．女王は彼の死後，次のように書いた．「彼は大きくて愛する心と，貧しい階級の人々に対する深い同情の念を持っていた．／彼はいっそう優れた感情と，各階級のはるかに大きな結合が，やがて実現すると確信していた．私は心からそうなることを祈る．VR」(RA VIC/MAIN/QVJ/1870: 11 June).

(7) Malcolm Andrews. *Charles Dickens and His Performing Selves: Dickens and the Public Readings* (Oxford, 2006), pp. 264-5.

(8) Forster の *Life*, III, Chapter 20 には，ディケンズが言ったことと，その場の情景が記されている．彼は聴衆に向かって自分の手にキスし，涙を浮かべたと言っている者もいる．

(9) 遺言補足書は彼の遺言状の最後にあり，日付は 6 月 2 日である．ウェリントン街の彼の 2 人の助手，ホールズワースとウォーカーが証人になった．ウィルズは *AYR* の 8 分の 1 の所有権を持っていたが，チャーリーは父の死後それを買い取った．

(10) D から Alfred Dickens 宛（20 May 1870, *P*, XII, pp. 529-30）．

(11) D から George Clowes 宛（18 Feb. 1870, *P*, XII, p. 481）．『デイヴィッド・コパフィールド』の 1870 年の序文で，「空想から生まれたすべての子供の優しい親」とみずからを呼び，『デイヴィッド・コパフィールド』は一番好きな子だと言っている．

(12) インドの絞殺強盗団は，英国が 19 世紀初頭に注目するようになったインドの秘密組織で，もっぱら英国によって消滅させられた．絞殺強盗団は旅人を殺害し，金品を奪うのをこととした．彼らは布の綱で絞殺してから，死体を素早く処分した．

(13) D から S. Cartwright 宛（11 Apr. 1870. *P*. XII, p. 508）．D から Charles Kent 宛（25 Apr. 1870, *P*, XII, p. 512）．D から Arthur Helps 宛（26 Apr. 1870, *P*, XII, p. 513）．彼は 5 月 31 日，「道中，少し気分転換をするため，遠回りをしてロンドンから」ギャッズ・ヒルに到着したとバンクロフト夫人に語っているが，たぶん，ペカム経由だったのだろう（*P*. XII, p. 541）．

(14) D から Arthur Helps 宛（3 May 1870, *P*, XII, p. 519）．D から Mrs Dallas 宛（2 May 1870, *P*, XII, p. 517）．

(15) Forster, *Life*, III, Chapter 20.

(16) レディー・ホートンは 1814 年，アナベラ・ハンガーフォード・クルーとして生まれた．第 2 代クルー男爵の娘で，初代クルー男爵とレディー（フランシス）の孫娘だった．美貌で名高く，ホイッグ党の女主人で，ディケンズの祖母を家政婦として雇った．

ディケンズはセルジャへの手紙で，皇太子は「哀れな退屈で懶惰な男」と評した．(16 Mar. 1862, *P*, X, p. 55)．また，皇太子の結婚式の際，1863 年 3 月 31 日，マクリーディーに苦情を言った．「僕らは実際，人間として忍耐の限度に達するほど，〝皇太子騒ぎ〟に巻き込まれている．そうじゃないかい？」(*P*, X, p. 227)．メイミーは 1863 年 5 月にシティーで催された皇太子の舞踏会に連れて行ってくれと頼み，ディケンズはひどく気が乗らなかったが連れて行った．

ベルギーのレオポルド 2 世はヴィクトリア女王の従姉弟で，コンゴに個人的な植民地帝国を作った怪物である．土地はもっぱらスタンレーが彼のために買ったものだった．彼は大規模な残虐な行いをした．アフリカの何万という人間を奴隷にし，手足を切断して不具にし，殺害した．また彼はベルギーで国民にひどく嫌われたので，彼の葬式は野次られた．根っからの悪人だった．ディケンズがそのことを知っていたとは思われないが．

(17) その劇はフランスの劇『プリマ・ドンナ』の翻訳で，ディケンズが，自分の娘の 1 人がカントリーハウスで，別の劇に出たのを見たあと，提案したものだった．別の劇は，劇に野心を抱いていた弁護士で，*AYR* の寄稿者でもあったハーマン・メリヴェイルが書いたものだった．メリヴェイルはまた，クロムウェル・ロードのフリーク家での上演に関わっていた．そして，ディケンズは見事に演出し，悪いほうの足にスリッパを履き，杖を使った以外，病気の兆候は何も見せなかったと言った．その話は，われわれが当時のディケンズの健康状態について知っていることに合わないが，メリヴェイルは，彼は劇の上演に元気に取り組んだと主張している．

(18) レディー・ドロシー・ネヴィルは彼女の *Reminiscences* の中で，彼が元気旺盛だったことを語っている．Philip Collins (ed.), *Dickens: Interviews and Recollections*, II (London, 1981), p. 350 を参照のこと．レディー・ジューン（のちのレディー・サントヘリエ）は 1909 年に *Memories of Fifty Years* を公刊し，p. 78 にディケンズについての思い出を書いている．ディケンズのような有名な人物には，矛盾する話があるのは避けられない．

(19) D から Mrs Percy Fitzgerald 宛（26 May 1870, *P*, XII, pp. 534-5)．

(20) 同，p. 534．D から Mrs Bancroft 宛（31 May 1870, *P*, XII, p. 541)．

(21) D から Fechter 宛（27 May 1870, *P*, XII, p. 538)．

(22) Percy Fitzgerald, Collins, *Interviews and Recollections*, II, p. 353 による．

(23) プルヴァマーカー (1815-84) は，電流バンドを作るために，ファラデーが 1831 年に発明した誘導コイルを利用したプロイセン人だった．彼はアメリカでその特許を取り，1859 年にロンドンに来た．そして，その販売に成功し，あらゆる種類のリューマチ，神経痛，癲癇，麻痺，神経衰弱，さらに消化不良，痙攣を治すと公言し，「世界中の哲学者，神学者，著名な医師がそれを推奨している」とも公言した．彼はオックスフォード街に店を構え，晩年はハムステッドの高台にあるウィンドミル・ハウスに住んだ．

(24) ケイティーはそれに関し，いくつかの話をし，書いている．Collins, *Interviews and Recollections*, II, pp. 354-8 および Gladys Storey, *Dickens and Daughter* (London, 1939), pp. 133-4 を参照のこと．

(25) これはディケンズの最後の手書きのものの1つで，青い表紙の，縦に数本の罫のある小さな手帖で，表紙の楕円の部分に，彼の手で「ギャッズ・ヒルの地下室の樽」と書いてある．彼は1頁の最後にこう付け加えている．「そのほか，まず使うべき，石の壺に入った5ガロンのウィスキーがある——」．4頁目は空白である．グレート・ラッセル街46番地のジャーンダイスの2002年9月の競売カタログを送って下さったデイヴィッド・クレッグに感謝する．そのカタログにこうした細かいことが書いてある．そのタイトルは次の通りである．「ディケンズの最後の計画——ギャッズ・ヒルの地下室の在庫調べ」

(26) William Richard Hughes, *A Week's Tramp in Dickens-Land* (London, 1891), p. 207. ヒューズは，フォールスタッフ・インの主人，トルード自身からその話を聞いた．トルードはディケンズの署名を欲しがった崇拝者から，その22ポンドの小切手に24ポンド出そうと言われたが，断った．

(27) これは，ディケンズの死についてサーラが *Daily Telegraph* に書いたもので，彼が1870年に出した短い伝記，*Charles Dickens* に再録された．

(28) これは一部，ジョージーナが編纂したディケンズの書簡集にある話から採ったものである．その書簡集には，各年に短い記述があり，最期の日々の描写で終わる．また，Arthur A. Adrian, *Georgina Hogarth and the Dickens Circle* (Oxford, 1957), pp. 136-7 にもよる．それは *The Times* の死亡記事——もちろん，ジョージーナの話にもとづいている——に負っている．さらに，Gladys Storey の *Dickens and Daughter* にもよる．ケイティーから情報を得たストーリーによると，ディケンズは支離滅裂なことを言っている最中，フォースターの名をも口にした．フォースターはディケンズ伝の最後の章で，食事が始まる前には具合が悪くなったり痛みを覚えたりした徴候を見せず，彼が口にした唯一の意味の通った言葉は，食事を続けたいという言葉だったと書いている．それから，言葉の意味が不明になり，立ち上がった．ジョージーナはなんとかして彼をソファーに坐らせた．部屋に召使がいなかったのは明らかだった．いずれにせよ，食べ物は食事運搬用リフトで食堂に上げられたのだ．

(29) もし犬がいたなら，犬はネリーに気づいていたろう．ディケンズ家の犬は，一度会った人間を決して忘れなかったということについては，Dolby の *Charles Dickens as I Knew Him*, p. 57 を参照のこと．

私は *The Invisible Woman* を出版してから，6月8日についての，この違った話を示唆する情報を送られた．私は出来事の順序の様々な可能性について考え，そのペーパーバック版の付録に，その可否について論じた．興味のある読者はそれをお読み頂きたい．それ以後，どんな情報も明るみに出ず，ディケンズの習慣についてわかっていることを考慮すれば，この話はあり得ないことではな

いとしても，考えにくいということを私は受け容れる．

(30) ケイティーがグラディス・ストーリーに話したこと．Gladys Storey, *Dickens and Daughter*, p. 136.

(31) ネリーの娘グラディスは，ディケンズが死んだ時，母はそばにいたとマルコム・モーリーに話した（*Dickensian*, 1960）．グラディスが Walter Dexter に話したところによると，ケイティーはネリーを呼ぶようジョージーナに言った．Dexter が 1939 年 2 月 22 日に Le Comte de Suzannet に送った手紙（Dickens Museum）．Una Pope-Hennessy の言うには，ケイティーがネリーを連れてきたと，グラディス・ストーリーが彼女に話した．彼女はそのことを *Charles Dickens* (London, 1945), p. 464 に記した．

(32) 彼女は 1873 年 12 月，ディケンズの髪の数本をノートンに送った．Adrian, *Georgina Hogarth and the Dickens Circle*, p. 199.

(33) この素晴らしい最後の言葉は，ドルビーの *Charles Dickens as I Knew Him* にある．

(34) ショーン教会は数年後大規模に修繕され，村は広がり，変わった．

(35) GH から Ouvry 宛（18 June 1870）．「ロチェスターの大聖堂の者が墓を用意し，鐘を鳴らすなどの」費用を持ったと，その手紙に書いてある．Arthur A. Adrian の 'Charles Dickens and Dean Stanley', *Dickensian* (1946), p. 156 による．

(36) 18 世紀の劇作家 Richard Cumberland は，*The Critic* で，シェリダンにサー・フレットフル・プレイジャリー〔「不機嫌な剽窃家」〕と揶揄されたこと以外では，今ほとんど知られていない．

(37) スタンリー首席司祭のこの話は，Adrian, 'Charles Dickens and Dean Stanley', pp. 152-4 から引用した．

(38) ウィルキー・コリンズの話では，チャールズ・リードがそこにいて，彼の肩に寄り掛かって泣いた．ほかの誰も，リードがいたことを書いていないが，最も古い友人のトム・ビアドがいなかったというのは意外である．

(39) サーラのこの話は，*Dickensian* (1950), p. 116 に載っている．ジョージ・サーラ（1828-96）は女優の息子で，*HW* と *AYR* でディケンズと親しく働いた．また，Daily Telegraph とも繋がりがあった．そのことは，同紙のメッセンジャーが首席司祭の家のドアをノックしたことと関係があるのかもしれない．

(40) Longfellow から F 宛（12 June 1870），Forster, *Life*, III, Chapter 14.

第27章◆友人には……私を覚えていてもらいたい 1870-1939年

(1) National Library of Scotland にある原稿．Thomas Carlyle から John Carlyle 宛（15 June 1870）．*Dickensian* (1970), p. 91 を参照のこと．

(2) F から Norton 宛（22 June 1870）．Houghton Library, Harvard にある原稿．James A. Davies, *John Forster: A Literary Life* (New York, 1983), p. 123 に引用されている．

(3) *P*, XII, p. 325, fn. 6 に載っている．J. A. McKenzie (ed.), *Letters of George Augus-*

tus Sala to Edmund Yates in the Edmund Yates Papers University of Queensland Library (St Lucia. Qld, 1993), Victorian Fiction Research Guides nos. 19-20, p. 131 からの引用である．サーラは 1869 年 4 月のリヴァプールでの宴会以来，ディケンズに会っていなかった．彼は *Daily Telegraph* に死亡記事を書き，その後，短い，心の籠もった，しかし事実に誤りのある伝記を書いた．

(4) サーラはディケンズの子供時代や家族の背景について何も知らず，ディケンズは「恥ずかしからぬ中流階級の家族に生まれ」,「厳しい中流階級の教育を受けた」と書いた．また,「彼の心に大きな影が落ちた」とも記し，50 年間は探ってはいけない秘密を知ろうとするのを避ける，と書いている．

(5) Browning から Isa Blagden 宛（19 Oct. 1870）．ディケンズはファニー・トロロープに払い過ぎている，それは，ディケンズが彼女の妹と関係があるからだということを示唆する手紙を彼女から貰ったあと出した手紙である．Edward C. McAleer (ed.), *Dearest Isa: Robert Browning's Letters to Isabella Blagden* (Austin, 1951), p. 349.

(6) Annie Fields の日記の 1871 年 12 月 6 日の項．George Curry が *Charles Dickens and Annie Fields* (San Marino, Calif., 1988), p. 60 に引用している．

(7) 彼はレズリー・スティーヴンと，サッカレーの下の娘である妻のミニーの家に泊めてもらった．ミニーはケイティーを古くから知っていた．彼女は 1867 年にレズリー・スティーヴンと結婚した．

(8) ジョージーナがウーヴリーの助けを借りてシャレーを買い戻し，ダーンリー卿に与えた．

(9) GH から Annie Fields 宛(1 Mar. 1871)．Arthur A. Adrian, *Georgina Hogarth and the Dickens Circle* (Oxford, 1957), p. 181.

(10) GH から Annie Fields 宛（17 Mar. 1871）．同，p. 167.

(11) チャーリーの妻のベッシーが，オーストラリアにいるアルフレッドに宛てた手紙にそう書いた．G.W.Rusden 宛の Alfred Tennyson Dickens の手紙（11 Aug. 1870）から．MS State Library of Victoria．Philip Collins (ed.), *Dickens: Interviews and Recollections*, I (London, 1981), p. 156 に載っている．

(12) Charles W. Dickens, *Mumsey's Magazine*, 28, 6（Sept. 1902）.

(13) 1873 年 9 月のケイティーの婚姻記録を登記所で発見したルシンダ・ホークスリーは，家族の誰も登記所にいなかったことを，ケイティーの伝記，*Katey: The Life and Loves of Dickens's Artist Daughter* (London, 2006) に記し，ケイティーは妊娠していると誤って思い込んだのかもしれないと書いている．正式の結婚式は翌年の 1874 年 6 月に行われた．

(14) Forster, *The Life of Charles Dickens*, III (London, 1874). Chapter 14.

(15) 信頼できる証人である Sydney Cockerell は，ディケンズについての小論を書いたあと, *Sunday Times*（22 Mar. 1953）に, 1880 年頃, メイミーとジョージーナに，ロビンソン師，すなわちネリーの夫ジョージ・ウォートン・ロビンソン

の家で会ったと述べている．コッカレルは当時13歳で，マーゲイトに住んでいた．彼はロビンソン夫人が母の親友で，パーティーで『クリスマス・キャロル』を朗読したのを覚えていた．

(16) Charles Dickens Museum, Storey Papers VIII, p. 89．および Suzannet Papers, Walter Dexter から Le Comte de Suzannet 宛（22 Feb. 1939）．「ヘンリー・Dの子供とE・Tの子供はブーローニュの砂浜で一緒に遊んだものだということが，ミス・Sによって裏付けられている」．また，「レディーD[ickens]が私に言うのには，ジョージ・ホガースがレディーDを，ロビンソン夫人になったエレン・ターナンに紹介した」．Storey Papers VIII, p. 89.

(17) これは，メイミー・ディケンズの *My Father as I Recall Him* (London, 1897) の冒頭である．

(18) メイミーが大酒を飲んだとされることについては，Adrian, *Georgina Hogarth and the Dickens Circle*, p. 241を参照のこと．彼が書いているところによると，1880年代，ジョージーナはメイミーの奇矯な振る舞いを心配するようになった．そしてメイミーは「いっそう情緒不安定になり，彼女を悩ました不満足感を癒やそうと，転地，アルコール，さらには鎮痛薬に頼るようになった」．

(19) 1912年，それらの手紙は *Charles Dickens as Editor*（R. C. Lehmann 編）として出版された．大幅に削除されていたが，幸い，元のものは現存し，Huntington Library に保管された．インクで消された箇所は赤外線処理によって判読できるようになり，1952年，Ada Nisbet によって印刷された．

(20) Eliza Lynn Linton, *My Literary Life*（1899年，死後に出版された）．彼女はネリーを念頭に置いているように思われる．

(21) Thomas Adolphus Trollope, *What I Remember*, II (London, 1887), p. 113.

(22) GH から Annie Fields 宛（19 Jan. 1888）．Adrian, *Georgina Hogarth and the Dickens Circle*, p. 246に引用されている．

(23) Carlyle から F 宛（11 June 1870）．Collins, *Interviews and Recollections*, I, p. 63に引用されている．

(24) Emile Yung の *Zermatt et la vallée de la Viège*．Thévoz によってジュネーヴで印刷され，出版された．英訳版もジュネーヴで印刷されたが，1894年に J. R. Gotz によってロンドンで出版された．

(25) 1893年9月．この情報は Katharine M. Longley のタイプ原稿，Chapter 13 の fn. 109から．

(26) *Thomas Wright of Olney. An Autobiography* (London, 1936) によると，チャーリーは折あるごとに，自分は本当のことを言うと凄んだ．おそらく，父とネリーとの関係についてだろう．

(27) ショーはこのことを1939年の *TLS* 宛の手紙で回想している．

(28) 第7章の注（3）で述べたように，当時のイギリスの著作権は出版後42年，あるいは著者の死後7年存続した．それは，『デイヴィッド・コパフィールド』

の版権は1892年に切れ，『大いなる遺産』の版権は1902年に切れ，『ドルード』の版権は，ディケンズの生誕100年の1912年に切れることを意味した．そのあとは何もなかった．1852年の英仏著作権協定で，フランスにおけるディケンズの権利は確立し，未亡人は生涯，子供たちは20年間，すなわち1890年まで印税の分け前を貰えることになった．アメリカあるいはほかの国からの印税が入ったかどうかについては確認できなかったが，入らなかったように思われる．

(29) *Dickensian* (2010), p. 75に，Tony Williamsはドルビーの死に関する新聞の切抜きを引用している．それは，1冊の*Charles Dickens as I Knew Him*に貼ってあったのを，マイケル・スレイターが発見したものである．「遺体を発見したライクロフトという遠い親戚は，故人は尾羽打ち枯らしたので，近頃では，友人たちに援助を求めるのを恥じたと思うと言った」．また，1900年11月3日付の*New York Times*もドルビーの死を報じ，彼が「5年前」，フラム 救貧院附属病院に収容されたことを報じた．ドルビーの著書は1912年に再刊された．

(30) 彼は母に勧められ，早くも1874年に労働者の聴衆に公開朗読をした．母は同年12月11日，それが成功したことをプローンに手紙で伝えた．手紙のタイプ原稿はCharles Dickens Museumにある．

(31) 彼女は1923年，Dickens Fellowshipのニューヨーク代表としてロンドンに来た．そして肺炎にかかり，66歳でイギリスで死んだ．

(32) GHからGeoffrey Wharton Robinson宛（17 Aug. 1913）．原稿は個人所蔵．

(33) ネリーは約1,200ポンド遺したが，奇妙なことに，自分で気づいていたより多額の金を持っていた．したがって彼女の遺言は，2,379ポンド18シリング11ペンスと，再度宣誓されねばならなかった．

(34) Katey PeruginiからBernard Shaw宛（19 Dec. 1897）．Lucinda Hawkesley, *Katey*, p. 310に引用されている．

(35) 1978年にストーリーが死んだあと，彼女の多くの手書きのメモが発見され，現在はCharles Dickens Museumに保管されている．David Parkerとマイケル・スレイターによる優れた解説は，*Dickensian* (1980), pp. 3-16に載った．

(36) StoreyからShaw宛（23 July 1939），British Library Add. MS 50546, f. 76.

(37) すべて*Dickens and Daughter* (London, 1939), p. 219から．

(38) 同，pp. 96, 98.

(39) 同，p. 94.

(40) 同，p. 134.

(41) 同，p. 219.

(42) 同，p. 134.

(43) 同，p. 93.

(44) 同，p. 94.

(45) これは，1978年にストーリーが死んだあとで発見された，未発表のストー

リーの文書からのもの.

(46) Henry F. Dickens, *Memories of My Father* (London, 1928), pp. 14, 26.

(47) 同, p. 28.

参考文献選

Kathleen Tillotson, Graham Storey and others (eds.), *The Pilgrim Edition of the Letters of Charles Dickens*, 12 vols. (Oxford, 1965-2002)

Vol. I, 1820-1839, Madeline House and Graham Storey (1965)
Vol. II. 1840-1841, Madeline House and Graham Storey (1969)
Vol. III, 1842-1843, Madeline House, Graham Storey and Kathleen Tillotson (1974)
Vol. IV, 1844-1846. Kathleen Tillotson (1977)
Vol. V, 1847-1849, Graham Storey and K. J. Fielding (1981)
Vol. VI, 1850-1852, Graham Storey, Kathleen Tillotson and Nina Burgis (1988)
Vol. VII, 1853-1855, Graham Storey, Kathleen Tillotson and Angus Easson (1993)
Vol. VIII, 1856-1858, Graham Storey and Kathleen Tillotson (199S)
Vol. IX, 1859-1861, Graham Storey (1997)
Vol. X, 1862-1864, Graham Storey (1998)
Vol. XI, 1865-1867, Graham Storey (1999)
Vol. XII, 1868-1870, Graham Storey (2002)

The Dickensian 1905-2010

Ackroyd. Peter, *Dickens* (London, 1990)
Adrian, Arthur A., *Georgina Hogarth and the Dickens Circle* (Oxford, 1957)
Andrews, Malcolm, *Charles Dickens and His Performing Selves: Dickens and the Public Readings* (Oxford, 2006)
Aylmer, Felix, *Dickens Incognito* (London, 1959)
Bentley, Nicolas, Slater, Michael, and Burgis, Nina (eds.), *The Dickens Index* (Oxford, 1988)
Bodenheimer, Rosemarie, *Knowing Dickens* (Ithaca, NY, 2007)
Bowen, John, *Other Dickens: Pickwick to Chuzzlewit* (Oxford, 2000)
Carey, John, *The Violent Effigy: A Study of Dickens's Imagination* (London, 1973)
Chittick, Kathryn, *Dickens and the 1830s* (Cambridge, 1990)
Collins. Philip, *Dickens and Crime* (London, 1962)
— *Dickens and Education* (London, 1963)
— *Dickens: The Public Readings* (Oxford, 1975)
— (ed.) *Dickens: The Critical Heritage* (London, 1971)
— (ed.) *Dickens: Interviews and Recollections*, 2 vols. (London, 1981)
Davies, James A., *John Forster: A Literary Life* (New York, 1983)

Dolby, George, *Charles Dickens as I Knew Him* (London, 1885)
Fielding, K. J. (ed.), *The Speeches of Charles Dickens: A Complete Edition* (Brighton, 1988)
Fisher, Leona Weaver, *Lemon, Dickens, and 'Mr Nightingale's Diary': A Victorian Farce* (Victoria, BC, 1988)
Forster, John, *The Life of Charles Dickens*, 3 vols. (London, 1872, 1873, 1874)〔『定本チャールズ・ディケンズの生涯』, 間二郎, 中西敏一訳, 研友社, 上巻 ,1985, 下巻 1987.〕
— *Lives of the Statesmen of the Commonwealth of England* (London, 1840)
— *The Life and Adventures of Oliver Goldsmith* (London, 1848)
— *Walter Savage Landor: A Biography*, 2 vols. (London, 1869; my edition 1872)
Furneaux, Holly, *Queer Dickens* (Oxford, 2009)
Gissing, George, *Charles Dickens: A Critical Study* (London, 1898)
Hardy, Barbara, *The Moral Art of Dickens: Essays* (London, 1970; my edition 1985)
Hartley, Jenny, *Charles Dickens and the House of Fallen Women* (London, 2008)
Hawksley, Lucinda, *Katey: The Life and Loves of Dickens's Artist Daughter* (London, 2006)
House, Humphry, *The Dickens World* (Oxford, 1941)
Hughes, William Richard, *A Week's Tramp in Dickens-Land* (London, 1891)
Johnson, Edgar, *Charles Dickens: His Tragedy and Triumph* (Boston, Mass., 1952)
Leavis, F. R., and Leavis, Q. D., *Dickens the Novelist* (London, 1970)
Miller, J. Hillis, *Charles Dickens: The World of His Novels* (Cambridge, Mass., 1958)
Nisbet, Ada B., *Dickens and Ellen Ternan* (Berkeley. Calif., 1952)
Patten, Robert L., *Charles Dickens and His Publishers* (Oxford, 1978)
Pope-Hennessy, Una, *Charles Dickens* (London, 1945)
Renton, Richard, *John Forster and His Friendships* (London, 1912)
Schlicke, Paul, *Dickens and Popular Entertainment* (London, 1985)
— *Oxford Reader's Companion to Dickens* (Oxford, 1999)
Slater, Michael, *Charles Dickens* (New Haven, Conn., and London, 2009)
— (ed.) *The Dent Uniform Edition of Dickens's Journalism*, 4 vols. (London, 1994-2000)
Vol. I, *Sketches by Boz and Other Early Papers 1833-1839* (1994)
Vol. II, *'The Amusements of the People' and Other Papers, Reports, Essays and Reviews 1834-1851* (1996)
Vol. III, *'Gone Astray' and Other Papers from Household Words 1851-1859* (1998)
Vol. IV (with John Drew), *The Uncommercial Traveller and Other Papers 1859-1870* (2000)
Storey, Gladys, *Dickens and Daughter* (London, 1939)
Tillotson, Kathleen, and Butt, John, *Dickens at Work* (London, 1957)

Tomalin, Claire, *The Invisible Woman: The Story of Nelly Ternan and Charles Dickens* (London, 1990)
Toynbee, William (ed.), *The Diaries of William Charles Macready* (London, 1912)
Watts, Alan S., *Dickens at Gad's Hill* (Goring-on-Thames, 1989)
Wilson, Edmund, *'Dickens: The Two Scrooges'* (lecture, 1939), then published in *The Wound and the Bow* (Cambridge, Mass., 1941; revised 1952)

Bates, Alan, *A Directory of Stage Coach Services 1836* (New York, 1969)
Healey, Edna, *Lady Unknown: The Life of Angela Burdett-Coutts* (London, 1978)
O'Callaghan, P. P., *The Married Bachelor; or, Master and Man* (Dick's Standard Plays, 313 the Strand [n.d. but 1830s]), and Peake, Richard Brinsley, *Amateurs and Actors* (London, 1818), musical farce. Both plays put on by Dickens and family in Bentinck Street in 1833
Peters, Catherine. *The King of Inventors: A Life of Wilkie Collins* (London, 1991)

ディケンズの作品の版は無数にある．Oxford World Classics と Penguin 版のいくつかはきわめて価値があるもので，質の高い序文が付いているものが多い．Oxford Clarendon のハードカバーの小説の校訂版は完結からは未だ程遠く，すでに出版されたものはすべて絶版になっている．悲しい状況である．*Oliver Twist*, Kathleen Tillotson (1966), *Little Dorrit*, Harvey Peter Sucksmith (1979), *David Copperfield*, Nina Burgis (1981), *The Old Curiosity Shop*, Elizabeth M. Brennan (1997) はどれも非常に役に立った．

地図解説

Gad's Hill（ギャッズ·ヒル）と**Rochester**（ロチェスター）(pp. 8~9)

ジョン・ディケンズとその若い家族は，1817年から22年まで**Rochester**（ロチェスター）と**Chatham**（チャタム）に住んでいた．最初はロチェスターの北の**No.2 Ordnance Terrace**（オードナンス・テラス２番地）に，次に1821年から海軍工廠の近くの**No.18 St Mary's Place**（セント・メアリーズ・プレイス18番地）に住んだ．ディケンズは海軍のヨットで，**Medway**（メドウェイ）川の上流に父に連れて行ってもらうことがあった．9歳の時からそこの学校に通った．

Chalk village（チョーク村）．ディケンズは1836年，『ピクウィック・ペイパーズ』を書きながら，**Mrs Nash's cottage**（ナッシュ夫人のコテージ）でハネムーンを過ごした．

Gad's Hill．ディケンズはその家を子供の時に見，1856年に購入し，その後，それを田舎の住まいにし，そこで死んだ．彼は**Cobham Woods**（コバム・ウッズ）を歩くのを愛し，ケント州の田園とロチェスターの美しい場所を友人たちに見せ，メドウェイ川でボートを漕いだ．彼は田園に埋葬されるのを望んでいたので，家族は最初，**Shorne Churchyard**（ショーン教会墓地）を選び，次に**Rochester Cathedral**（ロチェスター大聖堂）を選んだが，ウェストミンスター寺院がふさわしい場所だと説得された．彼の遺体は6月14日の早朝，家族の会葬者に伴われ，特別列車で**Higham Station**（ハイアム駅）からチャリング・クロスに運ばれた．

ロンドン中心部のディケンズ (pp. 10~11)

Adelphi Theatre（アデルフィ劇場），ストランド．ディケンズは，1820年代と30年代に，この劇場のスターだったチャールズ・マシューズの，登場人物になりきる演技に感銘を受けた．ディケンズの初期の小説とクリスマス物語を劇にした多くのものは，1843年以降，ここで上演された．

Buckingham Street（バッキンガム街）．ディケンズは1834年にここに下宿し，デイヴィッド・コパフィールドを下宿させた．

No. 18 Bentinck Street（ベンティンク街18番地）．ディケンズは1833年，ここに下宿した．

No. 31 Berners Street（バーナーズ街31番地）．マライア・ターナンとネリー・ターナンは，1858年秋から59年春までここに下宿していた．そして1859年にホートン・プレイスに引っ越した（北ロンドンの地図，p. 12を参照のこと）．

Cecil Street（セシル街）．ディケンズは1832年，短期間，ここに下宿した．この通りはシェルのビルの下に姿を消した．

No. 3 Chandos Street（チャンドス街3番地）．ディケンズはこの通りの靴墨工

場の窓のところで働かされ，チャールズ・ディルクの目に留まった．ディルクは彼に半クラウン与えた．

Coldbath Fields Prison（コールドバース・フィールズ監獄）．ディケンズは偏執的に監獄を訪れたが，ここが一番気に入っていた．監獄の典獄のオーガスタス・トレイシーは彼の親友だった．それはマウント・プレザントに建っていたが，今では郵便局の郵便物仕分け所になっている．

No. 1 Devonshire Terrace（デヴォンシャー・テラス 1 番地）．1839 年 12 月から 51 年 12 月までディケンズの家で，彼は外国に行った時に人に貸した．

No. 48 Doughty Street（ダウティー街 48 番地）．ディケンズは 1837 年に賃借権を買い，39 年までここに住んだ．現在はチャールズ・ディケンズ博物館．

No. 13 Fitzroy Street（フィッツロイ街 13 番地）．ディケンズは 1832 年，両親とここに時おり下宿した．

Furnival's Inn（ファーニヴァルズ・イン）．ディケンズは 1834 年，そこの賃貸住居に移り，36 年に結婚するともっとよい部屋に移った．1837 年 1 月，第一子のチャーリーはそこで生まれた．一家は 1837 年 3 月，そこを出た．

Garrick Club（ギャリック・クラブ）．ディケンズは 1837 年に会員になり，脱会，再入会を繰り返した．

No. 4 Gower Street North（ガウアー街北 4 番地）．ディケンズは 1823 年，両親と一緒にここに住んだ．母は学校を作ろうとしていた．

Hungerford Stairs, Warren's blacking factory（ハンガーフォード・ステアーズ，ウォレン靴墨工場）．テムズ河岸通りが出来る前の，川に下りる階段の脇にあった工場は，古いハンガーフォード市場を通って行くことができた．1864 年，その上にチャリング・クロス駅が建てられた．

No. 34 Keppel Street（ケッペル街 34 番地）．ディケンズは父のジョン・ディケンズを，ここの医者の家に下宿させ，1851 年に父が死んだ時，そばにいた．

No. 58 Lincoln's Inn Fields（リンカンズ・イン・フィールズ 58 番地）．ジョン・フォースターは 1834 年からここに下宿し，次第に増えていく蔵書を入れるため，借りる部屋数を徐々に増やしていった．彼は 1856 年，結婚してそこを出た．

Lyceum Theatre, Strand（ライシーアム劇場，ストランド）．ディケンズはその劇場をよく知っていた．『二都物語』が 1860 年にここで上演された．ディケンズの友人のフェクターは，1864 年，同劇場の賃借人だった．ターナン夫人は 1866 年，ここで最後の舞台を踏んだ．

No. 70 Margaret Street（マーガレット街 70 番地）．ディケンズは 1831 年の初め，両親と一緒にここに下宿した．

Marylebone Workhouse（マリルボーン救貧院）．大規模な建物群で，ディケンズは 1840 年，ここで陪審員を務めた．

No. 46 Montagu Square（モンタギュー広場 46 番地）．ジョン・フォースターは 1856 年に結婚してから，ここに住んだ．

No. 10 Norfolk Street（ノーフォーク街10番地．現在のクリーヴランド街）．ディケンズはここに両親と一緒に1815年から16年まで下宿し，29年に再び下宿した．

No.9 Osnaburgh Terrace（オズナバーグ・テラス9番地）．ディケンズは1844年，デヴォンシャー・テラスを人に貸した時，短期間，ここに家を借りた．彼が1842年にアメリカに旅行しているあいだ，子供たちはオズナバーグ街25番地に移った．

Piazza Coffee House（ピアッツァ・コーヒー・ハウス）．コヴェント・ガーデンにあった．ディケンズ，フォースター，友人たちの集う場所だった．例えば1844年12月，ディケンズはここに泊まりもした．

St James's Hall（セント・ジェイムズ・ホール）．ディケンズはロンドンでの公開朗読のほとんどを，ここで行った．彼は公開朗読をロングエイカーのセント・マーティンズ・ホール（1860年に焼失）で始め，ハノーヴァー・スクエア・ルームズ（演奏会館）でも公開朗読をした．

Somerset House（サマセット・ハウス）．ジョン・ディケンズは1805年から9年まで，および22年から25年まで，ここの海軍経理局に勤めた．

Strand（ストランド）．ディケンズが寄稿していた *Morning Chronicle* は332番地にあり，彼の作品を出版したチャップマン＆ホールは186番地にあった．

Tavistock House（タヴィストック・ハウス）．ディケンズは1851年，終の棲処にするつもりで，この家を購入したが，60年に売却した．

Verrey's Restaurant（ヴェリーズ・レストラン）．1850年代からディケンズのお気に入りのロンドンのレストラン．

No. 16 Wellington Street（ウェリントン街16番地）．1850年から，*Household Words* のディケンズの事務所だった．上階に彼の私室があった．劇場に行くのに便利だった．彼はここでよく人をもてなした．1858年，*All the Year Round* を創刊した時，通りに沿った，もっと大きな26番地に移った．私室に家具を快適に設え，家政婦を雇った．

北ロンドンのディケンズ（p. 12）

Ampthill Square（アンプトヒル広場）．ディケンズは1851年，寡婦になった母のために，ここの家を見つけた．

No. 16 Bayham Street（ベイアム街16番地）．ジョン・ディケンズとエリザベスは1822年，一家でロチェスターからここに引っ越してきた．

Euston Station（ユーストン駅）．この駅は1837年に，**King's Cross Station**（キングズ・クロス駅）は52年に，**St Pancras Station**（セント・パンクラス駅）は68年に建てられた．

No. 70 Gloucester Crescent（グロスター・クレセント70番地）．キャサリン・ディケンズは夫と別居してから死ぬまで，ここで暮らした．

No. 4 Grafton Terrace（グラフトン・テラス4番地）．ディケンズは1860年，

寡婦になった義妹のヘレンとその子供たちを，次に母をここに住まわせた．母は死ぬまでここにとどまった．

No. 2 Houghton Place（Amphill Square）（ホートン・プレイス2番地〔アンプヒル広場〕）．この家は1859年にファニー・ターナンとマライア・ターナンのために購入されたもので，エレン（ネリー）が60年に成年に達すると，彼女の所有になった．ディケンズが購入代金を支払ったのは，ほとんど疑いない．

No. 29 Johnson Street（ジョンソン街29番地）．ジョン・ディケンズとエリザベスと家族は1824年12月から27年3月までここに住んだ．

No. 27 Little College Street（リトル・コレッジ街27番地）．ジョン・ディケンズとエリザベスと家族は1824年，ここの下宿屋に住んだ．

No. 17 The Polygon（ポリゴン17番地）．ジョン・ディケンズとエリザベスは1827年3月から29年までここに住んだ．

Wellington House Academy（ウェリントン・ハウス・アカデミー）．チャールズ・ディケンズは1825年から27年まで，この学校に通った．

ディケンズはロンドン北部の田園で，何年も定期的に馬に乗り，かつ，ほうぼう歩いた．そして1837年，ハムステッド・ヒースのコリンズ農園（現在はワイルズ）に滞在した．1843年，田園だったフィンチリーのコブリー農園にある「淋しい農家」を3ヵ月間借りた．今では，その土地にはすべて建物がある．彼はハイゲイトに家を買うことを考えた．そして，ハイゲイト墓地に姉のファニーとその8歳の息子のハリー，父，自分の赤ん坊の娘ドーラ，母を埋葬した．

この地図のすぐ北にハイゲイトとハムステッドがある．ジョン・ディケンズは債権者から逃れるために，時おりそこに移った．また1832年5月に，家族をノース・エンド32番地に連れて行った．

図版表

Mary Hogarth, Catherine's younger sister, from a painting by Hablot Browne
No. 48 Doughty Street, Dickens's first house
p.7
William Macready, leading tragic actor of his day (© National Portrait Gallery, London)
Daniel Maclise, Irish artist. Self-portrait drawn for *Fraser's* magazine (Mary Evans Picture Library)
John Pritt Hartley, renowned comic actor (© National Potrait Gallery, London)
George Cruikshank, Dickens's first illustrator (*Bookman*, 1914)
Halblot Browne, 'Phiz', illusrrator of most of Dichens's novels (*Bookman*, 1914)
p.8
Engraving from lost miniature of Dickens by Margaret Gillies, exhibited in 1844
p.9
No. 1 Devonshire Terrace, York Gate, Regent's Park, which Dickens leased from 1839 to 1851
Thomas Talfourd, lawyer, politician and playwright (© National Portrait Gallery, London)
Count D'Orsay, artist and dandy (© National Portrait Gallery, London)
Lady Blessington, writer, editor, companion of D'Orsay (© National Portrait Gallery, London)
Samuel Rogers hosting a breakfast (© National Portrait Gallery, London)
Miss Coutts, philanthropist (© National Portrait Gallery, London)
p.10
The *Britannia*, Cunard's first paddle-steamer (licensed by Open Agency Ltd—photograph from pool University Archive)
The first four Dickens children, Charley, Mary, Katey and Walter, painted by Daniel Maclise
Dickens, wife Catherine and sister-in-law Georgina, drawing by Daniel Maclise
p.11
The beach at Broadstairs, 1851 (Illustrated London News Ltd/Mary Evans Picture Library)
Dickens reading *The Chimes* in 1844 (Mary Evans Picture Library)
p.12
Paris, the rue de Rivoli, well known to Dickens (courtesy of antiqueprints.com)
Alphonse de Lamartine, poet and statesman (private collection/The Stapleton Collection/The Bridgeman Art Library)
Victor Hugo, poet, novelist and dramatist (Bibliothèque Nationale, Paris/Giraudon/The Bridgeman Art Library)
Boulogne-sur-Mer, *c*. 1850 (The Granger Collection/Topfoto)
p.13

本文